Daniel Silva
Der Hintermann

PIPER

Zu diesem Buch

Europas Hauptstädte werden von islamistischen Selbstmordattentätern in Atem gehalten. Gabriel Allon soll der CIA helfen, die Hintermänner der Terroristen zu finden. Der von der CIA mit Geduld und viel Geld aufgebaute Informant Rashid al-Husseini hat bei einem Besuch in Saudi-Arabien überraschend die Seiten gewechselt. Doch mit wem genau arbeitet Rashid, der ein charismatischer Prediger ist, jetzt zusammen? Wer organisiert die Attentate? Um dies zu ergründen, soll Gabriel zusammen mit ausgewählten Experten ein vermeintliches islamistisches Netzwerk aufbauen. Dieses Netzwerk soll Islamisten mit Geld versorgen. Durch die Überwachung der Geldströme wollen die Geheimdienstler dann Zugang zu Terrorzellen erhalten, allen voran zum Meisterterroristen Malik al-Zubair. Doch der erweist sich als ebenbürtiger Gegner …
»Ein hervorragender actionreicher Thriller.« American Thinker

Daniel Silva war bis 1997 Top-Journalist des CNN und verbrachte lange Jahre als Auslandskorrespondent im Nahen Osten und am Persischen Golf. Heute ist er einer der erfolgreichsten amerikanischen Thrillerautoren und seine Bücher sind in mehr als zwanzig Sprachen übersetzt. Wie kein anderer versteht er es, politisch brisante Themen und spektakuläres Insider-Wissen zu Hochspannung zu vereinen. Er lebt mit seiner Frau in Washington D.C. und hat zwei erwachsene Kinder.

Daniel Silva

DER HINTERMANN

Thriller

Aus dem Amerikanischen
von Wulf Bergner

Mehr über unsere Autorinnen, Autoren und Bücher:
www.piper.de

Wenn Ihnen dieser Thriller gefallen hat, schreiben Sie uns unter Nennung des Titels »Der Hintermann« an *empfehlungen@piper.de*, und wir empfehlen Ihnen gerne vergleichbare Bücher.

Von Daniel Silva liegen im Piper Verlag vor:
Der Maler

Gabriel-Allon-Reihe:	Das Moskau-Komplott
Der Auftraggeber	Der Oligarch
Der Engländer	Die Rembrandt Affäre
Der Zeuge	Der Hintermann
Der Schläfer	Das Attentat
Gotteskrieger	Das englische Mädchen

Inhalte fremder Webseiten, auf die in diesem Buch hingewiesen wird, macht sich der Verlag nicht zu eigen und übernimmt dafür keine Haftung. Wir behalten uns eine Nutzung des Werks für Text- und Data-Mining im Sinne von § 44b UrhG vor.

Ungekürzte Taschenbuchausgabe
ISBN 978-3-492-30478-8
1. Auflage Juni 2014
6. Auflage Januar 2026
© Daniel Silva 2011
Titel der amerikanischen Originalausgabe:
»Portrait of a Spy«, HarperCollins, New York 2011
© der deutschsprachigen Ausgabe 2013:
Piper Verlag GmbH, Georgenstraße 4, 80799 München, *www.piper.de*
Für direkten Kontakt und Fragen zum Produkt wenden Sie sich an: *info@piper.de*
erschienen im Verlagsprogramm Pendo
Veröffentlicht in Zusammenarbeit mit HarperCollins Publishers, LLC.
Umschlaggestaltung: Mediabureau Di Stefano, Berlin
Umschlagmotiv: CollaborationJS/Arcangel Images
Satz: seitenweise, Tübingen
Gesetzt aus der Bembo
Gedruckt von ScandBook in Litauen
Printed in the EU

Für meine wundervollen Kinder
Nicholas und Lily,
die ich mehr liebe und bewundere,
als sie jemals wissen werden.
Und wie immer für meine Frau Jamie,
die alles möglich macht.

Der Dschihad wird so amerikanisch wie Apfelkuchen und so britisch wie Fünfuhrtee.

Anwar al-Awlaki, al-Qaida-Prediger und -Anwerber

Ein integrer Mensch kann einen Unterschied bedeuten, den Unterschied zwischen Leben und Tod.

Elie Wiesel

TEIL I

Tod auf dem Markt

I

Lizard-Halbinsel, Cornwall

Es war der Rembrandt, der die endgültige Lösung des Rätsels brachte. In den beschaulichen Shops, in denen sie einkauften, und den dunklen kleinen Pubs am Hafen, in denen sie tranken, rügten sie sich später dafür, dass sie die unverkennbaren Anzeichen übersehen hatten, und belächelten einige ihrer ausgefalleneren Theorien über seine tatsächliche Arbeit. Denn keiner von ihnen hatte nicht einmal in seinen wildesten Träumen die Möglichkeit erwogen, dass der schweigsame Mann, der am Ende der Gunwalloe Cove genannten Bucht wohnte, ein Kunstrestaurator sei, noch dazu ein weltberühmter.

Er war nicht der erste Außenseiter, der mit einem Geheimnis, das er zu bewahren wünschte, nach Cornwall herunterkam, aber nur wenige hatten ihres eifersüchtiger oder stilvoller und listiger gehütet. Allein die merkwürdige Art, wie er ein Haus für sich und seine schöne, viel jüngere Frau gemietet hatte. Nachdem er sich für ein romantisches Cottage auf den Klippen entschieden hatte – allen Berichten nach ohne vorherige Besichtigung –, hatte er eine volle Jahresmiete auf höchst diskrete Weise über einen obskuren Hamburger Anwalt vorausgezahlt. Zwei Wochen später zog er dort draußen ein, als führe er ein Kommandounternehmen gegen einen feindlichen Vorposten durch. Allen, die ihn bei seinen ersten Streifzügen durchs Dorf kennenlernten, fiel seine extreme Verschlossenheit auf. Er schien keinen Namen zu haben – zumindest keinen, den er verraten wollte –, und selbst über seine Nationalität konnte nur spekuliert werden. Duncan Reynolds, vor zwanzig Jahren bei der Eisenbahn pensioniert und wegen seiner Lebensklugheit in Gunwalloe allgemein geachtet, beschrieb ihn als »ein Rätsel von einem Mann«, während andere Urteile von »abweisend« bis »unerhört grob« reichten. Trotzdem waren sich alle darüber einig, dass ihr kleines Dorf Gunwalloe im Westen Cornwalls – zum Guten oder Schlechten – ein interessanteres Fleckchen geworden war.

Im Lauf der Zeit bekamen sie heraus, dass er Giovanni Rossi hieß und wie seine schöne Frau aus Italien stammte. Noch merkwürdiger wurde es jedoch, als ihnen aufzufallen begann, dass auf den Straßen des Dorfs und der näheren Umgebung spätnachts vermutlich Kriminalbeamte in neutralen Dienstwagen unterwegs waren. Und dann gab es noch die beiden Kerle, die manchmal in der Bucht angelten. Einig war man sich darüber, dass sie die schlechtesten Angler waren, die man je gesehen hatte. Die meisten vermuteten sogar, sie seien überhaupt keine Angler. Wie in einem Nest wie Gunwalloe nicht anders zu erwarten, löste das alles eine intensive Diskussion über die wahre Identität des Zugereisten und das tatsächliche Wesen seiner Arbeit aus – eine Diskussion, die zuletzt durch das *Porträt einer jungen Frau*, Öl auf Leinwand, 104 mal 86 Zentimeter, von Rembrandt van Rijn beendet wurde.

Wann das Gemälde eingetroffen war, ließ sich nicht genau feststellen. Sie vermuteten, das sei irgendwann Mitte Januar gewesen, denn ab diesem Zeitpunkt änderte sich sein Tagesablauf radikal. Gestern war er noch mit finsterer Miene, als ringe er mit einem schlechten Gewissen, über die steil abfallenden Klippen der Lizard-Halbinsel marschiert. Am Tag darauf stand er mit Pinsel und Palette vor der Staffelei in seinem Wohnzimmer und hörte dabei so laut Opernmusik, dass man das Gejaule noch in Marazion jenseits der Mount's

Bay hören konnte. Weil sein Cottage ziemlich nahe am Küstenweg stand, konnte man ihn – wenn man an genau einer Stelle haltmachte und sich den Hals verrenkte, versteht sich – in seinem Atelier erblicken. Anfangs sah es ihnen danach aus, als ob er an einem eigenen Bild arbeite. Aber in den folgenden Wochen zeigte sich immer deutlicher, dass er den Beruf eines Konservators oder, was die geläufigere Bezeichnung war, eines Restaurators ausübte.

»Was zum Teufel heißt das?«, fragte Malcolm Braithwaite, ein alter Hummerfischer, der auch im Ruhestand noch nach Meer roch, eines Abends im Pub Lamb & Flag.

»Das heißt, dass er das verdammte Ding auffrischt«, sagte Duncan Reynolds. »Ein Gemälde ist wie ein lebendiges, atmendes Wesen. Wird es alt, kriegt es Schuppen und schlafft ab – genau wie du, Malcolm.«

»Wie ich höre, ist's ein junges Mädchen.«

»Hübsch«, sagte Duncan nickend. »Wangen wie Äpfel. Echt zum Anbeißen.«

»Wissen wir den Künstler?«

»Daran arbeiten wir noch.«

Und das taten sie wirklich. Sie schlugen in vielen Büchern nach, recherchierten im Internet und suchten den Rat von Leuten, die mehr von Kunst verstanden als sie selbst – womit sie repräsentativ waren für drei Viertel der Einwohner von West Cornwall. Anfang April nahm Dottie Cox aus dem Dorfladen ihren ganzen Mut zusammen und befragte einfach die schöne junge Italienerin, als diese bei ihr einkaufte. Die Frau wich der Frage mehrdeutig lächelnd aus. Dann schlenderte sie mit ihrer umgehängten Strohtasche zu dem Häuschen auf der Klippe zurück, während ein frischer Frühlingswind ihr dichtes dunkles Haar zerzauste. Schon wenige Minuten nach ihrer Rückkehr verstummte das Operngejaule, und die Jalousien auf der dem Küstenweg zugekehrten Hausseite schlossen sich wie Augenlider.

Auch in der folgenden Woche blieben sie geschlossen, bis der Restaurator und seine schöne Frau ohne Vorwarnung verschwanden. Einige Tage lang fürchteten die Einwohner von Gunwalloe, die beiden seien endgültig fort, und einige machten sich sogar Vorwürfe, weil sie herumgeschnüffelt und sich zu sehr für das Privatleben des Paars interessiert hatten. Dann stieß Dottie Cox, als sie eines Morgens die eben eingetroffene *Times* durchblätterte, zufällig auf einen Bericht aus Washington, D.C., über die Enthüllung eines lange verschollen gewesenen Rembrandtgemäldes – eines Porträts, das dem Gemälde, das in Mr. Rossis Cottage gewesen war, täuschend ähnlich sah. Und damit war das Rätsel gelöst.

Wie es der Zufall wollte, stand in dieser Ausgabe der *Times* auf der Titelseite auch ein Bericht über eine Serie von mysteriösen Explosionen in vier geheimen iranischen Nuklearanlagen. Niemand in Gunwalloe wäre auf die Idee gekommen, zwischen beiden Meldungen könnte es einen Zusammenhang geben. Wenigstens damals noch nicht.

Der Restaurator war ein anderer Mann, als er aus Amerika zurückkam. Das konnte jeder sehen. Obwohl er bei persönlichen Begegnungen zurückhaltend blieb – und er war weiterhin niemand, den man in der Dunkelheit hätte erschrecken wollen –, war ihm offenbar eine große Last von den Schultern genommen worden. Auf seinem kantigen Gesicht erschien gelegentlich sogar ein Lächeln, und das Leuchten seiner unnatürlich grünen Augen wirkte etwas weniger distanziert. Sogar seine langen täglichen Spaziergänge nahmen eine neue Qualität an. Wo er sonst wie besessen über die Wanderwege geeilt war, schien er jetzt wie ein Wesen aus dem Reich König Arthurs, das nach langen Jahren in fremden Landen heimgekehrt war, über die nebelverhangenen Klippen zu schweben.

»Mir kommt's vor, als wäre er von einem heiligen Eid

entbunden worden«, meinte Vera Hobbs vom Backshop. Aber als sie aufgefordert wurde, darüber zu spekulieren, was er geschworen oder wem er sich verpflichtet haben könnte, wollte sie nichts weiter dazu sagen. Wie das ganze Dorf hatte sie sich schon bei dem Versuch blamiert, seinen Beruf zu erraten. »Außerdem«, fügte sie warnend hinzu, »wär's besser, ihn in Ruhe zu lassen. Sonst bleibt er nächstes Mal, wenn er den Lizard mit seiner hübschen Frau verlässt, vielleicht endgültig weg.«

Als ein herrlicher Sommer allmählich in den Herbst überging, wurden Spekulationen über die Zukunftspläne des Restaurators zur Lieblingsbeschäftigung aller Dorfbewohner. Weil der Mietvertrag für das Cottage im September auslief und nichts darauf hinzudeuten schien, dass er ihn verlängern wollen würde, unternahmen sie einen heimlichen Versuch, ihn zum Bleiben zu überreden. Was der Restaurator brauche, beschlossen sie, sei etwas, das ihn an die kornische Küste fesseln könne: ein Job, der seine einzigartigen künstlerischen Fähigkeiten erforderte, damit er etwas anderes zu tun hatte, als über die Klippen zu marschieren. Was dieser Job genau sein und wer ihn ihm geben könnte, war gänzlich unklar, aber sie machten sich daran, diese schwierigen Fragen gemeinsam zu lösen.

Nach langen Überlegungen kam schließlich Dottie Cox auf die Idee, ein »Festival der Schönen Künste in Gunwalloe« zu veranstalten, bei dem der berühmte Restaurator Giovanni Rossi den Ehrenvorsitz übernehmen würde. Genau das schlug sie am folgenden Morgen seiner Frau vor, als diese zur gewohnten Zeit ihre Einkäufe machte. Mrs. Rossi reagierte darauf mit einem Lachanfall. Das Angebot sei schmeichelhaft, sagte sie, als sie sich wieder gefangen hatte, aber vermutlich nichts, worauf Signor Rossi sich einlassen werde. Wenig später lehnte er offiziell mit Dank ab, und das Festival der Schönen Künste in Gunwalloe ging sang- und klanglos unter. Aber das machte nichts, denn einige Tage später erfuhren sie, der Restaurator habe das Haus auf der Klippe für ein weiteres Jahr gemietet. Auch diesmal zahlte er eine volle Jahresmiete auf höchst diskrete Weise über denselben obskuren Hamburger Anwalt im Voraus.

Damit fand das Dorfleben zu einer gewissen Normalität zurück. Am späten Vormittag konnten sie den Restaurator sehen, wenn er mit seiner Frau ins Dorf kam, um Einkäufe zu erledigen, und am frühen Nachmittag war er wieder zu sehen, wenn er in seiner Barbour-Jacke und mit einer tief in die Stirn gezogenen flachen Mütze über die Klippen wanderte. Und wenn er es versäumte, höflich zu grüßen, nahmen sie ihm das nicht weiter übel. Wenn ihn irgendetwas zu beschäftigen schien, ließen sie ihn in Ruhe, damit er dem ungestört nachgehen konnte. Und kam einmal ein Fremder ins Dorf, beobachteten sie ihn auf Schritt und Tritt, bis er wieder fort war. Der Restaurator und seine Frau mochten ursprünglich aus Italien stammen, aber jetzt gehörten sie zu Cornwall, und Gott sei dem Dummkopf gnädig, der versuchte, sie von hier wegzuholen.

Auf der Lizard-Halbinsel gab es jedoch ein paar Leute, nach deren Überzeugung hinter dieser Geschichte mehr steckte – und einen Mann, der zu wissen glaubte, was es war. Er hieß Teddy Sinclair, betrieb in Helson eine ziemlich gute Pizzeria und war leicht für große und kleine Verschwörungstheorien zu begeistern. Teddy glaubte, die Mondlandungen seien ein Schwindel. Teddy glaubte, die Anschläge vom 11. September 2001 seien ein Insiderjob gewesen. Und Teddy glaubte, der Mann aus der Gunwalloe Cove habe mehr zu verbergen als die geheime Fähigkeit, Bilder zu heilen.

Um seine Theorie ein für alle Mal zu beweisen, lud er die Dorfbewohner am zweiten Donnerstag im November in den Lamb & Flag ein und entrollte dort eine grafische Darstellung, die irgendwie Ähnlichkeit mit dem periodischen

System der Elemente hatte. Angeblich bewies sie ohne jeden Zweifel, die Explosionen in den iranischen Atomanlagen seien das Werk eines legendären israelischen Geheimagenten namens Gabriel Allon gewesen – und ebendieser Gabriel Allon lebe jetzt unter dem Namen Giovanni Rossi friedlich in Gunwalloe. Als das Gelächter endlich verhallt war, bezeichnete Duncan Reynolds das als die dämlichste Idee, die ihm zu Ohren gekommen sei, seitdem irgendein Franzose beschlossen habe, Europa brauche eine gemeinsame Währung. Aber Teddy ließ sich nicht beirren, was sich nachträglich als völlig richtig erweisen sollte. Gewiss, er mochte unrecht haben, was die Mondlandungen und die Anschläge vom 11. September betraf, aber in Bezug auf den Mann aus der Gunwalloe Cove stimmte seine Theorie hundertprozentig.

Am folgenden Morgen, dem Gedenktag für die Gefallenen der beiden Weltkriege, verbreitete sich im Dorf die Nachricht, der Restaurator und seine Frau seien verschwunden. Vera Hobbs hastete in nahezu panischer Befürchtung in die Bucht hinüber und sah durch die Fenster des kleinen Hauses. Das Malmaterial des Restaurators lag auf dem niedrigen Tisch, und auf der Staffelei stand ein Gemälde von einer auf einem Sofa ausgestreckten Nackten. Vera brauchte einen Augenblick, bis sie kapierte, dass das Sofa mit dem im Wohnzimmer identisch war – und das Aktmodell mit der Frau, die jeden Vormittag in ihren Backshop kam. Trotz ihrer Verlegenheit konnte Vera sich kaum von dem Anblick lösen, denn das Bild gehörte zu den schönsten, die sie je gesehen hatte. Ein sehr gutes Zeichen sei das, sagte sie sich auf dem Rückweg ins Dorf. Kein Mann, der auf der Flucht war, würde ein solches Gemälde zurücklassen. Der Restaurator und seine Frau würden irgendwann wiederkommen. Und Gott sei dem verdammten Teddy Sinclair gnädig, wenn sie's nicht taten.

2

Paris

Der erste Sprengsatz detonierte um 11.46 Uhr auf der Avenue des Champs-Élysées in Paris. Der Direktor des Nationalen Sicherheitsdiensts würde später sagen, er habe keine Warnung vor einem geplanten Anschlag erhalten – eine Behauptung, die seine Gegner für lachhaft gehalten hätten, wenn die Zahl der Bombenopfer nicht so hoch gewesen wäre. Die Warnsignale seien unverkennbar gewesen, sagten sie. Nur Blinde oder wissentlich Ignorante hätten sie übersehen können.

Aus dem Blickwinkel Europas hätte der Anschlag zu keinem schlechteren Zeitpunkt kommen können. Nach Jahrzehnten üppig dotierter Sozialhaushalte standen viele Staaten des alten Kontinents finanziell am Abgrund. Ihre Verschuldung erreichte schwindelnde Höhen, die Reserven waren aufgezehrt, und ihre verwöhnte Bevölkerung war überaltert und desillusioniert. Sparsamkeit war das Gebot der Stunde. Im gegenwärtigen Klima gab es keine heiligen Kühe mehr, an die sich niemand heranwagte: der Gesundheitsetat, Bildungsausgaben, Subventionen für Kunst und Kultur, sogar Rentenansprüche wurden alle drastisch gekürzt. Unter den sogenannten Randstaaten Europas brach eine Volkswirtschaft nach der anderen zusammen. Griechenland versank langsam in der Ägäis, Spanien hing am Tropf von IWF und EZB, und das irische Wirtschaftswunder hatte sich als Luftblase erwiesen. In den smarten Brüsseler Salons schreckten viele Eurokraten nicht davor zurück,

etwas laut auszusprechen, das einst undenkbar gewesen war –
dass der Traum von der Integration Europas im Sterben lag.
Und in depressiven Anwandlungen fragten manche von
ihnen sich sogar, ob Europa, wie sie es kannten, vielleicht
ebenfalls im Sterben liege.

Ein weiterer Glaubensartikel lag in diesem November in
Scherben: die Überzeugung, Europa könne einen endlosen
Strom von muslimischen Einwanderern aus seinen früheren
Kolonien aufnehmen und trotzdem seine Kultur und
Lebensweise unverändert bewahren. Was als zeitlich befris-
tetes Programm zur Behebung des Arbeitermangels nach
dem Zweiten Weltkrieg begonnen hatte, hatte inzwischen
das Antlitz eines ganzen Erdteils auf Dauer verändert. Un-
ruhige muslimische Vororte umgaben fast jede Großstadt,
und in einigen Staaten würde es voraussichtlich noch vor
der Jahrhundertwende eine muslimische Mehrheit geben.
Keiner der Machthabenden hatte sich die Mühe gemacht,
die einheimische Bevölkerung zu fragen, bevor die Tore
weit geöffnet wurden, und jetzt – nach langen Jahren relati-
ver Passivität – begannen die Einheimischen sich zu wehren.
Dänemark hatte die Bestimmungen für Eheschließungen
und Familiennachzug von Immigranten drastisch verschärft.
Frankreich hatte das Tragen der Burka in der Öffentlichkeit
verboten. Und die Schweizer, die sich kaum untereinander
vertrugen, hatten beschlossen, sie wollten ihre ordentlichen
Groß- und Kleinstädte von Minaretten freihalten. Britische
und deutsche Spitzenpolitiker hatten Multikulti, das im
postchristlichen Europa buchstäblich zu einer Ersatzreligion
geworden war, für tot erklärt. Die Mehrheit werde sich
nicht länger dem Willen der Minderheit beugen, erklärten
sie. Und sie werde über den in ihrer Mitte blühenden Extremismus nicht länger hinwegsehen. Europas alter Zwist mit
dem Islam schien in eine neue und potenziell gefährliche
Phase eingetreten zu sein. Es gab viele, die befürchteten,

das könnte ein ungleicher Kampf werden. Die eine Seite war alt, müde und überwiegend mit sich selbst zufrieden. Die andere konnte sich von einer Karikatur in einer dänischen Zeitung zu mörderischer Wut aufstacheln lassen.

Nirgends waren die Probleme, vor denen Europa stand, deutlicher sichtbar als in Clichy-sous-Bois, einer von Arabern bewohnten unruhigen *Banlieue* gleich außerhalb von Paris. Diese Vorstadt, in der schon 2005 die tödlichen Unruhen ausgebrochen waren, hatte mit die höchste Arbeitslosenquote des Landes und führte auch die Kriminalstatistik mit an. Clichy-sous-Bois war so gefährlich, dass nicht einmal die französische Polizei sich in die von Menschen wimmelnden Wohnsiedlungen wagte – auch nicht in die, in der Nasim Kadir, ein 26-jähriger Algerier, der in dem berühmten Restaurant Fouquet's arbeitete, mit zwölf weiteren Mitgliedern seiner Großfamilie lebte.

An diesem Novembermorgen verließ er die Wohnung noch bei Dunkelheit, um sich in einer Moschee zu reinigen, die mit saudischem Geld erbaut worden war und einen in Saudi-Arabien ausgebildeten Imam hatte, der kein Französisch sprach. Nach diesem wichtigen islamischen Ritual fuhr er mit dem Bus 601A in den Vorort Le Raincy, wo er einen RER-Zug bestieg, der ihn zum Gare Saint-Lazare brachte. Auf dem Bahnhof stieg er zur letzten Etappe seiner Fahrt in die Pariser Metro um. Unterwegs erweckte er weder bei Kontrollpersonal noch Mitreisenden den geringsten Verdacht. Seine dicke Daunenjacke verbarg die Tatsache, dass er eine Sprengstoffweste trug.

Um 11.40 Uhr, zur gewohnten Zeit, kam er aus der Metro-Station George V. und ging die Champs-Élysées entlang weiter. Zeugen, die das Glück hatten, das Inferno zu überleben, würden später aussagen, äußerlich sei ihm nichts anzumerken gewesen, obwohl der Inhaber eines beliebten Blumengeschäfts behauptete, ihm sei aufgefallen, mit welch entschlossenem Schritt Kadir auf den Restauranteingang zumarschiert sei. Zu den davor Stehenden gehörten der Staatssekretär im Justizministerium, ein Nachrichtensprecher eines französischen Fernsehsenders, ein Model, das die gegenwärtige Ausgabe der Zeitschrift *Vogue* zierte, eine bettelnde Zigeunerin mit ihrem Kind an der Hand und eine fröhlich plappernde Gruppe japanischer Touristen. Der Selbstmordattentäter sah ein letztes Mal auf die Uhr. Dann zog er den Reißverschluss seiner Daunenjacke auf.

Ob der Anschlag durch den traditionellen Ruf »*Allahu akbar!*« angekündigt wurde, ließ sich nie genau klären. Einige Überlebende behaupteten, ihn gehört zu haben. Andere schworen, der Attentäter habe seinen Sprengsatz wortlos gezündet. Was den Klang der Detonation selbst betraf, hatten die Menschen, die am nächsten gestanden hatten, keine Erinnerung daran. Ihre Trommelfelle waren zu stark geschädigt. Einer wie der andere erinnerte sich an einen blendend weißen Lichtblitz. Das Licht des Todes, so nannte ihn jemand. Das Licht, das man in dem Augenblick sieht, in dem man Gott zum ersten Mal gegenübertritt.

Die Bombe selbst war konstruktiv und baulich ein kleines Wunderwerk an Präzision. Dies war kein Sprengsatz nach einer Anleitung aus dem Internet oder einer der Broschüren, die in Salafistenmoscheen in Europa kursierten. Er war bei Kampfeinsätzen in Palästina und im Irak perfektioniert worden. Verstärkt wurde seine Sprengwirkung durch in Rattengift eingelegte Nägel – ein Trick, der den Selbstmordattentätern der Hamas abgeschaut war –, die wie eine Kreissäge durch die Menge schnitten. Die Detonation war so gewaltig, dass ihre Druckwelle die fast zweieinhalb Kilometer östlich gelegene Pyramide im Louvre erzittern ließ. Alle Personen in unmittelbarer Nähe des Attentäters wurden in Stücke gerissen, halbiert oder geköpft – die bevorzugte Strafe für Ungläubige. Noch in vierzig Schritt Entfernung verloren Menschen Gliedmaßen. Am äußersten Rand der Todeszone schienen die Toten unversehrt. Äußerlich vom traumatischen Erlebnis verschont, waren sie an der Druckwelle gestorben, die in ihren inneren Organen wie ein Tsunami gewütet hatte. Ein gnädiges Schicksal hatte es ihnen erlaubt, unbemerkt zu verbluten.

Die ersten am Tatort eintreffenden Gendarmen erblickten Schreckliches. Abgerissene Gliedmaßen bedeckten das Pflaster gemeinsam mit Schuhen, um 11.46 Uhr stehengebliebenen zertrümmerten Armbanduhren und Handys, von denen einige vergebens klingelten. Wie um die Opfer zu verhöhnen, waren die sterblichen Überreste des Attentäters zwischen ihnen verteilt – bis auf dessen Kopf, der mindestens dreißig Meter entfernt auf einem Lieferwagen gelandet war. Kadirs Gesichtsausdruck wirkte eigenartig heiter.

Der französische Innenminister war binnen zehn Minuten nach der Detonation am Tatort. Beim Anblick des Massakers rief er aus: »Bagdad ist in Paris angekommen!« Siebzehn Minuten später kam es nach Kopenhagen in den Vergnügungspark Tivoli, wo sich um 12.03 Uhr ein Selbstmordattentäter mitten in einer Kindergruppe, die ungeduldig an der Achterbahnkasse anstand, in die Luft sprengte. Der dänische Sicherheits- und Nachrichtendienst PET ermittelte rasch, dass der *Schahid* in Kopenhagen geboren, dort zur Schule gegangen und mit einer Dänin verheiratet gewesen war. Dass seine eigenen Kinder auf dieselbe Schule wie die Opfer gingen, schien ihn nicht gestört zu haben.

Für Sicherheitsexperten in ganz Europa war dies die Verwirklichung eines albtraumhaften Szenarios: koordinierte und raffiniert ausgeführte Angriffe, die offenbar von einem erfahrenen Spezialisten organisiert und geleitet worden waren. Sie fürchteten, die Terroristen würden bald wieder zuschlagen, aber zwei wichtige Informationen fehlten ihnen. Sie wussten nicht, wo. Und sie wussten nicht, wann.

3

St. James's, London

Später würde die Abteilung Terrorismusbekämpfung der Londoner Metropolitan Police viel wertvolle Zeit und Ressourcen in den Versuch stecken, die Bewegungen von Gabriel Allon, dem legendären, aber eigenwilligen Sohn des israelischen Geheimdiensts, der jetzt offiziell pensioniert war und unauffällig in Großbritannien lebte, an diesem Vormittag zu rekonstruieren. Aus den Aussagen neugieriger Nachbarn war bekannt, dass er sein Cottage in Cornwall kurz nach Tagesanbruch verlassen und in Begleitung seiner schönen italienischen Frau Chiara in seinen Range Rover gestiegen war. Weil Großbritannien mit einem geradezu orwellschen Netz aus Überwachungskameras überzogen ist, ließ sich feststellen, dass die beiden die Londoner Innenstadt in Rekordzeit erreichten und – wahrscheinlich durch eine göttliche Fügung – einen fast legalen Parkplatz an der Piccadilly fanden. Von dort aus gingen sie zu Fuß zum Mason's Yard, einem ruhigen gepflasterten Innenhof mit Ladengeschäften in St. James's, und klingelten an der Tür von Isherwood Fine Arts. Nach Aufzeichnungen der Überwachungskamera auf dem Hof wurden sie um 11.40 Uhr eingelassen, obwohl Maggie, Isherwoods neueste mittelmäßige Sekretärin, in ihrem Besucherbuch irrtümlich 11.45 Uhr eintrug.

Die seit 1968 auf italienische und niederländische Altmeistergemälde in Museumsqualität spezialisierte Galerie hatte ursprünglich in Bestlage der eleganten New Bond Street in Mayfair residiert. Als Hermès, Burberry, Cartier und dergleichen sie ins Exil in St. James's getrieben hatten, hatte sie dort drei Geschosse eines heruntergekommenen ehemaligen Lagerhauses von Fortnum & Mason übernommen. Unter den inzestuösen, lästerlichen Dorfbewohnern von St. James's stand die Galerie schon immer in dem Ruf, ziemlich gutes Theater zu bieten. Komödie und Tragödie, atemberaubende Höhepunkte und bodenlose Abgründe, alles immer mit einem Hauch von Verschwörung dicht unter der Oberfläche. Das lag größtenteils an der Person des Galeristen. Julian Isherwood litt unter einem für einen Kunsthändler fast tödlichen Makel – er besaß Gemälde lieber, als dass er sie verkaufte. Deshalb war er mit einem großen Lagerbestand an toter Ware belastet, wie sie in der Branche hieß. Gemälde, für die kein Käufer jemals einen fairen Preis zahlen würde. Gerüchteweise hieß es, Isherwoods Bestand werde nur von der Sammlung der englischen Königsfamilie übertroffen. Selbst Gabriel Allon, der seit über dreißig Jahren Gemälde für die Galerie restaurierte, hatte nur eine vage Vorstellung von Isherwoods Lagerbeständen.

Sie trafen ihn in seinem Büro an – eine große, leicht gebeugte Gestalt, die an einem Schreibtisch lehnte, auf dem sich Kataloge und Monografien türmten. Zu einem grauen Nadelstreifenanzug trug Isherwood eine lavendelfarbene Krawatte, die ihm seine neueste Geliebte am Abend zuvor geschenkt hatte. Wie üblich wirkte er leicht verkatert, eine Note, die er kultivierte. Sein Blick war trübselig auf den Fernseher gerichtet.

»Ihr habt die Nachrichten vermutlich gehört?«

Gabriel nickte langsam. Chiara und er hatten die ersten Meldungen gehört, als sie durch die westlichen Vorstädte von London gefahren waren. Die Fernsehbilder stimmten ziemlich genau mit den Bildern überein, die vor Gabriels innerem Auge standen: die mit Plastikplanen abgedeckten

Leichen, die mit Blut bedeckten Überlebenden, die Gaffer, die erschrocken ihre Hände vors Gesicht hielten. Daran änderte sich nie etwas. Das würde sich vermutlich auch in Zukunft nicht ändern.

»Ich war erst letzte Woche mit einem Kunden zum Lunch im Fouquet's«, sagte Isherwood und fuhr sich mit einer Hand durch seine ziemlich langen grauen Locken. »Wir haben uns an genau der Stelle verabschiedet, wo dieser Verrückte heute seine Bombe gezündet hat. Was wäre, wenn wir uns erst heute getroffen hätten? Ich hätte…«

Isherwood brach ab. Eine typische Reaktion auf ein Attentat, dachte Gabriel. Die Lebenden versuchten immer, irgendeine Verbindung, und sei sie noch so vage, zu den Toten herzustellen.

»Der Selbstmordattentäter in Kopenhagen hat Kinder mit in den Tod gerissen«, sagte Isherwood. »Kannst du mir bitte erklären, welcher Zweck durch die Ermordung unschuldiger Kinder gefördert wird?«

»Angst«, sagte Gabriel. »Sie wollen uns Angst einjagen.«

»Wann ist damit endlich Schluss?«, fragte Isherwood. Er schüttelte angewidert den Kopf. »Wann um Himmels willen hört dieser Wahnsinn auf?«

»Du solltest wissen, dass diese Frage sinnlos ist, Julian.« Gabriel senkte die Stimme und fügte hinzu: »Schließlich beobachtest du diesen Krieg schon sehr lange aus der ersten Reihe.«

Isherwoods Reaktion bestand aus einem melancholischen Lächeln. Sein urenglischer Name und sein ganz und gar britisches Auftreten tarnten die Tatsache, dass er im Grunde genommen gar kein Engländer war. Nach Nationalität und Reisepass Brite, ja, aber in Deutschland geboren, in Frankreich aufgewachsen und jüdischen Glaubens. Nur eine Handvoll zuverlässiger Freunde wusste, dass Isherwood 1942 als Kinderflüchtling nach London gelangt war, nachdem zwei baskische Schäfer ihn über die verschneiten Pyrenäen getragen hatten. Und dass sein Vater, der renommierte Pariser Kunsthändler Samuel Isakowitz, mit Isherwoods Mutter im Konzentrationslager Sobibor ermordet worden war. Obwohl Isherwood die Geheimnisse seiner Vergangenheit sorgfältig gehütet hatte, war die Geschichte seiner dramatischen Flucht aus dem von Deutschen besetzten Europa dem israelischen Geheimdienst zu Ohren gekommen. Und Mitte der Siebzigerjahre, während einer Welle von palästinensischen Anschlägen auf israelische Ziele in Europa, war er als *Sajan* – als freiwilliger Helfer – angeworben worden. Isherwood hatte nur den einen Auftrag: Er sollte mithelfen, die operative »Legende« eines Kunstrestaurators und Attentäters namens Gabriel Allon aufzubauen und zu erhalten.

»Merk dir bitte nur eines«, sagte Isherwood. »Du arbeitest jetzt für mich, nicht für sie. Dies ist nicht dein Problem, mein Lieber. Nicht mehr.« Er zielte mit der Fernbedienung auf den Fernseher, und das blutige Chaos in Paris und Kopenhagen verschwanden, zumindest vorläufig. »Sehen wir uns lieber was Schönes an, einverstanden?«

Die begrenzten Räumlichkeiten in dem alten Lagerhaus hatten Isherwood dazu gezwungen, sein Imperium senkrecht zu staffeln: Bilderlager im Erdgeschoss, Geschäftsräume im ersten Stock und im zweiten Stock ein prachtvoller Ausstellungsraum nach dem Vorbild von Paul Rosenbergs berühmter Pariser Galerie, in der der junge Julian so viele glückliche Stunden zugebracht hatte. Als sie den Raum betraten, fiel die Mittagssonne durch ein Oberlicht herein und beleuchtete ein großformatiges Ölgemälde, das auf einer mit Musselin bedeckten Staffelei stand. Dargestellt waren eine Madonna und Kind mit Maria Magdalena vor einer idyllischen Landschaft im Abendlicht, ganz offensichtlich ein Werk der Venezianischen Schule. Chiara zog ihren kurzen Lackledermantel aus und setzte sich auf die

Ottomane im Museumsstil in der Mitte des Raums. Gabriel blieb mit einer Hand an seinem schmalen Kinn und leicht zur Seite geneigtem Kopf dicht vor dem Gemälde stehen.

»Wo hast du das gefunden?«

»In einem großen Kalksteinklotz unweit der Küste in Norfolk.«

»Hat der Klotz einen Besitzer?«

»Der besteht auf Anonymität. Ich kann nur sagen, dass er einen Adelstitel trägt und riesige Ländereien besitzt, aber erleben muss, dass seine Bargeldreserven alarmierend rasch schwinden.«

»Also hat er dich gebeten, ihm ein paar Gemälde abzunehmen, damit er sich noch ein Jahr über Wasser halten kann.«

»Wenn er das Geld weiter mit vollen Händen ausgibt, gebe ich ihm höchstens zwei Monate.«

»Wie viel hast du dafür bezahlt?«

»Zwanzigtausend.«

»Wie großzügig von dir, Julian.« Gabriel sah zu Isherwood hinüber und fügte hinzu: »Ich vermute, dass du deine Fährte verwischt hast, indem du ihm ein paar zusätzliche Gemälde abgekauft hast.«

»Sechs wertlose Schinken«, gestand Isherwood ein. »Aber wenn sich bestätigt, was ich in diesem Fall vermute, war das eine gute Investition.«

»Provenienz?«, fragte Gabriel.

»Das Gemälde wurde von einem Vorfahren des Besitzers Anfang des neunzehnten Jahrhunderts auf dessen Kavalierstour durch Europa im Veneto gekauft. Seit damals war es im Familienbesitz.«

»Zuschreibung?«

»Werkstatt Palma Vecchio.«

»Tatsächlich?«, fragte Gabriel skeptisch. »Wer behauptet das?«

»Der italienische Kunstkenner, der den damaligen Verkauf vermittelt hat.«

»War er blind?«

»Nur auf einem Auge.«

Gabriel lächelte. Viele der Italiener, die reisende englische Adlige »beraten« hatten, waren Scharlatane gewesen, die einen regen Handel mit wertlosen Kopien, die Meistern aus Florenz und Venedig zugeschrieben wurden, getrieben hatten. Gelegentlich war es vorgekommen, dass sie sich andersherum geirrt hatten. Isherwood vermutete, das vor ihnen auf der Staffelei stehende Gemälde falle in die zweite Kategorie. Das glaubte auch Gabriel. Als er mit dem Zeigefinger übers Gesicht der Magdalena fuhr, hatte er den Schmutz von zwei Jahrhunderten an der Fingerspitze.

»Wo hat es gehangen? In einem Kohlebergwerk?«

Er kratzte leicht an dem stark verfärbten Firnis. Dieser bestand wahrscheinlich aus Mastix oder Dammarharz, das in Terpentin aufgelöst worden war. Entfernen ließe es sich nur in mühsamer Arbeit durch eine sorgfältig zusammengestellte Mischung aus Azeton, Methylproxitol und Terpentinersatz. Gabriel konnte nur vermuten, welche Baustellen ihn erwarteten, sobald der Firnis ganz abgetragen war: Archipele von Pentimenti, eine Wüste aus Oberflächenrissen und -spalten, große Farbverluste, die bei früheren Restaurierungen übertüncht worden waren. Und hinzu kam noch der Zustand der Leinwand, die vor Altersschwäche faltig herabsackte. Dagegen gab es nur ein Mittel: Die Leinwand musste neu aufgezogen werden – ein riskantes Verfahren, das auf Druck, Hitze und Feuchtigkeit basierte. Jeder Restaurator, der schon mal eine Leinwand neu aufgezogen hatte, konnte das durch Narben beweisen. Gabriel hatte einmal ein großes Stück eines Gemäldes von Domenico Zampieri zerstört, weil er ein Bügeleisen mit defektem Thermostat benutzt hatte. Auch wenn das vollständig restaurierte Gemälde wieder unversehrt wirkte, war es definitiv das Ergebnis einer Zusammenarbeit von Zampieri und der Werkstatt Gabriel Allon.

»Na?«, fragte Isherwood gespannt. »Wer hat das verdammte Ding gemalt?«

Gabriel überlegte angestrengt. »Um eine definitive Zuschreibung vornehmen zu können, brauche ich Röntgenaufnahmen.«

»Mein Mann kommt heute Nachmittag vorbei, um welche zu machen. Aber wir wissen beide, dass du für eine vorläufige Zuschreibung keine brauchst. Du bist wie ich, mein Lieber. Du gehst seit hunderttausend Jahren mit Gemälden um. Du erkennst ein Meisterwerk, wenn du eines siehst.«

Gabriel angelte eine kleine Lupe aus der Innentasche seiner Lederjacke und untersuchte damit die Pinselstriche. Als er sich leicht nach vorn beugte, konnte er spüren, wie die vertraute Form seiner Beretta, einer 9-mm-Pistole, sich in seine linke Hüfte grub. Seit er mit dem britischen Geheimdienst zusammengearbeitet hatte, um das irakische Atomprogramm zu sabotieren, durfte er zu seinem persönlichen Schutz ständig eine Waffe tragen. Außerdem hatte er einen britischen Pass bekommen, den er für Auslandsreisen benutzen durfte, solange er nicht im Auftrag seines alten Diensts unterwegs war. Aber das ließ sich praktisch ausschließen. Die illustre Laufbahn Gabriel Allons war definitiv beendet. Er war nicht länger Israels Racheengel. Er war ein Restaurator, der für Isherwood Fine Arts arbeitete, und England war seine neue Heimat.

»Du vermutest etwas Bestimmtes«, sagte Isherwood. »Das sehe ich in deinen grünen Augen.«

»Das tue ich«, bestätigte Gabriel, der weiter fasziniert die Pinselstriche betrachtete, »aber ich möchte erst eine zweite Meinung hören.«

Er sah sich über die Schulter hinweg nach Chiara um. Sie spielte mit einer Strähne ihrer wilden Locken und machte dabei ein leicht nachdenkliches Gesicht. In dieser Pose sah sie den Frauen auf dem Gemälde täuschend ähnlich. Was kaum überraschend war, wie Gabriel wusste. Chiara, die von Juden abstammte, die 1492 aus Spanien vertrieben worden waren, war in Venedig im ehemaligen Ghetto aufgewachsen. Es war durchaus möglich, dass einige ihrer Vorfahren Meistern wie Bellini, Veronese oder Tintoretto Modell gestanden hatten.

»Was denkst du?«, fragte er.

Chiara trat neben Gabriel vor das Gemälde und schnalzte wegen seines Zustands missbilligend mit der Zunge. Obwohl sie an der Universität Römische Geschichte studiert hatte, hatte sie schon viele von Gabriel vorgenommene Restaurierungen begleitet und war dadurch selbst zu einer ausgezeichneten Kunsthistorikerin geworden.

»Dies ist ein ausgezeichnetes Beispiel für eine *Sacra Conversazione*, ein Gespräch unter Heiligen, eine idyllische Szene, in der die Personen vor einer ästhetisch friedvollen Landschaft angeordnet sind. Und wie jedes Kind weiß, gilt Palma Vecchio als der Erfinder dieser Form.«

»Was hältst du von dem Zeichenstil?«, fragte Isherwood wie ein Anwalt, der einer wohlgesonnenen Zeugin einen Hinweis gibt.

»Für Palma ist sie eigentlich zu gut«, antwortete Chiara. »Seine Palette war konkurrenzlos, aber er ist nie für einen sehr guten Zeichner gehalten worden – nicht einmal von seinen Zeitgenossen.«

»Und die Frau, die Modell für die Madonna gestanden hat?«

»Wenn ich mich nicht irre, was unwahrscheinlich ist, hat sie Violante geheißen. Sie erscheint auf einigen von Palmas Gemälden. Aber in Venedig hat es damals einen weiteren berühmten Maler gegeben, der sie sehr gern gemocht haben soll. Sein Name war ...«

»Tiziano Vecellio«, sagte Isherwood und führte damit ihren Gedanken zu Ende. »Besser als Tizian bekannt.«

»Glückwunsch, Julian«, sagte Gabriel lächelnd. »Du hast für lachhafte zwanzigtausend Pfund einen Tizian an Land gezogen. Jetzt musst du nur noch einen Restaurator finden, der es wieder in Form bringen kann.«

»Wie viel?«, fragte Isherwood.

Gabriel runzelte die Stirn. »Es braucht schrecklich viel Arbeit.«

»Wie viel?«, wiederholte Isherwood.

»Zweihunderttausend Dollar.«

»Ich könnte jemanden finden, der's für die Hälfte macht.«

»Das stimmt. Aber wir wissen beide, was passiert ist, als du das letztes Mal probiert hast.«

»Wie bald kannst du anfangen?«

»Bevor ich irgendwelche Verpflichtungen eingehe, muss ich in meinem Terminkalender nachsehen.«

»Ich zahle hunderttausend als Vorschuss.«

»Dann kann ich sofort anfangen.«

»Ich schicke dir das Bild übermorgen nach Cornwall«, sagte Isherwood. »Die Frage ist nur: Wann bekomme ich es wieder zurück?«

Gabriel gab keine Antwort. Er starrte kurz auf seine Armbanduhr, als verdächtige er sie, falsch zu gehen, dann sah er nachdenklich zu dem Oberlicht auf.

Isherwood legte ihm eine beruhigende Hand auf die Schulter. »Nicht mehr dein Problem, mein Lieber«, sagte er. »Jetzt nicht mehr.«

4

COVENT GARDEN

Eine Straßensperre der Polizei kurz vor dem Leicester Square hatte den Verkehr auf der Charing Cross Road zum Erliegen gebracht. Gabriel und Chiara hasteten durch eine Nebelbank aus Auspuffgasen und gingen auf der Cranbourn Street weiter. Diese Straße war von Pubs und Coffee Bars für die Touristenhorden gesäumt, die unabhängig von der Jahreszeit Tag und Nacht ziellos durch Soho zu wandern schienen. Diesmal bemerkte Gabriel sie anscheinend gar nicht. Er hatte nur Augen für das Display seines Handys. Die Zahl der Opfer in Paris und Kopenhagen stieg weiter an.

»Wie schlimm ist's?«, fragte Chiara.

»Achtundzwanzig auf den Champs-Élysées und weitere fünfunddreißig im Tivoli.«

»Weiß man schon, wer dafür verantwortlich war?«, fragte Chiara.

»Dafür ist's noch zu früh«, sagte Gabriel, »aber die Franzosen glauben, es könnte die al-Qaida im islamischen Maghreb gewesen sein.«

»Traust du ihr zu, zwei Anschläge dieser Art zu koordinieren?«

»Sie hat Zellen in ganz Europa und Nordamerika, aber die Analysten am King Saul Boulevard haben ihr eigentlich nie recht zugetraut, spektakuläre Anschläge à la Bin Laden auszuführen.«

Am King Saul Boulevard in Tel Aviv hatte Israels Auslandsgeheimdienst seine Zentrale. Er trug einen langen und absichtlich irreführenden Namen, der nur sehr wenig mit seinem eigentlichen Tätigkeitsbereich zu tun hatte. Für alle, die dort arbeiteten, war er »der Dienst«, sonst nichts. Selbst im Ruhestand lebende Agenten wie Gabriel und Chiara benutzten niemals seinen richtigen Namen.

»Meinem Gefühl nach sind das keine Bin-Laden-Nachahmer«, sagte Chiara. »Ich tippe eher auf...«

»Bagdad«, sagte Gabriel. »Für Anschläge im Freien sind die Opferzahlen hoch. Das lässt auf einen erfahrenen Bombenbastler schließen. Wenn wir Glück haben, hat er seine Signatur hinterlassen.«

»Wir?«, fragte Chiara.

Gabriel steckte sein Mobiltelefon wortlos ein. Sie hatten den chaotischen Kreisverkehr am Ende der Cranbourn Street erreicht. Dort gab es zwei italienische Restaurants – das Spaghetti House und das Bella Italia. Er forderte Chiara auf, sich für eines der beiden Lokale zu entscheiden.

»Ich habe keine Lust, mein langes Wochenende in London im Bella Italia zu beginnen«, sagte sie mit düsterer Miene. »Du hast mir einen richtigen Lunch versprochen.«

»Meiner Ansicht nach kann man's in London weit schlechter treffen als mit dem Bella Italia.«

»Außer man ist in Venedig geboren.«

Gabriel lächelte. »Für uns ist ein Tisch in einem hübschen Restaurant namens Orso in der Wellington Street reserviert. Es ist *sehr* italienisch. Ich dachte, wir könnten über den Covent Garden dorthin gehen.«

»Hast du überhaupt noch Lust dazu?«

»Wir müssen etwas essen«, sagte er, »und ein Spaziergang im Park tut uns beiden gut.«

Sie hasteten über den Kreisel in die Garrick Street, auf der zwei Beamte der Metropolitan Police in limonengrünen Jacken den arabisch aussehenden Fahrer eines weißen Kastenwagens kontrollierten. Die Besorgnis der Fußgänger war fast mit Händen greifbar. Auf einigen Gesichtern sah Gabriel blanke Angst. Auf anderen spiegelte sich grimmige Entschlossenheit, wie gewohnt weiterzumachen. Chiara hielt seine Hand umklammert, als sie an den Auslagen der Geschäfte vorbeischlenderten. Sie hatte sich schon lange auf dieses Wochenende in London gefreut und war entschlossen, es sich durch die schlimmen Nachrichten aus Paris und Kopenhagen nicht verderben zu lassen.

»Du hast Julian ein bisschen hart rangenommen«, sagte sie jetzt. »Zweihunderttausend sind das Doppelte deines üblichen Honorars.«

»Es geht um einen Tizian, Chiara. Julian verdient trotzdem noch sehr gut daran.«

»Du hättest wenigstens seine Einladung zu einem Lunch zur Feier des Tages annehmen können.«

»Ich wollte nicht mit Julian zum Lunch gehen. Ich wollte mit dir essen.«

»Er hat eine Idee, die er mit dir besprechen möchte.«

»Was für eine Idee?«

»Eine Partnerschaft«, sagte Chiara. »Er will, dass wir Partner in seiner Firma werden.«

Gabriel blieb stehen. »Ich hoffe, dass ich mich unmissverständlich klar ausdrücke, wenn ich sage, dass ich absolut kein Interesse daran habe, Miteigentümer der oft insolventen Galerie Isherwood Fine Arts zu werden.«

»Warum nicht?«

»Schon aus dem Grund«, sagte er und setzte sich wieder in Bewegung, »dass wir keine Ahnung haben, wie man ein Geschäft führt.«

»Du hast in der Vergangenheit ein paar sehr erfolgreiche Unternehmen geleitet.«

»Das ist leicht, wenn man einen Geheimdienst hinter sich hat.«

»Du stellst dein Licht unter den Scheffel, Gabriel. Wie schwierig kann es sein, eine Galerie zu führen?«

»*Unglaublich* schwierig. Und Julian hat wieder und wieder bewiesen, wie leicht man in Schwierigkeiten geraten kann. Selbst die erfolgreichste Galerie kann untergehen, wenn sie sich ein paarmal verzockt.« Gabriel betrachtete sie aus dem Augenwinkel heraus. »Wann hast du diese kleine Vereinbarung mit Julian ausgehandelt?«

»Das klingt so, als hätten wir uns hinter deinem Rücken gegen dich verschworen.«

»Weil ihr genau das getan habt.«

Chiara gestand ihm mit einem Lächeln zu, er habe recht. »Das war, als wir zur Vorstellung des Rembrandts in Washington waren. Julian hat mich beiseitegenommen und mir erzählt, er spiele tatsächlich mit dem Gedanken, sich aus dem Geschäftsleben zurückzuziehen. Er will die Galerie jemandem übergeben, dem er vertraut.«

»Julian zieht sich niemals zurück.«

»Da wäre ich mir nicht so sicher.«

»Wo war ich, als dieser Deal ausgebrütet wurde?«

»Ich glaube, du warst kurz unterwegs, um mit einer investigativen Journalistin aus England zu sprechen.«

»Warum hast du mir bisher kein Wort davon gesagt?«

»Weil Julian mich darum gebeten hat.«

Durch sein gereiztes Schweigen machte Gabriel klar, dass Chiara gegen einen der Grundsätze ihrer Ehe verstoßen hatte. Geheimnisse, auch unbestreitbar triviale, durfte es zwischen ihnen nicht geben.

»Tut mir leid, Gabriel. Ich hätte etwas sagen sollen, aber Julian hat auf Geheimhaltung bestanden. Er hat gewusst, dass du instinktiv Nein sagen würdest.«

»Er könnte die Galerie im Handumdrehen Oliver Dimbleby verkaufen und sich auf eine Karibikinsel zurückziehen.«

»Hast du dir überlegt, was das für uns bedeuten könnte? Möchtest du tatsächlich Gemälde für Oliver Dimbleby reinigen? Oder für Giles Pittaway? Oder glaubst du, du könntest freiberuflich ein paar Aufträge von der Tate oder der National Gallery bekommen?«

»Das klingt, als hätten Julian und du schon alles genau durchdacht.«

»Das haben wir.«

»Dann solltest vielleicht *du* Julians Partnerin werden.«

»Nur, wenn du Gemälde für mich reinigst.«

Gabriel merkte, dass Chiara es ernst meinte. »Eine Galerie zu führen, bedeutet nicht nur, an glanzvollen Auktionen teilzunehmen und in schicken Restaurants in der Jermyn Street lange beim Lunch zu sitzen. Und es ist nichts, was man als Hobby betreiben kann.«

»Danke, dass du mich als Dilettantin abtust.«

»So hab ich's nicht gemeint, das weißt du genau.«

»Du bist nicht als Einziger aus dem Dienst ausgeschieden, Gabriel. Ich bin auch nicht mehr dabei. Aber im Gegensatz zu dir kann ich mir die Zeit nicht mit beschädigten Altmeistergemälden vertreiben.«

»Du willst also Kunsthändlerin werden? Du wirst deine Tage damit verbringen, Unmengen von mittelmäßigen Gemälden in Augenschein zu nehmen – immer auf der Suche nach einem weiteren verschollenen Tizian. Und die Wahrscheinlichkeit ist groß, dass du nie einen findest.«

»Klingt gar nicht schlecht, finde ich.« Chiara sah sich auf der Straße um. »Und dann könnten wir vielleicht hier leben.«

»Ich dachte, dir gefiele Cornwall.«

»Sogar sehr«, sagte sie. »Nur nicht im Winter.«

Gabriel schwieg einen Augenblick. Ein Gespräch dieser Art erwartete er seit einiger Zeit. »Ich dachte, wir wollten ein Kind«, sagte er.

»Das dachte ich auch«, sagte Chiara. »Aber ich glaube fast nicht mehr daran. Nichts, was ich versuche, scheint zu klappen.«

In ihrer Stimme lag ein resignierter Tonfall, den Gabriel noch nie gehört hatte. »Dann versuchen wir's eben weiter.«

»Ich will nur nicht, dass du enttäuscht bist. Schuld daran ist die Fehlgeburt. Sie macht es anscheinend schwieriger, jemals wieder schwanger zu werden. Aber wer weiß? Vielleicht würde ein Tapetenwechsel helfen. Denk einfach mal darüber nach«, sagte sie und drückte seine Hand. »Mehr will ich gar nicht, Liebster. Vielleicht würde es uns gefallen, hier zu leben.«

Auf der fast italienisch anmutenden Piazza des Covent Garden Market stellte ein Straßenkomödiant zwei ahnungslose deutsche Touristen in einer Pose mit unübersehbar sexueller Anspielung auf. Während Chiara das Schauspiel an eine Säule gelehnt beobachtete, verfiel Gabriel in die würdelose Rolle des Beleidigten und ließ abwesend seinen Blick über die Menschen auf dem belebten Platz und der Balkon-Bar des Punch & Judy gleiten. Er war nicht auf Chiara wütend, sondern auf sich selbst. Im Mittelpunkt ihrer Beziehung hatten jahrelang nur er und *seine* Arbeit gestanden. Er war nie auf die Idee gekommen, Chiara könnte eine eigene Karriere anstreben. Wären sie ein normales Paar, hätte er das vielleicht vermutet. Aber sie waren kein normales Paar. Sie waren ehemalige Agenten eines der berühmtesten Geheimdienste der Welt. Und ihre Vergangenheit war viel zu blutig, als dass sie ein so öffentliches Leben hätten führen können.

Als sie die hoch aufragende Glasarkade des Markts betraten, war die Verstimmung ihrer Diskussion rasch verflogen. Selbst Gabriel, der alle Arten von Shopping verabscheute, hatte Spaß daran, gemeinsam mit Chiara durch die bunten Läden und Stände zu bummeln. Vom Duft ihres Haars angeregt, malte er sich den vor ihnen liegenden Nachmittag aus: erst ein ruhiger Lunch, dann ein netter Spaziergang zurück ins Hotel. Dort würde er Chiara im kühlen Halbdunkel ihres Zimmers langsam ausziehen und sie auf dem riesigen Bett lieben. Einen Augenblick lang konnte Gabriel fast glauben, seine Vergangenheit sei getilgt, seine Erfolge nur Fabeln, die im Archiv am King Saul Boulevard Staub ansammelten. Nur die Wachsamkeit blieb – das instinktive, nie erlahmende Misstrauen, das es ihm unmöglich machte, sich in der Öffentlichkeit jemals ganz entspannt zu bewegen. Diese Vorsicht zwang ihn dazu, in Gedanken eine Kohlestiftskizze von jedem Gesicht in der Menge zu erstellen. Und auf der Wellington Street, kurz vor ihrem Restaurant, brachte sie ihn dazu, ruckartig stehen zu bleiben. Chiara zupfte ihn spielerisch am Ärmel. Dann blickte sie ihm ins Gesicht und erkannte, dass irgendetwas nicht stimmte.

»Du siehst aus, als hättest du gerade ein Gespenst gesehen.«

»Kein Gespenst. Einen toten Mann.«

»Wo?«

Gabriel nickte zu einer Gestalt in einem grauen Wollmantel hinüber.

»Dort drüben.«

5

Covent Garden, London

Selbstmordattentäter verraten sich oft durch bestimmte Anzeichen. Lippen können sich unbeabsichtigt bewegen, während letzte Gebete aufgesagt werden. Augen können glasig ins Leere starren. Und das Gesicht kann um die Kinnpartie herum unnatürlich blass wirken, was darauf hinweist, dass ein verräterischer struppiger Vollbart erst vor Kurzem abgenommen worden ist. Der tote Mann ließ keines dieser Anzeichen erkennen. Sein Mund war geschlossen. Sein Blick war klar und zielgerichtet. Und sein Gesicht war gleichmäßig gebräunt. Er hatte sich seit Längerem regelmäßig rasiert.

Was ihn von allen anderen unterschied, war eine von der linken Schläfe herablaufende dünne Rinne von Schweißtropfen. Weshalb schwitzte er an einem kühlen Herbstnachmittag? Wieso waren seine Hände in den Manteltaschen vergraben, wenn ihm heiß war? Und warum war dann auch sein Mantel – mindestens eine Nummer zu groß, fand Gabriel – bis obenhin zugeknöpft? Hinzu kam sein Gang. Selbst einem sportlichen Mann Anfang zwanzig fällt es schwer, sich scheinbar normal zu bewegen, wenn er fünfundzwanzig Kilo Sprengstoff, Nägel und Kugellagerkugeln zu schleppen hat. Als der tote Mann auf der Wellington Street an Gabriel vorbeiging, hielt er sich unnatürlich aufrecht, als versuchte er dadurch das zusätzliche Gewicht in der Bauchregion zu kompensieren. Der Stoff seiner Gabardinehose vibrierte bei jedem Schritt, als zitterten seine

Knie- und Hüftgelenke unter dem Gewicht des Sprengsatzes. Natürlich konnte der schwitzende junge Mann in dem übergroßen Mantel ein harmloser Bürger sein, der mittags Einkäufe machte, aber Gabriel vermutete etwas anderes. Er glaubte, dieser einige Schritte vor ihnen gehende Mann verkörpere das Finale eines ganz Europa umspannenden Terrortages. Erst Paris, dann Kopenhagen, nun London.

Gabriel wies Chiara an, in dem Restaurant Schutz zu suchen, und wechselte rasch auf die andere Straßenseite. Er beschattete den Mann ungefähr hundert Meter weit und beobachtete dann, wie er um die Ecke in den Eingang des Covent Garden Market abbog. Auf der Ostseite der Piazza gab es zwei Cafés, die beide zur Lunchzeit sehr gut besucht waren. Auf einem sonnigen Fleck zwischen ihnen standen drei Beamten der Metropolitan Police beieinander. Keiner von ihnen achtete auf den Mann, als er die Marktarkade betrat.

Jetzt musste Gabriel eine Entscheidung treffen. Naheliegend war, dass er den Polizeibeamten seinen Verdacht mitteilte – naheliegend, fand er, aber nicht unbedingt optimal. Höchstwahrscheinlich würden die Beamten auf seine Warnung reagieren, indem sie ihn beiseitenahmen und ausfragten, wodurch kostbare Sekunden verloren gingen. Oder – noch schlimmer – sie würden den Mann stellen, worauf er garantiert seinen Sprengsatz zünden würde. Obwohl praktisch jeder Beamte der Met eine grundsätzliche Unterweisung in Terroristenbekämpfung erhalten hatte, verfügten nur wenige über die Erfahrung oder die Feuerkraft, die notwendig war, um einen Dschihadisten, der den Märtyrertod sterben wollte, aufzuhalten. Gabriel verfügte über beides, und dies würde nicht der erste Selbstmordattentäter sein, den er ausschaltete. Er glitt an den drei Polizeibeamten vorbei und betrat die Arkade.

Der tote Mann hatte jetzt fast zwanzig Meter Vorsprung

und marschierte wie auf einem Exerzierplatz den erhöhten Laufsteg der Haupthalle entlang. Gabriel vermutete, er trage genügend Sprengstoff und Kleineisen am Körper, um alle Menschen im Umkreis von fünfundzwanzig Metern zu töten. Dem Lehrbuch nach hätte Gabriel außerhalb dieser Zone bleiben sollen, bis es Zeit wurde, aktiv zu werden. Die äußeren Bedingungen erforderten jedoch, dass er den Abstand verringerte, auch wenn er sich dadurch in größere Gefahr brachte. Auch unter besten Voraussetzungen wäre ein Kopfschuss aus fünfundzwanzig Metern Entfernung selbst für einen Meisterschützen wie Gabriel Allon sehr schwierig gewesen. In dieser belebten Einkaufspassage war er nahezu unmöglich.

Gabriel spürte das Mobiltelefon in seiner Jacke schwach vibrieren. Er achtete nicht darauf, während er beobachtete, wie der tote Mann am Geländer des Laufstegs haltmachte, um auf seine Uhr zu sehen. Gabriel registrierte, dass sie am linken Handgelenk getragen wurde, was ziemlich sicher bedeutete, dass der Zündknopf sich in der rechten Hand befand. Aber weshalb sollte ein Selbstmordattentäter auf seinem Weg zum Märtyrertum auf die Uhr sehen? Das musste bedeuten, dass er den Auftrag hatte, sein Leben – und das möglichst vieler Unbeteiligter – zu einem bestimmten Zeitpunkt zu beenden. Gabriel vermutete, hier spiele irgendeine Art Symbolismus eine Rolle. Das war oft der Fall. Al-Qaida-Terroristen und ihre Nachahmer liebten Symbole, vor allem wenn sie mit Zahlen zu tun hatten.

Inzwischen war Gabriel so nah an ihn herangekommen, dass er die Augen des toten Mannes sehen konnte. Sein Blick war klar und zielstrebig, ein ermutigendes Zeichen. Es bedeutete, dass er weiter an seinen Auftrag statt schon an die fleischlichen Freuden dachte, die ihn im Paradies erwarteten. Sobald er anfing, von den parfümierten glutäugigen *Huris* zu träumen, würde sich das auf seinem Gesicht abzeichnen. Dann würde Gabriel eine Entscheidung treffen müssen. Aber vorläufig wollte er, dass der tote Mann noch eine Zeit lang in dieser Welt blieb.

Der tote Mann sah ein weiteres Mal auf die Uhr. Gabriel warf einen raschen Blick auf seine: 14.34 Uhr. Er glich die Ziffern mit der Datenbank seiner Erinnerung ab, suchte irgendeine Querverbindung. Er zählte sie zusammen, zog sie voneinander ab, multiplizierte sie, kehrte sie um und ordnete sie neu an. Dann dachte er an die beiden früheren Attentate. Das erste hatte sich um 11.46 Uhr ereignet, das zweite um 12.03 Uhr. Die Zahlen konnten Jahre des Gregorianischen Kalenders bezeichnen, aber Gabriel konnte keinen Zusammenhang erkennen, so sehr er sich auch bemühte.

Aus seinem Gehirn strich er die Stunden der Anschlagszeiten und konzentrierte sich rein auf die Minuten. *Sechsundvierzig Minuten nach, drei Minuten nach.* Dann begriff er. Diese Zeitangaben waren ihm so vertraut wie Tizians Pinselführung. *Sechsundvierzig Minuten nach, drei Minuten nach.* Das waren zwei der berühmtesten Augenblicke in der Geschichte des Terrorismus gewesen – die Minuten, in denen die beiden entführten Verkehrsmaschinen am 11. September 2001 ins World Trade Center gerast waren: American Airlines Flight 11 um 8.46 Uhr in den Nordturm, United Airlines Flight 175 um 9.03 Uhr in den Südturm. Das dritte Flugzeug, das an diesem Morgen sein Ziel getroffen hatte, war American Airlines Flight 77 gewesen, als die Maschine in die Westfassade des Pentagons gerast war. Das war um 9.37 Uhr gewesen – 14.37 Uhr in London.

Gabriel sah auf seine Quarzuhr, die wenige Sekunden nach 14.35 Uhr anzeigte. Als er anschließend den Kopf hob, marschierte der Mann in dem grauen Mantel rasch weiter, hatte die Hände in den Manteltaschen vergraben und schien die Menschen um ihn herum gar nicht wahrzunehmen. Als Gabriel ihm folgte, vibrierte sein Handy erneut. Diesmal nahm er den Anruf entgegen und hörte Chiaras Stimme. Er erklärte ihr, der Selbstmordattentäter sei kurz davor, sich im Covent Garden Market in die Luft zu sprengen, und bat sie, Verbindung mit dem MI5 aufzunehmen. Dann steckte er das Telefon wieder ein und begann, die Entfernung zu der Zielperson zu verringern. Er fürchtete, dass bald viele Unschuldige sterben würden, und fragte sich, ob er das irgendwie verhindern konnte.

6

COVENT GARDEN, LONDON

Es gab natürlich noch eine weitere Möglichkeit – dass der wenige Schritte vor Gabriel gehende Mann nichts unter seinem Mantel hatte als ein paar zusätzliche Kilogramm Körperfett. Gabriel erinnerte sich an den Fall des in Brasilien geborenen Elektrikers Jean Charles de Menezes, den Londoner Polizisten in der U-Bahn-Station Stockwell erschossen hatten, weil sie ihn mit einem gesuchten islamischen Terroristen verwechselt hatten. Die zuständige Staatsanwaltschaft hatte sich geweigert, gegen die Beamten Anklage zu erheben – eine Entscheidung, gegen die Menschenrechtsaktivisten und Bürgerrechtler in aller Welt entrüstet protestiert hatten. Gabriel wusste, dass er unter vergleichbaren Umständen nicht mit solcher Milde rechnen konnte. Das bedeutete, dass er sich seiner Sache hundertprozentig sicher sein musste, bevor er handelte. Eines stand jedoch für ihn fest: Er war überzeugt, dass der Attentäter wie ein Maler seine Signatur hinterlassen würde, bevor er den Zündknopf drückte. Er würde wollen, dass seine Opfer wussten, dass ihr bevorstehender Tod nicht sinnlos war, sondern dass sie im Namen des Heiligen Krieges und im Namen Allahs geopfert wurden.

Vorerst blieb Gabriel nichts anderes übrig, als dem Mann zu folgen und abzuwarten. Langsam, unauffällig verringerte er den Abstand weiter, während er zugleich kleine Kurskorrekturen vornahm, um immer freies Schussfeld zu haben. Sein Blick blieb auf die untere Hälfte des Hinterkopfs des

Mannes gerichtet. Wenige Zentimeter darunter saß der Hirnstamm, der für die Kontrolle der Sinnes- und Bewegungsorgane des menschlichen Körpers entscheidend war. Wurde der Hirnstamm durch einen Schuss verletzt, konnte der Selbstmordattentäter den Zündknopf nicht mehr drücken. Verfehlte Gabriel ihn jedoch, konnte der Märtyrer seinen Auftrag noch im letzten Todeszucken ausführen. Gabriel gehörte zu den weltweit wenigen Männern, die schon einmal einen Terroristen erschossen hatten, *bevor* er seine Bombe zünden konnte. Er wusste, dass der Unterschied zwischen Erfolg und Misserfolg nur Bruchteile einer Sekunde ausmachen würde. Ein Misserfolg würde Dutzende von Unbeteiligten das Leben kosten – vielleicht auch Gabriel selbst.

Der tote Mann ging durch den Torbogen auf die Piazza, wo jetzt weit mehr Gedränge herrschte. Ein Cellist spielte eine Partita von Bach. Ein Jimi-Hendrix-Imitator mühte sich mit einer Elektrogitarre ab. Ein gut angezogener Mann, der auf einer Kiste stand, sprach mit lauter Stimme über Gott und den Irakkrieg. Der Selbstmordattentäter hielt direkt auf die Platzmitte zu, wo die Vorstellung des Komikers sehr zum Vergnügen seines großen Publikums neue Tiefen der Anzüglichkeit erreicht hatte. Mit Hilfe einer Technik, die er in seiner Jugend gelernt hatte, blendete Gabriel mental die Störgeräusche – von den Celloklängen bis zum lauten Gelächter der Menge – nacheinander aus. Dann sah er ein letztes Mal auf seine Armbanduhr und wartete darauf, dass der Mann in dem grauen Mantel seine Signatur hinterlassen würde.

Es war 14.36 Uhr. Der tote Mann hatte den äußeren Rand der großen Zuschauermenge erreicht. Nach kurzem Zögern, als suche er eine Schwachstelle, um in sie eindringen zu können, zwängte er sich rücksichtslos zwischen zwei erschrockenen Frauen hindurch. Parallel zu ihm schlüpfte

Gabriel einige Meter weiter rechts fast unbemerkt durch eine amerikanische Touristenfamilie. Die Zuschauer standen überall vier bis fünf Reihen tief und dicht nebeneinander, was Gabriel vor ein weiteres Problem stellte. In einer solchen Situation wäre die ideale Munition ein Geschoss mit Hohlspitze gewesen, das trotz größter Zerstörungskraft die Umstehenden am wenigsten gefährdet hätte. Aber Gabriels Beretta war mit gewöhnlichen 9-mm-Parabellumpatronen geladen. Deshalb würde er eine Position finden müssen, aus der er extrem steil nach unten schießen konnte. Andernfalls war die Wahrscheinlichkeit hoch, dass er als Kollateralschaden einen der Unbeteiligten erschoss, die er retten wollte.

Der Selbstmordattentäter hatte den innersten Zuschauerring durchbrochen und hielt jetzt auf den Komödianten zu. Sein Blick war glasig geworden, schien ins Leere zu starren. Seine Lippen bewegten sich. *Das letzte Gebet…* Der Straßenkomödiant nahm irrtümlich an, der tote Mann wolle mitspielen. Er trat lächelnd zwei Schritte auf ihn zu, erstarrte aber, als er die Hände aus den Manteltaschen kommen sah. Die linke Hand war leicht geöffnet. Die Rechte war zur Faust geballt, der Daumen darüber abgewinkelt. Trotzdem zögerte Gabriel noch. Was war, wenn es keinen Zündknopf gab? Was war, wenn die Faust einen Kugelschreiber oder ein Röhrchen mit Lippenbalsam umschloss? Gabriel musste sich seiner Sache sicher sein. *Sag mir, was du vorhast,* dachte er. *Hinterlasse deine Signatur.*

Der tote Mann drehte sich langsam nach den Zuschauern um. Die Gäste auf dem Balkon des Punch & Judy und viele der auf der Piazza stehenden Zuschauer lachten nervös. In Gedanken blendete Gabriel das Lachen aus und ließ diese Szene erstarren. Vor seinen Augen erschien sie wie von Canaletto gemalt. Die Personen der Handlung standen unbeweglich da. Nur Gabriel, der Restaurator, konnte sich frei zwischen ihnen bewegen. Er schlüpfte durch die vorderste Zuschauerreihe und konzentrierte sich auf die Stelle am Hinterkopf des Attentäters. Ein Schuss von schräg oben würde nicht möglich sein. Aber potenzielle Kollateralschäden ließen sich theoretisch auch anders vermeiden. Bei einem Schuss von unten würde das Geschoss über die Köpfe der Zuschauer hinweggehen und in die nächste Fassade einschlagen. Er stellte sich den Handlungsablauf vor – die links steckende Pistole mit der rechten Hand ziehen, tief in die Hocke gehen, zwei oder drei Schüsse abgeben, nach vorn stürmen – und wartete darauf, dass der tote Mann seine Signatur hinterlassen würde.

Die Stille in Gabriels Kopf wurde durchbrochen, als ein angeheiterter Gast auf dem Balkon des Punch & Judy grölte – ein Aufruf an den Märtyrer, dass er Platz machen solle, damit die Vorführung weitergehen könne. Der tote Mann reagierte darauf, indem er die Arme wie ein Langstreckenläufer, der das Zielband zerreißt, über den Kopf hob. An der Innenseite des rechten Handgelenks war eine dünne Litze zu erkennen, die vom Zündknopf zu dem Sprengsatz führte. Mehr Beweise brauchte Gabriel nicht. Seine Hand umfasste den Griff der Beretta unter seiner Jacke. Als der tote Mann »Allahu akbar!« rief, ließ Gabriel sich auf ein Knie sinken und zielte auf ihn. Erstaunlicherweise hatte er freies Schussfeld, sodass keine Gefahr bestand, einen Unbeteiligten zu treffen. Aber als er eben abdrücken wollte, zogen zwei kräftige Hände den Arm mit der Pistole nach unten, und das Gewicht zweier Männer drückte ihn aufs Pflaster.

In dem Augenblick, in dem Gabriel zu Boden fiel, hörte er einen scharfen Knall wie einen Donnerschlag und spürte, wie eine heiße Druckwelle über ihn hinwegfegte. Zunächst herrschte sekundenlang Stille. Danach setzten die Schreie ein: erst ein einzelnes lautes Kreischen, dann auftosendes

Wehklagen. Gabriel hob den Kopf und sah eine Szene aus seinen Albträumen. Überall Körperteile und Blut. Dies war Bagdad an der Themse.

7

New Scotland Yard, London

Ein professioneller Geheimagent, auch wenn er pensioniert ist, kann kaum eine größere Sünde begehen, als sich von der örtlichen Polizei verhaften zu lassen. Weil Gabriel lange in dem Schattenreich zwischen gewöhnlicher und geheimer Welt gelebt hatte, war ihm das öfter passiert als den meisten seiner Kollegen. Aus Erfahrung wusste er, dass es bei solchen Gelegenheiten ein bestimmtes Ritual gab, eine Art Kabuki-tanz, der aufgeführt werden musste, bevor höhere Stellen eingreifen konnten. Er kannte den Ablauf gut. Zum Glück taten das auch seine Gastgeber.

Binnen Minuten nach dem Anschlag in London war er festgenommen und in rasender Fahrt zum New Scotland Yard, der Zentrale des Metropolitan Police Service, gebracht worden. Dort wurde er in einen fensterlosen Vernehmungs-raum gesetzt, wurde wegen seiner Schürf- und Platzwunden behandelt und bekam eine Tasse Tee, die er unberührt ste-hen ließ. Wenig später traf ein Superintendent der Abtei-lung Terrorismusbekämpfung ein. Er begutachtete Gabriels Ausweise mit der Skepsis, die sie verdienten, und versuchte dann festzustellen, was »Mr. Rossi« dazu veranlasst hatte, auf dem Covent Garden Market eine verdeckt getragene Waffe zu ziehen, kurz bevor ein Terrorist seinen Sprengstoffgürtel gezündet hatte. Gabriel war versucht, selbst ein paar Fragen zu stellen. Vor allem interessierte ihn, weshalb zwei bewaff-nete Angehörige der Met-Sondereinheit SO19 sich dafür entschieden hatten, *ihn* auszuschalten – statt den offenkundigen Terroristen, der dabei war, zahlreiche Unbeteiligte mit in den Tod zu reißen. Stattdessen nannte er als Antwort auf alle Fragen des Kriminalbeamten eine Telefonnummer. »Rufen Sie dort an«, sagte er und tippte auf die Stelle im Notizbuch des Mannes, wo dieser sie aufgeschrieben hatte. »Das Telefon wird in einem sehr großen Gebäude nicht weit von hier klingeln. Den Namen des Mannes, der sich meldet, werden Sie kennen. Zumindest sollten Sie das.«

Gabriel wusste nicht, welcher Polizeibeamte schließlich diese Nummer wählte, und hatte keine Ahnung, wann der Anruf endlich erfolgt war. Er wusste nur, dass er länger als unbedingt nötig im New Scotland Yard festgehalten wurde. Tatsächlich war es fast Mitternacht, als ein Kriminalbeamter ihn durch hell beleuchtete Flure zum Eingang des Gebäudes führte. In der linken Hand trug sein Begleiter einen braunen Umschlag. Nach Form und Größe enthielt er keine 9-mm-Pistole von Beretta.

Draußen war das nachmittags noch so freundliche Wetter in prasselnden Regen umgeschlagen. Unter dem Glasvordach wartete mit leise schnurrendem Motor ein viertüriger Jaguar mit Fahrer. Gabriel ließ sich den Umschlag geben und öffnete die hintere Tür der Limousine. Mit elegant übereinandergeschlagenen Beinen saß darin ein Mann, der wie geschaffen für seine Rolle war. Er trug einen perfekt sitzenden anthrazitgrauen Anzug mit silbergrauer Krawatte, die zu seiner Haarfarbe passte. Der Ausdruck seiner hellen Augen war normalerweise nicht zu deuten, aber jetzt verrieten sie Erschöpfung nach einem langen, schwierigen Abend. Als stellvertretender MI5-Direktor trug Graham Seymour einen Großteil der Verantwortung für den Schutz des Vereinigten Königreichs vor den Kräften des extremistischen Islams. Und trotz aller Bemühungen seiner Leute hatte der extremistische Islam wieder einmal gesiegt.

Obwohl die beiden Männer viele Jahre beruflich zusammengearbeitet hatten, wusste Gabriel nur wenig über Graham Seymours Privatleben. Er wusste, dass Seymour mit einer Frau namens Helen verheiratet war, die er liebte und bewunderte, und einen Sohn hatte, der als Vermögensverwalter in der New Yorker Filiale einer angesehenen englischen Bank arbeitete. Was Gabriel sonst über Seymour wusste, stammte aus der riesigen Datenbank des Diensts. Er war aus Englands glorreicher Vergangenheit übrig geblieben, ein Produkt des gehobenen Mittelstands, dessen Kinder dazu erzogen worden waren, später Führungsaufgaben zu übernehmen. Er glaubte an Gott, aber ohne besonders fromm zu sein. Er glaubte an sein Land, war aber nicht blind gegenüber dessen Fehlern. Er war ein guter Golfer, war aber bereit, im Dienst einer guten Sache auch einmal gegen einen schwächeren Gegner zu verlieren. Er war ein Mann, der von vielen bewundert wurde, und vor allem einer, auf den Verlass war – eine bei Spionen und Geheimagenten seltene Eigenschaft.

Graham Seymour war jedoch kein Mann, dessen Geduld grenzenlos war, wie sein missmutiger Gesichtsausdruck zeigte, als der Jaguar jetzt auf die Straße hinausfuhr. Er zog die nächste Morgenausgabe des *Telegraph* aus der Tasche in der Sitzlehne vor ihm und ließ sie auf Gabriels Schoß fallen. HERRSCHAFT DES SCHRECKENS lautete die Schlagzeile. Darunter zeigten drei Fotos, wie es nach den Anschlägen in Paris, Kopenhagen und London ausgesehen hatte. Gabriel suchte das Foto aus dem Covent Garden nach Anzeichen für seine Anwesenheit ab, sah aber nur Bombenopfer. Ein deprimierendes Bild, fand er – achtzehn Tote und Dutzende von Schwerverletzten, darunter einer der Polizeibeamten, die sich auf ihn geworfen hatten. Und das alles wegen des Schusses, den er nicht hatte abgeben können.

»Verdammt schlimmer Tag«, sagte Seymour müde.

»Noch schlimmer könnte er nur werden, denke ich, wenn die Medien von Ihrer Anwesenheit erfahren. Bis die Verschwörungstheoretiker fertig sind, wird die islamische Welt glauben, die Anschläge seien vom Dienst geplant und ausgeführt worden.«

»Sie können sicher sein, dass das schon der Fall ist.« Gabriel gab die Zeitung zurück und fragte: »Wo ist meine Frau?«

»Sie ist in Ihrem Hotel. Ich habe ein Team auf dem Flur stationiert.« Seymour machte eine Pause, dann fügte er hinzu: »Verständlicherweise ist sie nicht gerade zufrieden mit Ihnen.«

»Woher wollen Sie das wissen?« Von der Druckwelle der Detonation summten Gabriel noch immer die Ohren. Er schloss die Augen und fragte, wie das SO19-Team ihn so rasch hatte aufspüren können.

»Wie Sie sich denken können, stehen uns alle möglichen technischen Mittel zur Verfügung.«

»Zum Beispiel Handyortung und Ihr Netzwerk aus Überwachungskameras?«

»Genau«, sagte Seymour. »Nachdem Chiaras Anruf eingegangen war, konnten wir Sie innerhalb weniger Sekunden orten. Wir haben Gold Command, das Krisenzentrum der Met, informiert, das sofort zwei Specialist Firearms Officers entsandt hat.«

»Sie müssen in der Nähe gewesen sein.«

»Das waren sie«, bestätigte Seymour. »Nach den Anschlägen in Paris und Kopenhagen waren wir in höchster Alarmbereitschaft. Mehrere Teams waren bereits im Bankenviertel und an Orten, die viele Touristen anziehen, im Einsatz.«

»Weshalb haben sie mich niedergerungen statt den Selbstmordattentäter?«

»Weil weder Scotland Yard noch Security Service eine Wiederholung des Menezes-Fiaskos wollten. Als Folge seines Todes sind neue Richtlinien und Verhaltensmaßregeln erlassen worden, die garantieren sollen, dass so etwas nie wieder passiert. Es genügt wohl, wenn ich sage, dass eine einzelne Warnung weit unterhalb der Schwelle für einen tödlichen Rettungsschuss liegt – selbst wenn der Informant zufällig Gabriel Allon heißt.«

»Deshalb sind also achtzehn Menschen zu Tode gekommen?«

»Was wäre gewesen, wenn er kein Terrorist gewesen wäre? Wenn er ein weiterer Straßenkünstler oder geistig verwirrt gewesen wäre? Wir wären auf dem Scheiterhaufen verbrannt worden.«

»Aber er war kein Straßenkünstler oder Geistesgestörter, Graham. Er war ein Selbstmordattentäter. Und ich habe Sie vor ihm gewarnt.«

»Woher haben Sie das gewusst?«

»Er hätte genauso gut ein Schild hochhalten können, um seine Absichten anzukündigen.«

Gabriel zählte die Punkte auf, die ihn anfangs misstrauisch gemacht hatten, und erklärte dann, wie er sich ausgerechnet hatte, dass der Terrorist seinen Sprengsatz um 14.37 Uhr zünden würde. Seymour schüttelte langsam den Kopf.

»Ich weiß gar nicht mehr, wie viele Stunden wir dafür aufgewandt haben, unsere Polizeibeamten darin auszubilden, potenzielle Terroristen zu erkennen – von den Millionen Pfund, die wir für Software zur Erkennung auffälliger Verhaltensweisen durch Überwachungskameras ausgegeben haben, ganz zu schweigen. Und trotzdem ist ein Selbstmordattentäter unbehelligt in den Covent Garden marschiert, und keiner hat etwas gemerkt. Keiner außer Ihnen, versteht sich.«

Seymour versank in mürrisches Schweigen. Sie waren auf dem gleißend hell beleuchteten Canyon der Regent Street nach Norden unterwegs. Gabriel lehnte den Kopf müde an die Seitenscheibe und fragte, ob der Attentäter schon identifiziert sei.

»Er hat Farid Khan geheißen«, sagte Seymour. »Seine Eltern sind Ende der Siebzigerjahre aus Lahore nach England ausgewandert, aber Farid ist in London geboren. Genauer gesagt in Stepney Green. Wie viele britische Muslime seiner Generation hat er die gemäßigten, apolitischen religiösen Überzeugungen seiner Eltern abgelehnt und ist Islamist geworden. Ende der Neunzigerjahre hat er ungewöhnlich viel Zeit in der East Londoner Moschee an der Whitechapel Road verbracht. Danach hat es nicht lange gedauert, bis er Vollmitglied radikaler Gruppierungen wie Hisb ut-Tahir und al-Muhadjiroun war.«

»Das klingt ganz so, als hätten Sie eine Akte über ihn.«

»Stimmt«, sagte Seymour, »aber nicht aus dem Grund, den Sie vielleicht vermuten. Farid Khan war ein Sonnenstrahl in der Finsternis, müssen Sie wissen, unsere Hoffnung für die Zukunft. Zumindest haben wir das geglaubt.«

»Sie haben geglaubt, Sie hätten ihn umgedreht?«

Seymour nickte. »Nicht lange nach dem 11. September hat Farid sich einer Gruppe angeschlossen, die sich Neuer Anfang nannte. Ihr Ziel war, Militante umzuprogrammieren und wieder in den Mainstream des islamischen und britischen öffentlichen Lebens zu integrieren. Farid hat als einer ihrer größten Erfolge gegolten. Er hat sich den Bart abrasiert. Er hat sich von alten Freunden losgesagt. Er hat das King's College als einer der Jahrgangsbesten abgeschlossen und einen gut bezahlten Job bei einer Londoner Werbeagentur bekommen. Vor einigen Wochen hat er sich mit einer Frau aus seinem alten Viertel verlobt.«

»Also haben Sie ihn von Ihrer Liste gestrichen?«

»Sozusagen«, gab Seymour zu. »Jetzt scheint sich zu zeigen, dass alles nur ein cleveres Täuschungsmanöver war. In

Wirklichkeit war Farid eine tickende Bombe, die darauf gewartet hat, detonieren zu können.«

»Irgendeine Idee, wer ihn aktiviert hat?«

»Wir sind gegenwärtig dabei, seine Telefon- und Computerdaten sowie sein hinterlassenes Bekennervideo auszuwerten. Klar ist, dass es einen Zusammenhang mit den Anschlägen in Paris und Kopenhagen gibt. Ob dahinter Reste der al-Qaida oder eine neue Gruppierung stecken, wird intensiv diskutiert. Aber Sie betrifft das alles nicht. Ihre Rolle in dieser Angelegenheit ist offiziell beendet.«

Der Jaguar fuhr über den Cavendish Place und hielt vor dem Eingang des Hotels Langham.

»Ich hätte gern meine Pistole wieder.«

»Ich will sehen, was sich machen lässt«, sagte Seymour.

»Wie lange muss ich hierbleiben?«

»Scotland Yard möchte, dass Sie übers Wochenende bleiben. Am Montagmorgen können Sie in Ihr Häuschen am Meer zurückfahren und an nichts anderes mehr denken als Ihren Tizian.«

»Woher wissen Sie von dem Tizian?«

»Ich weiß alles. Nur nicht genug, um einen in England geborenen Muslim daran zu hindern, einen Massenmord im Covent Garden zu verüben.«

»Ich hätte ihn daran hindern können, Graham.«

»Ja«, sagte Seymour reserviert. »Und wir hätten uns dafür revanchiert, indem wir Sie in Stücke gerissen hätten.«

Gabriel stieg wortlos aus. »Ihre Rolle in dieser Angelegenheit ist offiziell beendet«, murmelte er vor sich hin, als er die Hotelhalle betrat. Diesen Satz wiederholte er immer wieder wie ein Mantra.

8

New York City

Am selben Abend befand das zweite Universum, das Gabriel
Allon bewohnte, sich ebenfalls in Aufruhr, aber aus entschieden anderen Gründen. In New York begannen die
Herbstauktionen. Eine aufregende Zeit, in der die Kunstwelt mitsamt ihrem Irrwitz und ihren Exzessen sich für zwei
Wochen versammelt, um hektisch zu kaufen und zu verkaufen. Dies war, wie Nicholas Lovegrove zu sagen pflegte,
einer der wenigen verbliebenen Anlässe, bei dem es noch
als chic galt, stinkreich zu sein. Zugleich war das Ganze ein
todernstes Geschäft. Große Sammlungen würden aufgebaut, große Vermögen vermehrt oder verschleudert werden. Eine einzige Transaktion konnte der Startschuss zu
einer brillanten Karriere sein. Oder eine zerstören.

Lovegroves professioneller Ruf war wie der Gabriel
Allons längst gefestigt. Der geborene Brite galt als der
meistbegehrte Kunstberater der Welt – ein so mächtiger
Mann, dass er Märkte mit einer hingeworfenen Bemerkung
oder einem Rümpfen seiner eleganten Nase in Bewegung
versetzen konnte. Seine Kunstkenntnis war ebenso legendär
wie das Vermögen auf seinem Bankkonto. Lovegrove
brauchte sich nicht länger um Klienten zu bemühen. Sie
kamen demütig zu ihm und versprachen ihm hohe Provisionen. Das Geheimnis seines Erfolgs lag in seinem unfehl-
baren Auge und seiner Diskretion. Lovegrove beging nie
einen Vertrauensbruch. Lovegrove klatschte nie und
machte keine zweifelhaften Geschäfte. Er gehörte zu den

seltensten Erscheinungen im Kunsthandel: ein Mann, der Wort hielt.

Trotz seines glänzenden Rufs litt Lovegrove wie vor jeder großen Auktion unter seinem Lampenfieber, als er die Sixth Avenue entlanghastete. Nach jahrelangem Preisverfall und mickrigen Erlösen ließ der Kunstmarkt endlich wieder Anzeichen einer Erholung erkennen. Die ersten Versteigerungen der Saison hatten ahnsehnliche Ergebnisse gebracht, auch wenn sie nicht ganz den Erwartungen entsprochen hatten. Die heutige Abendauktion von Gegenwartskunst bei Christie's besaß das Potenzial, dem Kunstmarkt neue Impulse zu geben. Wie üblich hatte Lovegrove Klienten in beiden Lagern. Zwei waren Verkäufer – im Fachjargon Einlieferer –, während ein Dritter das Los Nummer 12, *Ocker und Rot auf Rot*, Öl auf Leinwand, von Mark Rothko ersteigern wollte. Dieser Klient war insofern ein Unikum, als Lovegrove ihn nicht namentlich kannte. Er hatte nur Verbindung zu einem Herrn Hamdali in Paris, der wiederum mit dem Klienten in Verbindung stand. Dieses Arrangement war ungewöhnlich, aber aus Lovegroves Sicht höchst lukrativ. Allein in den vergangenen zwölf Monaten hatte dieser Sammler Gemälde für über zweihundert Millionen Dollar gekauft. Lovegroves Provision hatte über zwanzig Millionen Dollar betragen. Und wenn alles nach Plan verlief, würde er nach dem heutigen Abend wieder um ein paar Millionen reicher sein.

Lovegrove bog um die Ecke zur Forty-ninth Street und ging einen halben Block weit zum Eingang von Christie's. Die hohe gläserne Eingangshalle glich einem Meer aus Brillanten, Seide, Egos und Collagen. Er blieb kurz stehen, um die parfümierte Wange der Erbin eines deutschen Verpackungsimperiums zu küssen, bevor er zur Garderobe weiterging, wo ihn prompt zwei unbedeutende Kunsthändler von der Upper East Side in ein Gespräch verwickeln wollten. Er wehrte sie mit einer Handbewegung ab, ließ sich sein Bieterpaddel geben und ging nach oben in den Versteigerungssaal.

Angesichts aller Intrigen und allen Glamours wirkte dieser Saal überraschend gewöhnlich – eine Mischung aus dem UN-Plenarsaal und der Kirche eines Fernsehpredigers. Die Wände waren in einem trüben Graubeige gehalten, das sich in den Klappstühlen fortsetzte, die eng zusammengerückt waren, um den beschränkten Platz bestmöglich zu nutzen. Hinter dem kanzelartigen Pult des Auktionators standen eine drehbare Ausstellungsvitrine und ein Tisch mit einem halben Dutzend Telefonen, an denen Angestellte von Christie's saßen. Lovegrove sah zu den sogenannten »Himmels-Logen« auf, weil er hoffte, hinter dem getönten Glas einige Gesichter erkennen zu können, und wandte sich dann den in einer hinteren Ecke zusammengepferchten Journalisten zu. Er verdeckte die Nummer seines Paddels, als er an ihnen vorbei zu seinem Stammplatz in einer der vorderen Reihen hastete. Dort war das Gelobte Land, in dem alle Händler, Berater und Sammler eines Tages zu sitzen hofften. Kein Ort für zaghafte Gemüter oder Leute, die sparen mussten. Lovegrove bezeichnete ihn als »Todeszone«.

Die Versteigerung sollte um achtzehn Uhr beginnen. Francis Hunt, der Chefauktionator von Christie's, gab dem nervösen Publikum fünf zusätzliche Minuten Zeit, seine Plätze zu finden, bevor er aufs Podium kam. Er besaß ausgezeichnete Manieren und verkörperte jene lässige britische Urbanität, die bei Amerikanern aus unerfindlichen Gründen noch immer Minderwertigkeitskomplexe auslöste. In der Rechten hielt er das berühmte »schwarze Buch«, das die Geheimnisse des Universums enthielt – zumindest was den heutigen Abend betraf. Jedem zur Versteigerung kommenden Los war darin eine eigene Seite mit Informationen gewidmet: der Mindestpreis des Einlieferers, ein Sitzplan mit der Position potenzieller Bieter und Hunts Strategie zur Erzielung eines möglichst hohen Preises. Lovegroves Name erschien auf der Seite für Los Nummer 12, dem Rothko. Bei einer Vorbesichtigung hatte er angedeutet, er *könnte* interessiert sein, aber nur wenn der Preis stimme und die Sterne richtig stünden. Aber Hunt wusste natürlich, dass Lovegrove tiefstapelte. Hunt wusste alles.

Er wünschte dem Publikum einen angenehmen Abend, bevor er wie ein Maître d'hôtel, der eine Vierergruppe aufruft, zur Sache kam: »Losnummer eins, der Twombly.« Sofort begann lebhaftes Bieten in 100 000-Dollar-Schritten. Der Versteigerer steuerte es geschickt mithilfe zweier untadelig gekleideter »Späher«, die wie männliche Models bei einem Fototermin auf dem Podium auf und ab gingen. Das Geschehen dort oben hätte Lovegrove imponieren können, wenn er nicht gewusst hätte, dass alles sorgfältig einstudiert war. Bei einer Million fünf kam das Bieten ins Stocken, wurde aber durch ein telefonisches Gebot auf eine Million sechs neu belebt. Nun folgten rasch aufeinander fünf weitere Gebote, worauf das Bieten erneut zum Stillstand kam. »Geboten sind zwokommaeins Millionen bei Cordelia am Telefon«, gab Hunt bekannt, während sein Blick den Saal absuchte. »Das Höchstgebot ist nicht von Ihnen, Madam. Auch nicht von Ihnen, Sir. Zwokommaeins, am Telefon, für den Twombly. Sie sind gewarnt. Letzte Chance.« Dann fiel der Hammer des Versteigerers mit scharfem Knall. »Ich danke Ihnen«, murmelte Hunt, als er die Transaktion in seinem schwarzen Buch vermerkte.

Nach dem Twombly wurde der Lichtenstein aufgerufen, dem der Basquiat, der Diebenkorn, der De Kooning, der Johns, der Pollock und eine Reihe von Warhols folgten. Jedes Werk brachte mehr als den Schätzpreis und mehr als das vorherige Los. Das war kein Zufall. Hunt hatte die Lose sorgfältig angeordnet, um das Bieterfieber zu schüren. Als er

Los Nummer 12 aufrief, hatte er das Publikum und die Bieter genau dort, wo er sie haben wollte.

»Rechts neben mir haben wir den Rothko«, verkündete Hunt. »Wollen wir mit einem Aufrufpreis von zwölf Millionen beginnen?«

Das waren zwei Millionen mehr als der Schätzpreis – ein deutliches Anzeichen dafür, dass Hunt einen hohen Preis für dieses Gemälde erwartete. Lovegrove zog ein Smartphone aus der Brusttasche seines Anzugs von Brioni und wählte eine Nummer in Paris. Hamdali meldete sich. Seine Stimme klang wie mit Honig gesüßter warmer Tee.

»Mein Klient möchte sich ein Bild von der Atmosphäre im Saal verschaffen, bevor er ein erstes Gebot abgibt.«

»Kluge Entscheidung.«

Lovegrove legte das Telefon in seinen Schoß und faltete die Hände. Wie sich rasch zeigte, stand ein heftiges Bietergefecht bevor. Hunt wurde mit Geboten aus allen Ecken des Saals und von seinen Mitarbeiterinnen an den Telefonen überschüttet. Hector Candiotti, der Kunstberater eines belgischen Großindustriellen, ließ sein Paddel wie ein Schulweghelfer in der Luft – eine als »Dampfwalze« bekannte Methode. Tony Berringer, der einen russischen Oligarchen vertrat, bot mit, als ginge es um sein Leben, was vielleicht nicht einmal auszuschließen war. Lovegrove wartete, bis dreißig Millionen aufgerufen waren, bevor er wieder nach seinem Mobiltelefon griff.

»Nun?«, fragte er ruhig.

»Noch nicht, Mr. Lovegrove.«

Diesmal ließ Lovegrove das Handy ans Ohr gedrückt. In Paris sprach Hamdali mit jemandem auf Arabisch. Leider war dies keine der Sprachen, die Lovegrove fließend beherrschte. Während er wartete, beobachtete er die Himmels-Logen, um vielleicht weitere Bieter zu entdecken. In einer fiel ihm eine schöne junge Frau mit einem Mobiltelefon auf. Nach einigen Sekunden fiel Lovegrove noch etwas anderes auf: Wenn Hamdali sprach, saß die junge Frau stumm da. Und wenn sie sprach, sagte Hamdali nichts. Das konnte ein Zufall sein. Aber vielleicht auch nicht.

»Vielleicht ist's Zeit für einen Versuchsballon«, schlug Lovegrove vor, ohne die Frau in der Himmels-Loge aus den Augen zu lassen.

»Vielleicht haben Sie recht«, antwortete Hamdali. »Augenblick, bitte.«

Hamdali murmelte etwas auf Arabisch. Wenige Sekunden später sprach die Frau in der Himmels-Loge in ihr Mobiltelefon. Dann meldete Hamdali sich wieder. »Mein Klient ist einverstanden, Mr. Lovegrove. Bitte geben Sie Ihr erstes Gebot ab.«

Im Augenblick waren vierunddreißig Millionen geboten. Indem Lovegrove eine Augenbraue hob, erhöhte er das Gebot um eine weitere Million.

»Wir haben fünfunddreißig«, sagte Hunt in einem Tonfall, der verriet, dass ein weiterer ernsthafter Mitbewerber auf den Plan getreten war. Hector Candiotti konterte sofort, was auch Tony Berringer tat. Zwei konkurrierende Telefonbieter trieben den Preis auf vierzig Millionen hoch. Dann bot Jack Chambers, der Immobilienkönig, lässig einundvierzig. Aber Jack machte Lovegrove keine großen Sorgen. Seine Affäre mit dieser kleinen Nutte in New Jersey war ihn bei der Scheidung teuer zu stehen gekommen. Jack war nicht flüssig genug, um bis zuletzt mithalten zu können.

»Geboten sind einundvierzig gegen Sie«, murmelte Lovegrove ins Telefon.

»Mein Klient glaubt, dass viele Bieter sich nur in Pose werfen.«

»Dies ist eine Kunstauktion bei Christie's. Da sind Posen unerlässlich.«

»Geduld, Mr. Lovegrove.«

Während das Höchstgebot fünfzig Millionen überschritt, behielt Lovegrove die Frau in der Himmels-Loge im Auge. Jack Chambers gab sein letztes Gebot bei sechzig ab. Tony Berringer und sein russischer Gangster boten glatte siebzig. Daraufhin stieg Hector Candiotti aus.

»Sieht so aus, als fiele die Entscheidung zwischen den Russen und uns.«

»Mein Klient kann Russen nicht leiden.«

»Was möchte Ihr Klient dagegen tun?«

»Wo steht der Rekord für einen Rothko bei Versteigerungen?«

»Zweiundsiebzig und ein paar Zerquetschte.«

»Dann bieten Sie bitte fünfundsiebzig.«

»Das ist zu viel.«

»Geben Sie das Gebot ab, Mr. Lovegrove.«

Lovegrove zog eine Augenbraue hoch und hob fünf Finger. »Geboten sind fünfundsiebzig Millionen«, sagte Hunt. »Das Höchstgebot ist nicht von Ihnen, Sir. Und auch nicht von Ihnen. Fünfundsiebzig Millionen für den Rothko. Sie sind gewarnt. Letzte Chance. Niemand mehr?«

Peng.

Durch den Saal ging ein Raunen, als der Hammer fiel. Lovegrove sah zu der Himmels-Loge auf, aber die schöne junge Frau war verschwunden.

9

LIZARD-HALBINSEL, CORNWALL

Mit Genehmigung von Scotland Yard, des Innenministeriums und sogar des englischen Premierministers kehrten Gabriel und Chiara drei Tage nach dem Bombenanschlag im Covent Garden nach Cornwall zurück. *Madonna und Kind mit Maria Magdalena*, Öl auf Leinwand, 110 mal 92 Zentimeter, traf am folgenden Mittag ein. Nachdem Gabriel das in einer Kiste angelieferte Gemälde ausgepackt und im Wohnzimmer auf eine alte Eichenholzstaffelei gestellt hatte, verbrachte er den Rest des Tages damit, die Röntgenaufnahmen zu studieren. Die geisterhaften Aufnahmen bestätigten seine Überzeugung, dies sei ein Tizian – und noch dazu ein sehr guter.

Gabriel hatte mehrere Monate lang an keinem Gemälde mehr gearbeitet und konnte es kaum erwarten, mit dieser Restaurierung zu beginnen. Am folgenden Morgen stand er früh auf, machte sich eine Schale Milchkaffee und stürzte sich sofort auf die schwierige Aufgabe, das Gemälde neu aufzuziehen. Der erste Schritt bestand darin, die Bildseite mit Seidenpapier zu bekleben, um weitere Farbverluste zu verhindern. Obwohl es Klebstoffe zu kaufen gab, die dafür geeignet waren, bereitete Gabriel seinen Leim lieber nach dem Rezept zu, das er aus seiner Lehrzeit in Venedig von dem großen Restaurator Umberto Conti kannte: Kügelchen aus Hasenfell-Leim in einer Mischung aus Wasser, Essig, Ochsengalle und Molasse aufgelöst.

Diese übel riechende Mischung kochte er auf dem

Küchenherd ein, bis sie sirupartig war, und sah dann die BBC-Morgennachrichten, während er darauf wartete, dass der Leim abkühlte. Farid Khan war inzwischen in ganz Großbritannien bekannt. Weil sein Anschlag zu einer bestimmten Zeit stattgefunden hatte, gingen Scotland Yard und die britischen Geheimdienste von einem Zusammenhang mit den Bombenanschlägen in Paris und Kopenhagen aus. Noch unklar war, welcher terroristischen Gruppierung der Attentäter angehört hatte. Darüber diskutierten die Fernsehexperten eifrig, wobei das eine Lager behauptete, die Anschläge seien von der al-Qaida-Führung in Pakistan koordiniert worden, während das andere die Theorie vertrat, sie seien eindeutig das Werk einer neuen Organisation, die bisher noch nicht auf dem Radar der westlichen Geheimdienste aufgetaucht sei. Jedenfalls machten die Polizeien und Sicherheitsdienste Europas sich auf weiteres Blutvergießen gefasst. Das beim MI5 eingerichtete Gemeinsame Zentrum für Terrorismusanalyse hatte seine Alarmstufe auf »kritisch« angehoben, was auf einen unmittelbar bevorstehenden weiteren Angriff hindeutete.

Gabriel konzentrierte sich auf einen Bericht über Fragen im Zusammenhang mit dem Verhalten von Scotland Yard in den Minuten vor dem Attentat. In einer sorgfältig formulierten Antwort räumte der Commissioner der Metropolitan Police ein, es habe eine Warnung vor einem Verdächtigen gegeben, der einen übergroßen Mantel trug und in Richtung Covent Garden unterwegs war. Leider, sagte der Commissioner, habe der Tipp nicht die Schwelle erreicht, die für gewaltsames Eingreifen erforderlich gewesen wäre. Dann bestätigte er, dass zwei Beamten von SO19 zum Covent Garden entsandt worden seien, wo sie jedoch wegen der bestehenden Richtlinien nicht hätten schießen dürfen. Was Aussagen über eine gezogene Pistole betraf, hatte die Polizei den Mann vernommen und festgestellt, dass er keine Schusswaffe, sondern eine Kamera gehabt hatte. Aus Datenschutz-gründen würde seine Identität nicht bekannt gegeben werden. Die Medien schienen die amtliche Version der Ereignisse ebenso zu glauben wie die Bürgerrechtler, von denen Lob für die Zurückhaltung der Polizei kam, auch wenn sie achtzehn Menschen das Leben gekostet hatte.

Gabriel schaltete den Fernseher ab, als Chiara in die Küche kam. Sie riss sofort das Fenster auf, um den Gestank von Essig und Ochsengalle zu vertreiben, und schalt Gabriel, weil er ihren liebsten Edelstahlkochtopf zweckentfremdet hatte. Gabriel lächelte nur und stippte einen Finger in die Mischung. Sie war inzwischen so weit abgekühlt, dass sie gebrauchsfertig war. Während Chiara ihm über die Schulter sah, bestrich er den vergilbten Firnis gleichmäßig mit Leim, den er mit Rechtecken aus Seidenpapier abdeckte. Nun war Tizians Arbeit unsichtbar und würde es einige Tage lang bleiben, bis die Leinwand neu aufgezogen war.

An diesem Vormittag konnte Gabriel nicht mehr tun, als das Gemälde ab und zu daraufhin zu kontrollieren, dass der Leim gleichmäßig trocknete. Er saß auf der Veranda mit Meeresblick, hatte sein Notebook auf den Knien und durchforstete das Internet nach weiteren Informationen über die drei Bombenanschläge. Er war versucht, beim King Saul Boulevard nachzufragen, verzichtete dann aber doch lieber darauf. Er hatte es versäumt, Tel Aviv von seinem Beinahe-Kontakt mit dem Londoner Terroristen zu berichten, und wenn er das jetzt tat, lieferte er seinen früheren Kollegen nur einen Vorwand, sich wieder mal in sein Leben einzumischen. Aus Erfahrung wusste Gabriel, dass es am besten war, den Dienst wie eine verschmähte Geliebte zu behandeln. Kontakte mussten auf ein Minimum beschränkt bleiben und fanden am besten an öffentlichen Orten statt, wo man kein Aufsehen erregen durfte.

Kurz vor Mittag zogen die letzten Ausläufer eines nächtlichen Sturmtiefs über die Gunwalloe Cove hinweg und ließen den Himmel in frisch gewaschenem Kristallblau zurück. Nachdem Gabriel den Tizian ein letztes Mal kontrolliert hatte, zog er Anorak und Trekkingstiefel an und brach zu seiner täglichen Wanderung über die Klippen auf. Am Vortag hatte er den Küstenwanderweg nach Praa Sands genommen. Diesmal stieg er die kleine Anhöhe hinter dem Cottage hinauf und schlug den Weg nach Süden, nach Lizard Point ein.

Es dauerte nicht lange, bis die Magie der kornischen Küste die Erinnerungen an die Toten und Verletzten im Covent Garden vertrieben hatte. Als Gabriel den Rand des weitläufigen Geländes des Golfclubs Mullion erreicht hatte, war das letzte schreckliche Bild wie unter einer dicken Farbschicht verschwunden. Auf seinem weiteren Weg nach Süden, an den felsigen Polurrian Cliffs vorbei, dachte er nur an die bevorstehenden Arbeiten an dem Tizian. Morgen würde er das Gemälde vorsichtig von dem Keilrahmen abnehmen und die geschwächte Leinwand mit frischem italienischen Leinen doublieren, das mit einem schweren Schneiderbügeleisen angedrückt wurde. Danach kam die längste und mühsamste Phase der Restaurierung: Er musste den rissigen und vergilbten Firnis abnehmen und die Stellen retuschieren, wo der Farbauftrag im Lauf der Zeit beschädigt worden oder abgeplatzt war. Während manche Restauratoren dazu neigten, aggressiv zu retuschieren, war Gabriel in der gesamten Kunstwelt für seine leichte Hand und seine fast unheimliche Fähigkeit bekannt, die Pinselführung von Altmeistern zu imitieren. Seiner Überzeugung nach war es die Pflicht des Restaurators, ungesehen zu kommen und zu gehen, sodass von seiner Anwesenheit keine andere Spur zurückblieb als ein in alter Pracht wiederhergestelltes Gemälde.

Als Gabriel das Nordende der Kynance Cove erreichte, war die Sonne hinter dunklen Wolken verschwunden, und der Seewind war spürbar kälter geworden. Als aufmerksamer Beobachter der Kapriolen des hiesigen Wetters war ihm klar, dass das »heitere Zwischenspiel«, wie manche britischen Meteorologen sonnige Abschnitte nannten, bald abrupt enden würde. Gabriel machte kurz halt, während er überlegte, wo er Schutz suchen sollte. Im Osten, durch einen Fleckenteppich aus Feldern von ihm getrennt, lag das Dorf Lizard. Direkt vor sich hatte er das Kap Lizard Point. Er entschied sich für die zweite Option, denn er wollte seine Wanderung nicht wegen eines bloßen Regenschauers abkürzen. Außerdem gab es dort ein gutes Café, in dem er den Schauer bei Scones und einer Kanne Tee abwarten konnte.

Als die ersten Regentropfen fielen, klappte er seinen Anorakkragen hoch und folgte weiter dem Rand der Bucht. Aus dem leichten Nebel tauchte das Café auf. Am Fuß der Klippen stand im Lee des verfallenden Bootshauses ein Mann Mitte zwanzig, auf dessen kurzem Haar eine Sonnenbrille saß. Ein zweiter Mann lungerte am Beobachtungspunkt herum und tat so, als sehe er durch das Münzteleskop. Gabriel wusste jedoch bestimmt, dass es schon seit Monaten außer Betrieb war.

Gabriel wurde langsamer und blieb stehen, als ein dritter Mann auf die Terrasse trat. Er trug eine tief in die Stirn gezogene wasserfeste Schirmmütze und eine randlose Brille von der Art, die deutsche Intellektuelle und Schweizer Bankiers bevorzugten. Sein Gesichtsausdruck war ungeduldig wie der eines viel beschäftigten Managers, den seine Frau dazu gezwungen hat, eine Urlaubsreise zu machen. Er starrte Gabriel lange an, bevor er sein dickes Handgelenk hob, um auf die Uhr zu sehen. Gabriel war versucht, auf der Stelle umzukehren. Stattdessen richtete er seinen Blick auf den Weg vor ihm und ging langsam weiter. *Lieber in der Öffentlichkeit*, sagte er sich. *Das macht eine unangenehme Szene weniger wahrscheinlich.*

10

Lizard Point, Cornwall

»Musstest du unbedingt Scones als Gebäck bestellen?«, fragte Uzi Navot gereizt.

»Bessere gibt's nirgends in Cornwall. Auch der Dickrahm ist unschlagbar.«

Navot äußerte sich nicht dazu. Gabriel lächelte verständnisvoll.

»Wie viel sollst du noch abnehmen, sagt Bella?«

»Fünf Pfund. Anschließend geht's darum, mein Gewicht zu halten«, fügte Navot trübselig hinzu, als sei das eine Haftstrafe. »Was gäbe ich nicht für deinen Metabolismus! Du bist mit einer Weltklasseköchin verheiratet und hast trotzdem noch die Figur eines Mannes Mitte zwanzig. Und ich? Ich bin mit der besten Syrienkennerin unseres Landes verheiratet, und wenn ich Gebäck nur rieche, muss ich schon meine Hose zum Auslassen bringen.«

»Vielleicht wird's Zeit, dass du Bella aufforderst, ihre Diätvorschriften etwas zu lockern.«

»Versuch *du* es doch mal«, schlug Navot vor. »Ihre jahrelange Beschäftigung mit den Baathisten in Damaskus hat Spuren hinterlassen. Manchmal komme ich mir in meinen eigenen vier Wänden wie in einem Polizeistaat vor.«

Sie saßen an einem Einzeltisch am Fenster, an dessen Scheibe dicke Regentropfen hinunterliefen. Gabriel mit dem Rücken zur See, Navot mit dem Rücken zum Lokal. Er trug eine Cordsamthose und einen nagelneuen beigen Pullover aus der Herrenabteilung von Harrods. Er hängte seine Schirmmütze an die nächste Stuhllehne und fuhr sich mit einer Hand durch sein rotblondes Haar. Es war mit etwas mehr Grau durchmischt, als Gabriel in Erinnerung hatte, aber das war keine Überraschung. Uzi Navot leitete jetzt den israelischen Auslandsgeheimdienst. Da kamen graue Haare automatisch mit dazu.

Hätte Navots kurze Amtszeit in diesem Augenblick geendet, hätte er zweifellos als einer der erfolgreichsten Direktoren in der langen, komplexen Geschichte des Diensts gegolten. Dass er mit Lob überhäuft worden war, verdankte er der Operation Masterpiece, einem englisch-amerikanisch-israelischen Unternehmen, das zur Zerstörung von vier geheimen iranischen Atomanlagen geführt hatte. Ein großer Teil dieses Lobs hätte Gabriel gebührt, aber Navot zog es vor, diesen Aspekt nicht weiter zu erwähnen. Er hatte den Chefposten nur bekommen, weil Gabriel ihn abgelehnt hatte. Und die Zentrifugen der vier Anreicherungsanlagen würden noch laufen, wenn Gabriel den Schweizer Geschäftsmann, der sie den Iranern heimlich lieferte, nicht identifiziert und angeworben hätte.

Im Augenblick schien Navot jedoch nur an den Teller mit Scones denken zu können. Als er nicht länger widerstehen konnte, wählte er für sich selbst auch einen, teilte ihn sorgfältig, bestrich ihn mit Erdbeermarmelade und fügte etwas Dickrahm hinzu. Gabriel schenkte sich aus der Aluminiumkanne Tee nach und fragte ruhig nach dem Grund für diesen nicht angekündigten Besuch. Das tat er in fließendem Deutsch, mit Berliner Tonfall, wie seine Mutter es gesprochen hatte. Deutsch war eine der fünf Sprachen, die er mit Navot gemeinsam hatte.

»Ich hatte mit den britischen Kollegen verschiedene alltägliche Dinge zu besprechen. Auf der Tagesordnung hat auch ein verwirrender Bericht über einen ehemaligen Agenten von uns gestanden, der jetzt unter MI5-Schutz hier lebt. Um diesen Agenten und den Bombenanschlag im Covent Garden hat es wilde Gerüchte gegeben. Ehrlich gesagt wollte ich die anfangs gar nicht glauben. Weil ich diesen Agenten gut kenne, konnte ich mir nicht vorstellen, dass er seine hiesige Position gefährden würde, indem er nachlässigerweise in der Öffentlichkeit eine Waffe zieht.«

»Was hätte ich deiner Meinung nach tun sollen, Uzi?«

»Du hättest deinen Führungsoffizier bei MI5 anrufen und dich ansonsten aus der Sache raushalten sollen.«

»Und wenn du mal in diese Lage kämst?«

»In Jerusalem oder Tel Aviv würde ich nicht zögern, den Dreckskerl umzulegen. Aber hier ...« Navot brachte den Satz nicht zu Ende. »Ich hätte vermutlich erst mal darüber nachgedacht, welche Folgen mein Eingreifen haben könnte.«

»Achtzehn Menschen sind umgekommen, Uzi.«

»Du kannst von Glück sagen, dass es keine neunzehn waren.« Navot nahm seine dünne Brille ab, was er oft tat, bevor er sich in ein unangenehmes Gespräch stürzte. »Ich bin zu fragen versucht, ob du wirklich schießen wolltest. Aber angesichts deiner Ausbildung und deiner früheren Leistungen kenne ich die Antwort wohl leider. Ein Agent des Diensts zieht seine Waffe nur aus einem einzigen Grund. Er wedelt nicht damit herum wie ein Gangster oder stößt leere Drohungen aus. Er drückt ab und schießt, um die Zielperson zu töten.« Navot machte eine Pause, dann fügte er hinzu: »Tu's anderen an, bevor sie's dir antun können. Das steht auf Seite zwölf von Schamrons kleinem roten Buch, glaube ich.«

»Er weiß vom Covent Garden?«

»Überflüssige Frage! Schamron weiß alles. Mich würd's nicht wundern, wenn er von deinem kleinen Abenteuer vor mir gewusst hätte. Trotz meiner Versuche, ihn in den endgültigen Ruhestand abzuschieben, besteht er darauf, Kontakt zu seinen Informanten aus alten Zeiten zu halten.«

Gabriel goss einige Tropfen Milch in seinen Tee und rührte

ihn langsam um. *Schamron* ... Dieser Name war ein Synonym für die Geschichte Israels und seiner Geheimdienste. Nach seiner Teilnahme an dem Krieg, der zur Gründung des Staates Israel geführt hatte, hatte Ari Schamron die folgenden sechzig Jahre damit verbracht, sein Land gegen unzählige Feinde, die es vernichten wollten, zu verteidigen. Er hatte Königshöfe unterwandert, Tyrannen ihre Geheimnisse gestohlen und zahllose Feinde liquidiert, manchmal eigenhändig, manchmal durch die Hände von Männern wie Gabriel. Nur einem Geheimnis hatte sich Schamron stets entzogen – dem Geheimnis, zufrieden zu sein. Obwohl er inzwischen alt und bei schlechter Gesundheit war, klammerte er sich verzweifelt an seine Rolle als graue Eminenz des israelischen Sicherheitsestablishments und mischte sich weiter in Interna des Diensts ein, als sei dieser sein privates Reich. Angetrieben wurde Schamron nicht von Machtgier, sondern von der quälenden Angst, sein Lebenswerk könnte vergebens gewesen sein. Obwohl Israel wirtschaftlich florierte und militärisch stark war, blieb es von einer Welt umgeben, die ihm größtenteils feindlich gesinnt war. Die Tatsache, dass Gabriel sich dafür entschieden hatte, in ebendieser Welt zu leben, gehörte zu Schamrons größten Enttäuschungen.

»Mich überrascht, dass er nicht selbst hergekommen ist«, sagte Gabriel.

»Er hat mit dem Gedanken gespielt.«

»Warum ist er nicht gekommen?«

»Reisen fallen ihm nicht mehr so leicht.«

»Was hat er diesmal?«

»Alles«, sagte Navot und zuckte seine schweren Schultern. »Er verlässt Tiberias kaum noch. Hockt nur auf der Terrasse und starrt auf den See hinaus. Damit treibt er Gilah zum Wahnsinn. Sie hat mich gebeten, irgendeine Beschäftigung für ihn zu finden.«

»Soll ich ihn besuchen?«

»Er liegt nicht auf dem Sterbebett, falls du das verstanden hast. Aber du solltest ihn bald mal wieder besuchen. Wer weiß? Vielleicht kommst du zu dem Schluss, dass du dein Land doch magst.«

»Ich liebe mein Land, Uzi.«

»Nur nicht genug, um dort zu leben.«

»Du hast mich schon immer an Schamron erinnert«, sagte Gabriel stirnrunzelnd, »aber jetzt ist die Ähnlichkeit geradezu unheimlich.«

»Das hat Gilah mir neulich auch erklärt.«

»Ich hab's nicht als Kompliment gemeint.«

»Sie auch nicht.« Navot häufte umständlich einen weiteren Teelöffel Dickrahm auf seinen Scone.

»Wozu bist du also hier, Uzi?«

»Ich möchte dir eine einzigartige Chance eröffnen.«

»Du redest wie ein Vertreter.«

»Ich bin ein Spion«, sagte Navot. »Der Unterschied ist nicht allzu groß.«

»Was hast du anzubieten?«

»Eine Gelegenheit, deinen Fehler auszubügeln.«

»Welchen Fehler meinst du?«

»Du hättest Farid Khan in den Hinterkopf schießen sollen, bevor er seinen Zündknopf drücken konnte.« Navot senkte die Stimme und fügte vertraulich hinzu: »Das hätte ich getan, wenn ich an deiner Stelle gewesen wäre.«

»Und wie kann ich dieses Fehlverhalten ausbügeln?«

»Indem du eine Einladung annimmst.«

»Von wem?«

Navot sah schweigend nach Westen.

»Von den Amerikanern?«, fragte Gabriel.

Navot lächelte. »Noch etwas Tee?«

Der Regen hörte so plötzlich auf, wie er begonnen hatte. Gabriel zahlte und ging dann mit Navot den steilen Fußweg zur Polpeor Cove hinunter. Der Bodyguard lehnte jetzt an der verfallenen Rettungsbootsrampe. Er beobachtete mit gespielter Gleichgültigkeit, wie Gabriel und Navot langsam über den felsigen Strand bis ans Wasser gingen. Navot sah flüchtig auf seine Edelstahluhr, dann schlug er wegen des böigen Seewinds den Mantelkragen hoch. Gabriel staunte erneut über seine unheimliche Ähnlichkeit mit Schamron – eine Ähnlichkeit, die über bloße Äußerlichkeiten hinausging. Man hätte glauben können, Schamron sei es allein durch unbeugsame Willenskraft gelungen, in Navots Körper und Geist hineinzuschlüpfen. Aber dies war nicht der Schamron, der von Krankheit und Gebrechlichkeit geschwächt war, sondern Schamron in der Blüte seiner Jahre. Es fehlten nur die scheußlichen türkischen Zigaretten, die Schamrons Gesundheit angegriffen hatten. Aber Bella hatte nie erlaubt, dass Navot rauchte, nicht mal bei Einsätzen, bei denen das zu seiner Legende gepasst hätte.

»Wer steckt hinter den Anschlägen, Uzi?«

»Bisher ist noch keine definitive Zuschreibung möglich. Aber die Amerikaner scheinen zu glauben, dass wir's mit der Zukunft des globalen dschihadistischen Terrors zu tun haben – dem neuen Bin Laden.«

»Hat dieser neue Bin Laden einen Namen?«

»Die Amerikaner bestehen darauf, dir das nur persönlich zu sagen. Sie möchten, dass du nach Washington kommst, natürlich auf ihre Kosten.«

»Wie ist diese Einladung ausgesprochen worden?«

»Adrian Carter hat mich persönlich angerufen.«

Adrian Carter war der Direktor des National Clandestine Service der CIA.

»Wer darf davon erfahren?«

»Niemand«, sagte Navot. »Dein Amerikabesuch findet offiziell nicht statt.«

Gabriel betrachtete ihn einige Sekunden lang schweigend. »Du willst offenbar, dass ich die Einladung annehme, Uzi. Sonst wärst du nicht hier.«

»Schaden könnte es nicht«, sagte Navot. »Zumindest würden wir so erfahren, was die Amerikaner zu den Anschlägen zu sagen haben. Und es gibt noch weitere positive Nebenwirkungen.«

»Zum Beispiel?«

»Unsere Beziehungen könnten etwas Auffrischung vertragen.«

»Welche Art Auffrischung?«

»Hast du noch nicht gehört? In Washington weht ein neuer Wind. Der Wind des Wandels«, fügte Navot sarkastisch hinzu. »Der neue amerikanische Präsident ist ein Idealist. Er glaubt, die Beziehungen zwischen dem Westen und dem Islam verbessern zu können, und redet sich ein, wir seien ein Teil des Problems.«

»Also ist die Lösung die, *mich* zu entsenden – einen ehemaligen Auftragskiller, an dessen Händen das Blut palästinensischer und islamischer Terroristen klebt?«

»Spielen Spione nett miteinander, beeinflusst das meist auch den politischen Bereich, deshalb möchte auch der Ministerpräsident, dass du nach Washington fliegst.«

»Der Ministerpräsident? Als Nächstes erzählst du mir, dass auch Schamron damit zu tun hat.«

»Das hat er.« Navot hob einen Stein auf und warf ihn ins Meer. »Nach dem Unternehmen gegen den Iran habe ich mir eingebildet, Schamron würde sich endlich still zur Ruhe setzen. Aber ich habe mich geirrt. Er hat nicht die Absicht, mich den Dienst führen zu lassen, ohne sich ständig einzumischen. Aber das ist keine große Überraschung, nicht wahr, Gabriel? Wir wissen beide, dass Schamron für diesen Posten einen anderen vorgesehen hatte. In die Geschichte unseres illustren Diensts werde ich als die Verlegenheitslösung eingehen. Und du wirst immer der Auserwählte bleiben.«

»Nimm einen anderen, Uzi. Ich lebe im Ruhestand. Hast du das vergessen? Schick einen anderen nach Washington.«

»Davon will Adrian nichts hören«, sagte Navot und rieb sich die Schulter. »Schamron natürlich auch nicht. Und was deinen sogenannten Ruhestand betrifft, war der in dem Augenblick aufgehoben, als du die Verfolgung Farid Khans aufgenommen hast.«

Gabriel starrte aufs Meer hinaus und hatte die Folgen des verhinderten Schusses vor Augen: Leichenteile und Blut, Bagdad an der Themse. Navot schien zu ahnen, was er dachte. Er fasste schnell nach, um seinen Vorteil zu nutzen.

»Die Amerikaner möchten dich gleich morgen früh in Washington haben. Auf einem Militärflugplatz bei Plymouth wartet eine Gulfstream auf dich. Eine der Maschinen, mit denen sie heimlich Gefangene transportiert haben. Sie haben mir versichert, dass keine Handschellen oder Injektionsspritzen mehr an Bord sind.«

»Was ist mit Chiara?«

»Die Einladung gilt nur für eine Person.«

»Sie kann nicht allein hierbleiben.«

»Graham hat sich bereit erklärt, aus London ein Sicherheitsteam herzuschicken.«

»Dem traue ich nicht, Uzi. Nimm sie nach Israel mit. Sie kann Gilah helfen, sich ein paar Tage lang um den Alten zu kümmern, bis ich wieder da bin.«

»Sie könnte eine Weile in Tiberias bleiben müssen.«

Gabriel musterte Navot prüfend. Er wusste offenbar mehr, als er sagte. Das war meistens so.

»Ich habe gerade versprochen, ein Bild für Julian Isherwood zu restaurieren.«

»Die *Madonna und Kind mit Maria Magdalena*, früher der Werkstatt Palma Vecchios zugeschrieben, jetzt vorbehaltlich der Prüfung durch weitere Sachverständige Tizian zugeschrieben.«

»Sehr eindrucksvoll, Uzi.«

»Bella arbeitet ständig daran, meinen Horizont zu erweitern.«

»Das Gemälde kann nicht in einem unbewohnten Cottage am Meer bleiben.«

»Julian ist bereit, es zurückzunehmen. Wie du dir denken kannst, ist er in erster Linie bloß enttäuscht darüber.«

»Ich sollte für die Restaurierung zweihunderttausend Dollar bekommen.«

»Mich brauchst du deswegen nicht anzusehen, Gabriel. Unser Budget ist erschöpft. Ich musste allen Abteilungen die Mittel kürzen. Die Controller sind sogar wegen meiner Reisekosten hinter mir her. Meine Tagesspesen sind ein Witz.«

»Nur gut, dass du ohnehin auf Diät bist.«

Navot fasste sich geistesabwesend an die Taille, wie um zu kontrollieren, ob er unterwegs zugenommen hatte.

»Die Rückfahrt nach London ist lang, Uzi. Vielleicht solltest du ein paar Scones mitnehmen.«

»Auf keinen Fall!«

»Hast du Angst, Bella könnte es rauskriegen?«

»Ich *weiß*, dass sie's erfährt.« Navot funkelte seinen an der Bootsrampe lehnenden Bodyguard an. »Diese Dreckskerle erzählen ihr alles. Ich lebe in einem Polizeistaat.«

II

Georgetown, Washington, D.C.

Das Haus stand im 3300er Block der N Street in einer eleganten terrassenförmigen Anlage mit Stadthäusern, die sich nur die reichsten Washingtoner leisten konnten. Im Tageslicht stieg Gabriel die vornehm geschwungenen Stufen hinauf und öffnete die Haustür wie angewiesen, ohne zu klingeln. Adrian Carter, der verknitterte Chinos, einen Pullover mit Rundausschnitt und ein beiges Cordsamtsakko trug, erwartete ihn in der Eingangshalle. In dieser Aufmachung, verstärkt noch durch zerzaustes, schütter werdendes Haar und einen aus der Mode gekommenen Schnurrbart, sah er wie ein Professor einer mittelgroßen Universität aus: ein Mann, der hohe Ideale vertritt und ein ständiger Dorn im Auge seines Dekans ist. Als Direktor des National Clandestine Service der CIA war Carter gegenwärtig dafür verantwortlich, neue Terroranschläge auf amerikanischem Boden zu verhindern – und wenn es seine Zeit erlaubte, war er zweimal im Monat im Keller seiner Episcopal Church im Vorort Reston anzutreffen, wo er Essen an Obdachlose ausgab. Für Carter war diese ehrenamtliche Arbeit eine willkommene Abwechslung: eine Gelegenheit, sich mit etwas anderem zu beschäftigen als den internen Machtkämpfen, die zwischen den ausufernden US-Geheimdiensten in Konferenzräumen ausgetragen wurden.

Er begrüßte Gabriel mit der Zurückhaltung, die Geheimdienstlern zur zweiten Natur wird, und bat ihn herein. Gabriel blieb einen Augenblick stehen und sah sich in der

Eingangshalle um. In diesen langweilig möblierten Räumen waren Geheimvereinbarungen ausgehandelt und gebrochen worden. Und Männer waren hier dazu überredet worden, für Koffer voller amerikanischem Geld und dem Versprechen von amerikanischem Schutz Landesverrat zu begehen. Carter hatte dieses Haus schon so oft benutzt, dass es in Langley als seine Zweitwohnung in Georgetown bekannt war. Ein geistreicher Kopf in der Agency hatte es *Dar al-Harb*, »Haus des Krieges«, getauft. Natürlich war dies ein Untergrundkrieg, denn für Carter gab es keine andere Kampfweise.

Adrian Carter hatte sich nicht nach Macht gesehnt. Sie war dennoch Baustein für Baustein auf seine schmalen Schultern gelegt worden. Nachdem er schon als Student von der Agency angeworben worden war, hatte er den größten Teil seiner Laufbahn damit verbracht, einen Geheimkrieg gegen die Russen zu führen – erst in Polen, wo er die Gewerkschaft Solidarność mit Geld und Kopiergeräten versorgt hatte. Dann in Moskau, wo er Stationschef gewesen war. Und zuletzt in Afghanistan, wo er die Gotteskrieger unterstützt und bewaffnet hatte, obwohl er wusste, dass sie eines Tages Pech und Schwefel auf ihn herabregnen lassen würden. Afghanistan hatte sich nicht nur als Fiasko für das Reich des Bösen erwiesen, sondern Carter auch einen Karrieresprung beschert. Den Zerfall der Sowjetunion verfolgte er nicht im Außendienst, sondern in einem behaglichen Büro in Langley, wo er vor Kurzem zum Chef der Europaabteilung befördert worden war. Während seine Untergebenen den Fall ihres Feindes bejubelten, beobachtete Carter diese Entwicklung mit düsteren Vorahnungen. Die Agency hatte den Zusammenbruch des Kommunismus nicht vorausgesagt – ein schwerer Fehler, der Langley noch jahrelang nachhängen sollte. Noch schlimmer war, dass die CIA von einem Tag zum anderen ihre Existenzberechtigung verloren hatte.

Das änderte sich am Morgen des 11. Septembers 2001. Der darauf folgende Krieg würde in dem Schattenreich geführt werden, das Adrian Carter vertraut war. Während das Pentagon sich bemühte, eine militärische Antwort auf den 11. September zu finden, arbeiteten Carter und sein Stab im Zentrum für Terrorismusbekämpfung einen kühnen Plan aus, um die al-Qaida in ihrem Rückzugsraum Afghanistan durch einen von der CIA finanzierten Guerillakrieg unter Führung amerikanischer Spezialeinheiten zu bekämpfen. Und als den Amerikanern immer mehr Kommandeure und einfache Kämpfer der al-Qaida in die Hände fielen, hatte Carter an seinem Schreibtisch oft über sie zu urteilen. Die Geheimgefängnisse, die Entführungen und die brutalen Verhörmethoden trugen alle Carters Handschrift. Er bereute nichts davon, diesen Luxus konnte er sich nicht leisten. Für Adrian Carter war jeder Morgen ein 12. September. Er hatte sich geschworen, niemals wieder Zeuge werden zu müssen, wie Amerikaner von Wolkenkratzern sprangen, weil sie die Hitze eines von Terroristen gelegten Brandes nicht mehr ertragen konnten.

Zehn Jahre lang hatte Carter es geschafft, dieses Versprechen zu halten. Obwohl niemand mehr getan hatte, um Amerika vor einem von vielen erwarteten zweiten Angriff zu schützen, war er wegen seiner zahlreichen geheimen Sünden von den Medien an den Pranger gestellt und sogar mit Strafverfolgung bedroht worden. Auf Anraten der Rechtsabteilung der Agency hatte er sich einen unverschämt teuren Washingtoner Anwalt genommen – eine Extravaganz, die seine Ersparnisse aufgezehrt und seine Frau Margaret gezwungen hatte, in den Schuldienst zurückzukehren. Freunde hatten Carter gedrängt, bei der CIA zu kündigen und einen lukrativen Posten in der boomenden Washingtoner Sicherheitsbranche anzunehmen, aber das hatte er abgelehnt. Dass er den 11. September nicht vorausgesagt hatte, nagte weiter an ihm. Und die Geister der dreitausend Opfer zwangen ihn dazu, weiterzukämpfen, bis der Feind besiegt sein würde.

Dieser Krieg hatte seinen Tribut von Carter gefordert – nicht nur in Bezug auf seine Ehe, die zerrüttet war, sondern auch gesundheitlich. Sein Gesicht war schmal und abgezehrt, und Gabriel fiel auf, dass seine rechte Hand leicht zitterte, als er sich an dem auf dem Sideboard im Speisezimmer aufgebauten Frühstücksbüfett bediente.

»Hoher Blutdruck«, erklärte er Gabriel, während er sich aus einer Thermoskanne Kaffee einschenkte. »Seit dem Tag der Amtseinführung des Präsidenten. Er steigt und fällt in Relation zur Terrorgefahr. Traurig, aber wahr: Nach zehn Jahren Kampf gegen den islamischen Terror bin ich wohl zu einer lebenden, atmenden Gefährdungsskala geworden.«

»Auf welcher Stufe stehen wir heute?«

»Haben Sie das nicht mitbekommen?«, fragte Carter. »Die alte Kennzeichnung nach Farben ist abgeschafft.«

»Was sagt Ihr Blutdruck Ihnen?«

»Rot«, antwortete Carter missmutig. »Grellrot.«

»Nicht nach Aussage der Direktorin Ihrer Heimatschutzbehörde. Sie sagt, dass es keine unmittelbare Bedrohung gibt.«

»Sie schreibt nicht alle ihre Reden selbst.«

»Wer dann?«

»Das Weiße Haus«, sagte Carter. »Und der Präsident will die amerikanische Bevölkerung nicht unnötig beunruhigen. Außerdem würde eine höhere Alarmstufe nicht zu der Geschichte passen, die heutzutage in einflussreichen Washingtoner Kreisen die Runde macht.«

»Was für eine Geschichte ist das?«

»Dass die Reaktion Amerikas auf den 11. September überzogen war. Dass die al-Qaida niemanden mehr gefährden kann, schon gar nicht die mächtigste Nation der Welt.

Dass es Zeit wird, den Sieg über den Terrorismus zu erklären und unsere Aufmerksamkeit nach innen zu richten.« Carter runzelte die Stirn. »Gott, wie ich's hasse, wenn Journalisten das Wort ›Geschichte‹ verwenden. Früher haben Schriftsteller Geschichten geschrieben, und Journalisten waren damit zufrieden, Fakten aufzuschreiben. Und die Fakten sind überschaubar: Auf der Welt gibt es heutzutage eine Organisation, die danach strebt, den Westen durch willkürliche Gewaltakte zu schwächen oder sogar zu unterwerfen. Diese Organisation ist Bestandteil einer breiteren radikalen Bewegung mit dem Ziel, die *Scharia* einzuführen und das Islamische Kalifat neu zu errichten. Und kein noch so großes Wunschdenken wird sie im Erdboden verschwinden lassen.«

Sie saßen sich an dem rechteckigen Tisch gegenüber. Carter brach ein kleines Stück von seinem nicht mehr ganz frischen Croissant ab, war in Gedanken sichtlich anderswo. Gabriel hütete sich davor, ihn zur Eile anzutreiben. Im Gespräch neigte Carter dazu, abzuschweifen. Irgendwann würde er zur Sache kommen, aber bis dahin würde es mehrere Umwege und Exkurse geben, die für Gabriel nützlich sein konnten.

»In mancher Beziehung«, fuhr Carter fort, »habe ich Verständnis für den Wunsch des Präsidenten, eine neue Seite im Buch der Geschichte aufzuschlagen. Er sieht den globalen Krieg gegen den Terrorismus als schädlich für seine höheren Ziele an. Sie werden's vielleicht nicht glauben, aber ich bin erst zweimal mit ihm zusammengetroffen. Er nennt mich Andrew.«

»Aber wenigstens hat er uns Hoffnung gemacht.«

»Hoffnung ist keine akzeptable Strategie, wenn Menschenleben auf dem Spiel stehen. Hoffnung hat zum 11. September geführt.«

»Wer ist also der Drahtzieher innerhalb der Regierung?«

»James A. McKenna, Berater des Präsidenten für Innere

Sicherheit und Terrorismusbekämpfung, auch als der Terrorismus-Zar bekannt, was interessant ist, weil er verordnet hat, das Wort ›Terrorismus‹ aus allen unseren Verlautbarungen zu streichen. Er will sogar, dass es hinter verschlossenen Türen möglichst wenig gebraucht wird. Und Gott behüte, falls in Verbindung damit das Wort ›islamisch‹ genannt wird. Aus McKennas Sicht führen wir nicht Krieg gegen islamische Terroristen. Wir sind an internationalen Einsätzen gegen eine kleine Gruppe von Extremisten aus verschiedenen Ländern beteiligt. Diese Extremisten, die zufällig Muslime sind, sind lästig, ohne aber unsere Existenz oder unsere Lebensweise ernsthaft gefährden zu können.«

»Erzählen Sie das den Familien der Opfer in Paris, Kopenhagen und London.«

»Das ist eine emotionale Reaktion«, sagte Carter sarkastisch. »Und James A. McKenna duldet keine Gefühle, wenn über Terrorismus gesprochen wird.«

»Sie meinen Extremismus«, sagte Gabriel.

»Entschuldigung«, murmelte Carter. »McKenna ist ein gerissener Politiker, der sich für einen Geheimdienstexperten hält. In den Neunzigerjahren hat er im Stab des Senatskomitees für Geheimdienste gearbeitet und ist nach Langley gekommen, kurz nachdem der Grieche das Steuer übernommen hatte. Er konnte sich nur ein paar Monate halten, aber das hindert ihn nicht daran, sich als CIA-Veteran aufzuspielen. Hört man McKenna reden, ist er ein CIA-Mann, dem das Wohl der Agency am Herzen liegt. Die Wahrheit sieht ganz anders aus. Er hasst die Agency und alle, die hinter ihren Mauern arbeiten. Und vor allem hasst er mich.«

»Weshalb?«

»Ich scheine ihn einmal bei einer dienstlichen Besprechung blamiert zu haben. Ich kann mich nicht an die Sache erinnern, aber McKenna soll nie darüber hinweggekommen sein. Außerdem wird mir zugetragen, dass er mich für ein

Monster hält, das Amerikas Ruf nachhaltig beschädigt hat. Nichts würde ihn glücklicher machen, als mich hinter Gittern zu sehen.«

»Gut zu wissen, dass die hiesigen Geheimdienste wieder reibungslos zusammenarbeiten.«

»Tatsächlich bildet McKenna sich ein, dass sie prächtig funktionieren, seit er die oberste Leitung übernommen hat. Er hat es sogar geschafft, sich zum Vorsitzenden unserer neuen Vernehmungsgruppe für wichtige Gefangene ernennen zu lassen. Wird irgendwo auf der Welt ein Top-Terrorist geschnappt – egal unter welchen Umständen –, leitet James A. McKenna dessen Vernehmung. Das ist gewaltig viel Macht in den Händen eines Einzelnen, selbst wenn er kompetent wäre. Aber in diese Kategorie fällt McKenna leider nicht. Er ist ehrgeizig, er hat die besten Absichten, aber er weiß nicht, was er tut. Und wenn er nicht aufpasst, kommen wir durch seine Schuld irgendwann alle um.«

»Klingt bezaubernd«, sagte Gabriel. »Wann lerne ich ihn kennen?«

»Nie.«

»Wozu bin ich dann hier, Adrian?«

»Sie sind wegen Paris, Kopenhagen und London hier.«

»Wer hat die Anschläge verübt?«

»Eine neue al-Qaida-Zelle«, sagte Carter. »Aber mit Unterstützung eines Mannes, der in der Welt der westlichen Geheimdienste eine wichtige Machtposition innehat, fürchte ich.«

»Wer?«

Carter schwieg. Seine rechte Hand zitterte.

12

Georgetown, Washington, D.C.

Sie zogen sich auf die Terrasse hinter dem Haus zurück, wo sie auf schmiedeeisernen Stühlen an der Balustrade saßen. Carter sah zu den grauen Türmen hinüber, die erhaben hinter der Georgetown University aufragten. Paradoxerweise sprach er dabei von einem erbärmlichen Armenviertel in San Diego, in dem an einem Tag im Sommer 1999 ein junger jemenitischer Geistlicher namens Raschid al-Husseini eintraf. Mit Geld von einer saudi-arabischen Wohltätigkeitsorganisation wandelte er ein heruntergekommenes Ladengeschäft in eine Moschee um und machte sich auf die Suche nach einer Gemeinde. Diese trieb er überwiegend in der San Diego State University auf, wo er eifrige Anhänger unter arabischen Studenten fand, die nach Amerika gekommen waren, um der erstickenden gesellschaftlichen Unterdrückung in ihren Heimatländern zu entgehen, nur um sich in der *Ghurba*, der Fremde, rat- und orientierungslos wiederzufinden. Raschid war perfekt dafür, ihr Führer zu sein: Der einzige Sohn eines ehemaligen jemenitischen Ministers war in Amerika geboren, beherrschte umgangssprachliches Amerikanisch und besaß einen US-Reisepass, auf den er jedoch nicht sonderlich stolz war.

»Alle möglichen Streuner und verlorenen Seelen haben sich in Raschids Moschee eingefunden, darunter auch zwei Saudi-Araber namens Chalid al-Mihdhar und Nawaf al-Hasmi.« Carter sah zu Gabriel hinüber und fügte hinzu: »Diese Namen kennen Sie doch wohl?«

»Sie waren zwei der gewaltbereiten Entführer von American Flight 77, die Osama bin Laden persönlich ausgesucht hatte. Nachdem sie im Januar 2000 in Kuala Lumpur an der Planung des Anschlags teilgenommen hatten, hat das Bin-Laden-Team der CIA es geschafft, sie aus den Augen zu verlieren. Später wurde festgestellt, dass die beiden nach Los Angeles geflogen waren und sich vermutlich noch in den Vereinigten Staaten aufhielten – eine Tatsache, die Sie dem FBI mitzuteilen versäumt haben.«

»Zu meiner ewigen Schande«, gab Carter zu. »Aber dies ist keine Geschichte von al-Mihdhar und al-Hasmi.«

Stattdessen handle die Geschichte von Raschid al-Husseini, fuhr Carter fort, der in der islamischen Welt bald in dem Ruf stand, ein begnadeter Prediger zu sein, dem Allah eine wunderbar verführerische Beredsamkeit geschenkt hatte. Seine Predigten fanden nicht nur in San Diego, sondern auch im Nahen Osten, wo sie auf Tonband verbreitet wurden, begeisterte Zuhörer. Im Frühjahr 2001 bekam er einen Posten in einem einflussreichen islamischen Zentrum in der Nähe von Washington, D.C., angeboten: in Falls Church, Virginia. Schon bald betete Nawaf al-Hasmi dort gemeinsam mit einem jungen Saudi-Araber namens Hani Hanjour.

»Wie es der Zufall will«, sagte Carter, »steht die Moschee an der Leesburg Pike. Biegt man nach links auf die Columbia Pike ab und fährt ein paar Meilen weiter, stößt man auf die Westfassade des Pentagons. Genau das hat Hani Hanjour am Morgen des 11. Septembers gemacht. Raschid al-Husseini war zu diesem Zeitpunkt in seinem Büro. Er hat das Flugzeug einige Sekunden vor dem Aufschlag über sich hinwegfliegen gehört.«

Das FBI habe die Verbindung zwischen al-Hasmi, Hanjour und der Moschee in Falls Church rasch hergestellt, sagte Carter, und die Medien hatten nicht lange gebraucht, um Raschids Tür zu belagern. Sie trafen einen wortgewandten und aufgeklärten jungen Geistlichen an, der die Anschläge vom 11. September ohne Einschränkung verurteilte und seine Glaubensbrüder aufforderte, allen Formen von Gewalt und Terrorismus zu entsagen. Das Weiße Haus war von dem charismatischen Imam so beeindruckt, dass er mit mehreren anderen muslimischen Geistlichen und Gelehrten zu einem Meinungsaustausch mit dem Präsidenten eingeladen wurde. Das Außenministerium glaubte, Raschid al-Husseini könnte ein perfekter Brückenbauer zwischen Amerika und der halben Milliarde skeptischer Muslime sein. Die Agency hatte jedoch eine andere Idee.

»Wir dachten, Raschid könnte uns helfen, ins Lager unserer neuen Feinde einzudringen«, sagte Carter. »Aber bevor wir einen Anwerbeversuch starten konnten, mussten wir ein paar Fragen klären. War er irgendwie in das Komplott vom 11. September verwickelt – oder war sein Kontakt zu den drei Entführern reiner Zufall? Unter der Annahme, an seinen Händen klebe viel amerikanisches Blut, haben wir ihn aus jedem nur denkbaren Blickwinkel unter die Lupe genommen. Wir haben uns die zeitlichen Abläufe genau angesehen. Wir haben überprüft, wer wann wo war. Und zuletzt sind wir zu dem Schluss gekommen, Imam Raschid al-Husseini sei clean.«

»Und dann?«

»Wir haben jemanden nach Falls Church entsandt, um feststellen zu lassen, ob Raschid bereit sei, seinen Worten Taten folgen zu lassen. Seine Reaktion war positiv. Also haben wir ihn am folgenden Tag abgeholt und an einen sicheren Ort in der Nähe der Grenze zu Pennsylvania gebracht. Und dort hat die eigentliche Aktion begonnen.«

»Sie haben den Bewertungsprozess nochmals aufgerollt.«

Carter nickte. »Nur hat der zu Befragende diesmal vor uns gesessen und war an einen Lügendetektor angeschlossen. Wir haben ihn drei Tage lang vernommen, haben seine Vergangenheit und seine Verbindungen genauestens überprüft.«

»Und seine Story hat standgehalten.«

»Er hat glänzend bestanden. Also haben wir unseren Vorschlag auf den Tisch gelegt – und als Anreiz einen Haufen Geld dazu. Was wir wollten, war ganz einfach. Raschid würde die islamische Welt bereisen, Toleranz und Mäßigung predigen und uns gleichzeitig die Namen möglicher Anwerbungskandidaten nennen. Außerdem sollte er Ausschau nach zornigen jungen Männern halten, die für den Sirenengesang der Dschihadisten empfänglich zu sein schienen. Nach einem erfolgreichen Probelauf im Inland, den wir in enger Zusammenarbeit mit dem FBI überwacht haben, haben wir ihn international eingesetzt.«

Von einem überwiegend muslimischen Viertel in East London aus reiste Raschid al-Husseini in den folgenden drei Jahren kreuz und quer durch Europa und den Nahen Osten. Er sprach auf Konferenzen, predigte in Moscheen und gab beflissenen Journalisten bereitwillig Interviews. Er verurteilte Bin Laden als Mörder, der sich gegen Allahs Gebote und die Lehren des Propheten versündige. Er erkannte das Existenzrecht Israels an und forderte Friedensverhandlungen mit den Palästinensern. Er verurteilte Saddam Hussein als gänzlich unislamisch, verzichtete aber auf Anraten seiner Führungsoffiziere darauf, den amerikanischen Einmarsch im Irak zu begrüßen. Seine Äußerungen stießen nicht immer auf Zustimmung, und seine Aktivitäten blieben nicht auf die physische Welt beschränkt. Mit Unterstützung der CIA betrieb Raschid eine eigene Homepage, auf der er der dschihadistischen al-Qaida-Propaganda entgegenzuwirken versuchte. Besucher seiner Seite wurden identifiziert und bei ihren weiteren Bewegungen im Cyberspace verfolgt.

»Das Unternehmen galt als unser erfolgreichster Versuch,

in eine Welt einzudringen, die uns bis dahin weitgehend überschaubar erschienen war. Raschid al-Husseini hat seinen Führungsoffizieren in regelmäßigen Abständen die Namen von guten Kerlen und potenziell schlechten Kerlen geliefert. Er hat ihnen sogar Tipps zu einigen geplanten Unternehmen gegeben. In Langley waren alle stolz darauf, wie clever wir gewesen waren. Wir dachten, so würde es ewig weitergehen. Aber es hat ziemlich abrupt aufgehört.«

Der Ort des Geschehens war passenderweise Mekka. Raschid war eingeladen worden, an der dortigen Universität zu sprechen – eine hohe Ehre für einen Geistlichen, der das Unglück hatte, einen amerikanischen Pass zu besitzen. Weil Mekka für Ungläubige gesperrt war, blieb der CIA nichts anderes übrig, als ihn allein hinreisen zu lassen. Er flog von Amman nach Riad, traf dort zum letzten Mal mit einem seiner Agentenführer zusammen und flog anschließend mit Saudi Airlines nach Mekka weiter. Seine Rede sollte er noch am selben Abend um zwanzig Uhr halten. Raschid al-Husseini kam jedoch nie dort an. Er verschwand spurlos.

»Anfangs fürchteten wir, er sei von al-Qaida-Anhängern entführt und ermordet worden. Das war jedoch leider nicht der Fall. Einige Wochen später tauchte unser vermeintlicher Hauptgewinn wieder im Internet auf. Den redegewandten, aufgeklärten, nach Mäßigung rufenden jungen Mann gab es nun nicht mehr. Er war durch einen tobenden Fanatiker ersetzt worden, der verkündete, mit dem Westen könne man nur in Kontakt treten, um ihn zu vernichten.«

»Er hatte Sie getäuscht.«

»Offensichtlich.«

»Wie lange?«

»Das bleibt eine unbeantwortete Frage«, sagte Carter. »In Langley glauben manche, Raschid al-Husseini sei von Anfang an böse gewesen, während andere darüber theoretisieren, erst seine Gewissensbisse, weil er für die Ungläubigen spioniert hatte, hätten ihn zur Umkehr gezwungen. Eine Tatsache steht jedoch unzweifelhaft fest: Während er auf meine Kosten die islamische Welt bereiste, hat er praktisch vor unserer Nase ein imposantes Netzwerk aus eigenen Agenten aufgebaut. Er versteht sich darauf, Talente zu erkennen, und ist ein Meister der Täuschung und Irreführung. Wir haben gehofft, er würde sich darauf beschränken, zu predigen und Kämpfer anzuwerben, aber diese Hoffnung war vergeblich. Die Bombenanschläge in Europa waren Raschids Auftakt. Er will Osama bin Ladens Nachfolger als Führer der globalen dschihadistischen Bewegung werden. Und er will etwas tun, das Bin Laden nach dem 11. September nicht noch einmal geschafft hat.«

»Den Fernen Feind auf seinem eigenen Gebiet angreifen«, sagte Gabriel. »Amerikanisches Blut auf amerikanischem Boden vergießen.«

»Dank eines Netzwerks, dessen Aufbau die Central Intelligence Agency bezahlt hat«, fügte Carter nüchtern hinzu. »Wäre das nicht eine schöne Inschrift für einen Grabstein? Würde jemals bekannt, dass Raschid al-Husseini auf unserer Gehaltsliste gestanden hat...« Er brachte den Satz nicht zu Ende. »Asche zu Asche, Staub zu Staub.«

»Was wollen Sie von mir, Adrian?«

»Ich will, dass Sie dafür sorgen, dass der Londoner Bombenanschlag Raschid al-Husseinis letztes Attentat bleibt. Ich will, dass Sie sein Netzwerk zerschlagen, bevor wegen meiner Torheit noch mehr Menschen sterben müssen.«

»Ist das alles?«

»Nein«, sagte Carter. »Ich will, dass Sie das gesamte Unternehmen vor dem Präsidenten, James A. McKenna und den übrigen US-Nachrichtendiensten geheim halten.«

13

GEORGETOWN, WASHINGTON, D.C.

In handwerklichen Dingen war Adrian Carter doktrinär, was bedeutete, dass sie nicht allzu lange in einem sicheren Haus reden durften, selbst wenn es sein eigenes war. Sie gingen die geschwungenen Stufen hinunter und mit nur einem CIA-Sicherheitsmann in größerem Abstand hinter sich weiter. Carters Slipper klatschten rhythmisch auf das Pflaster, während Gabriel sich lautlos zu bewegen schien. Ein voll besetzter Metrobus rumpelte an ihnen vorbei. Gabriel stellte ihn sich von einem Sprengsatz zerrissen und brennend vor.

»Wohin ist er von Mekka aus gegangen?«

»Wir glauben, dass er im Jemen unter dem Schutz von Stammeskräften im Rafadh-Tal lebt. Ein völlig gesetzloses Gebiet ohne Schulen, ohne asphaltierte Straßen, sogar ohne zuverlässige Wasserversorgung. Tatsächlich ist das ganze Land knochentrocken. Sanaa könnte die weltweit erste Hauptstadt sein, der das Wasser ausgeht.«

»Aber nicht die islamischen Militanten«, sagte Gabriel.

»O nein«, bestätigte Carter. »Der Jemen ist längst dabei, das nächste Afghanistan zu werden. Bisher haben wir uns damit begnügt, gelegentlich eine Hellfire-Rakete über die Grenze zu schießen. Aber es ist nur eine Frage der Zeit, bis wir Soldaten entsenden und den Sumpf austrocknen müssen.« Er sah zu Gabriel hinüber und fügte hinzu: »Im Jemen gibt es übrigens auch echte Sümpfe – Marschen entlang der Küste, in denen riesige Mücken leben, die Malaria übertragen. Mein Gott, was für ein grässliches Land!«

Carter ging einen Augenblick lang mit auf den Rücken gelegten Händen und gesenktem Kopf schweigend weiter. Gabriel machte einen großen Schritt über eine Baumwurzel, die das Pflaster des Gehsteigs durchbrochen hatte, und fragte, wie Raschid al-Husseini es schaffe, aus dieser abgelegenen Gegend mit seinem Netzwerk zu kommunizieren.

»Das haben wir noch nicht rausbekommen«, antwortete Carter. »Wir vermuten, dass er Stammesangehörige als Boten benutzt, um Nachrichten nach Sanaa oder vielleicht über den Golf von Aden nach Somalia bringen zu lassen, wo er Kontakte zu der al-Sabaab-Miliz geknüpft hat. Eines steht fest: Raschid benutzt weder Satellitentelefone noch andere Kommunikationsapparate. In unseren Diensten hat er viel über amerikanische Aufklärungsmethoden gelernt. Und seit er auf die andere Seite übergelaufen ist, nutzt er dieses Wissen.«

»Aber Sie haben ihm doch wohl nicht beigebracht, wie man synchrone Anschläge in drei europäischen Hauptstädten plant und ausführt?«

»Raschid ist ein charismatischer Prediger und ein guter Talentsucher«, sagte Carter, »aber bestimmt kein Meisterplaner. Er arbeitet offenbar mit einem guten Mann zusammen. Ich tippe darauf, dass die drei Anschläge in Europa von jemandem geplant wurden, der ...«

»... seine Ausbildung in Bagdad erhalten hat«, ergänzte Gabriel.

»Dem MIT des Terrorismus«, bestätigte Carter mit einem Nicken. »Seine Absolventen haben alle promoviert und sich in Praxissemestern mit der Agency und dem amerikanischen Militär gemessen.«

»Lauter Gründe, weshalb *Sie* es mit ihnen aufnehmen sollten.«

Carter schwieg.

»Wieso wir, Adrian?«

»Weil der amerikanische Apparat zur Terrorismusbe-kämpfung so riesig geworden ist, dass wir uns selbst im Weg stehen. Nach letzter Zählung hatten über achthun-derttausend Leute Zugang zu Informationen mit der höchs-ten Geheimhaltungsstufe. *Achthunderttausend*«, wiederholte Carter ungläubig, »und trotzdem konnten wir nicht verhin-dern, dass ein einzelner islamischer Militanter einen Spreng-satz auf den Times Square mitgebracht hat. Auf dem Gebiet der Beschaffung sind wir Weltmeister, aber wir sind zu groß und zu redundant, um effektiv zu sein. Schließlich sind *wir* Amerikaner, und wenn wir eine Gefahr erkennen, neigen wir dazu, sie mit viel Geld zuzudecken. Manchmal ist's bes-ser, klein und skrupellos zu sein. Wie ihr.«

»Wir haben euch vor der Gefahr einer Umorganisation gewarnt.«

»Und wir hätten auf euch hören sollen«, sagte Carter. »Aber unsere schlecht beherrschbare Größe ist nur ein Teil des Problems. Nach dem 11. September haben wir die Samt-handschuhe ausgezogen und waren entschlossen, den Feind mit allen Mitteln zu bekämpfen. Heutzutage versuchen wir, den Feind nicht einmal beim Namen zu nennen, um ihm ja nicht zu nahe zu treten. In Langley gelten Posten bei der Terroristenbekämpfung als politisch riskant. Die besten Leute im Clandestine Service lernen jetzt alle Chinesisch.«

»Die Chinesen planen keine Anschläge auf Amerikaner.«

»Aber Raschid tut das«, sagte Carter, »und nach unseren Informationen will er schon in nächster Zukunft zu einem spektakulären Schlag ausholen. Wir müssen sein Netzwerk zerstören – und das sehr bald. Aber das können wir nicht, wenn wir gezwungen sind, uns an die neuen Vorschriften zu halten, die der Präsident und sein wohlmeinender Kom-plize James McKenna uns aufgezwungen haben.«

»Deshalb sollen wir Ihnen die Schmutzarbeit abnehmen.«

»Ich täte das auch für Sie«, sagte Carter. »Und versuchen

Sie nicht, mir zu erzählen, dass Sie das nicht können. Ihr Dienst hat als erster westlich orientierter Geheimdienst eine Arbeitsgruppe mit dem Auftrag eingerichtet, die globale dschihadistische Bewegung zu analysieren. Ihr seid auch die Ersten gewesen, die Osama bin Laden als wichtigen Terroristen identifiziert habt, und ihr habt als Erste versucht, ihn zu liquidieren. Wäre das gleich gelungen, hätte es den 11. September wahrscheinlich nie gegeben.«

Sie erreichten die Ecke zur Thirty-fifth Street. Der folgende Straßenblock war durch eine Barrikade abgesperrt. Dahinter vergnügten sich die Kinder der Holy Trinity School auf der Straße mit Seilspringen und allen möglichen Ballspielen. Ihr fröhliches Geschrei hallte von den Fassaden der benachbarten Gebäude wider. Eine idyllische Szene, voller Charme und Leben, bei der Carter jedoch sichtbar unbehaglich zumute war.

»Interne Sicherheit ist ein Mythos«, sagte er, während er die Kinder beobachtete. »Eine Gutenachtgeschichte, die wir unseren Leuten erzählen, damit sie sich nachts sicher fühlen. Trotz aller unserer Bemühungen und aller ausgegebenen Milliarden sind die Vereinigten Staaten größtenteils nicht zu verteidigen. Anschläge auf amerikanischem Boden lassen sich nur verhindern, wenn wir die Angreifer erledigen, *bevor* sie unser Land erreichen. Wir müssen ihre Netzwerke zerstören und ihre Kämpfer liquidieren.«

»Raschid al-Husseini zu liquidieren wäre vielleicht auch keine schlechte Idee.«

»Liebend gern«, sagte Carter. »Aber das können wir erst, wenn wir irgendwie Zugang zum engsten Kreis seiner Vertrauten bekommen.«

Carter ging mit Gabriel auf der Thirty-fifth Street nach Norden weiter. Er zog seine Pfeife aus der Manteltasche und stopfte sie, ohne richtig hinzusehen.

»Sie kämpfen schon länger gegen Terroristen als jeder

andere in der Branche, Gabriel – von Schamron abgesehen, versteht sich. Sie wissen, wie man ihre Netzwerke unterwandert, was noch nie unsere Stärke war, und wie man sie umkrempelt. Ich will, dass Sie in Raschids Netzwerk eindringen und es zerstören. Ich will, dass Sie es verschwinden lassen.«

»Ein dschihadistisches Terrornetzwerk zu unterwandern, ist nicht das Gleiche, wie die PLO zu unterwandern. Diese von Stammesdenken geprägten Leute schotten sich gegen Außenstehende ab und sind gegen irdische Versuchungen größtenteils immun.«

»Eine Rose ist eine Rose ist eine Rose. Und ein Netzwerk ist ein Netzwerk ist ein Netzwerk.«

»Was soll das heißen?«

»Ich gebe zu, dass es Unterschiede zwischen dschihadistischen und palästinensischen Terrornetzwerken gibt, aber die Grundstruktur ist gleich. Es gibt Planer und gewöhnliche Soldaten, Zahlmeister und Versorgungsoffiziere, Kuriere und sichere Häuser. Und an den Verbindungsstellen dieser Bestandteile ist die Struktur verwundbar – sie wartet nur darauf, von einem cleveren Mann wie Ihnen geknackt zu werden.«

Eine Brise wehte Gabriel etwas Pfeifenrauch ins Gesicht. Carters Spezialmischung, die er von einem New Yorker Versand bezog, roch nach verbranntem Laub und nassem Hund. Gabriel wedelte den Rauch weg und fragte: »Wie soll das funktionieren?«

»Heißt das, dass Sie's machen würden?«

»Nein«, sagte Gabriel, »das heißt, dass ich genau wissen möchte, wie es funktionieren soll.«

»Ähnlich wie unser Bin-Laden-Team vor dem 11. September würden Sie als virtuelle Station des Zentrums für Terrorismusbekämpfung operieren – allerdings mit einem wichtigen Unterschied.«

»Der Rest des Zentrums würde nichts von meinem Einsatz erfahren.«

Carter nickte. »Alle Anforderungen von Unterlagen werden von meinem Stab und mir bearbeitet. Und wenn es Zeit wird, in Aktion zu treten, fungiere ich insgeheim als Verkehrspolizist, damit Sie nicht mit laufenden Unternehmen der Agency kollidieren oder unsere Leute über Sie stolpern.«

»Ich müsste alles sehen, was Sie haben. *Alles*, Adrian.«

»Sie bekommen Zugang zu streng geheimen Informationen der US-Regierung, auch zu der Akte Raschid und den Abhörprotokollen der NSA. Und Sie dürfen alle Informationen mitlesen, die wir von befreundeten europäischen Diensten über die Anschläge erhalten.« Carter machte eine Pause. »Allein diese Informationen sollten Anreiz genug sein, meinen Auftrag anzunehmen, denke ich. Schließlich sind Ihre Beziehungen zu den Europäern im Augenblick nicht so schrecklich gut.«

Gabriel antwortete nicht direkt. »So viel Material kann ich nicht allein durcharbeiten. Ich würde Hilfe brauchen.«

»Innerhalb vernünftiger Grenzen können Sie so viele Helfer mitbringen, wie Sie wollen. Wegen der vielen streng geheimen Informationen muss Ihnen jemand aus der Agency über die Schulter sehen. Jemand, der Ihre trickreiche Art kennt. Ich denke dabei an eine bestimmte Person.«

»Wo ist sie?«

»Sie wartet in einem Café an der Wisconsin Avenue.«

»Sie sind sich Ihrer Sache sehr sicher, Adrian.«

Carter blieb stehen und stopfte seine Pfeife nach. »Wollte ich rein sentimental argumentieren«, sagte er dann, »würde ich Sie an das Massaker erinnern, das Sie letzten Freitag im Covent Garden miterlebt haben, und Sie bitten, sich unzählige Wiederholungen vorzustellen. Aber das tue ich nicht, weil es unprofessionell wäre. Stattdessen will ich Ihnen erzählen, dass Raschid al-Husseini eine Armee von Märtyrern wie Farid Khan befehligt – eine Armee, die er mit meiner Unterstützung aufgebaut hat. Ich habe Raschid geschaffen. Er ist mein Fehler. Und ich muss ihn ausradieren, bevor er weitermorden kann.«

»Sie werden's kaum glauben, aber ich bin nicht befugt, Ja oder Nein zu sagen. Erst müsste Uzi Navot gefragt werden und zustimmen.«

»Das hat er bereits getan. Ihr Ministerpräsident ebenfalls.«

»Mit Graham Seymour haben Sie vermutlich auch schon telefoniert?«

Carter nickte. »Aus ersichtlichen Gründen. Graham möchte über Ihre Fortschritte informiert werden. Außerdem möchte er im Voraus gewarnt werden, falls Ihr Unternehmen nach Großbritannien überschwappt.«

»Sie haben mich irregeführt, Adrian.«

»Ich bin ein Spion«, sagte Carter. Er paffte Rauchwolken, als er die Pfeife neu anzündete. »Ich lüge gewohnheitsmäßig. Das tun auch Sie. Jetzt müssen Sie nur noch herausbekommen, wie Sie Raschid al-Husseini belügen können. Aber nehmen Sie sich vor ihm in Acht. Er ist sehr gut, unser Raschid. Ich trage Narben, die das beweisen.«

14

GEORGETOWN, WASHINGTON, D.C.

Das Café lag im äußersten Norden von Georgetown, am Fuß des Book Hill Parks. Gabriel holte sich an der Bar einen Cappuccino und trug ihn durch die offene Terrassentür in einen kleinen Garten zwischen mit wildem Wein bewachsenen Mauern hinaus. Drei Tische standen im Schatten, ein vierter in hellem Sonnenschein. Dort saß eine einzelne Frau, die Zeitung las. Sie trug einen schwarzen Jogginganzug, der ihre schlanke Figur betonte, und makellos weiße Laufschuhe. Ihr schulterlanges blondes Haar war zu einem sportlichen Pferdeschwanz zusammengefasst. Eine Sonnenbrille verbarg ihre Augen, aber nicht ihre bemerkenswerte Schönheit. Als Gabriel herankam, nahm sie die Sonnenbrille ab und hob das Gesicht, um sich küssen zu lassen. Sie schien überrascht zu sein, ihn zu sehen.

»Ich habe gehofft, dass du aufkreuzen würdest«, sagte Sarah Bancroft.

»Hat Adrian dir denn nicht gesagt, dass ich kommen würde?«

»Ach, dafür ist er viel zu altmodisch«, sagte sie mit einer wegwerfenden Handbewegung. Ihre Stimme und Sprechweise schienen aus einer anderen Zeit zu stammen. Man hätte glauben können, eine Romanfigur von F. Scott Fitzgerald reden zu hören. »Er hat mir gestern Abend eine E-Mail geschickt und mich angewiesen, um neun Uhr hier zu sein. Ich sollte bis elf Uhr bleiben. Wäre bis dahin niemand gekommen, hätte ich gehen und ganz normal ins Büro fahren sollen. Nur gut, dass du gekommen bist. Du weißt, wie sehr ich es hasse, versetzt zu werden.«

»Wie ich sehe, hast du dir Lesestoff mitgebracht«, sagte Gabriel mit einem Blick auf die Zeitung.

»Was dagegen?«

»Der Dienst verbietet seinen Agenten, in Cafés Zeitung zu lesen. Das ist viel zu auffällig.« Er machte eine Pause, dann fügte er hinzu: »Ich dachte, wir hätten dich besser ausgebildet, Sarah.«

»Das habt ihr. Aber gelegentlich macht es Spaß, sich wie ein normaler Mensch zu benehmen. Und ein normaler Mensch findet es angenehm, an einem sonnigen Herbstmorgen in einem Café Zeitung zu lesen.«

»Mit einer Glock hinten im Hosenbund?«

»Dass sie meine ständige Begleiterin ist, habe ich dir zu verdanken.«

Sarah lächelte melancholisch. Als Tochter eines reichen Citibank-Direktors hatte sie große Teile ihrer Jugend in Europa verbracht, dort mehrere Fremdsprachen gelernt und sich untadelige europäische Manieren angeeignet. Später war sie nach Amerika zurückgekehrt, um aufs Dartmouth College zu gehen, und hatte nach einem Jahr an dem angesehenen Londoner Courtauld Institute of Art in Harvard in Kunstgeschichte promoviert – als jüngste Frau in der Geschichte dieser Universität.

Aber es war Sarah Bancrofts Liebesleben, nicht ihre erstklassige Ausbildung, die sie in die Welt der Geheimdienste geführt hatte. Als sie ihre Doktorarbeit schrieb, lebte sie mit dem jungen Anwalt Ben Callahan zusammen, der das Unglück hatte, am Morgen des 11. Septembers 2001 an Bord vom United Airlines Flight 75 zu gehen. Bevor die Maschine in den Südturm des World Trade Centers raste, schaffte er's, noch einmal mit dem Handy zu telefonieren. Dieser Anruf galt Sarah. Mit Adrian Carters Einverständnis und einem verschollen geglaubten van Gogh hatte Gabriel es geschafft, sie bei dem kühnen Versuch, einen Terrorplaner im Umfeld des saudi-arabischen Milliardärs Zizi al-Bakari aufzuspüren, in dessen Hofstaat einzuschmuggeln. Nach diesem erfolgreichen Unternehmen war sie zur CIA gegangen und dem Zentrum für Terrorismusbekämpfung zugewiesen worden. Seit damals unterhielt sie enge Kontakte mit dem Dienst und hatte bei verschiedenen Gelegenheiten mit Gabriel und seinem Team zusammengearbeitet. Sie hatte im Team sogar einen Liebhaber gefunden: einen Auftragskiller und Agenten des Diensts namens Michail Abramow. Dass sie wider Erwarten keinen Verlobungsring trug, bewies Gabriel jedoch, dass diese Beziehung sich schlechter entwickelt hatte, als Sarah sicher gehofft hatte.

»Seit Längerem sind wir mal ein Paar, mal nicht mehr«, sagte sie, als könne sie Gabriels Gedanken lesen.

»Und im Augenblick?«

»Nicht«, sagte sie. »Eindeutig nicht.«

»Ich habe dich davor gewarnt, dich mit einem Mann einzulassen, der für sein Land tötet.«

»Du hattest recht, Gabriel. Du hast immer recht.«

»Was ist also passiert?«

»Ich möchte die schmutzigen Details lieber nicht ausbreiten.«

»Mir hat er gesagt, dass er dich liebt.«

»Das hat er mir auch erzählt. Komisch, dass ich so wenig davon spüre.«

»Hat er dich verletzt?«

»Ich glaube nicht, dass mir noch jemand wehtun kann.« Sarah brauchte einen Augenblick, um zu lächeln. Sie war nicht ehrlich, das merkte Gabriel ihr an.

»Soll ich mal mit ihm reden?«

»Um Himmels willen, nein!«, wehrte sie ab. »Ich kann mein Leben sehr gut selbst ruinieren.«

»Er hat ein paar schwierige Einsätze hinter sich, Sarah. Der letzte war ...«

»Von dem hat er mir alles erzählt«, sagte sie. »Manchmal wünsche ich mir, er wäre nicht lebend aus den Alpen zurückgekommen.«

»Das ist nicht dein Ernst.«

»Nein«, gab sie mürrisch zu, »aber es war erleichternd, das zu sagen.«

»Vielleicht ist's so besser. Du solltest dir jemanden suchen, der nicht auf der anderen Seite der Welt lebt. Jemanden hier in Washington.«

»Und was soll ich ihm antworten, wenn er fragt, wo ich arbeite?«

Gabriel sagte nichts.

»Ich werde nicht jünger, weißt du. Ich bin neulich ...«

»Siebenunddreißig geworden«, ergänzte Gabriel.

»Was bedeutet, dass ich mich rasend schnell dem Status einer alten Jungfer nähere«, fuhr Sarah stirnrunzelnd fort. »In meinem Alter kann ich wahrscheinlich nur noch auf eine behagliche, aber leidenschaftslose Ehe mit einem reichen älteren Mann hoffen. Wenn ich Glück habe, darf ich ein oder zwei Kinder bekommen, die ich allein aufziehen muss, weil er kein Interesse an ihnen hat.«

»So deprimierend sind deine Zukunftsaussichten bestimmt nicht.«

Sie zuckte mit den Schultern, trank einen kleinen Schluck Kaffee. »Wie steht's mit Chiara und dir?«

»Perfekt«, sagte Gabriel.

»Ich habe gefürchtet, dass du das sagen würdest«, murmelte sie.

»Sarah ...«

»Keine Sorge, Gabriel, darüber bin ich längst hinweg.«

Zwei Frauen Mitte vierzig kamen in den Garten und setzten sich ans andere Ende. Sarah beugte sich in gespielter

Intimität nach vorn und fragte Gabriel auf Französisch, was ihn nach Washington geführt habe. Seine Antwort bestand daraus, dass er auf die Titelseite ihrer Zeitung tippte.

»Seit wann ist unsere überbordende Staatsverschuldung ein Problem für den israelischen Geheimdienst?«, fragte sie neckend.

Gabriel deutete auf die Meldung über die in amerikanischen Geheimdienstkreisen tobende Debatte über die Hintermänner der drei Bombenanschläge in Europa.

»Wie bist du da hineingeraten?«

»Chiara und ich haben am Freitag letzter Woche auf dem Weg zum Lunch einen Spaziergang durch den Covent Garden gemacht.«

Sarahs Miene verfinsterte sich. »Dann sind die Gerüchte über einen Unbekannten, der Sekunden vor dem Anschlag eine Schusswaffe gezogen hat, also …«

»Die sind wahr«, sagte Gabriel. »Ich hätte achtzehn Menschenleben retten können. Leider wollten die Briten nichts davon hören.«

»Wer steckt deiner Meinung nach dahinter?«

»Die Terrorismusexpertin bist du, Sarah. Das möchte ich von dir erfahren.«

»Denkbar ist, dass die Anschläge von der alten al-Qaida-Führungsriege in Pakistan organisiert worden sind«, sagte sie. »Aber meiner Ansicht nach haben wir's mit einem völlig neuen Netzwerk zu tun.«

»Von wem geführt?«

»Von jemandem mit Bin Ladens Charisma, der in Europa eigene Kämpfer anwerben und auf Zellen anderer Netzwerke zurückgreifen kann.«

»Irgendwelche Kandidaten?«

»Nur einen«, sagte sie. »Raschid al-Husseini.«

»Wieso Paris?«

»Wegen des Burka-Verbots.«

»Kopenhagen?«

»Der Zorn wegen der Karikaturen ist ungebrochen.«

»Und London?«

»London ist wegen seiner vielen Muslime gefährdet. London kann jederzeit angegriffen werden.«

»Nicht schlecht für eine ehemalige Kuratorin der Phillips Collection.«

»Ich bin Kunsthistorikerin, Gabriel. Ich weiß, wie man Punkte miteinander verbindet. Ich kann weitermachen, wenn du möchtest.«

»Ich bitte darum.«

»Deine Anwesenheit in Washington bedeutet, dass weitere Gerüchte wahr sind.«

»Welche Gerüchte wären das?«

»Dass Raschid al-Husseini nach dem 11. September auf der Gehaltsliste der Agency gestanden hat. Dass eine an sich gute Idee sich ins Gegenteil verwandelt hat. Adrian hat an Raschid geglaubt, und der hat sich damit revanchiert, dass er mit unserem Geld ein eigenes Netzwerk aufgebaut hat. Ich vermute, dass Adrian möchte, dass du dieses Problem aus der Welt schaffst – natürlich strikt inoffiziell.«

»Gibt's denn andere Methoden?«

»Nicht bei deinen Unternehmen«, sagte sie. »Aber was hat das mit mir zu tun?«

»Adrian braucht jemanden, der mich bespitzelt. Du warst die logische Kandidatin.« Gabriel machte eine Pause, dann fügte er hinzu: »Aber wenn du glaubst, das könnte unangenehm sein …«

»Wegen Michail?«

»Vielleicht müsstet ihr wieder zusammenarbeiten, Sarah. Ich möchte vermeiden, dass persönliche Gefühle das reibungslose Funktionieren meines Teams beeinträchtigen.«

»Seit wann hat dein Team jemals reibungslos funktioniert? Ihr seid Israelis. Ihr streitet euch dauernd.«

»Aber ich lasse nie zu, dass persönliche Gefühle operative Entscheidungen beeinflussen.«

»Ich bin Profi«, stellte sie fest. »Bedenkt man, was wir gemeinsam erlebt haben, sollte ich dich nicht daran erinnern müssen.«

»Das brauchst du nicht.«

»Wo fangen wir also an?«

»Wir müssen Raschid etwas besser kennenlernen.«

»Wie wollen wir das anstellen?«

»Indem wir seine CIA-Akten studieren.«

»Aber in denen stehen lauter Lügen.«

»Das stimmt«, sagte Gabriel. »Aber diese Lügen sind wie Übermalungen eines Gemäldes. Entfernt man sie, kann es passieren, dass einem die Wahrheit ins Gesicht starrt.«

»So drückt sich in Langley nie jemand aus.«

»Ich weiß«, sagte Gabriel. »Wenn sie's täten, wäre ich noch in Cornwall und würde an einem Tizian arbeiten.«

15

Georgetown, Washington, D.C.

Am folgenden Morgen bezogen Gabriel und Sarah das Haus an der N Street. Die erste Teillieferung von Unterlagen kam eine Stunde später: sechs Edelstahlbehälter mit elektronischen Schlössern. Aus irgendeinem unerfindlichen Grund vertraute Carter die Kombinationen nur Sarah an. »Vorschriften sind Vorschriften«, sagte er, »und die Agency besteht darauf, dass Mitarbeiter ausländischer Geheimdienste niemals die Kombination von Aktenbehältern erfahren dürfen.« Auch als Gabriel ihn darauf aufmerksam machte, dass er Zugang zu geheimsten CIA-Unterlagen erhalten würde, blieb Carter unbeugsam. Rein theoretisch würde das Material in Sarahs Besitz bleiben. Notizen sollten auf ein Minimum beschränkt bleiben, und Fotokopieren war verboten. Carter nahm das abhörsichere Faxgerät aus dem Haus selbst mit und verlangte Gabriels Mobiltelefon – ein Ansinnen, das Gabriel höflich ablehnte. Sein Handy, dass ihm der Dienst zur Verfügung gestellt hatte, konnte weit mehr als handelsübliche Mobiltelefone. Tatsächlich hatte er es am Vorabend dazu benutzt, um das Haus nach Abhörmikrofonen abzusuchen. Er hatte vier Wanzen entdeckt. Die Kooperationsbereitschaft der Amerikaner hatte offenbar Grenzen.

Die erste Aktenlieferung betraf Raschid al-Husseinis Zeit in Amerika vor dem 11. September 2001 und seine Verbindungen, strafbar oder zufällig, zu den Verschwörern selbst. Das meiste Material stammte ursprünglich vom FBI, dem weniger glanzvollen Konkurrenten der CIA, und war in der kurzen Zeit ausgetauscht worden, in der beide Dienste auf Anordnung des Präsidenten hätten zusammenarbeiten sollen. Es zeigte, dass Raschid al-Husseini schon wenige Wochen nach seiner Ankunft in San Diego auf dem Radar des FBIs erschienen und Objekt einer eher laschen Überwachung geworden war. Aus kurzen Perioden, in denen die Außenstellen San Diego und Washington Zeit und Personal dafür gehabt hatten, gab es Mitschriften von richterlich angeordneten Abhöraktionen und Fotos des Überwachten. Es gab auch ein Exemplar der geheimen FBI/CIA-Untersuchung, die Raschid offiziell von jeglicher Beteiligung an der 9/11-Verschwörung freisprach. Aus Gabriels Sicht war das ein erstaunlich naiver Bericht, der darauf angelegt war, den Imam so vorteilhaft wie nur möglich darzustellen. Gabriel fand, ein Mann sei nach seinem Umgang zu beurteilen, und hatte genügend Erfahrung mit Terrornetzwerken, um einen Mitverschwörer zu erkennen, wenn er einen sah. Raschid al-Husseini war bestimmt ein Kurier gewesen oder hatte Unterkünfte zur Verfügung gestellt. Zumindest war er ein Mitläufer gewesen. Und nach Gabriels Erfahrung sollten Geheimdienste Mitläufer nur in Ausnahmefällen als Einflussagenten nutzen. Es war immer besser, sie zu beobachten und notfalls hart anzufassen.

Die nächste Lieferung bestand aus den Protokollen von Raschid al-Husseinis Vernehmung durch die CIA und dem Material über das gescheiterte Unternehmen, in dem er die Hauptrolle gespielt hatte. Den Abschluss bildete eine resignierte Analyse aus den Tagen, nachdem Raschid sich nach Mekka abgesetzt hatte. Das Unternehmen, wurde darin festgestellt, sei von Anfang an schlecht geplant gewesen. Dafür wurde vor allem Adrian Carter verantwortlich gemacht, der es zu lasch beaufsichtigt habe. Beigefügt war Carters eigene Analyse, die kaum weniger ätzend war. Weil er weitere Anschläge befürchtete, empfahl er, alle Kontakte

Raschids in den USA und Europa gründlich zu überprüfen. Carters Direktor hatte diese Empfehlung zurückgewiesen. Die Agency habe nicht genug Personal, um Jagd auf Schatten zu machen, sagte der Direktor. Raschid sei wieder im Jemen, wo er hingehöre. Gott sei Dank.

»Nicht gerade eine Sternstunde der Agency«, sagte Sarah, als sie am späten Abend eine Pause machten. »Es war dämlich, diesen Kerl für unsere Zwecke nutzen zu wollen.«

»Die Agency hat anfangs ganz richtig vermutet, Raschid al-Husseini sei böse, aber im Lauf der Zeit ist sie irgendwann in seinen Bann geraten. Das ist sogar leicht zu verstehen. Raschid hat sehr überzeugend gewirkt.«

»Fast so überzeugend wie du.«

»Aber ich schicke meine Rekruten nicht auf belebte Straßen, damit sie Massaker anrichten.«

»Nein«, bestätigte Sarah, »du schickst sie stattdessen auf geheime Schlachtfelder, damit sie euren Feinden aufs Haupt schlagen.«

»Ganz so biblisch ist's nicht.«

»Doch das ist es. Glaub mir, ich weiß, wovon ich rede.« Sie warf einen müden Blick auf den Aktenstapel vor ihnen. »Wir haben noch Unmengen von Material zu sichten – und das ist nur der Anfang. Die Schleusen werden sich erst öffnen.«

»Keine Sorge«, sagte Gabriel lächelnd. »Wir bekommen bald Unterstützung.«

Sie kamen am folgenden Nachmittag unter falschen Namen und mit gefälschten Pässen in den Taschen auf dem Dulles Airport an. Aber dieser Schwindel blieb ohne Folgen, sie wurden im Gegenteil von einem Team aus CIA-Agenten durch den Zoll gelotst und für die Fahrt nach Washington in mehrere Cadillacs Escalade verfrachtet. Auf Adrian Carters Anweisung fuhren die gepanzerten Geländewagen in

Abständen von fünfzehn Minuten ab. So war das vielseitigste Agententeam der Geheimdienstwelt gegen Abend in dem Haus in der N Street versammelt, ohne dass die Nachbarn etwas mitbekamen.

Chiara traf als Erste ein, fast gleichzeitig mit ihr kam Dina Sarid, eine Terrorismusexpertin des Diensts. Die zierliche, schwarzhaarige Dina kannte die Schrecken von Terroranschlägen aus eigener Erfahrung. Sie hatte am 19. Oktober 1994 in Tel Aviv an der Dizengoff Street gestanden, als ein Selbstmordattentäter der Hamas den Bus Nummer fünf in einen Sarg für einundzwanzig Menschen verwandelt hatte. Ihre Mutter und zwei ihrer Schwestern hatten zu den Opfern gehört, Dina war schwer verletzt worden und hinkte noch immer leicht. Während ihrer Genesung hatte sie sich geschworen, die Terroristen nicht mit Gewalt, sondern mit ihrem Gehirn zu besiegen. Als menschliche Datenbank wusste sie Ort, Zeit, Täter und Zahl der Opfer jedes Terroranschlags auf israelische oder westliche Ziele auswendig. Gabriel hatte sie einmal erklärt, sie wisse mehr über die Terroristen als diese über sich selbst. Das glaubte er ihr.

Als Nächster traf ein älterer Gentleman namens Eli Lavon ein. Der kleine, etwas nachlässig gekleidete Mann mit schütterem grauen Haar und klugen braunen Augen galt als der beste Überwachungskünstler, den der Dienst je hervorgebracht hatte. Dank seiner angeborenen Anonymität schien er zu den vom Leben stiefmütterlich Behandelten zu gehören. In Wirklichkeit war er ein Raubtier, das selbst einen gut ausgebildeten Agenten oder erfahrenen Terroristen auf jeder Straße der Welt beschatten konnte, ohne jemals aufzufallen. Lavons Verbindung zum Dienst war heutzutage ähnlich locker wie die Gabriels. Er hielt weiter Vorträge an der Akademie – kein junger Agent kam zum Einsatz, ohne mehrere Stunden zu Lavons Füßen gesessen zu haben –, aber sein eigentlicher Arbeitgeber war die Hebräische Universität in

Jerusalem, wo er Archäologie lehrte. Aus einer Handvoll Tonscherben konnte Eli Lavon ein Bild von einem Dorf in der Bronzezeit entstehen lassen. Und im Besitz einer Handvoll einschlägiger Informationen konnte er ein präzises Bild von einem Terrornetzwerk entwerfen.

Jaakov Rossman, ein erfahrener Agentenführer, folgte als Nächster, nach ihm trafen zwei schweigsame Allrounder namens Oded und Mordechai ein. Dann kam Rimona Stern, eine ehemalige Analystin des Militärnachrichtendiensts, die jetzt für Fragen im Zusammenhang mit dem sabotierten irakischen Atomprogramm zuständig war. Rimona mit der Rubensfigur und der rotblonden Mähne war zufällig auch eine Nichte Schamrons. Gabriel kannte sie seit ihrer Kindheit – besonders gern dachte er an das furchtlose kleine Mädchen zurück, das mit dem Roller die steile Einfahrt zum Haus ihres Onkels hinuntergerast war. Noch heute erinnerte eine verblasste Narbe an Rimonas linker Hüfte an einen besonders schweren Sturz. Gabriel hatte einen Notverband angelegt, Gilah hatte Rimonas Tränen getrocknet. Schamron war viel zu durcheinander gewesen, um etwas Nützliches tun zu können. Als einziger Überlebender einer im Holocaust ermordeten Familie konnte er es nicht ertragen, geliebte Menschen leiden zu sehen.

Wenige Minuten nach Rimona traf Jossi Gavisch ein. Jossi, eine hochgewachsene Gestalt in Cordsamt und Tweed mit beginnender Glatze, gehörte zur Führungsspitze der Abteilung Recherche, wie der Dienst seine Abteilung für Analysen nannte. Er war in London geboren, hatte am All Souls in Oxford Altphilologie studiert und sprach Hebräisch mit deutlichem englischen Akzent. Er hatte auch etwas geschauspielert – seine Darstellung des Jago in Shakespeares Othello war seinen Kommilitonen noch in bester Erinnerung – und war ein hervorragender Cellist. Sein musikalisches Talent musste Gabriel erst noch nutzen, aber Jossis schauspielerische Fähigkeiten hatten sich im Einsatz schon oft als nützlich erwiesen. Auf St. Barts gab es ein Strandcafé, dessen Bedienungen ihn für einen geborenen Traummann hielten, und in Genf ein Hotel, dessen Portier sich geschworen hatte, ihn zu erschießen, wenn er sich noch einmal blicken lasse.

Wie meistens kam Michail Abramow als Letzter. Der schlaksige Blonde mit dem fein geschnittenen Gesicht und den gletscherblauen Augen war als Teenager aus Russland nach Israel gekommen und hatte später in der Sajeret Matkal, einer Spezialeinheit der israelischen Armee, gedient. Michail, den Schamron einmal als »Gabriel ohne Gewissen« bezeichnet hatte, hatte die führenden Terrorplaner von Hamas und dem palästinensischen islamischen Dschihad ermordet. Er schleppte zwei Koffer mit elektronischen Geräten herein und begrüßte Sarah mit einem unzweideutig kühlen Kuss. Das würde Eli Lavon später als die frostigste Begrüßung seit dem Tag einstufen, an dem Schamron auf dem Höhepunkt des Friedensprozesses Jassir Arafat hatte die Hand geben müssen.

Die neun Männer und Frauen von Gabriels Team mit dem Decknamen Barak – hebräisch für »Blitz« – hatten viele Eigenarten und viele gemeinsame Traditionen. Zu den Eigenarten gehörte der rituelle kindische Streit über die Zuweisung der Räume. Zu den Traditionen gehörte ein von Chiara zubereitetes üppiges Arbeitsessen am ersten Abend. Dieses Essen in der N Street war schmerzlicher als die meisten, weil es nie hätte stattfinden sollen. Wie alle am King Saul Boulevard hatte das Team erwartet, das Unternehmen gegen das iranische Atomprogramm werde Gabriels letzter Einsatz sein. Das hatten sie von ihrem nominellen Chef Uzi Navot, der darüber nicht unglücklich war, und von Schamron gehört, der darüber verzweifelt war. »Ich hatte keine andere Wahl, als ihn freizusetzen«, hatte Schamron nach seinem berühmten Treffen mit Gabriel auf den kornischen Klippen gesagt. »Diesmal ist's endgültig.«

Das hätte es sein können, hätte Gabriel nicht Farid Khan entdeckt, als er mit einem Sprengstoffgürtel unter dem Mantel auf der Wellington Street unterwegs war. Die am Esstisch versammelten Männer und Frauen verstanden, wie viel Kraft der Covent Garden Gabriel gekostet hatte. Vor vielen Jahren, in einem anderen Leben, unter einem anderen Namen, hatte er in Wien einen Bombenanschlag, der sein Leben verändert hatte, nicht verhindert. Damals war die Sprengladung nicht am Körper eines *Schahids*, sondern unter Gabriels Wagen versteckt gewesen. Und die Opfer waren nicht Fremde, sondern Gabriels Angehörige gewesen: seine Frau Leah und sein einziger Sohn Dani. Leah lebte noch heute von schrecklichen Brandwunden entstellt und in ihren Erinnerungen gefangen in einer psychiatrischen Klinik auf dem Jerusalemer Herzberg. Sie ahnte nur vage, dass Dani nicht weit von ihr auf dem Ölberg beigesetzt worden war.

An diesem Abend erwähnten die Angehörigen von Daniels Team weder Leah noch Dani. Sie sprachen auch nicht lange über die Ereignisse, die dazu geführt hatten, dass Gabriel unfreiwillig Zeuge von Farid Khans Märtyrertod geworden war. Stattdessen sprachen sie von Freunden und Verwandten, von Büchern, die sie gelesen, und Filmen, die sie gesehen hatten, und von den gegenwärtigen erstaunlichen Veränderungen in der arabischen Welt. In Ägypten war der Pharao endlich gestürzt worden und hatte einen Proteststurm ausgelöst, der die Könige und Diktatoren, die im Nahen Osten seit Generationen herrschten, hinwegzufegen drohte. Die Frage, ob der Arabische Frühling Israel mehr Sicherheit oder größere Gefahren bringen würde, wurde im Dienst, aber auch an diesem Esstisch eifrig diskutiert. Jossi, ein geborener Optimist, vertrat die Überzeugung, wenn die Araber Gelegenheit erhielten, in Demokratien zu leben, würden sie nichts mit denen zu tun haben wollen, die Krieg gegen Israel führen wollten. Jaakow, der viele Jahre lang Agenten in feindlichen arabischen Staaten geführt hatte, warf Jossi vor, gefährliche Illusionen zu hegen – eine Auffassung, der sich die meisten anschlossen. Nur Dina wollte sich nicht dazu äußern, weil sie in Gedanken schon bei den Aktenbehältern im Wohnzimmer war. In ihrem klugen Kopf tickte eine Uhr, und sie wusste, dass jede vergeudete Minute bedeutete, dass die Terroristen eine Minute länger planen konnten. Die Unterlagen enthielten das Versprechen geretteter Leben. Sie waren heilige Texte, deren Geheimnisse sie entschlüsseln konnte.

Es war fast Mitternacht, als die Tafel endlich aufgehoben wurde. Nun folgte der übliche Streit um das Geschirrspülen, wer abwaschen und wer abtrocknen sollte. Gabriel beteiligte sich nicht daran, sondern gab Dina eine Einweisung in die Akten, bevor er mit Chiara nach oben ging. Ihr Zimmer lag im zweiten Stock mit Blick auf den Garten hinter dem Haus. In der Ferne blinkten die Warnleuchten auf den Türmen der Georgetown University in sanftem Rot – wie eine Erinnerung an die Verwundbarkeit von Großstädten durch Terrorismus aus der Luft.

»Hier kann man's ein paar Tage aushalten, denke ich«, sagte Chiara. »Wo hast du Michail und Sarah untergebracht?«

»So weit voneinander entfernt wie nur möglich.«

»Wie groß sind die Chancen, dass dieses Unternehmen sie wieder zusammenbringt?«

»Ungefähr so groß wie für die Anerkennung unseres Existenzrechts durch die Arabische Liga.«

»So schlecht?«

»Ja, leider.« Gabriel legte Chiaras Koffer aufs Fußende ihres Betts, das unter dem Gewicht etwas einsank. »Was hast du da drin?«

»Gilah hat mir ein paar Sachen für dich mitgegeben.«

»Steine?«

»Essen«, sagte Chiara. »Du kennst sie doch. Sie findet schon immer, dass du zu dünn bist.«

»Wie geht es ihr?«

»Seit Ari jetzt nicht mehr so viel zu Hause ist, scheint es ihr besser zu gehen.«

»Hat er sich endlich für den Töpferkurs angemeldet, von dem er immer geredet hat?«

»Tatsächlich ist er wieder am King Saul Boulevard.«

»In welcher Funktion?«

»Uzi dachte, er bräuchte etwas, damit er beschäftigt ist, deshalb hat er ihn zu deinem Einsatzkoordinator bestimmt. Er möchte, dass du ihn morgen früh als Erstes anrufst.« Chiara küsste ihn auf die Wange und lächelte. »Willkommen daheim, Darling.«

16

Georgetown, Washington, D.C.

Für Terrornetzwerke gilt eine Binsenweisheit: Eines aufzubauen ist weniger schwierig, als man vielleicht glauben würde. Aber sobald der Chefplaner seinen ersten Anschlag verüben lässt, ist das Überraschungsmoment dahin und das Netzwerk präsent in der öffentlichen Wahrnehmung. In den Anfangsjahren des Kampfs gegen den Terrorismus – als der Schwarze September und Carlos der Schakal von links stehenden nützlichen Euro-Idioten wie der Baader-Meinhof-Bande und den Roten Brigaden unterstützt Amok liefen – setzten Geheimdienste in erster Linie auf physische Überwachung, Abhörmaßnahmen und gute altmodische Ermittlungsarbeit, um die Mitglieder einer Zelle zu identifizieren. Heute, im Zeitalter des Internets und weltweiter Satellitenkommunikation, haben die Umrisse des Gefechtsfelds sich verändert. Für Terroristen hat das Internet sich als wertvolles Werkzeug erwiesen, mit dem sie organisieren, anstacheln und kommunizieren können, aber gleichzeitig ermöglicht es Geheimdiensten, sie auf Schritt und Tritt zu überwachen. Der Cyberspace gleicht einem Winterwald. Terroristen können sich eine Zeit lang darin verstecken, heimlich Pläne schmieden und ihre Streitmacht organisieren, aber sie können nicht kommen oder gehen, ohne Fußspuren zu hinterlassen. Die Herausforderung für Geheimdienstoffiziere im Einsatz gegen Terroristen besteht darin, der richtigen Fährte zu folgen, denn dieser virtuelle Wald ist ein dunkler und verwirrender Ort, an dem man ziellos umherirren kann, während unschuldige Menschen sterben.

Am folgenden Morgen wagten Gabriel und sein Team sich vorsichtig dort hinein, als der britische Geheimdienst aufgrund einer ständigen Vereinbarung seinen amerikanischen Vettern die vorläufigen Ermittlungsergebnisse zu dem Bombenanschlag im Covent Garden übermittelte. Zu dem Material gehörte alles, was auf Farid Khans Computer gespeichert war, ein Ausdruck mit allen Nummern, die er mit seinem Mobiltelefon angerufen hatte, und eine Liste bekannter islamischer Extremisten, mit denen er als Mitglied von Hisb ut-Tahir und al-Muhadjiroun Kontakt gehabt hatte. Außerdem eine Kopie des Überwachungsvideos, das den Anschlag zeigte, und einige hundert Standfotos von Überwachungskameras aus seinen letzten Lebensmonaten. Die letzte Aufnahme zeigte ihn im Covent Garden: mit erhobenen Armen und einem feurigen Ring von dem detonierenden Sprengstoffgürtel um die Taille. Wenige Meter von ihm entfernt lag Gabriel unter zwei Männern begraben auf dem Pflaster. Bei starker Vergrößerung war auf dem Bild der Schatten einer Pistole in seiner Hand zu erkennen.

Carter hatte die Unterlagen an das Zentrum für Terrorismusbekämpfung in Langley und die NSA in Fort Meade, Maryland, weitergeleitet. Ohne dass die beiden Stellen davon wussten, brachte er eine dritte Kopie des Materials eigenhändig in das Haus in der N Street. Am folgenden Tag lieferte er bemerkenswert ähnliche Unterlagen aus Kopenhagen ab, aber eine ganze Woche sollte verstreichen, bevor er mit dem Material aus Paris erschien. »Den Franzosen ist noch nicht ganz klar, dass wir alle in einem Boot sitzen«, sagte Carter. »Sie sehen den Anschlag als Versagen ihrer Sicherheitskräfte, was bedeutet, dass wir nur eine geschönte Version der tatsächlichen Ereignisse hören werden.«

Gabriels Team arbeitete das Material so rasch wie möglich, aber mit der Geduld und der Aufmerksamkeit für Details durch, die Ermittlungen dieser Art erforderten. Gabriel wies seine Leute instinktiv an, sich dem Fall zu nähern wie einem riesigen Gemälde mit großen Fehlstellen. »Bleibt nicht weit davon entfernt stehen, um zu versuchen, alles auf einmal zu sehen«, warnte er sie. »Das macht euch nur verrückt. Arbeitet euch vom Rand nach innen vor. Konzentriert euch auf Details – eine Hand, ein Auge, einen Kleidersaum, einen roten Faden, der durch alle drei Anschläge läuft. Ihr werdet ihn nicht gleich erkennen, aber er ist da, das verspreche ich euch.«

Mit Hilfe der NSA und staatlicher Datengräber, die in anonymen Verwaltungsgebäuden am Capital Beltway arbeiteten, grub das Team sich immer tiefer in Datenbanken in aller Welt hinein. Telefonnummern führten zu weiteren Nummern, E-Mail-Adressen führten zu weiteren Accounts, Namen führten zu weiteren Namen. Sie lasen tausend Mails in einem Dutzend verschiedener Sprachen. Browser-Verläufe wurden auf Absichten durchsucht, Fotos auf Hinweise darauf, dass Ziele ausgespäht worden waren, und Google-Suchen auf geheime Wünsche und verbotene Leidenschaften.

Allmählich begannen die vagen Umrisse eines Terrornetzwerks Gestalt anzunehmen. Die Hinweise waren vereinzelt und diffus: hier der Name eines potenziellen Terroristen in Lyon, dort die Adresse einer möglichen sicheren Wohnung in Malmö. Hier eine Telefonnummer in Karatschi, dort eine Webseite ungewissen Ursprungs von der Videos von Bombenanschlägen und Enthauptungen, die Pornografie der dschihadistischen Welt, heruntergeladen werden konnten. In dem Glauben, der CIA zu helfen, lieferten befreundete westliche Geheimdienste bereitwillig Material, das sie normalerweise zurückgehalten hätten. Das taten auch die Geheimpolizeien der islamischen Welt. Die Wohnzimmerwände waren schon bald mit einer verwirrenden Vielfalt von Informationen bedeckt. Eli Lavon setzte den Blick auf sie gleich mit dem auf den Nachthimmel – ohne die Zuhilfenahme einer Sternkarte. Ein hübscher Anblick, sagte er, aber wenig produktiv, wenn Menschenleben auf dem Spiel standen. Irgendwo dort draußen gab es ein Ordnungsprinzip, eine den Terror dirigierende Hand. Raschid al-Husseini, der charismatische Geistliche, hatte das Netzwerk mit seiner Beredsamkeit aufgebaut, aber irgendein anderer hatte es dafür eingesetzt, drei Anschläge in drei europäischen Großstädten zu verüben – jeweils auf die Minute genau durchgeführt. Dieser Mann war kein Amateur, sondern ein professioneller Terrorplaner.

Dina war wie besessen von der Idee, diesem Ungeheuer einen Namen und ein Gesicht zu geben. Sarah, Chiara und Eli Lavon arbeiteten unermüdlich mit ihr zusammen, während Gabriel sich mit der Rolle eines Botengängers und Kuriers zufriedengab. Zweimal täglich drückte Dina ihm eine dringende Fragenliste in die Hand. Manchmal fuhr Gabriel damit in die israelische Botschaft im Nordwesten Washingtons und übermittelte sie verschlüsselt an Schamron. Oder er gab sie Adrian Carter, der dann nach Fort Meade hinausfuhr, um Erkundigungen bei den Datengräbern einzuziehen. An Halloween, während Kinder als Gespenster, Kobolde oder Superhelden verkleidet durch Georgetown zogen, bestellte Carter Gabriel zu einem Treffen in einen Coffee Shop in der Thirty-fifth Street, um ihm ein dickes Paket mit neuen Unterlagen zu übergeben.

»Was will Dina damit?«, fragte Carter, während er den Deckel von einem Caffè Americano abnahm, den er gar nicht trinken wollte.

»Das weiß ich selbst nicht genau«, antwortete Gabriel. »Sie hat ihre eigenen Methoden. Ich versuche nur, sie nicht zu behindern.«

»Sie ist uns überlegen, wissen Sie das? Unsere Geheimdienste haben zweihundert Analysten auf diesen Fall angesetzt, aber diese einzelne Frau ist uns überlegen.«

»Das liegt daran, dass sie weiß, was uns bevorsteht, wenn wir diesen Leuten nicht das Handwerk legen. Und sie scheint keinen Schlaf zu brauchen.«

»Hat sie schon eine Theorie, wer er sein könnte?«

»Sie hat das Gefühl, ihn zu kennen.«

»Persönlich?«

»Bei Dina ist's immer persönlich, Adrian. Nur deshalb ist sie so gut.«

Auch wenn Gabriel das nicht zugeben wollte, nahm auch er diesen Fall längst persönlich. War er nicht in der Botschaft oder bei einem Treffen mit Carter, war er meistens in »Raschidistan« anzutreffen, wie das Team die nicht allzu große Bibliothek des Hauses in der N Street nannte. Alle vier Wände waren mit Fotos des telegenen Geistlichen bedeckt. In chronologischer Folge angeordnet bildeten sie seinen unwahrscheinlichen Aufstieg von einem obskuren kleinen Prediger in San Diego zum Führer eines dschihadistischen Terrornetzwerks ab. Äußerlich hatte er sich in diesen Jahren kaum verändert – derselbe spärliche Bart, dieselbe gelehrt wirkende Brille, derselbe gütige Ausdruck in seinen braunen Augen. Er sah keineswegs wie ein Mann aus, der zu Massenmorden imstande war, oder auch nur wie jemand, der dazu aufrufen konnte. Gabriel überraschte das nicht. Er war selbst von Männern mit weiblich zarten Händen gefoltert worden und hatte einen palästinensischen Meisterterroristen mit einem Kindergesicht erschossen. Noch heute, über zwanzig Jahre später, kämpfte er damit, die unschuldig kindlichen Züge des Toten mit dem grausig vielen Blut zu vereinbaren, das an den Händen dieses Mannes geklebt hatte.

Raschid al-Husseinis größter Vorzug war nicht sein harmloses Aussehen, sondern seine Stimme. Gabriel hörte sich Raschids Predigten – auf Arabisch und in dessem amerikanischen Alltagsenglisch – und die vielen gut durchdachten Interviews an, die er nach dem 11. September gegeben hatte. Vor allem interessierten ihn die Tonbandaufnahmen von den Vernehmungen, bei denen Raschid sich glänzend gegen die CIA-Agenten behauptet hatte. Raschid war teils Poet, teils Lehrer, teils Erklärer des Dschihad. Er warnte die Amerikaner, dass die demografische Entwicklung entschieden zugunsten ihrer Feinde verlaufe, weil die islamische Welt jung, wachsend und von einer explosiven Mischung aus Zorn und Demütigung erfüllt sei. »Wird nicht etwas getan, um diese Gleichung zu verändern, meine Freunde, geht eine ganze Generation an den Dschihad verloren.« Was die Amerikaner brauchten, sei eine Brücke zur muslimischen Welt – und Raschid al-Husseini erbot sich, diese Rolle zu übernehmen.

Weil Raschids ständige Gegenwart allen auf die Nerven ging, bestand der Rest des Teams darauf, dass Gabriel die Tür der Bibliothek fest geschlossen hielt, wenn er sich die Tonbandaufnahmen anhörte. Aber spätnachts, wenn die meisten schon zu Bett gegangen waren, verstieß er gegen diese Anordnung, schon um gegen das Gefühl von Klaustrophobie anzukämpfen, das der Klang von Raschids Stimme erzeugte. Dabei sah er unweigerlich Dina, die grübelnd das Puzzle an den Wohnzimmerwänden betrachtete. »Geh schlafen, Dina«, forderte er sie dann auf. Und Dina antwortete jedes Mal: »Ich schlafe, wenn du schläfst.«

Am ersten Freitag im Dezember, als die Straßen von Georgetown von Schneeschauern weiß wurden, hörte Gabriel sich an, wie Raschid al-Husseini zum letzten Mal Anweisungen von seinem CIA-Führungsoffizier erhielt. Das war an dem Abend, bevor er überlief. Er wirkte aufgedrehter als sonst und leicht nervös. Gegen Ende dieses Treffenss nannte er seinem Agentenführer einen Imam in Oslo, den er verdächtigte, Spenden für die Widerstandskämpfer im Irak einzutreiben. »Das sind keine Widerstandskämpfer, das sind Terroristen«, stellte der CIA-Mann nachdrücklich richtig. »Entschuldigen Sie, Bill«, sagte Raschid, der den Decknamen des Offiziers benutzte, »aber mir fällt's manchmal schwer, mich daran zu erinnern, auf wessen Seite ich stehe.«

Gabriel fuhr seinen Computer herunter und ging ins Wohnzimmer hinüber. Dina stand schweigend vor ihrer Matrix und rieb sich die Stelle am Oberschenkel, die immer wehtat, wenn sie müde war.

»Geh schlafen, Dina«, sagte Gabriel.

»Nicht heute Nacht«, antwortete sie.

»Du hast ihn?«

»Ich glaube schon.«

»Wer ist's?«

»Malik«, sagte sie leise. »Und Gott sei uns allen gnädig.«

17

GEORGETOWN, WASHINGTON, D.C.

Es war kurz nach zwei Uhr – eine schreckliche Stunde, wie Schamrons berühmter Ausspruch lautete, in der selten brillante Pläne ausgeheckt werden. Gabriel schlug vor, bis zum Morgen zu warten, aber dafür tickte die Uhr in Dinas Kopf viel zu laut. Sie holte die anderen persönlich aus den Betten und marschierte dann demonstrativ im Wohnzimmer auf und ab, während sie darauf wartete, dass der Kaffee fertig wurde. Als sie endlich sprach, war ihr Tonfall drängend, aber respektvoll. Das hatte der Meisterterrorist Malik verdient.

Sie begann damit, dass sie das Team an Maliks Abstammung erinnerte, die ihn fast zwangsläufig zu seinem Lebensweg geführt hatte. Als Angehöriger des Clans al-Zubair – einer palästinensisch-syrischen Familie aus dem Dorf Abu Gosch westlich von Jerusalem – war er in dem jordanischen Flüchtlingslager Zarqa geboren worden. Selbst nach den bedauerlich niedrig gesteckten Maßstäben solcher Lager war Zarqa ein elendes Loch und eine Brutstätte für islamischen Extremismus. Als intelligenter, aber zielloser junger Mann verbrachte Malik viel Zeit in der al-Falah-Moschee. Dort geriet er in den Bann eines salafistischen Hasspredigers, der ihn zum Eintritt in die Islamische Widerstandsbewegung, besser als Hamas bekannt, veranlasste. Malik trat in die paramilitärischen Quassam-Brigaden ein und erlernte das Terroristenhandwerk bei einigen der besten Meister dieses Fachs. Als geborener Führer und geschickter Organisator stieg er innerhalb der Organisation rasch auf und war bei

Beginn der zweiten Intifada der wichtigste Terrorplaner der Hamas. Vom sicheren Lager Zarqa aus organisierte er einige der tödlichsten Anschläge der damaligen Zeit, darunter einen auf einen Nachtclub in Tel Aviv, bei dem dreiunddreißig Menschen starben.

»Nach diesem Anschlag«, sagte Dina, »hat der Ministerpräsident angeordnet, Malik zu liquidieren. Aber Malik hat sich in den Tiefen des Lagers Zarqa verkrochen und seinen bis dahin größten Angriff geplant – einen Anschlag auf die Klagemauer. Zum Glück konnten wir die drei *Schahids* verhaften, bevor sie ihr Ziel erreichten. Das soll Maliks einziger Misserfolg gewesen sein.«

Im Sommer 2004, berichtete Dina weiter, wurde klar, dass der israelisch-palästinensische Konflikt eine zu kleine Bühne für Malik war. Vom 11. September inspiriert verließ er das Lager und gelangte als verschleierte Frau verkleidet nach Amman, wo er mit einem al-Qaida-Anwerber zusammentraf. Nachdem er den *Bajat* abgelegt hatte, den persönlichen Treueschwur auf Osama bin Laden, wurde Malik über die Grenze nach Syrien geschmuggelt. Sechs Wochen später wechselte er in den Irak über.

»Malik war weit besser ausgebildet als alle anderen al-Qaida-Angehörigen im Irak«, sagte Dina. »Er hatte seine Fertigkeiten in jahrlangen Kämpfen gegen die erfahrensten Terrorfahnder der Welt erworben. Er war nicht nur ein perfekter Bombenbauer, sondern wusste auch, wie man seine *Schahids* durch schärfste Sicherheitsmaßnahmen schleust. Nach allgemeiner Überzeugung war er der Planer einiger der tödlichsten und spektakulärsten Attentate der Aufständischen. Sein größter Erfolg war eine eintägige Attentatsserie im Schiitenviertel von Bagdad, bei der über zweihundert Menschen ums Leben kamen.«

Maliks letztes Attentat im Irak war ein Bombenanschlag auf eine schiitische Moschee, bei dem es fünfzig Tote gab.

Unterdessen war er die Zielperson einer Großfahndung der Task Force 6-26, einer US-Sondereinheit aus Spezialtruppen und Geheimagenten. Zehn Tage nach dem Anschlag erfuhr die Task Force, Malik halte sich mit zwei weiteren al-Qaida-Führern in einem sicheren Haus fünfzehn Kilometer nördlich von Bagdad versteckt. In derselben Nacht griffen zwei Jagdbomber F-16 dieses Haus mit zwei lasergesteuerten Bomben an, aber bei der Durchsuchung der Trümmer wurden nur die Überreste zweier Männer gefunden. Malik al-Zubair war entkommen.

»Er muss das Haus wenige Minuten vor dem Angriff verlassen haben«, sagte Dina. »Später hat er seinen Gefährten erzählt, das habe er auf Befehl Allahs getan. Dieser Vorfall hat ihn in seiner Überzeugung bestärkt, dafür auserwählt zu sein, Großes zu tun.«

Malik beschloss, international tätig zu werden. Weil er mit der Zeit Gefallen daran gefunden hatte, Amerikaner im Irak zu töten, wollte er sie jetzt in ihrer Heimat angreifen. Deshalb reiste er nach Pakistan, um sich in der al-Qaida-Zentrale Geld und Unterstützung zu besorgen. Bin Laden hörte ihm aufmerksam zu. Aber dann schickte er Malik mit leeren Händen weg.

»In Wirklichkeit aber«, fügte Dina hastig hinzu, »scheint Ayman al-Zawahiri diese Entscheidung erzwungen zu haben. Der Ägypter plante zu der Zeit mehrere Terroranschläge im Westen und wollte verhindern, dass sie durch einen aufstrebenden Palästinenser aus Zarqa gefährdet wurden.«

»Daraufhin ist Malik in den Jemen gegangen und hat seine Dienste Raschid angeboten?«, fragte Gabriel.

»Genau.«

»Beweis?«, fragte Gabriel. »Wo ist der Beweis?«

»Ich bin Analystin«, sagte Dina, ohne dass das entschuldigend klang. »Den Luxus, etwas hieb- und stichfest beweisen zu können, kenne ich praktisch nicht. Ich habe nur Vermutungen zu bieten, die allerdings durch handfeste Tatsachen untermauert sind.«

»Zum Beispiel?«

»Damaskus«, sagte sie. »Im Herbst 2008 hat der Dienst von einem Informanten im syrischen Geheimdienst den Tipp bekommen, Malik al-Zubair halte sich dort auf und benutze in raschem Wechsel mehrere sichere Häuser, die Angehörigen seines Clans gehörten. Auf Schamrons Drängen hat der Ministerpräsident uns gestattet, Maliks längst überfällige Liquidierung zu planen. Damals war Uzi noch Chef der Operationsabteilung. Er hat ein Agententeam nach Damaskus geschickt – ein Team, zu dem ein gewisser Michail Abramow gehört hat«, fügte Dina mit einem Blick zu ihm hinüber hinzu. »Binnen weniger Tage hat Malik unter dauernder Überwachung gestanden.«

»Bitte weiter, Dina.«

»Malik war nicht leicht zu überwachen, wie Michail bestätigen kann. Er hat sein Aussehen ständig verändert – durch angeklebte Bärte, Brillen, Mützen, Kopfbedeckungen, Kleidung, sogar wechselnde Fortbewegungsarten –, aber das Team hat sich nicht abschütteln lassen. Am Abend des 23. Oktobers hat es dann beobachtet, wie Malik die Wohnung eines Mannes namens Kemel Arwisch betreten hat. Arwisch hat sich gern als aufgeklärter Vermittler dargestellt, der das Volk auch gegen seinen Widerstand ins einundzwanzigste Jahrhundert zerren wollte. In Wirklichkeit aber war er ein Islamist mit losen Kontakten zur al-Qaida und ihren Randgruppen. Weil er in den Westen reisen konnte, ohne Verdacht zu erregen, war er als Kurier und für Aufträge aller Art wertvoll.« Dina wandte sich direkt an Gabriel. »Nachdem du dich eingehend mit Raschids CIA-Akten befasst hast, sind dir Kemels Name und Adresse sicher ein Begriff.«

»Raschid war zum Abendessen in Kemels Wohnung eingeladen, als er 2004 im Auftrag der CIA in Damaskus war«, bestätigte Gabriel. »Seinem Agentenführer hat er erzählt, Arwisch und er hätten viele interessante Ideen zur Dämpfung der Feuer des Dschihad besprochen.«

»Und wenn du das glaubst ...«

»Das könnte ein Zufall sein, Dina – nicht mehr.«

»Könnte, ja, aber ich habe in der Ausbildung gelernt, niemals an Zufälle zu glauben. Du natürlich auch.«

»Was ist mit dem Unternehmen zur Überwachung Maliks passiert?«

»Er ist uns durch die Finger geschlüpft, wie er den Amerikanern in Bagdad entwischt ist. Uzi hat überlegt, ob er Arwisch überwachen lassen sollte, aber das hat sich als unnötig erwiesen. Drei Tage nach Maliks Verschwinden ist der Leichnam von Kemel Arwisch in der Wüste östlich von Damaskus aufgefunden worden. Er hatte einen relativ schmerzlosen Tod gefunden.«

»Malik hat ihn ermorden lassen?«

»Vielleicht Malik, vielleicht Raschid. Das ist nicht weiter wichtig. Arwisch war ein kleiner Fisch in einem großen Teich. Er hatte die ihm zugewiesene Rolle gespielt. Er hatte eine Botschaft überbracht, und danach war er zu einer Belastung geworden.«

Gabriel schien nicht recht überzeugt zu sein. »Was hast du sonst noch?«

»Die Bauweise der von den *Schahids* in Paris, Kopenhagen und London getragenen Sprengstoffgürtel«, sagte Dina. »Sie waren mit dem Typ identisch, den Malik während der Zweiten Intifada perfektioniert hat, der wiederum mit dem in Bagdad verwendeten Typ identisch war.«

»Die Konstruktion muss nicht von Malik gestammt haben. Sie kann seit Jahren im dschihadistischen Untergrund bekannt gewesen sein.«

»Malik al-Zubair hätte sie niemals ins Internet gestellt, um sie der Welt zu zeigen. Die Verdrahtung, die Zündung, die Form der Sprengladung und die Nagelfüllung sind alles seine Innovationen. Er *verkündet* praktisch, dass diese Sprengsätze von ihm stammen.«

Gabriel äußerte sich nicht dazu. Dina zog eine Augenbraue hoch und fragte: »Keine weiteren Kommentare über Zufälle?«

Gabriel ignorierte ihre Bemerkung. »Sein letzter bekannter Aufenthaltsort?«

»Nach unbestätigten Berichten sollte er wieder in Zarqa sein, und unser Stationschef in der Türkei hat ein hässliches Gerücht gehört, er lebe in großem Stil in Istanbul. Dieses Gerücht hat sich als falsch erwiesen. Aus der Sicht des Diensts ist Malik ein Gespenst.«

»Auch ein Gespenst braucht einen Pass.«

»Wir glauben, dass er einen syrischen Pass hat, den der große Reformator in Damaskus ihm persönlich überreicht hat. Leider haben wir keine Ahnung, welchen Namen er benutzt oder wie er heutzutage aussieht. Das letzte Foto, das wir von ihm haben, ist über zwanzig Jahre alt. Es ist wertlos.«

»Gibt es eine Malik nahestehende Person, die wir umdrehen könnten? Einen Verwandten? Einen Freund? Einen alten Kameraden aus seiner Hamas-Zeit?«

»Das haben wir schon versucht, als Malik uns während der Zweiten Intifada mit Attentaten zugesetzt hat«, sagte Dina kopfschüttelnd. »In Israel und den besetzten Gebieten leben keine al-Zubairs mehr, und die aus dem Lager Zarqa sind viel zu fanatisch, um mit uns zu kooperieren.« Sie machte eine kurze Pause. »Allerdings wirkt sich vielleicht etwas zu unseren Gunsten aus.«

»Und das wäre?«

»Ich denke, seinem Netzwerk könnte das Geld ausgehen.«

»Sagt wer?«

Dina zeigte auf das Foto von Farid Khan, dem Londoner Selbstmordattentäter.

»Sagt er.«

18

GEORGETOWN, WASHINGTON, D.C.

In den letzten Wochen seines kurzen, aber unheilvollen Lebens hatte Farid Khan, Mörder von achtzehn unschuldigen Menschen in seinem Geburtsland, in einem islamischen Internetforum eine Serie von zunehmend verzweifelten Mitteilungen hinterlassen, in denen er die Tatsache beklagte, dass er nicht genug Geld hatte, um ein anständiges Hochzeitsgeschenk für seine Schwester zu kaufen. Anscheinend spielte er mit dem Gedanken, nicht zu der Hochzeit zu gehen, um sich nicht zu blamieren. Nur stimmte diese Story nicht, worauf Dina hinwies. Allah hatte die Khans mit vier Söhnen gesegnet, aber Mädchen gab es in der Familie keine.

»Ich glaube, dass er seinen Märtyrerlohn gefordert hat – eine Zahlung, die Malik ihm versprochen hatte. Nach Art der Hamas. Die Hamas übernimmt stets die finanzielle Absicherung der Angehörigen ihrer *Schahids*.«

»Hat er das Geld jemals bekommen?«

»Eine Woche vor dem Anschlag hat er mitgeteilt, er habe die Mittel erhalten, um seiner Schwester ein Geschenk kaufen zu können. Nun würde er doch zu der Hochzeit gehen können, Allah sei Dank.«

»Also hat Malik zuletzt Wort gehalten.«

»Richtig, aber erst nachdem sein *Schahid* damit gedroht hat, den Auftrag nicht auszuführen. Das Netzwerk hat vielleicht genügend Reserven, um eine weitere Anschlagsserie zu finanzieren, aber wenn Raschid und Malik wirklich Bin Laden und Zawahiri nacheifern wollen ...«

»Dann brauchen sie dringend frisches Betriebskapital.«

»Genau.«

Gabriel trat vor und betrachtete Dinas Galaxie aus Namen, Telefonnummern und Gesichtern. Dann wandte er sich an Lavon und fragte ihn: »Wie viel bräuchte man, glaubst du, um eine neue dschihadistische Terrorgruppe aufzubauen, die wirklich weltweit agieren könnte?«

»Mindestens zwanzig Millionen Dollar«, antwortete Lavon. »Vielleicht etwas mehr, wenn man seine Leute erstklassig unterbringen und reisen lassen will.«

»Das ist eine Menge Geld, Eli.«

»Terror ist nicht billig.« Lavon musterte Gabriel prüfend. »Was denkst du?«

»Ich denke, dass wir zwei Möglichkeiten haben. Wir können hier sitzen, unsere Telefon- und E-Mail-Matrizes anstarren und hoffen, dass uns irgendwann brauchbare Informationen in den Schoß fallen, oder…« Gabriel brachte den Satz nicht zu Ende.

»Oder was?«

»Oder wir können selbst ins Terrorismusgeschäft einsteigen.«

»Und wie wollen wir das anfangen?«

»Wir geben ihnen Geld, Eli. Wir geben ihnen das Geld.«

Es gibt zwei Grundformen von Nachrichtengewinnung, wie Gabriel seinem Team überflüssigerweise erklärte: Nachrichtenbeschaffung durch Menschen, im Fachjargon HUMINT (Human Intelligence) genannt, und durch Fernmeldeaufklärung, auch als SIGINT (Signals Intelligence) bezeichnet. Die Möglichkeit, Geldströme innerhalb des globalen Bankensystems in Echtzeit zu verfolgen, lieferte jedoch auch FININT, Financial Intelligence, die größtenteils sehr zuverlässig war. Geld log nicht, es nahm einfach den Weg, der ihm befohlen wurde. Außerdem war die elektronische Fährte, die es bei seinen Bewegungen hinterließ, systembedingt aussagekräftig. Während islamische Terroristen längst gelernt hatten, die westlichen Geheimdienste durch Sprachverschleierung zu täuschen, wendeten sie ihre kostbaren finanziellen Ressourcen selten zur Tarnung von Geldflüssen auf. Überweisungen erfolgten im Allgemeinen an echte Aktivisten, die echte Anschläge planten. Verfolgte man die Geldströme, sagte Gabriel, würden sie die Absichten Raschids und Maliks erhellen wie die Lichter einer Landebahnbefeuerung.

Aber wie ließ sich das anstellen? Das war die Frage, mit der Gabriel und sein Team sich für den Rest dieser langen schlaflosen Nacht herumschlugen. Durch eine geschickte Fälschung? Nein, entschied Gabriel, dafür war die dschihadistische Welt viel zu abgeschottet. Versuchte das Team, einen reichen muslimischen Wohltäter aus dem Nichts zu erschaffen, würden die Terroristen ihm vor laufender Kamera den Kopf mit einem stumpfen Messer abschneiden. Das Geld musste von jemandem kommen, der einen untadeligen dschihadistischen Hintergrund hatte. Sonst würden die Terroristen es niemals annehmen. Aber wie sollten sie jemanden finden, der auf beiden Seiten der Wasserscheide zu Hause war? Jemanden, den die Dschihadisten als echt akzeptieren würden, während er andererseits bereit war, mit dem israelischen und amerikanischen Geheimdienst zusammenzuarbeiten. Ruf den Alten an, schlug Jaakov vor. Wahrscheinlich hatte er sofort einen Namen parat. Und falls nicht, würde er bestimmt wissen, wo jemand zu finden war.

Wie sich zeigte, wusste Schamron tatsächlich einen Namen, den er Gabriel wenige Minuten nach vier Uhr Washingtoner Zeit am abhörsicheren Telefon ins Ohr murmelte. Der Alte selbst hatte diese Person viele Jahre lang beobachtet. Für Gabriel würde eine Annäherung persönlich und professionell riskant sein, aber Schamron hatte eine

Menge Material gesammelt, das vermuten ließ, seine Bitte werde vielleicht auf ein positives Echo stoßen. Er ging damit zu Uzi Navot, der das Vorhaben binnen zehn Minuten abzeichnete. Und so wurde die Rückkehr Gabriel Allons, des verlorenen Sohns des israelischen Geheimdiensts, mit einem Krakel von Navots lächerlichem Goldfüller besiegelt.

Im Lauf der Jahre hatten die Mitglieder das Barak-Teams viele hitzige Diskussionen geführt, aber keine würde jemals an die herankommen, die an jenem Dezembermorgen in dem Haus in der N Street stattfand. Chiara verwarf die Idee als Phantasmagorie, Dina bezeichnete sie als Vergeudung von Zeit und Ressourcen, die bestimmt ergebnislos bleiben würde. Selbst Eli Lavon, Gabriels engster Freund und Verbündeter, beurteilte die Erfolgsaussichten trübselig. »Damit wird es uns ergehen wie den Amerikanern mit Raschid«, sagte er voraus. »Wir werden uns zu unserer Cleverness gratulieren. Aber eines Tages wird uns alles um die Ohren fliegen.«

Zur großen Überraschung aller war es Sarah, die Gabriel zur Hilfe kam. Sarah kannte die von Schamron vorgeschlagene Person viel besser als die anderen und glaubte an die Macht bewussten Wandels. »Sie ist nicht wie ihr Vater«, sagte Sarah. »Sie ist ganz anders. Sie versucht, die Dinge zum Besseren zu verändern.«

»Gut, das stimmt«, sagte Dina, »aber das bedeutet noch lange nicht, dass sie jemals bereit wäre, mit uns zu kooperieren.«

»Sie kann im schlimmsten Fall nein sagen.«

»Schon möglich«, meinte Lavon trübselig. »Oder vielleicht kann sie im schlimmsten Fall *Ja* sagen.«

19

VOLTA-PARK, WASHINGTON, D.C.

Gabriel wartete bis Sonnenaufgang, bevor er Adrian Carter anrief. Carter war bereits unterwegs nach Langley, der ersten Etappe eines brutal langen Tages. Auf der Tagesordnung standen außerdem noch eine Anhörung hinter verschlossenen Türen auf dem Capitol Hill, ein Mittagessen mit einer Besuchergruppe polnischer Spione und nachmittags eine Diskussion über neue Strategien zur Terrorbekämpfung, bei der kein anderer als James McKenna den Vorsitz führen würde. Kurz nach achtzehn Uhr stieg Carter erschöpft und niedergeschlagen auf der Q Street aus seinem gepanzerten Cadillac Escalade und betrat im abendlichen Zwielicht den Volta-Park. Gabriel wartete dort mit gegen die Kälte hochgeklapptem Mantelkragen auf einer Bank in der Nähe der Tennisplätze. Carter setzte sich neben ihn. Das gepanzerte SUV wartete unauffällig wie ein gestrandeter Wal mit laufendem Motor auf der Straße.

»Darf ich?«, fragte Carter und zog Pfeife und Tabakbeutel aus der Manteltasche. »Der Nachmittag war anstrengend.«

»McKenna?«

»Der Präsident hat beschlossen, uns mit seiner Anwesenheit zu beehren, und ich fürchte, dass meine Ausführungen ihm nicht gefallen haben.« Carter wirkte hochkonzentriert, wie er seine Pfeife stopfte. »Seitdem ich unserem großartigen Land zu Diensten stehe, habe ich die Ehre gehabt, von vier Präsidenten zusammengestaucht zu werden. Es bleibt eine unangenehme Erfahrung.«

»Wo liegt das Problem?«

»Die NSA zeichnet viel Geschwätz auf, das darauf hinzu-weisen scheint, dass weitere Anschläge bevorstehen könn-ten. Der Präsident wollte genaue Einzelheiten wie Ort, Zeit und Methode genannt bekommen. Als ich damit nicht die-nen konnte, war er verärgert.« Carter zündete sich die Pfeife an, wobei seine hageren Züge kurz erhellt wurden. »Vor zwölf Stunden hätte ich das Geschwätz bestimmt noch als unwichtig abgetan. Aber seitdem ich nun weiß, dass wir's mit Malik al-Zubair zu tun haben, bin ich nicht mehr so optimistisch.«

»Sind Kämpfer gegen den Terrorismus optimistisch, wird's für Unbeteiligte lebensgefährlich.«

»Sind Sie immer so gut gelaunt?«

»Ich habe ein paar lange Tage hinter mir.«

»Wie sicher weiß Dina, dass er unser Mann ist?«

Gabriel zählte ihre Hauptargumente auf: sein fehlgeschla-gener Versuch, sich Bin Ladens Unterstützung zu sichern, der Treff in Kemel Arwischs Wohnung in Damaskus und die typische Konstruktion von Maliks Sprengstoffgürteln. Malik war der Typ Terrorist, den Carter am meisten fürch-tete. Eine Zusammenarbeit Maliks mit Raschid al-Husseini war für ihn ein Wirklichkeit gewordener Albtraum.

»Eines möchte ich klarstellen«, sagte er. »In unserem Zentrum für Terrorismusbekämpfung hat noch keiner eine Verbindung zwischen Raschid und Malik hergestellt. Dina war die Erste.«

»Das ist sie meistens.«

»Was macht man in meiner Position mit solchen Infor-mationen? Leitet man sie an die Analysten weiter, die in unserem Zentrum schuften? Berichtet man seinem Direktor oder seinem Präsidenten davon?«

»Man behält sie für sich, weil man sonst mein Unterneh-men torpedieren würde.«

»Welches Unternehmen wäre das?«

Gabriel stand auf und führte Carter durch den Park zu einer anderen Bank mit Blick auf den Spielplatz. Dort erläuterte er ihm halblaut seinen Plan, während eine kinderlose Schaukel leise quietschend im leichten Wind schwang.

»Riecht nach Ari Schamron, finde ich.«

»Und das aus gutem Grund.«

»Was haben Sie vor? Eine anonyme Großspende an eine islamische Wohltätigkeitsorganisation Ihrer Wahl?«

»Tatsächlich denken wir an eine etwas konkretere Aktion.«

»Eine Direktspende an Raschid?«

»Etwas in dieser Art.«

Ausgelöst durch einen Windstoß rieselte von den umstehenden Bäumen ein Laubregen nieder. Carter wischte ein Blatt von seiner Schulter und sagte: »Ich fürchte, das dauert zu lange.«

»Geduld ist eine Tugend, Adrian.«

»Nicht in Washington. Wir erledigen am liebsten alles so schnell wie möglich.«

»Haben Sie eine bessere Idee?«

Durch beredtes Schweigen gab Carter zu erkennen, dass er keine hatte. »Ein interessanter Ansatz«, gab er zu. »Besser gesagt, es ist höllisch genial. Wenn wir tatsächlich zum Hauptgeldgeber von Raschids Netzwerk werden...«

»Dann würde es uns *gehören*, Adrian.«

Carter klopfte seine Pfeife an der Seite der Bank aus und stopfte sie bedächtig neu. »Kommen Sie, wir wollen auf dem Teppich bleiben. Dieses Gespräch ist wertlos, wenn es Ihnen nicht gelingt, einen bei den Dschihadisten angesehenen reichen Muslim zum Mitmachen zu bewegen.«

»Ich habe nie behauptet, dass das einfach wird.«

»Aber Sie haben offenbar schon einen Kandidaten im Sinn.«

Gabriel sah zum Basketballfeld hinüber, an dessen Rand einer von Carters Bodyguards langsam auf und ab ging.

»Was ist los?«, fragte Carter. »Sie trauen mir nicht?«

»Es geht nicht um Sie, Adrian. Sondern um die weiteren achthunderttausend Leute in Ihren Geheimdiensten, die Zugang zu streng geheimem Material haben.«

»Wir wissen, wie man Informationen auf einen kleinen Empfängerkreis beschränkt.«

»Erzählen Sie das Ihren Freunden und Verbündeten, die Ihnen gestattet haben, auf ihrem Gebiet Geheimgefängnisse einzurichten. Denen haben Sie bestimmt versprochen, das Programm bleibe strikt geheim. Aber damit war's leider nichts. Die *Washington Post* hat auf ihrer Titelseite darüber berichtet.«

»Ja«, sagte Carter verdrießlich. »Darüber habe ich mal was gelesen, befürchte ich.«

»Die Person, an die ich denke, kommt aus einem Land, das zu Ihren engen Verbündeten gehört. Würde jemals bekannt, dass diese Person mit uns zusammenarbeitet...« Gabriel brachte den Satz nicht zu Ende. »Ich will nur sagen, dass der Schaden nicht auf einen peinlichen Zeitungsbericht beschränkt bliebe. Es würden Leute sterben, Adrian.«

»Erzählen Sie mir wenigstens, was Sie als Nächstes vorhaben.«

»Ich muss eine Freundin in New York besuchen.«

»Kenne ich sie?«

»Nur dem Namen nach. Früher war sie die beste investigative Journalistin beim *Financial Journal* in London. Jetzt arbeitet sie bei CNBC.«

»Wir haben eine Vorschrift, die eine Zusammenarbeit mit Journalisten verbietet.«

»Aber *wir* nicht. Und wie wir beide wissen, ist dies ein israelisches Unternehmen.«

»Seien Sie dort oben bloß vorsichtig. Wir wollen nicht in die Abendnachrichten kommen.«

»Weitere nützliche Ratschläge?«

»Das Geschwätz, das wir mithören, könnte harmlos oder irreführend sein«, sagte Carter und stand auf. »Aber ... vielleicht auch das genaue Gegenteil.«

Er wandte sich ohne ein weiteres Wort ab und ging von dem Sicherheitsbeamten gefolgt zu seinem Escalade zurück. Gabriel blieb auf der Bank sitzen und sah zu, wie die kinderlose Schaukel im Wind hin und her schwang. Einige Minuten später verließ auch er den Volta-Park und folgte der leicht abfallenden Thirty-fourth Street nach Süden. Zwei Motorräder, die von schlanken jungen Männern mit schwarzen Sturzhelmen gefahren wurden, rasten an ihm vorbei und verschwanden in der Dunkelheit. Im selben Augenblick blitzte in Gabriels Erinnerung ein Bild auf: eine verzweifelte schwarzhaarige junge Frau, die auf dem Quai Saint-Pierre in Cannes neben dem Leichnam ihres Vaters kniete. Der Lärm der Motorräder verhallte so rasch, wie die Erinnerung an diese Frau sich auflöste. Gabriel vergrub die Hände in den Jackentaschen und ging weiter, ohne an etwas Bestimmtes zu denken, während die Bäume Blätter aus Gold weinten.

20

THE PALISADES, WASHINGTON, D.C.

Zur selben Zeit hielt in dem Washingtoner Vorort The Palisades ein Auto am Randstein vor einem mit Schindeln verkleideten Haus. Der Wagen, ein Ford Focus, gehörte wie das Holzhaus einem gewissen Ellis Coyle von der CIA. Das Häuschen, eher ein Cottage als ein Stadthaus, hatte Coyles Finanzen bis an die Grenzen belastet. Nach vielen Jahren im Ausland hatte er in einer der erschwinglichen Gemeinden im Norden Virginias sesshaft werden wollen, aber Norah hatte auf dem District of Columbia bestanden, um ihrer Praxis näher zu sein. Coyles Frau war Kinderpsychologin – eine seltsame Berufswahl, hatte er schon immer gefunden, für eine Frau, die selbst keine Kinder bekommen konnte. Ihr angenehmer Weg zur Arbeit, ein nur vier Blocks weiter Spaziergang auf dem MacArthur Boulevard, stand in krassem Gegensatz zu Coyles zweimaliger Überquerung des Potomac Rivers. Eine Zeit lang hatte er versucht, seine Nerven dabei mit New-Age-Musik zu beruhigen, aber die hatte ihn tatsächlich nur noch nervöser gemacht. Inzwischen setzte er auf Hörbücher. Vor Kurzem war er mit Martin Gilberts Meisterwerk über Winston Churchill fertig geworden. Wegen Reparaturarbeiten an der Chain Bridge hatte er sogar keine Woche dafür gebraucht. Coyle hatte Churchills Entschlusskraft schon immer bewundert. In letzter Zeit hatte auch er entschlossen gehandelt.

Coyle stellte den Motor ab. Er musste auf der Straße parken, weil ihr Haus, das fast eine Million Dollar gekostet hatte, keine Garage besaß. Er hatte gehofft, das Cottage wäre geeignet als Sprungbrett im District: ein Haus als Startposition, das er mit Gewinn würde weiterverkaufen können, um sich in Kent oder Spring Valley oder vielleicht sogar Wesley Heights etwas Größeres zu kaufen. Stattdessen hatte er frustriert zusehen müssen, wie die Preise immer schneller in die Höhe getrieben wurden, unverhältnismäßig zu seinem Beamtengehalt. Heutzutage konnten sich nur die reichsten Washingtoner – blutsaugende Anwälte, korrupte Lobbyisten und gefeierte Journalisten, die bei jeder Gelegenheit gegen die Agency hetzten – ein Haus in diesen Vierteln leisten. Selbst in The Palisades wurden malerische Cottages abgerissen und durch protzige Villen ersetzt. Coyles Nachbar, ein erfolgreicher Anwalt namens Roger Blankman, hatte sich letztes Jahr eine kunsthandwerkliche Monstrosität errichtet, deren langer Schatten nun Coyles bis dahin sonnigen Frühstücksplatz verfinsterte. Und Blankmans schlecht erzogene Kinder strolchten ständig auf Coyles Grundstück herum, aber das tat auch das Heer von Landschaftsgärtnern, das er beschäftigte, um seine Wachholderbüsche und sonstige Hecken ständig neu in Form bringen zu lassen. Coyle revanchierte sich dafür, indem er Blankmans Springkraut vergiftete. Coyle glaubte an die Wirksamkeit verdeckter Methoden.

Jetzt saß er unbeweglich am Steuer und starrte das Licht an, das aus seinem Küchenfenster fiel. Er hatte schon die nächste Szene vor Augen, sie veränderte sich von Abend zu Abend kaum. Norah würde mit ihrem ersten Glas Merlot in der Küche sitzen, die Post sichten und sich dabei irgendeine dämliche Sendung im Public Radio anhören. Sie würde ihn mit einem geistesabwesenden Kuss begrüßen und daran erinnern, dass Lucy, ihr schwarzer Neufundländer, Gassi geführt werden musste. Wie das Haus in The Palisades war der Köter Norahs Idee gewesen, aber irgendwie hatte es sich so ergeben, dass Coyle für Lucys Verdauungsspaziergänge zuständig war. Also ging er mit ihr in den Battery Kemble Park, eine bewaldete Hügellandschaft, die Frauen ohne Begleitung besser mieden. An manchen Tagen, wenn ihm besonders rebellisch zumute war, ließ er Lucys Häufchen im Park liegen, statt es einzusammeln und zu Hause zu entsorgen. Coyle war auch noch zu anderen sich auflehnenden Taten fähig, die er vor Norah und seinen Kollegen in Langley geheim hielt.

Eines seiner Geheimnisse war Renate. Sie hatten sich vor einem Jahr in einer Brüsseler Hotelbar kennengelernt. Coyle war aus Langley gekommen, um an einer Konferenz europäischer Terroristenfahnder teilzunehmen. Renate, eine Fotografin aus Hamburg, war hier, um einen Menschenrechtsaktivisten für ihre Zeitschrift zu fotografieren. Die beiden Nächte, die sie zusammen verbrachten, waren die leidenschaftlichsten in Ellis Coyles Leben gewesen. Ein Vierteljahr später trafen sie sich erneut, als Coyle einen Grund für eine Dienstreise nach Berlin erfand, und dann einen Monat später, als Renate nach Washington kam, um eine Sitzung der Weltbank zu fotografieren. Ihre Leidenschaft erreichte ein noch höheres Maß, wie auch ihre Liebe zueinander. Renate, die ledig war, flehte ihn an, seine Frau zu verlassen. Coyle versicherte ihr unter Tränen, dazu sei er fest entschlossen. Doch sei vorher noch etwas anderes zu erledigen. Es würde einige Zeit dauern, erklärte er ihr, aber nicht weiter schwierig sein. Coyle hatte Zugang zu Geheimnissen, die sich zu Gold spinnen ließen. Seine Tage in Langley waren gezählt. Ebenso wie die Abende, an denen er zu Norah und ihrem kleinen Cottage in The Palisades heimkehren würde.

Er stieg aus dem Auto und ging hinein. Norah trug einen unattraktiven Plisseerock, dicke Strümpfe und diese Lesebrille mit halbmondförmigen Gläsern, die ihr einzigartig schlecht stand, wie Coyle fand. Er ließ ihren gefühlskalten Kuss über sich ergehen und murmelte: »Natürlich, Schatz«, als sie ihn daran erinnerte, Lucy müsse Gassi geführt werden. »Und bleib nicht zu lange fort, Ellis«, fügte sie hinzu, während sie stirnrunzelnd die Stromrechnung anstarrte. »Du weißt, wie einsam ich mich fühle, wenn du weg bist.«

Coyle benutzte Techniken, die er bei der Agency gelernt hatte, um seine Schuldgefühle zu unterdrücken. Als er aus der Haustür trat, konnte er beobachten, wie Blankman seinen riesigen Mercedes in die mittlere Einfahrt seiner Dreiergarage lenkte. Lucy knurrte leise, bevor Coyle sie in Richtung MacArthur Boulevard mit sich zog. Jenseits der breiten Straße lag der Parkeingang. Ein braunes Holzschild verkündete, Radfahren sei verboten und für Hunde bestehe Leinenpflicht. Am Fuß des Holzpflocks, halb von Unkraut verborgen, war ein Kreidezeichen angebracht. Coyle machte Lucy von der Leine los und sah zu, wie sie mit großen Sätzen in den Park lief. Dann rieb er das Zeichen mit der Schuhspitze weg und folgte dem Neufundländer.

TEIL II

Das Investment

21

New York City

Ein bemerkenswert zutreffender Bericht über das beunruhigende neue Terroristengeschwätz erschien am folgenden Morgen in der *New York Times*. Gabriel las den Artikel mit mehr als nur flüchtigem Interesse auf seiner Zugfahrt im Amtrak *Acela* von Washington nach New York. Seine Sitznachbarin, eine Washingtoner Politikberaterin, telefonierte auf der ganzen Fahrt lautstark mit ihrem Handy. Alle zwanzig Minuten marschierte ein Polizist in einer Art Kampfausrüstung mit einem Bombenspürhund durch den Wagen. Die Heimatschutzbehörde schien endlich begriffen zu haben, dass die Amtrak-Züge rollende Schauplätze terroristischer Katastrophen waren, die jederzeit ausgelöst werden konnten.

Kalter Nieselregen empfing Gabriel, als er aus der Penn Station trat. Dennoch verbrachte er die folgende Stunde damit, kreuz und quer durch Midtown Manhattan zu laufen. An der Ecke Lexington Avenue und East Sixty-third Street sah er Chiara mit ihrem Handy am rechten Ohr vor der Auslage eines Schuhgeschäfts stehen. Hätte sie das Mobiltelefon ans linke Ohr gehalten, hätte das signalisiert, dass Gabriel beschattet wurde. Das Handy am rechten Ohr bedeutete, dass er clean war und unbesorgt zu seinem Zielort weitergehen konnte.

Er ging weiter durch die Innenstadt zur Fifth Avenue. Dina, die als Halstuch eine schwarz-weiße *Kaffijah* trug, saß auf der Begrenzungsmauer des Central Parks. Einige

Schritte weiter südlich kaufte Eli Lavon sich bei einem Stra-
ßenhändler eine Limonade. Gabriel ging wortlos an den
beiden vorbei und hielt auf die Bücherstände an der Ecke
der East Sixtieth Street zu. An einem der Tapeziertische
stand eine attraktive junge Frau, die scheinbar gelangweilt
in Büchern blätterte, als wolle sie bis zu einem Termin etwas
Zeit totschlagen. Auch nachdem Gabriel neben sie getreten
war, hob sie nicht gleich den Kopf, sondern sah ihn erst nach
einer kurzen Weile sekundenlang schweigend an. Sie hatte
schwarzes Haar, einen südländischen Teint und große
braune Augen. Dann huschte ein schwaches Lächeln über
ihr Gesicht. Nicht zum ersten Mal hatte Gabriel dabei das
unbehagliche Gefühl, von einer Gestalt aus einem Gemälde
studiert zu werden.

»War's wirklich notwendig, mich die verdammte
U-Bahn nehmen zu lassen?«, fragte Zoe Reed mit ihrem
vornehmen Londoner Akzent.

»Wir mussten sicherstellen, dass Sie nicht beschattet werden.«

»Was offenbar nicht der Fall ist, sonst wären Sie nicht
hier.«

»Sie sind clean.«

»Da bin ich aber erleichtert«, sagte sie kokett. »Dann dürfen Sie mich auf einen Drink ins Pierre einladen. Ich war
heute seit sechs Uhr auf Sendung.«

»Dafür ist Ihr Gesicht viel zu bekannt, fürchte ich. Sie
sind ein richtiger Star geworden, seit Sie in Amerika sind.«

»Ich war schon immer ein Star«, antwortete sie neckisch.
»Das nimmt nur keiner wahr, solange man nicht beim Fernsehen ist.«

»Wie ich höre, sollen Sie eine eigene Show bekommen.«

»Sogar zur besten Sendezeit. Es soll eine anspruchsvolle
Talkshow mit den Schwerpunkten Weltpolitik und -wirt-
schaft werden. Vielleicht hätten Sie Lust, bei der Premiere

aufzutreten?« Sie senkte die Stimme und fügte im verschwö-
rerischen Tonfall hinzu: »Wir könnten der Welt endlich
erklären, wie wir gemeinsam das iranische Atomprogramm
sabotiert haben. Das hätte das Zeug zu einem Blockbuster.
Junge trifft Mädchen. Junge verführt Mädchen. Mädchen
stiehlt seine Geheimnisse und gibt sie an den israelischen
Geheimdienst weiter.«

»Ich fürchte, das würde niemand glaubhaft finden.«

»Aber das ist das Schöne am amerikanischen Kabelfernse-
hen, mein Lieber. Die Story braucht nicht glaubhaft zu sein.
Sie muss nur unterhalten.« Sie wischte sich einen Regentropfen von der Wange, dann fragte sie: »Was verschafft mir
eigentlich diese Ehre? Doch hoffentlich keine weitere
Sicherheitsüberprüfung?«

»Für Überprüfungen bin ich nicht zuständig.«

»Nein, vermutlich nicht.« Sie nahm einen Roman vom
Tisch und zeigte Gabriel den Schutzumschlag. »Haben Sie
den mal gelesen? Dieser Serienheld hat Ähnlichkeit mit
Ihnen – launisch, egoistisch, aber mit einer sensiblen Ader,
die Frauen unwiderstehlich finden.«

»So was trifft eher meinen Geschmack«, sagte er und
zeigte auf eine fast neue Rembrandt-Monografie.

Zoe lachte. »Dann will ich sie Ihnen schenken.«

»Sie ist zu groß für meinen Rucksack. Außerdem habe
ich sie schon.«

»Aber natürlich.« Sie legte den Roman zurück und sah
gespielt gelassen die Fifth Avenue entlang. »Wie ich sehe,
haben Sie zwei Ihrer kleinen Helfer mitgebracht. Wenn ich
mich recht erinnere, haben Sie die beiden in dem sicheren
Haus in Highgate Max und Sally genannt. Nicht besonders
realistische Decknamen, wenn Sie mich fragen. Sie passen
eher zu Welsh Corgis als zu zwei professionellen Spionen.«

»Es gibt kein sicheres Haus in Highgate, Zoe.«

»Ah, richtig, jetzt fällt's mir wieder ein. War alles nur ein schlechter Traum.« Sie rang sich ein flüchtiges Lächeln ab. »In Wirklichkeit war nicht *alles* schlecht, stimmt's, Gabriel? Tatsächlich hat die Sache bis kurz vor Schluss gut geklappt. Aber das haben Liebesgeschichten so an sich. Sie enden immer katastrophal, und irgendjemand bleibt verletzt zurück. Meistens das Mädchen.«

Sie griff nach der Rembrandt-Monografie und blätterte darin, bis sie zu dem *Porträt einer jungen Frau* kam. »Was denkt diese Frau, glauben Sie?«, fragte Zoe.

»Sie ist neugierig«, antwortete Gabriel.

»Auf welche Art und Weise?«

»Sie fragt sich, weshalb ein Mann aus ihrer jüngsten Vergangenheit ohne Vorwarnung wieder aufgekreuzt ist.«

»Weshalb also?«

»Weil er sie um einen Gefallen bitten will.«

»Der letzte Gefallen, den sie ihm erwiesen hat, hat sie fast das Leben gekostet.«

»Um solch einen Gefallen geht's diesmal nicht.«

»Sondern?«

»Um eine Idee für ihre neue Talkshow zur Hauptsendezeit.«

Zoe legte die Monografie auf den Tisch zurück. »Sie hört Ihnen zu. Aber versuchen Sie nicht, die junge Frau zu täuschen. Denken Sie daran, Gabriel: Die Frau ist der einzige Mensch auf der Welt, der genau weiß, wenn Sie lügen.«

Der Regen hörte auf, als sie den Park betraten. Sie schlenderten an der Delacorte-Uhr vorbei und gingen zum Literary Walk weiter. Zoe hörte die meiste Zeit demonstrativ schweigend zu und unterbrach Gabriel nur, um Einwände vorzubringen oder sich Details erklären zu lassen. Ihre Fragen stellte sie mit der Intelligenz und dem Verständnis, die sie zu einer der angesehensten und gefürchtetsten investigativen Journalisten der Welt gemacht hatten. In ihrer beachtlichen Karriere hatte Zoe Reed nur einen einzigen Fehler gemacht: Sie hatte sich in einen glamourösen Schweizer Geschäftsmann verliebt, der der Islamischen Republik Iran heimlich mit Exportverbot belegte Ausrüstungsgegenstände für ihr Atomprogramm verkaufte. Aus Enttäuschung hatte Zoe sich bereit erklärt, mit Gabriel und seinen Verbündeten im britischen und amerikanischen Geheimdienst zusammenzuarbeiten. Als Ergebnis dieses Unternehmens lagen die iranischen Atomanlagen jetzt in Trümmern.

»Sie geben« dem Netzwerk also eine Geldspritze«, sagte sie, »und mit etwas Glück gelangt das Geld durch den Blutkreislauf bis in den Kopf.«

»Besser hätte ich's nicht ausdrücken können.«

»Was passiert dann?«

»Man schneidet den Kopf ab.«

»Was heißt das?«

»Das hängt ganz von den Umständen ab, denke ich.«

»Erzählen Sie mir keinen Scheiß, Gabriel.«

»Es könnte bedeuten, dass wichtige Männer des Netzwerks verhaftet werden, Zoe. Oder dass ihnen etwas Definitiveres zustößt.«

»Definitiver? Welch eleganter Euphemismus.«

Gabriel blieb vor der Shakespeare-Statue stehen, sagte aber nichts weiter.

»Ich will an keinem Mord beteiligt sein, Gabriel.«

»Möchten Sie lieber an einem weiteren Massaker wie im Covent Garden beteiligt sein?«

»Das ist jetzt sogar unter Ihrem Niveau, mein Lieber.«

Gabriel nickte zustimmend. Dann fasste er Zoe am Ellbogen und führte sie weiter den Literaturweg entlang.

»Sie vergessen etwas Wichtiges«, sagte sie. »Dass ich im Fall Iran zur Zusammenarbeit mit Ihnen und Ihren Freunden bereit gewesen bin, bedeutet nicht, dass ich meine Wertvorstellungen aufgegeben habe. Im Herzen bleibe ich eine ziemlich orthodoxe links stehende Journalistin. Als eine solche halte ich es für wichtig, dass wir den globalen Terrorismus mit Methoden bekämpfen, die mit unseren Prinzipien vereinbar sind.«

»Solche markigen Äußerungen klingen wundervoll, wenn sie aus einem sicheren Fernsehstudio kommen, aber im richtigen Leben funktioniert das leider nicht.« Gabriel machte eine Pause, dann fügte er hinzu: »Sie erinnern sich an das richtige Leben, nicht wahr, Zoe?«

»Sie haben mir noch immer nicht erklärt, was dies alles mit mir zu tun hat.«

»Wir möchten, dass Sie zwei Personen miteinander bekannt machen. Sie brauchen nur das Gespräch einzufädeln. Dann ziehen Sie sich unauffällig zurück und werden nie wieder gesehen.«

»Hoffentlich gelingt mir das noch mit meinem Kopf auf den Schultern.« Das war scherzhaft gemeint, klang aber nicht so. »Jemand, den ich kenne?«

Gabriel wartete, bis ein entgegenkommendes Liebespaar vorbei war, bevor er den Namen sagte. Zoe blieb stehen und zog die Augenbrauen hoch.

»Ist das Ihr Ernst?«

»Eine überflüssige Frage, nicht wahr, Zoe?«

»Sie ist eine der reichsten Frauen der Welt.«

»Genau darum geht es.«

»Außerdem ist sie notorisch medienscheu.«

»Aus gutem Grund.«

Zoe setzte sich wieder in Bewegung. »Ich erinnere mich an den Abend, an dem ihr Vater in Cannes ermordet wurde«, sagte sie. »Sie war an seiner Seite, als er niedergeschossen wurde. Augenzeugen haben ausgesagt, er sei in ihren Armen gestorben. Das muss ziemlich schlimm gewesen sein.«

»Ja, das habe ich auch gehört.« Gabriel sah sich kurz um.

Eli Lavon folgte ihnen in zwanzig Meter Abstand. Mit seinem Moleskin-Notizbuch unter dem Arm sah er wie ein Dichter auf der Suche nach einer Inspiration aus. »Haben Sie sich jemals näher damit beschäftigt?«

»Cannes?« Zoe kniff die Augen zusammen. »Ich habe an den Rändern herumgekratzt.«

»Und?«

»Ich habe nie genug Material für einen Artikel zusammenbekommen. In Londoner Finanzkreisen war man allgemein der Ansicht, er sei das Opfer irgendeiner saudiarabischen Fehde geworden. In die Sache verwickelt war angeblich ein Prinz, ein wenig bedeutender Angehöriger des Königshauses, der in Europa mehrmals Schwierigkeiten mit Hotelpersonal und der Polizei gehabt hatte.« Sie musterte Gabriel prüfend. »Sie werden mir wahrscheinlich erzählen, dass an der Sache mehr dran war.«

»Es gibt Dinge, die ich Ihnen erzählen kann, Zoe, und andere, die ich lieber verschweige. Zu Ihrem Schutz.«

»Genau wie letztes Mal?«

Gabriel nickte. »Genau wie letztes Mal.«

Einige Meter vor ihnen saß Chiara allein auf einer Bank. Zoe schaffte es, an ihr vorbeizugehen, ohne sie anzusehen. Sie gingen etwas weiter, bis zu der Glyzinienpergola, und suchten dort Unterschlupf. Als der Regen wieder einsetzte, erklärte Gabriel Zoe genau, was er von ihr brauchte.

»Was passiert, wenn sie wütend wird und beschließt, meinen Bossen mitzuteilen, dass ich für den israelischen Geheimdienst arbeite?«

»Sie hat zu viel zu verlieren, um es mit dieser Masche zu versuchen. Und wer würde ihr das schon glauben? Zoe Reed gehört zu den angesehensten Journalisten der Welt.«

»Ein bestimmter Schweizer Geschäftsmann wäre sicher anderer Meinung.«

»Der macht uns am wenigsten Sorgen.«

Zoe verfiel in nachdenkliches Schweigen, das durch das *Ping!* ihres Blackberrys unterbrochen wurde. Sie angelte es aus ihrer Handtasche, dann starrte sie das Display stumm und sichtlich verstört an. Wenige Sekunden später vibrierte auch Gabriels Blackberry. Ihm gelang es, keine Miene zu verziehen, als er die Nachricht las.

»Das aufgezeichnete Geschwätz scheint doch nicht harmlos gewesen zu sein«, sagte er. »Glauben Sie noch immer, dass wir diese Ungeheuer nur mit Mitteln bekämpfen sollten, die unsere Grundwerte nicht beschädigen? Oder möchten Sie für kurze Zeit ins richtige Leben zurückkehren und uns helfen, Unschuldige zu retten?«

»Ich kann nicht dafür garantieren, dass sie auch nur meinen Anruf entgegennimmt.«

»Das tut sie«, sagte Gabriel. »Das tun alle.«

Er ließ sich Zoes Blackberry geben. Zwei Minuten später, nachdem er eine Datei von einer Website, die Discountreisen ins Heilige Land anpries, heruntergeladen hatte, gab er ihn wieder zurück.

»Bitte benutzen Sie ihn für alle SMS und Gespräche. Müssen Sie uns irgendetwas mitteilen, sagen Sie es einfach in der Nähe Ihres Handys. Wir hören Tag und Nacht mit.«

»Genau wie letztes Mal?«

Gabriel nickte. »Genau wie letztes Mal.«

Zoe steckte ihr Blackberry ein und stand auf. Gabriel sah ihr nach, als sie von Chiara und Lavon gefolgt langsam davonging. Er blieb noch einige Minuten sitzen und las die Nachrichten. Raschid und Malik schienen soeben einen weiteren Schritt in Richtung Amerika gemacht zu haben.

Asche zu Asche, Staub zu Staub.

22

MADRID – PARIS

In Madrid herrschte wieder die alte Selbstzufriedenheit, aber das war zu erwarten gewesen. Seit den tödlichen Anschlägen auf Nahverkehrszüge waren sieben Jahre vergangen, und die Erinnerung an jenen Morgen war inzwischen verblasst. Auf das Massaker an seinen Bürgern hatte Spanien damit reagiert, dass es seine Truppen aus dem Irak abgezogen und mit der islamischen Welt eine sogenannte »Allianz der Zivilisationen« geschlossen hatte. Auf diese Weise, sagten die politischen Kommentatoren, sei es gelungen, den Zorn der Muslime von Spanien weg auf Amerika zu lenken, wo er zu Recht hingehörte. Sich den Wünschen der al-Qaida zu unterwerfen, werde Spanien vor weiteren Anschlägen schützen. Das glaubten sie zumindest.

Die Madrider Autobombe detonierte um 21.12 Uhr auf der Kreuzung zweier belebter Straßen in der Nähe des Platzes Puerta del Sol. Sie war in einer gemieteten Garage in einem Industriegebiet im Süden der Stadt zusammengebaut und in einem Peugeot-Kastenwagen versteckt worden. Dank ihrer cleveren Konstruktion wurde die Druckwelle nach links in ein Restaurant abgelenkt, das bei der politischen Elite der Hauptstadt sehr beliebt war. Was sich dort drinnen genau abgespielt hatte, würde nie jemand erfahren, denn es gab keine Überlebenden. Hätte es einen gegeben, hätte er von einem kurzen, aber schrecklichen Augenblick berichtet, in dem Menschenkörper in einer Todeswolke aus Glas, Besteck, Porzellan und Blut durch die Luft flogen.

Dann stürzte das ganze Gebäude ein und begrub die Toten und die Sterbenden unter zertrümmertem Mauerwerk.

Der angerichtete Schaden war weit größer, als die Terroristen zu hoffen gewagt hatten. Die Gebäudefassaden des gesamten Straßenblocks stürzten ein und legten den Blick frei auf Leben, die bis vor wenigen Sekunden noch friedlich verlaufen waren. In mehreren benachbarten Cafés und Geschäften gab es Personen- und Sachschäden, während die Bäume auf beiden Straßenseiten entlaubt oder gleich entwurzelt wurden. Von dem Peugeot-Kastenwagen blieb außer einem großen Krater im Asphalt nichts Identifizierbares übrig. In den ersten vierundzwanzig Stunden danach vermuteten die Ermittler, der Sprengsatz sei ferngezündet worden. Erst später entdeckten sie an mehreren Stellen die weithin verteilte DNA des *Schahids*. Er war gerade erst zwanzig gewesen, ein arbeitsloser marokkanischer Tischler aus dem Madrider Stadtteil Lavapiés. In seinem Bekennervideo sang er das Loblied von Jakub al-Mansur, dem wegen seiner blutigen Überfälle auf christliche Nachbarländer gefürchteten Almohaden-Kalifen aus dem zwölften Jahrhundert.

Angesichts dieses grausigen Vorfalls telefonierte Zoe Reed von der New Yorker Fernsehgesellschaft CNBC zuallererst mit der PR-Abteilung der AAB Holding, früher mit Sitz in Riad und Genf, jetzt am Boulevard Haussmann im neunten Pariser Arrondissement. Das war um 16.10 Uhr an einem wolkenverhangenen Tag in Paris. Wie bei AAB üblich bekam sie auf ihre Anfrage keine sofortige Antwort.

Dieses Unternehmen, das jedes Jahr auf der *Forbes*-Liste der erfolgreichsten und innovativsten Investmentfirmen der Welt stand, war 1979 von Abdul Aziz al-Bakari gegründet worden. Zizi, wie Freund und Feind ihn nannten, war der neunzehnte Sohn eines prominenten saudi-arabischen Geschäftsmanns, der Ibn Saud, dem Gründer und ersten absolutistischen Herrscher des Königreichs, als Bankier und

Finanzberater gedient hatte. Das AAB-Imperium war ebenso weit gespannt wie lukrativ. AAB war ein Reederei- und Bergbaukonzern. AAB stellte Chemikalien und Medikamente her. AAB war Großaktionär amerikanischer und europäischer Banken. AAB besaß mehr Immobilien und Hotels als die meisten Immobilienfonds. Zizi bereiste die Welt in einer luxuriös ausgestatteten Boeing 747, war Besitzer dreier palastartiger Villen in Riad, an der französischen Riviera und in Aspen, Colorado, und machte Seereisen auf seiner schlachtschiffgroßen Jacht Alexandra. Seine Sammlung von Impressionisten und Moderner Kunst galt als eine der größten in Privatbesitz. Für kurze Zeit hatte auch *Marguerite Gachet an ihrem Toilettentisch* dazugehört, ein bei Isherwood Fine Arts, 7-8 Mason's Yard, St. James's, London, gekauftes Meisterwerk Vincent van Goghs. Vermittelt hatte den Ankauf eine junge Amerikanerin namens Sarah Bancroft, die anschließend für kurze Zeit Zizis Kunstberaterin gewesen war.

Um al-Bakari rankten sich zahlreiche Gerüchte, von denen die meisten sich um die Quellen seines märchenhaften Reichtums rankten. Nach offizieller Darstellung von AAB war es aus der bescheidenen Erbschaft entstanden, die Zizi beim Tod seines Vaters gemacht hatte, aber für diese Behauptung hatte ein US-Wirtschaftsjournal nach sorgfältigen Recherchen keinerlei Beweise finden können. Die ungewöhnliche Liquidität von AAB lasse nur einen Schluss zu, hatten die Fachjournalisten geschrieben: Die Holding werde vom saudischen Königshaus als Tarnfirma benutzt, um seine Petrodollars weltweit anzulegen. Zizi, den dieser Artikel empörte, hatte mit einer Klage gedroht, aber auf Anraten seiner Anwälte doch darauf verzichtet. »Die beste Rache ist, gut zu leben«, hatte er einem Journalisten des *Wall Street Journal* erklärt. »Und darauf verstehe ich mich.«

Vielleicht, aber die wenigen westlichen Ausländer, die in

Zizis inneren Zirkel aufgenommen wurden, spürten stets eine gewisse Unruhe in ihm. Seine Partys waren verschwenderisch luxuriös, aber Zizi schien keinen Spaß daran zu haben. Er war Nichtraucher, trank keinen Alkohol und mied Schweinefleisch und Hunde. Er betete fünfmal täglich, und wenn die arabische Wüste im Winter blühte, zog er sich in ein einsames Lager im Nadschad zurück, um zu meditieren und mit seinen Falken zu jagen. Er behauptete, ein Nachkomme des Predigers Muhammad Abdul Wahhab aus dem achtzehnten Jahrhundert zu sein, dessen puritanisch strenge Auslegung des Islams Saudi-Arabien als Staatsreligion angenommen hatte. Er spendete für den Bau von Moscheen in aller Welt, auch in den USA und Westeuropa, und unterstützte die Palästinenser großzügig. Unternehmen, die mit Zizi ins Geschäft kommen wollten, waren gut beraten, keinen Juden zu den entsprechenden Verhandlungen zu entsenden. Wie es gerüchteweise hieß, mochte Zizi Juden noch weniger als Verluste bei seinen Investitionen.

Wie sich zeigen sollte, gingen Zizis wohltätige Aktivitäten weit über das hinaus, was öffentlich bekannt war. Er spendete großzügig für Wohltätigkeitsorganisationen, die mit islamischem Extremismus in Verbindung gebracht wurden, und sogar direkt an die al-Qaida. Irgendwann überschritt er den schmalen, aber klar definierten Grat, der Geldgeber und Förderer des Terrorismus von den Terroristen selbst trennt. Das Ergebnis war ein Anschlag auf den Vatikan, der über siebenhundert Menschenleben forderte und die Kuppel des Petersdoms schwer beschädigte. Mit Hilfe von Sarah Bancroft hatte Gabriel den Planer dieses Anschlags – Ahmed bin Schafiq, ein ehemaliger saudi-arabischer Geheimdienstoffizier – aufgespürt und in seinem Hotelzimmer in Istanbul ermordet. Eine Woche später hatte er auf dem Quai Saint-Pierre in Cannes auch Zizi liquidiert.

Obwohl Zizi überwiegend traditionell lebte, hatte er nur

zwei Frauen, die er beide verstoßen hatte, und nur ein Kind: seine schöne Tochter Nadia. Sie setzte ihren Vater nach wahhabitischer Sitte in einem unbezeichneten Wüstengrab bei und übernahm sofort die Kontrolle über ihr riesiges Erbe. Als Erstes verlegte sie die europäische AAB-Zentrale von Genf, das sie langweilte, nach Paris, wo sie sich wohler fühlte. Einige der frömmsten Mitarbeiter ihres Vaters wollten nicht für eine Frau arbeiten – schon gar nicht für eine, die unverschleiert ging und Alkohol trank –, aber die meisten blieben. Unter Nadias Führung erschloss die Holding sich ganz neue Geschäftsfelder. Sie erwarb ein berühmtes französisches Modehaus, einen italienischen Hersteller von Luxuslederwaren, eine amerikanische Investmentbank und eine deutsche Filmgesellschaft. Und sie schichtete ihren Privatbesitz um. Die vielen Villen und Landgüter ihres Vaters wurden so unauffällig verkauft wie die Alexandra und seine Boeing 747. Nadia reiste jetzt mit einem bescheideneren Boeing Business Jet und besaß nur zwei Häuser: eine elegante Stadtvilla an der Avenue Foch in Paris und einen protzigen Palast in Riad, den sie nur selten aufsuchte. Sie hatte nie Betriebswirtschaft studiert, war aber als Managerin ein ausgesprochenes Naturtalent. Das jetzige Vermögen der AAB Holding war höher als je zuvor, und Nadia al-Bakari galt mit ihren nur dreiunddreißig Jahren als eine der reichsten Frauen der Welt.

Für die absichtlich sparsam gehaltenen Medienkontakte der AAB war Nadias persönliche Assistentin zuständig: eine gemäß ihres Alters jünger wirkende Französin von fünfzig Jahren namens Yvette Dubois. Madame Dubois machte sich selten die Mühe, auf Anfragen von Journalisten zu reagieren, vor allem wenn sie aus Amerika kamen. Aber als die berühmte Zoe Reed erneut anrief, musste sie wohl doch zurückrufen. Trotzdem ließ sie erst einen weiteren Tag verstreichen und rief dann an, als es in New York mitten in der Nacht war, sodass Ms. Reed vermutlich schlafen würde. Aus für Madame Dubois unbekannten Gründen war das jedoch nicht der Fall. Das nun folgende Gespräch verlief freundlich, aber nicht sehr vielversprechend. Madame Dubois erklärte, das Angebot, zur besten Sendezeit ein einstündiges Special zu bringen, sei schmeichelhaft, aber unmöglich zu verwirklichen. Ms. al-Bakari sei ständig auf wichtigen Geschäftsreisen. Darüber hinaus gebe Ms. al-Bakari einfach nicht die Art Interview, die Ms. Reed vorschwebe.

»Legen Sie ihr meine Anfrage zumindest vor?«

»Das tue ich«, versprach die Französin, »aber die Chancen sind nicht sehr groß.«

»Aber sie liegen auch nicht bei null?«, fragte Zoe bohrend.

»Bitte keine Wortklaubereien, Ms. Reed. Dafür sollte uns die Zeit zu kostbar sein.«

Madame Dubois' letzte Bemerkung sorgte im Château Treville, einem Herrenhaus aus dem achtzehnten Jahrhundert, das nördlich von Paris am Rand des Dorfs Seraincourt lag, für heiteres Gelächter. Das durch dreieinhalb Meter hohe Mauern vor neugierigen Blicken geschützte Château hatte einen beheizten Pool, zwei Tennisplätze, einen acht Hektar großen gepflegten Park und vierzehn luxuriöse Gästezimmer. Gabriel hatte es unter dem Namen einer deutschen Hightech-Firma gemietet, die nur in der Phantasie eines für den Dienst tätigen Anwalts existierte, der die Mietrechnung postwendend an Ari Schamron am King Saul Boulevard weiterleitete. Unter gewöhnlichen Umständen hätte Schamron gegen die exorbitant hohe Miete protestiert. Diesmal schickte er die Rechnung nur schmunzelnd nach Langley weiter, weil Carter versprochen hatte, die Kosten dieses Unternehmens zu tragen.

Die folgenden Tage verbrachten Gabriel und sein Team größtenteils damit, Zoes Blackberry abzuhören, das nun als unermüdlicher kleiner elektronischer Spion in ihrer Tasche funktionierte. Sie kannten jederzeit ihren genauen Standort, und wenn sie in Bewegung war, wussten sie, wie schnell sie sich fortbewegte. Sie wussten, wann sie ihren Morgenkaffee bei Starbucks kaufte, wann sie in New York im Stau stand und wann sie sich über ihre Produzenten ärgerte, was sie oft tat. Durch die Überwachung ihrer Internetaktivitäten wussten sie, dass sie ihr Apartment an der Upper West Side neu einrichten wollte. Aus ihren E-Mails wussten sie, dass sie mehrere Verehrer hatte, darunter einen millionenschweren Börsenhändler, der selbst an Tagen mit hohen Verlusten die Zeit fand, ihr mindestens zwei Mails zu schreiben. Sie spürten, dass Zoe trotz ihrer Erfolge in Amerika nicht recht glücklich war. Sie flüsterte ihnen oft kodierte Grüße zu. Nachts schlief sie schlecht, weil sie Albträume hatte.

Dem Rest der Welt präsentierte sie sich jedoch in unerschütterlich kühler Selbstsicherheit. Und den wenigen Ohrenzeugen, die mithören durften, wie sie Nadia al-Bakaris Assistentin bezirzte, bewies sie erneut, dass sie als Spionin das größte Naturtalent war, das sie alle jemals kennengelernt hatten. Ihre Überzeugungskraft basierte auf einer Kombination aus vorbildlicher Methode mit zäher Beharrlichkeit. Zoe schmeichelte, Zoe redete gut zu, und Zoe rang sich am Ende eines besonders schwierigen Gesprächs sogar ein paar Tränen ab. Aber Madame Dubois erwies sich als völlig gleichwertige Gegnerin. Nach einer Woche erklärte sie die Verhandlungen für gescheitert, nur um zwei Tage später umzuschwenken und Zoe einen detaillierten Fragebogen zu mailen. Zoe füllte ihn in perfektem Französisch aus und schickte ihn am folgenden Morgen zurück, worauf bei Madame Dubois Funkstille eintrat. Im Château Treville verfiel Gabriels Team in ungewohnte Niedergeschlagenheit, als kostbare Tage ohne weitere Kontaktaufnahmen verstrichen. Nur Zoe blieb optimistisch. Sie hatte Erfahrung mit solchen Verführungen und wusste, wann der Angelhaken saß. »Ich hab sie, mein Lieber«, versicherte sie Gabriel eines Nachts, während das Blackberry auf ihrem Nachttisch nachgeladen wurde. »Ihre Kapitulation ist nur noch eine Frage der Zeit.«

Zoes Voraussage erwies sich als richtig, obwohl die Französin weitere vierundzwanzig Stunden verstreichen ließ, bevor sie zu eigenen Bedingungen einlenkte. Ihr Einlenken kam in Form einer widerstrebend ausgesprochenen Einladung. Wegen einer Terminverschiebung würde Ms. al-Bakari übermorgen unerwartet Zeit für einen Lunch haben. Wäre Ms. Reed bereit, so kurzfristig nach Paris zu kommen? Als Vollprofi wartete Zoe neunzig lästige Minuten lang, bevor sie zurückrief und zusagte.

»Lassen Sie mich eines klarstellen«, sagte Madame Dubois. »Dies ist kein Interview. Der Lunch findet ganz inoffiziell statt. Fühlt Ms. al-Bakari sich in Ihrer Gesellschaft wohl, wird sie über den nächsten Schritt nachdenken.«

»Wo treffen wir uns?«

»Wie Sie sich denken können, geht Ms. al-Bakari nur ungern in Restaurants, in denen sie angegafft werden könnte. Deshalb haben wir im Hotel Crillon die Louis-Quinze-Suite reservieren lassen. Ms. al-Bakari erwartet Sie dort um halb zwei. Sie besteht darauf, Sie einzuladen. Das ist eine ihrer Regeln.«

»Gibt es noch andere, die ich kennen sollte?«

»Ms. al-Bakari ist empfindlich in Bezug auf Fragen nach dem Tod ihres Vaters«, sagte Madame Dubois. »Und an Ihrer Stelle würde ich das Thema Islam und Terrorismus aussparen. Sie findet es schrecklich langweilig. *A tout à l'heure,* Ms. Reed.«

23

Paris

Bei der Nachbesprechung würde das Team die nun anlaufenden Vorbereitungen als die unangenehmsten bewerten, die es je hatte bewältigen müssen. Der Grund dafür war einzig und allein Gabriel, dessen reizbare Stimmung wie ein Schlagschatten über dem Château Treville lag. Er kritisierte die geplante Aufstellung von Beobachtungsposten, zweifelte an Notfallplänen und überlegte sogar kurz, ob sie versuchen sollten, den Treff zu verschieben. Normalerweise hätten die anderen nicht gezögert, dagegenzuhalten, aber sie spürten, dass irgendetwas an diesem Unternehmen Gabriel nervös machte. Dina vermutete, das liege am Covent Garden und den quälenden Erinnerungen an einen nicht abgegebenen Schuss, aber Eli Lavon wies diese Theorie zurück. Nicht London laste auf Gabriel, erklärte Lavon, sondern Cannes. Dort hatte er in jener Nacht gegen seine Prinzipien verstoßen, als er Zizi vor den Augen seiner Tochter erschossen hatte. Zizi al-Bakari, Finanzier von Massenmorden, hatte den Tod verdient. Aber Nadia, sein einziges Kind, hätte nicht Augenzeugin sein müssen.

Nur Zoe blieb von Gabriels schlechter Laune verschont. Nach einem ruhigen letzten Tag in New York ging sie um 17.30 Uhr an Bord von Air France Flight 17 nach Paris. Als Vielfliegerin war sie nur mit einem kleinen Reisekoffer und einer Aktentasche unterwegs, die ihr Notebook und einige Unterlagen über Nadia al-Bakari und die AAB Holding enthielt. Eine Akte mit streng geheimem Material und eine detaillierte Strategie für das Mittagessen erhielt sie kurz nach dem Start von ihrem Sitznachbarn, einem Mitarbeiter der New Yorker Niederlassung des Diensts, der sie kurz vor der Landung wieder an sich nahm.

Zoe, die weiter einen britischen Pass besaß, benutzte den Ausgang für EU-Bürger, die nichts zu verzollen hatten, und fuhr mit einem Taxi in die Stadt. Kurz vor neun Uhr traf sie im Hotel Crillon ein, bekam ihr Zimmer zugewiesen, zog ihren Jogginganzug an und trabte eine Stunde über die Wege im Jardin des Tuileries. Um halb zwölf erschien sie in dem exklusiven Salon neben dem Hotel, um sich die Haare waschen und fönen zu lassen, und kehrte dann in ihr Zimmer zurück, um sich fürs Mittagessen umzuziehen. Sie kam frühzeitig wieder herunter und stand mit gefalteten Händen – um einen Anfall von Nervosität zu verbergen – in der eleganten Hotelhalle, als die stattliche Standuhr Viertel nach eins schlug.

Im Crillon herrschte zurzeit ruhige Nebensaison, der jährliche Waffenstillstand zwischen den tobenden Gefechten der Sommersaison und den Überfällen der Berühmtheiten in den Winterferien. Monsieur Didier, der Chefportier, stand mit goldgerahmter Lesebrille auf der Adlernase hinter seiner Barriere wie einer, den man nur in größter Not um eine Auskunft zu bitten wagen sollte. Herr Schmidt, der importierte deutsche Empfangschef, stand mit einem Telefonhörer am Ohr wenige Schritte von ihm entfernt an der Rezeption, während Isabelle, die Special Events koordinierte, in der Halle ein Orchideengesteck zurechtrückte. Weitgehend unbeachtet blieben ihre Bemühungen beim gelangweilt wirkenden arabischen Geschäftsmann in einem Sessel in der Nähe der Aufzüge und dem Liebespaar, das bei Café crème im kalten Schatten des Innenhofs zusammengedrängt saß. Der Geschäftsmann war in Wirklichkeit einer der zahlreichen Angestellten des AAB-Sicherheitsdiensts. Das Liebespaar waren Jaakov und Chiara. Das Hotelpersonal hielt sie für ein freundliches Paar aus Montreal, das kurzfristig nach Paris geeilt war, um einer Freundin bei ihrer Scheidung beizustehen, die in eine Schlammschlacht auszuarten drohte.

Als die Uhr zweimal schlug, trat Isabelle an die Drehtür und sah erwartungsvoll in den bleigrauen Pariser Nachmittag hinaus. Zoe sah zu dem Innenhof hinüber, wo Jaakov mit einem Zündholzbriefchen auf die Tischplatte klopfte. Das war das vereinbarte Signal dafür, dass die Autokolonne – zwei Mercedes S-Klasse fürs Personal und ein Maybach 62 für Ihre Hoheit – vom AAB-Gebäude am Boulevard Haussmann abgefahren war. Jetzt standen die drei Limousinen auf der schmalen Rue des Miromesnil im Stau. Als er sich endlich aufgelöst hatte, brauchten sie nur fünf Minuten, um das Crillon zu erreichen, an dessen Drehtür Isabelle jetzt mit Hotelpagen stand, die einen eindeutig einladenderen Eindruck machten. Der AAB-Sicherheitsmann in Zivil spielte nun auch nicht mehr den Gelangweilten. Er stand nur wenige Schritte hinter Zoe und gab sich keine große Mühe, die Tatsache zu verbergen, dass er bewaffnet war.

Draußen wurden sechs Türen gleichzeitig aufgestoßen, und sechs Männer sprangen aus den Wagen, alles ehemalige Angehörige der Nationalgarde, einer saudischen Elitetruppe. Einer von ihnen war ein Bekannter für Gabriel und sein Team: Rafiq al-Kamal, der bullige frühere Sicherheitschef Zizi al-Bakaris, der jetzt Nadia al-Bakari beschützte. Es war auch al-Kamal gewesen, der vormittags die Louis-Quinze-Suite im Crillon überprüft hatte. Und es war al-Kamal, der jetzt ergeben hinter Nadia herstiefelte, als sie aus ihrem Maybach in die Hotelhalle schwebte, in der Zoe mit starrem Lächeln und bis zum Hals schlagendem Herzen auf sie wartete.

Im Archiv am King Saul Boulevard gab es viele Fotos, die

Nadia in jüngeren Jahren zeigten – vor dem Fall, wie Eli Lavon sich gern ausdrückte. Auf dem Flug nach Paris hatte Zoe eine Auswahl dieser Fotos durchblättern können. Sie zeigten eine eigensinnig wirkende Frau Mitte zwanzig: schwarzhaarig, hübsch, verzogen, hochnäsig. Eine junge Frau, die hinter dem Rücken ihres Vaters rauchte und Alkohol trank und sich in offenem Widerspruch zu Mohammeds Lehren an einigen der schönsten Stränden der Welt im Bikini zeigte. Seit dem Tod ihres Vaters hielt Nadia ihren Rücken gerader, und ihr Gesicht war ernster geworden, ohne dass sie dadurch etwas von ihrer Schönheit verlor. Sie trug ein strahlend weißes Mohairkleid, zu dem ihr gut schulterlanges glattes Haar in wirkungsvollem Gegensatz stand. Ihre Nase war lang und gerade, ihre großen Augen waren dunkelbraun, fast schwarz. Auf ihrer karamellbraunen Haut im Halsausschnitt lag eine schlichte Perlenkette. An ihrem linken Handgelenk funkelte ein massives Goldarmband. Ihr Parfüm war eine betäubende Mischung aus Jasmin, Lavendel und Sonnenhitze. Die Rechte, die sie Zoe gab, war kalt wie Marmor.

»Ich freue mich sehr, Sie endlich kennenzulernen«, sagte Nadia mit einem Akzent, der keine Herkunft, aber unendliche Reichtümer verriet. »Ich habe schon so viel über Ihre Arbeit gehört.«

Sie lächelte zum ersten Mal, ein vorsichtiger Versuch, bei dem der Blick ihrer Augen noch nicht vollständig mitmachte. Zoe fühlte sich durch die Bodyguards eingeengt, aber Nadia tat so, als seien sie gar nicht vorhanden.

»Tut mir leid, dass Sie meinetwegen so kurzfristig nach Paris kommen mussten.«

»Keine Ursache, Ms. al-Bakari.«

»Nadia«, sagte sie, diesmal aufrichtig lächelnd. »Nennen Sie mich bitte Nadia.«

Al-Kamal schien es eilig zu haben, die Gruppe aus der

Hotelhalle herauszubekommen – ebenso wie Madame Dubois, die leicht auf den Zehenspitzen wippte. Schon spürte Zoe eine Hand an ihrem Ellbogen, die sie zu den Aufzügen bugsierte. Nun stand sie mit Nadia und ihrem Bodyguard in einer so schmalen Kabine, dass sie die Schultern etwas zur Seite drehen musste, damit die Tür sich schließen konnte. In dem beengten Raum wirkte der Jasmin- und Lavendelduft fast halluzinogen. Nadias Atem roch ganz leicht nach ihrer letzten Zigarette.

»Sind Sie oft in Paris, Zoe?«

»Nicht so oft, wie ich wünschte«, antwortete sie.

»Waren Sie schon mal im Crillon?«

»Nein, hier bin ich zum ersten Mal.«

»Sie müssen mir gestatten, Ihr Zimmer zu bezahlen.«

»Das kann ich leider nicht annehmen«, sagte Zoe freundlich lächelnd.

»Das ist das Mindeste, was ich tun kann.«

»Aber es wäre unethisch.«

»Wie das?«

»Es könnte so aussehen, als ließe ich mich dafür bezahlen, dass ich günstig über Sie berichte. Das verbietet mir mein Sender. So verhalten sich die meisten Medienunternehmen, zumindest die seriösen.«

»Ich hätte nie geahnt, dass es so etwas tatsächlich gibt.«

»Ein seriöses Medienunternehmen?« Zoe lächelte mit Verschwörermiene. »Doch, es gibt ein paar.«

»Und Ihres gehört dazu?«

»Meines gehört dazu«, sagte Zoe. »Tatsächlich wäre es mir sogar lieb, wenn Sie mich das Mittagessen bezahlen ließen.«

»Unsinn! Außerdem«, fügte Nadia hinzu, »würde die berühmte Zoe Reed sich doch nicht durch einen netten Lunch in einem Pariser Hotel beeinflussen lassen.«

Für den Rest der Fahrt herrschte Schweigen. Als die Aufzugtür sich endlich ratternd öffnete, warf al-Kamal einen Blick in den Vorraum, bevor er Zoe und Nadia rasch in die Louis-Quinze-Suite führte. Die klassischen französischen Möbel im Salon waren so umgestellt worden, dass der Eindruck eines eleganten Speisezimmers entstand. Vor den auf den Place de la Concorde hinausführenden hohen Fenstern stand ein für zwei Personen gedeckter Tisch. Nadia musterte den Raum zufrieden, bevor sie die einzelne Kerze ausblies, die zwischen dem Kristall, Porzellan und Silber brannte. Dann forderte sie Zoe mit einem Blick ihrer dunklen Augen auf, Platz zu nehmen.

Danach folgten einige fast komisch anmutende Augenblicke, in denen Servietten entfaltet, Blicke gewechselt, Anweisungen auf Französisch und Arabisch erteilt und Türen geschlossen wurden. Nadia bestand darauf, die Sicherheitsleute ebenso in den Vorraum zu verbannen wie Madame Dubois, der es sichtlich missfiel, ihre Chefin mit der berühmten Journalistin allein zu lassen. Der Sommelier goss einen Schluck Montrachet in Nadias Glas. Nadia kostete davon und nickte zufrieden, dann sah sie auf Zoes Blackberry hinunter, das wie ein ungeladener Gast auf dem Tisch lag. »Schalten Sie das Ding bitte aus?«, fragte sie bemüht lässig. »Bei elektronischen Geräten kann man heutzutage nicht vorsichtig genug sein. Man weiß nie, wer gerade zuhört.«

»Ja, ich verstehe«, sagte Zoe.

Nadia stellte ihr Glas auf den Tisch zurück und sagte: »Ich habe nichts anderes erwartet.«

Wäre in der Louis-Quinze-Suite nicht schon ein winziger Sender versteckt gewesen, hätten diese vier Worte, unschuldig und bedrohlich klingend zugleich, die letzten sein können, die der Mann, mittelgroß und von mittlerer Statur, der in einem Château nördlich von Paris auf und ab tigerte, mithören konnte. So aber brauchte er nur seinem Notebook einen kurzen Befehl erteilen, damit die Übertragung nach kurzer Unterbrechung weiterlief. Das Paar aus Montreal verließ seinen Platz und wurde auf dem Innenhof des Hotels durch zwei Frauen Mitte dreißig an Einzeltischen abgelöst. Eine war rotblond und hatte eine Rubensfigur, die andere war schwarzhaarig und hinkte leicht. Sie gab vor, ein Pariser Hochglanzmagazin zu lesen. Das half ihr, die unerbittlich in ihrem Kopf tickende Uhr weniger deutlich wahrzunehmen.

24

PARIS

Manche Anwerbungen gleichen Verführungen, andere grenzen an Erpressung, und wieder andere ähneln einem Ballett von Invaliden. Aber selbst Ari Schamron, der die Welt des Geheimen weit länger kannte als die meisten, würde später sagen, so etwas wie die Anwerbung Nadia al-Bakaris habe er noch nie erlebt. Nachdem er die Eröffnungsszene über eine Standleitung zum King Saul Boulevard verfolgt hatte, erklärte er, dies sei eine der besten Anwerbungen, die er je mitgehört habe. Verstärkt wurde dieses Lob noch durch die Tatsache, dass es jemandem mit einem Beruf galt, für den Schamron sonst nichts als Verachtung übrig hatte.

Gabriel hatte Zoe angewiesen, langsam vorzugehen, und genau das tat sie jetzt. In der ersten Stunde ihrer Begegnung, während Servierpersonal leise eintrat und den Raum ebenso leise wieder verließ, fragte sie Nadia respektvoll nach den einschneidenden Veränderungen, die es im Investmentprofil der AAB Holding gegeben hatte, und den Gründen dafür aus. Zu Gabriels großer Überraschung erwies sich die öffentlichkeitsscheue saudische Erbin eines Milliardenvermögens dabei als liebenswürdige und aufgeschlossene Gesprächspartnerin, die weit reifer wirkte, als ihre dreiunddreißig Jahre vermuten ließen. Tatsächlich gab es nicht die geringsten Spannungen, bis Zoe sich nonchalant erkundigte, wie häufig Nadia ihre Heimat Saudi-Arabien besuche. Genau wie Gabriel erwartet hatte, bewirkte diese Frage die erste unbehagliche Gesprächspause. Nadia musterte Zoe mit ihren unergründlichen dunklen Augen, bevor sie mit einer Gegenfrage antwortete.

»Waren Sie schon mal in Saudi-Arabien?«

»Einmal«, antwortete Zoe.

»Beruflich?«

»Gibt's für westliche Ausländer einen anderen Grund, nach Saudi-Arabien zu reisen?«

»Vermutlich nicht.« Nadias Gesichtsausdruck wurde sanfter. »Wo sind Sie gewesen?«

»Zuerst zwei Tage in Riad. Danach war ich in der Rub al-Chali, um die neue Förderanlage von Saudi Aramco bei Schajba zu besichtigen.«

»Richtig, Sie haben darüber geschrieben, diese Anlagen seien ›ein technisches Wunderwerk, das die saudi-arabische Vorherrschaft auf dem globalen Ölmarkt für mindestens eine weitere Generation sichern wird‹.« Nadia lächelte flüchtig. »Glauben Sie wirklich, ich hätte zugestimmt, mich mit Ihnen zu treffen, ohne mich zuvor über Ihre Arbeit zu informieren? Schließlich haben Sie sich einen gewissen Ruf erworben.«

»Wofür?«

»Skrupellosigkeit«, antwortete Nadia, ohne im Geringsten zu zögern. »Die Leute sagen, dass Sie eine gewisse puritanische Ader haben. Sie sagen, dass es Ihnen Spaß macht, Führungskräfte und Unternehmen, die etwas zu verbergen haben, an den Pranger zu stellen.«

»Auf diesem Gebiet arbeite ich nicht mehr. Ich bin jetzt beim Fernsehen. Wir recherchieren nicht. Wir reden nur.«

»Tut es Ihnen nicht leid, keine *echte* Journalistin mehr zu sein?«

»Sie meinen jemanden, der für Zeitungen schreibt?«

»Ja.«

»Manchmal schon«, gab Zoe zu. »Aber dann sehe ich mir meine Kontoauszüge an und fühle mich gleich besser.«

»Sind Sie deswegen aus London weggegangen? Um mehr Geld zu verdienen?«

»Das hatte auch andere Gründe.«

»Was für Gründe?«

»Gründe, über die ich im beruflichen Umfeld im Allgemeinen nicht spreche.«

»Das klingt ganz so, als hätte dabei ein Mann eine Rolle gespielt«, sagte Nadia beschwichtigend.

»Sie sind sehr scharfsinnig.«

»Ja, das bin ich.« Nadia griff nach ihrem Weinglas, ließ dann aber die Hand sinken. »Ich reise nicht oft nach Saudi-Arabien«, sagte sie unvermittelt. »Alle drei bis vier Monate, nicht öfter. Und wenn ich hinfliege, bleibe ich nie lange.«

»Weil ...?«

»Aus den auf der Hand liegenden Gründen.« Ihre nächsten Worte schien Nadia sehr sorgfältig zu wählen. »Die altehrwürdigen Gebote und Vorschriften des Islams sind für unsere Gesellschaft sehr wichtig. Ich habe gelernt, mich innerhalb des Systems auf eine Weise zu bewegen, die es mir gestattet, meine Geschäfte mit einem Minimum an Störungen abzuwickeln.«

»Was ist mit Ihren weiblichen Landsleuten?«

»Was soll mit denen sein?«

»Die meisten haben weniger Glück als Sie. In Saudi-Arabien gelten Frauen als Besitztümer, nicht als Menschen. Die meisten verbringen ihr Leben zu Hause eingesperrt. Sie dürfen selber kein Auto fahren. Sie dürfen sich nicht ohne männliche Begleitung in der Öffentlichkeit zeigen, und bevor sie das tun, müssen Sie sich unter einer *Abaya* verbergen und sich verschleiern. Sie dürfen nicht ohne Erlaubnis ihres Ehemanns, ihres Vaters oder eines älteren Bruders verreisen – nicht einmal innerhalb des Landes. Ehrenmorde bleiben straffrei, wenn eine Frau Schande über ihre Familie bringt oder sich unislamisch verhält, und auf Ehebruch steht der Tod durch Steinigung. Im Geburtsland des Islams dürfen Frauen außer in Mekka und Medina keine Moschee betreten, was merkwürdig ist, weil Mohammed eine Art Feminist war. ›Behandelt eure Frauen gut und seid gütig zu ihnen‹, hat der Prophet einmal gesagt, ›denn sie sind eure Gefährtinnen und unermüdlichen Helferinnen‹.«

Nadia wischte unsichtbare Flusen von der Tischdecke. »Ich bewundere Ihre Ehrlichkeit, Zoe. Die meisten Journalisten, die sich ein wichtiges Interview zu sichern versuchen, würden Zuflucht zu Schmeicheleien und Plattitüden nehmen.«

»Das kann ich auch, wenn Ihnen das lieber ist.«

»Danke, mir ist Ehrlichkeit lieber. Davon haben wir in Saudi-Arabien nicht genug. Tatsächlich meiden wir sie sogar um jeden Preis.« Nadia hatte sich dem Fenster zugewandt. Draußen war es dunkel genug, dass ihr Spiegelbild sich geisterhaft auf der Scheibe abzeichnete. »Ich wusste nicht, dass Sie sich so für die Situation muslimischer Frauen interessieren«, sagte sie leise. »Ihre bisherige Arbeit enthält keine Hinweise darauf.«

»Wie viel haben Sie davon gelesen?«

»Alles«, sagte Nadia prompt. »Viele Storys über korrupte Geschäftsleute, aber keine über die missliche Lage der muslimischen Frauen.«

»Mich interessieren die Rechte *aller* Frauen, unabhängig von ihrem Glauben.« Zoe machte eine Pause, dann fügte sie provozierend hinzu: »Ich könnte mir vorstellen, dass das bei jemandem in Ihrer Position nicht anders ist.«

»Wie kommen Sie darauf?«

»Weil Sie genügend Macht und Einfluss besitzen, um eine wichtige Vorbildrolle zu spielen.«

»Ich führe ein großes Unternehmen, Zoe. Ich habe weder Zeit noch Lust, politisch aktiv zu werden.«

»Sie machen keine?«

»Keine was?«

»Politik.«

»Ich bin Bürgerin Saudi-Arabiens«, sagte Nadia. »Wir haben einen König, keine Politiker. Außerdem kann Politik im Nahen Osten sehr gefährlich sein.«

»Ist Ihr Vater aus politischen Gründen ermordet worden?«, fragte Zoe vorsichtig.

Nadia wandte sich ihr zu. »Ich weiß nicht, weshalb mein Vater ermordet wurde. Das weiß vielleicht niemand – außer seinen Mördern, versteht sich.«

Danach herrschte sekundenlang bedrückendes Schweigen. Erst das Geräusch der aufgehenden Tür beendete die Stille. Zwei Ober kamen mit Gebäck und Kaffee auf Tabletts herein. Ihnen folgten Rafiq al-Kamal, der Chef des Sicherheitsdiensts, und Madame Dubois, die auf das Zifferblatt ihrer Cartier-Armbanduhr tippte, um anzudeuten, das Gespräch dauere schon viel zu lange. Zoe fürchtete, Nadia könnte dieses Zeichen als Grund dafür benutzen, ihr Gespräch abzubrechen. Stattdessen wies sie die Eindringlinge mit herrischer Geste wieder hinaus. Auch der Ober mit dem Gebäcktablett durfte wieder gehen, aber sie akzeptierte einen Kaffee, den sie schwarz und mit einer Unmenge Zucker trank.

»Sind diese Fragen beispielhaft für die, welche Sie mir vor der Kamera stellen wollen? Fragen nach den Frauenrechten in Saudi-Arabien? Fragen nach dem Tod meines Vaters?«

»Wir teilen nie im Voraus mit, welche Fragen bei einem Interview gestellt werden.«

»Kommen Sie, kommen Sie, Zoe. Wir wissen beide, wie solche Dinge funktionieren.«

Zoe tat kurz so, als überlege sie. »Würde ich Sie nicht nach Ihrem Vater fragen, könnte man mir mangelnde journalistische Sorgfalt vorwerfen. Er macht sie zu einer äußerst interessanten Figur.«

»Vor allem macht er mich zu einer Frau ohne Vater.«
Nadia holte eine Packung Virginia Slims aus ihrer Handtasche und zündete sich mit einem schlicht gehaltenen goldenen Feuerzeug eine Zigarette an.

»Sie waren an jenem Abend in Cannes?«

»Das war ich«, sagte Nadia. »Wir haben alle einen wundervollen Abend in unserem Lieblingsrestaurant genossen. Und im nächsten Augenblick habe ich meinen Vater in den Armen gehalten, als er sterbend auf der Straße lag.«

»Sie haben die Männer gesehen, die ihn erschossen haben?«

»Es waren zwei«, sagte sie nickend. »Sie fuhren Motorräder, sehr schnell, sehr geschickt. Ich dachte erst, sie seien nur junge Franzosen, die in einer warmen Sommernacht ein bisschen Spaß haben wollten. Dann habe ich die Waffen gesehen. Die beiden waren offenbar Profis.« Sie zog an ihrer Zigarette und blies eine dünne Rauchfahne in Richtung Decke. »Alles danach sehe ich nur noch verschwommen.«

»Nach Augenzeugenberichten sollen Sie laut schreiend blutige Rache geschworen haben.«

»Vergeltung ist Beduinenart, fürchte ich«, sagte Nadia betrübt. »Die liegt mir im Blut.«

»Sie haben Ihren Vater bewundert«, sagte Zoe.

»Das habe ich«, sagte Nadia.

»Er war Kunstsammler.«

»Ein unersättlicher Sammler.«

»Wie man hört, haben Sie diese Leidenschaft geerbt.«

»Meine Kunstsammlung ist privat«, sagte Nadia und griff nach ihrer Kaffeetasse.

»Nicht so privat, wie Sie vielleicht glauben.«

Nadia hob verwundert den Kopf, ohne jedoch etwas zu sagen.

»Wie ich von meinen Informanten erfuhr, haben Sie letzten Monat ein bedeutendes Gemälde erworben. Sie sollen bei Christie's in New York den neuen Rekordpreis für den Rothko gezahlt haben.«

»Ihre Informanten täuschen sich, Zoe.«

»Meine Informanten täuschen sich *nie*. Und sie haben mir noch mehr über Sie erzählt. Die Frauenrechte in der islamischen Welt sind Ihnen offenbar nicht so gleichgültig, wie Sie behaupten. Sie haben stillschweigend Millionen von Dollar für den Kampf gegen Gewalt an Frauen gespendet und weitere Millionen für die Förderung von Unternehmerinnen ausgegeben, weil sie glauben, die muslimische Frau auf diese Weise am besten stärken zu können. Aber Ihre Wohltätigkeit ist damit noch nicht erschöpft. Wie ich gehört habe, setzen Sie Ihr Vermögen auch dazu ein, in der arabischen Welt freie und unabhängige Medien zu unterstützen. Außerdem haben Sie versucht, durch Spenden an Organisationen, die einen toleranteren Islam propagieren, die Ausbreitung der gefährlichen wahhabitischen Ideologie zu verhindern.« Zoe machte eine Pause. »Alles in allem zeichnen Ihre Aktivitäten ein Bild von einer mutigen Frau, die im Alleingang versucht, das heutige Gesicht des Nahen Ostens zu verändern.«

Nadia rang sich ein flüchtiges Lächeln ab. »Sicher eine reizvolle Story«, sagte sie dann. »Nur ist leider nichts davon wahr.«

»Wie schade«, sagte Zoe, »denn es gibt Leute, die Sie in Ihrem Engagement unterstützen möchten.«

»Was für Leute?«

»Diskrete Leute.«

»Im Nahen Osten sind diskrete Leute entweder Spione oder Terroristen.«

»Ich kann Ihnen versichern, dass sie keine Terroristen sind.«

»Dann müssen sie Spione sein.«

»Ihren Beruf habe ich nie erfahren.«

Nadia musterte sie skeptisch. Zoe hielt ihr eine Karte hin, auf der nicht ihr Name, sondern nur die Nummer ihres Blackberrys stand.

»Das ist meine Privatnummer. Sie müssen weiter sehr vorsichtig sein. Wie Sie wissen, sind Sie von Leuten umgeben – dazu gehören auch Ihre Bodyguards –, die Ihre Ideen für eine bessere islamische Welt keineswegs teilen.«

»Welches Interesse haben Sie an dieser Sache, Zoe?«

»Mein einziges Interesse liegt darin, ein Interview mit einer Frau zu bekommen, die ich sehr bewundere.«

Nadia zögerte noch. Dann griff sie nach der Karte und steckte sie in ihre Handtasche. Im selben Augenblick wurde die Tür der Suite erneut geöffnet, und Madame Dubois kam mit Rafiq al-Kamal hinter sich herein. Sie tippte wieder auf ihre Armbanduhr. Diesmal stand Nadia auf. Als sie Zoe die Hand gab, wirkte sie plötzlich erschöpft.

»Ich weiß nicht, ob ich den Schleier schon lüften will«, sagte sie, »aber ich möchte über Ihren Vorschlag nachdenken. Könnten Sie noch ein paar Tage in Paris bleiben?«

»Da bringen Sie mich in eine schreckliche Lage«, sagte Zoe scherzend, »aber ich will versuchen, damit zurechtzukommen.«

Nadia ließ Zoes Hand los und folgte dem Chef ihres Sicherheitsdiensts auf den Korridor hinaus. Zoe blieb noch einen Augenblick in der Luxussuite, bevor sie in ihr Zimmer drei Stockwerke tiefer zurückkehrte. Dort schaltete sie das Blackberry ein und rief ihren Produzenten in New York an, um ihm mitzuteilen, sie bleibe vorläufig in Paris, um weitere Verhandlungen zu führen. Dann legte sie das Blackberry auf den Nachttisch und blieb lange am Fußende ihres Betts sitzen. Sie roch Jasmin und Lavendel, Nadias Duft, und dachte an den Abschied von vorhin. Nadias Hand war eigenartig kalt gewesen. Die Hand der Angst, dachte Zoe. Die Hand des Todes.

25

Seraincourt, Frankreich

Zoes Anruf in New York hallte wie ein Trompetenstoß durch die hohen Räume des Châteaus Treville. Gabriel benachrichtigte sofort Adrian Carter, damit die AAB Holding und ihre Alleingesellschafterin Nadia al-Bakari von der NSA überwacht wurden. Das bedeutete, dass Carter jetzt wusste, wer die reiche muslimische Person mit untadelig dschihadistischen Wurzeln war, die Gabriel dazu bringen wollte, Raschid al-Husseinis Terrornetzwerk zu finanzieren. Das bedeutete jedoch auch, dass ab diesem Augenblick mehrere Dutzend Angehörige der zahlreichen US-Geheimdienste davon wussten. Das war ein Risiko, das Gabriel in diesem Fall aber eingehen musste. Der israelische Abhördienst arbeitete zwar ausgezeichnet, doch seine technischen Möglichkeiten verblassten im Vergleich zu denen der National Security Agency. Amerikas Herrschaft über die digitale Welt war absolut. Es war der menschliche Faktor – die Fähigkeit, Spione anzuwerben und ins Lager ihrer Feinde einzudringen –, den die Amerikaner weniger gut beherrschten, weswegen sie sich an den Dienst gewandt hatten.

Auf Gabriels Bitte gab Carter sich große Mühe, Nadia al-Bakaris Namen vor dem offiziellen Washington geheim zu halten. Trotz der offenkundigen potenziellen Auswirkungen auf die amerikanisch-saudischen Beziehungen versäumte er es, ihn bei seiner wöchentlichen Besprechung im Weißen Haus dem Präsidenten oder James McKenna gegenüber zu erwähnen. Er sorgte auch dafür, dass die Identität der wahren Empfänger der NSA-Abhörprotokolle verschleiert wurde. Sie wurden an Carters persönlichen Assistenten geschickt, der sie dann an die CIA-Station in Paris weiterleitete. Der stellvertretende Stationschef, der seine Karriere Carter verdankte, brachte sie anschließend persönlich nach Seraincourt ins Château Treville hinaus, wo Sarah Bancroft ihren Empfang quittierte. Für Gabriel und sein Team war der Telefon- und E-Mail-Verkehr von Rafiq al-Kamal besonders interessant, dem Chef von Nadias Sicherheitsdienst. Obwohl er oft mit Kontaktleuten im saudi-arabischen GID und im Innenministerium telefonierte, erwähnte er den Namen Zoe Reed kein einziges Mal. Ganz anders Madame Dubois, die in den folgenden zweiundsiebzig Stunden die Leitungen zwischen Paris und London glühen ließ, um möglichen boshaften Klatsch und sie belastendes Material aus Zoes professioneller Vergangenheit zusammenzutragen. Gabriel sah das als ermutigendes Zeichen. Scheinbar wurde die investigative Journalistin von der AAB Holding als PR-Problem, nicht als Sicherheitsrisiko gesehen.

Zoe blieb in seliger Unwissenheit, was die um sie herum gesponnenen Intrigen betraf. Sie hielt sich an Gabriels sorgfältig ausgearbeitetes Drehbuch und hatte keinerlei weitere Kontakte mit der AAB Holding oder deren Angestellten. Um sich die freie Zeit zu vertreiben, besuchte sie Museen oder machte weite Spaziergänge entlang der Seine, bei denen Eli Lavon und seine Kollegen sich vergewissern konnten, dass sie nicht beschattet wurde. Als zwei weitere Tage ohne eine Nachricht von Nadia verstrichen, wurde Zoes Produzent in New York ungeduldig. »Ich will, dass du spätestens am Montag wieder in den Staaten bist«, erklärte er ihr am Telefon. »Mit oder ohne Exklusivinterview. Das ist einfach eine Geldfrage. Nadia al-Bakari schwimmt in Geld, wir müssen jeden Cent dreimal umdrehen.«

Diese Nachricht trübte die Stimmung in dem sicheren

Haus in Seraincourt, so wie es auch die Rede des französischen Staatspräsidenten an diesem Nachmittag vor der zu einer Sondersitzung zusammengetretenen Nationalversammlung tat. »Die Frage ist nicht, ob Frankreich weitere terroristische Anschläge drohen«, warnte der Präsident, »sondern nur, wo und wann. Es ist eine traurige Tatsache, dass die Flammen des Extremismus weitere Opfer fordern werden. Leider ist dies im einundzwanzigsten Jahrhundert Teil des Lebens eines Bürgers in Europa.«

Wenige Minuten nach dieser Rede ging eine Nachricht von der Operationsabteilung am King Saul Boulevard ein. Sie bestand aus nur vier Zeichen – zwei Buchstaben, dann zwei Ziffern –, aber ihre Bedeutung war klar. Gott wartete in einer sicheren Wohnung am Montmartre. Und Gott wollte Gabriel unter vier Augen sprechen.

26

Das Apartmenthaus stand in der Rue Lepic unweit des Friedhofs. Es war ein sechsstöckiger grauer Bau mit schmiedeeisernen Balkongittern und Dachgauben zur Straße hin. Auf dem Innenhof stand ein einzelner, um diese Jahreszeit kahler Baum, und aus der düsteren Eingangshalle führte eine Wendeltreppe nach oben, deren abgetretener Kokosläufer Gabriels Schritte dämpfte, als er rasch in den dritten Stock hinaufging. Die Tür von Apartment 3A stand einen Spaltbreit offen, und im Wohnzimmer saß ein alter Mann, der eine frisch gebügelte Khakihose, ein weißes Oberhemd und eine lederne Bomberjacke mit einem nicht reparierten Riss auf der linken Brustseite trug. Er saß mit leicht gespreizten Beinen in einem Brokatsessel und hatte seine großen Hände auf dem Knauf eines Spazierstocks aus Olivenholz übereinandergelegt – wie ein Reisender, der sich an einem Bahnsteig auf langes Warten eingerichtet hat. Zwischen zwei von Nikotin gelben Fingern glimmte eine filterlose Zigarette. Aufsteigender beißender Rauch umgab seinen Kopf wie eine persönliche Gewitterwolke.

»Gut siehst du aus«, sagte Ari Schamron zur Begrüßung. »Wieder im Einsatz zu sein, bekommt dir offenbar.«

»So wollte ich den Winter eigentlich nicht verbringen.«

»Dann hättest du vielleicht keinem Selbstmordattentäter durch den Covent Garden folgen sollen.«

Schamron lächelte freudlos, dann drückte er seine Zigarette im Aschenbecher auf dem Couchtisch aus. Darin lagen schon sechs ausgedrückte Stummel, alle ordentlich aufgereiht wie Patronen, die darauf warteten, in die Trommel eines Revolvers gesteckt zu werden. Er legte die siebte jetzt daneben und musterte Gabriel nachdenklich durch den Qualm hindurch.

»Ich freue mich, dich zu sehen, mein Sohn. Ich dachte eigentlich, unsere Begegnung im letzten Sommer auf den kornischen Klippen sei unsere letzte gewesen.«

»Das habe ich auch gehofft.«

»Kannst du nicht wenigstens so *tun*, als seien dir meine Gefühle nicht egal?«

»Nein.«

Schamron zündete sich mit seinem alten Zippo die nächste Zigarette an und blies den Rauch absichtlich in Gabriels Richtung.

»Wie redegewandt«, sagte Gabriel.

»Manchmal fehlen mir die Worte. Zum Glück trifft das in Bezug auf meine Feinde selten zu. Und sie haben's wieder einmal geschafft, dich zum King Saul Boulevard zurückzubringen, wo du hingehörst.«

»Vorübergehend.«

»Oh, natürlich«, stimmte Schamron unaufrichtig hastig zu. »Klar, deine Tätigkeit ist rein vorübergehend.«

Gabriel trat an die Balkontür mit Blick auf die Rue Lepic und öffnete einen der Flügel. Kalte Luft strömte herein und mit ihr abendlicher Verkehrslärm.

»Muss das sein?«, fragte Schamron stirnrunzelnd. »Mein Arzt sagt, dass ich Zugluft meiden soll.«

»Meiner sagt, dass ich Passivrauchen vermeiden soll. Deinetwegen habe ich die Lunge eines Mannes, der pro Tag zwanzig Zigaretten raucht.«

»Irgendwann wirst du aufhören müssen, mich für alles verantwortlich zu machen, was in deinem Leben schiefgegangen ist.«

»Weshalb?«

»Weil es kontraproduktiv ist.«

»Es ist aber zufällig die Wahrheit.«

»Ich habe immer wieder die Erfahrung gemacht, dass es besser ist, die Wahrheit zu meiden. Sie führt unweigerlich zu unnötigen Komplikationen.«

Gabriel schloss den Türflügel, dämpfte so wieder den Verkehrslärm und fragte Schamron, was ihn nach Paris geführt habe.

»Uzi dachte, du könntest einen zusätzlichen Helfer brauchen.«

»Warum hat er mir nicht gesagt, dass du kommst?«

»Das muss er vergessen haben.«

»Weiß er überhaupt, dass du hier bist?«

»Nein.«

Gabriel musste unwillkürlich lächeln. »Versuchen wir's noch mal, Ari. Was führt dich nach Paris?«

»Ich hab mir Sorgen gemacht.«

»Wegen des Unternehmens?«

»Um dich«, sagte Schamron. »So ist's eben mit Vätern. Wir machen uns Sorgen um unsere Kinder, bis wir sterben.«

»Von alledem verstehe ich nichts, fürchte ich.«

»Vergib mir, mein Sohn«, sagte Schamron nach kurzer Pause. »Ich hätte's besser wissen müssen. Schließlich ist auch das meine Schuld.«

Er stemmte sich hoch und schlurfte schwer auf seinen Stock gestützt in die Küche. Auf der Arbeitsplatte lagen die Einzelteile eines französischen Kaffeekochers neben einem Wasserkessel und einer offenen Packung Carte Noir. Schamron machte einen unbeholfenen Versuch, den Gasherd anzuzünden, bevor er kapitulierend die Hände hob. Gabriel schob ihn weg, zum Küchentisch hinüber, und hob misstrauisch die Kaffeetüte an die Nase. Das Zeug roch wie Staub.

»Wenn ich mich nicht irre«, sagte Schamron, indem er

sich auf einen Stuhl sinken ließ, »ist dies der Rest des Kaffees, den wir bei unserem letzten Treffen hier getrunken haben.«

»Gleich nebenan ist ein kleiner Supermarkt. Kommst du allein zurecht, bis ich zurück bin?«

Mit einer ablehnenden Handbewegung bedeutete Schamron ihm, dieser Kaffee sei gut genug. Gabriel füllte den Wasserkessel und drehte den Gasherd auf.

»Eines verstehe ich noch immer nicht«, sagte Schamron, der ihn aufmerksam beobachtete.

»Das ist wirklich nicht kompliziert, Ari. Man füllt Kaffee ein, gießt mit Wasser auf, wartet etwas und drückt dann den Stab mit dem Filtersieb hinunter.«

»Ich rede von dem Mann im Covent Garden. Warum bist du ihm nachgegangen? Wieso hast du nicht einfach Graham Seymour gewarnt und bist zu deinem Cottage am Meer zurückgefahren?«

Gabriel gab keine Antwort.

»Darf ich eine mögliche Erklärung anbieten?«

»Wenn du darauf bestehst.«

»Du bist ihm nachgegangen, weil du genau wusstest, dass die Engländer weder mutig noch entschlossen genug sein würden, um ihn selbst zu stoppen. Unsere europäischen Freunde stecken in einer ausgewachsenen Existenzkrise. Meiner Überzeugung nach ist das einer der Gründe, weshalb sie uns hassen. Wir haben ein Ziel. Unsere Sache ist gerecht. Sie hingegen glauben an nichts als an ihre Fünfunddreißigstundenwoche, ihre Erderwärmung und ihre sechs Wochen Jahresurlaub. Was ich dabei wirklich nicht begreifen kann, ist deine Entscheidung, unter ihnen zu leben.«

»Weil sie einst aufrichtig an Gott geglaubt haben, und weil ihr Glaube sie befähigt hat, engelsgleich zu malen.«

»Das mag stimmen«, sagte Schamron. »Aber stark im Glauben verankert sind heutzutage fast nur die Dschihadisten. Nur ist ihr Glaube leider aus wahhabitischer Intoleranz geboren und wird durch saudisches Geld am Leben erhalten. Nach dem 11. September haben die Saudis zugesagt, die finanziellen Anreize, die Bin Laden und die al-Qaida groß gemacht haben, sofort zu streichen. Aber heute, nur zehn Jahre später, befeuert saudisches Geld wieder den Hass, und von den Amerikanern ist kaum ein Wort des Protests zu hören.«

»Sie haben sich erfolgreich eingeredet, Saudi-Arabien sei ein wichtiger Verbündeter im Krieg gegen den Terror.«

»Sie unterliegen einer irrigen Vorstellung«, sagte Schamron. »Aber das ist nicht allein ihre Schuld. Aus Saudi-Arabien fließt nicht nur Erdöl in den Westen, sondern auch ein stetiger Strom von Geheimdienstmeldungen. Die saudische GID versorgt die CIA und europäische Dienste stetig mit Meldungen über potenzielle Verschwörungen und verdächtige Einzelpersonen. Gelegentlich ist mal ein brauchbarer Tipp dabei, aber die meisten dieser Hinweise sind absoluter Scheiß.«

»Du willst doch nicht etwa andeuten«, fragte Gabriel sarkastisch, »dass der saudische Geheimdienst das alte Doppelspiel betreibt: die Dschihadisten bekämpft und zugleich unterstützt?«

»Genau das will ich sagen. Und die Amerikaner sind im Augenblick wirtschaftlich so schwach, dass sie nichts dagegen unternehmen können.«

Der Wasserkessel begann zu pfeifen. Gabriel füllte den Kaffeekocher auf und wartete, dass das Kaffeepulver sich in der Kanne setzte. Er sah zu Schamron hinüber. Der verdrießliche Gesichtsausdruck des Alten zeigte, dass er weiter an die Amerikaner dachte.

»Jede amerikanische Regierung hat ihre Schlagworte. Die gegenwärtige spricht gern von *Interessen*. Sie erinnert uns ständig daran, wie viele *Interessen* sie im Nahen Osten hat. Sie hat Interessen im Irak, Interessen in Afghanistan und Interesse daran, dass der Ölpreis stabil bleibt. In der Bilanz Amerikas sind wir im Augenblick kein großer Aktivposten. Aber wenn es dir gelingt, Raschids Terrornetzwerk zu zerschlagen ...«

»Dann könnten wir damit unser Konto wieder etwas auffüllen, meinst du?«

Schamron nickte grimmig. »Was aber nicht bedeutet, dass wir die gleichen Spielregeln wie ein CIA-Ableger einhalten müssen. Der Ministerpräsident besteht allein darauf, dass wir diese Gelegenheit nutzen, um eine noch offene Rechnung zu begleichen.«

»Mit Malik al-Zubair?«

Schamron nickte.

»Irgendwas sagt mir, dass du von Anfang an gewusst hast, dass Malik in diese Sache verwickelt ist.«

»Ich hatte einen starken Verdacht, mehr nicht.«

»Und als Adrian Carter mich gebeten hat, nach Washington zu kommen ...«

»Da habe ich meine üblichen Bedenken beiseitegeschoben und sofort zugestimmt.«

»Wie großzügig von dir«, sagte Gabriel. »Und was macht dir jetzt Sorgen?«

»Nadia.«

»Sie war deine Idee.«

»Vielleicht habe ich mich getäuscht. Vielleicht hat sie uns in all diesen Jahren in die Irre geführt. Vielleicht ist sie ihrem Vater ähnlicher, als wir denken.« Er machte eine Pause, dann fügte er hinzu: »Vielleicht sollten wir uns von ihr trennen, jemand anderen suchen.«

»Diese andere Person gibt es nicht.«

»Dann musst du sie erschaffen«, sagte Schamron. »Wie ich höre, verstehst du dich darauf recht gut.«

»Das ist unmöglich, das weißt du genau.«

Gabriel ging mit dem Kaffeekocher an den Tisch und goss zwei Tassen ein. Der Alte nahm sich Zucker und rührte ihn einige Sekunden lang nachdenklich um.

»Selbst wenn Nadia al-Bakari bereit wäre, für dich zu arbeiten«, sagte Schamron, »hättest du keine Möglichkeit, sie zur Disziplin zu zwingen. Wir haben unsere traditionellen Methoden. *Kesef, kavod, kussit* – Geld, Respekt, Sex. Nichts davon braucht Nadia von uns. Deshalb lässt sie sich nicht steuern.«

»Dann werden wir uns einfach gegenseitig vertrauen müssen, nehme ich an.«

»*Vertrauen?*«, fragte Schamron. »Tut mir leid, Gabriel, aber dieses Wort kenne ich nicht. Eines musst du mir versprechen, Gabriel: Bestehst du darauf, sie einzusetzen, darfst du auf keinen Fall den gleichen Fehler wie die Amerikaner mit Raschid machen. Betrachte sie als Todfeindin und behandle sie entsprechend.«

»Willst du nicht mitkommen, Ari? In unserem Château haben wir ausreichend Platz für dich.«

»Ich bin ein alter Mann«, sagte Schamron trübselig. »Ich wäre nur im Weg.«

»Was hast du stattdessen vor?«

»Ich werde hier allein herumsitzen und mir Sorgen machen. Das scheint inzwischen mein Los zu sein.«

»Fang nicht an, dir vorab unnötige Sorgen zu machen. Vielleicht kommt Nadia gar nicht.«

»Doch, sie kommt«, sagte Schamron.

»Wie willst du dir da so sicher sein?«

»Weil sie im Herzen weiß, dass es deine Stimme ist, die ihr ins Ohr flüstert. Und sie wird der Gelegenheit, dir ins Gesicht zu sehen, nicht widerstehen können.«

Die Einsatzvorschriften hätten Gabriels sofortige Rückkehr ins Château Treville gefordert, aber es war ihm ein persönliches Bedürfnis, vorher noch zur Champs-Élysées zu pilgern. Als er kurz nach Mitternacht dort eintraf, stellte er fest, dass alle Spuren des Bombenanschlags sorgfältig beseitigt worden waren. Die Geschäfte und Restaurants waren renoviert worden. Die Gebäude hatten neue Fenster und einen frischen Anstrich bekommen. Vom Pflaster war das Blut abgewaschen worden. Es gab kein Zeichen als Ausdruck von Empörung, keine Erinnerung an die Opfer, kein Aufruf zur Vernunft in einer verrückt gewordenen Welt. Hätten nicht an der Straßenecke zwei Polizisten Wache gehalten, hätte man leicht glauben können, hier sei nie etwas Grausames passiert. Einen Augenblick lang bedauerte Gabriel seinen Entschluss, hergekommen zu sein. Doch in dem Moment, als er sich gerade zur Rückkehr abwandte, ging von seinem Team in Seraincourt eine sichere E-Mail bei ihm ein, die seine Stimmung schlagartig besserte. Wie ein abgehörtes Telefongespräch zeigte, hatte Nadia al-Bakari, die Tochter des Mannes, den Gabriel im Alten Hafen von Cannes erschossen hatte, soeben eine Reise nach St. Petersburg abgesagt. Gabriel steckte das Blackberry wieder ein und ging durch die Lichtkreise der Straßenlampen die Champs-Élysées weiter entlang. Der Schleier, der gerade noch die Zukunft in Nebel gehüllt hatte, hatte sich schlagartig verzogen. Er sah vor seinem inneren Auge eine Schönheit mit rabenschwarzem Haar, die den Vorhof eines Châteaus nördlich von Paris überquerte. Und einen alten Mann, der allein in einer Wohnung in Montmartre saß und vor Sorgen fast umkam.

27

PARIS

Nadia al-Bakari rief Zoe Reed am folgenden Morgen um 10.22 Uhr persönlich an, um sie zum Tee in ihre Stadtvilla an der Avenue Foch einzuladen. Zoe lehnte höflich ab. Sie sagte, sie habe schon etwas anderes vor.

»Ich verbringe den Nachmittag bei einem alten Freund aus London. Er hat als Investor Millionen verdient und sich ein Schloss im Val-d'Oise gekauft. Er gibt eine kleine Party für mich, denke ich.«

»Eine Geburtstagsparty?«

»Woher wissen Sie das?«

»Vor unserem Lunch im Crillon hat mein Sicherheitsdienst Sie diskret überprüft. Ab heute gehören Sie zu den Dreißigjährigen...«

»Bitte sprechen Sie das nicht laut aus. Ich versuche so zu tun, als sei das ein schlechter Traum.«

Nadia musste lachen. Dann fragte sie, wie Zoes Freund aus London heiße.

»Fowler. Thomas Fowler.«

»Bei welcher Firma ist er?«

»Thomas ist bei keiner Firma. Thomas ist militant selbstständig. Vor ein paar Jahren haben Sie ihn anscheinend mal in der Karibik kennengelernt. Auf einer der französischen Inseln. Ich weiß nicht mehr, welche. St. Barts, glaube ich. Oder vielleicht Antigua.«

»Auf Antigua war ich noch nie.«

»Dann muss es St. Barts gewesen sein.«

Am anderen Ende herrschte Schweigen.

»Sind Sie noch da?«, fragte Zoe.

»Ja, ja …«

»Ist irgendwas nicht in Ordnung?«

»Wo habe ich ihn kennengelernt?«

»In einer Bar an einem der Strände, sagt er.«

»In welcher Bar?«

»Das weiß ich nicht.«

»An welchem Strand?«

»Ich glaube nicht, dass Thomas das erwähnt hat.«

»War er an diesem Tag allein?«

»Tatsächlich war er mit seiner Frau dort. Eine sehenswerte Erscheinung. Manchmal ein bisschen arrogant, aber das liegt wohl an den Umständen.«

»An welchen Umständen?«

»Dass sie die Frau eines Milliardärs wie Thomas ist.«

Wieder Schweigen, diesmal länger als beim ersten Mal.

»Tut mir leid, aber ich kann mich nicht an ihn erinnern.«

»Aber er sich sehr gut an Sie.«

»Beschreiben Sie ihn mir bitte.«

»Ziemlich groß und hager. Eine Bohnenstange. Aber ein interessanter Mann, wenn man ihn näher kennt. Vor ein paar Jahren hat er mit einem Geschäftsfreund Ihres Vaters zu tun gehabt, glaube ich.«

»Können Sie sich zufällig an den Namen dieses Geschäftsfreunds erinnern?«

»Wieso fragen Sie das Thomas nicht selbst?«

»Wie meinen Sie das, Zoe?«

Im ersten Stock des Châteaus Treville gab es einen eleganten Musiksalon mit Wandbespannungen aus roter Seide und feudalen farblich passenden Vorhängen an den Fenstern. An einem Ende des Raums stand ein Cembalo mit vergoldeten Verzierungen und einem pastoralen Ölgemälde im

Deckel. Am anderen Ende stand ein Renaissancetisch mit Einlegearbeiten aus Walnussholz, an dem Gabriel Allon und Eli Lavon vor ihren Notebooks saßen. Einer der Bildschirme zeigte mit einem blinkenden roten Leuchtpunkt die Koordinaten von Zoes gegenwärtiger Position an. Auf dem anderen lief das Telefongespräch, das sie ab 10.22 Uhr mit Nadia al-Bakari geführt hatte. Gabriel und Lavon hatten es sich schon zehnmal angehört. Zehnmal hatten sie keinen Grund gefunden, die Aktion zu stoppen. Unterdessen war es 11.55 Uhr. Lavon runzelte die Stirn, als Gabriel das Icon ein weiteres Mal anklickte.

»Können Sie sich zufällig an den Namen dieses Geschäftsfreunds erinnern?«

»Wieso fragen Sie das Thomas nicht selbst?«

»Wie meinen Sie das, Zoe?«

»Damit meine ich, Sie sollten zu der Party kommen. Ich weiß, dass Thomas begeistert wäre, und wir hätten Gelegenheit, noch etwas länger miteinander zu reden.«

»Das wäre nicht passend, fürchte ich.«

»Um Himmels willen, warum nicht?«

»Weil Ihr Freund ... Entschuldigung, Zoe, aber wie heißt er gleich wieder?«

»Thomas Fowler. Wie der Romanheld in Graham Greenes Der stille Amerikaner.«

»Wer?«

»Das ist nicht wichtig. Wichtig ist nur, dass Sie kommen.«

»Ich würde mich aber nicht aufdrängen wollen.«

»Das täten Sie keineswegs. Außerdem habe ich heute Geburtstag und bestehe darauf.«

»Wo genau wohnt Ihr Freund?«

»Nicht weit, nördlich von Paris. Mein Hotel besorgt mir einen Wagen mit Fahrer.«

»Bestellen Sie den Wagen wieder ab. Wir nehmen meinen. Dann können wir unterwegs miteinander reden.«

»Wundervoll. Thomas sagt, dass alle leger gekleidet kommen. Aber vielleicht wäre diesmal nur ein Bodyguard ausreichend, einverstanden? Thomas tätschelt Frauen zwar gern mal den Po, aber ansonsten ist er völlig harmlos.«

»Ich hole Sie um zwölf Uhr ab, Zoe.«

Damit war die Aufzeichnung zu Ende. Als Gabriel den Kopf hob, sah er Jossi am Türrahmen lehnen. Er sah durch und durch wie ein erfolgreicher Vermögensberater aus, der das Wochenende auf seinem französischen Landsitz verbringt. »Nur damit das klar ist«, sagte er mit seinem affektierten Oxford-Akzent, »das mit der Bohnenstange hat mir nicht gefallen.«

»Ich weiß, dass sie das liebevoll gemeint hat.«

»Wie würdest du dich fühlen, wenn dich jemand mit einer Bohnenstange vergleicht?«

»Geschmeichelt.«

Jossi strich die Aufschläge seines Kaschmirsakkos aus der Bond Street glatt. »Bin ich leger, wie auf Schlössern üblich angezogen?«

»Auf jeden Fall.«

»Mit Plastron oder ohne?«

»Ohne Plastron.«

»Plastron«, sagte Lavon. »Unbedingt mit Plastron.«

Jossi ging hinaus. Gabriel griff wieder nach der Computermaus, aber Lavon hielt seine Hand fest.

»Sie weiß, dass wir's sind, aber sie kommt trotzdem. Außerdem«, fügte Lavon hinzu, »ist's schon zu spät, um noch etwas zu veranlassen.«

Gabriel sah auf den anderen Bildschirm. Der Pegel des angezeigten Icons ging langsam zurück, was bedeutete, dass Zoe mit dem Aufzug in die Hotelhalle hinunterfuhr. Die Bestätigung dafür kam einige Sekunden später, als Gabriel hörte, wie die Aufzugtür sich öffnete, bevor Zoes Absätze durch die Halle klapperten. Sie wünschte Herrn Schmidt

einen guten Tag, bedankte sich bei Isabelle für den kosten-
losen Obstkorb, den sie am Vorabend in ihrem Zimmer vor-
gefunden hatte, und warf Monsieur Didier, der sich bemühte, für Chiara und Jaakov eine Reservierung im Jules
Verne zu bekommen, die er später leider wieder würde stornieren müssen, eine Kusshand zu. Dann folgten schlagartig
Verkehrslärm, als Zoe ins Freie trat, und der dumpfe Schlag,
mit dem die Tür einer Limousine sich schloss. Anschließend
herrschte zunächst Grabesstille. Unterbrochen wurde sie
von der liebenswürdigen Stimme einer Frau mit untadeligen
dschihadistischen Wurzeln.

»Freut mich sehr, sie wiederzusehen, Zoe«, sagte Nadia
al-Bakari. »Ich bringe Ihrem Freund als kleines Gastge-
schenk eine Flasche Château Latour mit. Hoffentlich mag
er Roten.«

»Das wäre aber nicht nötig gewesen.«

»Ach, Unsinn!«

Bei diesen Worten setzte das Icon sich wieder in Bewegung und wurde von drei weiteren verfolgt, die Gabriels
Überwachungsteam darstellten. Kurze Zeit später waren sie
alle mit fünfzig Stundenkilometern auf der Avenue des
Champs-Élysées nach Westen unterwegs. Kurz bevor sie
den Triumphbogen erreichten, bot Zoe an, ihr Blackberry
auszuschalten. »Nicht nötig«, sagte Nadia ruhig. »Ich ver-
traue Ihnen jetzt, Zoe. Was auch immer passiert, Sie werden
immer eine Freundin für mich sein.«

28

SERAINCOURT, FRANKREICH

Die *Banlieues* im Nordosten von Paris schienen sich endlos weit zu erstrecken, aber mit der Zeit wurden die hässlichen Wohnblocks doch weniger, und die ersten Grünflächen tauchten auf. Selbst im Winter, unter der tiefen schweren Wolkendecke, wirkte die französische Landschaft aufgeräumt wie für ein Familienporträt. Sie donnerten in dem schwarzen Maybach übers Land, ohne von anderen Fahrzeugen verfolgt zu werden, zumindest von keinem, das Zoe aufgefallen wäre. Rafiq al-Kamal, der bullige Chef des Sicherheitsdiensts, hockte mit finsterer Miene auf dem Beifahrersitz. Er trug wie üblich einen dunklen Anzug, aber diesmal ohne Krawatte, aufgrund des informellen Anlasses. Zu einem cremeweißen Kaschmirpullover trug Nadia eine knapp sitzende beige Gabardinehose und Stiefel mit niedrigen Absätzen, die für Waldwege geeignet gewesen wären. Um ihre Nervosität zu verdecken, sprach sie unaufhörlich. Über die Franzosen. Über die *grässliche* Mode dieses Winters. Über einen Artikel, der die sich zuspitzende Eurokrise thematisierte und den sie an diesem Morgen im *Financial Journal* gelesen hatte. Im Wageninneren herrschte Tropenhitze. Zoe transpirierte unter ihrer Kleidung, aber Nadia schien zu frösteln. Ihre Hände waren eigenartig blutlos. Als sie sah, dass Zoe sie betrachtete, schob sie die Schuld daran auf das feuchte Pariser Wetter, von dem sie ohne Unterbrechung weitersprach, bis ein Straßenschild das Dorf Seraincourt ankündigte.

In diesem Augenblick wurden sie von einem Motorrad überholt. Es war eine dieser japanischen Rennkarossen, die den Fahrer dazu zwangen, weit nach vorn gebeugt auf seiner Maschine zu kauern. Er sah beim Überholen durch Zoes Fenster, als interessiere ihn, wer sich solch eine Luxuskarosse leisten konnte, dann zeigte er dem Fahrer den Stinkefinger und schoss mit aufheulendem Motor davon. *Hallo, Michail,* dachte Zoe. *Nett, dich wiederzusehen.*

Sie holte ihr Blackberry heraus und wählte. Die Stimme, die sich meldete, klang vage vertraut. Natürlich war sie das, sagte Zoe sich rasch. Sie gehörte ihrem alten Freund Thomas Fowler aus London. Thomas, der als Investor Millionen gescheffelt hatte. Thomas, der Nadia vor ein paar Jahren in einer Strandbar auf St. Barts kennengelernt hatte. Thomas, der Zoe jetzt den Weg zu seinem prächtigen neuen Château beschrieb – rechts auf die Rue de Vexin, dann links die Rue des Vallées entlang und rechts auf die Route des Hèdes abbiegen. Das Tor stehe auf der linken Straßenseite, sagte er, gleich am Ende des alten Weinbergs. Das Schild *Warnung vor dem Hunde* sollten sie ignorieren. Es sei nur ein Bluff aus Sicherheitsgründen. Thomas legte großen Wert auf Sicherheit. Thomas hatte allen Grund dazu.

Zoe beendete das Gespräch und steckte das Blackberry zurück in ihre Handtasche. Als sie aufsah, merkte sie, dass Rafiq al-Kamal sie wachsam in seinem Spiegel beobachtete. Nadia starrte freudlos aus dem Seitenfenster. *Lächle,* dachte Zoe. *Wir gehen schließlich auf eine Party. Da ist's wichtig, dass du zu lächeln versuchst.*

Es gab keine Präzedenzfälle für das, was sie zu tun versuchten, keine festgelegten Regeln, keine Tradition innerhalb des Diensts, auf die sie hätten zurückgreifen können. Bei ihren endlosen Proben hatte Gabriel das Ganze oft mit einer Bildvorstellung verglichen, bei der Nadia die potenzielle

Käuferin und Gabriel das auf einer Staffelei präsentierte Gemälde verkörperte. Vorab würde es eine kurze Fahrt geben – eine Fahrt, wie er seinen Leuten erklärte, die Nadia und das Team aus der Gegenwart in die nähere Vergangenheit führen würde. Die Details dieser Fahrt mussten sorgfältig abgewogen werden. Sie würde angenehm sein müssen, damit Nadia sich nicht abschrecken ließ, und trotzdem so zwingend, dass sie nicht ans Umkehren dachte. Selbst Gabriel, der die endgültige Strategie ausgearbeitet hatte, schätzte die Chancen nicht besser als eins zu drei ein. Eli Lavon war noch pessimistischer. Aber Lavon, der biblische Katastrophen studierte, machte sich von Natur aus zu viele Sorgen.

In diesem Augenblick dachte Lavon jedoch nicht an einen möglichen Misserfolg. In wetterfester Kleidung und mit einem kräftigen Wanderstock in der Hand war er scheinbar geistesabwesend auf dem mit Gras bewachsenen Seitenstreifen der Rue des Vallées unterwegs. Er blieb kurz stehen, um dem vorbeifahrenden Maybach nachzustarren – alles andere wäre unnatürlich gewesen –, achtete aber nicht weiter auf den kleinen Renault-Kombi, der der großen Limousine wie ein armer Irrer folgte. Hinter dem Renault war die Straße leer, worauf Lavon gehofft hatte. Er hob eine Hand an den Mund, als müsse er plötzlich husten, und teilte so Gabriel mit, die Zielperson sei nur von der Heimmannschaft begleitet zum Château unterwegs.

Der Maybach war inzwischen auf die Route des Hèdes abgebogen und rauschte mit hoher Geschwindigkeit an dem alten Weinberg vorbei. Er fuhr durch das imposante Schlosstor und folgte der langen mit Kies bestreuten Auffahrt, an deren Ende Jossi in der lässig entspannten Haltung wartete, die nur mit viel Geld zu kaufen ist. Er geduldete sich, bis die Limousine angehalten hatte, bevor er auf sie zutrat ... um dann zu erstarren, als al-Kamal aggressiv aus dem Wagen sprang. Der Chef von Nadia al-Bakaris Sicherheitsdienst blieb einige Sekunden lang neben dem Maybach stehen und suchte die Schlossfassade mit den Augen ab, bevor er die hintere Tür öffnete. Nadia kam Stück für Stück zum Vorschein: erst ein teurer Stiefel, der auf den Kies gesetzt wurde, dann eine beringte Hand am Türgriff, schließlich seidenweiches schwarzes Haar, das in der Nachmittagssonne glänzte.

Aus Gründen, die Gabriel für sich behielt, hatte er beschlossen, ihre Ankunft durch ein Foto dokumentieren zu lassen, das bis heute im Archiv am King Saul Boulevard liegt. Auf der von Chiara aus dem ersten Stock gemachten Aufnahme tritt Nadia al-Bakari mit Zoe an ihrer Seite auf Thomas Fowler zu – die rechte Hand zögernd ausgestreckt, mit der linken den Hals einer Flasche Château Latour umklammernd. Ihre Stirn ist ganz leicht gerunzelt, und in ihrem Blick liegt eine Andeutung des Wiedererkennens. Tatsächlich hatte sie diesen Mann schon einmal auf der Insel St. Barts gesehen: in einer malerischen kleinen Strandbar mit Blick auf die Marschen der Saline. Nadia hatte an jenem Nachmittag Daiquiris getrunken, der braun gebrannte Mann hatte an einem der Nachbartische bei einem Bier gesessen. Seine Begleiterin war eine spärlich bekleidete rotblonde Frau mit Rubensfigur gewesen – dieselbe Frau, die jetzt so elegant und teuer wie Nadia gekleidet aus dem Schlossportal trat. Eine Frau, die dann Nadias Hand hielt, als wolle sie sie nie mehr loslassen. »Ich bin Jenny Fowler«, sagte Rimona Stern. »Freut mich sehr, dass Sie uns die Ehre geben. Bitte kommen Sie herein, bevor Sie sich den Tod holen.«

Damit war die erste Etappe von Nadias Reise erfolgreich abgeschlossen. Alle setzten sich gleichzeitig in Bewegung und gingen aufs Schlossportal zu. Der Bodyguard wollte sich ihnen anschließen, aber als erste verschwörerische Tat bedeutete Nadia ihm, er solle zurückbleiben, und beschwichtigte ihn mit ein paar gemurmelten arabischen Worten. Falls sie glaubte, ihre Gastgeber würden sie nicht verstehen, täuschte sie sich, denn die Fowlers sprachen beide fließend Arabisch. Das tat auch die zierliche schwarzhaarige Frau, die sie in der prunkvollen Eingangshalle unter dem Kronleuchter stehend erwartete. Auch an sie glaubte Nadia sich schemenhaft erinnern zu können. »Ich bin Emma«, sagte Dina Sarid. »Ich bin eine alte Freundin der Fowlers. Freut mich sehr, Ihre Bekanntschaft zu machen.«

Nadia ergriff die ausgestreckte Hand, was den geglückten Abschluss einer weiteren Etappe markierte, und ließ sich von Dina in den großen Salon führen. An einer der Terrassentüren, die in den gepflegten Park hinausführten, stand eine hellblonde Frau mit Alabasterteint. Als sie Schritte hinter sich hörte, drehte sie sich langsam um und starrte Nadia mit blauen Augen sekundenlang ausdruckslos an. Sie verzichtete darauf, sich unter falschem Namen vorzustellen. Das wäre unpassend gewesen.

»Hallo, Nadia«, sagte Sarah Bancroft ruhig. »Wie schön, Sie wiederzusehen.«

Nadia schrak leicht zurück, wirkte erstmals etwas ängstlich. »Mein Gott«, sagte sie nach kurzem Zögern. »Sind Sie's wirklich? Ich habe gefürchtet, Sie seien ...«

»Tot?«

Nadia gab keine Antwort. Ihr Blick wanderte langsam von einem Gesicht zum anderen, bevor er bei Zoe hängen blieb.

»Wissen Sie, wer diese Leute sind?«

»Natürlich.«

»Arbeiten Sie für sie?«

»Ich arbeite für CNBC in New York.«

»Weshalb sind Sie dann hier?«

»Sie müssen mit Ihnen reden. Es gab keine andere Möglichkeit, ein Gespräch anzubahnen.«

Diese Erklärung schien Nadia zumindest vorläufig zu

akzeptieren. Sie sah sich erneut im Raum um. Diesmal nahm sie Sarah ins Visier.

»Worum geht es hier?«

»Um Sie, Nadia.«

»In welcher Beziehung um mich?«

»Sie versuchen, die islamische Welt umzumodeln. Wir möchten Ihnen dabei helfen.«

»Wer sind Sie?«

»Ich bin Sarah Bancroft, die junge Amerikanerin, die Ihrem Vater ein Gemälde von van Gogh verkauft hat. Danach hat er mir einen Job als seine persönliche Kunstberaterin angeboten. Ich war als Gast an Bord seiner Jacht auf Ihrer jährlichen Winterkreuzfahrt durch die Karibik. Dann bin ich verschwunden.«

»Sind Sie eine Geheimagentin?«, fragte Nadia, aber Sarahs Antwort bestand nur daraus, ihr die Hand hinzustrecken. Nadias Reise war fast zu Ende. Vor ihr lag nur noch eine letzte Etappe. Sie musste nur noch eine letzte Person kennenlernen.

29

SERAINCOURT, FRANKREICH

Von dem prunkvollen Salon durch eine hohe zweiflüglige Tür getrennt lag ein kleineres, weniger formelles Gesellschaftszimmer mit wandhohen Bücherschränken und einer Polstergarnitur vor dem großen offenen Kamin. Dies war ein behaglicher, intimer Raum, in dem Küsse geraubt, Sünden gebeichtet und geheime Allianzen geschmiedet worden waren. Nachdem Sarah sie hineinbegleitet hatte, hatte Nadia geistesabwesend einen Rundgang gemacht, bevor sie sich an ein Ende eines langen Sofas gesetzt hatte. Wie um das Gleichgewicht zu bewahren, nahm Zoe am anderen Ende Platz, und Sarah saß ihnen mit sittsam im Schoß gefalteten Händen und gesenktem Blick gegenüber. Die restlichen Angehörigen des Teams waren in ungezwungener Haltung im Raum verteilt, als nähmen sie eine durch Nadias Ankunft unterbrochene Party wieder auf. Die einzige Ausnahme war Gabriel, der mit einer Hand am Kinn und leicht schief gehaltenem Kopf vor dem nicht angezündeten Kamin stand. In diesem Augenblick versuchte er zu entscheiden, wie er die einfache Frage, die Nadia ihm wenige Sekunden nach Betreten des Raums gestellt hatte, am besten beantworten könnte. Durch sein Schweigen frustriert wiederholte sie ihre Frage, diesmal mit mehr Nachdruck.

»Wer seid ihr alle?«

Gabriel nahm die Hand vom Kinn und deutete damit auf die Personen, deren Namen er nannte. »Dies sind die Fowlers, Thomas und Jenny. Thomas verdient Geld. Jenny gibt es aus. Die etwas melancholische junge Dame dort drüben ist Emma. Thomas und sie sind alte Freunde. Tatsächlich waren die beiden mal ein Liebespaar, und wenn Jenny einen weniger guten Moment hat, hält sie die beiden noch immer für eines.« Er machte eine Pause, um Sarah eine Hand auf die Schulter zu legen. »Und an diese Frau erinnern Sie sich natürlich. Dies ist Sarah, unser Star. Sarah besitzt mehr Diplome als wir alle miteinander. Trotz einer teuren Ausbildung, die ihr schuldbewusster Vater bezahlt hat, hat sie vor einigen Jahren in einer leicht heruntergekommenen Londoner Galerie gearbeitet, die wiederum Ihr Vater auf der Suche nach einem van Gogh für seine Sammlung betrat. Sarah hat ihn so beeindruckt, dass er seinen langjährigen Kunstberater gefeuert und ihr den Job angeboten hat – zu einem Mehrfachen ihres letzten Gehalts. Eines der Boni war eine Einladung zu einer Karibikkreuzfahrt an Bord der Alexandra gewesen. Soweit ich mich erinnere, benahmen Sie sich anfangs ziemlich abweisend. Aber bis die zauberhafte Insel St. Barthélemy erreicht war, waren Sarah und Sie gute Freundinnen. Vertraute, würde ich sagen.«

Sarah benahm sich, als habe sie nichts davon gehört. Nadia musterte sie einen Augenblick, bevor sie sich wieder Gabriel zuwandte.

»Dass diese vier Personen zur selben Zeit auf St. Barts waren, war kein Zufall. Wir sind alle professionelle Geheimdienstagenten, müssen Sie wissen, Nadia. Thomas, Jenny und Emma arbeiten ebenso für den Auslandsnachrichtendienst des Staates Israel wie ich. Sarah arbeitet für die CIA. Sie ist tatsächlich eine große Kunstkennerin und deshalb für das Unternehmen gegen die AAB Holding ausgewählt worden. Genau wie Sie selbst es sind, war auch Ihr Vater ein heimlicher Philanthrop, Nadia. Nur hat seine Wohltätigkeit leider dem genau anderen Ende des islamischen Spektrums gegolten. Er hat für Hassprediger, Anwerber und direkt an Terroristen gespendet. Als Ihr Vater entdeckt hat, wer Sarah wirklich war, wollte er sie foltern und anschließend liquidieren lassen. Aber das wussten Sie bereits, nicht wahr, Nadia? Deshalb waren Sie gerade so überrascht, Ihre Freundin Sarah gesund und munter vor sich stehen zu sehen.«

»Sie haben mir Ihren Namen noch nicht genannt.«

»Mein Name tut vorläufig nichts zur Sache. Ich ziehe es vor, mich als Sammler von Funken zu sehen.« Er machte eine Pause, dann fügte er hinzu: »Ähnlich wie Sie, Nadia.«

»Wie meinen Sie das?«

»Einige unserer alten Rabbis glaubten, bei der Erschaffung des Universums habe Gott sein Licht auf mehrere spezielle himmlische Behälter verteilt. Aber dann verlief die Schöpfung nicht ganz nach Gottes Plan, und es kam zu einem Unfall. Die Behälter zerbrachen, und das Universum füllte sich mit Funken des göttlichen Lichts und Splittern der zerbrochenen Behälter. Die Rabbis glaubten, die Schöpfung sei erst vervollständigt, wenn alle Funken wieder eingesammelt seien. Das nennen wir *Tikkun Olan*, die Reparatur der Welt. Die Leute in diesem Raum versuchen, die Welt zu reparieren, Nadia, und wir glauben, dass Sie das ebenfalls tun. Sie versuchen, die Hassscherben einzusammeln, die wahhabitische Prediger ausgestreut haben. Sie versuchen, den Schaden zu reparieren, den Ihr Vater durch seine Unterstützung der Terroristen angerichtet hat. Wir begrüßen Ihre Anstrengungen. Und wir möchten Ihnen helfen.«

»Woher wissen Sie das alles über mich?«

»Weil wir Sie sehr lange beobachtet haben.«

»Weshalb?«

»Vorsichtshalber«, sagte Gabriel. »Nachdem Ihr Vater in Cannes ermordet worden war, mussten wir befürchten, Sie würden Ihren Schwur, seinen Tod zu rächen, wahr machen. Und was die Welt bestimmt nicht brauchte, war eine Milliardenerbin, die mit ihrem Geld Terroristen fördert. Unsere Befürchtungen haben sich erheblich verstärkt, als Sie heimlich den ehemaligen GID-Offizier Faisal Qahtani engagiert haben, um ihn die näheren Umstände des Todes Ihres Vaters aufklären zu lassen. Herr Qahtani hat Ihnen berichtet, Ihr Vater sei mit Zustimmung der CIA und des amerikanischen Präsidenten vom israelischen Geheimdienst ermordet worden. Und er hat Ihnen mit allen Einzelheiten aufgezählt, auf welche Weise Ihr Vater die globale dschihadistische Bewegung jahrelang unterstützt hatte.« Gabriel machte eine Pause. »Ich habe mich immer gefragt, welcher Aspekt des Lebens Ihres Vaters Sie wohl am meisten beunruhigt hat, Nadia – dass er ein Massenmörder war oder dass er Sie belogen hat. Von einem Elternteil getäuscht worden zu sein, kann eine sehr traumatische Erfahrung darstellen.«

Nadia äußerte sich nicht dazu. Gabriel sprach unbeirrt weiter.

»Was Herr Qahtani Ihnen berichtet hat, wissen wir, weil er seinen Bericht auch uns überlassen hat – für das durchaus angemessene Honorar von hunderttausend Dollar, zahlbar auf ein Schweizer Nummernkonto.« Gabriel gestattete sich ein flüchtiges Lächeln. »Herr Qahtani ist ein Mann mit tadellosen Quellen, aber von zweifelhafter Loyalität. Außerdem hat er eine große Schwäche für hübsche Callgirls.«

»Waren seine Informationen zutreffend?«

»Welcher Teil?«

»Der Teil, dass der israelische Geheimdienst meinen Vater mit Zustimmung der CIA und des amerikanischen Präsidenten ermordet hat.«

Gabriel sah zu Zoe hinüber, die es bewundernswert verstand, ihre Neugier zu verbergen. Nachdem ihre Aufgabe nun beendet war, hätte jemand sie unauffällig hinausbegleiten sollen. Aber Gabriel hatte beschlossen, ihr vorerst noch zu gestatten, auf dem Sofa sitzen zu bleiben. Seine Motive waren völlig selbstsüchtig. Er hatte sofort erfasst, welche Bindung zwischen seiner Zielperson und seiner Helferin, die den Kontakt hergestellt hatte, entstanden war. Ihm war auch bewusst, dass Zoe so entscheidend dazu beitragen konnte, dass die angestrebte Vereinbarung geschlossen wurde. Durch ihre Anwesenheit verlieh sie Gabriels Sache Legitimität und seinen Äußerungen Glaubwürdigkeit.

»Mord ist kaum der richtige Ausdruck, um zu beschreiben, was Ihrem Vater zugestoßen ist«, sagte er. »Aber wenn's Ihnen recht ist, möchte ich noch einen Augenblick bei unserem gemeinsamen Bekannten, dem doppelzüngigen Herrn Qahtani, bleiben. Er hat mehr getan, als nur eine Art Vita Ihres Vaters zusammenzustellen. Er hat dieser auch eine Mitteilung von keinem Geringeren als dem saudi-arabischen König angefügt. Daraus geht klar hervor, dass Einzelne des Hauses Saud von den Aktivitäten Ihres Vaters gewusst und sie stillschweigend gebilligt haben. Außerdem sind Sie darin angewiesen worden, unter keinen Umständen Vergeltung an israelischen oder amerikanischen Zielen zu üben. Damals hat das Haus Saud unter gewaltigem Druck aus Washington gestanden, seine Unterstützung des extremistischen Islams und seiner terroristischen Aktivitäten zu beenden. Der Herrscher wollte verhindern, dass durch Ihr Handeln weitere Konflikte zwischen Riad und Washington entstanden.«

»Haben Sie auch das von Herr Qahtani erfahren?«

»Richtig, das hat sogar zur ursprünglichen Lieferung gehört – ohne Aufpreis.«

»Hat Herr Qahtani auch meine Reaktion geschildert?«

»Das hat er getan«, bestätigte Gabriel. »Er hat gesagt, vermutlich sei die Warnung aus dem Haus Saud unnötig gewesen, denn seiner Meinung nach hätten Sie nicht die Absicht, ihren Racheschwur in die Tat umzusetzen. Herr Qahtani wusste allerdings nicht, dass Sie von dem Verhalten Ihres

Vaters so angewidert waren, dass sie als Reaktion darauf selbst zu einer Art Extremistin geworden sind. Sowie Sie die Kontrolle über die AAB Holding übernommen hatten, haben Sie beschlossen, das Vermögen Ihres Vaters dazu zu verwenden, den von ihm angerichteten Schaden wiedergutzumachen. Sie haben sich vorgenommen, die Welt zu reparieren, die Funken zu sammeln.«

Nadia winkte ab. »Wie ich Ihrer Freundin Zoe neulich beim Lunch erklärt habe, ist das eine interessante Story, die nur leider nicht wahr ist.«

Gabriel spürte, wie wenig überzeugend ihr Leugnen klang, und wusste, dass er nichts Besseres tun konnte, als es zu ignorieren.

»Sie sind hier unter Freunden, Nadia«, sagte er ruhig. »Sogar unter Bewunderern. Wir bewundern nicht nur Ihre mutige Arbeit, sondern auch die Geschicklichkeit, mit der Sie es verstanden haben, diese zu tarnen. Tatsächlich haben wir ziemlich lange gebraucht, um herauszubekommen, dass Sie clever konstruierte Kunsttransaktionen dazu benutzt haben, Geld zu waschen, um es dann den Leuten, denen Sie helfen wollen, zuzuspielen. Als Profis ziehen wir den Hut vor Ihrem Rüstzeug. Selbst wir hätten das nicht besser hinbekommen, das gebe ich ehrlich zu.«

Nadia sah unvermittelt auf, ohne jedoch erneut zu widersprechen. Gabriel sprach rasch weiter.

»Durch Ihre cleveren Transaktionen haben Sie's geschafft, Ihre Arbeit vor dem saudischen Geheimdienst und dem Haus Saud geheim zu halten. Eine bemerkenswerte Leistung, wenn man bedenkt, dass Sie Tag und Nacht von alten Mitarbeitern und Sicherheitsleuten Ihres Vaters umgeben sind. Anfangs haben wir uns darüber gewundert, dass Sie diese Leute weiterbeschäftigt haben. Nachträglich gesehen liegen die Gründe dafür jedoch auf der Hand.«

»Ach, tatsächlich?«

»Sie hatten keine andere Wahl. Ihr Vater war ein gerissener Geschäftsmann, aber er hat sein Vermögen nicht nur legal erworben. Das Haus Zizi hat praktisch dem Haus Saud gehört, was bedeutet, dass die Königsfamilie Sie mit einem Schnalzen ihrer königlichen Finger ruinieren könnte.«

Gabriel wartete auf eine Reaktion, aber Nadia ließ sich nichts anmerken.

»Das bedeutet, dass Sie ein gefährliches Spiel spielen«, fuhr Gabriel fort. »Sie benutzen Geld des Herrschers, um Gedankengut zu verbreiten, das eines Tages seinen Thron gefährden könnte. Das macht Sie zu einer Ketzerin. Zu einer Umstürzlerin. Und wir wissen beide, was Ketzer und Umstürzler, die das Haus Saud gefährden, zu erwarten haben. Sie werden auf irgendeine Art und Weise liquidiert.«

»Das klingt nicht so, als wollten Sie mir helfen. Das klingt vielmehr so, als wollten Sie mich erpressen, damit ich tue, was Sie sagen.«

»Wir sind nur daran interessiert, dass Ihre Arbeit weitergeht. Wir möchten Ihnen jedoch einen guten Rat geben.«

»In welcher Beziehung?«

»In Bezug auf Investitionen«, sagte Gabriel. »Wir glauben, dass jetzt ein guter Zeitpunkt wäre, Ihr Portfolio in einigen Punkten umzuschichten. Sie sollten einige Veränderungen vornehmen, die besser zu Ihrem Geburtsrecht als einziges Kind des verstorbenen Zizi al-Bakari passen würden.«

»Mein Vater war ein Finanzier des Terrorismus.«

»Nein, Nadia, er war nicht nur *irgendein* Finanzier des Terrorismus. In dieser Beziehung war Ihr Vater konkurrenzlos. Ihr Vater war *der* Finanzier des Terrorismus.«

»Tut mir leid«, sagte Nadia, »aber ich verstehe nicht, was Sie von mir wollen.«

»Das ist ganz einfach. Wir möchten, dass Sie in die Fußstapfen Ihres Vaters treten. Wir möchten, dass Sie das

Banner des Dschihad, das ihm in jener Nacht in Cannes ent-
glitten ist, aufheben. Wir möchten, dass Sie seinen Tod
rächen.«

»Sie wollen, dass *ich* eine Terroristin werde?«

»Genau.«

»Wie würde ich das anstellen?«

»Indem Sie sich eine eigene Terroristengruppe kaufen.
Aber keine Sorge, Nadia, das brauchen Sie nicht allein zu
bewerkstelligen. Thomas und ich helfen Ihnen dabei.«

30

Seraincourt, Frankreich

Damit hatten sie eine gute Stelle für eine Rast erreicht – eine Oase, dachte Gabriel, der plötzlich von der Ikonografie der Wüste bezaubert war. Der Grund dafür, dass sie Nadia hierher gelockt hatten, war erfolgreich enthüllt worden. Nun war es an der Zeit, kurz zu rasten und den bisher zurückgelegten Weg Revue passieren zu lassen. Und es wurde Zeit, ein paar unangenehme Dinge anzusprechen. Gabriel hatte einige offene Fragen, die geklärt werden mussten, bevor er weitermachen konnte – Fragen, die mit den politischen Wirren und alten Fehden im Nahen Osten zusammenhingen. Die erste stellte er mit einem Streichholz in der Hand vor dem offenen Kamin kauernd.

»Was für ein Gefühl haben Sie in Bezug auf uns?«, fragte er, indem er das Streichholz anriss.

»In Bezug auf Israelis?«

»In Bezug auf Juden«, antwortete Gabriel und zündete das Anmachholz an. »Halten Sie uns für Kinder des Teufels? Glauben Sie, dass wir die Finanzen und Medien der Welt kontrollieren? Glauben Sie, dass wir den Holocaust selbst verschuldet haben? Glauben Sie, dass es den Holocaust gar nicht gegeben hat? Glauben Sie, dass wir das Blut nichtjüdischer Kinder dazu verwenden, unser ungesäuertes Brot zu backen? Halten Sie uns für Affen und Schweine, als die uns wahhabitische Imame und saudi-arabische Schulbücher gern beschreiben?«

»Ich bin nicht in Saudi-Arabien zur Schule gegangen«,

sagte Nadia, ohne im Geringsten den Eindruck zu erwecken, sie wolle sich verteidigen.

»Nein«, sagte Gabriel, »Sie haben die teuersten Privatschulen Europas besucht – genau wie Ihre Freundin Sarah. Und Sarah kann sich gut an einen Vorfall auf St. Barts am Strand erinnern, bei dem Sie sich abfällig über einen Mann geäußert haben, den Sie für einen Juden gehalten haben. Sie erinnert sich auch an recht abschätzige Äußerungen über Juden, wenn Ihr Vater und sein Gefolge angefangen haben, über Politik zu diskutieren.«

Nadia starrte Sarah betrübt an, als werfe sie ihr einen Vertrauensbruch vor. »Die Ansichten meines Vaters über Juden waren allgemein bekannt«, sagte sie dann. »Leider war ich ihnen täglich ausgesetzt, sodass die Überzeugungen meines Vaters für kurze Zeit auch zu meinen wurden.« Sie machte eine Pause und sah Gabriel an. »Haben Sie jemals etwas gesagt, das Sie später am liebsten zurückgenommen hätten? Haben Sie jemals etwas getan, das Ihnen später schrecklich peinlich war?«

Gabriel blies sanft in die Flammen, gab aber keine Antwort.

»Ich besitze ein Milliardenvermögen, das ich geerbt und vermehrt habe«, sagte Nadia. »Daher wird es Sie vielleicht nicht überraschen, dass ich nicht glaube, dass die Juden das Weltfinanzsystem kontrollieren. Ebenso wenig glaube ich, dass sie die Medien kontrollieren. Ich glaube, dass der Holocaust stattgefunden hat, dass dabei sechs Millionen Menschen umgekommen sind und dass es ein Akt von Hass-Predigern ist, diese Tatsache zu leugnen. Ich glaube auch, dass die angeblichen Ritualmorde nichts als Verleumdung sind, und zucke innerlich zusammen, wenn ich höre, wie einer der sogenannten Geistlichen meines Heimatlandes Juden und Christen als Affen und Schweine beschimpft.« Sie machte eine Pause. »Habe ich irgendwas ausgelassen?«

»Den Teufel«, sagte Gabriel.

»Ich glaube nicht an den Teufel.«

»Und was ist mit Israel, Nadia? Glauben Sie, dass wir ein Recht darauf haben, in Frieden zu leben? Dass wir ein Recht darauf haben, unsere Kinder in die Schule zu bringen oder einzukaufen, ohne fürchten zu müssen, von einem Gotteskrieger in die Luft gesprengt zu werden?«

»Ich glaube, dass der Staat Israel ein Existenzrecht besitzt. Ich glaube auch, dass er das Recht hat, sich gegen alle zu verteidigen, die ihn vernichten oder seine Bürger ermorden wollen.«

»Und was würde Ihrer Meinung nach geschehen, wenn wir morgen das Westjordanland und den Gazastreifen aufgeben und den Palästinensern ihren Staat gewähren würden? Glauben Sie, dass die islamische Welt uns jemals akzeptieren wird – oder sind wir dazu verdammt, ewig ein Fremdkörper zu bleiben, ein Krebsgeschwür, das herausgeschnitten werden muss?«

»Letzteres, fürchte ich«, sagte Nadia. »Aber ich versuche, euch zu helfen. Es wäre nett, wenn ihr mir von Zeit zu Zeit nicht alles so erschweren würdet. Ihr scheint es darauf anzulegen, die Palästinenser und ihre Unterstützer in der islamischen Welt tagtäglich in großen und kleinen Dingen zu demütigen. Und mischt man ständige Demütigungen mit der wahhabitischen Ideologie …«

»Dann detonieren Sprengsätze auf Europas Straßen«, sagte Gabriel. »Aber um Terrorismus in globalem Maßstab entstehen zu lassen, ist mehr nötig als Demütigungen und Ideologie. Dazu braucht man auch Geld. Die führenden Köpfe brauchen Geld, um zu inspirieren, Geld, um anwerben und ausbilden zu können, und Geld, um operieren zu können. Mit Geld können sie zuschlagen, wo sie wollen. Ohne Geld sind sie nichts. Ihr Vater hat die Macht des Geldes verstanden. Das tun auch Sie. Deshalb haben wir uns so sehr um dieses Gespräch mit Ihnen bemüht, Nadia. Deswegen sind Sie hier.«

Eli Lavon, der unauffällig hereingeschlüpft war, beobachtete den Gang der Dinge leidenschaftslos auf einer Fensterbank sitzend. Nadia musterte ihn einen Augenblick lang forschend, als versuche sie, ihn in den überquellenden Schubladen ihrer Erinnerung richtig einzuordnen.

»Ist er der Boss?«

»Max?« Gabriel schüttelte langsam den Kopf. »Nein, Max ist nicht unser Boss. Die Verantwortung für dieses Unternehmen ist leider mir zugefallen. Max ist nur mein schlechtes Gewissen. Max ist meine kummervolle Seele.«

»Er wirkt nicht sehr kummervoll, finde ich.«

»Das liegt daran, dass Max ein Profi ist. Und wie alle Profis versteht er sich sehr gut darauf, seine Gefühle zu verbergen.«

»Genau wie Sie.«

»Ja, genau wie ich.«

Nadia al-Bakari sah nochmals zu Lavon hinüber und fragte: »Was hat er?«

»Max glaubt, dass ich nicht mehr alle Tassen im Schrank habe. Max versucht, mich daran zu hindern, den seiner Ansicht nach größten Fehler einer ansonsten makellosen Karriere zu machen.«

»Welcher Fehler wäre das?«

»Sie«, sagte Gabriel. »Ich bin davon überzeugt, dass Sie ein Geschenk des Himmels sind und wir zusammenarbeiten können, um eine große Gefahr für den Westen und den Nahen Osten zu eliminieren. Aber wie Sie sehen, ist Max viel älter als ich und bewegt sich geistig auf schrecklich eingefahrenen Bahnen. Er findet die Idee unserer Partnerschaft lachhaft naiv. Er glaubt, dass Sie, eine Muslima aus Saudi-Arabien, Ihren Judenhass mit der Muttermilch eingesogen haben. Max ist auch davon überzeugt, dass Sie zuerst und vor allem die Tochter Ihres Vaters sind. Und Max glaubt, dass Sie wie er zwei Gesichter haben: eines, das Sie dem Westen zukehren, und eines, das Sie zu Hause aufsetzen.«

Nadia lächelte erstmals. »Vielleicht sollten Sie Max daran erinnern, dass ich mein Gesicht zu Hause nicht zeigen darf, zumindest nicht in der Öffentlichkeit. Und vielleicht sollten Sie Max daran erinnern, dass ich jeden Tag mein Leben riskiere, um das zu ändern.«

»Max sieht Ihre philanthropischen Aktivitäten und die Motivation dahinter höchst kritisch. Max glaubt, dass diese nur eine Tarnung für Ihre wahren Absichten sind, die denen Ihres verstorbenen Vaters stark ähneln. Max hält Sie für eine Dschihadistin. Einfach gesagt: Max hält Sie für eine Lügnerin.«

»Vielleicht sind *Sie* ein Lügner.«

»Ich bin Geheimdienstler, Nadia, was bedeutet, dass ich mir meinen Lebensunterhalt durch Lügen verdiene.«

»Belügen Sie mich jetzt?«

»Nur ein bisschen«, bekannte Gabriel zerknirscht. »Der verknitterte kleine Mann dort drüben heißt nicht wirklich Max, fürchte ich.«

»Aber er hält mich weiter für eine Lügnerin?«

»Er hofft, dass das nicht stimmt. Aber bevor dieses Gespräch fortgeführt werden kann, muss er wissen, dass wir alle auf der gleichen Seite stehen.«

»Welche Seite ist das?«

»Natürlich die der Engel.«

»Derselben Engel, die meinen Vater eiskalt ermordet haben.«

»Nicht wieder dieses Wort, Nadia. Ihr Vater ist nicht ermordet worden. Er ist auf einem selbst gewählten Schlachtfeld dem Feind zum Opfer gefallen. Er ist keinen Märtyrertod im Heiligen Krieg gestorben. Nur leider ist die gewalttätige Ideologie, die er zu verbreiten geholfen hat, nicht mit ihm untergegangen. Sie lebt in einem Halbmond aus heiligem Zorn weiter, der aus den pakistanischen Stammesgebieten bis nach London reicht. Und sie lebt in einem tödlichen neuen Terrornetzwerk weiter, das aus dem jemenitischen Bergland heraus operiert. Dieses Netzwerk hat einen charismatischen Führer, einen erfahrenen Terrorplaner und einen Kader aus opferbereiten *Schahids*. Was ihm jedoch fehlt, ist etwas, das Sie zur Verfügung stellen könnten.«

»Geld«, sagte Nadia.

»Geld«, wiederholte Gabriel. »Die Frage ist nun die: Sind Sie wirklich eine Frau, die den heutigen Nahen Osten im Alleingang umzumodeln versucht – oder sind Sie im Grunde Ihres Herzens die Tochter Ihres Vaters?«

Nadia schwieg einen Augenblick. »Ich fürchte, das werden Sie ohne meine Hilfe entscheiden müssen«, sagte sie schließlich, »denn Ihre kleine Vernehmung ist mit diesem Augenblick offiziell beendet. Sollten Sie etwas von mir wollen, schlage ich vor, dass Sie's jetzt sagen. Und lassen Sie sich nicht zu viel Zeit damit. Sie wissen vielleicht nicht recht, wo ich stehe, aber die Position des Chefs meines Sicherheitsdiensts dürfte außer Zweifel stehen. Rafiq al-Kamal ist ein echter wahhabitischer Gläubiger und dem Andenken meines Vaters treu ergeben. Und ich vermute, dass er allmählich ein bisschen misstrauisch wird und sich fragt, was hier drinnen vorgeht.«

31

Das Team verließ langsam den Raum – alle außer Eli Lavon, der auf der Fensterbank sitzen blieb, und Gabriel, der in dem Sessel Platz nahm, in dem Sarah gesessen hatte. Er betrachtete Nadia sekundenlang in respektvollem Schweigen. Dann begann er mit ernster Stimme, die er sich von Schamron entlieh, ihr eine Geschichte zu erzählen. Es war die Geschichte eines charismatischen islamischen Geistlichen namens Raschid al-Husseini, eines gut gemeinten CIA-Unternehmens, das schrecklich schiefgegangen war, und einer ehrgeizigen Terrororganisation, der das Betriebskapital fehlte, um ihre hohen Ziele zu erreichen. Seine Story war bemerkenswert detailliert, sodass die schwache Herbstsonne fast untergegangen war und das Gesellschaftszimmer im Halbdunkel lag, als Gabriel endete. Lavon, dessen schütteres Haar seinen Kopf fast wie ein Heiligenschein umgab, war nur noch als Silhouette sichtbar. Nadia saß unbeweglich in ihrer Ecke des langen Sofas, hatte die Füße hochgezogen und hielt die Arme unter der Brust verschränkt. Ihre dunklen Augen ließen Gabriels nicht los, während er sprach, als ob sie ihm für ein Porträt säße. Das Porträt einer Unverschleierten, dachte Gabriel, Öl auf Leinwand, Künstler unbekannt. Von nebenan drang Lachen herüber. Als es wieder verstummte, war Musik zu hören. Nadia schloss die Augen und lauschte.

»Ist das Miles Davis?«, fragte sie.

»*Dear Old Stockholm*«, sagte Gabriel nickend.

»Miles Davis habe ich immer geliebt, obwohl mein Vater,

ein frommer wahhabitischer Muslim, für kurze Zeit versucht hat, mir jegliche Musik zu verbieten.« Sie machte eine kurze Pause, in der sie weiterlauschte. »Und Stockholm liebe ich ebenfalls. Wir wollen hoffen, dass Raschid es nicht auf seine Zielliste gesetzt hat.«

»Ein sehr kluger Mann hat mir einmal gesagt, dass Hoffnung keine Strategie ist, wenn Menschenleben auf dem Spiel stehen.«

»Schon möglich«, sagte Nadia, »aber Hoffnung ist im Augenblick in Washington sehr *en vogue*.«

Gabriel lächelte, dann sagte er: »Sie haben meine Frage noch immer nicht beantwortet, Nadia.«

»Welche Frage meinen Sie?«

»Was war schmerzhafter? Zu erfahren, dass Ihr Vater ein Terrorist gewesen war, oder dass er Sie irregeführt hatte?«

Nadia starrte ihn mit beunruhigender Intensität an. Dann holte sie ein Päckchen Virginia Slims aus ihrer Handtasche, zündete sich eine an und hielt ihm die Packung hin. Gabriel lehnte mit einer knappen Handbewegung ab.

»Ich fürchte, Ihre Frage beweist völlige Unkenntnis unserer Kultur«, sagte sie schließlich. »Mein Vater war stark verwestlicht, aber in erster Linie und vor allem ein saudischer Mann. Und weil er das war, hat mein Leben buchstäblich in seinen Händen gelegen. Selbst als er tot war, hatte ich noch Angst vor meinem Vater. Und selbst als er tot war, habe ich mir nie erlaubt, so etwas wie Enttäuschung über ihn zu empfinden.«

»Aber Sie waren doch kaum ein für Ihre Heimat typisches Kind.«

»Das stimmt«, gab sie zu. »Mein Vater hat mir viel Freiheit gelassen, wenn wir im Westen waren. Aber diese Freiheit hat sich nicht auf Saudi-Arabien oder unser persönliches Verhältnis zueinander erstreckt. Mein Vater war der absolutistische Herrscher über unsere Familie. Und ich wusste genau, was passieren würde, wenn ich jemals über die Stränge schlüge.«

»Er hat Ihnen gedroht?«

»Natürlich nicht. Von meinem Vater habe ich niemals ein böses Wort gehört. Das war nie nötig. In Saudi-Arabien kennen Frauen ihren Platz. Nach der ersten Menstruation werden sie hinter schwarzen Schleiern versteckt. Und der Himmel sei ihnen gnädig, wenn sie das Unglück haben, den Mann zu entehren, der über sie herrscht.«

Sie hatte die Füße vom Sofa genommen und saß jetzt etwas aufrechter, als achte sie bewusst auf ihre Haltung. Der flackernde Feuerschein wischte die ersten Altersspuren von ihrem Gesicht. In diesem Augenblick sah sie wie die selbstbewusste, atemberaubend schöne junge Frau aus, die sie erstmals vor einigen Jahren gesehen hatten, als sie auf dem Mason's Yard übers Pflaster geschwebt war. Bei dem Unternehmen gegen ihren Vater war Nadia, die erst spät auf der Bildfläche erschienen war, nur eine zusätzliche Erschwernis gewesen. Selbst Gabriel konnte kaum glauben, dass Zizi al-Bakaris verzogene Göre sich in die elegante, kluge Frau verwandelt hatte, die ihm jetzt gegenübersaß.

»Ehre ist ein höchst wichtiger Punkt für die Psyche des arabischen Mannes«, fuhr sie fort. »Ehre ist alles. Das ist eine Lektion, die ich mit knapp achtzehn Jahren auf sehr schmerzvolle Weise gelernt habe. Eine meiner besten Freundinnen hat Rena geheißen. Sie kam aus einer angesehenen Familie, nicht entfernt so reich wie wir, aber prominent. Rena hatte ein Geheimnis. Sie hatte sich in einen gut aussehenden jungen Ägypter verliebt, den sie in einem Einkaufszentrum in Riad kennengelernt hatte. Die beiden haben sich heimlich in der Wohnung des Mannes getroffen. Ich habe Rena gewarnt, sie spiele ein gefährliches Spiel, aber sie wollte diesen Mann nicht aufgeben. Dann ist das Unvermeidliche passiert: Die islamische Religionspolizei hat die beiden miteinander ertappt. Renas Vater war so beschämt, dass er zu dem einzigen Mittel griff, das sich ihm bot – zumindest seiner Überzeugung nach.«

»Ein Ehrenmord?«

Nadia nickte langsam. »Rena wurde mit schweren Ketten gefesselt. Dann wurde sie im Beisein der ganzen Familie in den Swimmingpool ihres Elternhauses geworfen. Ihre Mutter und ihre Schwestern mussten dabei zusehen. Sie sagten nichts. Sie taten nichts. Sie waren machtlos.«

Nadia verfiel in Schweigen. »Als ich erfahren habe, was geschehen war«, sagte sie schließlich, »war ich empört und entsetzt. Wie konnte ein Vater so barbarisch, so primitiv sein? Wie konnte er sein eigenes Kind ermorden? Aber als ich das meinen Vater gefragt habe, hat er geantwortet, das sei Allahs Wille. Rena habe für ihr schändliches Betragen bestraft werden müssen. Das habe einfach getan werden müssen.« Sie machte eine Pause. »Ich werde nie vergessen, wie mein Vater ausgesehen hat, als er das sagte. Diesen Gesichtsausdruck habe ich nur noch einmal bei ihm gesehen, als er einige Jahre später den Einsturz der Türme des World Trade Centers beobachtete. Eine schreckliche Tragödie, hat er gesagt, aber Allahs Wille. Das habe einfach getan werden müssen.«

»Haben Sie Ihren Vater jemals verdächtigt, Verbindungen zu Terrororganisationen zu haben?«

»Natürlich nicht! Meiner Überzeugung nach war Terrorismus das Werk verrückter Gotteskrieger wie Bin Laden und Zawahiri, nicht von Männern wie meinem Vater. Zizi al-Bakari war Geschäftsmann und Kunstsammler, kein Massenmörder. Zumindest habe ich das geglaubt.«

Ihre Zigarette war fast bis zum Filter heruntergebrannt. Sie drückte sie aus und zündete sich sofort eine neue an.

»Aber heute, nachdem genügend Zeit verstrichen ist, erkenne ich, dass es einen Zusammenhang zwischen Renas

Tod und dem Mord an dreitausend Unschuldigen am 11. September 2001 gibt. Sie haben einen gemeinsamen Vorfahren – Muhammad Abdul Wahhab. Solange seine Ideologie des Hasses nicht neutralisiert ist, wird es weitere Terroranschläge und weitere Opfer wie Rena geben. Alles, was ich tue, geschieht um ihretwillen. Rena ist meine Führerin, mein Leitstern.«

Nadia sah zu der Ecke des Raums hinüber, in der Lavon im Halbdunkel in einem Sessel saß.

»Ist Max noch immer besorgt?«

»Nein«, sagte Gabriel. »Max ist nicht im Geringsten besorgt.«

»Was denkt er?«

»Max findet, dass es eine Ehre wäre, mit Ihnen zusammenzuarbeiten. Und ich denke das auch.«

Nadia starrte einige Sekunden lang schweigend ins Kaminfeuer. »Ich habe mir Ihren Vorschlag angehört«, sagte sie schließlich, »und so viele Fragen beantwortet, wie ich für zumutbar halte. Jetzt müssen Sie mir Ihrerseits ein paar beantworten.«

»Sie können mich alles fragen, was Sie wollen.«

Nadia bedachte ihn mit einem nur angedeuteten schwachen Lächeln. »Vielleicht sollten wir ein Glas von dem Wein trinken, den ich mitgebracht habe. Meiner Erfahrung nach kann eine gute Flasche Latour selbst das unangenehmste Gespräch etwas abmildern.«

32

SERAINCOURT, FRANKREICH

Nadia al-Bakari beobachtete Gabriels Hände aufmerksam, als er die Weinflasche entkorkte. Er goss zwei Gläser ein, behielt eines und gab ihr das andere.

»Keines für Max?«

»Max trinkt nicht.«

»Max ist ein islamischer Fundamentalist?«

»Max ist Abstinenzler.«

Gabriel hob sein Glas zu einem angedeuteten Toast. Nadia erwiderte ihn jedoch nicht. Sie trank einen kleinen Schluck, dann stellte sie ihr Weinglas auf dem Couchtisch ab – übertrieben achtsam, wie Gabriel fand.

»Der Tod meines Vaters hat einige Fragen aufgeworfen, die bislang offen geblieben sind«, begann sie nach längerem Schweigen. »Die müssen Sie mir jetzt beantworten.«

»Ich will's versuchen, aber es gibt gewisse Einschränkungen.«

»Ich möchte Ihnen raten, diese Position zu überdenken. Sonst ...«

»Was möchten Sie also wissen, Nadia?«

»Ist er von Anfang an die Zielperson eines Attentats gewesen?«

»Ganz im Gegenteil.«

»Was soll das heißen?«

»Das heißt, dass die Amerikaner sehr deutlich klar gemacht haben, Ihr Vater sei zu wichtig, um wie ein gewöhnlicher Terrorist behandelt zu werden. Er war kein Angehöriger des Hauses Saud, aber doch das Nächstbeste – der Abkömmling einer alten Händlerfamilie aus dem Nedschd, der von keinem Geringeren als Muhammad Abdul Wahhab abzustammen behauptete.«

»Und das hat ihn in den Augen der Amerikaner unantastbar gemacht?«

»Sie haben ihn als ›radioaktiv‹ bezeichnet.«

»Und was ist dann passiert?«

»Sarah ist passiert.«

»Sie haben sie verletzt?«

»Sie haben sie fast umgebracht.«

Nadia schwieg einen Augenblick. »Wie haben Sie sie zurückbekommen?«

»Wir kämpfen auf einem geheimen Schlachtfeld, aber wir halten uns für Soldaten und lassen niemals einen der Unseren in Feindeshand zurück.«

»Wie edel von Ihnen.«

»Auch wenn unsere Ziele und Methoden Ihnen vielleicht nicht immer gefallen, Nadia, versuchen wir doch, bestimmte Normen zu respektieren. Das tun gelegentlich auch unsere Feinde. Nicht jedoch Ihr Vater. Ihr Vater hat nach eigenen Regeln gespielt. Nach Zizis Regeln.«

»Und dafür ist er in Cannes auf offener Straße erschossen worden.«

»Wäre Ihnen London lieber gewesen? Oder Genf? Oder Riad?«

»Mir wär's lieber gewesen, wenn ich nicht hätte miterleben müssen, wie mein Vater eiskalt niedergeschossen wird.«

»Auch uns wäre das lieber gewesen. Leider hatten wir keine andere Wahl.«

Dann herrschte zunächst Schweigen. Nadia starrte Gabriel direkt ins Gesicht. In ihrem Blick lag kein Zorn, nur eine Spur von Trauer.

»Sie haben mir noch immer nicht gesagt, wie Sie heißen«, sagte sie schließlich. »Keine gute Grundlage für eine haltbare, vertrauensvolle Partnerschaft.«

»Ich glaube, dass Sie meinen Namen längst wissen, Nadia.«

»Das tue ich«, sagte sie nach kurzem Zögern. »Und wenn die Terroristen und ihre Förderer im Haus Saud jemals erfahren, dass ich mit Gabriel Allon – ausgerechnet dem Mann, der meinen Vater ermordet hat – zusammenarbeite, werden Sie mich zur Abtrünnigen erklären. Danach werden sie mir bei erster Gelegenheit die Kehle durchschneiden.« Sie machte eine Pause, bevor sie hinzufügte: »Nicht Ihre Kehle, Mr. Allon. Meine.«

»Wir wissen recht gut, welchen Gefahren Sie sich aussetzen, wenn Sie tun, worum wir Sie bitten – und werden alles in unserer Macht Stehende tun, um Ihre Sicherheit zu garantieren. Jeder Schritt, den Sie tun, wird so sorgfältig geplant und ausgeführt wie dieses Treffen.«

»Aber danach habe ich nicht gefragt, Mr. Allon. Ich möchte wissen, ob *Sie* mich beschützen werden.«

»Darauf gebe ich Ihnen mein Wort«, antwortete er, ohne zu zögern.

»Das Wort des Mannes, der meinen Vater ermordet hat.«

»Die Vergangenheit lässt sich nicht mehr ändern, fürchte ich.«

»Nein«, sagte sie, »nur die Zukunft.«

Sie sah zu Eli Lavon hinüber, der es bewundernswürdig gut verstand, seine Unzufriedenheit mit der Richtung, die das Gespräch genommen hatte, zu verbergen, und blickte dann in den Schlosspark hinaus.

»Uns bleiben noch ein paar Minuten Tageslicht«, sagte sie zuletzt. »Machen wir einen kleinen Spaziergang, Mr. Allon? Es gibt noch etwas, das ich Ihnen erzählen muss.«

Sie folgten einem mit feinem Kies bestreuten Fußweg zwischen im Wind schwankenden Zypressen. Nadia ging rechts neben Gabriel. Anfangs schien sie bewusst auf Abstand zu achten, aber als sie tiefer in den Park hineingingen, sah Lavon ihre Hand diskret auf Gabriels Arm ruhen. Nadia blieb einmal stehen, als zwinge das Gewicht ihrer Worte sie dazu, und machte dann bei dem für den Winter stillgelegten Brunnen in der Parkmitte halt. Dort blieb sie einige Zeit auf dem Brunnenrand sitzen und plätscherte wie ein Kind mit einer Hand in dem noch im Becken stehenden Wasser, während das letzte Tageslicht schwand. Danach konnte Lavon fast nichts mehr erkennen. Er sah noch, wie Gabriel kurz Nadias Wange mit der Hand berührte, aber dann nichts mehr, bis die beiden wieder aus dem Park zurückkamen, wobei Nadia jetzt wie haltsuchend Gabriels Arm umklammerte.

Sobald sie in das Gesellschaftszimmer zurückgekehrt waren, rief Gabriel den Rest des Teams herein, und die Party ging weiter. Aber Gabriel bestand darauf, dass weder über ihre gemeinsame Vergangenheit noch ihre ungewisse Zukunft gesprochen wurde. Für den Augenblick gab es keinen globalen Krieg gegen den Terror, keine neue Terrororganisation, die zerschlagen werden musste, überhaupt kein Grund, sich Sorgen zu machen. Es gab nur guten Wein, gute Gespräche und eine Gruppe guter Freunde, die in Wirklichkeit gar keine Freunde waren. Wie Gabriel beschränkte Nadia sich größtenteils darauf, die gespielte Jovialität passiv zu beobachten. Weiter in aufrechter Haltung, als sitze sie für ein Porträt, ließ sie ihren Blick langsam von Gesicht zu Gesicht wandern, als seien sie Teile eines Puzzlespiels, das sie im Kopf zusammenzusetzen versuchte. Zwischendurch ruhte ihr Blick immer wieder auf Gabriels Händen. Er versuchte nicht, sie zu verbergen, denn zwischen ihnen gab es keine Geheimnisse mehr. Für Lavon und den

Rest des Teams stand fest, dass Gabriels Zweifel in Bezug auf Nadias Absichten ausgeräumt waren. Wie ein Liebespaar hatten sie ihren Bund durch den Austausch von Geheimnissen besiegelt.

Kurz nach neunzehn Uhr gab Gabriel das Zeichen, dass die Party zu Ende sei. Als Nadia aufstand, wirkte sie kurzzeitig ein wenig benommen. Sie wünschte allen eine gute Nacht und ging von Zoe begleitet über den spärlich beleuchteten Vorhof zu ihrem Wagen, neben dem Rafiq al-Kamal, Beschützer ihres Vaters, auf sie wartete. Auf der Rückfahrt sprach sie wieder fast ohne Pause – diesmal über ihre neuen Freunde Thomas und Jenny Fowler. Gabriel hörte über Zoes Blackberry mit. Am folgenden Morgen sah er zu, wie das blinkende Icon sich vom Place de la Concorde zum Flughafen Charles de Gaulle bewegte. Während Zoe auf ihren Flug wartete, rief sie ihren Produzenten in New York an, um ihm mitzuteilen, das Exklusivinterview mit Nadia al-Bakari sei zumindest vorläufig gestorben. Sinnlich flüsternd fügte sie für Gabriels Ohren bestimmt hinzu: »Muss mich leider verabschieden, mein Lieber. Ruf mich an, wenn du wieder mal was brauchst.« Gabriel wartete, bis Zoe sicher an Bord der Maschine war, bevor er die auf ihrem Handy gespeicherte Software löschte. Damit verschwand sie vom Bildschirm.

33

Seraincourt, Frankreich

Ernsthaft begann das Unternehmen am folgenden Morgen um 10.15 Uhr, als Nadia al-Bakari, Unternehmerin, Menschenrechtsaktivistin und Agentin des israelischen Geheimdiensts, ihre engsten Mitarbeiter darüber informierte, sie beabsichtige, ein Joint Venture mit Thomas Fowler Associates, einer kleinen, aber sehr erfolgreichen Londoner Investmentgesellschaft, zu gründen. Am selben Nachmittag fuhr sie nur von zwei Bodyguards begleitet zu Mr. Fowlers Wohnsitz nordöstlich von Paris, um die erste Runde konkreter Verhandlungen zu beginnen. Später würde sie diese Gespräche als intensiv und produktiv schildern, was durchaus zutraf.

Sie kam auch am folgenden Tag und am Tag danach wieder. Aus Gründen, die Gabriel den anderen nicht erläuterte, verzichtete er auf den größten Teil der üblichen Ausbildung und konzentrierte sich vor allem auf Nadias ›Legende‹. Sie auswendig zu lernen war nicht weiter schwierig, denn sie entsprach weitgehend den Tatsachen. »Es ist *Ihre* Story«, sagte Gabriel, »mit kaum merklichen Veränderungen entscheidender Details. Eine Geschichte von Mord, Rache und Hass, die so alt ist wie der Nahe Osten. Von nun an ist Nadia al-Bakari kein Teil der Lösung mehr. Nadia ist genau wie ihr Vater. Sie ist Teil des Problems. Sie verkörpert den Grund dafür, weshalb es den Arabern nie gelingen wird, sich von ihrer Geschichte zu lösen.«

Jossi war Nadia mit oberflächlichen Verhaltensmaßregeln

behilflich, aber ansonsten vertraute sie sich vor allem Sarahs Führung an. Gabriel hatte anfangs Bedenken wegen ihrer wiederbelebten Freundschaft, aber Lavon sah diese enge Bindung als operativen Vorteil. Sarah hielt die Erinnerung an Zizis Übeltaten wach. Und anders als Rena, Nadias ermordete Jugendfreundin, hatte Sarah dem Ungeheuer ins Auge geblickt und es besiegt. Sie war eine Rena ohne Ketten, eine wiederauferstandene Rena.

Nadia bewies rasche Auffassungsgabe, aber Gabriel hatte nicht weniger erwartet. Erleichtert wurde ihre Unterweisung durch die Tatsache, dass sie die Kunst der Verstellung perfekt beherrschte, weil sie seit Jahren ein Doppelleben führte. Anderen Agenten, die das globale dschihadistische Netzwerk bisher zu unterwandern versucht hatten, hatte sie zwei wichtige Dinge voraus: ihren Namen und ihre Bodyguards. Ihr Name garantierte ihr augenblicklichen Zugang und Glaubwürdigkeit, während ihre Bodyguards einen schützenden Kokon um sie bildeten, auf den die anderen hatten verzichten müssen. Als einziges Kind eines ermordeten saudi-arabischen Milliardärs gehörte Nadia al-Bakari zu den am besten geschützten Privatleuten der Welt. Sie würde auf Schritt und Tritt von ihrer loyalen Palastgarde und von einem zweiten Sicherungsring aus Agenten des Diensts umgeben sein. Es würde fast unmöglich sein, an sie heranzukommen.

Nadias größter Vorteil war jedoch ihr Geld. Gabriel war zuversichtlich, dass zahlreiche Verehrer sich um sie scharen würden, sobald sie in die Welt der Gotteskrieger und Terroristen zurückkehrte. Die Herausforderung für sein Team würde darin bestehen, das Geld dem richtigen Mann in die Hände zu spielen. Zuletzt war es Nadia selbst, die den Namen eines potenziellen Helfers ins Spiel brachte, als sie eines Nachmittags mit Gabriel und Sarah im Park des Schlosses spazieren ging.

»Er hat mich einige Wochen nach dem Tod meines Vaters aufgesucht, um eine Spende für eine islamische Wohltätigkeitsorganisation zu erbitten. Er hat sich als Weggefährte meines Vaters bezeichnet. Als einen Bruder.«

»Und die Organisation?«

»Die war nichts als eine Tarnorganisation der al-Qaida. Samir Abbas ist der Mann, den Sie suchen. Selbst wenn er nichts mit diesem neuen Netzwerk zu tun hat, kennt er bestimmt Leute, die dazugehören.«

»Was ist er von Beruf?«

»Er arbeitet bei der TransArabian Bank in Zürich. Wie Sie bestimmt wissen, gehört die TransArabian in Dubai zu den größten Banken des Nahen Ostens. Sie gilt auch als Hausbank der globalen dschihadistischen Bewegung, der Samir Abbas seit Langem angehört. In Zürich verwaltet er die Konten reicher Bankkunden aus Nahost und befindet sich so in einzigartiger Position, was das Einwerben von Spenden für sogenannte Wohltätigkeitorganisationen betrifft.«

»Ist irgendein Teil Ihres Privatvermögens bei der Trans-Arabian Bank angelegt?«

»Nicht im Augenblick.«

»Vielleicht sollten Sie daran denken, dort ein Konto zu eröffnen. Mit nicht allzu viel Geld. Nur genug, um Samirs Aufmerksamkeit zu wecken.«

»Wie viel soll ich darauf einzahlen?«

»Können Sie hundert Millionen erübrigen?«

»Hundert Millionen?« Sie schüttelte den Kopf. »Das wäre nicht im Sinn meines Vaters.«

»Wie viel sonst?«

»Ich schlage zweihundert Millionen vor.« Nadia lächelte. »Damit er weiß, dass wir's wirklich ernst meinen.«

Innerhalb von zwölf Stunden nach diesem Gespräch hatte Gabriel in Zürich ein Team im Einsatz, und Samir Abbas,

Vermögensverwalter bei der TransArabian Bank of Dubai, wurde vom Dienst überwacht. Eli Lavon blieb im Château Treville zurück, um die letzten Details des Unternehmens zu planen, wozu die heikle Frage gehörte, wie eine in Paris lebende saudi-arabische Unternehmerin eine Terrororganisation finanzieren sollte, ohne das Misstrauen der französischen und weiterer europäischer Finanzbehörden zu wecken. Andererseits hatte Nadia ihnen mit verdeckten Zahlungen an die arabische Reformbewegung schon einen Weg gewiesen.

Gabriel brauchte jetzt nur noch ein Gemälde und einen willigen Komplizen. Was erklärte, weshalb er an Heiligabend, als ganz Frankreich sich darauf vorbereitete, zwei Tage lang opulent zu feiern, Lavon bat, ihn zum Gare du Nord zu fahren. Gabriel hatte eine Fahrkarte für den Eurostar um 13.13 Uhr nach London und rasende Kopfschmerzen wegen Schlafmangels. Lavon war in diesem Stadium ihres Unternehmens skeptischer als sonst. Da er unverheiratet und kinderlos war, deprimierten ihn diese großen Familienfeste.

»Du willst diese Sache also tatsächlich durchziehen?«

»An Heiligabend mit dem Zug nach London fahren? Wenn du mich fragst, würde ich lieber laufen.«

»Ich habe von Nadia gesprochen.«

»Ich weiß, Eli.«

Lavon starrte nach vorn durch die Frontscheibe, beobachtete die zum Bahnhofseingang strömenden Massen. Das übliche bunte Gemisch: Geschäftsleute, Studenten, Touristen, afrikanische Einwanderer, Hausfrauen und Taschendiebe, alle von schwer bewaffneten französischen Polizeibeamten überwacht. Das ganze Land wartete darauf, dass der nächste Sprengsatz detonieren würde. Darauf wartete ganz Europa.

»Erfahre ich jemals, was sie dir neulich bei eurem Spaziergang im Park erzählt hat?«

»Nein, leider nicht.«

Diese Antwort hatte Lavon erwartet. Trotzdem konnte er seine Enttäuschung nicht ganz verbergen.

»Wie lange arbeiten wir jetzt schon zusammen?«

»Hundertfünfzig Jahre«, sagte Gabriel. »Und ich habe dir noch nie den kleinsten Schnipsel irgendeiner wichtigen Information vorenthalten.«

»Wieso also jetzt?«

»Sie hat mich darum gebeten.«

»Hast du's deiner Frau erzählt?«

»Ich erzähle meiner Frau alles, und meine Frau erzählt mir nichts. Das gehört zu unserem Deal.«

»Du kannst dich glücklich schätzen«, sagte Lavon. »Ein Grund mehr, keine Versprechungen zu machen, die du nicht halten kannst.«

»Ich halte immer, was ich verspreche, Eli.«

»Genau das befürchte ich.« Lavon musterte Gabriel prüfend. »Bist du dir ihrer sicher?«

»So sicher wie in Bezug auf dich.«

»Geh«, sagte Lavon nach einer kurzen Pause. »Ich möchte nicht, dass du den Zug verpasst. Und solltest du dort drinnen einen Selbstmordattentäter sehen, tu mir bitte den Gefallen, einfach den nächsten Polizisten auf ihn aufmerksam zu machen. Nichts könnten wir im Augenblick weniger brauchen, als dass du einen weiteren französischen Bahnhof in die Luft jagst.«

Gabriel übergab Lavon seine Beretta, eine 9-mm-Pistole, stieg aus dem Wagen und betrat die Bahnhofshalle. Durch irgendein Wunder fuhr sein Zug pünktlich ab, und gegen halb fünf an diesem Spätnachmittag lief er bereits übers Pflaster von St. James's. Adrian Carter würde Gabriels Rückkehr nach London, wo alles begonnen hatte, später für sehr symbolisch halten, aber in Wirklichkeit leiteten ihn weniger idealistische Motive. Sein Plan zur Zerschlagung von Raschid al-Husseinis Netzwerk setzte eine kriminelle Fälschung voraus. Und welchen besseren Schauplatz gab es dafür als die Kunstwelt?

34

St. James's, London

Gabriels Komplize wusste noch nichts von diesem Plan – kaum überraschend, denn er war kein anderer als Julian Isherwood, Alleininhaber von Isherwood Fine Arts, 7–8 Mason's Yard. Zu den vielen hundert Gemälden im Lagerbestand von Isherwoods Galerie gehörte *Madonna und Kind mit Maria Magdalena*, früher dem venezianischen Meister Palma Vecchio zugeschrieben, jetzt unter Vorbehalt niemand anderem als dem großen, mächtigen Tizian. Vorläufig stand das Gemälde, dessen Bildseite mit schützendem Seidenpapier abgedeckt war, in Isherwoods unterirdischem Lager. Der Galerist hasste das Bild inzwischen fast so sehr wie den Mann, der es so entstellt hatte. Tatsächlich war diese unvollendete Restaurierung für Isherwood in seinem ohnmächtigen Zorn ein Symbol für alles, was in seinem Leben schiefgelaufen war.

Aus Isherwoods Sicht war dies ein Herbst gewesen, den man getrost aus dem Leben streichen konnte. Er hatte nur ein einziges Gemälde verkauft – ein unbedeutendes italienisches Marienbild an einen unbedeutenden Sammler in Houston – und nichts erworben, bis auf einen chronischen bellenden Husten, der jeden Raum schneller leeren konnte als eine Bombendrohung. In Kollegenkreisen hieß es, er stecke mal wieder in einer Latelife-Crisis, seiner siebten oder achten, je nachdem ob man die längere Blaue Periode mitzählte, die er durchmachte, nachdem das Mädchen, das im Costa in Piccadilly die Kaffeemaschine bediente, ihm den Laufpass gegeben hatte. Jeremy Crabbe, der häufig Tweed tragende Direktor der Altmeisterabteilung bei Bonhams, glaubte, eine Überraschungsparty könnte Isherwood wieder aufrichten – ein Vorschlag, den Oliver Dimbleby, Isherwoods dicklicher Konkurrent aus der Bury Street, als dämlichste Idee des Jahres bezeichnete. »So zerrüttet, wie Julies Gesundheitszustand jetzt ist«, sagte er, »könnte eine Überraschungsparty ihm den Rest geben.« Stattdessen schlug er vor, Isherwood ein talentiertes Callgirl zu schicken, aber das war Olivers nicht ernst zu nehmende Lösung für alle Probleme persönlicher oder beruflicher Art.

Am Nachmittag von Gabriels Rückkehr nach London schloss Isherwood seine Galerie frühzeitig und ging – weil er nichts Besseres zu tun hatte – bei strömendem Regen zur Duke Street hinüber, um sich im Green's einen Drink zu genehmigen. Unter Mithilfe von Roddy Hutchinson, der allgemein als der skrupelloseste Händler in ganz St. James's galt, trank Isherwood rasch eine Flasche weißen Burgunder und kippte danach mehrere Brandys gegen seine Erkältung. Kurz nach achtzehn Uhr wankte er auf die Straße hinaus, um ein Taxi zu finden, aber als endlich eines aufkreuzte, bekam er einen wüsten Hustenanfall, der es ihm unmöglich machte, den Arm zu heben. »Verfluchter Mist!«, krächzte Isherwood, als der Wagen vorbeifuhr und ihm die Hosenbeine nass spritzte. »Gottverdammter *Mist*.«

Dieser Ausbruch löste einen weiteren bellenden Hustenanfall aus. Als er endlich abklang, wurde Isherwood auf einen Mann aufmerksam, der an der Backsteinmauer des Durchgangs zum Mason's Yard lehnte. Zu einem Regenmantel von Barbour trug er eine tief in die Stirn gezogene flache Mütze, unter deren Schirm seine Augen aufmerksam die Straße absuchten. Er musterte Isherwood einen Augenblick lang mit einer Mischung aus Mitleid und Belustigung. Dann wandte er sich laut- und wortlos ab und ging übers Pflaster des alten Hofs davon. Isherwood folgte ihm keuchend wie ein an Schwindsucht leidender Kranker auf dem Weg ins Lungensanatorium.

»Lass mich sehen, ob ich alles richtig verstanden habe«, sagte Isherwood. »Erst überziehst du meinen Tizian mit Seidenpapier, das du mit Hasenfell-Leim anklebst. Dann stellst du ihn in meinen Lagerraum und verschwindest mit unbekanntem Ziel. Jetzt kreuzt du hier auf – wie üblich unangemeldet – und erklärst mir, dass du den erwähnten Tizian für eines deiner kleinen Geheimunternehmen brauchst. Habe ich irgendwas ausgelassen?«

»Damit der Plan funktioniert, Julian, musst du die Kunstwelt täuschen und dich auf eine Weise benehmen, die manche deiner Kollegen für unethisch halten könnten.«

»Das entspricht dem ganz normalen Wahnsinn, mein Lieber«, sagte Isherwood schulterzuckend. »Aber was ist *pour moi* drin?«

»Klappt alles, gibt es keine Anschläge wie im Covent Garden mehr.«

»Bis der nächste fanatische *Dschihadi* vorbeikommt. Dann stehen wir wieder am Anfang, nicht wahr? Ich bin weiß Gott kein Experte, aber für mich sind die Parallelen zwischen Kunsthandel und Terrorismus unübersehbar. Er erlebt Höhen und Tiefen, gute und schlechte Saisons, aber er findet nie ein Ende.«

Oben im Ausstellungsraum von Isherwoods Galerie erhellten die gedimmten Wand- und Deckenleuchten das Dunkel sanft wie Votivkerzen. Regen prasselte auf die Dachfenster und tropfte vom Saum von Isherwoods durchnässtem Mantel, den er noch immer nicht ausgezogen hatte. Isherwood betrachtete die Pfütze auf dem Parkett stirnrunzelnd, bevor er wieder zu dem beklebten Gemälde hinübersah, das inzwischen auf einer mit Musselin bedeckten Staffelei vor ihnen stand.

»Weißt du, wie viel dieses Ding wert ist?«

»Bei einer ehrlichen Versteigerung locker zehn Millionen Dollar. Aber bei der Art Auktion, an die ich denke ...«

»Böser Junge«, sagte Isherwood. »Böser, böser Junge.«

»Hast du irgendwem davon erzählt, Julian?«

»Von dem Gemälde?« Isherwood schüttelte den Kopf. »Keinen Pieps.«

»Ganz bestimmt nicht? Gab es keinen indiskreten Augenblick an der Bar im Green's? Kein Bettgeflüster mit dieser abenteuerlich jungen Frau aus der Tate?«

»Sie heißt Penelope«, sagte Isherwood.

»Weiß sie von dem Gemälde, Julian?«

»'türlich nicht. So funktioniert die Sache nicht, wenn man einen Coup plant, mein Lieber. Mit solchen Dingen gibt man nicht an. Man schweigt eisern, bis der richtige Augenblick gekommen ist. Dann verkündet man seine Sensation wie üblich mit Pauken und Trompeten. Und man erwartet einen fetten Bonus für seine Cleverness. Aber nach deinem Szenario soll ich sogar einen Verlust hinnehmen – zum Wohle von Gottes Kindern, versteht sich.«

»Dein Verlust wäre nur vorübergehend.«

»Wie vorübergehend?«

»Die operativen Kosten werden alle von der CIA übernommen.«

»Das ist nichts, was man in einer Galerie oft zu hören bekommt.«

»Keine Sorge, Julian, du bekommst deinen Verlust irgendwie ersetzt.«

»Aber klar doch«, sagte Isherwood gespielt zuversichtlich. »Das erinnert mich an den Tag, an dem meine Penelope gesagt hat, ihr Mann komme frühestens in zwei Stunden heim. Ich bin schon ein bisschen zu alt dafür, um über Gartenmauern zu klettern.«

»Bist du noch mit ihr zusammen?«

»Penelope? Hat mich verlassen.« Isherwood schüttelte den Kopf. »Irgendwann verlassen sie mich alle. Aber nicht du, mein Lieber. Und auch dieser verdammte Husten nicht. Allmählich kommt er mir wie ein alter Freund vor.«

»Warst du beim Arzt?«

»Konnte keinen Termin kriegen. Der Nationale Gesundheitsdienst ist heutzutage so schlecht, dass ich überlege, ob ich zu den Christlichen Wissenschaftlern gehen soll.«

»Ich dachte, du seist ein Hypochonder.«

»Orthodoxer, wenn du's genau wissen willst.« Isherwood zupfte an dem Seidenpapier in der rechten oberen Ecke der Leinwand.

»Jedes Farbplättchen, das du verschiebst, muss ich wieder fixieren.«

»Sorry«, sagte Isherwood und vergrub beide Hände in den Manteltaschen. »Es gibt sogar einen Präzedenzfall, weißt du. Christie's hat vor ein paar Jahren ein Gemälde aus der Schule Tizians für kümmerliche achttausend Pfund verkauft. Aber das Gemälde war in Wirklichkeit ein *echter* Tizian. Wie du dir vorstellen kannst, waren die Einlieferer ziemlich sauer. Sie haben Christie's auf Schadenersatz verklagt. Die Anwälte hatten mächtig zu tun. Übler Tratsch in der Presse. Vorwürfe und Verleumdungen auf allen Seiten.«

»Vielleicht sollten wir Christie's eine Chance geben, sich zu rehabilitieren.«

»Das würde ihnen vielleicht sogar gefallen. Nur leider gibt's dabei ein Problem.«

»Nur eines?«

»Wir haben die große Altmeister-Versteigerung schon verpasst.«

»Richtig«, bestätigte Gabriel, »aber du vergisst die für die erste Februarwoche angekündigte Sonderauktion mit Werken der Venezianischen Schule. Ein wiederentdeckter

Tizian könnte genau das Mittelchen sein, um für zusätzliche Aufregung zu sorgen.«

»Böser Junge. Böser, böser Junge.«

»Schuldig im Sinne der Anklage.«

»Wegen meiner früheren Beteiligung an bestimmten zwielichtigen Taten dieses Unternehmens wäre es vielleicht ratsam, eine gewisse Distanz zwischen der Galerie und dem endgültigen Verkauf herzustellen. Das bedeutet, dass wir die Dienste eines weiteren Kunsthändlers in Anspruch nehmen müssen. Um seiner Rolle gerecht zu werden, muss er geldgierig, listig und verschlagen, eben ein richtiger Scheißkerl sein.«

»Ich weiß, an wen du denkst«, sagte Gabriel, »aber ist er der Sache auch gewachsen?«

»Er ist perfekt«, sagte Isherwood. »Jetzt brauchst du nur noch einen Tizian, der wie ein echter aussieht.«

»Das schaffe ich.«

»Wo willst du arbeiten?«

Gabriel sah sich in dem Ausstellungsraum um, dann sagte er: »Hier geht's sicher gut.«

»Brauchst du sonst noch was?«

Gabriel drückte ihm eine Liste in die Hand. Isherwood setzte seine Lesebrille auf, dann runzelte er die Stirn. »Eine Rolle italienisches Leinen, ein Schneiderbügeleisen, eine Vergrößerungsbrille, ein Liter Azeton, ein Liter Methylproxitol, ein Liter Terpentinersatz, ein Dutzend Pinsel von Winsor & Newton, Serie 7, zwei Halogen-Arbeitslampen auf Ständern, ein CD-Album mit *La Bohème* von Giacomo Puccini ...« Er starrte Gabriel über die Brillengläser hinweg an. »Weißt du, was mich das kosten wird?«

Aber Gabriel schien nicht zu hören, was er sagte. Er stand vor den Gemälde, ließ das Kinn in einer Hand ruhen und hielt den Kopf nachdenklich leicht schief.

Gabriel war der Meinung, eine Restaurierung habe ein bisschen Ähnlichkeit damit, eine Frau zu lieben. Man tat es am besten langsam und mit viel Aufmerksamkeit für Details und machte zwischendurch Erholungs- und Erfrischungspausen. Aber wenn der Restaurator mit dem Werk vertraut war, konnte die Arbeit notfalls auch außergewöhnlich schnell durchgeführt werden – mit ungefähr dem gleichen Ergebnis.

An die folgenden zehn Tage konnte Gabriel sich später kaum erinnern, sie waren ein einziges so gut wie schlafloses Wirrwarr aus Leinen, Lösungsmitteln, Malmittel und Pigmenten zu Puccinis Musik im gleißend hellen Licht der Halogenlampen. Zum Glück erwiesen seine anfänglichen Befürchtungen in Bezug auf den Zustand des Gemäldes sich als übertrieben. Als die Leinwand neu aufgezogen und von dem vergilbten Firnis gereinigt war, zeigte sich, dass Tizians Werk bis auf ein paar Abschürfungen, wo die Leinwand sich an dem alten Keilrahmen gerieben hatte, und einige abgeplatzte Stellen weitgehend intakt war. Weil er schon früher einige Tizians restauriert hatte, konnte er das Gemälde fast so schnell reparieren, wie der Meister es ursprünglich gemalt hatte. Seine Palette war Tizians Palette, und seine Pinselführung war die des großen Malers. Nur die Verhältnisse in seinem Atelier waren andere. Tizian war zweifellos von begabten Schülern und Gehilfen umgeben gewesen, während Gabriel nur Julian Isherwood hatte, was bedeutete, dass er überhaupt keinen Helfer hatte.

Er trug keine Armbanduhr, weil er gar nicht wissen wollte, wie früh oder spät es war, und wenn er schlief, was selten war, lag er auf einem Feldbett in einer Ecke des Raums unter einer leuchtenden Landschaft von Claude Lorrain. Er trank eimerweise Kaffee von Costa und lebte hauptsächlich von Butterkeksen und Teebiskuits, die Isherwood ihm von Fortnum & Mason mitbrachte. Weil er keine Zeit mit Rasieren vergeuden wollte, ließ er sich den Bart stehen und erschrak darüber, wie viel grauer er im Vergleich zum letzten Mal nachwuchs. Isherwood sagte, mit dem Bart sehe er vor der Staffelei stehend wie Tizian persönlich aus. In Bezug auf Gabriels unglaublich einfühlsame Pinselführung war das nicht allzu weit von der Wahrheit entfernt.

An seinem letzten Abend in London schaute Gabriel im Thames House, der MI5-Zentrale an der Themse, vorbei, um Graham Seymour wie versprochen darüber zu informieren, dass ihr Unternehmen sich nun auch auf Großbritannien erstreckte. Seymour war schlecht gelaunt und in Gedanken sichtlich woanders. Der Sohn des Thronfolgers hatte beschlossen, im Frühjahr zu heiraten, und Seymour und seine Kollegen beim Metropolitan Police Service würden dafür sorgen müssen, dass es keine Störungen gab. Während Seymour seine missliche Lage beklagte, musste Gabriel daran denken, was Sarah im Garten des Cafés in Georgetown gesagt hatte: London ist wegen seiner vielen Muslime gefährdet. London kann jederzeit angegriffen werden.

Wie zur Bestätigung dieser Lage war die Jubilee Line der U-Bahn auf dem Höhepunkt des abendlichen Berufsverkehrs wegen eines verdächtigen Pakets gesperrt worden, als Gabriel das Thames House verließ. Also ging er zu Fuß zum Mason's Yard zurück, wo er den restaurierten Tizian, von Isherwood aufmerksam beobachtet, mit einer frischen Firnisschicht überzog. Am folgenden Morgen bat er Nadia, zweihundert Millionen Dollar an die TransArabian Bank zu überweisen. Dann fuhr er mit dem Taxi zum Flughafen Heathrow hinaus.

35

ZÜRICH

Nur wenige Staaten hatten in Gabriel Allons Leben und Karriere eine prominentere Rolle gespielt als die Schweizerische Eidgenossenschaft. Er sprach drei ihrer vier Sprachen fließend und kannte ihre Berge und Täler wie seine Hosentasche. Er hatte in der Schweiz gemordet, war in der Schweiz entführt worden und hatte einige ihrer unappetitlichsten Geheimnisse aufgedeckt. Erst vor einem Jahr hatte er sich in einem Café am Fuß der Gebirgsgruppe Les Diablerets feierlich geschworen, niemals mehr einen Fuß in dieses Land zu setzen. Eigentlich komisch, dass nie etwas genau nach Plan zu verlaufen schien.

Am Steuer eines gemieteten Audis passierte er die nüchternen Fassaden der Banken und Geschäfte in der Bahnhofstrasse und bog dann auf die belebte Straße am Westufer des Zürichsees ab. Das Haus stand drei Kilometer vom Stadtzentrum entfernt. Ein moderner Bau, der für Gabriels Geschmack zu viele Fenster hatte und dessen kleiner T-förmiger Carport mit Neuschnee überzuckert war. Als er das Haus betrat, hörte er jemanden ein italienisches Lied trällern. Er lächelte. Chiara sang immer, wenn sie allein war.

Er ließ seinen Rollkoffer in der Diele stehen und folgte der Stimme ins Wohnzimmer, das in ein provisorisches Operationszentrum umfunktioniert worden war. Chiara starrte auf einen Bildschirm, während sie sich eine Orange schälte. Als Gabriel sie küsste, waren ihre Lippen auffällig warm, als habe sie Fieber. Er küsste sie lange.

»Ich bin Chiara Allon«, murmelte sie, während sie seinen Zehntagebart streichelte. »Und wer bist du?«

»Das weiß ich selbst kaum noch.«

»Im Alter lässt oft das Gedächtnis nach«, sagte sie und küsste ihn noch mal. »Du solltest es mit Fischtran versuchen. Der hilft angeblich.«

»Ich hätte lieber ein Stück von deiner Orange.«

»Das kann ich mir denken. Du warst lange fort.«

»Viel zu lange.«

Sie teilte die Orange und steckte Gabriel ein Stück davon in den Mund.

»Wo sind die anderen?«, fragte er.

»Sie überwachen einen Angestellten der TransArabian Bank, der zufällig auch Verbindung zu weltweit operierenden Terrororganisationen hat.«

»Du bist also ganz allein?«

»Jetzt nicht mehr.«

Gabriel knöpfte Chiaras Bluse auf. Ihre Brustwarzen wurden unter seinen Fingern sofort steif. Sie steckte ihm noch ein Orangenstück in den Mund.

»Vielleicht sollten wir das nicht vor einem Computer machen«, sagte sie. »Man weiß nie, ob man vielleicht beobachtet wird.«

»Wie viel Zeit haben wir?«

»So viel du willst.«

Sie nahm seine Hand und führte ihn nach oben. »Langsam«, sagte sie, als er sie zu sich aufs Bett zog. »Langsam.«

Das Schlafzimmer lag im Halbdunkel, als Gabriel erschöpft von Chiaras Körper glitt. Sie blieben lange schweigend nebeneinander liegen: vertraut nahe, aber ohne sich zu berühren. Von draußen drang das leise Brummen eines vorbeifahrenden Schiffs herein, und wenig später schlugen kleine Wellen an den Bootssteg des Hauses. Chiara stützte sich auf einen Ellbogen und fuhr mit dem Zeigefinger über Gabriels Nasenrücken.

»Wie lange willst du ihn behalten?«

»Weil ich ihn zum Atmen brauche, will ich ihn möglichst lange behalten.«

»Ich rede von deinem Bart, Liebster.«

»Ich hasse ihn, aber irgendwie ahne ich, dass ich ihn bei diesem Unternehmen noch brauchen werde.«

»Vielleicht solltest du ihn auch anschließend noch behalten. Ich finde, du siehst damit ...« Sie brachte den Satz nicht zu Ende.

»Sag's bitte nicht, Chiara.«

»Ich wollte kultiviert sagen.«

»Das ist so, als würde man eine Frau elegant nennen.«

»Was ist daran verkehrt?«

»Das wirst du merken, wenn die Leute anfangen, deine elegante Erscheinung zu loben.«

»Da gibt es sicher Schlimmeres.«

»Aber das wird nie passieren, Chiara. Du bist schön und wirst immer schön sein. Und wenn ich mir diesen Bart nicht wieder abnehme, werden die Leute anfangen, dich für meine Tochter zu halten.«

»Jetzt redest du Unsinn.«

»Biologisch *wäre* das möglich.«

»Was denn?«

»Du könntest meine Tochter sein.«

»Darüber habe ich noch nie nachgedacht.«

»Tu's nicht«, sagte er.

Sie lachte in sich hinein und sagte nichts weiter.

»Woran denkst du jetzt?«, fragte Gabriel.

»Was wohl passiert wäre, wenn du nicht auf der Wellington Street den jungen Mann mit dem Sprengstoffgürtel entdeckt hättest. Wir hätten zum Zeitpunkt der Detonation beim Lunch gesessen. Das wäre natürlich eine Tragödie gewesen, aber unser Leben wäre wie das aller anderen Leute ganz normal weitergegangen.«

»Vielleicht ist *dies* für uns normal, Chiara.«

»Normale Paare lieben sich nicht in sicheren Häusern.«

»Mir hat's eigentlich immer Spaß gemacht, dich in sicheren Häusern zu lieben.«

»Ich habe mich in einem sicheren Haus in dich verliebt«, sagte Chiara.

»In welchem?«

»Rom«, sagte sie. »In der kleinen Wohnung an der Via Veneto, in die ich dich mitgenommen habe, nachdem die Polizia di Stato versucht hatte, dich in dieser grässlichen Pension am Bahnhof zu liquidieren.«

»Pensione Abruzzi«, murmelte Gabriel. »Ein echtes Loch.«

»Aber die Wohnung war sehr hübsch.«

»Du hast mich kaum gekannt.«

»Tatsächlich habe ich dich sehr gut gekannt, mein Lieber.«

»Du hast mir Fettuccine mit Pilzen gemacht.«

»Meine Fettuccine mit Pilzen mache ich nur für Leute, die ich liebe.«

»Mach mir jetzt welche.«

»Erst musst du arbeiten.«

Chiara betätigte einen Schalter über dem Kopfende des Betts. Der Strahl einer winzigen Halogen-Leselampe bohrte sich laserartig in Gabriels Auge.

»Muss das sein?«, fragte er blinzelnd.

»Setz dich hin.«

Sie nahm ein Dossier vom Nachttisch und gab es ihm. Als Gabriel es aufschlug, sah er erstmals Samir Abbas' Gesicht. Der hagere, bebrillte Mittvierziger trug einen modischen Dreitagebart und hatte nachdenkliche braune Augen und eine ziemlich ausgeprägte Stirnglatze. Zum Zeitpunkt der

Aufnahme war er zu Fuß in einem Zürcher Wohngebiet unterwegs gewesen. Er trug einen grauen Anzug, die Uniform eines Schweizer Bankers, mit silberner Krawatte. Sein Aktenkoffer sah so teuer aus wie seine Schuhe. Sein Mantel war aufgeknöpft, und er trug keine Handschuhe. Mit der linken Hand hielt er ein Mobiltelefon an sein Ohr gedrückt.

»Das ist der Mann, der dir helfen wird, eine Terrorgruppe zu kaufen«, sagte Chiara. »Samir Abbas, 1967 in Amman geboren, Absolvent der London School of Economics und seit 1998 bei der TransArabian Bank.«

»Wo wohnt er?«

»Oben in Hottingen, in der Nähe der Universität. Bei gutem Wetter geht er seiner Figur wegen zu Fuß zur Bank. Bei schlechtem fährt er mit der Tram vom Römerhof ins Bankenviertel hinunter.«

»Mit welcher?«

»Natürlich mit der Nummer acht. Welche sollte er sonst nehmen?«

Chiara lächelte. Ihre Kenntnis europäischer Nahverkehrsnetze war ebenso legendär wie die Gabriels.

»Seine Adresse?«

»Carmenstrasse vier. Ein kleines, nicht sonderlich modernes Wohngebäude mit sechs Apartments.«

»Verheiratet?«

»Sieh dir das nächste Bild an.«

Die Aufnahme zeigte eine Frau auf derselben Straße. Sie war westlich gekleidet bis auf ihr schwarzes Kopftuch, das ein kindlich anmutendes Gesicht umrahmte. An der linken Hand hatte sie einen Jungen von etwa vier Jahren. An der rechten Hand hielt sie ein Mädchen von acht oder neun Jahren.

»Sie heißt Johara – ›Juwel‹ auf Arabisch. Sie arbeitet in Teilzeit als Lehrerin in einem islamischen Gemeindezentrum im Westen der Stadt. Das Mädchen besucht dort Kurse. Der

Junge ist ganztägig im Kindergarten. Beide Kinder sprechen fließend Schwyzerdütsch, aber Johara zieht verständlicherweise Arabisch vor.«

»Besucht Samir eine Moschee?«

»Er betet meist bei sich zu Hause. Sehr zu seinem Ärger lieben die Kinder amerikanische Comics. Aber Musik dürfen sie keine hören. Musik ist streng verboten.«

»Weiß Johara von Samirs wohltätigen Werken?«

»Da sie den gleichen Computer benutzen, wären sie schwer zu übersehen.«

»Wo steht der?«

»Im Wohnzimmer der Familie. Wir haben ihn am zweiten Tag nach unserer Ankunft geknackt. Jetzt liefert er brauchbare Bilder mit gutem Ton. Außerdem lesen wir seine Mails mit und sehen ihm beim Surfen im Internet zu. Dein Freund Samir hat eine nicht sehr dschihadistische Vorliebe für Pornos.«

»Was ist mit seinem Handy?«

»Damit hat's ein bisschen gedauert, aber wir sind schließlich doch drangekommen.« Chiara deutete auf das Foto von Samir. »Er trägt es in der rechten Manteltasche. Wir haben es rausgeholt, als er mit der Tram zur Arbeit gefahren ist.«

»Wir?«

»Jaakov hat ihn abgeschirmt, Oded hat das Handy geklaut, Mordechai war für's Technische zuständig. Er hat es umgebaut, während Samir Zeitung gelesen hat. Das Ganze hat nur zwei Minuten gedauert.«

»Wieso hat mir niemand davon erzählt?«

»Wir wollten dich nicht damit belästigen.«

»Sonst noch was, das du zu erzählen vergessen hast?«

»Nur noch eines«, sagte Chiara.

»Was denn?«

»Wir werden beobachtet.«

»Von den Schweizern?«

»Nein, nicht von denen.«

»Von wem sonst?«

»Dreimal darfst du raten. Die beiden ersten Versuche zählen nicht.«

Gabriel schnappte sich sein abhörsicheres Blackberry vom Nachttisch und begann zu tippen.

36

ZÜRICHSEE

Adrian Carter brauchte fast achtundvierzig Stunden, um den Weg nach Zürich zu finden. Er traf am frühen Nachmittag am Bug einer Fähre, die zur fast dreißig Kilometer von Zürich entfernten Stadt Rapperswil-Jona übersetzte, mit Gabriel zusammen. Er trug einen beigen Regenmantel und hatte ein Exemplar der Neuen Zürcher Zeitung unter dem Arm. Die Zeitung war nass vom Schnee.

»Mich wundert, dass Sie nicht gleich Ihren Dienstausweis umhängen haben«, sagte Gabriel.

»Ich habe mich auf der Reise hierher vorgesehen.«

»Wie sind Sie geflogen?«

»Economy plus«, sagte Carter missmutig.

»Haben Sie den Schweizern Ihre Ankunft avisiert?«

»Soll das ein Witz sein?«

»Wo übernachten Sie?«

»Gar nicht.«

Gabriel sah über Carters Schulter zu der Skyline von Zürich hinüber, die bei tiefen Wolken und leichtem Schneefall kaum mehr sichtbar war. Die ganze Szenerie wirkte farblos – eine graue Stadt an einem grauen See. Sie passte genau zu Gabriels Stimmung.

»Wann wollten Sie's mir erzählen, Adrian?«

»Was erzählen?«

Gabriel übergab Carter einen unbeschrifteten DIN-A5-Umschlag. Er enthielt acht Überwachungsfotos von acht verschiedenen CIA-Agenten.

»Wie lange haben Ihre Leute gebraucht, um sie zu entdecken?«, fragte Carter, während er die Fotos mürrisch durchblätterte.

»Soll ich Ihnen das wirklich sagen?«

»Wohl lieber nicht.« Carter steckte die Fotos in den Umschlag zurück. »Meine besten Leute sind im Augenblick anderswo im Einsatz. Ich musste nehmen, was gerade verfügbar war. Ein paar von ihnen kommen frisch von der Farm, wie wir sagen.«

Die »Farm« war das CIA-Ausbildungszentrum in Camp Peary, Virginia.

»Sie lassen uns von Leuten in der Probezeit überwachen? Wäre ich nicht so wütend, wäre ich beleidigt.«

»Versuchen Sie, das nicht persönlich zu nehmen.«

»Ihr kleiner Stunt hätte uns alle enttarnen können. Die Schweizer sind nicht dumm, Adrian. Sie sind sogar ziemlich gut. Sie beobachten. Sie hören auch ab. Und sie werden verdammt wütend, wenn Spione in ihrem Land operieren, ohne sich bei der Ankunft ins Gästebuch eingetragen zu haben. Selbst erfahrene Agenten – auch unsere – haben hier schon Schwierigkeiten bekommen. Und was tut Langley? Es schickt acht Milchbubis los, die seit ihrem Auslandssemester nicht mehr in Europa waren. Wissen Sie, dass einer von ihnen neulich Jaakov angerempelt hat, weil er angestrengt einen Stadtplan *Streetwise Zurich* studiert hat? Das war der Gipfel, Adrian.«

»Ich verstehe, was Sie meinen.«

»Anscheinend nicht«, sagte Gabriel. »Ich will, dass sie abgezogen werden. Heute Abend.«

»Das wird sich leider nicht machen lassen.«

»Warum nicht?«

»Weil eine höhere Stelle sich plötzlich sehr für Ihr Unternehmen interessiert. Und weil sie beschlossen hat, dass es eine amerikanische operative Komponente braucht.«

»Sagen Sie der höheren Stelle, dass es bereits eine amerikanische operative Komponente gibt. Sie heißt Sarah Bancroft.«

»Eine einzelne Analystin aus dem Zentrum für Terrorismusbekämpfung zählt nicht.«

»Diese Analystin könnte die acht Tölpel, die Sie uns als Aufpasser geschickt haben, jederzeit austricksen.«

Carter starrte auf den See hinaus, ohne etwas zu sagen.

»Was wird hier gespielt, Adrian?«

»Es geht darum, *wer* hier spielt.« Carter gab Gabriel den Umschlag zurück. »Was kostet es mich, Sie dazu zu bringen, diese verdammten Fotos zu verbrennen?«

»Los, reden Sie schon.«

37

Zürichsee

In der Fahrgastkabine auf dem Oberdeck gab es ein kleines Café. Carter trank wässrigen Kaffee, Gabriel einen Tee. Sie teilten sich ein gummiartiges Sandwich mit Eiersalat und eine Tüte nicht mehr ganz frischer Kartoffelchips. Carter behielt die Quittung für seine Spesenabrechnung.

»Ich hatte Sie gebeten, ihren Namen für sich zu behalten«, sagte Gabriel.

»Ich hab's versucht.«

»Was ist passiert?«

»Irgendjemand hat dem Weißen Haus einen Tipp gegeben. Ich bin zu einem verschärften Verhör ins Oval Office zitiert worden. McKenna und der Präsident haben mich gemeinsam in die Mangel genommen, böser Cop, böser Cop. Stresspositionen, Schlafverweigerung, Hunger und Durst ... all die Mittel, die wir nicht mehr gegen den Feind einsetzen dürfen. Damit haben sie mich bald kleingekriegt. Jedenfalls weiß der Präsident jetzt meinen richtigen Vornamen. Und er kennt den Namen der Muslima mit untadelig dschihadistischen Wurzeln, mit der Sie im Bett sind – operativ gesprochen, versteht sich.«

»Und?«

»Er ist darüber nicht glücklich.«

»Tatsächlich?«

»Er fürchtet, die amerikanisch-saudischen Beziehungen könnten schweren Schaden nehmen, sollte dieses Unternehmen jemals abstürzen und in Flammen aufgehen. Deshalb ist er nicht mehr bereit, Langley als bloßen Passagier an Bord zu lassen.«

»Er will, dass Sie die Maschine fliegen?«

»Nicht nur das«, sagte Carter. »Er will, dass wir das Flugzeug warten, dass wir das Flugzeug betanken, dass wir die Bordküche ausstatten und dass wir das Gepäck ins Flugzeug laden.«

»Totale Kontrolle? Wollen Sie darauf hinaus?«

»Genau.«

»Das verstehe ich nicht, Adrian.«

»Welchen Teil davon?«

»Offen gesagt alles. Bleiben wir für das Unternehmen verantwortlich, kann der Präsident den Saudis gegenüber alles leugnen, falls etwas schiefgeht. Trägt dagegen Langley die Verantwortung, ist jede Chance futsch, etwas abstreiten zu können. Er verhält sich wie ein Boxer, der eine Gerade mit dem Kinn zu stoppen versucht.«

»Wissen Sie, Gabriel, aus diesem Blickwinkel habe ich die Sache noch nie betrachtet.« Carter griff nach dem letzten Kartoffelchip. »Darf ich?«

»Nur zu.«

Carter steckte den Chip in den Mund und wischte sich umständlich das Salz von den Fingerspitzen. »Es ist Ihr gutes Recht, wütend zu sein«, sagte er dann. »An Ihrer Stelle wäre ich auch zornig.«

»Weshalb?«

»Weil ich hier mit einer billigen Story aufgekreuzt bin, die ich Ihnen unterjubeln wollte, obwohl Sie Besseres verdient haben. Tatsache ist, dass der Präsident und sein treuer, aber ahnungsloser Diener James A. McKenna nicht befürchten, das Unternehmen al-Bakari könnte fehlschlagen. Tatsächlich fürchten sie, es könnte erfolgreich sein.«

»Bitte noch mal, Adrian. Ich habe ein paar anstrengende Tage hinter mir.«

»Der Präsident scheint sich Hals über Kopf verliebt zu haben.«

»Wer ist die Glückliche?«

»Nadia al-Bakari«, murmelte Carter in seine zerknüllte Papierserviette. »Er ist verrückt nach ihr. Er liebt ihre Story. Er liebt ihren Mut. Und vor allem liebt er das Unternehmen, das Sie um sie herum aufgebaut haben. Es ist genau das, was er gesucht hat. Es ist sauber. Es ist clever. Es ist zukunftsorientiert. Es ist nachhaltig. Und es stimmt zufällig wunderbar mit der Weltsicht des Präsidenten überein. Eine Partnerschaft zwischen dem Islam und dem Westen, um die Macht des Extremismus zu brechen. Verstand siegt über brutale Gewalt. Er will, dass Raschid Husseinis Organisation ihm vor den nächsten Wahlen in Schutt und Asche auf einem Silbertablett präsentiert wird, und hat nicht die Absicht, sich den Ruhm mit irgendwem zu teilen.«

»Er will das Unternehmen also allein durchziehen? Ohne Partner?«

»Nicht ganz«, sagte Carter. »Er will, dass wir die Franzosen, die Briten, die Dänen und die Spanier mit ins Boot holen, weil sie unter den bisherigen Anschlägen zu leiden hatten.«

»Warum nicht auch Gevatter Hase?«

»Der arbeitet jetzt bei einem privaten Sicherheitsdienst. Verdient recht gut, wie man hört.«

»Niemand darf mehr erfahren, als er wissen muss«, sagte Gabriel. »Das ist kein Werbeslogan, Adrian. Das ist ein heiliges Gebot. Es verhindert, dass Unternehmen auffliegen. Es hält Agenten und Informanten am Leben.«

»Ihre Bedenken sind zur Kenntnis genommen worden.«

»Und abgeschmettert worden.«

Carter sagte nichts.

»Was bedeutet das für mich und den Rest des Teams?«

»Ihr Team zieht sich unauffällig zurück und wird schrittweise durch Leute der Agency ersetzt. Sie selbst bleiben beratend an Bord, bis die Show in Gang gekommen ist.«

»Und dann?«

»Dann werden Sie allmählich rausgedrängt.«

»Ich habe eine Neuigkeit für Sie. Die Show ist längst in Gang gekommen. Tatsächlich gibt ihr Star übermorgen ihr Debüt hier in Zürich.«

»Das werden wir verschieben müssen, bis die neue Direktion ihre Arbeit aufgenommen hat.«

Gabriel sah die Lichter der Anlegestelle Rapperswil schwach die Uferpromenade beleuchten. »Sie vergessen etwas«, sagte er nach kurzer Pause. »Der Star der Show ist eine Diva. Sie ist sehr anspruchsvoll. Und sie arbeitet nicht mit jedem zusammen.«

»Soll das heißen, dass sie mit Ihnen – mit dem Mann, der ihren Vater ermordet hat – zusammenarbeitet, aber nicht mit uns?«

»Genau das behaupte ich.«

»Davon möchte ich mich gern selbst überzeugen.«

»Das können Sie gern tun. Nadia al-Bakari erreichen Sie über ihr Büro am Boulevard Haussmann im neunten Pariser Arrondissement.«

»Tatsächlich haben wir gehofft, Sie würden in der Übergangszeit mit uns zusammenarbeiten.«

»Wenn Menschenleben auf dem Spiel stehen, ist Hoffnung keine akzeptable Strategie.« Gabriel hielt den Umschlag mit den Fotos hoch. »Wäre ich Nadias Berater, würde ich ihr raten, auf möglichst weiten Abstand zu Ihnen und Ihren frisch von der Farm kommenden Agenten zu achten.«

»Hören Sie, wir sind Erwachsene, Sie und ich. Wir haben gemeinsam Kriege geführt. Wir haben Leben gerettet. Wir haben die schmutzige Arbeit erledigt, die sonst niemand tun wollte … oder für die niemand den Mumm hatte. Aber zum jetzigen Zeitpunkt wünsche ich Sie einfach nur zur Hölle.«

»Freut mich, dass ich damit nicht allein bin.«

»Glauben Sie wirklich, dass dies etwas ist, das ich tun *möchte*? Er ist der *Präsident*, Gabriel. Ich kann seine Befehle ausführen oder den Dienst quittieren. Und ich habe nicht vor, mich schon pensionieren zu lassen.«

»Dann richten Sie dem Präsidenten bitte aus, dass ich ihm alles Gute wünsche«, sagte Gabriel. »Aber irgendwann sollten Sie ihn daran erinnern, dass Nadia nur den ersten Schritt hin zur Zerschlagung von Raschids Terrornetzwerk verkörpert. Das Ende wird weder sauber noch clever noch zukunftsorientiert sein. Ich will nur hoffen, dass Ihr Präsident zu seiner neuen Liebe steht, wenn später schwere Entscheidungen getroffen werden müssen.«

Die Fähre erzitterte leicht, als sie ein kurzes Stück die Holzbohlen der Anlegestelle entlangschrammte. Gabriel stand sofort auf. Carter stellte den Teller und die Tassen zusammen, ließ die Tüte unter sie gesteckt liegen und wischte die Krümel mit der Hand vom Tischtuch.

»Ich muss wissen, was Sie beabsichtigen.«

»Ich fahre in mein Operationszentrum zurück und erkläre meinem Team, dass wir heimreisen.«

»Ist das endgültig?«

»Ich drohe niemals.«

»Dann tun Sie mir einen Gefallen.«

»Welchen?«

»Fahren Sie langsam.«

Sie gingen im Abstand weniger Sekunden von Bord der Fähre und gelangten über den rutschigen Steg auf den kleinen Parkplatz neben der Anlegestelle. Carter stieg rechts vorn in einen Mercedes ein, der ihn über die Grenze bringen würde. Gabriel setzte sich ans Steuer seines Audis und raste über den Seedamm zum andere Ufer hinüber. Trotz Carters Ermahnung fuhr er sehr schnell. Deshalb kam er gerade vor dem sicheren Haus an, als der Amerikaner anrief, um eine neue operative Übereinkunft vorzuschlagen. Die Einsatzregeln waren klar und unzweideutig. Gabriel und sein Team würden ungehindert operieren können, solange sie dabei nicht den geheiligten Boden Saudi-Arabiens betraten. Dieser Punkt, sagte Carter, sei nicht verhandelbar. Der Präsident würde keinesfalls zulassen, dass der israelische Geheimdienst im Land von Mekka und Medina Unfug machte. Saudi-Arabien wäre ein Wendepunkt der Spielregeln. Saudi-Arabien war für Gabriel und sein Team absolut verboten. Sobald das Unternehmen die saudi-arabische Grenze überschreite, sagte Carter, seien alle früheren Vereinbarungen nichtig. Gabriel trennte die Verbindung, blieb noch einige Zeit in der Dunkelheit im Auto sitzen und überlegte, was er tun sollte. Zehn Minuten später rief er Carter an und akzeptierte widerstrebend die neuen Bedingungen. Dann ging er in das sichere Haus und teilte seinem Team mit, dass ihre Spielzeit abgelaufen sei.

38

PARIS

Im ersten Stock ihrer weitläufigen Stadtvilla in der Avenue Foch hatte Nadia al-Bakari sich ein behagliches Refugium eingerichtet. Es bestand aus einem Büro, einem Wohnzimmer, einem Trainingsraum, einem Ankleidezimmer, ihrem Schlafzimmer mit Bad und einer privaten Galerie, in der ihre zwölf liebsten Gemälde hingen. In allen Räumen verteilt standen gerahmte Fotos ihres Vaters. Er lächelte auf keinem, sondern zog es vor, das traditionelle ›zornige Gesicht‹ der arabischen Beduinen aufzusetzen. Die einzige Ausnahme war ein Schnappschuss, den Nadia am letzten Tag seines Lebens an Bord der Alexandra von ihm gemacht hatte. Seine Miene war leicht melancholisch, als ahne er, welches Schicksal ihn später am selben Abend im Alten Hafen von Cannes ereilen würde.

Dieses in Silber gerahmte Foto hatte einen Ehrenplatz auf Nadias Nachttisch. Daneben stand eine Uhr von Thomas Tompion, die ihr Vater für zweieinhalb Millionen Dollar ersteigert und ihr zum fünfundzwanzigsten Geburtstag geschenkt hatte. In letzter Zeit ging sie einige Minuten vor, was Nadia auf fast unheimliche Weise passend fand. Sie hatte die kostbare Tischuhr immer wieder angestarrt, seit sie um drei Uhr aufgeschreckt war. Obwohl sie sich nach Koffein sehnte und einsetzende Kopfschmerzen spürte, blieb sie unbeweglich in ihrem großen Bett liegen. Im letzten Ausbildungsabschnitt hatte Gabriel sie ermahnt, ihren gewohnten Tagesablauf unbedingt beizubehalten – einen

Tagesablauf, den das Hauspersonal und ihre persönlichen Mitarbeiter auswendig kannten. Nadia stand jeden Morgen um Punkt sieben Uhr auf, keine Minute früher, keine Minute später. Ihr Frühstückstablett hatte auf dem Sideboard in ihrem Büro zu stehen. Wurde nichts anderes gewünscht, standen darauf eine Thermoskanne mit *Café filtre*, ein Kännchen aufgeschäumte Milch, ein Glas frisch gepresster Orangensaft und zwei Scheiben Vollkorntoast mit Butter und Erdbeermarmelade in je einem separaten Schälchen. Die Zeitungen hatten neben ihrem in Leder gebundenen Terminplaner auf der rechten Schreibtischhälfte zu liegen: obenauf das *Wall Street Journal*, dann die *International Herald Tribune*, das *Financial Journal* und *Le Monde*. Der Fernseher hatte auf BBC eingestellt zu sein – mit ausgeschaltetem Ton und der Fernbedienung in bequemer Reichweite.

Inzwischen war es halb sieben geworden. Nadia versuchte, ihre stärker pochenden Kopfschmerzen zu ignorieren, schloss die Augen und versank in einen unruhigen Halbschlaf, aus dem sie eine halbe Stunde später durch das leise Klopfen ihrer langjährigen Haushälterin Esmeralda geweckt wurde. Wie jeden Morgen blieb sie so lange im Bett, bis Esmeralda das Zimmer wieder verlassen hatte. Dann schlüpfte sie unter den wachsamen Blicken ihres Vaters in einen Morgenmantel und ging barfuß ins Büro hinüber.

Dort empfing sie der Duft von frischem Kaffee. Sie goss sich eine Tasse ein, gab Milch und drei Löffel Zucker dazu und setzte sich an ihren Schreibtisch. Das Fernsehen zeigte Bilder von einem Massaker in Islamabad, wo durch eine weitere riesige al-Qaida-Autobombe über hundert Menschen – fast ausschließlich Muslime – umgekommen waren. Nadia ließ den Ton ausgeschaltet und schlug ihren Terminplaner auf. Er enthielt überraschend wenige Eintragungen. Nach drei Stunden zur freien Verfügung würde sie zum

Flughafen fahren und nach Zürich fliegen. Dort würden ihre engsten Mitarbeiter und sie in einem Konferenzraum im Hotel Dolder Grand mit dem Management einer größtenteils der AAB Holding gehörenden Firma für optische Geräte mit Sitz in Zug zusammentreffen. Unmittelbar danach würde eine weitere Besprechung – diesmal ohne ihre Mitarbeiter – stattfinden. Als Betreff war ›privat‹ eingetragen, was stets bedeutete, dass es um Nadias persönliche Finanzen ging.

Sie klappte ihren Terminplaner zu und verbrachte die folgende Stunde wie immer damit, bei Kaffee und Toast die Zeitungen zu lesen. Kurz nach acht Uhr meldete sie sich auf ihrem Computer an, um sich über die Kursentwicklung in Asien zu informieren, und surfte anschließend einige Minuten zwischen mehreren Nachrichtensendern. Zuletzt blieb sie beim arabischen Sender al-Dschasira, der nach Reportagen über das Massaker in Islamabad nun einen Bericht über einen israelischen Luftangriff im Gazastreifen brachte, bei dem zwei Top-Terrorplaner der Hamas umgekommen waren. Der türkische Ministerpräsident, der den Angriff als »Verbrechen gegen die Menschlichkeit« bezeichnete, rief die Vereinten Nationen zu Wirtschaftssanktionen gegen Israel auf – ein Aufruf, der von einem wichtigen saudischen Geistlichen umgehend zurückgewiesen wurde. »Die Zeit für Diplomatie ist vorbei«, erklärte er dem beflissenen Fernsehreporter. »Jetzt müssen *alle* Muslime sich dem bewaffneten Kampf gegen die zionistischen Eindringlinge anschließen. Und Allah möge jene strafen, die es wagen, mit den Feinden des Islams gemeinsame Sache zu machen.«

Nadia schaltete den Fernseher aus, ging ins Schlafzimmer zurück und tauschte ihren Morgenmantel gegen einen Jogginganzug ein. Sie hatte sich nie für Sport begeistern können, und seit sie dreißig war, hatte ihr Elan weiter nachgelassen. Dennoch erhöhte sie jeden Morgen pflichtbewusst ihre Pulszahl und machte Dehnübungen, so wie es von einer modernen Unternehmerin, die überwiegend im Westen lebte, erwartet wurde. Weil sie noch immer leichte Kopfschmerzen hatte, verkürzte sie heute ihre ohnehin schon kurze Trainingseinheit. Nach einem gemächlichen Trab auf dem Laufband machte sie einige Minuten lang Dehnübungen auf einer Yogamatte. Danach lag sie mit fest geschlossenen Beinen und ausgebreiteten Armen auf dem Rücken. Wie immer erzeugte diese Haltung eine Illusion der Schwerelosigkeit. An diesem Morgen erschien zusätzlich eine schockierend deutliche Vision ihrer eigenen Zukunft. Nadia blieb längere Zeit unbeweglich liegen und überlegte, ob sie den Trip nach Zürich absagen sollte. Ein einziger Anruf würde genügen, sagte sie sich. Ein einziger Anruf würde die Last von ihren Schultern nehmen. Aber sie konnte sich nicht dazu durchringen. Ihrer Überzeugung nach war sie aus einem bestimmten Grund zu dieser Zeit und an diesem Ort auf der Erde. Das galt sicher auch für den Mann, der ihren Vater ermordet hatte, und sie wollte ihn nicht enttäuschen.

Nadia stand auf, kämpfte gegen leichten Schwindel an und ging in ihr Schlafzimmer hinüber. Nachdem sie gebadet und sich leicht parfümiert hatte, betrat sie das Ankleidezimmer und wählte ihre Kleidung für diesen Tag aus, wobei sie heute statt der hellen Töne, die sie sonst bevorzugte, düstere Schattierungen von Grau und Schwarz aussuchte. Ihr glänzendes schwarzes Haar bürstete sie minutenlang. Als sie eine halbe Stunde später an Rafiq al-Kamal vorbei auf den Rücksitz ihres Maybachs glitt, hatte sie das ›zornige Gesicht‹ der arabischen Beduinen aufgesetzt. Ihre Verwandlung war jetzt fast vollständig. Sie war eine ungeheuer reiche saudische Unternehmerin, die Pläne schmiedete, um den Tod ihres Vaters zu rächen.

Der Maybach rollte durchs Tor der Stadtvilla auf die Avenue Foch hinaus. Als er in Richtung Bois de Boulogne davonfuhr, sah Nadia den Mann, den sie als Max kannte, einige Schritte hinter einer Frau hergehen, die Sarah sein konnte oder auch nicht. Sekunden später tauchte neben ihrem Fenster für kurze Zeit ein Motorrad auf, das von einer schlanken Gestalt mit Sturzhelm und Lederjacke gefahren wurde. Irgendetwas an ihr rief in Nadia schmerzhafte Erinnerungen wach. Sicher ganz grundlos, sagte sie sich, als das Motorrad an der nächsten Kreuzung abbog. Bloß ein Anflug von Lampenfieber. Nur ein Streich, den der Verstand ihr spielte.

Auf Wunsch des Hauses Saud hatte Nadia mehr als nur die Bodyguards ihres Vaters behalten müssen. Die Grundstruktur der AAB Holding war ebenso unverändert geblieben wie auch die Ebene des leitenden Managements. Daoud Hamza, ein libanesischer Stanford-Absolvent, war weiter fürs Tagesgeschäft zuständig. Manfred Wehrli, ein durch nichts zu erschütternder Schweizer Banker, war weiterhin Finanzvorstand. Und das als Abdul & Abdul bekannte Anwaltsteam sorgte wie früher dafür, dass juristische Fallstricke vermieden wurden. Mit zwanzig weiteren Assistenten, Faktotums und sonstigen Lakaien warteten sie alle in der VIP Lounge des Flughafens Le Bourget, als Nadia eintraf. Punkt zehn Uhr gingen sie an Bord des Boeing Business Jets von AAB, der um Viertel nach zehn gen Zürich startete. Sie verbrachten den einstündigen Flug damit, am Konferenztisch sitzend Umsatzzahlen zu besprechen, und stiegen anschließend auf dem Flughafen Zürich in schon bereitstehende Mercedes-Limousinen. Der Konvoi brachte sie in rascher Fahrt auf den bewaldeten Zürichberg und zum eleganten Eingang des Dolder Grand, dessen Direktor sie in einen Konferenzsaal mit einem alpin klingenden Namen geleitete, dessen

Seeblick allein die horrende Tagesmiete wert war. Das Management der Schweizer Firma für optische Geräte war schon da und bediente sich an dem üppigen Lunchbüfett. Das AAB-Team nahm Platz, öffnete seine Aktenkoffer und klappte seine Notebooks auf. Für AAB-Mitarbeiter gab es bei Besprechungen nicht einmal eine Tasse Kaffee. Zizis Regeln.

Für die Besprechung waren zwei Stunden angesetzt. Sie dauerte zwanzig Minuten länger und endete mit dem Vorschlag, Nadia solle weitere zwanzig Millionen Franken in die Modernisierung des Werkes in Zug stecken. Nachdem sie zugesagt hatte, den Vorschlag wohlwollend zu prüfen, verabschiedete sich die Schweizer Delegation. Als sie die luxuriöse Hotelhalle durchquerte, kam sie an einem schlanken Araber mit gepflegtem Bart Anfang vierzig vorbei, der mit seinem Aktenkoffer neben sich stehend allein in einem Sessel saß. Fünf Minuten später wurde er durch einen Anruf aufgefordert, in den Konferenzraum zu kommen, den die Schweizer gerade verlassen hatten. Dort erwartete ihn eine schöne Frau mit untadelig dschihadistischen Wurzeln.

»Allahs Segen sei mit Ihnen«, sagte sie auf Arabisch.

»Und auch mit Ihnen«, erwiderte Samir Abbas. »Ich hoffe, dass Ihre Besprechung mit den Schweizern erfolgreich war.«

»Irdische Dinge«, sagte Nadia mit einer wegwerfenden Handbewegung.

»Allah hat es sehr gut mit Ihnen gemeint«, sagte Abbas. »Ich habe einige Vorschläge ausgearbeitet, wie Sie Ihr Geld investieren könnten.«

»Danke, ich brauche keine Anlageberatung von Ihnen, Herr Abbas. Ich komme ganz gut allein zurecht.«

»Wie kann ich Ihnen sonst zu Diensten sein, Frau al-Bakari?«

»Sie können damit beginnen, dass Sie sich setzen. Und damit, dass Sie Ihr Handy ausschalten. Mit elektronischen

Geräten kann man heutzutage nicht vorsichtig genug sein.
Man weiß nie, wer vielleicht zuhört.«

»Ich verstehe völlig.«

Sie rang sich ein Lächeln ab. »Das tun Sie bestimmt.«

39

ZÜRICH

Die beiden saßen sich am Konferenztisch gegenüber, auf dem als einzige Erfrischung Schweizer Mineralwasser stand, das keiner von ihnen anrührte. Zwischen ihnen lagen zwei Smartphones mit dunklen Bildschirmen und herausgenommenen SIM-Karten. Samir Abbas, der den Blick von Nadias unverschleiertem Gesicht abgewandt hatte, schien den Kronleuchter über sich zu studieren. Zwischen dessen Glühbirnen und Kristallgehängen war der Miniatursender versteckt, den Oded und Mordechai an diesem Vormittag installiert hatten. Jetzt hörten sie das Gespräch der beiden in einem Zimmer im dritten Stock mit, für das der National Clandestine Service der Central Intelligence Agency aufkommen würde. Gabriel, der am anderen Seeufer über eine sichere Mikrowellenverbindung mithörte, bewegte dabei leicht die Lippen, als wolle er Nadia ihren Text einflüstern.

»Ich möchte damit beginnen, dass ich mich aufrichtig bei Ihnen entschuldige«, sagte sie.

Abbas wirkte kurz verwundert. »Sie haben bei meiner Bank neulich ein Konto mit zweihundert Millionen Dollar eröffnet, Frau al-Bakari. Ich wüsste nichts, was es da zu entschuldigen gäbe.«

»Kurz nach dem Tod meines Vaters haben Sie mich um eine Spende für eine Ihnen nahestehende islamische Wohltätigkeitsorganisation gebeten. Und ich habe Sie abgewiesen – ziemlich barsch, wenn ich mich recht erinnere.«

»Es war falsch von mir, Sie in einer so schwierigen Zeit zu belästigen.«

»Ich weiß, dass Sie nur mein Bestes wollten. Die *Zakat* ist ein besonders wichtiger Bestandteil unseres Glaubens. Tatsächlich hat mein Vater die Almosensteuer für die wichtigste der fünf Säulen des Islams gehalten.«

»Ihr Vater war ungemein großzügig. Ich konnte immer auf ihn zählen, wenn wir bedürftig waren.«

»Er hat immer sehr lobend von Ihnen gesprochen, Herr Abbas.«

»Und auch von Ihnen, Frau al-Bakari. Ihr Vater hat Sie sehr geliebt. Ich kann mir vorstellen, wie schwer Sie unter diesem Verlust leiden. Trösten Sie sich mit dem Wissen, dass Ihr Vater bei Allah im Paradies ist.«

»*Inschallah*«, sagte Nadia schwermütig, »doch habe ich seit seiner Ermordung keinen ruhigen Tag mehr gehabt. Und das Wissen, dass seine Mörder nie bestraft worden sind, hat meinen Schmerz noch vermehrt.«

»Sie haben ein Recht auf Ihren Zorn. Das haben wir alle. Die Ermordung Ihres Vaters war eine Beleidigung aller Muslime.«

»Aber wohin soll ich mit diesem Zorn?«

»Fragen Sie mich um Rat, Frau al-Bakari?«

»Nur in spiritueller Hinsicht«, erwiderte sie. »Ich weiß, dass Sie ein zutiefst gläubiger Mann sind.«

»Wie Ihr Vater«, sagte er.

»Wie mein Vater«, wiederholte sie leise.

Abbas sah ihr kurz ins Gesicht, bevor er wieder den Blick abwandte. »Der Koran ist mehr als die Offenbarung Allahs«, sagte er. »Er ist auch ein Gesetzbuch, das alle Aspekte unseres Lebens regelt. Und er bestimmt unter dem Stichwort *al-Quizas* eindeutig, was im Fall eines Mordes zu tun ist. Als nächste Verwandte haben Sie die Wahl zwischen drei Optionen: Sie können den Schuldigen einfach aus der Güte Ihres

Herzens verzeihen. Sie können eine finanzielle Entschädigung als Blutgeld akzeptieren. Oder Sie können dem Mörder antun, was er dem Opfer angetan hat, wobei aber kein Unschuldiger zu Tode kommen darf.«

»Die Männer, die meinen Vater ermordet haben, waren professionelle Attentäter. Sie sind von Dritten angewiesen worden.«

»Dann waren die eigentlichen Mörder die Auftraggeber der Auftragskiller.«

»Und wenn ich mich nicht dazu durchringen kann, ihnen zu verzeihen?«

»Dann ist es nach Allahs Gebot Ihr Recht, sie zu töten. Aber ohne dass dabei Unschuldige zu Tode kommen«, fügte er hastig hinzu.

»Ein schwieriges Vorhaben, finden Sie nicht auch, Herr Abbas?«

Die einzige Reaktion des Bankers war die, Nadia nun ohne die geringste Spur islamischer Sittsamkeit prüfend ins Gesicht zu starren.

»Ist irgendetwas nicht in Ordnung?«, fragte Nadia.

»Ich weiß, wer Ihren Vater ermordet hat, Frau al-Bakari. Und ich weiß, weshalb er ermordet wurde.«

»Dann wissen Sie auch, dass es mir nicht möglich ist, seine Mörder nach islamischem Recht zu bestrafen.« Sie machte eine Pause, bevor sie hinzufügte: »Nicht ohne Hilfe.«

Abbas griff nach ihrem ausgeschalteten Blackberry und begutachtete es schweigend.

»Sie brauchen nicht nervös zu sein«, sagte Nadia ruhig.

»Weshalb sollte ich nervös sein? Ich verwalte Konten superreicher Kunden der TransArabian Bank. Und in meiner Freizeit treibe ich Spenden für legitime Organisationen ein, die es sich zur Aufgabe gesetzt haben, die Leiden von Muslimen in aller Welt zu lindern.«

»Deswegen habe ich Sie hergebeten.«

»Sie möchten Geld spenden?«

»Einen größeren Betrag.«

»Wem?«

»Menschen, die mir zu dem Recht verhelfen können, das mir zusteht.«

Abbas legte ihr Blackberry auf den Konferenztisch zurück, ohne etwas zu sagen. Nadia hielt seinem Blick unbehaglich lange stand.

»Wir leben zwar im Westen, Sie und ich, aber wir sind Kinder der Wüste. Meine Familie stammt aus dem Nedschd, Ihre aus dem Hedschas. Wir können mit wenigen Worten sehr viel sagen.«

»Mein Vater hat oft nur mit Blicken zu mir gesprochen«, sagte Abbas wehmütig.

»Meiner auch«, sagte Nadia.

Abbas schraubte eine Mineralwasserflasche auf und goss sich langsam ein Glas ein, als sei dies das letzte Wasser auf Erden. »Die Wohltätigkeitsorganisationen, mit denen ich in Verbindung stehe, sind völlig legal«, sagte er schließlich. »Die Spendengelder werden für den Bau von Straßen, Schulen, Krankenhäusern und dergleichen verwendet. Manchmal gelangt ein Teil davon in die Hände einer Gruppe aus den Stammesgebieten im Nordwesten Pakistans. Diese Gruppe wäre Ihnen für Ihre Unterstützung sicher dankbar. Wie Sie wissen, hat sie vor Kurzem ihren größten Förderer verloren.«

»Mich interessiert keine Gruppe in den Stammesgebieten Pakistans«, sagte Nadia. »Sie ist nicht mehr effektiv. Ihre Zeit ist vorbei.«

»Erzählen Sie das den Leuten in Paris, Kopenhagen, London und Madrid.«

»Meinen Informationen nach hatte die Gruppe aus den Stammesgebieten Pakistans nichts mit diesen Anschlägen zu tun.«

Abbas sah ruckartig auf. »Wer hat Ihnen das erzählt?«

»Ein Mann meines Sicherheitsdiensts mit engen Verbindungen zur saudischen GID.«

Nadia war überrascht, wie leicht ihr diese Lüge über die Lippen ging. Abbas schraubte die Mineralwasserflasche wieder zu und schien sorgfältig über ihre Antwort nachzudenken.

»Man hört Gerüchte über einen jemenitischen Prediger«, sagte er schließlich. »Ein Mann, der einen amerikanischen Pass besitzt und wie ein Amerikaner spricht. Gerüchteweise hört man auch, dass er seine Unternehmungen ausweiten will. Seine wohltätigen Unternehmungen, versteht sich«, fügte er hinzu.

»Wissen Sie, wie man Kontakt zu seiner Organisation aufnehmen kann?«

»Wenn Sie ihr wirklich helfen wollen, könnte ich die Verbindung herstellen, denke ich.«

»Je früher, desto besser.«

»Das sind keine Männer, die sich gern vorschreiben lassen, was sie zu tun haben, Frau al-Bakari, vor allem nicht von Frauen.«

»Ich bin nicht irgendeine Frau. Ich bin die Tochter von Abdul Aziz al-Bakari, und ich warte nun schon sehr lange.«

»Das tun auch diese Leute – tatsächlich seit Hunderten von Jahren. Ich kenne sie als Männer von großer Geduld. Und auch Sie müssen geduldig sein.«

Die Besprechung endete genau nach Plan. Samir Abbas fuhr in sein Büro in der Bank zurück. Nadia al-Bakari fuhr nach Zürich-Kloten hinaus, wo ihr Flugzeug auf sie wartete. Oded und Mordechai fuhren in das sichere Haus am Westufer des Zürichsees. Gabriel machte sich nicht die Mühe, ihre Ankunft bemerkbar zur Kenntnis zu nehmen. Er hockte im Wohnzimmer vor seinem Notebook, hatte den

Kopfhörer aufgesetzt und wirkte sichtbar resigniert, während er die Aufnahme wieder und wieder abspielte.

»Das sind keine Männer, die sich gern vorschreiben lassen, was sie zu tun haben, Frau al-Bakari, vor allem nicht von Frauen.«

»Ich bin nicht irgendeine Frau. Ich bin die Tochter von Abdul Aziz al-Bakari und warte nun schon sehr lange.«

»Das tun auch diese Leute – tatsächlich seit Hunderten von Jahren. Ich kenne sie als Männer von großer Geduld. Und auch Sie müssen geduldig sein.«

»Eine Bitte habe ich, Herr Abbas. In Anbetracht des Schicksals meines Vaters ist es unabdingbar, dass ich im Voraus weiß, mit wem ich zusammentreffe, und dass mir von dieser Seite keine Gefahr droht.«

»Keine Sorge, Frau al-Bakari. Der Mann, an den ich denke, stellt keinerlei Gefahr für Ihre Sicherheit dar.«

»Wer ist er?«

»Er heißt Marwan bin Taijib. Er ist Dekan der Theologischen Fakultät der Universität Mekka und ein sehr heiliger Mann.«

Gabriel drückte die Stopptaste. Dann leitete er diesen Namen widerstrebend an Adrian Carter in Langley weiter. Carters Antwort kam fünf Minuten später. Sie bestand aus einer Reservierung für den ersten Flug am Morgen nach Washington. Natürlich Economy plus. Carters Rache.

40

»Gut gemacht«, sagte Carter. »Eine Bravourvorstellung. Ein Kunstwerk. Wirklich.«

Er stand in der Executive Suite im sechsten Stock vor dem Aufzug und lächelte mit der ganzen Echtheit der Kunstpflanzen, die im ständigen Halbdunkel seines Büros gediehen. So sieht das tröstliche Lächeln von Führungskräften aus, wenn sie einem kündigen, befand Gabriel. Es fehlten nur noch die goldene Uhr, die bescheidene Abfindung und das Abschiedsessen zu zweit in Morton's Steak House. »Kommen Sie«, sagte Carter und klopfte Gabriel auf die Schulter, was er sonst nie tat. »Ich möchte Ihnen etwas zeigen.«

Sie fuhren in eines der Kellergeschosse des Gebäudes hinunter und marschierten gefühlt eine Meile weit durch grau-weiße Korridore. Ihr Ziel war eine verglaste Beobachtungsplattform über einem höhlenartigen Raum, in dem es wie auf dem Börsenparkett an der Wall Street zuging. An allen vier Wänden flimmerten Großbildschirme in der Größe von Werbetafeln. Darunter erhellten zweihundert gewöhnliche Computerbildschirme zweihundert Gesichter. Was diese Leute genau taten, hätte Gabriel nicht sagen können. Tatsächlich wusste er nicht mal mehr, ob er noch immer in Langley oder zumindest noch im Bundesstaat Virginia war.

»Wir haben entschieden, es sei höchste Zeit, alle unter einem Dach zu versammeln«, erklärte Carter ihm.

»Alle?«, fragte Gabriel.

»Dies ist Ihr Unternehmen«, sagte Carter.

»Das ist alles für *ein* Unternehmen?«

»Wir sind Amerikaner«, sagte Carter mit einem Anflug von Verlegenheit. »Wir können nur groß.«

»Hat dieser Laden eine eigene Postleitzahl?«

»Tatsächlich hat er noch nicht mal einen Namen. Wir nennen ihn Raschidistan – Ihnen zu Ehren. Kommen Sie, wir machen einen kleinen Rundgang.«

»Unter diesen Umständen habe ich Anspruch auf einen großen Rundgang, glaube ich.«

»Wollen wir uns wieder über Zuständigkeiten streiten?«

»Nur wenn's sein muss.«

Carter führte Gabriel über eine enge Wendeltreppe ins Operationszentrum hinunter. Die abgestandene Luft roch nach neuem Teppichboden und überhitzten Stromkabeln. Eine junge Frau mit schwarzer hochgestylter Kurzhaarfrisur drängte sich wortlos an ihnen vorbei und setzte sich an einen der vielen Arbeitsplätze in der Saalmitte. Gabriel sah zu einem der Großbildschirme auf und erkannte mehrere bekannte Washingtoner Journalisten, die in einem Fernsehstudio vor laufender Kamera miteinander diskutierten. Der Ton war abgestellt.

»Arbeiten sie einen Terroranschlag auf?«

»Nicht, dass ich wüsste.«

»Wieso sind sie dann zugeschaltet?«, fragte Gabriel. Er sah sich verwundert und zugleich enttäuscht in dem großen Raum um. »Wer *sind* alle diese Leute?«

Selbst Carter, der nominelle Leiter dieses Unternehmens, schien kurz nachdenken zu müssen, bevor er antwortete. »Die meisten kommen aus der Agency«, sagte er dann, »aber wir haben auch NSA, FBI, Justizministerium, Finanzministerium und mehrere Dutzend Grünkartler.«

»Ist das eine vom Aussterben bedrohte Art?«

»Ganz im Gegenteil«, sagte Carter. »Alle, die Sie mit grünen Ausweisen herumlaufen sehen, kommen aus der Privatwirtschaft. Nicht einmal ich weiß genau, wie viele davon es in Langley gibt. Aber eines weiß ich bestimmt: Die meisten verdienen weit mehr als ich.«

»Wofür?«

»Einige wenige sind ehemalige Terroristenfahnder, die ihr Gehalt verdreifacht haben, seit sie für Privatfirmen arbeiten. In vielen Fällen tun sie genau dieselbe Arbeit und haben genau dieselben Zugangsberechtigungen wie früher. Aber jetzt werden sie statt von der Agency von ACME Security Solutions oder irgendeiner anderen Privatfirma bezahlt.«

»Und der Rest?«

»Datengräber«, sagte Carter, »und dank des gestrigen Gesprächs in Zürich sind sie auf die Hauptader gestoßen.« Er deutete auf eine Gruppe von zusammengestellten Arbeitstischen. »Das Team dort drüben befasst sich mit Samir Abbas, unserem Freund aus der TransArabian Bank. Sie seziert ihn Stück für Stück, E-Mail für E-Mail, Telefonat für Telefonat, Überweisung für Überweisung. Sie hat seine Spur schon bis in die Zeit vor dem 11. September zurückverfolgt. Aus unserer Sicht ist allein Samir die bisherigen Kosten dieses Unternehmens wert. Dass er's geschafft hat, nie auf unserem Radar zu erscheinen, ist bemerkenswert. Er ist wirklich ein großer Fisch. Und das ist auch sein Freund von der Universität Mekka.«

Die junge Frau mit den hochgestylten schwarzen Haaren brachte Carter ein Dossier, woraufhin er Gabriel in einen abhörsicheren Konferenzraum mitnahm. Das einzige Fenster führte in das Operationszentrum hinaus. »Hier ist Ihr Mann«, sagte Carter und legte Gabriel ein Hochglanzfoto hin. »Das saudische Dilemma in Person.«

Gabriel betrachtete das Foto, auf dem Scheich Marwan bin Taijib ohne zu lächeln zu ihm aufsah. Der saudische

Geistliche trug den langen zottigen Bart eines Salafisten und den Gesichtsausdruck eines Mannes, der sich nur widerstrebend fotografieren ließ. Seine rot-weiße *Kafija* hing so von seinem Kopf hinunter, dass die *Tapija*, ein weißes Scheitelkäppchen, deutlich sichtbar war. Im Gegensatz zu den meisten Saudis sicherte er seine Kopfbedeckung nicht mit der *Agal* genannten schwarzen Kordel. Mit dieser betonten Frömmigkeit demonstrierte der Theologe der Welt, dass er keinen besonderen Wert auf seine äußere Erscheinung legte.

»Was wissen Sie über ihn?«, fragte Gabriel.

»Er stammt aus dem wahhabitischen Kernland nördlich von Riad. Tatsächlich steht in seiner Heimatstadt eine Lehmhütte, in der Wahhab einmal übernachtet haben soll. Die Männer dieser Stadt halten sich schon immer für die Hüter des wahren Glaubens, die Reinsten der Reinen. Noch heute sind ihnen Fremde nicht willkommen. Sollte sich doch mal einer in ihre Stadt verirren, verbergen die Einheimischen ihre Gesichter und wenden sich von ihm ab.«

»Hat Bin Taijib Kontakt zur al-Qaida?«

»Gelegentlich«, sagte Carter, »aber unbestreitbar gibt es ihn. Er war eine der Schlüsselfiguren des erwachenden islamischen Eifers, der das Königreich nach der Besetzung der Großen Moschee im Jahr 1979 erfasst hat. In seiner Dissertation hat er behauptet, das sei eine vom Westen angezettelte Verschwörung mit dem Ziel gewesen, den Islam und letztlich auch Saudi-Arabien zu vernichten. Mit solchen Thesen ist er bei bestimmten radikalen Angehörigen des Hauses Saud auf offene Ohren gestoßen – auch bei unserem alten Freund Prinz Nabil, dem saudischen Innenminister, der bis heute hartnäckig leugnet, dass neunzehn der Flugzeugentführer des 11. Septembers Bürger seines Landes waren. Nabil war von Bin Taijibs Doktorarbeit so beeindruckt, dass er ihn persönlich für den einflussreichen Posten an der Universität Mekka empfohlen hat.«

Gabriel schob das Foto zurück zu Carter hin, der es verächtlich anstarrte, bevor er es zum Dossier legte.

»Dies ist nicht das erste Mal, dass Bin Taijib mit Raschids Netzwerk in Verbindung gebracht worden ist«, sagte er. »Trotz seiner radikalen Vergangenheit ist er als Berater für das hochgelobte saudi-arabische Programm zur Wiedereingliederung von Terroristen tätig. Mindestens fünfundzwanzig Saudis sind aufs Schlachtfeld zurückgekehrt, nachdem sie das Programm absolviert hatten. Vier davon sollen bei Raschid im Jemen sein.«

»Irgendwelche anderen Verbindungen?«

»Dreimal dürfen Sie raten, wer am Abend von Raschid al-Husseinis Flucht zuletzt mit ihm gesehen worden ist.«

»Bin Taijib?«

Carter nickte. »Es war Bin Taijib, der Raschid eingeladen hat, in der Universität Mekka zu sprechen. Und es war Bin Taijib, der Raschid am Abend vor seinem Überlaufen Gesellschaft geleistet hat.«

»Haben Sie das jemals bei Ihren Freunden in Riad angesprochen?«

»Wir haben's versucht.«

»Und?«

»Ohne Erfolg«, gestand Carter ein. »Wie Sie wissen, sind die Beziehungen zwischen dem Haus Saud und dem geistlichen Establishment milde gesagt kompliziert. Das Königshaus kann nicht ohne Unterstützung der *Ulema* herrschen. Und wenn die GID auf unser Drängen gegen einen einflussreichen Theologen wie Bin Taijib vorginge ...«

»Das könnte die Dschihadisten empören.«

Carter nickte, dann zog er zwei Blatt Papier aus dem Dossier – von der NSA zur Verfügung gestellte Protokolle abgehörter Telefongespräche.

»Heute Morgen hat unser Freund der TransArabian Bank von seinem Büro aus zwei interessante Telefongespräche geführt – einmal mit Riad und einmal mit Dschidda. Beim ersten Anruf sagt er, dass er geschäftlich mit Nadia al-Bakari zu tun hat. Im zweiten sagt er, dass er eine Freundin hat, die mit Scheich bin Taijib spirituelle Dinge besprechen möchte. Einzeln schienen beide Anrufe ganz harmlos zu sein. Bringt man sie jedoch in Verbindung ...«

»Dann besagen sie, dass Nadia al-Bakari, eine Frau mit untadeligen dschihadistischen Wurzeln, den Scheich unter vier Augen sprechen möchte.«

»Um spirituelle Dinge zu besprechen, versteht sich.« Carter legte die Protokolle zurück. »Die Frage ist nur«, sagte er und klappte das Dossier zu, »lassen wir sie hingehen?«

»Wieso nicht?«

»Weil das ein Bruch aller unserer Vereinbarungen mit der saudischen Regierung und ihrem Geheimdienst wäre. Der *Hadith* besagt, dass es in Arabien keine zwei Religionen geben soll. Und das Haus Saud hat unmissverständlich klargemacht, dass es keine zwei Geheimdienste dulden wird.«

»Wann seht ihr Amerikaner endlich ein, dass diese Leute nicht die Lösung, sondern das Problem sind?«

»An dem Tag, an dem wir kein saudisches Öl mehr brauchen, um unsere Autos und unsere Wirtschaft in Gang zu halten«, sagte Carter. »Seit dem 11. September haben wir Hunderte von saudischen Bürgern verhaftet und liquidiert, aber nicht in Saudi-Arabien selbst. Ungläubige wie wir haben in diesem Land nichts zu suchen. Entschließt Nadia al-Bakari sich dazu, Scheich bin Taijib aufzusuchen, muss sie ohne Unterstützung zurechtkommen.«

»Können wir den Berg zum Propheten bringen?«

»Wenn Sie damit meinen, ob Bin Taijib ins Ausland reisen könnte, um sich mit Nadia zu treffen, lautet die Antwort: Nein. Dafür steht er auf zu vielen Beobachtungslisten. Kein vernünftiger europäischer Staat würde ihn einreisen lassen. Sollte Bin Taijib anbeißen, bleibt uns nichts anderes übrig, als sie allein loszuschicken. Und sollten die Saudis rausbekommen, dass sie in unserem Auftrag unterwegs ist, werden Köpfe rollen.«

»Vielleicht hätten Sie das bedenken sollen, bevor Sie eine ganze Behörde für dieses Unternehmen gegründet haben«, sagte Gabriel und zeigte nach draußen ins Operationszentrum. »Aber das ist jetzt Ihr Problem, Adrian. Unsere operative Übereinkunft sieht vor, dass ich an dieser Stelle die Schlüssel übergebe und mich unauffällig in den Hintergrund zurückziehe.«

»Ich frage mich, ob Sie ein paar Änderungen zustimmen würden«, sagte Carter vorsichtig.

»Ich höre.«

»Bevor ich Direktor der größten Einheit zur Terrorismusbekämpfung geworden bin, habe ich selbst Spione angeworben und geführt. Und wenn es eines gibt, das Spione hassen, sind es Veränderungen. Sie haben Nadia al-Bakari entdeckt. Sie haben sie angeworben. Da wär's nur vernünftig, wenn Sie sie weiter führen würden.«

»Sie wollen mich als ihren Führungsoffizier behalten?«

»Ganz recht.«

»Unter Ihrer Aufsicht, versteht sich.«

»Das Weiße Haus besteht darauf, dass die Agency die Kontrolle über das Unternehmen übernimmt. Mir sind die Hände gebunden, fürchte ich.«

»Es sieht Ihnen nicht ähnlich, sich hinter höheren Stellen zu verstecken, Adrian.«

Carter gab keine Antwort. Gabriel tat so, als würde er ernsthaft über seinen Vorschlag nachdenken, aber in Wirklichkeit stand sein Entschluss längst fest. Er nickte zu der schalldichten Glasscheibe hinüber und fragte: »Haben Sie dort draußen einen Platz für mich?«

Adrian Carter lächelte. »Ich habe schon einen Dienstausweis für Sie anfertigen lassen, damit Sie sich überall frei bewegen können«, sagte er. »Er ist natürlich grün.«

»Grün ist die Farbe unseres Feindes.«

»Der Islam ist nicht unser Feind, Gabriel.«

»Ah, richtig, das hätte ich fast vergessen.«

Carter stand auf und begleitete Gabriel zu einem kleinen Glaskasten in der hintersten Ecke des Operationszentrums. Die Einrichtung bestand aus einem Schreibtisch, einem Stuhl, einem Telefon für interne Gespräche, einem Safe für Dokumente, einem Plastikbeutel für Notizen, die zur Verbrennung gegeben werden sollten, und einem Kaffeebecher mit CIA-Emblem. Die junge Frau mit der hochgestylten Frisur brachte ihm einen Stapel Akten und ging dann wortlos an ihren Arbeitsplatz zurück. Als Gabriel den ersten Ordner aufschlug, hob er zufällig den Kopf und sah Carter, der auf Raschidistan von der Beobachtungsplattform blickte. Er schien sehr zufrieden mit sich zu sein. Dazu hatte er allen Grund. Dieses Unternehmen gehörte jetzt ihm. Gabriel war nur ein weiterer Subunternehmer: ein Mann in einer grauen Box mit einem grünen Ausweis um den Hals.

41

RIAD, SAUDI-ARABIEN

Der Boeing Business Jet der AAB Holding flog um 17.18 Uhr in den Luftraum des Königreichs Saudi-Arabien ein. Wie üblich informierte der britische Pilot seine Passagiere und das Kabinenpersonal sofort darüber, damit etwa an Bord befindliche Frauen anfangen konnten, die hierzulande vorgeschriebene islamische Kleidung anzulegen.

Zehn der mitfliegenden Frauen taten das sofort. Die elfte Frau, Nadia al-Bakari, blieb auf ihrem gewohnten Platz sitzen und arbeitete weiter einen Stapel Akten durch, bis die ersten Lichter von Riad wie auf dem Wüstenboden verstreute Bernsteinstücke sichtbar wurden. Vor hundert Jahren war die saudische Hauptstadt kaum mehr als ein im Westen praktisch unbekannter von Lehmwällen umgebener Vorposten gewesen, ein Punkt auf der Landkarte irgendwo zwischen den Sarawat-Bergen und der Golfküste. Erdöl hatte Riad in eine internationale Metropole mit Palästen, Wolkenkratzern und Einkaufszentren verwandelt. Der Wohlstand, den Petrodollars gebracht hatten, war jedoch in vieler Beziehung eine Illusion. Trotz der Milliarden, die das Haus Saud für die Modernisierung seines verschlafenen Wüstenkönigreichs verwandt hatte, hatte es viele weitere Milliarden für Jachten, Mätressen und Ferienhäuser in Marbella verprasst. Und noch schlimmer: Es hatte kaum Vorkehrungen für den Tag getroffen, an dem die letzte Ölquelle versiegen würde. Auf den Ölfeldern und in den Palästen schufteten zehn Millionen ausländische Arbeitnehmer, aber Hunderttausende von jungen Saudi-Arabern konnten keine Arbeit finden. Außer Rohöl waren die wichtigsten Exportgüter des Landes Datteln und Korane. Und bärtige Fanatiker, dachte Nadia grimmig, während sie beobachtete, wie die leuchtenden Punkte unter ihr sich zum Lichtermeer der Hauptstadt zusammenschlossen. Was die Produktion von islamischen Extremisten betraf, gehörte Saudi-Arabien zu den Weltmarktführern.

Nadia wandte sich vom Fenster ab und sah sich im Inneren des Flugzeugs um. Die vordere Kabine war mit bequemen Sesseln an den Wänden und kostbaren Orientteppichen auf dem Boden als Salon eingerichtet. Dort saßen die ausschließlich männlichen Führungskräfte der AAB Holding – Daoud Hamza, das Juristenteam Abdul & Abdul und natürlich Rafiq al-Kamal. Er starrte Nadia missbilligend an, als wolle er sie wortlos daran erinnern, dass es höchste Zeit wurde, sich umzuziehen. Sie waren kurz davor, im Land der unsichtbaren Frauen zu landen, was bedeutete, dass al-Kamal mehr als nur Nadias Leibwächter sein würde. Er würde auch als ihr männlicher Begleiter fungieren, der gesetzlich verpflichtet war, sie überall zu eskortieren, wenn sie sich in der Öffentlichkeit bewegte. In wenigen Minuten würde Nadia al-Bakari, eine der reichsten Frauen der Welt, nur noch die Rechte eines Kamels besitzen. Noch weniger, dachte sie verärgert, denn sogar Kamele durften ihr Gesicht öffentlich zeigen.

Sie stand wortlos auf und ging durch die Maschine zu ihrer elegant eingerichteten Privatkabine im Flugzeugheck. Als sie den Kleiderschrank öffnete, sah sie ihre saudischen Gewänder schlaff auf einem Bügel hängen: das Unterkleid, eine einfache weiße *Thobe*, das Übergewand, eine bestickte schwarze *Abaya* und der schwarze Gesichtsschleier, der *Niqab*. Nur einmal, dachte sie, würde sie auf den Straßen ihres Heimatlandes in bequemer weißer Kleidung statt in einem einengenden schwarzen Kokon unterwegs sein wollen. Aber das war natürlich nicht möglich. Selbst Reichtum von der Größenordnung, wie die al-Bakaris ihn besaßen, bot keinen Schutz vor den fanatischen *Mutawin*, der Religionspolizei. Außerdem war dies kaum der richtige Zeitpunkt, um die sozialen und religiösen Normen Saudi-Arabiens auf die Probe zu stellen. Sie war in ihr Heimatland zurückgekehrt, um privat mit Scheich Marwan bin Taijib, dem Dekan der Theologischen Fakultät der Universität Mekka, zusammenzutreffen. Der hoch angesehene Imam wäre sicher peinlich berührt gewesen, wenn Nadia wegen Verstoßes gegen die islamische Kleiderordnung von den Bärtigen festgenommen worden wäre.

Sie legte widerstrebend ihren Hosenanzug von Oscar de la Renta ab und kleidete sich sorgfältig in Schwarz. Mit dem *Niqab*, der das Gesicht verdeckte, das Allah ihr gegeben hatte, stand sie vor dem Spiegel und begutachtete ihre Erscheinung. Jetzt waren nur mehr ihre Augen und ein schmaler Hautstreifen um die Fußknöchel zu sehen. Alle übrigen sichtbaren Beweise ihrer Existenz waren ausgelöscht. Und als Nadia in die vordere Kabine zurückkam, nahmen die Männer ihre Rückkehr kaum zur Kenntnis. Nur der Libanese Daoud Hamza machte sich die Mühe, von ihrer Anwesenheit Notiz zu nehmen. Die anderen, alle Saudis, vermieden es bewusst, zu ihr hinüberzublicken. Das Übel ist zurückgekehrt, dachte sie, das alte Übel, das Saudi-Arabien verkörpert. Dass sie ihre Arbeitgeberin war, spielte keine Rolle mehr. Allah hatte sie zu einer Frau gemacht, und bei ihrer Ankunft im Land des Propheten würde sie den ihr angemessenen Platz einnehmen müssen.

Ihre Landung auf dem King Khalid International Airport fiel mit dem Abendgebet zusammen. Weil Nadia nicht mit den Männern beten durfte, blieb ihr nichts anderes übrig, als geduldig zu warten, bis sie dieser wichtigsten Säule des

Islams ihre Reverenz erwiesen hatten. Dann stieg sie von mehreren verschleierten Frauen umgeben die Fluggasttreppe hinunter und kämpfte damit, nicht über den Saum ihrer *Abaya* zu stolpern. Übers Rollfeld wehte ein eisiger Wind, der dichte braune Staubwolken aus dem Nedschd mit sich brachte. Mit schräg in den Wind gelegtem Oberkörper folgte Nadia ihren Angestellten in das Terminal für Allgemeine Luftfahrt. Dort trennten sich ihre Wege, denn wie in allen öffentlichen Einrichtungen Saudi-Arabiens herrschte im Ankunftsgebäude Geschlechtertrennung. Trotz der AAB-Gepäckaufkleber wurde ihr Gepäck sorgfältig nach Pornografie, Alkohol und sonstigen Spuren westlicher Dekadenz durchsucht.

Vor dem Terminal stieg sie mit Rafiq al-Kamal in einen bereitstehenden Mercedes – sie hinten, er vorn –, um sich fünfunddreißig Kilometer weit in die Stadt fahren zu lassen. Durch den Sandsturm betrug die Sichtweite nur wenige Meter. Gelegentlich kamen die Scheinwerfer eines entgegenkommenden Wagens wie die Positionslichter eines kleinen Boots auf sie zugetanzt, aber die meiste Zeit schien keiner außer ihnen unterwegs zu sein. Nadia wünschte sich nichts mehr, als den *Niqab* abnehmen zu können, doch sie beherrschte sich. Die *Mutawin* waren immer auf der Suche nach unverschleierten Frauen in Autos – vor allem nach im Westen lebenden reichen Frauen, die zu einem Kurzbesuch in der Heimat waren.

Nach einer Viertelstunde tauchte endlich die Skyline von Riad aus dem dunkelbraunen Dunst auf. Sie fuhren in flottem Tempo an der Ibn Saud Islamic University vorbei und gelangten nach mehreren Kreisverkehren auf die King Fahd Road, die Hauptstraße des florierenden neuen Bankenviertels al-Olaja. Genau vor ihnen erhob sich das Kingdom Center, das wie ein stehen gebliebener moderner Aktenkoffer aussah, der darauf wartete, von seinem vergesslichen

Eigentümer abgeholt zu werden. In seinem Schatten stand die glitzernde neue Makkah Mall, die nach dem Abendgebet wieder geöffnet hatte und jetzt von Horden Einkaufswilliger gestürmt wurde. *Mutawin* mit Schlagstöcken patrouillierten zu zweit durch die Menge und hielten Ausschau nach freizügiger Kleidung oder unpassendem Benehmen. Nadia musste wieder an Rena denken, und erstmals seit ihrem Besuch in Seraincourt durchfuhr sie plötzlich nackte Angst.

Doch schon im nächsten Augenblick war sie wieder verflogen, als der Mercedes auf die Musa bin Nusiar Street abbog und nach al-Schumajsi weiterfuhr, wo die von Mauern umgebenen Paläste der Prinzen des Königshauses und anderer Angehöriger der saudischen Elite standen. Der Besitz der Familie al-Bakari lag am Westrand dieses Viertels an einer Straße, auf der ständig Polizei und Militär patrouillierten. Der Palast, eine wenig geglückte Mischung aus östlichen und westlichen Stilelementen, war von einem über einen Hektar großen Park mit Spiegelteichen, Brunnen, Rasenflächen und Palmenhainen umgeben. Seine hohen weißen Mauern sollten für jeden Feind unüberwindbar sein, aber sie waren kein Hindernis für die Staubwolken, die über den Vorhof wirbelten, als die Limousine langsam durch das massive Tor fuhr.

Das nur aus Asiaten bestehende zehnköpfige Hauspersonal hatte sich zur Begrüßung unter dem Säulenvordach aufgestellt. Nadia, die hinten aus dem Mercedes ausstieg, hätte es gern freundlich begrüßt. Stattdessen spielte sie die Rolle der unnahbaren saudischen Milliardenerbin, ging wortlos an den Leuten vorbei und stieg die große Freitreppe hinauf. Als sie den ersten Treppenabsatz erreichte, hatte sie sich bereits den Gesichtsschleier abgerissen. In der Ungestörtheit ihrer Gemächer zog sie sich ganz aus und stand nackt vor einem der Wandspiegel – bis eine Woge leichten Schwindels sie erfasste und auf die Knie zwang. Sobald er abgeklungen war, wusch sie sich den Staub des Nedschd aus dem Haar, streckte sich mit geschlossenen Beinen und ausgebreiteten Armen auf dem Teppich aus und wartete auf das Einsetzen des vertrauten Gefühls der Schwerelosigkeit. Nicht mehr lange, dachte sie. Noch ein paar Monate, vielleicht nur ein paar Wochen. Dann ist's geschafft.

In Langley war es erst kurz nach 11.30 Uhr, doch in Raschidistan herrschte permanent Abendstimmung. Adrian Carter saß an seinem Platz im Operationszentrum, hatte den Telefonhörer in der linken Hand und hielt in der rechten ein einzelnes Blatt Papier. Das Telefon verband ihn mit James McKenna im Weißen Haus. Das Blatt Papier war ein Ausdruck der letzten Meldung des CIA-Stationschefs in Riad. NAB, das wenig kryptische Kürzel der Agency für Nadia al-Bakari, sei in der Heimat eingetroffen, so die Information, und werde anscheinend nicht beschattet – weder von Dschihadisten, dem saudischen Geheimdienst noch sonst wem. Das las Carter mit sichtlich erleichterter Miene, bevor er das Blatt über den Tisch hinweg Gabriel zuschob, dessen Gesicht ausdruckslos blieb. Sie wechselten dabei kein Wort. Das war nicht nötig. Sie teilten die gleiche Sorge. Sie hatten eine Agentin auf feindlichem Gebiet und würden keine ruhige Minute haben, bis sie wieder sicher in ihrem Flugzeug saß, das den saudischen Luftraum verließ.

Gegen Mittag kehrte Carter in sein Büro im sechsten Stock zurück, während Gabriel in das Haus in der N Street fuhr, um etwas Schlaf nachzuholen. Er wachte um Mitternacht auf und war um ein Uhr wieder in Raschidistan – mit seinem grünen Dienstausweis um den Hals und Adrian Carter nervös neben sich. Die nächste Meldung aus Riad kam eine Viertelstunde später. NAB hatte ihren von Mauern umgebenen Palast in al-Schumajsi verlassen und war auf der

Fahrt zu ihrem Firmensitz in der al-Olaja Street. Dort blieb sie bis dreizehn Uhr und ließ sich dann zu einem Lunch mit saudischen Investoren, zufällig lauter Männer, ins Hotel Four Seasons fahren. Vom Hotel aus bog ihr Wagen später nach rechts auf die King Fahd Street ab – merkwürdig, lag doch ihr Büro in Gegenrichtung. Zuletzt wurde sie auf der Fernstraße 65 nach Norden fahrend gesehen. Das CIA-Team versuchte nicht, ihr zu folgen. NAB war jetzt völlig auf sich allein gestellt.

42

Nedschd, Saudi-Arabien

Der Wind legte sich gegen Mittag, und am Spätnachmittag
lag die Landschaft des Nedschd friedlich da. Aber diese Stille
auf dem kargen Hochplateau würde nicht lange anhalten,
denn fern im Westen krochen schon wieder dunkle Sturm-
wolken wie Räuber aus dem Hedschas über die Pässe der
Sarawat-Berge. Vor zwei Wochen hatte es erstmals geregnet,
und der Wüstenboden war mit einem zögerlichen ersten
Flaum aus Gras und Wildblumen bedeckt. Binnen weniger
Wochen würde das Land so grün sein wie eine Viehweide in
Berkshire. Dann würde der Hochofen wieder angeblasen
werden, und vom Himmel würde kein einziger Tropfen
Regen mehr fallen – nicht vor dem kommenden Winter,
in dem sich, wenn Allah wollte, wieder Stürme von den
Sarawat-Bergen herabwälzen würden.

Für die Bewohner des Nedschd gehörte der Regen zu
den wenigen willkommenen Dingen, die aus dem Westen
kamen. Fast alles andere, auch ihre sogenannten Landsleute
im Hedschas, betrachteten sie verächtlich. Es war ihr Glaube, der sie äußere Einflüsse zurückweisen ließ: ein Glaube,
den ihnen vor über drei Jahrhunderten ein asketischer Re-
formprediger namens Muhammad ibn Abd al-Wahhab gebracht hatte. Im Jahr 1744 ging er im Nedschd ein Bündnis
mit dem Stamm al-Saud ein und schuf so die Verbindung
von politischer und religiöser Macht, aus der später der
moderne Staat Saudi-Arabien entstehen sollte. Ihr Bündnis
war nicht ganz unproblematisch, und die al-Saud hatten ab

und zu das Bedürfnis, die bärtigen Eiferer aus dem Nedschd in die Schranken zu weisen – notfalls auch mit Hilfe von Ungläubigen. Im Jahr 1930 setzten sie britische Maschinengewehre ein, um die Gotteskrieger der *Ichwan*-Bruderschaft in der Stadt Sabillah zu massakrieren. Und nach dem 11. September 2001 machten die al-Saud gemeinsame Sache mit den verhassten Amerikanern, um die als al-Qaida bekannte moderne Version der *Ichwan* zurückzuschlagen. Trotz solcher Belastungen hielt das Bündnis zwischen den Anhängern Wahhabs und dem Haus Saud, weil sie aufeinander angewiesen waren, um schlicht überleben zu können. In der unversöhnlich kargen Landschaft des Nedschd konnte keiner mehr als das verlangen.

Trotz aller klimatischen Extreme war der neue Belag der Fernstraße 65 so glatt und schwarz wie die Rohölströme tief unter ihr im Sand. Sie verlief nach Nordwesten, folgte der alten Karawanenstraße zwischen Riad und der Oasenstadt Hail. Weit südlich von Hail, in der Nähe der Stadt Buraida, wies Nadia den Fahrer an, auf eine schmalere Straße abzubiegen, die nach Westen in die Wüste hineinführte. Rafiq al-Kamal war inzwischen sichtbar unruhig. Nadia hatte ihm ihre Absicht, den Nedschd zu besuchen, erst bei der Abfahrt vom Four Seasons mitgeteilt, und selbst dann waren ihre Erklärungen wolkig geblieben. Sie sagte, sie sei zum Abendessen im Familienlager von Scheich Marwan bin Taijib, einem wichtigen Mitglied der *Ulema*, eingeladen. Nach dem Mahl – natürlich mit strikter Trennung der Geschlechter – würde sie mit dem Scheich zusammentreffen, um mit ihm Fragen zu besprechen, die mit der Almosensteuer *Zakat* zusammenhingen. Bei dieser Zusammenkunft brauchte sie keinen männlichen Begleiter, weil der Geistliche ein guter und gelehrter, für seine Frömmigkeit bekannter Mann war. Auch ihre Sicherheit war bestimmt gewährleistet. Al-Kamal hatte sich ihrer Entscheidung gefügt, aber dass er damit unzufrieden war, war ihm deutlich anzumerken.

Inzwischen war es fast siebzehn Uhr, und der endlos hohe Himmel wurde langsam farblos grau. Sie rasten durch Dattelhaine und Zitronen- sowie Orangenplantagen und bremsten nur einmal, um einen knorrigen alten Hirten seine Ziegen über die Straße treiben zu lassen. Al-Kamal schien sich mit jedem Kilometer mehr zu entspannen. Weil er aus diesem Gebiet stammte, konnte er auf die wichtigeren Sehenswürdigkeiten aufmerksam machen. Und in Unajsa, einer für die Reinheit ihres Islams bekannten Kleinstadt, bat er sogar, einen kleinen Umweg machen zu dürfen, damit er das bescheidene Haus wiedersehen konnte, in dem er als Kind mit einer der vier Ehefrauen seines Vaters gelebt hatte.

»Ich wusste gar nicht, dass Sie von hier stammen«, sagte Nadia al-Bakari.

»Wie Scheich bin Taijib«, bestätigte er nickend. »Ich habe ihn als Jungen gekannt. Wir waren in derselben Schule und haben in derselben Moschee gebetet. Marwan war damals ein ziemlicher Unruhestifter. Er hat Schwierigkeiten bekommen, weil er das Schaufenster einer Videothek eingeworfen hat. Die sei unislamisch, hat er gesagt.«

»Und Sie?«

»Mich hat der Shop nicht gestört. In Unajsa konnte man nicht viel tun, außer Videos zu gucken und in die Moschee zu gehen.«

»Wie man hört, hat der Scheich sich inzwischen etwas gemäßigt.«

»Für die Muslime von Unajsa ist ›Mäßigung‹ ein Fremdwort«, sagte al-Kamal. »Sollte Marwan seither anders auftreten, ist das nur eine Maske. Er ist durch und durch ein Islamist. Und er hält nicht viel von den al-Saud, obwohl sie ihn gut bezahlen. Sehen Sie sich im Umgang mit ihm lieber vor.«

»Ich werd's mir merken.«

»Vielleicht sollte ich zu dem Gespräch mitgehen.«

»Ich komme allein zurecht, Rafiq.«

Al-Kamal schwieg, als sie Unajsa verließen und tiefer in die Wüste hineinfuhren. Direkt vor ihnen, hinter einer mit Felsbrocken durchzogenen Geröllfläche, ragte ein Steilhang auf, dessen Gestein Sand und Wind in Millionen von Jahren geformt hatten. Das Lager des Scheichs lag nördlich des Steilhangs am Rand eines tiefen Wadis. Nadia konnte spüren, wie schwere Steine gegen den Wagenboden polterten, als sie jetzt einer mit Schlaglöchern übersäten unbefestigten Straße folgten.

»Ich wollte, Sie hätten mir gesagt, wohin wir fahren«, sagte al-Kamal. »Dann hätten wir einen der Range Rovers genommen.«

»Ich dachte nicht, dass es so schlimm sein würde.«

»Das Lager liegt in der Wüste. Wie, meinten Sie, sollte unser Weg sonst aussehen?«

Nadia musste unwillkürlich lachen. »Hoffentlich sieht mein Vater uns jetzt nicht.«

»Ich hoffe, dass er's tut.« Al-Kamal sah sie sekundenlang schweigend an. »Ich war ständig an der Seite Ihres Vaters, Nadia, auch bei höchst vertraulichen Gesprächen mit Männern wie Scheich bin Taijib. Er hat mir sein Leben anvertraut. Leider konnte ich ihn in jener Nacht in Cannes nicht beschützen, aber ich hätte ihn jederzeit mit meinem Leib gedeckt. Und ich würde das Gleiche für Sie tun. Verstehen Sie, was ich damit sagen will?«

»Ich denke schon, Rafiq.«

»Gut«, sagte er. »So Allah will, wird das Treffen heute Abend ein Erfolg. Aber nächstes Mal informieren Sie mich rechtzeitig, damit ich entsprechende Vorbereitungen treffen kann. Das ist immer besser. Keine Überraschungen.«

»Zizis Regeln?«, fragte sie.

»Zizis Regeln«, bestätigte er nickend. »Zizis Regeln sind wie die Lehren des Propheten, Friede sei mit ihm. Befolgt man sie sorgfältig, schenkt einem Allah ein langes, glückliches Leben. Ignoriert man sie…« Er zuckte mit seinen schweren Schultern. »Dann passieren schlimme Dinge.«

Sie kamen an einer Menge Autos vorbei, die kreuz und quer am Rand des Wadis parkten: Range Rovers, Mercedes, Toyotas und ein paar verbeulte Pick-ups. Angrenzend an die Parkfläche standen zwei von innen beleuchtete große Gemeinschaftszelte. Über den Wüstenboden war ein Dutzend kleinerer Wohnzelte verteilt − jedes ausgestattet mit einem Stromerzeuger und einer Satellitenschüssel. Nadia lächelte unter ihrem tarnenden *Niqab*. Saudi-Araber liebten es, im Winter in die Wüste zurückzukehren, um sich wieder wie Beduinen zu fühlen, aber ihre Begeisterung für die alten Sitten hatte ihre Grenzen.

»Der Scheich weiß offenbar gut für sich zu sorgen.«

»Sie sollten seine Villa in Mekka sehen«, sagte al-Kamal. »Und für alles kommt die Regierung auf. Aus Sicht der al-Saud ist das gut angelegtes Geld. Sie sorgen für die *Ulema*, und die *Ulema* sorgt für das Königshaus.«

»Wieso lagern sie ausgerechnet hier?«, fragte Nadia und sah sich um.

»Lange bevor es ein Saudi-Arabien gegeben hat, haben Angehörige der Großfamilie des Scheichs im Winter ihre Tiere hierher getrieben. Die Bin Taijibs schlagen seit Jahrhunderten ihr Lager hier auf.«

»Als Nächstes erzählen Sie mir noch, dass Sie schon als Junge hier draußen waren.«

Ihr Sicherheitschef lächelte, was selten vorkam. »Stimmt genau.«

Er bedeutete dem Fahrer, etwas abseits von den anderen Wagen zu parken. Nachdem er Nadia aussteigen geholfen hatte, blieb er stehen, um einen Toyota Camry zu begutachten. Bis auf eine dünne Staubschicht sah die Limousine aus, als sei sie gerade in Dhahran von Bord gerollt.

»Ihr Traumwagen?«, fragte Nadia spöttisch.

»Dieses Modell bekommen Absolventen des Programms zur Wiedereingliederung von Terroristen. Sie bekommen ein Auto, die Anzahlung für ein Haus und ein nettes Mädchen zur Frau – alles, was man für ein normales Leben braucht, damit sie in dieser Welt verankert bleiben, statt noch mal in die des Dschihad abzudriften. Man kauft die Loyalität der *Ulema*, und man kauft die Loyalität der Dschihadisten. So macht man's in der Wüste. So machen es die al-Saud.«

Al-Kamal wies den Fahrer an, bei dem Mercedes zu bleiben, dann begleitete er Nadia zu den Gemeinschaftszelten. Sekunden später tauchte ein jüngerer Mann auf, um sie zu begrüßen. Nach Art der Salafisten trug er eine knöchellange *Thobe* und eine *Taqija*, ein Scheitelkäppchen ohne weitere Kopfbedeckung. Sein Bart war lang, aber spärlich, sein Blick für einen Saudi-Araber ungewöhnlich sanft. Nachdem er den traditionellen Friedensgruß absolviert hatte, stellte er sich als Ali vor und sagte, er sei ein *Talib*, ein Schüler von Scheich bin Taijib. Er schien ungefähr dreißig zu sein.

»Das Essen beginnt gerade erst. Ihr Leibwächter kann sich zu uns gesellen, wenn er möchte. Die Frauen sind dort drüben«, fügte er hinzu, indem er auf das linke Zelt deutete. »Heute Abend sind zahlreiche Angehörige des Scheichs hier. Sie werden Sie sicher herzlich willkommen heißen.«

Nadia wechselte einen letzten Blick mit al-Kamal, bevor sie nach links abbog. Zwei verschleierte Frauen tauchten auf, begrüßten sie freundlich im weichen Arabisch der Wüstenbewohner und zogen sie mit sich in das Zelt, wo etwa zwanzig weitere Frauen waren. Sie saßen auf weichen Orientteppichen vor Platten, auf denen sich Lamm und Huhn, Auberginen, Reis und Fladenbrot türmten. Manche trugen wie Nadia den *Niqab*, aber die meisten waren voll verschleiert. In dem beengten Raum des Zelts klang ihr lebhaftes Schwatzen wie das Gezirp von Zikaden. Es verstummte sekundenlang, als Nadia al-Bakari von einer ihrer Begleiterinnen vorgestellt wurde. Anscheinend hatten sie mit dem Essen auf sie gewartet, denn eine der Frauen rief laut aus: »*Alhamdulillah!*« – Allah sei Dank! Dann machten die Frauen sich über die Platten her, als hätten sie seit Tagen nichts mehr gegessen und rechneten damit, längere Zeit nichts mehr zu essen zu bekommen.

Nadia, die noch stand, blickte die formlosen verschleierten Gestalten einen Moment lang forschend an, bevor sie sich zwischen zwei Frauen setzte, die Mitte zwanzig zu sein schienen. Eine hieß Adara, die andere Safia. Adara stammte aus Buraida und war eine Nichte des Scheichs. Ihr Bruder war in den Irak gegangen, um gegen die Amerikaner zu kämpfen, und spurlos verschwunden. Safia erwies sich als die Frau des *Talibs* Ali. »Ich bin nach der Muslima benannt, die zur Zeit des Propheten, Friede sei mit ihm, einen jüdischen Spion umgebracht hat«, sagte sie stolz. Rafiq al-Kamal hatte richtig vermutet, woher der Toyota Camry stammte: Ali hatte ihn als Absolvent des Programms zur Wiedereingliederung von Terroristen bekommen. Und er hatte auch Safia mitsamt einer ansehnlichen Mitgift bekommen. In vier Monaten erwarteten sie ihr erstes Kind. »*Inschallah* wird es ein Junge«, sagte sie.

»Wenn Allah will«, wiederholte Nadia betont heiter, entgegen ihrer tatsächlichen Stimmung.

Nadia nahm sich eine kleine Portion Huhn und Reis, dann sah sie sich unter den Frauen genauer um. Einige wenige hatten ihre *Niqabs* abgelegt, aber die meisten – auch Adara und Safia – mühten sich ab, verschleiert zu essen. Das tat auch Nadia, während sie zuhörte, was um sie herum geschwatzt wurde. Die Unterhaltung war schrecklich banal:

Familienklatsch, das neueste Einkaufszentrum in Riad, die Erfolge ihrer Kinder. Natürlich nur ihrer Söhne, denn Töchter waren Symbole für Versagen an der Gebärfront. So verbrachten sie ihr Leben, in eigenen Räumen oder eigenen Zelten eingesperrt, stets nur mit Frauen genau wie sie selbst zusammen. Sie gingen nie ins Theater, weil es im ganzen Land kein einziges Schauspielhaus gab. Sie gingen in keine Diskotheken, weil Musik und Tanz strikt *haram* waren. Sie lasen nichts als den Koran – den sie von den Männern getrennt studierten – und stark zensierte Zeitschriften, in denen für Kleidung geworben wurde, die sie in der Öffentlichkeit nicht tragen durften. Manchmal schenkten sie sich gegenseitig körperliche Freuden, das schmutzige kleine Geheimnis Saudi-Arabiens, aber größtenteils führten sie ein Leben in bedrückender, deprimierender Langeweile. Und wenn es zu Ende war, würden sie nach wahhabitischer Tradition im heißen Sand des Nedschd ein flaches Grab ohne Grabstein erhalten.

Trotz alledem fühlte Nadia sich in der warmen Umarmung ihres Volkes und ihres Glaubens fast gegen ihren Willen geborgen. Dies war etwas, das westliche Ausländer nie verstanden: Der Islam war allumfassend. Er weckte einen morgens mit dem Ruf zum Gebet und bedeckte einen wie eine *Abaya*, während man den restlichen Tag absolvierte. Er war in jedem Wort, jedem Gedanken und jeder Tat eines frommen Muslims. Und er war hier, in dieser Gemeinschaft verschleierter Frauen im Herzen des Nedschd.

Plötzlich spürte sie die ersten heftigen Gewissensbisse. Sie überfielen sie ohne die geringste Vorwarnung, wie ein Sandsturm. Indem sie mit Israelis und Amerikanern gemeinsame Sache machte, sagte sie sich praktisch von ihrem Glauben als Muslima los. Sie war eine Abtrünnige, eine Ketzerin, und auf Ketzerei stand die Todesstrafe. Eine Strafe, die diese hier versammelten verschleierten gelangweilten Frauen zweifellos gebilligt hätten. Ihnen wäre nichts anderes übrig geblieben, denn hätten sie gewagt, sich zu Nadias Verteidigung zu erheben, hätten sie ihr Schicksal geteilt.

Ihre Schuldgefühle verschwanden rasch wieder und wurden durch Angst ersetzt. Um sich dagegen zu wehren, dachte sie an Rena, ihren Leitstern. Und sie überlegte sich, wie passend es war, dass ihr Verrat sich hier in der heiligen Landschaft Nedschd, in der tröstenden Umarmung dieser verschleierten Frauen ereignen würde. Und falls sie nachträglich Bedenken wegen des von ihr eingeschlagenen Weges hatte, war es dafür jetzt zu spät. Denn durch die halb offene Zeltklappe konnte sie Ali, den bärtigen *Talib*, in seiner kurzen salafistischen *Thobe* aus der Wüste kommen sehen. Es wurde Zeit für ein ruhiges Gespräch unter vier Augen mit dem Scheich. Danach würde, wenn Allah wollte, der Regen kommen, und alles würde vorbei sein.

43

NEDSCHD, SAUDI-ARABIEN

Sie folgte dem *Talib* am Rand des Wadis entlang in die Wüste. Hier gab es keinen richtigen Weg, sondern nur einen Trampelpfad als Überbleibsel einer alten Karawanentrasse, die hier vorbeigeführt hatte, lange bevor der Nedschd jemals von einem Prediger namens Wahhab oder sogar von einem Händler aus Mekka namens Muhammad gehört hatte. Der *Talib* hatte keine Taschenlampe bei sich, er brauchte keine. Ihren Weg erhellten Myriaden von weiß funkelnden Sternen am Himmelszelt und der *Hilal*-Mond, der über einem fernen Felsturm schwebte wie ein Halbmond auf dem höchsten Minarett der Welt. Nadia trug ihre hochhackigen Pumps in einer Hand und raffte mit der anderen den Saum ihrer schwarzen *Abaya* hoch. Die Luft war eisig kalt geworden, aber der Boden unter ihren Füßen war noch warm. Der *Talib* ging einige Schritte voraus. Seine *Thobe* leuchtete im Mondschein. Er rezitierte halblaut eine Sure, aber mit Nadia sprach er kein Wort.

Sie kamen zu einem Zelt ohne Stromerzeuger oder Satellitenschüssel. Vor dem Eingang kauerten zwei junge Männer, deren bärtige Gesichter ein kleines Feuer erhellte. Der *Talib* sprach ihnen gegenüber den Friedensgruß, dann öffnete er die Zeltklappe und bedeutete Nadia, ins Innere zu treten. Scheich Marwan bin Taijib, Dekan der Theologischen Fakultät der Universität Mekka, saß mit untergeschlagenen Beinen auf einem schlichten Orientteppich und las im Licht einer Gaslampe den Koran. Er klappte das Buch zu, legte es weg und betrachtete dabei Nadia al-Bakari sekundenlang durch seine Nickelbrille, bevor er sie einlud, Platz zu nehmen. Sie ließ sich langsam auf den Teppich sinken, wobei sie darauf achtete, kein Fleisch zu zeigen, und saß schließlich in züchtiger Haltung neben dem Koran.

»Der Schleier steht Ihnen«, sagte Bin Taijib bewundernd, »aber Sie dürfen ihn abnehmen, wenn Sie möchten.«

»Ich trage ihn lieber weiter.«

»Ich wusste gar nicht, dass Sie so fromm sind. Sie stehen in dem Ruf, eine befreite Frau zu sein.«

Das meinte der Scheich nicht als Kompliment. Er wollte sie auf die Probe stellen, aber damit hatte sie gerechnet. Das hatte auch Gabriel getan. *Verbergen Sie nur uns*, hatte er gesagt. *Halten Sie sich möglichst an die Wahrheit. Lügen Sie nur, wenn's nicht anders geht.* So arbeitete der Dienst. So arbeiteten professionelle Spione.

»Wovon befreit?«, fragte Nadia, um ihn zu provozieren.

»Von der *Scharia*«, sagte der Scheich. »Wie ich höre, tragen Sie im Westen nie den Schleier.«

»Er ist unpraktisch.«

»Ich weiß aber, dass immer mehr unserer Frauen es vorziehen, auf Reisen verschleiert zu bleiben. Wie ich höre, lassen viele saudische Frauen ihr Gesicht bedeckt, wenn sie bei Harrods Tee trinken.«

»Diese Frauen führen keine großen Unternehmen. Und die meisten von ihnen trinken mehr als nur Tee, wenn sie im Westen sind.«

»Auch Sie, wird mir zugetragen.«

Halten Sie sich möglichst an die Wahrheit …

»Ich gestehe, dass ich gern Wein trinke.«

»Der ist *haram*«, sagte er scheltend.

»Daran ist mein Vater schuld. Er hat mich trinken lassen, wenn ich im Westen war.«

»Er war nachsichtig mit Ihnen?«

»Nein«, sagte sie kopfschüttelnd, »er war nicht nachsichtig. Er hat mich schrecklich verzogen. Aber ich verdanke ihm auch meinen starken Glauben.«

»Ihren Glauben woran?«

»An Allah und seinen Propheten Muhammad, Friede sei mit ihm.«

»Soweit ich mich erinnere, hat Ihr Vater seine Abstammung auf Wahhab selbst zurückgeführt.«

»Im Gegensatz zur Familie al-Ascheich sind wir keine direkten Abkömmlinge. Wir stammen von einer Nebenlinie ab.«

»Nebenlinie hin oder her, Wahhabs Blut fließt in Ihren Adern.«

»So heißt es.«

»Aber Sie haben sich dafür entschieden, nicht zu heiraten und keine Kinder zu bekommen. Stecken auch dahinter praktische Erwägungen?«

Nadia zögerte.

Lügen Sie nur, wenn's nicht anders geht ...

»Richtig erwachsen geworden bin ich erst nach der Ermordung meines Vaters«, sagte sie. »Meine Trauer hat es mir unmöglich gemacht, an Heirat auch nur zu denken.«

»Und jetzt hat Ihre Trauer Sie zu uns geführt.«

»Nicht Trauer«, sagte Nadia. »Zorn.«

»Hier im Nedschd ist's manchmal schwierig, beides voneinander zu unterscheiden.« Der Scheich bedachte sie mit einem mitfühlenden Lächeln, seinem ersten Lächeln. »Aber Sie sollten wissen, dass Sie nicht allein sind. Es gibt Hunderte von Saudis wie Sie – gute Muslime, deren Angehörige von den Amerikanern erschossen wurden oder die bis heute in den Käfigen von Guantánamo Bay leiden. Und viele sind rachedurstig zu den Brüdern gekommen.«

»Aber keiner von ihnen musste mit ansehen, wie sein Vater eiskalt niedergeschossen wurde.«

»Glauben Sie, dass Sie deshalb etwas Besonderes sind?«

»Nein«, sagte Nadia, »ich glaube, dass mein Geld mich zu etwas Besonderem macht.«

»Zu etwas sehr Besonderem«, sagte der Scheich. »Es ist fünf Jahre her, dass Ihr Vater den Märtyrertod gestorben ist, nicht wahr?«

Nadia nickte.

»Das ist eine lange Zeit, Frau al-Bakari.«

»Im Nedschd ist es nur ein Augenblick.«

»Wir hätten Sie früher erwartet. Wir haben sogar unseren Bruder Samir zu Ihnen geschickt. Aber Sie haben seine Bitten zurückgewiesen.«

»Ich konnte Ihnen damals unmöglich helfen.«

»Warum nicht?«

»Ich wurde beobachtet.«

»Von wem?«

»Von jedermann«, sagte sie, »auch von den al-Saud.«

»Sie haben Sie davor gewarnt, irgendetwas zu unternehmen, um den Tod Ihres Vaters zu rächen?«

»Sehr nachdrücklich.«

»Sie haben Ihnen finanzielle Konsequenzen angedroht?«

»Sie haben mir ganz allgemein mit ernsten Konsequenzen gedroht.«

»Und Sie haben ihnen geglaubt?«

»Warum nicht?«

»Weil sie Lügner sind.« Bin Taijib ließ seine Worte einen Augenblick in der Luft hängen. »Woher weiß ich, dass Sie keine Spionin sind, die mich im Auftrag der al-Saud in eine Falle locken soll?«

»Woher weiß ich, dass nicht *Sie* der Spion sind, Scheich bin Taijib? Schließlich sind Sie derjenige, der sich von den al-Saud aushalten lässt.«

»Nicht anders als Sie, Frau al-Bakari. Zumindest behaupten das Gerüchte.«

Nadia bedachte den Scheich mit einem vernichtenden Blick. Sie konnte sich nur vorstellen, wie er auf ihn wirken musste – zwei dunkle Augen, die ihn über einem schwarzen *Niqab* anfunkelten. Vielleicht hatte der Gesichtsschleier doch seine Vorteile.

»Versuchen Sie, die Sache aus unserem Blickwinkel zu sehen, Frau al-Bakari«, fuhr Bin Taijib fort. »In den fünf Jahren seit dem Märtyrertod Ihres Vaters haben Sie niemals öffentlich über ihn gesprochen. Sie scheinen möglichst wenig Zeit in Saudi-Arabien zu verbringen. Sie rauchen, Sie trinken, Sie meiden den Schleier – außer wenn Sie versuchen, mich durch Frömmigkeit zu beeindrucken, versteht sich – und vergeuden Hunderte von Millionen Dollar für Kunstwerke von Ungläubigen.«

Der Scheich wollte sie offenbar weiter auf die Probe stellen. Nadia erinnerte sich an Gabriels letzte Ermahnung, als sie im Château Treville Abschied genommen hatten. *Sie sind Zizis Tochter. Sorgen Sie dafür, dass die anderen das nie vergessen.*

»Vielleicht haben Sie recht, Scheich bin Taijib. Vielleicht hätte ich eine Burka anlegen und meine Absicht, den Tod meines Vaters zu rächen, im Fernsehen verkünden sollen. Das wäre bestimmt klüger gewesen.«

Der Imam lächelte beschwichtigend. »Ich habe schon viel von Ihrer scharfen Zunge gehört.«

»Ich habe die Zunge meines Vaters. Und als ich sie zuletzt gehört habe, ist er in meinen Armen verblutet.«

»Und jetzt wollen Sie Rache.«

»Ich will Gerechtigkeit – Allahs Gerechtigkeit.«

»Und was ist mit den al-Saud?«

»Sie scheinen das Interesse an mir verloren zu haben.«

»Das überrascht mich nicht«, sagte Bin Taijib. »Selbst das Haus Saud weiß nicht, ob es die Umwälzungen in der arabischen Welt überstehen wird. Es braucht Freunde, wo immer es welche finden kann, auch wenn sie das lange Gewand und den struppigen Bart der Salafisten tragen.«

Nadia wollte ihren Ohren kaum trauen. Sagte der Scheich die Wahrheit, hatten die Herrscher Saudi-Arabiens den faustischen Pakt mit dem Teufel erneuert, der zum 11. September 2001 und in der Folge zu unzähligen weiteren Toten geführt hatte. Den al-Saud war nichts anderes übrig geblieben, dachte sie. Sie glichen einem Mann, der einen Tiger an den Ohren gepackt hielt. Konnten sie ihn weiter festhalten, konnten sie vielleicht etwas länger überleben. Ließen sie ihn jedoch los, würde er sie im nächsten Augenblick verschlingen.

»Wissen das die Amerikaner?«, fragte sie.

»Die sogenannten speziellen Beziehungen zwischen den Amerikanern und dem Haus Saud gehören der Vergangenheit an«, sagte Bin Taijib. »Wie Sie wissen, Frau al-Bakari, schließt Saudi-Arabien neue Bündnisse und findet neue Abnehmer für sein Öl. Den Chinesen sind Dinge wie Menschenrechte und Demokratie egal. Sie zahlen ihre Rechnungen pünktlich und stecken ihre Nase nicht in Dinge, die sie nichts angehen.«

»Dinge wie den Dschihad?«

Der Scheich nickte. »Der Prophet Muhammad, Friede sei mit ihm, hat uns gelehrt, es gebe fünf Säulen des Islams. Wir glauben, dass es eine sechste gibt. Der Dschihad ist nicht eine Möglichkeit, er ist eine heilige Pflicht. Das verstehen auch die al-Saud. Sie sind wieder bereit, die Brüder gewähren zu lassen, solange sie keine Unruhe innerhalb des Königreichs stiften. Das war Bin Ladens größter Fehler.«

»Bin Laden ist tot«, sagte Nadia, »und das ist auch seine Gruppe. Mich interessiert die andere, die in europäischen Großstädten Bomben hochgehen lassen kann.«

»Dann interessiert Sie der Jemenit.«

»Kennen Sie ihn?«

»Ich bin ihm einmal begegnet.«

»Können Sie mit ihm reden?«

»Das ist eine gefährliche Frage. Und selbst wenn ich mit ihm reden könnte, würde ich mir wohl nicht die Mühe machen, ihm von einer reichen saudischen Frau zu erzählen, die Rache üben will. Man muss daran glauben, was man tut.«

»Ich bin die Tochter von Abdul Aziz al-Bakari und eine Nachfahrin von Muhammad Abdul Wahhab. Ich *glaube* fest daran, was ich tue. Und mir geht es um weit mehr, als nur Rache zu üben.«

»Worum geht es Ihnen also?«

Nadia zögerte kurz. Die folgenden Worte waren nicht ihre eigenen. Sie waren ihr von dem Mann diktiert worden, der ihren Vater ermordet hatte.

»Ich will nur das Werk Abdul Aziz al-Bakaris fortführen«, sagte sie ernst. »Ich werde dem Jemeniten Geld zur freien Verfügung übergeben. Und wenn Allah will, werden eines Tages vielleicht Bomben auf den Straßen von Washington und Tel Aviv detonieren.«

»Ich vermute, dass er Ihnen sehr dankbar wäre«, sagte der Scheich vorsichtig. »Aber er wird bestimmt keinerlei Garantien geben können.«

»Ich verlange keine Garantien. Nur sein Versprechen, dass er das Geld klug und umsichtig ausgeben wird.«

»Denken Sie an eine Einmalzahlung?«

»Nein, Scheich bin Taijib, ich schlage eine langfristige Verbindung vor. Er wird den Westen angreifen. Und ich werde dafür bezahlen.«

»Wie viel würden Sie zur Verfügung stellen wollen?«

»So viel er braucht.«

Der Scheich lächelte.

»Alhamdu lillah.«

Nadia al-Bakari blieb noch eine weitere Stunde im Zelt des Scheichs. Dann folgte sie dem *Talib* am Rand des Wadis entlang zu ihrem Mercedes. Auf der Rückfahrt nach Riad goss es in Strömen, und es regnete noch immer, als Nadia und ihr Gefolge an Bord des Boeing Business Jets gingen, um nach Europa zurückzufliegen. Sofort nach Verlassen des saudiarabischen Luftraums legte sie *Niqab* und *Abaya* ab und zog ein helles Kostüm von Chanel an. Dann rief sie Thomas Fowler auf seinem Landsitz nördlich von Paris an, um ihm zu sagen, ihre Gespräche in Saudi-Arabien seien besser als erwartet verlaufen. Fowler rief seinerseits sofort eine wenig bekannte Investmentgesellschaft in Nordvirginia an − ein Anruf, der automatisch zu Gabriels Schreibtisch in Raschidistan weitergeleitet wurde. Die folgende Woche verbrachte Gabriel damit, die finanziellen und juristischen Manöver eines gewissen Samir Abbas von der TransArabian Bank in Zürich aufmerksam zu verfolgen. Dann flog er, nachdem er in einem Fischrestaurant in McLean mit Carter schlecht zu Abend gegessen hatte, nach London zurück. Carter ließ ihn eine Gulfstream IV der Agency benutzen. Keine Handschellen. Keine Injektionsspritzen. Keine Ressentiments.

44

St. James's, London

Am Tag nach Gabriels Rückkehr nach London kündigte das altehrwürdige Auktionshaus Christie's eine überraschende nachträgliche Einlieferung zu seiner bevorstehenden Versteigerung Venezianischer Altmeister an: *Madonna und Kind mit Maria Magdalena*, Öl auf Leinwand, 110 mal 92 Zentimeter, früher der Werkstatt Palma Vecchios zugeschrieben, jetzt eindeutig als Werk des großen Tizian identifiziert. Schon vormittags klingelten die Telefone bei Christie's unaufhörlich, und bis siebzehn Uhr hatten nicht weniger als vierzig der wichtigsten Museen und Sammler ihr Interesse bekundet. An diesem Abend war die Stimmung in Green's Restaurant geradezu elektrisch, obwohl Julian Isherwood durch Abwesenheit glänzte. »Hab ihn auf der Duke Street in ein Taxi steigen gesehen«, murmelte Jeremy Crabbe in seinen Gin mit Bitters. »Hat schlimm ausgesehen, der arme Kerl. Wollte 'nen ruhigen Abend mit seiner Erkältung verbringen.«

Dass ein bisher unbekanntes Gemälde von einem Künstler wie Tizian auftaucht, passiert selten genug, und um ein solches Auftauchen rankt sich meist eine gute Story. Das war auch bei *Madonna und Kind mit Maria Magdalena* der Fall, aber ob dies eine tragische, komische oder moralische Geschichte war, hing ganz davon ab, wer sie erzählte. Um die Provenienz des Gemäldes zu untermauern, veröffentlichte Christie's eine gekürzte Version, die in dem kleinen Dorf St. James's in West London sofort als glatt gebügeltes Gewäsch abgetan wurde. Schon bald gab es eine *inoffizielle* Version der Story, die etwa folgendermaßen lautete:

Irgendwann im August des vergangenen Jahres soll ein ungenannter Adliger in Norfolk, der einen beeindruckenden Titel, aber wenig Bargeld hatte, widerstrebend beschlossen haben, sich von einem Teil seiner Kunstsammlung zu trennen. Dieser Adlige nahm Verbindung zu einem ebenfalls ungenannten Londoner Kunsthändler auf und fragte ihn, ob er den Auftrag übernehmen wolle. Der Galerist war sehr beschäftigt – tatsächlich aalte er sich gerade an der Costa del Sol –, deshalb kam er erst Ende September dazu, den Adligen auf seinem Landsitz zu besuchen. Der Händler fand die Sammlung milde gesagt glanzlos, erklärte sich aber bereit, dem Adligen ein paar Bilder abzunehmen, darunter ein sehr schmutziges Gemälde, das der Werkstatt Palma Vecchios zugeschrieben wurde. Der Gesamtpreis wurde nie genannt, aber er soll ziemlich niedrig gewesen sein.

Aus ungeklärten Gründen ließ der Händler die Gemälde lange in seinem Lager stehen, bevor er eine hastige Reinigung des bewussten Palma Vecchios in Auftrag gab. Die Identität des Restaurators wurde nie bekannt, aber alle waren sich darüber einig, er habe in bemerkenswert kurzer Zeit ausgezeichnete Arbeit geleistet. Tatsächlich war das Gemälde anschließend so ansehnlich, dass es Oliver Dimbleby, dem bekannten Altmeisterhändler in der Bury Street, ins Auge stach. Oliver sicherte es sich im Tausch – gegen welche Gemälde blieb unbekannt – und stellte es prompt in seiner Galerie aus, Besichtigung nur nach Vereinbarung.

Dort blieb es jedoch nicht lange. Tatsächlich wurde es keine achtundvierzig Stunden später von der Luzerner Firma Onyx Innovative Capital gekauft. Oliver verhandelte nicht direkt mit der OIC, sondern mit einem freundlichen Mr. Samir Abbas von der TransArabian Bank. Nachdem die letzten Einzelheiten beim Tee im Hotel Dorchester geklärt waren, überreichte Abbas Oliver einen Scheck über 22 000 Pfund. Oliver reichte ihn rasch bei der Lloyds Bank ein, womit der Handel perfekt war, und machte sich an das mühsame Geschäft, eine Ausfuhrlizenz zu beantragen.

An dieser Stelle glitt die Sache ins Katastrophale ab, zumindest aus Olivers Sicht. Denn an einem scheußlichen Nachmittag Ende Januar erschien in Olivers Galerie ein kleiner Mann, der viele Lagen verknitterter Kleidung trug und mit einer einzigen Frage alles über den Haufen warf. Wer dieser Mann war, hat Oliver nie verraten, aber er schilderte ihn als Experten für Gemälde der Venezianischen Schule. Was die von ihm gestellte Frage betraf, war Oliver gern bereit, sie wörtlich zu wiederholen. Spendierte man ihm ein gutes Glas Sancerre, spielte er einem sogar die ganze Szene vor. Oliver liebte nichts mehr, als Storys über sich selbst zu erzählen, auch wenn sie ihn in wenig vorteilhaftem Licht zeigten, was fast immer der Fall war.

»Hören Sie, Oliver, alter Junge, ist dieser Tizian schon verkauft?«

»Kein Tizian, mein guter Mann.«

»Wissen Sie das bestimmt?«

»Todsicher.«

»Von wem ist das Bild sonst?«

»Palma.«

»Wirklich? Ziemlich gut für einen Palma. Werkstatt oder der Mann selbst?«

»Werkstatt, mein Lieber. Werkstatt.«

Darauf beugte die verknitterte Gestalt sich nach vorn, um das Gemälde näher zu begutachten – eine Haltung, die Oliver spätabends im Green's unter dem brüllenden Gelächter seiner Kollegen imitierte.

»Verkauft, was?«, fragte der kleine Mann, indem er sich am Ohrläppchen zupfte.

»Erst letzte Woche«, sagte Oliver.

»Als ein Palma?«

»Werkstatt, mein Lieber. Werkstatt.«

»Für wie viel?«

»Mein guter Mann!«

»An Ihrer Stelle würde ich versuchen, da irgendwie rauszukommen.«

»Aber wozu denn?«

»Sehen Sie sich die Komposition an. Sehen Sie sich die Pinselführung an. Sie haben sich gerade einen Tizian entwischen lassen. Schande über Sie, Oliver. Lassen Sie den Kopf hängen. Bekennen Sie Ihre Sünden.«

Oliver tat nichts dergleichen, aber er telefonierte sofort mit einem alten Kumpel im British Museum, der mehr über Tizian vergessen hatte, als die meisten Kunsthistoriker jemals über ihn wissen würden. Der Kumpel kam in sintflutartigem Regen nach St. James's und sah wie der einzige Überlebende eines Schiffbruchs aus, als er vor der Staffelei mit dem Gemälde stand.

»Oliver! Wie konntest du nur?«

»Ist es so offenkundig?«

»Ich würde meinen Ruf darauf verwetten.«

»Du hast wenigstens einen. Meiner ist futsch, wenn das rauskommt.«

»*Eine* Möglichkeit bleibt dir noch.«

»Nämlich?«

»Ruf Mr. Abbas an. Sag ihm, der Scheck sei geplatzt.«

Darauf war Oliver Dimbleby natürlich schon selbst gekommen. Tatsächlich verbrachte er die folgenden achtundvierzig Stunden vor allem damit, einen legalen und moralisch akzeptablen Ausweg aus seinem Dilemma zu suchen. Weil er keinen fand – zumindest keinen, der ihn nachts ruhig schlafen lassen würde –, rief er Mr. Abbas an, um ihm mitzuteilen, Onyx Innovative Capital sei nun die stolze Besitzerin eines gerade erst entdeckten Tizians. Oliver erbot sich, das Gemälde auf den Markt zu bringen, weil er auf eine fette Provision hoffte, die ihm das Debakel versüßen sollte, aber Abbas rief schon am Folgetag an, um ihm mitzuteilen, OIC habe sich anders entschieden. »Hat versucht, den Schlag abzumildern«, sagte Oliver trübselig. »War ein Vergnügen, mit Ihnen zu verhandeln, Mr. Dimbleby. Müssen miteinander essen gehen, wenn Sie nächstes Mal in Zürich sind, Mr. Dimbleby. Und noch was, Mr. Dimbleby, die Jungs von Christie's kommen in einer Stunde vorbei.«

Sie kreuzten überfallartig wie professionelle Kidnapper auf und entführten das Gemälde in die King Street, wo es von den besten Tizian-Kennern der Welt untersucht wurde. Alle kamen zu demselben Urteil, und wie durch ein Wunder verstieß keiner gegen die strikte Schweigepflicht, die sie schriftlich zugesichert hatten. Selbst der sonst so geschwätzige Oliver schaffte es, den Mund zu halten, bis Christie's seine Sensation enthüllt hatte. Aber danach brauchte er nicht länger zu schweigen. Oliver Dimbleby war der Trottel, der einen Tizian durch seine Finger hatte schlüpfen lassen.

Aber selbst Oliver hatte seinen Spaß an der Hektik, die der Ankündigung von Christie's folgte. Und wieso auch nicht? Bis dahin war dieser Winter mit staatlichen Sparmaßnahmen und Schneestürmen und Bombenanschlägen wirklich grässlich gewesen. Oliver freute sich, dass er die trübe Stimmung etwas aufheitern konnte, auch wenn das bedeutete, dass er im Green's für Drinks den Trottel spielen musste. Außerdem beherrschte er diese Rolle gut. Er hatte sie schon oft unter großem Beifall zum Besten gegeben.

Am Abend vor der Versteigerung gab er seine Abschiedsvorstellung vor Schulter an Schulter stehendem Publikum. Zum Abschluss verneigte er sich dreimal vor der Menge, bevor er sich ihr anschloss und zur großen Show bei Christie's hinüberging. Die Direktion hatte ihm freundlicherweise einen Platz in der zweiten Reihe direkt vor dem Pult des

Versteigerers reserviert. Links neben ihm saß sein Freund und Konkurrent Roddy Hutchinson, und links von Roddy saß Julian Isherwood. Der Sitz rechts neben Oliver war noch frei. Im nächsten Augenblick nahm dort kein anderer als Nicholas Lovegrove Platz, Berater der besonders wohlhabenden Sammler. Lovegrove war eben aus New York eingetroffen. Natürlich mit einem gecharterten Flugzeug. Lovegrove flog nicht mehr mit Linienmaschinen.

»Warum das lange Gesicht, Ollie?«

»Ich denke daran, was hätte sein können.«

»Das mit dem Tizian tut mir leid.«

»Manchmal gewinnt man, manchmal verliert man. Wie gehen die Geschäfte, Nicky?«

»Kann nicht klagen.«

»Wusste gar nicht, dass du in Altmeistern dilettierst.«

»In Wirklichkeit machen sie mir Angst. Sieh dich bloß mal um. Man kommt sich vor wie in 'ner verdammten Kirche – lauter Engel und Heilige und Märtyrertum und Kreuzigungen.«

»Was führt dich also hierher?«

»Ein Klient, der sich auf ein neues Gebiet wagen will.«

»Hat der Klient einen Namen?«

»Der Klient wünscht anonym zu bleiben – *strikt* anonym.«

»Kenne ich. Will dein Klient sich auf ein neues Gebiet wagen, indem er einen Tizian kauft?«

»Das erfährst du früh genug, Ollie.«

»Hoffentlich hat dein Klient das nötige Kleingeld.«

»Ich nehme nur reiche Klienten.«

»Angeblich soll der Tizian einen Rekordpreis bringen.«

»Sensationshascherei.«

»Du hast bestimmt recht, Nicky. Du hast immer recht.«

Lovegrove machte sich nicht die Mühe, ihm zu widersprechen. Stattdessen zog er ein Handy aus der Brusttasche seines Blazers und rief die letzten Kontakte auf. Ganz in seinem Element warf Oliver einen Blick auf das Display, als Lovegrove eine Nummer wählte. *Na, wenn das nicht interessant ist*, dachte er. *Wenn das nicht hochinteressant ist.*

45

St. James's, London

Das Gemälde erschien zur Halbzeit der Auktion im Saal wie ein hübsches Mädchen, das mit lässiger Verspätung auf einer Party erscheint. Bis dahin war die Party ziemlich langweilig gewesen, und das hübsche Mädchen trug viel dazu bei, die Stimmung im Saal zu heben. Oliver Dimbleby richtete sich auf seinem Klappstuhl auf. Julian Isherwood rückte seinen Krawattenknoten zurecht und blinzelte einer der jungen Frauen an den Telefonen zu.

»Los Nummer siebenundzwanzig, der Tizian«, schnurrte Simon Mendenhall, Christie's gewandter Chefversteigerer. Simon war der einzige sonnengebräunte Londoner. Nur färbte der Teint schon auf den Kragen seines Maßhemds ab. »Wollen wir mit zwei Millionen anfangen?«

Terry O'Connor, der letzte irische Großunternehmer, der noch wirklich Geld besaß, gab das erste Gebot ab. Binnen dreißig Sekunden waren im Saal bereits sechseinhalb Millionen Pfund geboten worden. Dimbleby beugte sich zu Nicky und murmelte: »Alles nur Sensationshascherei?«

»Wir befinden uns noch in der ersten Kurve«, flüsterte Lovegrove, »und wie ich höre, soll auf der Zielgeraden starker Gegenwind herrschen.«

»An deiner Stelle würde ich die Vorhersage noch mal gegenchecken, Nicky.«

Das Bieten geriet bei sieben ins Stocken. Oliver, der sich betont auffällig die Nase rieb, erhöhte das Gebot auf siebeneinhalb.

»Dreckskerl«, murmelte Lovegrove.

»Gern geschehen, Nicky.«

Mit Olivers Gebot war der tote Punkt überwunden. Terry O'Connor gab rasch nacheinander immer höhere Gebote ab, aber die Konkurrenz hielt mit. Bei zwölf ließ der Ire endlich sein Paddel sinken, worauf Isherwood versehentlich einstieg, als Mendenhall seinen unterdrückten Husten als ein Gebot von über zwölfeinhalb missverstand. Aber das war nicht weiter verheerend, denn nur Sekunden später verblüffte ein Telefonbieter den Saal, indem er fünfzehn bot. Da zog Lovegrove sein Handy heraus und wählte eine Nummer.

»Wo stehen wir?«, fragte Mr. Hamdali.

Lovegrove schilderte ihm den Stand der Dinge. Unterdessen war das telefonische Gebot schon nicht mehr maßgeblich. Terry O'Connor hatte gerade sechzehn geboten.

»Mr. O'Connor brüstet sich gern damit, ein guter Boxer zu sein, richtig?«

»Universitätsmeister im Weltergewicht.«

»Dann wollen wir ihm mal einen kräftigen Uppercut verpassen, okay?«

»Wie kräftig?«

»Kräftig genug, dass er weiß, dass wir's ernst meinen.«

Lovegrove wartete, bis Mendenhall zu ihm hinübersah, dann hob er zwei Finger.

»Ich habe zwanzig Millionen im Saal. Das Höchstgebot liegt nicht bei Ihnen, Madam. Auch nicht bei Ihnen, Sir. Und auch nicht bei Lisa am Telefon. Es liegt bei Mr. Lovegrove im Saal … zwanzig Millionen. Höre ich zwanzigeinhalb Millionen?«

Die bekam er, diesmal von Julian Isherwood. Terry O'Connor überbot ihn sofort mit einundzwanzig. Der Telefonbieter konterte mit zweiundzwanzig, ein zweiter begann mit vierundzwanzig, bevor ein dritter fünfundzwanzig bot.

Mendenhall drehte und wand sich wie ein Flamencotänzer. Das Bietergefecht glich jetzt einem Kampf auf Leben und Tod, was ihm nur recht sein konnte. Lovegrove hob sein Smartphone ans Ohr und sagte: »Irgendetwas riecht hier faul.«

»Bieten Sie bitte weiter, Mr. Lovegrove.«

»Aber ...«

»Bieten Sie bitte weiter.«

Lovegrove tat wie ihm geheißen.

»Geboten sind jetzt sechsundzwanzig Millionen, im Saal, von Mr. Lovegrove. Gibt mir jemand siebenundzwanzig?«

Eine der jungen Frauen an den Telefonen hob die rechte Hand.

»Ich habe achtundzwanzig am Telefon. Jetzt neunundzwanzig hinten im Saal. Jetzt dreißig. Jetzt einunddreißig bei Mr. O'Connor im Saal. Zwounddreißig. Dreiunddreißig. Nein, dreiunddreißigeinhalb nehme ich nicht, ich möchte vierunddreißig. Und es sieht so aus, als hätte ich sie von Mr. Isherwood. Stimmt das? Ja, ich habe sie. Geboten sind vierunddreißig, im Saal, von Mr. Isherwood.«

»Bieten Sie weiter«, sagte Hamdali.

»Davon möchte ich Ihnen abraten.«

»Bieten Sie weiter, Mr. Lovegrove, sonst entzieht mein Klient Ihnen den Auftrag.«

Lovegrove signalisierte fünfunddreißig. Keine halbe Minute später hatten die Telefonbieter den Preis auf über vierzig getrieben.

»Bieten Sie weiter, Mr. Lovegrove.«

»Ich würde ...«

»Bieten Sie.«

Mendenhall bestätigte Lovegroves Gebot über zweiundvierzig Millionen Pfund.

»Jetzt sind's dreiundvierzig bei Lisa am Telefon. Jetzt vierundvierzig bei Samantha. Und fünfundvierzig bei Cynthia.«

Nun folgte das vorübergehende Nachlassen, auf das Love-grove gewartet hatte. Er sah zu Terry O'Connor hinüber und stellte fest, dass der Kampfgeist des Iren gebrochen war. Hamdali fragte er: »Wie dringend will Ihr Klient dieses Gemälde?«

»Dringend genug, um sechsundvierzig zu bieten.«

Das tat Lovegrove.

»Geboten sind jetzt sechsundvierzig, im Saal, von Mr. Lovegrove«, sagte Mendenhall. »Gibt jemand mir siebenundvierzig?«

Am Telefontisch begann Cynthia mit einer Hand zu rudern, als versuche sie, einen Rettungshubschrauber auf sich aufmerksam zu machen.

»Das Höchstgebot liegt bei Cynthia, am Telefon, siebenundvierzig Millionen Pfund.«

Die beiden anderen Telefonbieter schienen ausgestiegen zu sein.

»Wollen wir Schluss machen?«, fragte Lovegrove.

»Einverstanden«, sagte Hamdali.

»Wie viel?«

»Mein Klient mag runde Zahlen.«

Lovegrove zog eine Augenbraue hoch und hob fünf Finger.

»Geboten sind fünfzig Millionen Pfund«, sagte Mendenhall. »Das Höchstgebot liegt nicht bei Ihnen, Sir. Auch nicht bei Cynthia am Telefon. Fünfzig Millionen, im Saal, für den Tizian. Sie sind gewarnt. Letzte Chance. War es das?«

Noch nicht ganz. Denn nun folgten das laute Krachen, mit dem der Hammer des Auktionators fiel, das begeisterte Stöhnen im Saal und letzte aufgeregte Worte mit Herrn Hamdali, die Lovegrove nicht ganz verstand, weil Oliver Dimbleby ihm etwas, das er ebenfalls nicht ganz verstand, ins andere Ohr schrie. Danach folgten das unaufrichtige

Händeschütteln der Verlierer, das unvermeidliche Gesäusel mit der Presse wegen der Identität des Käufers und der lange Weg zu den Büros von Christie's hinauf, in denen der notwendige Papierkram mit der Feierlichkeit eines Bestattungsunternehmens abgewickelt wurde. Es war fast zweiundzwanzig Uhr, als Lovegrove das letzte Schriftstück unterzeichnete. Als er durch das bedeutungsvolle Portal von Christie's ins Freie trat, standen Oliver und sein Anhang noch auf der King Street herum. Sie wollten ins Nobu London, um pikante Thunfischröllchen zu essen und sich das neueste russische Talent anzusehen. »Komm mit, Nicky!«, blaffte Oliver. »Genieß die Gesellschaft deiner englischen Brüder. Du lebst schon viel zu lange in Amerika. Dir ist jeglicher Humor abhandengekommen.«

Lovegrove war versucht, mitzufahren, aber er ahnte, dass dieser Ausflug schlimm enden würde. Deshalb sah er nur zu, wie sie ein halbes Dutzend Taxis bestiegen, und ging dann zu Fuß in sein Hotel zurück. Auf dem Weg die Duke Street entlang sah er einen Mann aus dem Mason's Yard kommen und in ein wartendes Auto steigen. Der Mann war mittelgroß und von mittlerer Statur, der Wagen ein eleganter Jaguar, der nach britischem Beamtentum aussah. Zu dieser Limousine mit Fahrer passte die elegante silberhaarige Gestalt, die schon auf dem Rücksitz saß. Obwohl keiner der beiden den vorbeigehenden Lovegrove auch nur eines Blicks würdigte, hatte er das unbehagliche Gefühl, sie machten einen privaten Scherz auf seine Kosten.

Ähnlich war ihm zumute, wenn er an die Auktion dachte – an die Versteigerung, bei der er soeben eine Hauptrolle gespielt hatte. Heute Abend war jemand reingelegt worden, das stand für Lovegrove fest. Und er fürchtete, dieser Jemand könnte sein Klient sein. Aber das ging ihn weiter nichts an. Er hatte mehrere Millionen Pfund nur damit verdient, dass er ein paarmal den Finger gehoben hatte. Keine schlechte Methode, sich den Lebensunterhalt zu verdienen, dachte er lächelnd. Vielleicht hätte er Olivers Einladung, nach der Auktion einen zu heben, doch annehmen sollen. Nein, sagte er sich, als er auf die Piccadilly Street abbog, dass er sich entschuldigt hatte, war bestimmt besser. Diese Sache würde schlimm ausgehen. Das tat sie meistens, wenn Oliver an etwas beteiligt war.

46

LANGLEY, VIRGINIA

Drei Werktage später überwies das ehrwürdige Versteigerungshaus Christie's, King Street, St. James's, den Betrag von fünfzig Millionen Pfund – nach Abzug von Provisionen, Steuern und allen möglichen Nebenkosten – auf ein Konto bei der TransArabian Bank in Zürich. Die Bestätigung für die Überweisung erhielt Christie's um 14.18 Uhr Londoner Zeit – im selben Augenblick wie die zweihundert Männer und Frauen in dem als Raschidistan bekannten unterirdischen Operationszentrum. Diese Nachricht löste lauten Jubel aus, der bei den übrigen US-Geheimdiensten und sogar im Weißen Haus widerhallte. Aber die Feierlaune hielt nicht lange an, denn es gab viel zu arbeiten. Nach wochenlangen Mühen und Sorgen war Gabriels Unternehmen endlich erfolgreich gewesen. Nun würde die Ernte beginnen. Und nach der Ernte würde, so Gott wollte, gefeiert werden.

Das Geld hatte einen ruhigen Zwischenstopp von einem Tag in Zürich, bevor es in die Zentrale der TransArabian Bank in Dubai weiterwanderte. Allerdings nicht vollständig. Auf Veranlassung von Samir Abbas, der die Kontovollmacht hatte, wurden zwei Millionen Pfund an eine kleine Privatbank in der Zürcher Talstrasse überwiesen. Außerdem veranlasste Abbas große Spenden an mehrere islamische Gruppen und Wohltätigkeitsorganisationen – unter anderem an den Islamischen Weltfonds für Gerechtigkeit, die Initiative Freies Palästina, die Zentren für Islamische Studien, die Islamische Gesellschaft in Westeuropa, die Islamische Weltliga und das Institut für Jüdisch-islamische Versöhnung, Gabriels persönlicher Favorit. Abbas genehmigte sich auch ein großzügiges Beraterhonorar, das er seltsamerweise in bar abhob. Einen Teil dieses Geldes spendete er dem Imam seiner Moschee zur freien Verwendung. Den größeren Teil versteckte er in der Speisekammer seiner Zürcher Wohnung, was von der Webcam seines manipulierten Computers beobachtet und auf die Großbildschirme in Raschidistan projiziert wurde.

Weil die TransArabian Bank schon lange verdächtigt wurde, Verbindungen zu Dschihadisten in aller Welt zu unterhalten, kannten Langley und die NSA ihre Buchhaltung so gut wie die Experten für Terrorfinanzierung von FBI und Finanzministerium. Deshalb konnten Gabriel und der Stab in Raschidistan den Weg des Geldes fast in Echtzeit verfolgen, als es durch Schein- und Briefkastenfirmen weitergereicht wurde, die in den Tagen nach Nadia al-Bakaris Treffen mit Scheich bin Taijib hastig in Staaten mit lockerer Gesetzgebung errichtet worden waren. Die Geschwindigkeit, mit der das Geld von Konto zu Konto wanderte, zeigte deutlich, dass Raschid al-Husseinis Netzwerk leistungsfähiger war, als seine bisherige Größe und relative Jugend erwarten ließen. Und sie bewies auch – sehr zur Beunruhigung Langleys –, dass sein Netzwerk schon weit über den Nahen Osten und Westeuropa hinausgewachsen war.

Die Beweise für Raschids globale Reichweite waren überwältigend. Dazu gehörten die dreihunderttausend Dollar, die plötzlich auf dem Konto eines Fuhrunternehmens in Ciudad del Este in Paraguay auftauchten. Und die halbe Million Dollar, die bei einem Bauunternehmen in Caracas eingingen. Und die achthunderttausend Dollar, die an eine Internet-Beratungsfirma in Montreal flossen, deren algerischer Besitzer dem Islamischen Maghreb mit Verbindungen zur al-Qaida angehört hatte. Die größte Einzelüberweisung – zwei Millionen Dollar – erhielt die internationale Spedition QTC Logistics in dem juristisch porösen Golfemirat Schardscha. Schon wenige Stunden nach Eingang des Geldes hörte Raschidistan die Telefone von QTC Logistics ab und durchforstete die Geschäftsunterlagen der letzten drei Jahre. Das galt auch für die Internetfirma in Montreal, obwohl die Überwachung des Algeriers an den kanadischen Security and Intelligence Service delegiert wurde. Gabriel sprach sich entschieden gegen die Einbeziehung der Kanadier aus, wurde jedoch von Adrian Carter und dessen neuem Freund im Weißen Haus – James A. McKenna – überstimmt. Das war nur eines der vielen großen und kleinen Gefechte, die Gabriel verlieren würde, während ihm das Unternehmen mehr und mehr entglitt.

Während weiter Riesenmengen von Informationen ins Operationszentrum strömten, erstellte der Stab eine aktualisierte Netzwerkmatrix, die alles übertraf, was Dina und Gabriels Team nach den ersten Anschlägen erarbeitet hatten. McKenna kam alle paar Tage vorbei, nur um sie zu bewundern, und das taten auch Mitglieder verschiedener Kongressausschüsse für Geheimdienste und Innere Sicherheit. Und an einem schneereichen Februartag sah Gabriel den Präsidenten persönlich auf der Beobachtungsplattform stehen – zwischen dem CIA-Direktor und Adrian Carter, die beide sichtbar stolz waren. Dem Präsidenten gefiel offenbar, was er sah. Es war sauber. Es war clever. Es war zukunftsorientiert. Eine Partnerschaft zwischen dem Islam und dem Westen, um die Macht des Extremismus zu brechen. Verstand siegte über brutale Gewalt.

Das Unternehmen war Gabriels Schöpfung, ein von ihm geschaffenes Kunstwerk, doch hatte es bisher noch keine eindeutigen Fährten zum Chefstrategen des Netzwerks oder seinem charismatischen Führer zutage gefördert. Deshalb war Gabriel sehr überrascht, als er gerüchteweise von bevorstehenden Verhaftungen hörte. Am Tag darauf stellte er Adrian Carter im abhörsicheren Konferenzraum des Zentrums zur Rede. Nachdem Carter zuerst noch den Inhalt eines Dossiers neu sortiert hatte, bestätigte er schließlich, dass die Gerüchte zutrafen. Gabriel tippte auf den grünen Ausweis, den er umgehängt trug, und fragte: »Berechtigt der mich dazu, eine Meinung zu äußern?«

»Ja, leider.«

»Sie sind dabei, einen Fehler zu machen, Adrian.«

»Das wäre nicht mein erster.«

»Mein Team und ich haben viel Zeit und Mühe aufgewandt, um dieses Unternehmen auf die Beine zu stellen. Und Sie wollen es jetzt in die Luft jagen, indem Sie ein paar Leute aus der zweiten Reihe einlochen.«

»Ich fürchte, Sie verwechseln mich mit jemand anders«, sagte Carter ausdruckslos.

»Mit wem denn?«

»Mit jemandem, der die Macht hat, durch präsidiale Anordnungen zu regieren. Als stellvertretender Direktor leite ich die Operationsabteilung der Central Intelligence Agency. Ich habe in diesem Gebäude Vorgesetzte. Ich habe ehrgeizige Kollegen in anderen Diensten, die mit uns konkurrieren. Ich habe einen Director of National Intelligence, Kongressausschüsse und James A. McKenna. Und *last, not least* habe ich über mir einen Präsidenten.«

»Wir sind Spione, Adrian. Wir nehmen keine Verhaftungen vor. Wir retten Menschenleben. Sie müssen geduldig sein – genau wie unsere Feinde. Lassen Sie das Geld weiter fließen, sind Sie ihnen *jahrelang* immer einen Schritt voraus. Sie können sie beobachten, sie belauschen. Sie können zusehen, wie sie wertvolle Zeit und Ressourcen für die Planung von Anschlägen vergeuden, die nie stattfinden werden. Und Sie sollten Verhaftungen nur als letztes Mittel einsetzen, um zu verhindern, dass ein Sprengsatz detoniert oder ein Flugzeug vom Himmel fällt.«

»Das Weiße Haus ist anderer Meinung«, sagte Carter.

»Das ist also eine politische Entscheidung?«

»Über die Motive dafür möchte ich lieber nicht spekulieren.«

»Was ist mit Malik al-Zubair?«

»Malik ist ein Gerücht. Malik ist lediglich eine Vermutung Dinas.«

Gabriel musterte ihn skeptisch. »Das können Sie unmöglich glauben, Adrian. Schließlich haben Sie selbst gesagt, dass die Bombenanschläge in Europa von jemandem geplant worden sind, der sein Handwerk in Bagdad gelernt hat.«

»Und dazu stehe ich. Aber dieses Unternehmen hatte nie das Ziel, einen einzelnen Mann aufzuspüren. Es soll ein Terrornetzwerk zerschlagen. Dank Ihrer Arbeit sind wir zuversichtlich, in einem Dutzend Staaten achtzig bis hundert Terroristen verhaften zu können. Wann sind zuletzt auf einen Schlag hundert der bösen Kerle geschnappt worden? Das ist eine erstaunliche Leistung. Das ist *Ihr* Erfolg.«

»Hoffentlich sind's die richtigen hundert Leute. Ansonsten könnte auf diese Weise der nächste Anschlag nämlich nicht verhindert werden. Raschid und Malik könnten sich sogar gedrängt fühlen, ihre Planung zu beschleunigen.«

Carter bog eine Büroklammer auf, vermutlich das letzte Exemplar dieser aussterbenden Art in Langley, und schwieg.

»Haben Sie sich überlegt, was das für Nadias Sicherheit bedeuten dürfte?«

»Raschid könnten die Zeitpunkte der Verhaftungen verdächtig vorkommen«, gab Carter zu. »Deswegen planen wir, sie mit einer Reihe sorgfältig platzierter Insidertipps an die Medien zu schützen.«

»Mit was für Tipps?«

»Von der Art, die diese Verhaftungen als Höhepunkt jahrelanger Ermittlungen darstellt, welche schon zu Raschids Zeit in Amerika begonnen haben. Wir glauben, dass sie Zwietracht in seinem Führungszirkel säen und das Netzwerk gelähmt zurücklassen werden.«

»Tun wir das?«

»Das ist unsere Hoffnung«, sagte Carter ohne eine Spur von Ironie in der Stimme.

»Wieso bin ich zu alledem nicht befragt worden?«, wollte Gabriel wissen.

Carter prüfte seine Büroklammer, die jetzt komplett auseinandergefaltet war. »Ich dachte, das täten wir gerade.«

Das war für einige Tage ihr letztes Gespräch. Während Carter im sechsten Stock blieb, verbrachte Gabriel den größten Teil seiner Zeit damit, den Rückzug seiner Truppen aus dem Feld zu organisieren. Ende Februar hatte die Agency die alleinige Verantwortung für die Überwachung Nadia al-Bakaris und Samir Abbas' übernommen. An Gabriels ursprüngliches Unternehmen erinnerten nur noch zwei leere sichere Häuser – eines in einem Dorf nördlich von Paris, das andere am Ufer des Zürichsees. Ari Schamron wollte das Château Treville vorläufig behalten, ließ aber das Zürcher Haus schließen. Chiara erledigte den notwendigen Papierkram, bevor sie nach Washington zu Gabriel flog. Die beiden bezogen dort eine sichere Wohnung des Diensts in der Tunlaw Road gegenüber der russischen Botschaft. Um ganz sicherzugehen, ließ Carter sie von einem Zweierteam bewachen.

Nach Chiaras Ankunft verbrachte Gabriel längst nicht mehr so viel Zeit in Raschidistan. Er kam rechtzeitig zur Morgenbesprechung der Gruppenleiter nach Langley und verbrachte dann ein paar Stunden damit, Analysten und Datengräbern über die Schulter zu sehen, bevor er nach Georgetown zurückfuhr, um mit Chiara zu Mittag zu essen. Bei schönem Wetter erledigten sie anschließend Einkäufe oder gingen spazieren und sprachen dabei über ihre Zukunft. Manchmal schienen sie einfach das Gespräch fortzuführen, das durch den Bombenanschlag im Covent Garden unterbrochen worden war. Chiara schnitt sogar das Thema ihrer Mitarbeit in Isherwoods Galerie an. »Denk mal darüber nach«, sagte sie, als Gabriel Einwände erhob. »Mehr will ich gar nicht, Liebster. Du sollst bloß darüber nachdenken.«

Im Augenblick konnte Gabriel jedoch nur an Nadia al-Bakaris Sicherheit denken. Mit Carters Einverständnis begutachtete er die Pläne der Agency für ihren langfristigen Schutz und redigierte sogar das Material, das inoffiziell an die US-Medien gehen sollte. Hauptsächlich führte er jedoch innerhalb Raschidistans einen unermüdlichen Feldzug gegen die geplanten Verhaftungen, indem er jedem willigen Zuhörer erklärte, dass die Agency im Begriff sei, einen katastrophalen Fehler zu machen, wenn sie sich dem politischen Druck beuge. Carter gewöhnte sich an, Besprechungen zu schwänzen, an denen Gabriel teilnahm. Sie führten zu nichts. Das Weiße Haus hatte Carter befohlen, hart zuzuschlagen. Er stand jetzt in ständigem Kontakt mit Freunden und Verbündeten in einem Dutzend Staaten, um die größte Verhaftungswelle unter Gotteskriegern seit dem amerikanischen Einmarsch in Afghanistan zu koordinieren.

An einem Freitagmorgen Ende März zog Gabriel ihn lange genug beiseite, um ihm mitzuteilen, er habe vor, Washington zu verlassen und nach England zurückzukehren. Carter schlug vor, Gabriel solle noch etwas länger bleiben. Sonst werde er die große Show verpassen.

»Wann fängt sie an?«, fragte Gabriel trübselig.

Carter sah auf seine Uhr und lächelte.

Innerhalb weniger Stunden begannen die Dominosteine zu fallen. Sie fielen so rasch und so zahlreich, dass die Medien Mühe hatten, auf dem Laufenden zu bleiben.

Die ersten Verhaftungen gab es in den Vereinigten Staaten, wo SWAT-Teams des FBIs in vier Großstädten gleichzeitig zuschlugen. Sie fassten eine Zelle aus Ägyptern in Newark, die einen Amtrak-Zug auf der Fahrt nach New York entgleisen lassen wollte. Und eine Zelle aus Somaliern in Minneapolis, die Giftgasanschläge auf mehrere Verwaltungsgebäude in der Innenstadt plante. Sowie eine Zelle aus Pakistani in Denver, deren Plan für Attentate auf ausverkaufte Sportstätten schon fast fertig ausgearbeitet war. Am beunruhigendsten war jedoch eine sechsköpfige Zelle in Falls Church, Virginia, die kurz vor einem Anschlag auf das neue U.S. Capitol Visitor Center stand. Auf dem Computer eines der Verdächtigen entdeckte das FBI Planungsfotos von Touristen und Schulkindern, die auf Einlass warteten. Ein weiterer Verdächtiger hatte eine abgelegene Lagerhalle gemietet, um mit dem Bau von Bomben auf Peroxidbasis zu beginnen. Das Geld dafür stammte von dem Algerier in Montreal, der zur selben Zeit mit acht weiteren in Kanada lebenden Migranten verhaftet wurde.

In Europa war der Fang sogar noch größer. In Paris hatten die Terroristen Anschläge auf den Eiffelturm und das Musée d'Orsay geplant. In London wären ihre Ziele das Riesenrad und der Parliament Square gewesen. Und in Berlin bereiteten sie einen Überfall wie in Mumbai auf das Holocaust-Denkmal in der Nähe des Brandenburger Tors vor. In Kopenhagen und Madrid, die unter den ersten Anschlägen zu leiden gehabt hatten, wurden weitere Zellen ausgehoben. Ebenso in Stockholm, Malmö, Oslo und Rom. In ganz Europa wurden Bankguthaben eingefroren und Firmen geschlossen. Alles dank Nadia al-Bakaris Geld.

Regierungschefs und Staatspräsidenten gaben nacheinander Pressekonferenzen, um zu verkünden, welche Katastrophe abgewendet worden sei. Der US-Präsident sprach als Letzter. Er bezeichnete die Bedrohung resolut als die schlimmste seit dem 11. September 2001 und deutete an, weitere Verhaftungen stünden bevor. Als er gefragt wurde, wie die Zellen enttarnt worden seien, gab er die Frage an James A. McKenna weiter, seinen Berater für Terrorismusbekämpfung, der die Antwort verweigerte. Er unterstrich jedoch, der Durchbruch sei ohne Rückgriff auf die Taktik der vorigen Regierung erreicht worden. »Die Bedrohung hat sich verändert«, sagte er, »und wir uns mit ihr.«

Am folgenden Morgen brachten *New York Times* und *Washington Post* lange Berichte über diesen Triumph der amerikanischen Geheimdienste und Sicherheitsbehörden, die nach jahrelangen Ermittlungen im In- und Ausland zugeschlagen hatten. Außerdem lobten beide Blätter in Leitartikeln den Präsidenten für seine »fürs einundzwanzigste Jahrhundert beispielhafte Vision im Kampf gegen den globalen Terrorismus«, und in den abendlichen Talkshows wirkten die Vertreter der Oppositionspartei entmutigt. Der Präsident habe mehr getan, als nur ein gefährliches Terrornetzwerk zu eliminieren, sagte ein angesehener Kommentator. Er habe sich soeben weitere vier Jahre im Amt gesichert. Das Rennen für 2012 sei gelaufen. Es werde Zeit, an 2016 zu denken.

47

THE PALISADES, WASHINGTON, D.C.

Am selben Abend berief der CIA-Direktor die Mitarbeiter zu einer Motivationsveranstaltung in die »Blase« – Langleys futuristisches Auditorium – ein. Ellis Coyle zog es vor, nicht daran teilzunehmen. Solche Veranstaltungen, das wusste er, waren so vorhersehbar wie daheim mit Norah verbrachte Abende. Es würde das übliche Gefasel über erneuerten Stolz und eine Agency im Aufwind geben – eine Agency, die in einer Welt ohne die Sowjetunion endlich ihren Platz gefunden hatte. Genau das hatte Coyle schon von sieben früheren Direktoren gehört, von denen jeder die CIA schwächer und schlechter funktionierend als bei seinem Amtsantritt zurückgelassen hatte. Durch die Abwanderung von guten Leuten und die Reorganisation der US-Geheimdienste geschwächt, war die Agency ein rauchender Trümmerhaufen. Selbst Coyle, ein professioneller Heuchler, konnte nicht in der Blase sitzen und so tun, als bräche mit der Verhaftung von achtzig oder hundert Terroristen eine bessere Zeit an – vor allem nicht, weil er wusste, wie dieser Durchbruch zustande gekommen war.

Auf der Canal Road hatte es einen Unfall mit vier Fahrzeugen gegeben. Deshalb konnte Coyle auf der Heimfahrt *Atlas wirft die Welt ab* zu Ende hören. Bei seiner Ankunft in The Palisades strahlte Roger Blankmans Villa in ihrem vollen Lichterglanz, als gehöre sie dem Großen Gatsby, und entlang der schmalen Straße parkten Dutzende von Luxuslimousinen. »Er gibt wieder eine Party«, sagte

Norah, als Coyle sie lieblos küsste. »Irgendeine Benefizveranstaltung.«

»Deswegen sind wir wohl nicht eingeladen worden.«

»Sei nicht kleinlich, Ellis. Das steht dir nicht.«

Sie kippte noch zwei weitere Fingerbreit Merlot in ihr Glas, während Lucy mit der Hundeleine in der Schnauze in die Küche kam. Coyle befestigte sie pflichtbewusst an ihrem Halsband und brach mit dem Neufundländer zum Battery Kemble Park auf. Am Fuß des Holzschilds war ein kleiner Kreidepfeil zu sehen, der von links oben nach rechts unten führte. Er bedeutete, dass im toten Briefkasten Nummer drei eine Nachricht für ihn lag. Coyle rieb das Zeichen mit der Schuhspitze weg und betrat den Park.

Unter den Bäumen war es dunkel, aber Coyle brauchte keine Taschenlampe, er kannte den Fußweg, wie ein Blinder die Straßen im Umkreis seiner Wohnung kennt. Vom MacArthur Boulevard aus führte er noch wenige Schritte eben weiter, bevor er dem Hügel folgend steil anstieg. Oben auf der Kuppe befand sich eine Lichtung, auf der einst die Hundertpfünder der alten Batterie gestanden hatten. Rechts davon plätscherte ein kleiner Bach, über den eine hölzerne Fußgängerbrücke führte. Der tote Briefkasten Nummer drei lag gleich hinter der Brücke unter einer umgestürzten Eiche. Er war schwer zu erreichen, vor allem für einen Mann in mittleren Jahren mit Rückenproblemen, aber nicht für Lucy. Sie fand zu seinen toten Briefkästen allein aufgrund des Klangs ihrer ausgesprochenen Nummern und konnte jeden sekundenschnell leeren. Und solange das FBI keine Möglichkeit fand, Hunde zu befragen, konnte sie nicht in den Zeugenstand gerufen werden. Lucy war die ideale Feldagentin: clever, agil, furchtlos und unbeirrbar treu.

Coyle machte kurz halt und horchte nach Schritten oder Stimmen. Als er nichts hörte, schickte er Lucy los, um den

Briefkasten Nummer drei zu leeren. Sie flitzte in den Wald, ihr schwarzes Fell verschmolz mit der Dunkelheit und macht sie so gut wie unsichtbar, und platschte durch den Bach. Im nächsten Augenblick kam sie mit einem kurzen Aststück in der Schnauze das Bachufer herauf zurück und legte es gehorsam vor Coyles Füßen ab.

Das fünf Zentimeter dicke Aststück war ungefähr dreißig Zentimeter lang. Coyle fasste es an beiden Enden und drehte dann diese mit einem kräftigen Ruck gegeneinander. Es ließ sich leicht öffnen, ein Geheimfach wurde sichtbar, in dem ein schmaler Papierstreifen steckte. Coyle zog ihn heraus, setzte den Ast wieder zusammen und gab ihn Lucy, die ihn an seinen alten Platz zurücktragen würde. Dort würde Coyles Führungsoffizier ihn vermutlich noch diese Nacht abholen. Er war nicht der cleverste Agent, den Coyle jemals kennengelernt hatte, aber er war auf schwerfällige Weise gründlich und ließ Coyle nie auf sein Geld warten. Das war keine große Überraschung. Der Geheimdienst, dem er angehörte, hatte mit vielen inneren und äußeren Bedrohungen zu kämpfen, aber Geldmangel zählte sicher nicht dazu.

Coyle las die Mitteilung im Licht seines Handybildschirms und ließ den Papierstreifen dann in einen verschließbaren Plastikbeutel von Safeway fallen. In den gleichen Beutel kam fünf Minuten später Lucys abendliches Häufchen, das er einsammelte, um es in dem dafür vorgesehenen Behälter am Parkausgang zu entsorgen. Nicht mehr lange, sagte er sich auf dem Rückweg. Noch ein paar Geheimnisse, noch ein paar Spaziergänge im Park mit Lucy an seiner Seite. Er fragte sich, ob er wirklich den Nerv haben würde, The Palisades zu verlassen. Dann dachte er an Norahs langweilige Brille und die protzige Villa seines Nachbarn und das Buch über Winston Churchill, das er sich heute im Auto im Stau stehend angehört hatte. Coyle hatte

Churchills Entschlossenheit stets bewundert. Wenn es darauf ankam, würde auch er entschlossen handeln.

Jenseits des Flusses, in Langley, ging die Party noch einige Tage lang weiter. Sie feierten das Ergebnis ihrer harten Arbeit. Sie feierten die Überlegenheit ihrer Technologie. Sie feierten die Tatsache, dass sie's endlich geschafft hatten, den Feind zu überlisten. Vor allem feierten sie jedoch Adrian Carter. Dieses Unternehmen, darüber waren sich alle einig, zählte zu Carters größten Erfolgen. Der Makel war getilgt, die Sünden waren vergessen. Dass Raschid al-Husseini und Malik al-Zubair sich weiter auf freiem Fuß befanden, war im Augenblick unwichtig. Nun waren sie Terroristen ohne ein Netzwerk, und das war allein Carters Verdienst.

Raschidistan blieb weiter in Betrieb, aber die Zahl der dort Beschäftigten verringerte sich in einem Anflug hastiger Umschichtungen. Was als streng geheime Nachrichtenbeschaffung begonnen hatte, war jetzt zu einem Fall für Ermittler und Staatsanwälte geworden. Das Team verfolgte nicht mehr die Geldströme eines Terrornetzwerks. Stattdessen verstrickte es sich in hitzige Debatten mit Anwälten aus dem Justizministerium darüber, welche Beweise zulässig waren und welche niemals das Tageslicht erblicken sollten. Keiner der Anwälte machte sich die Mühe, Gabriel Allon, den legendären, aber eigensinnigen Sohn des israelischen Geheimdiensts, zu Rate zu ziehen, weil keiner wusste, dass er im Operationszentrum anwesend war.

Weil das Unternehmen jetzt heruntergefahren wurde, verwandte Gabriel den größten Teil seiner Zeit und Energie darauf, von ihm Abschied zu nehmen. Auf Anweisung vom King Saul Boulevard führte er eine Serie von Abschlussbesprechungen durch und handelte ein Verfahren aus, das dem Dienst die ständige Teilhabe an weiteren geheimdienstlichen Erkenntnissen sichern sollte – obwohl er genau wusste, dass die Amerikaner sich niemals daran halten würden. Die Übereinkunft wurde im Dienstzimmer des Direktors mit großem Tamtam vor einigen wenigen Beteiligten unterzeichnet, wonach Gabriel zur Personalabteilung weiterging, um seinen grünen Dienstausweis abzugeben. Was fünf Minuten hätte dauern dürfen, dauerte über eine Stunde, weil er zahllose Verpflichtungen unterschreiben musste, die er nicht vorhatte auch nur ansatzweise einzuhalten. Als der Tintendurst der Personalabteilung endlich befriedigt war, begleitete ein uniformierter Wachmann Gabriel in die Eingangshalle hinunter. Dort machte er ein paar Minuten halt, um zuzusehen, wie ein neuer Stern in die Gedenkmauer der CIA eingemeißelt wurde, bevor er in das erste heftige Gewitter des allzu kurzen Washingtoner Frühlings hinaustrat.

Bis Gabriel Georgetown erreichte, hatte der Regen aufgehört, und die Sonne strahlte wieder. Er traf sich mit Chiara zum Lunch in einem Restaurant mit malerischem Innenhof in der Nähe der American University und ging dann mit ihr in die Tunlaw Road zurück, um für den Rückflug nach England zu packen. Bei ihrer Rückkehr sahen sie vor dem Apartmentgebäude einen gepanzerten Cadillac Escalade stehen, aus dessem Auspuff kleine Dampfwolken aufstiegen. Gabriel bemerkte eine Hand, die ihn zu sich heranwinkte. Sie gehörte Adrian Carter.

»Gibt's ein Problem?«, fragte Gabriel.

»Das hängt ganz davon ab, wie man die Sache sieht, denke ich.«

»Kommen Sie bitte zur Sache, Adrian! Wir müssen ein Flugzeug erreichen.«

»Tatsächlich habe ich mir erlaubt, Ihre Flüge stornieren zu lassen.«

»Wie aufmerksam von Ihnen.«

»Steigen Sie ein.«

TEIL III

Im Leeren Viertel

48

The Plains, Virginia

Das Haus stand von Ulmen und Eichen umgeben auf der höchsten Erhebung der weitläufigen Farm. Es besaß ein Kupferdach mit Grünspanpatina und eine hübsche zweigeschossige Veranda mit Blick über grüne Weiden. Die Nachbarn glaubten, der Besitzer sei ein reicher Washingtoner Lobbyist namens Hewitt. Tatsächlich gab es keinen Lobbyisten namens Hewitt, zumindest keinen mit einer Verbindung zu der sechzehn Hektar großen Privatfarm, die zwei Meilen östlich von The Plains an der Country Road 601 lag. Den Namen hatten die Computer der Central Intelligence Agency, der die Farm über eine Tarnfirma gehörte, nach dem Zufallsprinzip ausgewählt. Der Agency gehörten auch der Traktor von John Deere, der Pick-up von Ford, der Kreiselheuer der Marke Bush Hog und die beiden braunen Pferde. Eines hieß Colby, das andere hieß Helms. Witzbolde in der Agency behaupteten, beide müssten sich wie alle CIA-Mitarbeiter jedes Jahr einem Lügendetektortest unterziehen, damit sichergestellt war, dass sie nicht die Seiten gewechselt hatten, wo immer diese Seiten liegen mochten.

Am folgenden Nachmittag grasten die Pferde friedlich auf der unteren Weide, als der Cadillac Escalade mit Gabriel und Chiara die lange Einfahrt heraufkam. Ein CIA-Sicherheitsmann ließ sie ins Haus ein, nahm ihnen die Mäntel und ihre Mobiltelefone ab und führte sie in den großen Salon im Parterre. Beim Eintreten sahen sie Uzi Navot, der sehnsüchtig das Büfett begutachtete, und Ari Schamron, der sich abmühte, einer Pumpkanne eine Tasse Kaffee abzuringen. An dem offenen Kamin, in dem heute kein Feuer brannte, saß Graham Seymour, der sich seiner Kleidung nach zu urteilen auf ein langes Wochenende auf einem englischen Landsitz eingestellt zu haben schien. Neben ihm saß Adrian Carter, der wegen etwas, das James A. McKenna ihm eindringlich ins Ohr flüsterte, die Stirn runzelte.

Die in diesem Raum versammelten Männer bildeten eine Art Geheimbund. Seit den Anschlägen vom 11. September 2001 hatten sie bei zahlreichen Geheimunternehmen zusammengearbeitet, von denen die meisten nie öffentlich bekannt geworden waren. Sie hatten füreinander gekämpft, füreinander getötet, in einigen Fällen sogar füreinander geblutet. Trotz gelegentlicher Meinungsverschiedenheiten hatte ihre Bindung die Jahre und die unberechenbaren Launen ihrer politischen Dienstherrn überdauert. Ihre Aufgabe sahen sie ganz nüchtern – sie waren der »Schura-Rat« der zivilisierten Welt, um einen Ausdruck ihrer Feinde zu benutzen. Sie übernahmen die unangenehmen Aufträge, die sonst niemand ausführen wollte, und machten sich – vor allem, wenn Menschenleben auf dem Spiel standen – erst später Gedanken über die möglichen Konsequenzen. James McKenna war jedoch kein Mitglied des Rats und würde auch nie eines werden. Er war ein politisches Wesen, was per Definition bedeutete, dass er ein Teil des Problems war. Seine Anwesenheit versprach vor allem dann Komplikationen, wenn er darauf bestand, Adrian Carter ständig etwas ins Ohr zu flüstern.

McKenna fühlte sich anscheinend am wohlsten, wenn er an einem richtigen Tisch saß, deshalb zogen sie auf seinen Vorschlag hin ins Speisezimmer um. Wieso Carter ihn nicht mochte, war offenkundig: McKenna war alles, was Carter nicht war. Er war jung. Er war sportlich fit. Er sah auf jedem Podium gut aus. Und er wirkte, unabhängig davon, ob die

Fakten dafür sprachen oder auch nicht, stets unerschütterlich selbstsicher. McKenna hatte kein Blut an den Händen kleben und keine Leichen im Keller liegen. Er hatte den Feind noch nie vor der Mündung seiner Waffe stehen gehabt oder ihm in einem Vernehmungsraum gegenübergesessen. Er beherrschte nicht einmal eine der vielen Sprachen des Feindes. Aber er hatte viele Analysen über ihn gelesen und verstand sich darauf, an Konferenztischen sehr einfühlsam über ihn zu sprechen. Sein Hauptbeitrag zur Literatur über den Krieg gegen den Terror bestand aus einem Artikel in der Zeitschrift *Foreign Affairs*, in dem er behauptet hatte, die Vereinigten Staaten könnten weitere terroristische Anschläge überstehen und aus ihnen gestärkt hervorgehen. Der Artikel hatte die Aufmerksamkeit eines charismatischen Senators geweckt, und als dieser Senator Präsident geworden war, hatte er einen großen Teil der Verantwortung für die Sicherheit der Vereinigten Staaten in die Hände eines politischen Lohnschreibers gelegt, der irgendwann einmal eine Woche in Langley verbracht und in dieser Zeit vor allem Kaffee für den CIA-Direktor geholt hatte.

Nun folgte ein etwas peinlicher Augenblick, weil unklar war, wer am Kopfende des Tischs sitzen würde: Carter oder McKenna. Nach den ungeschriebenen Regeln des Geheimbunds folgte der Vorsitz dem Territorialprinzip, aber es gab keine Ausführungsbestimmungen für den Umgang mit politischen Hochstaplern. McKenna überließ den Vorsitz dann doch Carter und setzte sich neben Graham Seymour, der ihm weniger bedrohlich erschien als das israelische Quartett. Carter legte Pfeife und Tabaksbeutel zur späteren Verwendung vor sich auf den Tisch und klappte sein abgeschirmtes Notebook auf. Auf seiner Festplatte war ein Anruf gespeichert, den die NSA mitgehört hatte. Das Telefongespräch war am Vortag um 10.36 Uhr Ortszeit zwischen der Trans-Arabian Bank in Zürich und der Pariser Zentrale der AAB

Holding geführt worden. Gesprochen hatten Samir Abbas, ein Banker mit verdächtig guten Verbindungen zu fragwürdigen islamischen Hilfsorganisationen. Und Nadia al-Bakari, seine neue Kundin. Die beiden hatten zwei Minuten und zwölf Sekunden lang miteinander gesprochen. Carter verteilte Exemplare der von der NSA angefertigten Übersetzung. Dann rief er die Audiodatei auf seinem Notebook auf und drückte auf Play.

Die erste Stimme, die zu hören war, gehörte Nadias Chefsekretärin, die Abbas zu warten bat, während sie ihn durchstellte. Nadia al-Bakari hob genau sechs Sekunden später ab. Nach der üblichen islamischen Begrüßung durch die Beteuerung des Wunsches nach Frieden berichtete Abbas, er habe soeben »mit einem Partner des Jemeniten« gesprochen. Das Unternehmen des Jemeniten schien in letzter Zeit schwere Rückschläge erlitten zu haben und brauchte dringend frisches Kapital. Der Partner wollte an Nadia persönlich appellieren und war bereit, über künftige Pläne – auch über mehrere Deals in Amerika – zu diskutieren. Dieser Partner, der dem Jemeniten nach Abbas' Darstellung »äußerst eng verbunden« war, hatte Dubai als Treffpunkt vorgeschlagen. Anscheinend besuchte er das sagenhaft reiche Emirat häufig und besaß sogar eine bescheidene Eigentumswohnung in Jumeirah Beach. Doch hatte der Partner des Jemeniten volles Verständnis für Frau al-Bakaris Sicherheitsbedürfnis und schlug daher vor, sich an einem Ort mit ihr zu treffen, der für sie komfortabel und sicher war.

»Wo?«

»Im Hotel Burj al Arab.«

»Wann?«

»Donnerstag in einer Woche.«

»Da habe ich geschäftliche Verpflichtungen in Istanbul.«

»Der Partner hat leider einen sehr vollen Terminkalender. In absehbarer Zukunft ist dies sein einzig möglicher Termin.«

»*Bis wann braucht er eine Antwort?*«

»*Sofort, fürchte ich.*«

»*Welche Zeit schlägt er vor?*«

»*Einundzwanzig Uhr.*«

»*Mein Sicherheitsdienst wird keine terminlichen Verschiebungen zulassen.*«

»*Der Partner versichert mir, dass es garantiert keine geben wird.*«

»*Dann richten Sie ihm bitte aus, dass ich am kommenden Donnerstag um einundzwanzig Uhr im Burj bin. Und sagen Sie ihm, dass er pünktlich sein soll. Ich investiere kein Geld bei Leuten, die zu Besprechungen zu spät kommen.*«

»*Ich versichere Ihnen, dass er pünktlich sein wird.*«

»*Wer kommt sonst noch?*«

»*Nur ich − außer Sie möchten allein mit ihm reden, versteht sich.*«

»*Nein, mir wär's lieber, wenn Sie dabei wären.*«

»*Dann wäre es mir eine Ehre, an Ihrer Seite zu sein. Ich warte in der Hotelhalle. Meine Handynummer haben Sie.*«

»*Gut, wir sehen uns kommenden Donnerstag,* Inschallah.«

»Inschallah, *Frau al-Bakari.*«

Carter drückte auf Pause.

»Die nächste Aufzeichnung betrifft einen Anruf, den Samir erst vor gut zehn Stunden bekommen hat. Er hat noch fest geschlafen und war nicht begeistert, als sein Telefon geklingelt hat. Seine Laune hat sich schlagartig gebessert, als er die Stimme des Anrufers gehört hat. Dieser Gentleman hat sich nicht die Mühe gemacht, seinen Namen zu nennen. Er hat aus Dschidda in Saudi-Arabien angerufen − mit einem Kartenhandy, das nicht mehr in Betrieb zu sein scheint. Leider ist die Aufzeichnung lückenhaft und durch Störgeräusche entstellt. Hier ein kurzer Eindruck.«

Carter drückte auf Play.

»*Sag ihr, dass wir mehr Geld brauchen. Sag ihr, dass wir bereit sind, über Zukunftspläne zu diskutieren. Mach ihr klar, dass wir einen wichtigen Mann entsenden.«*

Pause.

»Wer ist also der enge Partner des Jemeniten, der sich mit Nadia al-Bakari treffen will?«, fragte Carter rhetorisch. »Dieser Anruf scheint die Antwort darauf zu geben. Wegen der schlechten Tonqualität war einiges an Arbeit erforderlich, aber die NSA konnte die Aufzeichnung technisch verbessern und einen Stimmenvergleich durchführen. Sie hat die Aufnahme mit allen Datenbanken abgeglichen, die wir haben – auch mit Aufzeichnungen von Funk- und Telefongesprächen aus dem Irak auf dem Höhepunkt des dortigen Aufstands. Erst vor ungefähr einer Stunde hat sie eine Entsprechung gefunden. Möchte jemand raten, wer der Mann war, der heute Morgen bei Samir Abbas angerufen hat?«

»Ich wäre versucht, auf Malik al-Zubair zu tippen«, sagte Gabriel, »aber das kann nicht sein. Wie Sie selbst am besten wissen, Adrian, ist Malik ein Gerücht. Malik ist lediglich eine Vermutung Dinas.«

»Nein, das ist er nicht«, gab Carter zu. »Dina hatte recht. Malik al-Zubair existiert wirklich. Er war vor zwei Tagen in Dschidda. Und er kommt vielleicht am Donnerstagabend nächster Woche ins Hotel Burj al Arab, um mit Nadia al-Bakari, seiner neuen Gönnerin, zu sprechen. Die Frage ist jetzt die: Was unternehmen wir in dieser Sache?«

Carter klopfte seine Pfeife am Rand des Aschenbechers aus. Damit war die Sitzung des Schura-Rats eröffnet.

49

THE PLAINS, VIRGINIA

Weil dies ein amerikanisches Unternehmen war, war ein Beschluss im Sinne der Amerikaner zu fällen. McKenna hatte aber offenbar nicht die Absicht, auf diesem Minenfeld als Erster eine Meinung zu äußern, deshalb überließ er das Wort geschickt Carter, der in für ihn typischer Manier mit einem Umweg begann. Er sprach von der Forward Operating Base Chapman, einem CIA-Vorposten weit im Osten Afghanistans, in dem im Dezember 2009 ein Spitzel namens Humam Chalil Abu-Mulal al-Balawi aufkreuzte, um seinem Agentenführer einen Bericht zu übergeben. Dr. Balawi, ein jordanischer Arzt mit Verbindungen zur dschihadistischen Bewegung, hatte der CIA wichtige Informationen für Angriffe auf al-Qaida-Kämpfer in Pakistan geliefert. In Wirklichkeit sollte er jedoch die CIA und den jordanischen Geheimdienst unterwandern – ein Auftrag, der an jenem Dezembertag schrecklich endete, als er die unter seinem Mantel versteckte Bombe zündete und sieben CIA-Agenten mit in den Tod riss. Das war einer der verlustreichsten Einzelangriffe in der Geschichte der Agency und eindeutig der schlimmste in Carters langer Karriere als Direktor der Operationsabteilung. Der Anschlag demonstrierte, dass die al-Qaida bereit war, außerordentlich viel Zeit und Mühe aufzuwenden, um sich an Geheimdiensten zu rächen, die sie verfolgten. Und er bewies wieder einmal, dass es Tote geben konnte, wenn Spione anfingen, gegen die Grundregeln ihres Handwerks zu verstoßen.

»Wollen Sie damit andeuten, Nadia al-Bakari mache gemeinsam Sache mit der al-Qaida?«, fragte McKenna.

»Ich will nichts dergleichen andeuten. Ich bin sogar davon überzeugt, dass Nadia zu einer der wertvollsten Verbündeten des Westens gezählt werden wird, wenn eines Tages die geheime Geschichte des globalen Kriegs gegen den Terror geschrieben wird. Deswegen möchte ich sie auf keinen Fall verlieren, nur weil wir den Hals nicht vollkriegen konnten und sie zu einem Treffen geschickt haben, das sie unbedingt hätte meiden sollen.«

»Malik lädt sie nicht nach Süd-Wasiristan ein«, sagte McKenna. »Er will sich in einem der berühmtesten Hotels der Welt mit ihr treffen.«

»Tatsächlich«, antwortete Carter, »wissen wir nicht, ob Malik al-Zubair oder Niemand al-Niemand kommen wird. Aber darum geht's hier nicht.«

»Worum denn sonst?«

»Dieses Treffen verstößt gegen unsere handwerklichen Grundsätze. An die erinnern Sie sich wohl noch, Jim? Die erste Regel besagt, dass wir die äußeren Umstände möglichst umfassend unter Kontrolle haben. Wir setzen den Zeitpunkt fest. Wir wählen den Ort. Wir suchen die Möbel aus. Wir bestellen die Drinks. Und wir servieren sie möglichst auch. Und wir denken nicht im Traum daran, jemanden wie Nadia al-Bakari näher als eine Meile an einen Kerl wie Malik herankommen zu lassen.«

»Aber manchmal müssen wir das Blatt spielen, das wir bekommen haben«, stellte McKenna fest. »Haben Sie das dem Präsidenten nicht am Tag nach dem Tod der sieben CIA-Agenten erzählt?«

Gabriel sah Zorn in Carters Blick aufblitzen, was selten genug vorkam, aber als er weitersprach, klang seine Stimme so ruhig und unaufgeregt wie immer. »Mein Vater war Geistlicher der Episkopalkirche, Jim. Ich spiele keine Karten.«

»Was empfehlen Sie also?«

»Dieses Unternehmen war erfolgreicher, als wir jemals hätten hoffen dürfen«, sagte Carter. »Vielleicht sollten wir unser Glück nicht mit einem riskanten Pass im letzten Viertel überstrapazieren.«

Schamron war sichtlich irritiert. Er hielt den Gebrauch von amerikanischen Sportmetaphern für unangemessen, wenn es um eine so wichtige Sache wie Spionage ging. Seiner Überzeugung nach verspielten Geheimdienstagenten keine sicher geglaubte Führung oder waren als Batter nach drei Strikes out oder verloren den Ball. Es gab nur Erfolg oder Versagen – und in einer Umgebung wie dem Nahen Osten wurden Misserfolge meistens mit Blut bezahlt.

»Wir sollten Schluss machen?«, fragte Schamron. »Wollen Sie darauf hinaus, Adrian?«

»Wieso nicht? Der Präsident hat seinen Sieg eingefahren – und die Agency ebenfalls. Noch besser ist, dass alle noch leben, um ein andermal weiterkämpfen zu können.« Carter tat so, als wische er die Hände aneinander ab, und sagte: »*Halal.*«

McKenna wirkte verstört. Gabriel erklärte ihm, was Carter gesagt hatte.

»*Halal* bedeutet auf Arabisch ›fertig‹. Aber Adrian weiß genau, dass dieser Krieg niemals zu Ende sein wird. Dies ist ein Krieg für die Ewigkeit. Und Adrian fürchtet, dass er noch viel blutiger werden wird, wenn er einen erfahrenen Terrorplaner wie Malik al-Zubair entwischen lässt.«

»Niemand möchte Maliks Kopf lieber auf einem Spieß sehen als ich«, bestätigte Carter. »Das hätte er für seine Massaker im Irak verdient, und seine Liquidierung würde die Welt für uns alle sicherer machen. Selbstmordattentäter kosten einen Dime das Dutzend. Aber Planer – echte Terrorplaner – sind äußerst schwer zu ersetzen. Eliminiert man gute Leute wie Malik, bleibt eine Bande hilfloser Möchtegern-

Dschihadisten zurück, die rauszukriegen versuchen, wie sie im Keller ihrer Mutter Peroxidbomben bauen können.«

»Wieso lassen Sie Nadia dann nicht mit ihm zusammmentreffen?«, fragte McKenna. »Wieso soll sie sich nicht anhören, was Malik über seine Zukunftspläne erzählt?«

»Weil ich bei dieser Vorstellung ein seltsames Kribbeln im Genick spüre.«

»Aber diese Leute trauen ihr. Weshalb auch nicht? Sie ist Zizi al-Bakaris Tochter. Großer Gott, sie stammt sogar von Wahhab ab!«

»Ich räume ein, dass sie ihr ein Mal bereits vertraut haben«, sagte Carter. »Aber kein Mensch weiß, ob sie das weiterhin tun werden, nachdem ihr Netzwerk ausgehoben worden ist.«

»Sie schrecken vor einem Phantom zurück«, sagte McKenna. »Aber das ist ganz natürlich, denke ich. Schließlich führen Sie diesen Kampf schon sehr lange. Seit über einem Jahrzehnt lesen Sie ihre E-Mails, hören ihre Telefongespräche mit und versuchen, versteckte Mitteilungen zu entdecken. Aber manchmal gibt es eben keine. Und manchmal ist ein Treffen in einem Hotel nur ein Treffen in einem Hotel. Und wenn wir's nicht schaffen, eine schwer bewachte Unternehmerin wie Nadia al-Bakari ins Burj al Arab zu bringen und heil wieder rauszuholen, sind wir vielleicht im falschen Geschäft.«

Carter schwieg einen Augenblick. »Können wir weiterhin über diese Sache vernünftig sprechen, Jim?«

»Ich dachte, das täten wir.«

»Sollte ich annehmen, dass Sie für das Weiße Haus sprechen?«

»Nein«, sagte McKenna. »Sie sollten annehmen, dass ich für den Präsidenten spreche.«

»Wollen Sie uns nicht erklären, was der Präsident will, wenn Sie so mit seinen Gedanken vertraut sind?«

»Er will, was alle Präsidenten wollen. Er will eine zweite Amtszeit. Sonst übernehmen wieder die Insassen die Leitung des Irrenhauses, und alle mühsamen Fortschritte, die wir im Krieg gegen den Terrorismus erzielt haben, würden zunichtegemacht.«

»Sie meinen *Extremismus*«, verbesserte Carter ihn. »Aber was ist mit dem Treffen in Dubai?«

»Der Präsident und ich möchten, dass sie hingeht – unter Aufsicht der guten Kerle, versteht sich. Wir sollten uns anhören, was er zu sagen hat. Ihn fotografieren. Seine Fingerabdrücke sicherstellen. Seine Stimme aufnehmen. Feststellen, ob er Malik al-Zubair oder irgendein anderes Schwergewicht aus der Terrororganisation des Jemeniten ist.«

»Und was erzählen wir unseren Freunden im Sicherheitsdienst der Vereinigten Emirate?«

»Unsere Freunde in den Emiraten haben sich bei verschiedenen Problemen, die von Terrorismus über Geldwäsche bis zu illegalem Waffenhandel reichen, als wenig zuverlässige Verbündete erwiesen. Außerdem weiß man meiner Erfahrung nach nie, mit wem man in den Emiraten wirklich spricht. Der Gesprächspartner kann ein überzeugter Gegner der Dschihadisten oder ein Cousin zweiten Grades eines Topterroristen sein.«

»Also sagen wir nichts?«, fragte Carter.

»Nichts«, bestätigte McKenna.

»Und wenn wir feststellen, dass er Malik ist?«

»Dann möchte der Präsident, dass er aus dem Verkehr gezogen wird.«

»Was heißt das?«

»Gebrauchen Sie Ihre Phantasie, Adrian.«

»Das habe ich nach dem 11. September getan, Jim, und Sie haben öffentlich gesagt, dafür sollte ich eingesperrt werden. Wenn's Ihnen recht ist, wüsste ich gern *genau*, was der Präsident von mir erwartet.«

Die Antwort kam von Schamron, nicht von McKenna.

»Von *Ihnen* erwartet er überhaupt nichts, Adrian.« Schamron sah zu McKenna hinüber und fragte: »Das stimmt doch, nicht wahr?«

»Vor Ihnen bin ich gewarnt worden.«

»Und ich vor Ihnen.«

Das schien McKenna zu gefallen. »Der Präsident ist nicht bereit, in einer schwierigen Zeit wie dieser einen verdeckten CIA-Einsatz in einem quasi befreundeten arabischen Staat zu genehmigen«, sagte er. »Er fürchtet, wir könnten das Regime in Verlegenheit bringen und für den Arabischen Frühling, der auch den Nahen Osten erfasst, verwundbar machen.«

»Aber Israelis, die in Dubai Amok laufen, wären etwas völlig anderes?«, fragte Schamron.

»Das würde sehr gut zu den Fakten passen.«

»Welche Fakten wären das?«

»Malik al-Zubair hat viel israelisches Blut an den Händen kleben, was bedeutet, dass Sie allen Grund haben, seinen Tod zu wünschen.«

»Gut gespielt, Mr. McKenna«, sagte der Alte. »Aber was bekommen wir als Gegenleistung?«

»Die Dankbarkeit des wichtigsten und innovativsten amerikanischen Präsidenten seit einer Generation.«

»Nach den Grundsätzen von Recht und Billigkeit?«, fragte Schamron.

McKenna lächelte und sagte: »Nach den Grundsätzen von Recht und Billigkeit.«

50

The Plains, Virginia

An dieser Stelle beschloss zum Glück James A. McKenna, persönlicher Berater des Präsidenten für Innere Sicherheit und Terrorismusbekämpfung, sich zu verabschieden. Carter bat seine Mitverschwörer wieder in den Salon und fragte, ob jemand sich daran erinnere, wo Chalid Scheich Mohammed, der Planer der Anschläge vom 11. September, sich vor seiner Festnahme versteckt gehalten habe. Das wussten natürlich alle, aber es war Chiara, die seine Frage beantwortete.

»Er war in seinem Haus in Rawalpindi ganz in der Nähe des Oberkommandos der pakistanischen Streitkräfte.«

»Ausgerechnet«, sagte Carter kopfschüttelnd. »Und wissen Sie noch, wie wir ihn geschnappt haben?«

»Wir haben einen Spitzel hingeschickt, der seine Identität bestätigen sollte. Nachdem der Mann die Zielperson gesehen hatte, ist er auf die Toilette gegangen und hat Ihnen eine SMS geschickt.«

»Und nur ein paar Stunden später hat der Mann, der den schlimmsten Terroranschlag der Geschichte geplant hatte, Handschellen getragen. Er sah dem Kerl schockierend ähnlich, der den Volvo meiner Frau repariert. Für die Dinge, die wir CSM angetan und wo wir ihn eingesperrt haben, habe ich viel einstecken müssen, aber das alles war es wert für dieses Bild, als er abgeführt wurde. Und dafür brauchte es nur einen Kerl mit einem Handy. So einfach war das.«

»Falls wir uns bereit erklären, diese Sache zu übernehmen«, sagte Gabriel, »können Sie sich darauf verlassen, dass Nadia nicht auf die Toilette laufen muss, um irgendwelche SMS zu schicken.«

»*Falls* Sie sich dazu bereit erklären?« Carter nickte zu Navot und Schamron hinüber, die nebeneinander auf dem Sofa saßen: beide mit verschränkten Armen und identisch undurchschaubarer Miene. »Die verstehen sich beide darauf, ihre Gedanken zu verbergen«, sagte Carter, »aber ich weiß genau, was ihnen durch den Kopf geht. Sie wollen Malik al-Zubair unbedingt – vielleicht noch mehr als McKenna und der Präsident. Und sie werden sich diese Gelegenheit, an ihn heranzukommen, auf keinen Fall entgehen lassen. Deshalb schlage ich vor, dass sie aufhören, sich unnötig zu zieren, damit wir endlich mit der Planung beginnen können.«

Gabriel sah ratsuchend zu seinen Vorgesetzten hinüber. Navot rieb sich die Stelle auf dem Nasensattel, wo seine modische Brille ihn gedrückt hatte. Schamron hatte sich noch nicht gerührt. Er starrte an Gabriel vorbei zu Chiara hinüber, als biete er ihr Gelegenheit, sich einzubringen. Aber das tat sie nicht.

»Eines muss klar sein«, sagte Gabriel. »Wir riskieren keinen Vorstoß nach Dubai, um jemanden festzunehmen. Ist der Kerl Malik, kommt er dort nicht lebend raus.«

»Ich erinnere mich deutlich, dass McKenna nichts von einer Verhaftung gesagt hat.«

»Nur damit das klar ist.«

»Sonnenklar«, sagte Carter. »Sehen Sie sich als eine Lenkwaffe vom Typ Hellfire, aber ohne dass Sie Kollateralschäden und Todesfälle unter Unbeteiligten vermelden.«

»Lenkwaffen brauchen keine Reisepässe, Hotelzimmer und Flugtickets. Und für sie ist's kein Problem, in arabischen Staaten zu operieren. Für uns schon.« Gabriel machte eine Pause. »Sie *wissen* doch, dass Dubai ein arabischer Golfstaat ist, nicht wahr, Adrian?«

»Vielleicht habe ich das mal irgendwo gelesen.«

Gabriel zögerte kurz. Sie waren im Begriff, das schwierige Thema operativer Fähigkeiten und Tendenzen anzusprechen. Diese Geheimnisse hüteten Nachrichtendienste eifersüchtig und vertrauten sie selbst Verbündeten nur unter Zwang an. Für den Dienst grenzte dergleichen an Verrat. Mit einem Nicken delegierte Gabriel diese Aufgabe an Uzi Navot, der seine Brille wieder aufsetzte und Carter sekundenlang schweigend anstarrte.

»Wir leben in einer komplexen Welt, Adrian«, sagte er schließlich, »deshalb ist es manchmal nützlich, die Dinge zu vereinfachen. Aus unserer Sicht gibt es zwei Arten von Staaten – Länder, in denen wir gefahrlos operieren können, und welche, in denen das nicht der Fall ist. Die erste Kategorie bezeichnen wir als *Basis*länder.«

»Zum Beispiel die Vereinigten Staaten«, bestätigte Carter lächelnd.

»Und Großbritannien«, ergänzte Navot mit einem Blick zu dem stellvertretenden MI5-Direktor hinüber. »Trotz Ihrer Kontrollen kommen und gehen wir nach Bedarf und unternehmen so ziemlich alles, was wir wollen. Gibt es Schwierigkeiten, haben wir ein Netz aus sicheren Häusern und Verstecken, das der Mann neben mir eingerichtet hat. Sollte eine Katastrophe eintreten, was Gott verhüten möge, können unsere Agenten sich in die Botschaft flüchten oder einen uns freundlich gesinnten Geheimpolizisten wie Graham um Hilfe bitten.«

Schamron bedachte Navot mit einem vernichtenden Blick. Navot sprach weiter, als habe er ihn nicht bemerkt.

»Die zweite Kategorie bezeichnen wir als *Ziel*länder. Das sind Feindstaaten, in denen es keine Botschaften und keine sicheren Häuser gibt. Ihre Geheimpolizeien sind uns nicht freundlich gesinnt. Bekämen sie uns in die Hände, würden sie uns foltern, erschießen, vor laufenden Fernsehkameras als Volksbelustigung aufhängen oder für sehr lange Zeit ins Gefängnis stecken.«

»Was brauchen Sie?«, fragte Carter.

»Pässe«, sagte Gabriel, als Navot ihm zunickte. »Aber solche, mit denen wir ohne zuvor erteiltes Visum in Dubai einreisen dürfen.«

»Welche Geschmacksrichtung?«

»Amerikanische, britische, kanadische, australische.«

»Wieso kanadische und australische?«, fragte Graham Seymour.

»Weil wir ein großes Team brauchen werden, das wir geografisch etwas verteilen wollen.«

»Wieso benutzen Sie nicht Ihre eigenen falschen Pässe?«

Diesmal war es Schamron, der antwortete. »Weil ihre aufwendige Herstellung sehr viel Zeit, Mühe und Planung kostet. Und wir möchten sie nicht für ein Unternehmen vergeuden, auf das wir uns nur einlassen, um nach dem amerikanischen Grundsatz von Recht und Billigkeit behandelt zu werden.«

Über diesen Seitenhieb, der James A. McKenna galt, musste Carter unwillkürlich lächeln. »Wir beschaffen Ihnen, was Sie an Pässen brauchen.«

»Und die entsprechenden Kreditkarten«, fügte Gabriel hinzu. »Aber keine auf Guthabenbasis. Ich will richtige Kreditkarten von richtigen Banken.

Carter nickte ebenso wie Graham Seymour.

»Was noch?«, fragte der Amerikaner.

»Dubai stellt uns vor geografische Herausforderungen«, sagte Navot. »Nach unserem Wissen hat das Land nur einen Ein- und Ausgang.«

»Den Flughafen«, sagte Carter.

»Richtig«, sagte Gabriel. »Aber wir müssen unabhängig von Linienflügen sein. Wir brauchen ein eigenes Flugzeug, US-Zulassung, unverdächtiger Eigner.«

»Ich besorge Ihnen eine G5.«

»Eine Gulfstream ist nicht groß genug.«

»Was wollen Sie also?«

Gabriel sagte es ihm. Carter starrte die Zimmerdecke an, als rechne er sich im Stillen aus, wie stark dieser Wunsch sein operatives Budget belasten würde.

»Als Nächstes erzählen Sie mir bestimmt, dass Sie auch amerikanisches Personal wollen.«

»Richtig«, sagte Gabriel. »Und ich brauche Waffen.«

»Marke und Modell?«

Gabriel zählte sie auf. Carter nickte. »Die lasse ich über die Botschaft ins Land bringen. Ist damit alles abgedeckt?«

»Alles bis auf den Star der Show«, sagte Gabriel.

»Dem Klang ihrer Stimme bei dem abgehörten Telefongespräch nach zu urteilen, dürfte nicht allzu viel Überredungskunst nötig sein, um sie zum Mitmachen zu bewegen.«

»Freut mich, dass Sie so denken«, sagte Gabriel, »denn sie verdient es zu wissen, dass sie das volle Vertrauen und die Unterstützung der amerikanischen Regierung besitzt.« Er machte eine Pause, dann fügte er hinzu: »Das gilt übrigens auch für uns.«

»Ich habe Ihnen Ausweise, Geld, Waffen und einen Boeing Business Jet mit amerikanischem Personal versprochen. Welchen weiteren Beweis für amerikanische Unterstützung wollen Sie noch?«

»Ich möchte Ihren Boss sprechen.«

»Den Direktor?«

Gabriel schüttelte den Kopf. Carter trat an das abhörsichere Telefon und wählte.

Es war fast zweiundzwanzig Uhr, als der Escalade durch das Tor an der Fifteenth Street auf das Gelände des Weißen Hauses fuhr. Ein uniformierter Secret-Service-Agent warf einen flüchtigen Blick auf Carters Dienstausweis, dann wies er den Fahrer an, ein Stück weiterzufahren, damit Oscar, der abgerichtete Schäferhund, der Gabriel bei seinem letzten Besuch ein Stück aus dem Bein zu reißen versucht hatte, den Wagen beschnüffeln konnte. An Carters Dienstauto schien dem Spürhund nur der rechte Vorderreifen zu missfallen, an dem er das Bein hob, bevor er in seinen Korb zurückkehrte.

Nach dieser Inspektion schlängelte sich das SUV durch ein Labyrinth aus Stahlbeton und Stahl bis zum Parkplatz am East Executive Drive. Carter und Chiara blieben im Wagen sitzen, während Gabriel allein die leicht ansteigende Auffahrt zum Weißen Haus hinaufging. Unter dem Säulenvordach des Diplomateneingangs wartete eine große, schlanke Gestalt, die zu einem dunklen Anzug ein weißes Oberhemd ohne Krawatte trug. Die Begrüßung war freundlich, aber zurückhaltend – ein kurzer Händedruck, dann eine lässige Geste, die einen Spaziergang durch das weltweit am schärfsten bewachte sieben Hektar große Stück Land vorschlug. Gabriel nickte knapp, und als der Präsident der Vereinigten Staaten sich nach rechts wandte, wo der alte Magnolienbaum stand, der sich nie ganz davon erholt hatte, dass einmal ein Flugzeug auf ihn gestürzt war, folgte Gabriel ihm.

Carter beobachtete die beiden Männer scharf, als sie die Einfahrt hinuntergingen – einer lebhaft und präzise in seinen Bewegungen, der andere locker und geschmeidig. Als sie sich dem Fußweg zum Oval Office hinüber näherten, blieben sie plötzlich stehen und wandten sich wie auf Kommando einander zu. Selbst aus der Ferne und bei schlechten Lichtverhältnissen konnte Carter erkennen, dass dieser Wortwechsel keineswegs erfreulich war.

Dann war ihr Disput offenbar beendet, und die beiden gingen weiter, am Putting Green und dem für die Kinder des Präsidenten eingerichteten Spielplatz vorbei, und kamen außer Sicht. Aus alter Gewohnheit als Agentenführer markierte Carter die Zeit auf seinem abhörsicheren Motorola-Handy und wiederholte diesen Vorgang, als Gabriel und der Präsident wieder sichtbar wurden. Der Präsident hatte die Hände in den Hosentaschen und ging leicht nach vorn gebeugt, als kämpfe er gegen starken Gegenwind an. Den größten Teil des Gesprächs schien jetzt Gabriel zu bestreiten. Er stach beim Reden mit dem Zeigefinger in die Luft, als bemühe er sich, einen wichtigen Punkt besonders hervorzuheben.

Nachdem die beiden Männer den South Lawn umrundet hatten, erreichten sie wieder den Diplomateneingang, wo es zu einem letzten Wortwechsel kam. Gabriel wirkte am Ende entschlossen, ebenso der Präsident. Er legte Gabriel eine Hand auf die Schulter, dann nickte er ihm nochmals zu und verschwand im Weißen Haus. Gabriel blieb noch einen Augenblick allein stehen, bevor er sich abwandte und die Auffahrt zum wartenden Escalade hinunterging. Carter sagte nichts, bis sie das Sicherheitslabyrinth durchfahren hatten und wieder auf der Fifteenth Street waren.

»Wie war er?«

»Er kennt sehr wohl Ihren Namen«, sagte Gabriel. »Und er bewundert Sie sehr.«

»Vielleicht sollte er das mal seinem Terrorismus-Zar erzählen.«

»Daran arbeite ich.«

»Sonst noch etwas, das ich wissen müsste?«

»Unser Gespräch war privat, Adrian, und das wird es auch bleiben.«

Carter lächelte. »Guter Mann.«

5¹

THE CITY, LONDON

Die Investmentgesellschaft Rogers & Cressey hatte ihre
Büros im achten Stock eines architektonisch einfallslosen
Hochhauses aus Glas und Stahl in der Cannon Street unweit
der St.-Pauls-Kathedrale. In Londoner Finanzkreisen stand
R & C in dem wohlverdienten Ruf, diskret und sehr gerissen
zu agieren. Deshalb war es keine Überraschung, dass die
Übernahme von Thomas Fowler Associates behandelt wurde, als ginge es um die Wahrung eines Staatsgeheimnisses. Es
gab eine kurze Pressemitteilung, die niemandem auffiel, und
ein merkwürdig unscharfes Foto, das nur auf der unspek-
takulären Homepage von R & C erschien. Die Aufnahme
zeigte einen Berufsschauspieler und war von einem Foto-
grafen gemacht worden, der üblicherweise in Überwa-
chungsfahrzeugen mit abgedunkelten Scheiben arbeitete.

Wie erwartet stürzten sich Thomas Fowler und seine insgesamt zwölf Kollegen sofort in die Arbeit. Sie bezogen ihre
Bürosuite in einer Ecke des achten Stocks an einem Diens-
tagmorgen und waren bis zum Abend damit beschäftigt,
ihren ersten Deal als Teil der R & C-Familie vorzubereiten.
Das war ein kompliziertes Verfahren mit vielen Variablen,
hohem Risiko und einer Vielzahl von gegensätzlichen Interessen. Aufs Wesentliche reduziert handelte es sich um ein
Baugrundstück in bester Lage am Dubai Creek und eine
milliardenschwere saudi-arabische Investorin namens Nadia
al-Bakari.

Fowler und sein Team kannten Miss al-Bakari gut, weil

sie die Dame schon mehrmals in einem Château nördlich von Paris getroffen hatten. Nach regem E-Mail-Verkehr untereinander am Mittwoch landete ihr Privatjet am Donnerstagmorgen auf dem Londoner Flughafen Stansted. Mit heimlicher Unterstützung durch das MI5 sorgte R & C dafür, dass sie dort abgeholt wurde. Die Rechnung für die beiden gepanzerten Bentleys erregte zwar Aufsehen in der Buchhaltung im Thames House, das sich wie alle staatlichen Dienststellen an strikte Sparauflagen zu halten hatte. Etwaige Bedenken wurden jedoch zerstreut, als Graham Seymour die Rechnung mit der Bitte um sofortige Begleichung an Langley weiterreichte. Langley murmelte etwas von beiderseitigen Opfern und einer besonderen Beziehung. Dann überwies er den Rechnungsbetrag von einem seiner scheinbar unerschöpflichen Konten, und die Sache wurde in vornehmen Kreisen nie mehr erwähnt.

Bentley-Limousinen waren in der Cannon Street kein seltener Anblick, aber einige Passanten blieben doch stehen, um zu beobachten, wie Nadia al-Bakari aus einem der Wagen ausstieg und sofort von Bodyguards in dunklen Anzügen umringt wurde. Die Männer geleiteten sie in die Eingangshalle des unattraktiven R & C-Gebäudes, wo sie von einem jungen Mann mit dem Gesicht eines Landpfarrers erwartet wurde. Falls er seinen Namen nannte, bekam niemand ihn richtig mit. Tatsächlich war er Nigel Whitcombe, ein junger MI5-Agent, der an Gabriels Seite im Kampf gegen den russischen Waffenhändler Iwan Charkow erste Einsatzerfahrung gesammelt hatte.

Whitcombe führte Nadia und ihre Bodyguards in den bereitstehenden Aufzug, den er mit einem Fingerdruck auf einen Knopf in den achten Stock hinaufschickte. Oben im Foyer warteten bereits die Seniorpartner von R & C mit ihrem neuen Kollegen Thomas Fowler, der anderswo als Jossi Gawisch bekannt war. Er trug einen grauen Nadelstreifenanzug von Anthony Sinclair in der Savile Row und ein Lächeln, das üppige Gewinne versprach. Nachdem er Nadia al-Bakari wie eine alte Freundin begrüßt hatte, geleitete er sie in den luxuriösen Konferenzraum von R & C. Whitcombe schlug den Bodyguards vor, auf dem Korridor Platz zu nehmen, was sie ohne Widerrede taten. Dann folgte er Jossi und Nadia in den Konferenzraum, dessen schwere Tür mit beruhigend dumpfem Schlag ins Schloss fiel.

Die Lamellenjalousien waren geschlossen, die Decken- und Wandleuchten geschmackvoll gedimmt. An dem polierten Mahagonitisch saßen die Mitglieder von Gabriels Team, die sich zu diesem Anlass ebenfalls fein gemacht hatten. Sogar Gabriel trug heute einen Anzug, allerdings ohne Krawatte. Er saß am Kopfende des Tischs und hatte Adrian Carter und Graham Seymour rechts und Ari Schamron und Uzi Navot links neben sich. Schamron beobachtete Nadia aufmerksam, als sie sich neben Sarah setzte, die diesmal mit Brille und schwarzer Perücke fast nicht wiederzuerkennen war.

Jossi, der weiter Thomas Fowler spielte, stellte Nadia al-Bakari die Anwesenden lebhaft und unter falschen Namen vor. Das war eine reine Formalität, der Raum war schalldicht und abhörsicher. Deshalb hatte Gabriel gar keine Bedenken, ein von der NSA abgehörtes und ins Englische übertragenes Telefongespräch abzuspielen. Es war vor fünf Tagen um 10.36 Uhr MEZ geführt worden. Die erste Stimme gehörte Samir Abbas von der TransArabian Bank in Zürich.

»Der Partner hat leider einen sehr vollen Terminkalender. In absehbarer Zukunft ist dies sein einzig möglicher Termin.«

»Bis wann braucht er eine Antwort?«

»Sofort, fürchte ich.«

»Welche Zeit schlägt er vor?«

»Einundzwanzig Uhr.«

»Mein Sicherheitsdienst wird keine terminlichen Verschiebungen zulassen.«

»Der Partner versichert mir, dass es garantiert keine geben wird.«

»Dann richten Sie ihm bitte aus, dass ich am kommenden Donnerstag um einundzwanzig Uhr im Burj bin. Und sagen Sie ihm, dass er pünktlich sein soll. Ich investiere kein Geld bei Leuten, die zu Besprechungen zu spät kommen.«

Gabriel drückte die Stopptaste an der Fernbedienung und sah zu Nadia al-Bakari hinüber. »Ich möchte diese Besprechung damit beginnen, dass ich Ihnen danke. Indem Sie zu Abbas' Vorschlag Ja gesagt haben, haben Sie uns kostbare Zeit verschafft, die wir dringend brauchten, um unsere nächsten Züge vorzubereiten. Wir sind alle sehr beeindruckt, Nadia. Für eine Amateurin haben Sie sich bemerkenswert gut aus der Affäre gezogen.«

»Ich lebe schon sehr lange in zwei Welten, Mr. Allon. In diesem Sinn bin ich keine Amateurin mehr.« Sie sah sich am Tisch um, bevor sie weitersprach. »Mir fällt auf, dass Ihr Team sich seit unserem letzten Treffen vergrößert hat.«

»Dies hier ist leider nur der Teil, der auf Tournee ist.«

»Dann gibt es anderswo noch mehr Leute?«

»Jede Menge«, sagte Gabriel. »Und in diesem Augenblick zerbrechen viele von ihnen sich wegen einer ganz bestimmten Frage den Kopf.«

»Und die wäre?«

»Ob wir Ihnen wirklich gestatten sollen, nach Dubai zu fliegen, oder ob es besser wäre, Sie zu bitten, Abbas zurückzurufen und ihm zu erklären, Sie müssten wegen dringender anderer Termine absagen.«

»Warum sollte ich das behaupten?«

»Diese Frage versuche ich gleich zu beantworten«, sagte Gabriel. »Aber zuvor hören Sie sich bitte eine weitere Aufzeichnung an.«

Er griff nach der Fernbedienung und drückte auf Play.

52

THE CITY, LONDON

»Wie heißt er?«

»Das sage ich Ihnen lieber nicht.«

»Warum nicht?«

»Weil es unwichtig ist. Und dieses Wissen würde Sie nur gefährden.«

»Sie denken an alles.«

»Wir versuchen es zumindest, aber manchmal machen auch wir Fehler.«

Sie wollte die Aufnahme noch mal hören. Gabriel drückte erneut auf Play.

»Ich finde, er klingt wie ein Jordanier«, sagte Nadia, während sie aufmerksam zuhörte.

»Er *ist* ein Jordanier.« Gabriel hielt die Wiedergabe an. »Und er ist außerdem einer der brutalsten Terroristen, mit denen wir's jemals zu tun gehabt haben. Wir verdächtigen ihn seit einiger Zeit, zu Raschid al-Husseinis Netzwerk zu gehören. Inzwischen wissen wir's sicher.«

»Woher?«

»Auf gleiche Weise wie Sie wissen, dass er ein Jordanier ist.«

»Aufgrund des Klangs seiner Stimme?«

Gabriel nickte. »Leider kennen wir sie nur allzu gut. Wir haben sie gehört, als er *Schahids* entsandt hat, um Bombenanschläge auf Busse und Cafés in Jerusalem und Tel Aviv verüben zu lassen. Und unsere amerikanischen Freunde haben sie im Sunni-Dreieck über Funk gehört, als er mitgeholfen hat, das Chaos im Irak zu vergrößern. Aber danach war es lange Zeit still um ihn – sogar so lange, dass manche aus unserer Bruderschaft sich wider besseres Wissen eingeredet haben, er sei tot. Dieser Anruf beweist leider, dass er noch quicklebendig ist.«

Nadia schien keine weiteren Fragen mehr zu haben. Sie sah erst zu Carter, dann zu Graham Seymour hinüber und runzelte leicht die Stirn.

»Wie ich sehe, haben Sie Ihre Partner mitgebracht.«

»Wir dachten, es sei an der Zeit, dass Sie ihre Bekanntschaft machen.«

»Wer sind sie also?«

»Der distinguierte grauhaarige Gentleman ist Graham. Er ist Engländer.«

»Unverkennbar.« Sie musterte Carter. »Und er?«

»Das ist Adrian.«

»Amerikaner?«

»Ich fürchte ja.«

Ihr Blick glitt über Gabriel hinweg und blieb bei Schamron hängen.

»Und wo haben Sie *den* gefunden?«

»Auf dem Grund unserer Zeitrechnung.«

»Hat er einen Namen?«

»Er zieht es vor, Herr Heller genannt zu werden.«

»Was macht Herr Heller?«

»Meistens stiehlt er anderer Leute Geheimnisse. Manchmal hat er auch neue Ideen, wie man Terroristengruppen ausschalten kann. Dass Sie jetzt hier sind, ist letztlich Herrn Heller zu verdanken. Es war seine Idee, Sie zu bitten, mit uns gegen Raschids Terrornetzwerk anzugehen.«

»Findet er, dass ich nächste Woche den Termin in Dubai wahrnehmen sollte?«

»Es ist eine Gelegenheit, der er nur schwer zu widerstehen vermag. Aber er macht sich Sorgen bezüglich der Echtheit der Einladung. Und er würde niemals zulassen, dass Sie sich in eine Situation begeben, in der er nicht für Ihre Sicherheit garantieren kann.«

»Im Burj al Arab habe ich schon mehrmals gewohnt. Das Hotel ist mir nie besonders gefährlich erschienen. Außer es ist voller Briten«, fügte sie mit einem Blick zu Graham Seymour hinüber an. »Für meinen Geschmack verhalten Ihre Landsleute sich ein bisschen zu ungezwungen, wenn sie in Dubai sind.«

»Ja, davon habe ich gehört.«

Sie wandte sich wieder an Gabriel. »In den Zeitungen hat gestanden, dass die Terroristen letzte Woche einen schweren Rückschlag erlitten haben. Der amerikanische Präsident hat bei seiner Fernsehansprache sehr zufrieden gewirkt.«

»Völlig zu Recht.«

»Vermute ich richtig, dass mein Geld etwas damit zu tun hatte?«

»Ihr Geld hatte *alles* damit zu tun.«

»Sie haben Raschids Netzwerk also einen schweren Schlag versetzt.«

Gabriel nickte langsam.

»Aber keinen auf Dauer wirkungsvollen Schlag?«

»In diesem Geschäft ist nichts von Dauer, Nadia.«

»Besitzen Sie genügend Informationen, um Raschid al-Husseini aufspüren zu können?«

»Nicht im Augenblick.«

»Was ist mit dem Mann, dessen Namen Sie mir nicht sagen wollen?«

Gabriel schüttelte den Kopf. »Wir wissen nicht einmal, welchen Namen er benutzt, mit welchem Pass er reist oder wie er heutzutage aussieht.«

»Aber Sie *wissen*, dass er nächsten Donnerstagabend in Dubai mit mir zusammentreffen will.« Nadia holte ihr Zigarettenetui aus der Handtasche, nahm eine Virginia Slim heraus und zündete sie an. »Ihr weiteres Vorgehen liegt doch auf der Hand, Mr. Allon. Nachdem Sie die Organisation zerschlagen haben, müssen Sie jetzt die Führung liquidieren. Sonst sitzen Sie alle in ein bis zwei Jahren wieder zusammen und zerbrechen sich den Kopf, wie einem *neuen* Netzwerk beizukommen ist.«

Gabriel blickte Schamron wortlos an. Mit kaum merklichem Nicken forderte der Alte ihn schließlich auf, er solle das Gespräch fortsetzen.

»Auch wenn wir von Berufs wegen lügen«, sagte Gabriel, »betrachten wir uns als Ehrenmänner, die Wort halten. Wir haben Ihnen ein Versprechen gegeben, das wir unbedingt halten möchten.«

»Welches Versprechen meinen Sie?«

»Wir haben Sie gebeten, uns zu helfen, indem Sie ein Terrornetzwerk heimlich mit Geld versorgen. Aber wir haben nie davon gesprochen, dass wir Sie bitten würden, einen Mörder von Angesicht zu Angesicht zu identifizieren.«

»Die Lage hat sich eben geändert.«

»Aber nicht unsere Verpflichtung Ihnen gegenüber.«

Sie blies eine dünne Rauchfahne in Richtung Decke und lächelte. »Ihre Sorge um meine Sicherheit ist sehr löblich, aber ganz und gar ungerechtfertigt. Wie Sie wissen, bin ich eine der am besten bewachten Privatpersonen der Welt. Während meines Aufenthalts in Dubai werde ich ständig von einem großen Team von Leibwächtern umgeben sein. Sie werden jeden Raum durchsuchen, bevor ich ihn betrete, und jeden nach Waffen abtasten, bevor er zu mir vorgelassen wird. Für einen Auftrag dieser Art bin ich ideal geeignet, weil mir nichts Schlimmes passieren kann.«

Gabriel sah erneut zu Schamron hinüber. Der Alte nickte nochmals.

»Uns geht es nicht nur um Ihre körperliche Sicherheit«,

sagte Gabriel. »Wir müssen auch Rücksicht auf Ihr emotionales und psychisches Wohlbefinden nehmen. Es gibt Menschen, denen es nichts ausmacht, jemanden aus ihrem eigenen Umfeld zu verraten – für Geld, aus Boshaftigkeit, um sich Respekt zu sichern oder aus einem Dutzend weiterer Gründe, die ich nennen könnte. Und es gibt andere Menschen, für die das eine zutiefst traumatische Erfahrung ist, unter der sie oft noch jahrelang leiden.«

»Ich betrachte Dschihadisten nicht als Angehörige meines Umfelds oder Glaubens, genau wie sie mich bestimmt nicht zu den ihren zählen. Haben Sie mein Geld nicht außerdem schon dazu benutzt, über hundert mutmaßliche Terroristen aufzuspüren und zu verhaften?« Nadia machte eine Pause, dann fügte sie hinzu: »Sie müssen entschuldigen, Mr. Allon, aber ich habe das Gefühl, dass Sie versuchen, hier einen Unterschied zu konstruieren.«

Gabriel beugte sich leicht nach vorn, um den Abstand zwischen sich und seiner Agentin zu verringern. Er wollte keine Missverständnisse, keine Mehrdeutigkeiten, keine unterschiedlichen Auslegungen.

»Ist Ihnen klar, was diesen Mann erwartet, wenn er sich als der herausstellt, den wir suchen?«

»Eine derartige Frage sollten Sie mir nicht stellen müssen, glaube ich.«

»Werden Sie mit der Erinnerung daran leben können?«

»Das tue ich bereits.« Sie rang sich ein Lächeln ab. »Außerdem dauert nichts ewig, wie Sie wissen, Mr. Allon.«

Gabriel lehnte sich auf seinem Stuhl zurück und betrachtete einen Augenblick lang seine Hände. Diesmal verzichtete er darauf, ratsuchend zu Schamron hinüberzusehen. Diese Entscheidung hatte allein er zu treffen.

»Wir werden Zeit brauchen, um Sie auf das Treffen vorzubereiten.«

Nadia al-Bakari zog ihren Terminplaner aus der Handtasche und schlug ihn auf. »Ich bin morgen und übermorgen in Moskau und dann einen Tag in Stockholm.«

»Wie sieht Ihr Wochenende aus?«

»Das wollte ich in Casablanca verbringen, um etwas Sonne zu tanken.«

»Vielleicht werden wir Sie bitten müssen, diesen Trip zu verschieben.«

»Das muss ich mir noch überlegen«, sagte sie störrisch. »Aber heute Nachmittag bin ich zufällig frei.«

Gabriel ließ sich von Uzi Navot eine Mappe geben. Sie enthielt das letzte bekannte Foto von Malik al-Zubair und eine ganze Serie von am Computer erstellten Phantombildern. Gabriel legte sie langsam vor Nadia auf dem Konferenztisch aus.

»Dies könnte der Mann sein, der sich am kommenden Donnerstagabend im Hotel Burj al Arab in Dubai mit Ihnen treffen will«, sagte er, indem er auf das grobkörnige alte Foto deutete. Sein Zeigefinger tippte ein Phantombild nach dem anderen an. »Hier ist er zehn Kilo schwerer. Dies ist er mit einem Vollbart. Mit einem Schnauzer. Mit einer Gebetsnarbe in der Stirnmitte. Mit einem Scheitelkäppchen. Mit einer *Kafija*. Mit Brille. Mit kurzen Haaren. Mit langen Haaren. Grauhaarig. Glatzköpfig…«

53

The City, London

Obwohl das Londoner *Financial Journal* seit seiner Übernahme durch den russischen Oligarchen Wiktor Orlow viel
von seinem Glanz eingebüßt hatte, erregte es am folgenden
Morgen Aufsehen in der City, als es meldete, die hiesige
Firma Rogers & Cressey plane ein großes Immobilienpro-
jekt in Dubai. Bedeutsamer wurde die Story, als Zoe Reed
von CNBC berichtete, an dem Projekt beteiligt sei auch die
AAB Holding, die Investmentgesellschaft der medien-
scheuen saudi-arabischen Milliardärin Nadia al-Bakari. Als
Yvette Dubois, die meist unterbeschäftigte Sprecherin von
AAB, in Paris erreicht und um einen Kommentar gebeten
wurde, antwortete sie mit einem wachsweichen Dementi,
doch an diesem Abend brannte in London bei R&C bis tief
in die Nacht hinein Licht. Langjährige Beobachter der
Firma überraschte das nicht: R&C, sagten sie, habe schon
immer am liebsten im nächtlichen Dunkel gearbeitet.

Hätten sie Zugang zu den schalldichten Konferenzräumen und den abhörsicheren Telefonen von R&C gehabt,
hätten sie eine Sprache gehört, die wenig mit dem in der
Geschäftswelt üblichen Jargon gemeinsam hatte. Ihre Ety-
mologie ließe sich auf die Olympischen Spiele 1972 in
München und den darauf folgenden geheimen Rachefeld-
zug zurückführen. Seit damals hatte die Welt sich sehr verändert, aber die durch eine Serie von Attentaten bekräftig-
ten Prinzipien blieben unangetastet. *Aleph, Beth, Ajin, Qoph*:
vier Buchstaben des hebräischen Alphabets. Vier Einsatz-

regeln, die so zeitlos und beständig waren wie der Mann, der sie festgelegt hatte.

In den meisten Büros von R&C war er als Herr Heller bekannt. Aber sobald er die für Gabriel und sein Team reservierten Räume betrat, hieß er Ari oder der Alte oder der *Menumeh* – ein hebräisches Wort für »der Verantwortliche«. Durch eine Verfügung, die Uzi Navots Unterschrift trug, war Schamron nominell Kommandeur dieses Unternehmens, aber in der Praxis überließ er die Verantwortung für Planung und Durchführung Gabriel und seinem fähigen Stellvertreter Eli Lavon. Dem Alten fiel dieses Zugeständnis nicht sehr schwer, denn Gabriel und Lavon arbeiteten nicht nur nach seinen Methoden, sondern teilten auch seine Grundinstinkte und tiefsten Ängste. Aus ihnen sprach die Stimme des *Menumehs*. Und sah man sie sorgfältig die Liquidierung eines Ungeheuers wie Malik al-Zubair planen, konnte man glauben, Schamron in der Blüte seiner Jahre vor sich zu haben.

Aus mehreren Gründen würde diese Operation zu den schwierigsten Unternehmen zählen, die Gabriel und sein Team jemals durchgeführt hatten. Dass sie in feindlicher Umgebung stattfinden würde, war nur eines von vielen Hindernissen. Sie wussten nicht sicher, ob die Zielperson erscheinen würde – und ob sie dann Gelegenheit haben würden, sie zu liquidieren, ohne selbst aufzufliegen. Wie Adrian Carter hielt Gabriel nichts von Glücksspielen. Deshalb zog er gleich am ersten Tag der Planungsarbeit eine Linie in den Sand, die nicht überschritten werden durfte. Selbstmordattentate würden sie dem Feind überlassen. Ließ die Beute sich nicht ohne Gefahr für die Jäger erlegen, sollten sie sie nur markieren und auf eine andere Gelegenheit warten. Und sie würden auf keinen Fall auf *irgendwen* schießen, wenn nicht zweifelsfrei feststand, dass der Mann, auf den sie zielten, wirklich Malik al-Zubair war.

Alle schufteten Tag und Nacht, um möglichst viele sonstige Variablen zu eliminieren. Die Hausverwaltung – die für sichere Wohnungen zuständige Abteilung des Diensts – beschaffte drei Wohnungen in Dubai, während die Fahrbereitschaft an verschiedenen Punkten des Stadtstaats ein halbes Dutzend Autos und Motorräder bereitstellte. Dem King Saul Boulevard gelang es sogar, eine brauchbare Fluchtmöglichkeit zu organisieren. Sie bestand aus dem in Liberia registrierten Frachter *Neptune*, der in Wirklichkeit eine schwimmende Radar- und Abhörstation war, die vom AMAN betrieben wurde, dem Nachrichtendienst der israelischen Streitkräfte. Für Kommandounternehmen von See aus befand sich ein Team der Spezialeinheit Sajeret Matkal an Bord. Sich das Schiff für ihr Unternehmen zu sichern, hatte Navot so viel gekostet, dass er seinen Leuten einschärfte, es dürfe nur als letztes Rettungsmittel benutzt werden. Außerdem durften weder Amerikaner noch Briten jemals von der Existenz der *Neptune* erfahren, weil das Schiff vor allem auch den anglo-amerikanischen Funkverkehr im Persischen Golf abhörte.

Die größten Sorgen in diesen Tagen voll hastiger Vorbereitungen machte dem Team jedoch die Sicherheit Nadia al-Bakaris. Auch hier legte Gabriel Fixpunkte fest. Die Zeit, die Nadia in Dubai verbrachte, würde streng bemessen und bis ins letzte Detail durchgeplant sein. Sie würde ständig von zwei Sicherheitsringen umgeben sein – von einem Ring aus ihren eigenen Bodyguards und einem zweiten aus Agenten des Diensts. Nach dem Gespräch im Burj al Arab würde sie sofort zum Flughafen zurückfahren und an Bord ihres Boeing Business Jets gehen. Erst dann würden die israelischen Agenten die heimliche Bewachung aufgeben und Nadias Schutz wieder allein den Bodyguards überlassen.

Die Vorbereitungszeit mit Nadia al-Bakari war erwartungsgemäß beschränkt. Nachdem sie ihren Kurztrip nach

Marokko abgesagt hatte, kehrte sie am Samstag nach London zurück, um an einem intimen Abendessen im Stadthaus der Fowlers in Mayfair teilzunehmen, bei dem in Wirklichkeit nichts gegessen wurde. Nachdem sie am Sonntag auf einer wichtigen Modenschau in Mailand gewesen war, schaffte sie es, am Montag zu einer letzten Unterweisung in die Cannon Street zu kommen. Als Abschluss bekam sie eine Handtasche von Prada, ein Kostüm von Vauthier und eine Armbanduhr von Harry Winston. Die Tasche enthielt einen gut versteckten Sender mit fünf Kilometer Reichweite. Ein Reservesender und zwei winzige GPS-Sender waren in die Nähte des Kostüms eingearbeitet. Ein dritter GPS-Sender steckte in der Luxusarmbanduhr. Dies war die Uhr, die Nadias Vater vor fünf Jahren Sarah Bancroft geschenkt hatte, um sie als Kunstberaterin zu gewinnen. Ein Juwelier, der für den Dienst arbeitete, hatte die ursprüngliche Gravur gelöscht und durch *Auf die Zukunft, Thomas* ersetzt. Als Nadia das las, bekam sie feuchte Augen. Zum Abschied umarmte sie Gabriel auf eine Weise, bei der Schamron sich sichtbar unbehaglich fühlte.

»Gibt es etwas, das du mir über unser Mädchen erzählen möchtest?«, fragte er Gabriel, als sie am Fenster stehend beobachteten, wie Nadia in ihren Wagen stieg.

»Sie gehört zu den bemerkenswertesten Frauen, die ich kenne. Und sollte ihr etwas zustoßen, würde ich mir das nie verzeihen.«

»Erzähl mir etwas, das ich *nicht* weiß«, sagte Schamron.

»Sie weiß, wer ihren Vater ermordet hat. Und sie vergibt ihm.«

Das Team ging von der Annahme aus, von seinen Feinden beobachtet und von seinen Freunden abgehört zu werden, und verhielt sich entsprechend. Es blieb die meiste Zeit in den Büros von Rogers & Cressey in der Cannon Street eingeigelt und ließ alle Besorgungen von englischem Personal erledigen, das keine direkte Verbindung zu der Operation hatte. Schamron verbrachte die meiste Zeit in einer dem MI5 bekannten sicheren Wohnung des Diensts in der Bayswater Road. Gabriel kam täglich einmal vorbei, um mit ihm einen Spaziergang in den Kensington Gardens zu machen. An ihrem letzten Tag in London wurden sie von den Briten beschattet. Und auch von den Amerikanern.

»Ich habe meine Unternehmen immer lieber allein durchgezogen«, sagte Schamron mit trübseligem Blick zu den Beschattern am Rand des Long Waters hinüber. »Mich wundert es, dass dein Freund, der Präsident, nicht darauf bestanden hat, eine Resolution des UN-Sicherheitsrats zu beantragen.«

»Das habe ich ihm ausreden können.«

»Worüber hast du mit ihm gesprochen?«

»Adrian Carter«, sagte Gabriel. »Ich habe dem Präsidenten klargemacht, dass wir Malik nur liquidieren können, wenn das Justizministerium die Ermittlungen wegen Adrians Rolle im Krieg gegen den Terror einstellt.«

»Er hat zugestimmt?«

»Verklausuliert«, sagte Gabriel, »aber eindeutig. Und er hat auch meiner zweiten Forderung zugestimmt.«

»Welcher?«

»Dass er James McKenna entlassen soll, bevor er uns alle umbringt.«

»Und wir haben immer geglaubt, der Präsident und McKenna seien unzertrennlich.«

»In Washington gibt es keine unzertrennlichen Paare.«

Schamron begann zu ermüden. Sie betraten den Italian Garden und setzten sich auf eine Bank mit Blick auf den Springbrunnen. Schamron fiel es schwer, seine Missbilligung zu tarnen. Wasserkünste langweilten ihn wie alle anderen Formen menschlicher Vergnügungen.

»Ich wollte dir noch erzählen, dass deine Bemühungen

uns bereits wertvolles politisches Kapital bei den Amerikanern eingebracht haben«, sagte der Alte. »Gestern Abend hat ihre Außenministerin in aller Stille unsere Bedingungen für die Wiederaufnahme von Friedensgesprächen mit den Palästinensern akzeptiert. Außerdem hat sie angedeutet, der Präsident sei vielleicht bereit, in naher Zukunft Jerusalem zu besuchen. Wir nehmen natürlich an, dass dieser Besuch *vor* den nächsten Wahlen stattfinden wird.«

»Unterschätze ihn nicht.«

»Das tue ich nicht«, sagte Schamron, »aber ich weiß nicht recht, ob ich ihn beneide. Der große Arabische Frühling hat in seiner Amtszeit stattgefunden, und von seinem Handeln wird es abhängen, ob im Nahen Osten zukünftig Leute wie Nadia al-Bakari oder Dschihadisten wie Raschid al-Husseini den Ton angeben.« Schamron machte eine Pause. »Selbst ich muss eingestehen, dass ich nicht weiß, wie alles ausgehen wird. Ich weiß nur, dass die Beseitigung eines Verbrechers wie Malik al-Zubair es den Kräften von Anstand und Fortschritt erleichtern wird, sich durchzusetzen.«

»Willst du damit sagen, dass die Zukunft des Nahen Ostens vom Erfolg meines Unternehmens abhängt?«

»Das wäre eine Übertreibung meinerseits«, sagte Schamron. »Und ich habe mich immer bemüht, Übertreibungen möglichst zu meiden.«

»Außer um deine Ziele zu befördern.«

Schamron lächelte schwach und zündete sich eine seiner türkischen Zigaretten an. »Hast du dir schon überlegt, wer die gegen Malik verhängte Strafe vollstrecken soll?«

»Diese Entscheidung dürfte Malik wahrscheinlich selbst treffen.«

»Genau das ist einer der vielen Punkte, die mir an diesem Unternehmen nicht gefallen.« Schamron rauchte einen Moment lang schweigend. »Ich weiß, dass du immer die Endgültigkeit einer Schusswaffe bevorzugt hast, aber in diesem Fall ist die Nadel die weit bessere Option. Laute Schüsse erschweren dir und deinem Team nur die Flucht. Verpass ihm eine kräftige Dosis Suxamethonchlorid. Er spürt nur einen Nadelstich. Dann bekommt er keine Luft mehr, weil Lähmungserscheinungen einsetzen. Wenige Minuten später ist er tot. Und ihr besteigt auf dem Flughafen eine Privatmaschine.«

»Suxamethonchlorid hat eines mit einer Kugel gemeinsam«, sagte Gabriel. »Es bleibt nach dem Tod des Opfers lange in seinem Körper. Die Gerichtsmediziner in Dubai würden es finden, und die dortige Polizei könnte das gesamte Puzzle zusammensetzen.«

»Das ist der Preis für Einsätze in modernen Hotels. Pass bloß auf, dass dich keine Überwachungskamera erwischt. Geht dein Bild noch mal durch die Presse, erschwert das deine Rückkehr ins Zivilleben.« Schamron musterte Gabriel einige Sekunden lang schweigend. »Dorthin *willst* du doch zurück, nicht wahr?«

Gabriel gab keine Antwort. Schamron ließ die Kippe fallen und trat sie mit dem Absatz im Kies aus.

»Du kannst mir keinen Vorwurf machen, weil ich's versucht habe«, sagte der Alte.

»Ich wäre enttäuscht gewesen, wenn du's nicht getan hättest.«

»Ich habe tatsächlich zu hoffen gewagt, diesmal könnte's anders sein.«

»Weshalb?«

»Weil du deine Frau nach Dubai mitnimmst.«

»Ich konnte nicht anders. Sie hat darauf bestanden.«

»Du forderst den Präsidenten der Vereinigten Staaten auf, sich von einem seiner engsten Mitarbeiter zu trennen, aber du knickst vor einem Ultimatum deiner Frau ein?« Schamron schüttelte den Kopf, dann sagte er: »Vielleicht hätte ich *sie* als nächste Direktorin des Diensts vorschlagen sollen.«

»Mit Bella Navot als ihrer Stellvertreterin.«

»Bella?« Der Alte lächelte. »Die arabische Welt würde erzittern.«

Zehn Minuten später gingen sie am Lancaster Gate auseinander. Schamron kehrte in die sichere Wohnung des Diensts zurück, während Gabriel zum Flughafen Heathrow hinausfuhr. Als er dort ankam, war er Roland Devereaux, geboren in Grenoble, Frankreich, wohnhaft in Quebec, Kanada. Er hatte den Reisepass eines Mannes, der viel unterwegs ist, und benahm sich entsprechend. Nach Check-in und Passkontrolle machte er sich – weiterhin unter heimlicher MI5-Aufsicht – auf den Weg zur First Class Lounge von British Airways. Dort wählte er einen ruhigen Platz weit von den Alkoholikern entfernt, die das kostenlose Getränkeangebot nutzten, und verfolgte die Fernsehnachrichten. Weil ihn eine oberflächliche Diskussion über die gegenwärtige Terrorgefahr langweilte, schlug er seinen Notizblock auf und zeichnete aus dem Gedächtnis eine schöne junge Frau mit rabenschwarzem Haar. Es war das Porträt einer unverschleierten Frau, sagte er sich. Das Porträt einer Spionin.

Als sein Flug aufgerufen wurde, zerriss Gabriel die Skizze augenblicklich in kleine Fetzen, die er auf dem Weg zum Flugsteig in drei verschiedene Abfallkörbe warf. Nachdem er an Bord saß, warf er einen letzten Blick in seinen E-Mail-Account. Es waren mehrere neue eingegangen, doch bis auf eine waren sie alle unwichtig. Diese eine kam von einer Frau, die ihren Namen nicht preisgab und ihm erklärte, sie habe ihn von Anfang an geliebt. Als er das Blackberry ausschaltete, durchfuhr ihn ungewohnte Panik. Dann schloss er die Augen und ging sein Unternehmen in Gedanken nochmals durch.

54

DUBAI

Die Blätter der Palmeninsel Jumeirah, der größten künstlichen Insel der Welt, lagen flach im lauwarmen Wasser des Persischen Golfs und schienen unter dem Gewicht unverkaufter Luxusvillen langsam zu versinken. In dem monströsen rosafarbenen Hotel am höchsten Punkt der Palmeninsel plätscherte sanfter Regen auf den Marmorboden der weitläufigen Hotelhalle. Wie fast alles in Dubai war der Regen künstlich. Hier war er jedoch nicht beabsichtigt: In der Decke gab es wieder einmal eine undichte Stelle. Statt der Ursache dafür sofort auf den Grund zu gehen und es reparieren zu lassen, hatte die Direktion sich für ein kleines gelbes Warnschild entschieden, das die wenigen Gäste zur Vorsicht mahnte.

Vor allem im Bankenviertel etwas weiter die Küste entlang gab es vermehrt Beweise für die Krise, in die der Stadtstaat geraten war. Baukräne, einst geradezu symbolhaft für Dubais Wirtschaftswunder, standen bewegungslos über halbfertigen Büroblocks und Wohntürmen. Die luxuriösen Einkaufspassagen waren beinahe leer, und Gerüchte wollten von arbeitslos gewordenen Europäern wissen, die in den Dünen der Wüste schliefen. Viele waren aus dem Emirat geflüchtet, statt zu riskieren, in sein berüchtigtes Schuldnergefängnis zu wandern. Auf dem Höhepunkt der Krise hatten schätzungsweise dreitausend zurückgelassene Autos den Parkplatz des Flughafens verstopft. Unter manchen Scheibenwischern hatten hastig hingekritzelte Entschuldigungen gesteckt, adressiert an die Gläubiger. In Dubai hatte ein Gebrauchtwagen heutzutage fast keinen Wert. Staus, die früher eine landestypische Plage gewesen waren, existierten praktisch nicht mehr.

Der Herrscher blickte weiter von zahlreichen Plakatwänden auf sein Emirat herab, aber heutzutage wirkte sein Gesichtsausdruck etwas mürrisch. Sein Plan, aus einem verschlafenen Fischereihafen ein globales Handels-, Finanz- und Tourismuszentrum zu machen, war unter einem gigantischen Schuldenberg begraben worden. Sein Traum von einem zukünftigen Dubai war wie eine Seifenblase geplatzt. Und noch schlimmer war es, dass er die Grundlagen für ein zukünftiges ökologisches Desaster gelegt hatte: Die Einwohner Dubais hatten den größten CO_2-Fußabdruck der Welt. Sie vergeudeten pro Kopf mehr Wasser, das ausschließlich aus Energie fressenden Meerwasserentsalzungsanlagen kam, als sonst jemand auf der Welt und verbrauchten ungeheure Energiemengen zur Klimatisierung von Häusern, Büros, Swimmingpools und Indoor-Skipisten. Nur die Gastarbeiter mussten ohne Klimaanlagen auskommen. Sie schufteten unter der erbarmungslosen Sonne – in manchen Fällen bis zu sechzehn Stunden täglich – und hausten in schmutzigen Schlafbaracken, in denen es von Fliegen wimmelte, ohne auch nur einen Ventilator zur Kühlung zu besitzen. Sie führten ein so elendes Leben, dass jedes Jahr Hunderte von ihnen Selbstmord verübten, auch wenn der Herrscher und seine Geschäftspartner diese Tatsache leugneten.

Seine achtzigtausend einheimischen Schützlinge in Dubai hatten keinen Grund zur Klage. Sie genossen kostenlose staatliche Gesundheitsfürsorge, wohnten mietfrei, bekamen Schule und Studium umsonst und hatten eine lebenslängliche Jobgarantie – natürlich immer unter der Voraussetzung, dass sie darauf verzichteten, den Herrscher zu kritisieren.

Ihre Großeltern hatten von Kamelmilch und Datteln gelebt, jetzt hielt ein Heer von Gastarbeitern die Wirtschaft in Gang und kümmerte sich um jede ihrer Launen wie auch Bedürfnisse. Die Männer stolzierten in schneeweißen *Kanduras* und mit weißen oder rot-weiß karierten *Ghutras* durch die Stadt. Nur wenige Zugezogene sprachen jemals mit einem Einheimischen. Und wenn sie's taten, war das Gespräch selten angenehm.

Auch innerhalb der in Dubai lebenden ausländischen Gemeinde gab es eine strikte Hierarchie. Die Briten und andere gut verdienende Ausländer blieben in den Stadtbezirken Satwa und Jumeirah unter sich, während das Proletariat aus den Schwellenländern vor allem jenseits des Dubai Creeks in dem alten Bezirk Deira hauste. Bei einem Spaziergang über seine Straßen und Plätze konnte man glauben, alle möglichen Länder zu durchkreuzen: hier eine indische Provinz, dort ein pakistanisches Dorf, hier ein Stadtviertel Moskaus oder Teherans. Jede Gemeinschaft hatte irgendeine Kleinigkeit aus ihrer Heimat mitgebracht. Aus Russland waren Verbrechen und Frauen gekommen, beides gab es reichlich im Odessa, einer Bar und Diskothek unweit des Gold-Suks. Gabriel saß im hinteren Teil des halbdunklen Lokals mit einem Glas Wodka vor sich in einer Sitznische. Am Nebentisch knutschte ein Brite, dessen Gesicht sonnenverbrannt war, mit einer unterernährten Jugendlichen aus der russischen Provinz. Keines der Mädchen machte sich an Gabriel heran. Er sah nach einem Mann aus, der keine Gesellschaft suchte.

Nicht davon abschrecken ließ sich hingegen ein schlaksiger blonder Russe, der kurz nach Mitternacht schwungvoll ins Odessa rauschte. Er schritt zuerst die Theke ab, um einige der strafferen Pos zu tätscheln, und kam dann hinüber an Gabriels Tisch. Sofort wollte sich eines der Mädchen zu ihm gesellen, aber der schlaksige Russe schickte es mit einer

Bewegung seiner langen bleichen Hand wieder weg. Als endlich die Bedienung kam, bestellte er einen Wodka und gleich noch einen weiteren für seinen Freund.

»Trink was«, sagte Michail. »Sonst hält kein Mensch dich für einen Russen.«

»Ich will kein Russe sein.«

»Ich auch nicht. Deshalb bin ich nach Israel gezogen.«

»Bin ich vom Hotel aus beschattet worden?«

Michail schüttelte den Kopf.

Gabriel kippte seinen Wodka unter den Tisch und sagte: »Komm, ich muss hier raus.«

Michail sprach ausschließlich Russisch, während sie zu dem Apartmentgebäude nahe der Corniche gingen. Es war im typischen Emiratsstil errichtet: ein viergeschossiger Würfel mit einigen überdachten Parkplätzen im Erdgeschoss. Im Treppenhaus roch es ebenso nach Kichererbsen und Kreuzkümmel wie in der Wohnung im obersten Stock. Dort gab es einen Herd mit zwei Platten in der Küche und eine Schlafcouch im Wohnzimmer. »Die Nachbarn sind aus Bangladesch«, sagte Michail. »Sie sind dort drüben mindestens zu zwölft. Sie schlafen in Schichten. Irgendjemand sollte der Welt mal erzählen, wie diese Leute hier wirklich behandelt werden.«

»Überlass das einem anderen, Michail.«

»Ich? Ich bin nur ein cleverer junger Mann aus Moskau, der in diesem Eldorado ein Vermögen zu machen versucht.«

»Aber du scheinst dir den falschen Zeitpunkt ausgesucht zu haben.«

»Ohne Scheiß«, sagte Michail. »Noch vor wenigen Jahren hat Dubai in Geld geschwommen. Für die russische Mafia war der hiesige Immobilienmarkt eine Geldwaschanlage. Sie hat Wohnungen und Villen aufgekauft und eine

Woche später wieder verkauft. Heutzutage haben sogar die Mädchen im Odessa Mühe, über die Runden zu kommen.«

»Die kommen schon irgendwie zurecht.«

Michail holte einen Koffer aus dem Kleiderschrank, legte ihn auf den Couchtisch und öffnete die Schnappverschlüsse. Er enthielt acht Pistolen – vier Berettas und vier Glocks. Zu jeder gehörte ein Schalldämpfer.

»Die Berettas haben neun Millimeter«, sagte Michail. »Die Glocks sind fünfundvierziger Kaliber. Beide stoppen sie jeden Angreifer. Sie machen große Löcher und viel Lärm, selbst mit aufgesetztem Schalldämpfer. Diese Waffe hier macht hingegen gar keinen Lärm.«

Er nahm einen Toilettenbeutel mit Reißverschluss aus dem Koffer. Die Tasche enthielt ein halbes Dutzend Injektionsspritzen und mehrere Phiolen mit dem Aufdruck INSULIN. Gabriel nahm zwei Spritzen und zwei Phiolen heraus und steckte sie in seine Jackentasche.

»Wie wär's mit einer Pistole?«, fragte Michail.

»Die sind im Burj al Arab nicht gern gesehen.«

Michail gab ihm trotzdem eine Beretta mit einem Reservemagazin. Gabriel steckte die Waffe hinten in seinen Hosenbund und fragte: »Was für Autos haben wir?«

»BMWs und Toyota Land Cruisers, die neuen Wüstenschiffe. Sollte sich herausstellen, dass der Partner des Jemeniten tatsächlich Malik al-Zubair ist, müsste er sich leicht verfolgen lassen, sobald er das Hotel verlässt. Wir sind hier nicht in Kairo oder im Gazastreifen. Alle Straßen sind breit und schnurgerade. Ist er in eines der anderen Emirate unterwegs, können wir ihm folgen. Will er dagegen nach Saudi-Arabien flüchten, müssen wir ihn erledigen, bevor er die Grenze erreicht. Das könnte schwierig werden.«

»Eine Schießerei in der Wüste möchte ich möglichst vermeiden.«

»Ich natürlich auch. Aber wer weiß? Mit etwas Glück

beschließt er, die Nacht in seinem Apartment in Jumeirah Beach zu verbringen. Von uns bekommt er ein Medikament, damit er besser schläft, und dann …« Michail brachte den Satz nicht zu Ende. »Na, und wie ist's im Burj?«

»Genau so, wie man's vom einzigen Siebensternehotel der Welt erwarten würde.«

»Hoffentlich lässt du es dir dort gutgehen«, sagte Michail missgünstig.

»Hättest du auf mich gehört, würdest du jetzt mit Sarah in Amerika leben.«

»Wovon leben?«

Gabriel schwieg einen Augenblick. »Es ist noch nicht zu spät, Michail«, sagte er dann. »Aus irgendwelchen Gründen liebt sie dich noch immer. Das müsste selbst ein Trottel wie du bemerken.«

»Mit uns beiden klappt's einfach nicht.«

»Weshalb nicht?« Gabriel sah sich in der schmuddeligen kleinen Wohnung um. »Weil du einen Lebensstil wie diesen hier führen willst?«

»Du musst das gerade sagen!« Michail klappte den Koffer zu und stellte ihn in den Kleiderschrank zurück. »Hat sie dich gebeten, mit mir zu reden?«

»Sie würde mich umbringen, wenn sie wüsste, dass ich meinen Mund aufgemacht habe.«

»Was hat sie dir erzählt?«

»Dass du dich ziemlich mies benommen hast.« Gabriel machte eine Pause, dann fügte er hinzu: »Dass du etwas getan hast, das du niemals zu tun geschworen hattest.«

»Ich habe sie nicht misshandelt, Gabriel. Ich bin nur …«

»… in der Schweiz durch die Hölle gegangen.«

Michail gab keine Antwort.

»Tu dir selbst einen Gefallen, wenn diese Sache vorüber ist«, sagte Gabriel. »Finde einen Grund für eine Reise nach Amerika. Sieh zu, dass du etwas Zeit mit ihr verbringst.

Wenn es eine Frau gibt, die verstehen kann, was du durchgemacht hast, ist das Sarah Bancroft. Lass sie nicht entwischen. Sie ist etwas Besonderes.«

Michail lächelte traurig, wie die Jungen immer über alte Menschen lächeln. »Geh in dein Hotel«, sagte er. »Versuch zu schlafen. Und versteck die Phiolen so, dass die Zimmermädchen sie nicht finden können. In Dubai gibt's einen riesigen Schwarzmarkt für gestohlene Medikamente. Ich möchte nicht, dass es einen tragischen Unfall gibt.«

»Noch irgendwelche Ratschläge?«

»Nimm dir ein Taxi zurück ins Burj. Hier fahren sie noch gemeingefährlicher als wir. In Dubai gehen nur Arme und Selbstmörder zu Fuß.«

Entgegen Michails Rat ging Gabriel doch zu Fuß durch die von Menschen wimmelnden Gassen Deiras zum Ufer des Dubai Creeks. Unweit des Haupt-Suks befand sich eine *Abra*-Anlegestelle. *Abras*, kleine Holzboote für bis zu zwanzig Personen, waren der Fährdienst über den Creek. Auf der Überfahrt kam Gabriel mit einem müde aussehenden Mann aus den Stammesgebieten Pakistans ins Gespräch. Der Mann war nach Dubai gekommen, um den Taliban und der al-Qaida zu entgehen. Er hatte gehofft, hier genug zu verdienen, um seine Frau und seine vier Kinder nachkommen lassen zu können. Aber bisher hatte er nur Gelegenheitsarbeit gefunden, von der er kaum allein leben konnte.

Als sie von Bord der Fähre gingen, steckte Gabriel heimlich fünfhundert Dirham in die Tasche der weiten Hose des Mannes. Dann machte er bei einem die ganze Nacht geöffneten Kiosk halt und kaufte ein Exemplar der *Khaleej Times*, der hiesigen englischsprachigen Zeitung. Auf der Titelseite wurde der Besuch von Nadia al-Bakari, Präsidentin der AAB Holding, angekündigt. Gabriel klemmte sich die Zeitung unter den Arm und ging ein kurzes Stück weiter, bevor er ein vorbeifahrendes Taxi anhielt. Michail hat recht, dachte er, als er hinten einstieg, um sich in Sicherheit zu bringen. In Dubai gehen nur Arme und Selbstmörder zu Fuß.

55

Dubai International Airport

Seine Königliche Hoheit, der Finanzminister, stand in seiner prachtvoll mit Gold und Kristall gesäumten weißen *Kandura* am Rand des sonnigen Vorfelds. Rechts neben ihm standen zehn identisch gekleidete Staatssekretäre aufgereiht, und rechts neben diesen wiederum lungerte eine Horde gelangweilt aussehender Reporter herum. Der Minister, die Staatssekretäre und die Reporter hatten sich zu dem mit Zeitaufwand betriebenem Ritual der Emirate am Persischen Golf eingefunden: der Ankunft auf dem Flughafen. In einer Welt, in der es keine Tradition unabhängiger Berichterstattung gab, galten Flughafenankünfte und -abflüge als journalistische Höhepunkte. Man sah den Würdenträger landen. Man sah den Würdenträger nach produktiven, von gegenseitigem Respekt geprägten Gesprächen wieder abfliegen. Bei diesen Ereignissen wurde selten die Wahrheit gesagt, und die geknebelte Presse hätte nie gewagt, über sie zu berichten. Die heutige Zeremonie würde eine Art Meilenstein darstellen, denn in wenigen Minuten würden selbst die Prinzen getäuscht werden.

Das erste Flugzeug erschien kurz nach Mittag: ein silbrig weißes Aufblitzen über einer Wolke aus rosa Staub, die aus dem Leeren Viertel Saudi-Arabiens heranzog. An Bord war ein britischer Großunternehmer namens Thomas Fowler, der überhaupt kein Engländer und in Wirklichkeit fast mittellos war. Als er die Fluggasttreppe herabstieg, folgten ihm seine Frau, die nicht wirklich seine Frau war, und drei Mitarbeiterinnen, die weit mehr von islamischem Terrorismus als von Weltwirtschaft und Finanzmärkten verstanden. Eine von ihnen arbeitete bei der Central Intelligence Agency, während die beiden anderen dem israelischen Geheimdienst angehörten. Auch die Bodyguards, von denen die Gruppe eskortiert wurde, waren israelische Geheimagenten, obwohl ihre Pässe sie als australische und neuseeländische Staatsbürger auswiesen.

Der britische Großunternehmer marschierte auf den Minister zu, wobei er die Hand wie ein Bajonett ausstreckte. Die Hand Seiner Königlichen Hoheit kam träge aus ihrem Gewand hervor, und die zehn Staatssekretäre folgten seinem Beispiel. Nach der zeremoniellen Begrüßung wurde der Engländer zu den wartenden Reportern begleitet, um ein kurzes Statement abzugeben. Er sprach frei, aber sehr nachdrücklich und leidenschaftlich. Die Rezession in Dubai sei vorüber, erklärte er. Nun sei es Zeit, den Marsch in die Zukunft fortzusetzen. Die arabische Welt sei in stetem Wandel begriffen, und nur Dubai – ein fortschrittliches, tolerantes, stabiles Dubai – könne ihr den Weg weisen.

Der letzte Teil seines Statements erzielte nicht ganz das verdiente Presseecho, denn er ging weitgehend im Triebwerkslärm einer weiteren landenden Maschine unter – eines Boeing Business Jets mit dem Logo der AAB Holding, Riad und Paris. Die Reisegesellschaft, die wenig später aus der vorderen Kabinentür kam, stellte die des britischen Großunternehmers in den Schatten. Den Anfang machte das Juristenteam Abdul & Abdul. Dann kam Herr Wehrli, der Schweizer Finanzchef. Anschließend Daoud Hamza. Danach Hamzas Tochter Rahimah, die zum Spaß mitgeflogen war. Nach Rahimah folgten zwei Bodyguards, auf sie folgte Mansur, der die viel beschäftigte Reisestelle von AAB leitete, und Hassan, der Chef der IT- und Kommunikationsabteilung.

Nach einigen Sekunden Pause erschien endlich auch Nadia al-Bakari, auf die der Sicherheitschef Rafiq al-Kamal mit wenigen Schritt Abstand folgte. Sie trug eine schmucklose schwarze *Abaya*, die ihren Körper wie ein sanft fließendes Abendkleid umhüllte, und ein schwarzes Seidenkopftuch, das ihr Gesicht und viel von ihrem glänzenden Haar sehen ließ. Diesmal war es der Minister, der vortrat. Er glaubte, ihre Begrüßung sei privat, was jedoch nicht der Fall war. Sie wurde von Nadias modifiziertem Blackberry und dem Sender in ihrer eleganten Handtasche von Prada aufgezeichnet und abhörsicher in den 41. Stock des Hotels Burj al Arab gesendet, in dem Gabriel und Eli Lavon nervös vor ihren Notebooks saßen.

Nach herzlicher Begrüßung wies der Minister mit herablassender Geste auf die wartenden Reporter, aber die bekannt medienscheue Unternehmerin lehnte ab und wollte zu ihrem Wagen gehen. Worauf Seine Königliche Hoheit vorschlug, sie solle mit ihm fahren. Nach kurzer Beratung mit Rafiq al-Kamal stieg sie hinten in den Dienstwagen des Ministers ein – ein Augenblick, den das ganze Land eine halbe Stunde später in Dubai TV zu sehen bekam. Gabriel benachrichtigte Adrian Carter in Raschidistan per E-Mail, dass NAB sicher angekommen sei. Aber diesmal war sie nicht allein unterwegs. NAB hatte den Finanzminister an ihrer Seite. Und NABs Besuch war der Aufmacher der Mittagsnachrichten.

Das fragliche Grundstück hatte nicht viel zu bieten – ein paar wenig einladend aussehende Hektar Sand und Salzmarschen fast im Anschluss an die Palmeninsel Jumeirah. Vor einigen Jahren hatte ein italienischer Bauträger begonnen, hier eine ziemlich konventionelle Hotelanlage zu errichten, aber weil die weltweite Immobilienblase geplatzt war, war der Bau nie über die Fundamente hinausgekommen. Die

AAB Holding und ihr britischer Partner, die oft als Heuschrecke verleumdete britische Investmentfirma Rogers & Cressey, wollten das Projekt nun weiterführen – allerdings nach völlig unkonventioneller Umplanung. Ihr Wohnturm würde das Hotel Burj al Arab an Luxus übertreffen, das Fitnesscenter und die Tennisanlage würden zu den besten der Welt gehören, und die Swimmingpools würden an architektonische und ökologische Wunder grenzen. Meisterköche würden die Restaurants, international anerkannte Stylisten die Schönheitssalons leiten. Die luxuriösen Eigentumswohnungen würden ab drei Millionen Dollar aufwärts kosten. Und die Einkaufspassage würde die Mall of the Emirates entschieden schäbig wirken lassen.

Die Auswirkungen auf die angeschlagene Wirtschaft versprachen gewaltig zu sein. Nach Berechnungen von AAB würde das Projekt jährlich einige hundert Millionen Dollar in die heimischen Kassen pumpen. Kurzfristig würde es den weltweiten Finanzmärkten signalisieren, dass das Emirat wieder im Geschäft war. Aus diesem Grund hing der Finanzminister an Nadia al-Bakaris Lippen, als sie mit aufgesetztem Schutzhelm und Bauzeichnungen in der Hand über das Gelände ging. Dieses von ihr präsentierte Image war von Nadia sorgfältig vorbereitet worden. Die muslimische Welt konnte nicht länger über die Hälfte ihrer Bevölkerung allein wegen ihres Geschlechts hinwegsehen. Nur wenn die Araber Frauen als gleichberechtigt behandelten, konnten sie zu alter glanzvoller Größe zurückkehren.

Nach der Baustellenbesichtigung begaben die Delegationen sich in die prunkvollen Diensträume des Ministers, um über die finanziellen Anreize zu sprechen, mit denen Dubai das neue Projekt fördern wollte. Anschließend wurde Nadia al-Bakari zu einem Termin mit dem Herrscher in den Palast gefahren, und danach begann der als privat bezeichnete Teil ihres Besuchs. Dazu gehörten ein Teeempfang für das

Unternehmerinnenforum Dubai, ein Besuch einer islamischen Mädchenschule und ein Rundgang durch das Lager für ausländische Arbeiter in Sonapur. Von den dortigen Lebensbedingungen zu Tränen gerührt, brach Nadia erstmals ihr öffentliches Schweigen und forderte Staat und Wirtschaft auf, Mindeststandards für die Bezahlung und Unterbringung von Gastarbeitern festzulegen. Außerdem spendete sie zwanzig Millionen Dollar für ein neues Lager Sonapur mit klimatisierten Schlafbaracken, fließendem Wasser und Freizeiteinrichtungen. Weder Dubai TV noch die *Khaleej Times* trauten sich, ihre Äußerungen wiederzugeben. Der Minister hatte sie gewarnt, das zu unterlassen.

Gegen achtzehn Uhr verließ Nadia das Lager und fuhr nach Dubai City zurück. Als ihre Wagenkolonne den Bezirk Jumeirah Beach erreichte, war es schon dunkel, und das Hotel Burj al Arab mit seiner – einer modernen Jacht nachempfundenen – Silhouette leuchtete magentarot. Der Generaldirektor und seine leitenden Angestellten standen zum Empfang bereit, als Nadia al-Bakari, deren *Abaya*-Saum vom Staub des Lagers Sonapur schmutzig war, hinten aus ihrer Limousine stieg. Von einem langen Reise- und Verhandlungstag, der im Morgengrauen in Paris begonnen hatte, sehr ermüdet, begrüßte sie die Wartenden nur flüchtig, bevor sie in ihre gewohnte Suite im 41. Stock hinauffuhr. Vor der Tür hielten bereits zwei Männer ihres Sicherheitsdiensts Wache. Rafiq al-Kamal inspizierte alle Räume der Suite flüchtig, bevor er Nadia eintreten ließ.

»Meine letzte Besprechung beginnt heute Abend um neun und dürfte bis ungefähr zehn Uhr dauern«, sagte sie, indem sie die Handtasche von Prada aufs Sofa warf. »Sagen Sie Mansur, dass er den Abflug für dreiundzwanzig Uhr planen soll. Und ich lasse Rahimah bitten, einmal im Leben pünktlich zu sein. Sonst kann sie mit Air France nach Paris zurückfliegen.«

»Vielleicht sollte ich sie auffordern, spätestens um halb zwölf am Flughafen zu sein.«

»Ein verlockender Gedanke«, sagte Nadia lächelnd, »aber ich glaube nicht, dass das ihrem Vater gefallen würde.«

Al-Kamal schien noch nicht gehen zu wollen.

»Irgendwas nicht in Ordnung?«

Er zögerte. »Heute im Lager ...«

»Ja, Rafiq?«

»Niemand rührt jemals einen Finger für diese armen Teufel. Es war höchste Zeit, dass das mal angeprangert wurde. Ich bin froh, dass Sie's getan haben.« Er machte eine Pause. »Und ich bin stolz darauf, an Ihrer Seite gewesen zu sein.«

Nadia lächelte. »Einundzwanzig Uhr«, sagte sie. »Kommen Sie nicht zu spät.«

»Zizis Regeln«, sagte er.

Sie nickte. »Zizis Regeln.«

Sobald sie allein war, streifte sie die *Abaya* ab, ging unter die Dusche und zog dann das Kostüm von Vauthier an. Sie bedeckte ihr Haar zum Teil mit einem farblich passenden Seidentuch und legte wieder die Armbanduhr von Harry Winston an. Dann begutachtete sie ihre Erscheinung im Garderobenspiegel. *Halten Sie sich möglichst an die Wahrheit. Lügen Sie nur, wenn's nicht anders geht.* Die Wahrheit hatte sie hier im Spiegel vor sich. Die Lüge wartete nebenan. Nadia klemmte sich die Handtasche unter den Arm, öffnete die Verbindungstür hin zur benachbarten Suite und klopfte zweimal an. Augenblicklich öffnete sich die dortige Tür und sie erblickte eine Frau, die Sarah Bancroft sein konnte oder auch nicht. Diese legte den Zeigefinger auf die Lippen und zog Nadia wortlos in die andere Suite hinein.

56

HOTEL BURJ AL ARAB, DUBAI

Die Suite war auf den Namen von Thomas Fowler gebucht worden. Das erklärte den üppigen Blumenschmuck auf Kosten des Hauses, die Silbertabletts mit arabischen Süßigkeiten und die ungeöffnete Flasche Dom Pérignon, die mit winzigen Wasserperlen benetzt in einem Eiskübel stand. Der Empfänger dieser großzügigen Gaben ging in dem luxuriös, aber protzig eingerichteten Wohnzimmer auf und ab, während er mit seinem Beraterstab die letzten Einzelheiten eines Immobiliendeals besprach, den er in Wirklichkeit niemals abschließen würde. In Abständen von wenigen Sekunden stellten wechselnde Mitarbeiter Fragen dazu oder ratterten ermutigende Zahlen herunter – alles für die versteckten Mikrofone des Herrschers. Keiner nahm Nadias Anwesenheit auch nur zur Kenntnis, und sie schienen es auch nicht seltsam zu finden, dass sie von Sarah direkt ins Bad geführt wurde. Vor dem Toilettentisch stand eine Art Hochzelt aus undurchsichtigem silbernen Stoff. Sarah ließ sich Nadias Blackberry geben, bevor sie die Zeltklappe öffnete. Gabriel saß bereits in dem Zelt. Er bot Nadia mit einer Handbewegung den freien Stuhl an.

»Ein Zelt im Bad«, sagte sie lächelnd. »Wie beduinisch von Ihnen.«

»Ihr Araber seid nicht das einzige Wüstenvolk.«

Sie sah sich interessiert um. »Wie heißt diese Art Zelt?«

»*Chupa*. In ihnen können wir in Räumen, von denen wir wissen, dass sie verwanzt sind, frei sprechen.«

»Kann ich dieses Exemplar bekommen, wenn diese Sache hier vorbei ist?«

Er lächelte bedauernd. »Leider nicht.«

Sie berührte das Gewebe. Es fühlte sich metallisch an.

»Ist die *Chupa* nicht ein Bestandteil jüdischer Hochzeits-zeremonien?«

»Unter dem Hochzeitsbaldachin geben wir uns das Ehe-versprechen. Das ist für uns sehr wichtig.«

»Dann ist dies unsere Hochzeitszeremonie?«, fragte sie, weiter mit der Hand an dem Gewebe.

»Ich bin schon verheiratet. Außerdem habe ich Ihnen auf einem französischen Landsitz mein Ehrenwort gegeben.«

Sie faltete die Hände auf dem Schoß. »Ihr Skript für heute war ein Kunstwerk«, sagte sie. »Ich kann nur hoffen, dass ich ihm gerecht geworden bin.«

»Sie waren wundervoll, Nadia, aber in Sonapur haben Sie reichlich teuer improvisiert.«

»Zwanzig Millionen für ein neues Lager? Das war das Mindeste, was ich für sie tun konnte.«

»Soll ich die CIA auffordern, die Kosten zu übernehmen?«

»Für die komme ich selbst auf.«

Gabriel begutachtete ihre Aufmachung. »Ihr Kostüm sitzt sehr gut.«

»Besser als andere, die ich nach Maß anfertigen lasse.«

»Wir sind Schneider von Beruf, hoch spezialisierte Handwerker. Dieses Kostüm kann alles, nur nicht zu einer Besprechung mit einem Scheusal gehen, an dessen Händen ungeheuer viel Blut klebt. Dafür brauchen wir Sie.« Gabriel machte eine Pause, dann sagte er: »Letzte Chance, Nadia.«

»Um zu kneifen?«

»So würden wir's nicht nennen. Und keiner von uns würde deshalb schlecht von Ihnen denken.«

»Ich stehe zu meinem Wort, Mr. Allon – das sollten Sie

inzwischen wissen. Außerdem wissen wir beide, dass es für nachträgliche Bedenken zu spät ist.« Sie sah auf ihre Uhr von Harry Winston. »Tatsächlich erwarte ich jede Minute einen Anruf von meinem Schweizer Bankier. Sollten Sie letzte Ratschläge für mich haben ...«

»Ich möchte nur, dass Sie daran denken, wer Sie sind, Nadia. Sie sind die Tochter Zizi al-Bakaris, eines Abkömmlings von Wahhab. Niemand sagt Ihnen, wohin Sie gehen oder was Sie tun sollen. Und niemand versucht, den Plan zu ändern. Versucht jemand, den Plan zu ändern, sagen Sie das Treffen ab. Anschließend rufen Sie Mansur an und lassen ihn die Abflugzeit vorverlegen. Ist das klar?«

Sie nickte.

»Wir vermuten, dass das Treffen in einer Suite und nicht in einem der öffentlichen Bereiche des Hotels stattfinden wird. Entscheidend wichtig ist, dass Sie Samir Abbas dazu bringen, die Zimmernummer zu nennen, bevor Sie die Hotelhalle verlassen. Darauf müssen Sie bestehen. Und falls er sie nur murmelt, wiederholen Sie sie laut, damit wir sie hören können. Verstanden?«

Sie nickte erneut.

»Wir werden versuchen, einen Mann im Aufzug mitfahren zu lassen, aber er wird in einem anderen Stock aussteigen müssen. Danach sind Sie für uns unerreichbar, und Rafiq al-Kamal ist Ihr einziger Beschützer. Sie dürfen den Raum unter keinen Umständen ohne ihn betreten. Das ist eine weitere rote Linie. Versucht man, Sie dazu zu überreden, machen Sie auf dem Absatz kehrt. Gibt es nichts einzuwenden, gehen Sie hinein und beginnen die Besprechung. Es handelt sich hier nicht um einen geselligen Abend, auch nicht um eine politische Diskussion. Besprochen werden rein geschäftliche Dinge. Sie hören sich an, was er zu sagen hat, Sie erzählen ihm, was er hören will – und dann fahren Sie zum Flughafen hinaus. Ihr Boeing Business Jet ist Ihr

Rettungsboot. Und Ihr Abflug um dreiundzwanzig Uhr ist Grund genug, auf Eile zu drängen. Spätestens um zweiundzwanzig Uhr sind Sie ...«

»... wieder draußen«, sagte Nadia.

Gabriel nickte. »Denken Sie an den richtigen Umgang mit dem Blackberry. Bieten Sie an, als Beweis für Ihre ehrlichen Absichten Ihr Mobiltelefon auszuschalten. Verlangen Sie, dass auch die anderen ihre Handys ausschalten und die SIM-Karten herausnehmen. Falls sie sich weigern oder behaupten, das sei unnötig, brauchen Sie nicht darauf zu bestehen. Das ist nicht wichtig.«

»Wo sind die Wanzen versteckt?«

»Welche Wanzen?«

»Bitte keine Spielchen, Mr. Allon.«

Er tippte leicht auf die Handtasche und die Aufschläge ihres Kostüms. »Unter Umständen werden Sie aufgefordert, Ihre Tasche in einem anderen Raum zurückzulassen. Das können Sie ohne Bedenken tun. Diese Leute bekommen niemals heraus, was darin versteckt ist.«

»Und wenn sie verlangen, dass ich mich ausziehe?«

»Sie sind Gotteskrieger. Das würden sie nicht wagen.«

»Da wäre ich mir nicht so sicher.« Nadia sah an ihrer Kostümjacke herab.

»Sparen Sie sich die Mühe, die Mikrofone zu suchen. Die finden Sie nie. Wir hätten auch eine versteckte Kamera einbauen können, aber darauf haben wir zu Ihrer Sicherheit verzichtet.«

»Sie können also nicht sehen, was in der Suite vorgeht?«

»Sobald Sie das Blackberry ausschalten, sind wir blind. Das bedeutet, dass Sie als Einzige wissen werden, wie Malik aussieht. Sind Sie in Sicherheit – aber *nur* dann –, rufen Sie mich nach der Besprechung an und beschreiben ihn mir kurz. Anschließend fahren Sie sofort zum Flughafen. Wir folgen Ihnen, so weit wir können.«

»Und dann?«

»Dann fliegen Sie nach Paris zurück und vergessen, dass wir je existiert haben.«

»Irgendwie bezweifle ich, dass ich das können werde.«

»Das ist leichter, als Sie jetzt denken.« Er ergriff ihre Hand. »Es war mir eine Ehre, mit Ihnen zusammenzuarbeiten, Nadia. Bitte verstehen Sie mich jetzt nicht falsch, aber ich hoffe, dass wir uns nicht wiedersehen werden.«

»Das würde ich mir nie wünschen.« Sie sah auf ihre Uhr – die Armbanduhr, die ihr Vater Sarah geschenkt hatte – und stellte fest, dass es 21.03 Uhr war. »Er ist zu spät dran«, sagte sie. »Die arabische Krankheit.«

»Die Uhr geht absichtlich etwas vor, um Sie auf Trab zu halten.«

»Wie spät ist's wirklich?«, fragte sie, aber bevor Gabriel antworten konnte, klingelte ihr Blackberry. Es war Punkt einundzwanzig Uhr. Nadia musste fort.

57

LANGLEY, VIRGINIA

Speziell an Ari Schamrons langer und vielschichtiger Karriere war, dass er sich so gut wie nie in Langley aufgehalten hatte – eine Leistung, die er für einen seiner größten Erfolge hielt. Deshalb war es keine Überraschung, dass er entsetzt auf die Nachricht reagierte, dass Uzi Navot zugestimmt hatte, seine Kommandozentrale nach Raschidistan, dem glitzernden Operationszentrum in Langley, zu verlegen. Für Schamron war es ein Eingeständnis von Schwäche – in der Welt der Spionage eine Todsünde –, die amerikanische Einladung anzunehmen, aber Navot sah die Sache pragmatischer. Die Amerikaner waren nicht der Feind, zumindest nicht an diesem Abend, und verfügten über technische Mittel, die viel zu wertvoll waren, als dass er aus professionellem Stolz auf sie hätte verzichten wollen.

Als winziges Zugeständnis an Schamron wurden alle Unnötigen und Uneingeweihten aus Raschidistan verbannt, sodass nur ein harter Kern aus Kampferprobten zurückblieb. Um einundzwanzig Uhr Dubaier Zeit versammelten sich die meisten von ihnen sorgenvoll um den Glaskasten in der Saalmitte, in dem Schamron, Navot und Adrian Carter die letzte Meldung des Teams im Hotel Burj al Arab auf ihren Bildschirmen hatten. Sie besagte, Nadia al-Bakari sei mit Rafiq al-Kamal, dem vertrauenswürdigen Chef ihres Sicherheitsdiensts, in die Hotelhalle unterwegs. Die drei Chefspione wussten, dass die Meldung bereits durch die Ereignisse in Dubai überholt war, denn sie konnten hören, wie

Nadia und al-Kamal dabei waren, die hundertachtzig Meter hohe Hotelhalle zu durchqueren. Den Ton lieferte Nadias präpariertes Blackberry, das in ihrer ebenfalls präparierten Handtasche steckte.

Um 21.04 Uhr Ortszeit übertrug das Handy ein kurzes Gespräch Nadias mit Samir Abbas, ihrem Schweizer Bankier. Weil die beiden schnelles Umgangsarabisch sprachen, verstand Carter nicht, was sie sagten. Das galt aber nicht für Navot und Schamron.

»Nun?«, fragte Carter.

»Sie fährt mit ihm nach oben, um mit jemandem zu sprechen«, sagte Navot. »Ob das Malik al-Zubair oder Niemand al-Niemand ist, muss sich erst noch zeigen.«

»Haben Sie die Zimmernummer verstehen können?«

Navot nickte nur.

»Sollen wir sie Gabriel schicken?«

»Nicht nötig.«

»Hat er sie auch gehört?«

»Laut und deutlich.«

Die Aufzugtüren glitten lautlos zur Seite. Nadia ließ Abbas und al-Kamal als Erste aussteigen, bevor sie ihnen auf den Korridor folgte. Seltsamerweise empfand sie keinerlei Angst, nur Entschlossenheit. Die hatte merkwürdige Ähnlichkeit mit der Zielstrebigkeit, mit der sie in die ersten wichtigen Verhandlungen nach der Übernahme der AAB Holding gegangen war. Viele Angehörige aus dem Team ihres Vaters hatten im Stillen gehofft, sie werde scheitern – und einige wenige hatten sogar gegen sie angearbeitet –, aber ihr war es gelungen, alle zu verblüffen. Nadia hatte bewiesen, dass ihr Geschäftssinn dem ihres Vaters ebenbürtig war. Jetzt würde sie sich in Bezug auf den Teil von Zizis Leben ebenbürtig erweisen müssen, über den *Forbes* und das *Wall Street Journal* nie berichtet hatten. Nur ein paar

Minuten lang, sagte sie sich. Ein paar Minuten in einem der sichersten Hotels der Welt, und ein Ungeheuer besudelt mit dem Blut von Tausenden von Menschen würde seine gerechte Strafe erhalten.

Samir Abbas blieb vor Zimmer Nummer 1437 stehen und klopfte so leise an die Tür, wie Esmeralda es jeden Morgen in Paris an Nadias Schlafzimmertür tat. Unwillkürlich musste Nadia an die Uhr von Thomas Tompion auf ihrem Nachttisch und die vielen in Silber gerahmten Fotos denken, auf denen ihr Vater nie lächelte. Während sie darauf warteten, dass die Tür geöffnet wurde, beschloss Nadia, die Uhr endlich überholen zu lassen. Und sie beschloss auch, die gerahmten Fotos zu entfernen. Nach diesem Abend, beschloss sie, würde Schluss sein mit der Verstellung. Ihre Zeit auf Erden war begrenzt, und sie hatte keine Lust, den Rest ihres Lebens unter dem finsteren Blick eines Mörders zuzubringen.

Als der Banker zum zweiten Mal anklopfte, wurde die Tür halb geöffnet und ließ einen breitschultrigen Mann in der weißen *Kandura* und der karierten *Ghutra* eines Einheimischen erkennen. Er trug eine goldgerändete Brille mit getönten Gläsern und einen gepflegten Vollbart mit einigen grauen Strähnen um das Kinn herum. Mitten auf der Stirn hatte er eine deutlich ausgeprägte Gebetsnarbe, die anscheinend erst vor Kurzem erneut gereizt worden war. Er hatte keinerlei Ähnlichkeit mit den Phantombildern, die Nadia in London vorgelegt worden waren.

Der Mann in Weiß öffnete die Tür nun ganz und forderte Nadia mit einem Blick zum Eintreten auf. Während er zuließ, dass Rafiq al-Kamal ihr folgte, befahl er Abbas, in die Hotelhalle zurückzukehren. Der Mann in der *Kandura* hatte den Akzent eines Mannes aus Oberägypten. Hinter ihm standen zwei weitere Männer in schneeweißen Gewändern und *Ghutras*. Auch sie trugen goldgerändete Brillen und hatten gepflegte schwarze Vollbärte, durchsetzt mit grauen Strähnen. Als die Tür der Suite wieder geschlossen war, hob der Ägypter eine Hand ans Ohr und sagte ruhig: »Ihr Mobiltelefon, bitte.«

Nadia holte ihr Blackberry aus der Handtasche und gab es ihm. Der Ägypter reichte es an einen seiner Klone weiter, der es rasch und geschickt außer Betrieb setzte, als habe er reichlich Erfahrung mit solchen Geräten.

»Jetzt Ihres«, sagte Nadia mit klarer Stimme. Sie nickte zu den beiden anderen Männern hinüber. »Und ihre.«

Der breitschultrige Ägypter war es offensichtlich nicht gewöhnt, dass Frauen ihn anders als unterwürfig ansprachen. Aber er wandte sich seinen Assistenten zu und wies sie mit einem Nicken an, sein Smartphone und ihre Handys außer Betrieb zu setzen. Das taten sie ohne Widerrede.

»Sind wir fertig?«, fragte Nadia.

»Das Mobiltelefon Ihres Leibwächters«, sagte er. »Und Ihre Handtasche.«

»Was ist mit meiner Tasche?«

»Uns wäre es lieber, wenn Sie sie hier neben der Tür zurücklassen würden. Ich versichere Ihnen, dass Ihre Wertsachen dort sicher sind.«

Nadia ließ ihre Tasche in einer Weise von der Schulter gleiten, die deutlich zeigte, dass ihre Geduld zu Ende war. »Wir haben nicht die ganze Nacht Zeit, meine Brüder. Wenn Sie um eine weitere Spende bitten wollen, schlage ich vor, dass Sie sich etwas beeilen.«

»Sie müssen uns entschuldigen, Frau al-Bakari, aber unsere Feinde verfügen über ungeheure technische Möglichkeiten. Eine Frau in Ihrer Position weiß doch bestimmt, was passieren kann, wenn Leute leichtsinnig handeln.«

Nadia nickte al-Kamal zu, der daraufhin auch sein Mobiltelefon abgab.

»Wie ich gehört habe, möchten Sie, dass Ihr Leibwächter an der Besprechung teilnimmt«, sagte der Ägypter.

»Nein«, sagte Nadia, »ich *bestehe* darauf.«

»Sie vertrauen diesem Mann?«, fragte er mit einem Blick zu al-Kamal hinüber.

»Bedingungslos.«

»Also gut«, sagte er. »Kommen Sie bitte mit.«

Nadia folgte den drei Männern in weißen Gewändern ins Wohnzimmer der Suite, in dessen Halbdunkel zwei weitere Männer in landesüblicher Kleidung warteten. Einer der beiden – auch er mit Vollbart und goldgeränderter getönter Brille – saß auf dem Sofa und sah sich einen Fernsehbericht von al-Dschasira über den neuesten Bombenanschlag in Pakistan an. Der andere bewunderte den Blick auf die Wolkenkratzer entlang der Sheikh Zayed Road. Er drehte sich langsam wie eine Statue auf einer Drehscheibe um und musterte Nadia nachdenklich durch eine goldgeränderte Brille mit getönten Gläsern. Er sprach kein Wort. Auch Nadia sagte erst einmal nichts. Tatsächlich wusste sie gar nicht, ob sie im Augenblick hätte sprechen können.

»Irgendwas nicht in Ordnung, Frau al-Bakari?«, fragte er in jordanisch gefärbtem Arabisch.

»Sie sehen nur einem ehemaligen Mitarbeiter meines Vaters verblüffend ähnlich«, antwortete sie, ohne zu zögern.

Er schwieg erneut einige Sekunden lang. Dann nickte er zu dem Fernseher hinüber und sagte: »Sie haben gerade verpasst, sich in den Abendnachrichten zu sehen. Sie hatten heute eine Menge zu tun. Meinen Glückwunsch, Frau al-Bakari. Ihr Vater hätte es genauso gemacht. Wie man hört, hat er Geschäft und Wohltätigkeit immer sehr geschickt miteinander verknüpft.«

»Er hat mich gut gelehrt.«

»Wollen Sie's wirklich bauen?«

»Das Hotel?« Sie zuckte zweifelnd mit den Schultern. »Was Dubai im Augenblick bestimmt nicht braucht, ist ein weiteres Hotel.«

»Vor allem keines, das Alkohol ausschenkt und betrunkenen Ausländern erlaubt, halbnackt am Strand herumzulaufen.«

Nadia gab keine Antwort, sondern betrachtete nur die übrigen anwesenden Männer.

»Das ist nur eine Vorsichtsmaßnahme meinerseits, Frau al-Bakari. Die Wände haben nicht bloß Ohren, sondern auch Augen.«

»Bemerkenswert effektiv«, sagte Nadia und sah ihm direkt ins Gesicht. »Sie haben mir Ihren Namen noch nicht genannt.«

»Sie können mich Herr Darwisch nennen.«

»Meine Zeit ist begrenzt, Herr Darwisch.«

»Auf eine Stunde, wie meine Kollegen mir berichten.«

»Jetzt sind's nur noch fünfzig Minuten«, sagte Nadia mit einem Blick auf ihre Uhr.

»Unser Unternehmen hat einen schweren Rückschlag erlitten.«

»Ja, das habe ich gelesen.«

»Für den Wiederaufbau brauchen wir zusätzliche Mittel.«

»Von mir haben Sie schon mehrere Millionen Pfund bekommen.«

»Der größte Teil dieses Geldes ist eingefroren oder beschlagnahmt worden, fürchte ich. Wollen wir unsere Organisation vor allem im Westen neu aufbauen, brauchen wir dazu frisches Kapital.«

»Weshalb sollte ich Ihre Unfähigkeit belohnen?«

»Ich kann Ihnen versichern, Frau al-Bakari, dass wir aus unseren Fehlern gelernt haben.«

»Mit welchen Maßnahmen wollen Sie Ihre Planung verbessern?«

»Wir setzen auf bessere Sicherheitsmaßnahmen, gekoppelt mit einem konsequenteren Vorgehen, um die Kampfhandlungen direkt ins Lager der Konkurrenz zu tragen.«

»Sie wollen expandieren?«, fragte sie.

»Wer nicht wächst, stirbt, Frau al-Bakari.«

»Ich höre, Herr Darwisch.«

Weil Nadias Blackberry außer Betrieb war und ihre Handtasche draußen im Vorraum lag, war eine Überwachung des Gesprächs in Suite Nummer 1437 nur noch über ihre Kleidung möglich. Obwohl die Reichweite des in die Nähte eingewobenen Senders sehr gering war, reichte sie völlig aus, um ein klares Signal in den 41. Stock desselben Gebäudes zu senden. Hinter einer abgesperrten und zusätzlich mit Möbelstücken verbarrikadierten Tür warteten Gabriel und Eli Lavon gespannt darauf, dass ihre Computer den wahren Namen des Mannes enthüllten, der sich gerade als Herr Darwisch vorgestellt hatte.

Die ersten gesprochenen Sätze hatten der Stimmerkennungssoftware nicht für einen Vergleich genügt. Aber das änderte sich, als Herr Darwisch anfing, über die Finanzen zu reden. Nun verglich die Software seine Stimme mit früher gemachten Aufnahmen. Gabriel glaubte zu wissen, zu welchem Ergebnis die Computer kommen würden. Er war sich seiner Sache ziemlich sicher. Der Mörder hatte sich bereits zu erkennen gegeben – nicht namentlich, sondern durch vier Ziffern. Durch die Nummer der Suite, in der dieses Gespräch stattfand. Gabriel brauchte nichts dazuzuzählen, nichts abzuziehen, sie mit nichts zu multiplizieren, sie nicht einmal in ihren Einzelteilen umzustellen: 1437 bedeutete 14.37 Uhr – der Augenblick, in dem Farid Khan im Covent Garden seine Bombe gezündet hatte.

Fünf Minuten nachdem Nadia al-Bakari die Suite betreten hatte, fällten die Computer ihr Urteil. Gabriel hob ein abhörsicheres Funkgerät an die Lippen und wies sein Team an, die Vollstreckung des Urteils vorzubereiten. Der Mann sei Malik al-Zubair, sagte er. Und Gott sei ihnen allen gnädig.

58

Hotel Burj al Arab, Dubai

Eine halbe Minute später erschien der schlaksige Russe an der Rezeption. Er hatte ein fein geschnittenes, blutloses Gesicht und eine Augenfarbe wie Gletschereis. Sein amerikanischer Pass wies ihn als Anthony Colvin aus, und auf diesen Namen lief auch seine American-Express-Karte. Während er darauf wartete, dass die hübsche Filipina seine Reservierung fand, trommelte er mit den Fingern einer Hand auf die Empfangstheke. Mit der anderen Hand hielt er sein Mobiltelefon ans Ohr gepresst.

»Da haben wir Sie, Mr. Colvin«, zwitscherte die Filipina. »Drei Nächte in einer Luxussuite mit einem Schlafzimmer im achtundzwanzigsten Stock. Ist das korrekt, Sir?«

»Wenn's Ihnen nichts ausmacht«, sagte er und ließ sein Handy sinken, »hätte ich lieber eine im vierzehnten Stock.«

»Der Achtundzwanzigste ist aber begehrter.«

»Meine Frau und ich haben unsere Flitterwochen im Vierzehnten verbracht. Deshalb möchten wir wieder dort wohnen. Aus emotionalen Gründen«, fügte er hinzu. »Das verstehen Sie doch bestimmt.«

Das tat die Filipina nicht. Sie arbeitete in Zwölfstundenschichten und teilte sich eine Einzimmerwohnung in Deira mit vier weiteren jungen Frauen. Ihr Liebesleben bestand daraus, dass sie betrunkene Grapscher und Vergewaltiger abwehrte, die fälschlicherweise annahmen, sie arbeite schwarz in dem in Dubai florierenden horizontalen Gewerbe. Ihre

Finger klapperten über die Computertastatur, dann setzte sie ein künstliches Lächeln auf.

»Tatsächlich«, sagte sie, »sind im vierzehnten Stock einige Suiten frei. Wissen Sie noch, in welcher Ihre Frau und Sie die Flitterwochen verbracht haben?«

»In Nummer 1437, glaube ich«, sagte er.

Ihr Lächeln wirkte nun bedauernd. »Diese Suite ist leider besetzt, Mr. Colvin. Aber ich könnte Ihnen die links daneben oder die direkt gegenüber geben.«

»Dann nehme ich die direkt gegenüber.«

»Die liegt jedoch preislich etwas höher.«

»Kein Problem«, sagte der Russe.

»Dann bräuchte ich noch den Pass Ihrer Frau.«

»Die kommt erst morgen nach.«

»Dann lasse ich sie bitten, kurz vorbeizukommen.«

»Wird gemacht«, versicherte er ihr.

»Brauchen Sie Hilfe mit Ihrem Gepäck?«

»Danke, ich komme allein zurecht.«

Sie gab ihm zwei Schlüsselkarten und deutete zu dem Aufzug hinüber, den er nehmen sollte. Wie versprochen lag seine Suite genau gegenüber von 1437. Gleich nachdem er sie betreten hatte, knipste er das Schild *Do Not Disturb* an, sperrte die Tür ab und legte die Sicherungskette vor. Dann öffnete er seinen Koffer. Die wenigen Kleidungsstücke, die er enthielt, stanken nach Kichererbsen und Kreuzkümmel. Außerdem lagen darin eine 9-mm-Beretta, eine Glock Kaliber .45, zwei Injektionsspritzen, zwei Phiolen Suxamethonchlorid, ein Laptop und eine Glasfaserkamera. Die Kamera brachte er unter der Zimmertür an, dann verkabelte er sie mit dem Computer. Nachdem er den Aufnahmebereich nachjustiert hatte, füllte er die Injektionsspritzen mit Suxamethonchlorid und die Pistolenmagazine mit Patronen. Dann setzte er sich vor den Laptop und wartete.

In der folgenden Dreiviertelstunde bekam er Ansichten

des Hotels zu sehen, die das Burj al Arab weder auf seiner Website noch in seinen Hochglanzbroschüren zeigte. Abgehetzte Zimmerkellner. Müde Zimmermädchen. Ein äthiopisches Kindermädchen, das ein hysterisches Kind an der Hand führte. Ein australischer Geschäftsmann, der Arm in Arm mit einer ukrainischen Prostituierten vorbeiging. Und um Punkt zweiundzwanzig Uhr sah er, wie eine schöne Araberin von einem wachsamen Leibwächter begleitet Zimmer 1437 verließ. Als die beiden verschwunden waren, beugte sich ein breitschultriger Mann aus der Tür und suchte den Korridor nach links und rechts ab. Weiße *Kandura*, weiße *Ghutra*. Goldgeränderte Brille mit getönten Gläsern. Gepflegter schwarzer Vollbart mit grauen Strähnen ums Kinn herum. Der Russe griff nach der Glock, die jeden Angreifer stoppen konnte, und lud sie leise durch.

59

Hotel Burj al Arab, Dubai

Für die Einzelheiten von Nadia al-Bakaris Abreise aus dem Burj al Arab war nicht Gabriel oder sein Team, sondern Mansur zuständig, der die Reisestelle der AAB Holding leitete. Gepäck gab es keines mehr zu holen, denn darum hatte Mansur sich schon persönlich gekümmert. Es gab auch keine Rechnung zu bezahlen, denn die lag bereits in der AAB-Zentrale in Paris vor. Nadia brauchte nur die Hotelhalle zu durchqueren, wo ihre Limousine auf der kreisförmigen Hotelzufahrt direkt vor der Drehtür auf sie wartete. Nachdem sie hinten eingestiegen war, bat sie Rafiq al-Kamal und den Chauffeur, sie kurz ungestört telefonieren zu lassen. Sobald sie allein war, wählte sie eine in ihrem Blackberry gespeicherte Nummer. Gabriel meldete sich sofort – auf Arabisch.

»Sagen Sie mir, wie er ausgesehen hat.«

»Weiße *Kandura*. Weiße *Ghutra*. Goldgeränderte Brille mit getönten Gläsern. Gepflegter schwarzer Vollbart mit ersten grauen Strähnen.«

»Gut gemacht, Nadia. Fahren Sie zum Flughafen. Fliegen Sie nach Hause.«

»Warten Sie!«, zischte sie. »Ich muss Ihnen noch mehr sagen.«

Was Nadia al-Bakari nicht wusste war, dass Gabriel in der Hotelhalle saß. Er sah wie ein Mann aus, der nach Dubai gekommen war, um zu arbeiten, statt sich hier zu vergnügen –, was tatsächlich der Wahrheit entsprach. Auf dem niedrigen Tisch vor ihm stand ein aufgeklapptes Notebook. Am rechten Ohr trug er einen Handy-Headset, der zugleich ein abhörsicheres Funkgerät war. Das benutzte er jetzt, um sein weit auseinander gezogenes Team zu warnen, dass ihr Unternehmen auf ein erstes Hindernis gestoßen war.

Nadia klopfte mit ihrem Mobiltelefon an die Scheibe, um zu signalisieren, dass sie abfahrbereit war. Als sie eine halbe Minute später in flottem Tempo auf dem Damm unterwegs waren, der das Burj al Arab mit dem Festland verband, fragte Rafiq al-Kamal: »Gibt es irgendwas, das ich wissen sollte?«

»Diese Besprechung hat nie stattgefunden.«

»Welche Besprechung?«, fragte der Chef ihres Sicherheitsdiensts.

Nadia rang sich ein Lächeln ab. »Sagen Sie Mansur, dass wir zum Flughafen unterwegs sind. Er soll die Abflugzeit vorverlegen lassen, wenn er kann. Ich will möglichst früh wieder in Paris sein.«

»Vielleicht steht Allah wirklich auf seiner Seite«, sagte Adrian Carter. Er starrte Gabriels letzte Meldung aus Dubai ungläubig an. Sie besagte, Malik al-Zubair, ein Meister des Terrors, schicke sich an, das Hotel Burj al Arab von vier Doppelgängern umringt zu verlassen.

»Damit hat Gott sehr wenig zu tun, fürchte ich«, sagte Navot. »Malik hat sich jahrelang gegen die besten Geheimdienste der Welt behauptet. Er weiß, wie dieses Spiel gespielt wird.«

Uzi Navot sah zu Schamron hinüber, der nervös sein altes Zippo-Feuerzeug zwischen den Fingern hin und her drehte.

Zweimal nach links, zweimal nach rechts ...

»Wir haben vier Wagen in der Nähe des Hotels stehen«, sagte Navot. »Unseren Einsatzregeln nach genügen sie, um *ein* Auto zu verfolgen – notfalls auch zwei. Aber wenn fünf identisch gekleidete Männer in fünf Autos steigen...« Er zuckte mit den Schultern. »Wir sollten daran denken, unsere Leute abzuziehen, Boss.«

»Wir haben verdammt großen Aufwand betrieben, um ein Team nach Dubai zu schicken, Uzi. Jetzt sollten wir ihm wenigstens die Chance geben, Malik al-Zubair zu identifizieren.« Er sah zu den Uhren an einer Wand Raschidistans hinüber und fragte: »Was ist mit Nadias Flugzeug?«

»Betankt und startbereit. Ihre Mitarbeiter gehen schon an Bord.«

»Und wo ist der Star der Show im Augenblick?«

»Mit sechsundvierzig Meilen in der Stunde auf der Sheikh Zayed Road nach Nordosten unterwegs.«

»Kann ich sie sehen?«

Carter griff nach einem Telefonhörer. Wenige Sekunden später erschien auf einem der großen Monitore ein rot blinkender Punkt, der sich auf einem unterlegten Stadtplan von Dubai City nach Nordosten bewegte. Schamron spielte nervös mit seinem Feuerzeug, während er beobachtete, wie der Punkt vorankam.

Zweimal nach links, zweimal nach rechts...

Zwei Minuten nach Nadia al-Bakaris Abfahrt hielt der erste Range Rover vor dem Burj al Arab. Wenig später kam ein zweiter, dann folgten ein Mercedes GL und zwei GMC Denalis. Gabriel wollte sein Team über Funk warnen, aber Michail kam ihm zuvor.

»Sie verlassen das Zimmer«, meldete er.

Gabriel brauchte nicht zu fragen, wie viele Männer kommen würden. Die Antwort war draußen auf der Einfahrt abzulesen. Fünf Geländewagen für fünf Männer. Gabriel musste wissen, welcher von ihnen Malik al-Zubair war, bevor auch nur einer von ihnen das Hotel verließ. Und das ließ sich nur auf eine Weise feststellen. Er erteilte den Befehl.

»Sie sind zu fünft, und ich bin allein«, antwortete Michail.

»Je länger du jetzt redest, desto größer ist die Wahrscheinlichkeit, dass wir ihn verlieren.«

Michail antwortete mit einem Doppelklick seiner Sprechtaste. Gabriel sah auf sein Notebook, um Nadias Position zu überprüfen.

Sie war auf halbem Weg zum Flughafen.

Michail Abramow trat auf den Korridor hinaus und zog die Zimmertür hinter sich ins Schloss. Die Glock Kaliber .45 mit aufgeschraubtem Schalldämpfer steckte jetzt hinten in seinem Hosenbund. Eine Injektionsspritze mit Suxamethonchlorid hatte er in einer seiner äußeren Jackentaschen. Ein Blick nach rechts zeigte ihm fünf Männer in weißen *Kanduras* und *Ghutras*, die um die Ecke zum Foyer vor den Aufzügen bogen. Er folgte ihnen in normalem Tempo, legte aber einen Zwischenspurt ein, sobald er das Klingeln hörte, das die Ankunft einer Kabine signalisierte. Als er das Foyer erreichte, standen die fünf Männer bereits in dem Aufzug, dessen goldglänzende Tür sich eben zu schließen begann. Michail drängte sich eine Entschuldigung murmelnd noch hindurch und blieb vorn in der Kabine stehen, als die Tür sich erneut schloss. In dem auf Hochglanz polierten Metall spiegelten sich die fünf identisch gekleideten Männer hinter ihm. Fünf gepflegte schwarze Bärte mit grauen Strähnen. Fünf goldgeränderte Brillen mit leicht getönten Gläsern. Fünf Gebetsnarben, die erst vor Kurzem gereizt worden zu sein schienen. Es gab nur einen einzigen Unterschied: Während vier der Männer Michails Rücken anstarrten, schien der fünfte Mann die eigenen Schuhspitzen zu betrachten.

Malik ...

Zweiundzwanzig Stockwerke höher saß Samir Abbas, Geldbeschaffer für die globale dschihadistische Bewegung, vor seinem Notebook, um sich über den legitimen Tätigkeitsbereich der TransArabian Bank auf den laufenden Stand zu bringen, als an seine Tür geklopft wurde. Das hatte er erwartet, der Ägypter hatte gesagt, er werde gleich nach der Besprechung mit Nadia al-Bakari jemanden vorbeischicken. Wie sich zeigte, hatte er sogar zwei Männer geschickt. Die beiden waren wie Einheimische gekleidet, aber ihr Akzent verriet, dass sie Jordanier waren. Abbas ließ sie ohne zu zögern ein.

»Ist die Besprechung gut verlaufen?«, fragte er.

»Sehr gut«, sagte der ältere Mann. »Frau al-Bakari hat zugesagt, unsere Sache durch eine weitere Spende zu unterstützen. Nun möchten wir die Details mit Ihnen besprechen.«

Abbas wandte sich ab, um die Besucher zu der Sitzgruppe zu geleiten. Erst als er spürte, wie die Garotte in seinen Hals schnitt, wurde ihm sein Fehler bewusst. Ohne Atem holen oder einen Laut von sich geben zu können, krallte Abbas verzweifelt nach dem dünnen Draht, der sich in seine Haut einschnitt. Sauerstoffmangel raubte ihm rasch alle Kraft, sodass er sich kaum wehren konnte, als die Männer ihn zu Boden rangen. Dann spürte Abbas, wie etwas anderes in seinen Hals schnitt, und er erkannte, dass sie ihn enthaupten wollten. Das war die Strafe für Ungläubige und vom Glauben Abgefallene und Feinde des Dschihad. Samir Abbas war nichts dergleichen. Er war ein Gläubiger, insgeheim ein Gotteskrieger. Aber aus Gründen, die er nicht verstand, würde er nun bald ein *Schahid* sein.

Gnädigerweise begann Abbas das Bewusstsein zu verlieren. Er dachte an das Geld, das er in Zürich in der Speisekammer versteckt hatte, und hoffte, dass Johara oder eines der Kinder es eines Tages finden würde. Dann zwang er sich dazu, stillzuhalten und den Willen Allahs zu erdulden.

Das Messer wurde noch ein paar Mal entschlossen durch-gezogen. Abbas sah einen grellweißen Lichtblitz, den er für das Licht des Paradieses hielt. Dann erlosch das Licht, und er versank im Nichts.

60

Hotel Burj al Arab, Dubai

Der Aufzug hielt noch zweimal, bevor die Hotelhalle erreicht war. Im zehnten Stock stieg eine Engländerin mit Sonnenbrand zu, im sechsten war es ein chinesischer Geschäftsmann. Die neu Hinzukommenden drängten Michail etwas tiefer in die Kabine hinein. Er stand jetzt so dicht neben Malik, dass er merkte, dass der Atem des Terroristen nach Kaffee roch. Die Glock lag beruhigend hart an seinem Rückgrat, aber es war die Injektionsspritze in seiner Jackentasche, die ihn in Gedanken beschäftigte. Er war versucht, Malik die Nadel in den Oberschenkel zu rammen. Stattdessen starrte er die Kabinendecke an oder auf seine Uhr oder auf die Stockwerksanzeige ... nur nicht ins Gesicht des neben ihm stehenden Mörders. Als die Tür sich endlich zum dritten Mal öffnete, ging er hinter der Engländerin und dem Chinesen her in Richtung Bar.

»Er ist der zweite Mann von links«, sagte er in sein Mikrofon.

»Weißt du das bestimmt?«

»Bestimmt genug, um ihn sofort selbst umzulegen, wenn du willst.«

»Nicht hier.«

»Lass nicht zu, dass er das Hotel verlässt. So eine Chance bekommen wir vielleicht nicht wieder.«

Gabriel gab keine Antwort. Michail betrat die Bar, zählte langsam bis zehn und verließ sie wieder.

Gabriel packte sein Notebook ein und schien dabei in fließendem Französisch zu telefonieren, als Malik al-Zubair und seine vier Gefährten in ihren weißen *Kanduris* durch die Hotelhalle geschwebt kamen. Draußen verabschiedeten sie sich in einem Wirbel aus Händedrücken und Wangenküssen, bevor sie zu ihren Geländewagen gingen. Trotz dieses letzten Verwirrspiels hatte Gabriel keine Mühe, Malik im Auge zu behalten, als er hinten in einen Denali einstieg. Als die fünf Wagen weggefahren waren, wurden sie durch zwei Toyota Land Cruiser ersetzt. Michail schaffte es, leicht gelangweilt zu wirken, als er an dem Portier vorbeiging und rechts vorn in den ersten Geländewagen stieg. Gabriel stieg in den zweiten Toyota. »Schnall dich an«, sagte Chiara, als sie Gas gab. »Diese Leute fahren wie die Verrückten.«

Die Meldung, Malik al-Zubair werde von Agenten des Diensts beschattet, erreichte Raschidistan um 22.12 Uhr Dubaier Zeit. Bei der Kernmannschaft löste sie verhaltenen Jubel aus – nicht jedoch bei den drei Bossen in ihrem Glaskasten in der Saalmitte. Vor allem Schamron wirkte sehr beunruhigt, während er den blinkenden roten Punkt auf der Sheikh Zayed Road verfolgte.

»Mir fällt gerade auf, dass wir schon lange nichts mehr von unserem Freund Samir Abbas gehört haben«, sagte er, ohne den Wandmonitor aus den Augen zu lassen. »Könnte jemand sein Handy von einer Nummer aus anrufen, die er erkennt?«

»Denken Sie an jemand Bestimmten?«, fragte Carter.

»Am besten seine Frau«, sagte Schamron. »Er erschien mir immer wie ein Familienmensch.«

»Sie haben eben in der Vergangenheitsform von ihm gesprochen.«

»Wirklich?«, fragte Schamir geistesabwesend.

Carter nickte einem der Techniker zu und sagte: »Sorgen Sie dafür.«

Die Einwohner Dubais gehören nicht nur zu den reichsten Menschen der Welt, sondern statistisch gesehen auch zu ihren schlechtesten Autofahrern. In dem Emirat ereignet sich alle zwei Minuten ein Zusammenstoß mit Autos, Fußgängern oder Gegenständen, sodass jeden Tag durchschnittlich drei Verkehrstote zu beklagen sind. Der typische Fahrer denkt sich nichts dabei, in dichtem Verkehr jäh die Spur zu wechseln oder bei Tempo hundertfünfzig dicht aufzufahren, während er gleichzeitig mit dem Handy telefoniert. Deshalb achtete kaum jemand auf die wilde Verfolgungsjagd, die sich kurz nach zweiundzwanzig Uhr auf der Stadtautobahn in Richtung Dschebel Ali abspielte. Solche Rennen gab es jede Nacht.

Die vierspurige Schnellstraße wurde geteilt durch einen Grünstreifen mit Verkehrsampeln, deren Signale die meisten Einheimischen wie lästige Ratschläge abtaten. Gabriel hielt den Haltegriff für den Beifahrer umklammert, während Chiara den großen Land Cruiser geschickt durch Horden weiterer Geländewagen lenkte. Wie an jedem Donnerstagabend, an dem das islamische Wochenende begann, war der Verkehr noch dichter als sonst. Riesige SUVs waren dabei die Norm, nicht die Ausnahme. Die meisten wurden von bärtigen Männern in weißen *Kanduras* und *Ghutras* gefahren.

Die fünf Fahrzeuge von Maliks Wagenkolonne spielten gewissermaßen ein rollendes Hütchenspiel. Sie überholten sich gegenseitig, wechselten häufig die Spur und drängelten mit der Lichthupe – alles völlig normales Verhalten in dem Chaos auf Dubais Straßen. Chiara und die drei anderen Fahrer des Verfolgerteams taten ihr Bestes, um nicht abgehängt zu werden. Das war gefährlich. Trotz der Anarchie auf den Straßen ging die Polizei des Emirats streng gegen Ausländer vor, die Verkehrsunfälle verursachten. Das wusste Malik al-Zubair natürlich sehr gut. Gabriel fragte sich, was der Terrorist noch alles wissen mochte. Er begann sich Sorgen zu machen, dass die komplizierten Sicherheitsvorkehrungen mehr als nur einfache Vorsichtsmaßnahmen sein könnten, und dass Malik seinen Feinden wieder einmal einen Schritt voraus war.

Vor ihnen wurde der Hafen Dschebel Ali sichtbar. Sie rasten an dem Themenpark Ibn Buttata, einer Shopping-Mall und einer Meerwasser-Entsalzungsanlage vorbei: Dubai *en miniature*. Gabriel achtete kaum auf diese Orientierungspunkte. Er beobachtete das sorgfältig choreografierte Manöver auf der Straße vor ihnen. Vier der Geländewagen fuhren jetzt so nebeneinanderher, dass sie alle vier Fahrspuren blockierten. Dabei verringerten sie ihre Geschwindigkeit, während der fünfte Wagen, der GMC Denali mit Malik al-Zubair, vor ihnen davonraste.

»Er hängt uns ab, Chiara. Du musst an ihnen vorbei.«

»Aber wo?«

»Du musst's irgendwie schaffen.«

Chiara lenkte ruckartig nach links. Dann wieder scharf nach rechts. Jedes Mal blockierte ein Geländewagen die Spur vor ihnen.

»Du musst zwischen ihnen durch.«

»Gabriel!«

»Los jetzt!«

Sie versuchte es. Aber es gab kein Durchkommen.

Sie näherten sich dem Ende der Freihandelszone Dschebel Ali. Dahinter begann der breite Wüstengürtel, der Dubai von dem Emirat Abu Dhabi trennte. Gabriel konnte Maliks Denali nicht mehr sehen, er war zu einem fernen Stern in einer Galaxie aus weiteren Heckleuchten geworden. Unmittelbar vor ihnen sprang eine Verkehrsampel von Grün auf Gelb um. Die vier Geländewagen bremsten scharf – für Dubai bestimmt eine Premiere – und hielten an. Während hinter ihnen wild gehupt wurde, stieg einer der Malik-Doppelgänger aus und starrte Gabriel lange an, bevor er sich mit der Handkante wie mit einem Messer über die eigene Kehle fuhr. Gabriel fragte sein Team rasch über Funk ab und stellte fest, dass alle abrufbereit und gesund waren. Dann wählte er die Nummer von Nadias Blackberry. Sie meldete sich nicht.

61

DUBAI

Der Boeing Business Jet, dessen Eigner und Betreiber die AAB Holding war, startete um 22.40 Uhr auf dem Dubai International Airport. Alle Indizien wiesen darauf hin, dass Nadia al-Bakari, die Alleinaktionärin von AAB, zu diesem Zeitpunkt nicht an Bord war.

Die Verbindung zu ihrem Blackberry war um 22.14 Uhr abgebrochen, als ihre Limousine den Dubai Creek überquerte, und es konnte von ihm kein Signal irgendwelcher Art mehr gefunden werden. In den Sekunden vor dem Abbruch hatte Nadia noch freundlich mit Rafiq al-Kamal geplaudert. Das letzte gesendete Geräusch war ein dumpfes Poltern, das alle möglichen Ursachen gehabt haben konnte: von einem Schlag, der Nadia außer Gefecht gesetzt hatte, bis hin zu ihrer Angewohnheit, mit dem Fingernagel ungeduldig auf das Display zu tippen, was sie auf langweiligen Autofahrten oft tat. Die in ihrer Handtasche und ihrer Kleidung versteckten Sender waren inzwischen weit außer Reichweite des Horchpostens im Burj al Arab und konnten deshalb keine Hinweise darauf liefern, was passiert war.

Nur die GPS-Sender waren weiterhin funktionsfähig. Schließlich bewegten sie sich aber nicht mehr weiter, sondern blieben bei einem unbebauten Grundstück an der Straße nach Hatta in der Nähe des Poloclubs stehen. Gabriel fand die Jacke des Kostüms von Vauthier um 22.53 Uhr und die Armbanduhr einige Minuten später. Er nahm beide Stücke zu dem Land Cruiser mit, um sie bei Licht näher zu untersuchen. Die Kostümjacke war an mehreren Stellen zerrissen und hatte am Kragen Blutflecken. Das Kristallglas der Uhr war zertrümmert, aber die auf der Rückseite eingravierte Widmung war noch gut lesbar: *Auf die Zukunft, Thomas.*

Er wies Chiara an, ins Hotel zurückzufahren, dann schickte er mit seinem Blackberry eine Meldung nach Langley. Die Antwort kam zwei Minuten später. Als Gabriel sie las, fluchte er leise vor sich hin.

»Was schreiben sie?«

»Wir sollen sofort zum Flughafen rausfahren.«

»Und was ist mit Nadia?«

»Es gibt keine Nadia«, sagte Gabriel und steckte sein Mobiltelefon ein. »Nicht aus der Sicht von Langley und Schamron. Nicht mehr.«

»Wir lassen sie zurück?«, fragte Chiara aufgebracht, ohne den Blick von der Straße zu nehmen. »Ist es das, was wir nach ihrem Willen zu tun haben? Wir sollen ihr Geld und ihren Namen benutzen und sie dann den Wölfen zum Fraß vorwerfen? Weißt du, was mit ihr passieren wird?«

»Sie werden sie umbringen«, sagte Gabriel. »Und sie werden ihr keinen schnellen Tod gönnen. Das entspräche nicht der Art, wie sie ihre Geschäfte führen.«

»Vielleicht ist sie schon tot«, sagte Chiara. »Vielleicht hat Maliks Freund versucht, dir das pantomimisch mitzuteilen.«

»Schon möglich«, sagte Gabriel, »aber ich glaub's nicht. Hätten sie Nadia gleich umbringen wollen, hätten sie sich nicht die Mühe gemacht, ihre Kleidung und die Armbanduhr aus dem Wagen zu werfen. Das lässt darauf schließen, dass sie erst noch verhört werden soll. Schließlich ist es Nadias Schuld, dass ihr Netzwerk zerschlagen worden ist.«

Sein Blackberry meldete sich erneut. Diesmal verlangte Langley eine Bestätigung dafür, dass er den Rückzugsbefehl erhalten hatte. Gabriel ignorierte ihn und starrte mürrisch aus dem Seitenfenster, vor dem jetzt das Bankenviertel vorbeizog.

»Gibt's denn nichts, was wir tun können?«, fragte Chiara.

»Das hängt ganz von Malik ab, denke ich.«

»Malik ist ein Monster. Und du kannst Gift darauf nehmen, dass er weiß, dass du hier in Dubai bist.«

»Sogar mit Monstern kann man reden.«

»Nicht mit Dschihadisten. Die sind für kein vernünftiges Argument zugänglich.« Sie fuhr eine Zeit lang schweigend weiter, lenkte mit einer Hand und hielt mit der anderen Nadias blutige Kostümjacke umklammert. »Ich weiß, dass du ihr etwas versprochen hast«, sagte sie schließlich, »aber mir hast du auch etwas versprochen.«

»Soll ich sie sterben lassen, Chiara?«

»Gott, nein!«

»Was soll ich also tun?«

»Wieso muss ich diese Entscheidung treffen?«

»Weil nur du sie treffen kannst.«

Chiara knetete nervös den Stoff von Nadias Kostümjacke, während ihr Tränen übers Gesicht liefen. Gabriel fragte, ob er fahren solle. Aber sie schien ihn nicht zu hören.

Gabriels Mitteilung erschien dreißig Sekunden später auf den Bildschirmen in Raschidistan. Schamron starrte sie sorgenvoll an. Dann begann er eine Zigarette zu rauchen, obwohl das in Langley strengstens verboten war, und sagte: »Jetzt wär's vielleicht Zeit, ein paar Drohnen loszuschicken und Soldaten einzusetzen.« Carter und Navot reagierten darauf, indem sie gleichzeitig nach ihren Telefonhörern griffen. Wenige Minuten später starteten die Aufklärungsdrohnen von einem geheimen CIA-Stützpunkt in Bahrain, und die Soldaten waren auf dem schwarzen Wasser des Golfs lautlos zum Strand bei Dschebel Ali unterwegs.

Als Chiara und Gabriel ins Hotel zurückkamen, steckte der Rest des Teams bereits mitten in einem hastigen, aber methodischen Rückzug. Sie hatten ihn mit dem Empfang von Schamrons Befehl gestartet und wurden dabei von einem gewissen Thomas Fowler, dem neuen Partner der Investmentfirma Rogers & Cressey, geleitet. Der Hoteldirektion gegenüber wurde die plötzliche Abreise mit der schweren Erkrankung einer wichtigen Mitarbeiterin von Mr. Fowler begründet. Das war auch dem Bodenpersonal des Dubai International Airport mitgeteilt worden. Sie bereiteten bereits Mr. Fowlers Flugzeug für einen Abflug um zwei Uhr morgens vor. Die Besatzung war angewiesen, sich auf einen pünktlichen Start einzustellen.

Obwohl die Situation ernst war, schaffte es das Team, innerhalb des Hotels strikte operative Disziplin einzuhalten. In wahrscheinlich verwanzten Räumen benutzten die Agenten ihre Decknamen und sprachen ausschließlich über geschäftliche Dinge. Allein ihre betroffenen Mienen verrieten, was sich in ihrem Inneren abspielte, und nur wer sich unter der schützenden *Chupa* befand, konnte es wagen, offen zu sprechen. In dem silbrigen Zelt, in dem er vor den Mikrofonen des Herrschers sicher war, führte Gabriel ein angespanntes Telefongespräch mit Schamron und Navot in Raschidistan. Er sprach auch einzeln mit allen Angehörigen seines Teams. Die meisten dieser Gespräche verliefen nüchtern professionell, einige wenige sehr emotional. Chiara kam als Letzte zu ihm. Sobald sie allein waren, erinnerte sie ihn an den Nachmittag, an dem sie sich in dem sicheren Haus in Zürich geliebt hatten, wobei ihr Körper sich erhitzt hatte wie im Fieber. Dann küsste sie Gabriel ein letztes Mal, bevor sie ihr Gepäck holte und in die Hotelhalle hinunterfuhr.

Schamron war stets der Überzeugung gewesen, Karrieren würden weniger durch errungene Erfolge als durch überstandene Katastrophen geprägt. »Eine Siegerrunde kann jeder Trottel drehen«, hatte er in einer berühmten Vorlesung an der Akademie gesagt, »aber nur ein ausgezeichneter Agent kann Haltung bewahren und seine Rolle weiterspielen, während ihm das Herz bricht.« Wenn dem wirklich so wäre, hätte Schamron in dieser Nacht viele ausgezeichnete Agenten sehen können, als Gabriels Team das Hotel Burj al Arab verließ und zum Flughafen hinausfuhr. Nur Chiara wirkte verstört, weil ihr wirklich das Herz brach – und weil sie sich freiwillig dazu erboten hatte, die Rolle der ernstlich erkrankten Mitarbeiterin zu spielen. Der Empfangschef wünschte ihr gute Besserung, als er ihr behilflich war, hinten in eine Limousine zu steigen. Mr. Fowler gab dem Portier und den Pagen ein üppiges Trinkgeld, bevor er nach ihr einstieg.

Sie folgten derselben Route, die Nadia al-Bakari früher an diesem Abend benutzt hatte, erreichten den Flughafen jedoch ohne Zwischenfälle. Nach der oberflächlichen Passkontrolle gingen sie sofort an Bord ihrer Maschine, statt wie angeboten in der luxuriösen VIP Lounge zu warten. Der Ausfall eines Linienflugs ermöglichte ihnen einen früheren Start als geplant, und um 1.30 Uhr befand ihr Boeing Business Jet sich im Dunkel über dem Leeren Viertel im Steigflug.

Zwei Angehörige des Teams waren nicht an Bord: Michail fuhr zu einem einsamen Strand westlich von Dschebel Ali, Gabriel in den alten Stadtteil Deira. Nachdem er seinen Toyota Land Cruiser an der Corniche abgestellt hatte, ging er zu Fuß zu dem schäbigen kleinen Apartmentgebäude in der Nähe des Gold-Suks und stieg in Geruchsschwaden von Kichererbsen und Kreuzkümmel die Treppe hinauf. In Michails Wohnung saß er an dem schäbigen Küchentisch und starrte aufs Display seines Blackberrys. Um sich die Zeit zu vertreiben, ging er den Ablauf des

Unternehmens nochmals durch. Irgendwo hatte es ein Leck oder einen Verrat gegeben. Den dafür Verantwortlichen würde er finden. Und dann würde er ihn umbringen.

Es dauerte weitere zwanzig Minuten, bis eine Stimme in Michails Ohrhörer zu vernehmen war. Sie sagte nur zwei, drei Wörter, nicht mehr. Trotzdem erkannte er sie sofort wieder. Er hatte sie schon oft gehört – in der Hölle von Gaza, auf den Hügeln des Südlibanons, in den Gassen von Jericho und Nablus und Hebron. Er blendete zweimal auf, sodass seine Scheinwerfer kurz den kreideweißen Sand erhellten, und trommelte mit den Fingern unruhig aufs Lenkrad, als ein unbeleuchtetes Zodiac-Schlauchboot sich auf dem Wasser tänzelnd dem Strand näherte. Vier Männer mit Ausrüstungstaschen aus Nylon verließen es über die Bordwand. Sie sahen wie Araber aus. Sie waren wie Araber gekleidet. Sie bewegten sich wie Araber. Sie benutzten sogar ein für Araber typisches Rasierwasser. Trotzdem waren sie keine Araber. Sie gehörten der israelischen Spezialeinheit Sajeret Matkal an. Und einer von ihnen war Yoav Savir, Michails ehemaliger Kommandeur.

»Lange nicht mehr gesehen«, sagte Yoav, als er vorn ins Auto einstieg. »Was ist passiert?«

»Wir haben jemanden verloren, der sehr wichtig ist.«

»Wie heißt er?«

»*Sie*«, sagte Michail. »Sie heißt Nadia.«

»Wer hat sie?«

»Malik.«

»Welcher Malik?«

»Der einzige Malik, der wichtig ist.«

»Scheiße.«

Auf den Wandmonitoren in Raschidistan blinkten die Lichter der riesigen Ölförderanlage Schajba neongrün. Diese

Aufnahme wurde live von einer unbemannten Predator-Drohne übertragen, die zurzeit vom Team in Langley gesteuert wurde. Auf Carters Befehl drehte die Drohne ab nach Osten, überflog die Oasen an der Grenze zwischen Saudi-Arabien und den Emiraten und folgte dann der Autobahn nach Dubai City zurück. Dabei suchten ihre Nachtsichtgeräte und Wärmebildkameras die Wüste nach Anzeichen von Leben ab, das es hier normalerweise nicht gab. Als die Predator sich dem Hafen Dschebel Ali näherte, zeigten ihre Kameras ein aufs Meer hinausfahrendes Schlauchboot, in dessen Heck sich als Lichtpunkt eine einzelne Gestalt abzeichnete. Aber in Raschidistan achtete kaum jemand auf diese gesendeten Bilder, weil alle ein Gespräch von Gabriels Blackberry aus verfolgten. Die Computer erkannten die Nummer des Anrufers. Sie erkannten auch seine Stimme. Er war Malik al-Zubair. Der einzige Malik, der wichtig war.

62

Deira, Dubai

»Ich bin erstaunt, dass Sie ans Telefon gegangen sind. Vielleicht stimmt es doch, was über Sie behauptet wird.«

»Was ist es, Malik?«

»Dass Sie mutig sind. Dass Sie ein Mann sind, der Wort hält. Persönlich bleibe ich allerdings skeptisch. Ich habe noch keinen Juden kennengelernt, der kein Feigling und Lügner war.«

»Ich wusste gar nicht, dass es in Zarqa eine so große jüdische Gemeinde gibt.«

»In Zarqa gibt's zum Glück keine Juden, nur Opfer von Juden.«

»Wo ist sie, Malik?«

»Wer?«

»Nadia«, sagte Gabriel. »Was haben Sie mit ihr gemacht?«

»Wie kommen Sie darauf, dass wir sie haben?«

»Weil Sie nur so an diese Telefonnummer herangekommen sein können.«

»Cleverer Jude.«

»Lassen Sie sie frei.«

»Ich glaube nicht, dass Sie in Ihrer jetzigen Lage Forderungen stellen können.«

»Ich fordere gar nichts«, sagte Gabriel ruhig. »Ich bitte Sie, sie freizulassen.«

»Als humanitäre Geste?«

»Nennen Sie's, wie Sie's wollen. Verhalten Sie sich einfach anständig.«

»Sie haben ihren Vater vor ihren Augen ermordet und fordern jetzt *mich* zu anständigem Verhalten auf?«

»Was wollen Sie, Malik?

»Wir fordern die Freilassung aller Brüder, die nach Ihrem kleinen Täuschungsmanöver von den Amerikanern und ihren Verbündeten inhaftiert wurden. Außerdem fordern wir die Freilassung aller illegal in Guantánamo Bay festgehaltenen Brüder.«

»Keine Freilassung palästinensischer Häftlinge? Sie enttäuschen mich.«

»Ich will mich nicht in die laufenden Verhandlungen zwischen Ihnen und den Brüdern der Hamas einmischen.«

»Verlangen Sie etwas Realistisches, Malik – etwas, das ich Ihnen tatsächlich geben kann.«

»Mit Terroristen verhandeln wir nicht. Entlassen Sie unsere Brüder, dann lassen wir Ihre Spionin frei, ohne ihr weiter zu schaden.«

»Was haben Sie ihr angetan?«

»Ich kann Ihnen versichern, dass das nichts im Vergleich zu dem war, was unsere Brüder tagtäglich in den Folterkammern von Kairo, Amman und Riad erleiden.«

»Lesen Sie denn keine Zeitung, Malik? Die arabische Welt wandelt sich. Der Pharao ist gestürzt. Das Haus Saud weist Risse auf. Der kleine Haschemitenkönig in Jordanien fürchtet um sein Leben. Die anständigen Araber haben binnen Monaten bewirkt, was die al-Qaida und ihresgleichen in jahrelangen sinnlosen Massakern nicht erreichen konnten. Ihre Zeit ist vorbei, Malik. Die arabische Welt will Sie nicht. Lassen Sie Nadia frei.«

»Das kann ich nicht, Allon.« Er machte eine Pause, als denke er über einen Ausweg aus dieser selbst geschaffenen Pattsituation nach. »Aber es gibt eine Möglichkeit…«

Gabriel hörte sich Maliks Anweisungen an. Das taten auch Schamron, Navot und Adrian Carter.

»Was passiert, wenn wir nicht einwilligen?«, fragte Gabriel.

»Dann erleidet sie die traditionelle Strafe für vom Glauben Abgefallene. Aber keine Sorge, Sie werden ihre Hinrichtung im Internet sehen können. Um die Kämpfer, die ihretwegen aufgeflogen sind, zu ersetzen, will der Jemenit im Netz neue Leute anwerben.«

»Ich brauche einen Beweis dafür, dass sie noch lebt.«

»In diesem Punkt werden Sie mir einfach vertrauen müssen, fürchte ich«, sagte Malik. Dann brach die Verbindung ab.

Sekunden später klingelte Gabriels Blackberry nochmals. Der Anrufer war Adrian Carter.

»Er ist eindeutig noch in den Emiraten.«

»Wo?«

»Die NSA hat seinen Standort noch nicht genau errechnen können, aber sie vermutet ihn in der westlichen Wüste, in der Umgebung der Oase Liwa. Wir haben dort schon eine Drohne im Einsatz, und zwei weitere sind im Anflug.«

Aus einem Innenfach seiner Reisetasche holte Gabriel eine kleine Kapsel. Sie hatte ungefähr die Größe einer mittleren Vitaminpille. An einem Ende war ein winziger Metallschalter angebracht. Gabriel betätigte ihn, dann fragte er: »Empfangen Sie das Signal?«

»Ich hab's«, sagte Carter.

Gabriel verschluckte die Kapsel. »Und jetzt?«

»Ich hab's weiterhin.«

»In zehn Minuten im Fisch-Suk.«

»Verstanden.«

Gabriel trug noch immer den Anzug, mit dem er sich als Geschäftsmann ausgegeben hatte. Er überlegte kurz, ob er etwas anziehen sollte, das für eine Nacht in der Wüste besser geeignet war, und erkannte dann, dass das überflüssig wäre. Seine Entführer würden bestimmt dafür sorgen, dass er andere Kleidung bekam. Seine Armbanduhr kam ebenso in die Reisetasche wie das Blackberry, die Geldbörse, sein Reisepass und seine Beretta. Injektionsspritzen und Suxamethonchlorid hatte er nicht mehr bei sich, nur noch Advil und ein Medikament gegen Durchfall. Er schluckte genügend Advil, um die Schmerzen aller Verletzungen, die er in den kommenden Stunden erleiden könnte, zumindest abzumildern, und genug von dem Durchfallmittel, um seine Eingeweide für einen Monat dicht zu halten wie Beton. Dann sperrte er seine Reisetasche in den Kleiderschrank und verließ die Wohnung und das Haus.

Für den kurzen Weg zum Fisch-Suk hatte Gabriel noch sechs Minuten Zeit. Der Markt lag in der Nähe der Mündung des Dubai Creeks entlang der Corniche. Trotz der späten Stunde waren dort noch Gruppen von jungen Männern unterwegs, um die Nachtluft am Wasser zu genießen: Pakistani, Bangladeschi, Filipinos und vier Araber, die gar keine Araber waren. Gabriel blieb unter einer Straßenlampe stehen, um deutlich sichtbar zu sein. Keine halbe Minute später hielt ein Geländewagen, ein GMC Denali, neben ihm. Am Steuer saß einer der Malik-Doppelgänger. Hinten saßen ein zweiter Mann in derselben Aufmachung und Rafiq al-Kamal, Nadia al-Bakaris ehemaliger Sicherheitschef.

Es war al-Kamal, der Gabriel bedeutete, er solle einsteigen, und al-Kamal, der dreißig Sekunden später als Erster gewalttätig wurde – mit einem Ellbogenstoß in Gabriels Seite, der fast einen Herzstillstand bewirkte. Die beiden Männer warfen ihn zwischen den Sitzen zu Boden und schlugen auf ihn ein, bis ihre Arme erlahmten. Der Herbst ist zu Ende, dachte Gabriel, als er das Bewusstsein verlor. Jetzt kommt das Erntedankfest.

63

Im Leeren Viertel, Saudi-Arabien

Auf offiziellen Landkarten ist die größte Sandwüste der Erde mit einem etwas bedrohlich klingenden Namen verzeichnet: Rub al-Chali – »Viertel der Leere«. Die Beduinen kennen sie jedoch unter anderem Namen. Für sie ist sie einfach »Der Sand«. Auf einem Gebiet, das der Fläche Frankreichs, Belgiens und der Niederlande zusammengenommen entspricht, erstreckt sie sich von Oman und den Emiraten quer über Saudi-Arabien bis in den Jemen hinein. Der unaufhörliche Wind formt berghohe Wanderdünen. Manche stehen allein. Andere schließen sich zu Ketten zusammen, die sich über Hunderte von Kilometern erstrecken. Im Sommer steigt die Temperatur oft auf über sechzig Grad Celsius, um nachts auf fünfunddreißig Grad abzukühlen. Hier gibt es fast keinen Regen, nur wenig Flora und Fauna und kaum Menschen – außer Beduinen, Räuberbanden und al-Qaida-Terroristen, die sich ungehindert in den Grenzregionen bewegen. Im Sand spielt die Zeit kaum eine Rolle. Noch heute wird die Einheit bemessen an der Länge des Weges hin zum nächsten Brunnen.

Wie die meisten Saudi-Araber hatte Nadia al-Bakari noch nie einen Fuß in das Leere Viertel gesetzt. Das änderte sich drei Stunden nach ihrer Entführung, auch wenn Nadia nichts davon wahrnahm. Seit ihr das Anästhetikum Ketamin injiziert worden war, glaubte sie, durch die vergoldeten Räume ihrer Jugend zu irren. Dabei erschien ihr kurz auch ihr Vater, er trug das traditionelle Gewand und die finstere

Miene eines Beduinen. Sein Leib war von Kugeln durchlöchert. Er zwang Nadia dazu, seine Wunden zu berühren, und schimpfte sie dann dafür, dass sie ausgerechnet mit den Männern gemeinsame Sache machte, die ihn so zugerichtet hatten. Dafür würde sie bestraft werden müssen, sagte er, genau wie Rena für die Entehrung ihrer Familie hatte büßen müssen. Das sei Allahs Wille. Dagegen lasse sich nichts machen.

In dem Augenblick, in dem ihr Vater sie zum Tode verurteilte, spürte Nadia, dass sie durch verschiedene Bewusstseinsebenen nach oben zu schweben begann. Das war ein langsames Emporsteigen wie das eines Tauchers aus großer Tiefe. Als sie endlich die Oberfläche erreichte, zwang sie sich dazu, die Augen zu öffnen und tief Luft zu holen. Danach registrierte sie ihre Umgebung. Sie lag seitlich auf einem Teppich, der nach Männerschweiß und Kamel roch. Ihre Hände waren gefesselt, und sie trug ein dünnes weißes Baumwollgewand. Es leuchtete im Mondschein wie die salafistische *Kandura* des Mannes, der sie bewachte. Er trug ein Scheitelkäppchen ohne weitere Kopfbedeckung und war mit einem Sturmgewehr mit gebogenem Magazin bewaffnet. Trotz alldem war sein Blick für einen Araber ungewöhnlich sanft. Nadia brauchte einige Sekunden, um sich darüber klar zu werden, woher sie diese Augen kannte. Sie gehörten Ali, dem *Talib* von Scheich Marwan bin Taijib.

»Wo bin ich?«, fragte sie.

Er antwortete wahrheitsgemäß. Das war kein gutes Zeichen.

»Wie geht es Safia?«

»Der geht's gut«, antwortete der *Talib*, trotz der Umstände lächelnd.

»Wann soll das Baby kommen?«

»In drei Monaten«, sagte er.

»*Inschallah* wird es ein Junge.«

»Tatsächlich sagen die Ärzte, dass wir eine Tochter bekommen werden.«

»Sie scheinen nicht enttäuscht zu sein.«

»Das bin ich nicht.«

»Hat sie schon einen Namen?«

»Wir wollen sie Hanan nennen.«

Im Arabischen bedeutete das »Barmherzigkeit«. Vielleicht bestand doch noch Hoffnung.

Der *Talib* fing an, halblaut Koransuren aufzusagen. Nadia wälzte sich auf den Rücken und sah zu den Sternen auf. Sie schienen so nahe zu sein, als ob man sie mit ausgestreckter Hand hätte berühren können. Einen Augenblick lang war nur Alis Gemurmel und irgendein fernes Surren zu hören. Im ersten Augenblick glaubte sie, das sei eine weitere durch das Betäubungsmittel ausgelöste Halluzination – oder vielleicht auch, so dachte sie weiter, durch die Abnormität in ihrem Gehirn. Dann schloss sie die Augen, blendete die Stimme des *Talibs* bewusst aus und horchte angestrengt. Nein, dies war keine Halluzination. Das war das Geräusch irgendeines Flugzeugs. Und es kam näher.

Eine einzige schmale Straße verbindet die Oasenstadt Liwa in den Emiraten mit der Ölförderanlage Schajba jenseits der Grenze in Saudi-Arabien. Nadia hatte diesen Grenzübergang als die schlafende verschleierte Frau eines ihrer Entführer passiert. Gabriel musste sich ähnlich verkleiden, aber im Gegensatz zu Nadia bekam er genau mit, was mit ihm geschah.

Unter der *Abaja* trug er den blauen Overall eines Arbeiters aus Dubai. Den hatte er in einem Lebensmittellager in der Wüstenstadt al-Chasna im Emirat Abu Dhabi zugeteilt bekommen, nachdem man ihm die eigene Kleidung ausgezogen und nach Mikrofonen und Sendern abgesucht hatte. Bei dieser Gelegenheit wurde er auch zum zweiten Mal verprügelt, wobei Rafiq al-Kamal die Hauptarbeit übernahm. Der Saudi-Araber habe alles Recht, auf ihn böse zu sein, fand Gabriel. Schließlich hatte Gabriel erst seinen Boss erschossen und dann dessen Tochter als Agentin angeworben. Trotzdem rätselte er über al-Kamals Beteiligung an Nadias Entführung nach. Weshalb war er hier? Auf Befehl der Terroristen? Oder des Hauses Saud?

Vorläufig spielte das keine Rolle. Im Augenblick kam es darauf an, Nadia am Leben zu erhalten. Das würde eine letzte Lüge erfordern. Eine letzte Täuschung. Diese Lüge arbeitete Gabriel auf der Straße nach Schajba aus, während er den blauen Overall eines Arbeiters und die schwarze *Abaja* einer Frau trug. Dann erzählte er sie sich wieder und wieder, bis er sie selbst für wahr hielt.

Auf den riesigen Plasmabildschirmen in Langley war Gabriel ein winziger grüner Lichtpunkt, der sich blinkend durch das Leere Viertel bewegte. Fünf weitere Lichtpunkte blinkten in der Nähe der Oasenstadt Liwa. Sie symbolisierten Michail Abramow und das vierköpfige Sajeret-Matkal-Team.

»Durch die Grenzkontrollen kommen sie unmöglich«, sagte Carter.

»Dann umgehen sie sie eben«, sagte Schamron.

»Die gesamte Grenze ist mit einem Zaun gesichert.«

»Die Sajeret lassen sich von keinen Zäunen aufhalten.«

»Wie aber wollen sie einen Land Cruiser über den Zaun bekommen?«

»Sie haben *zwei* Land Cruiser«, sagte Schamron, »aber von denen kommt wohl keiner über diesen Zaun, fürchte ich.«

»Was soll das heißen?«

»Wir warten, bis Gabriel sich nicht mehr bewegt.«

»Und dann?«

»Dann marschieren sie los.«

»Durchs Leere Viertel?«, fragte Carter ungläubig.

»Dafür sind sie ausgebildet.«

»Was passiert, wenn sie einer saudischen Militärstreife begegnen?«

»Dann müssen wir das Kaddisch für die Streife sprechen, fürchte ich«, antwortete Schamron. »Denn sollten sie zufällig auf Michail Abramow und Yoav Savir treffen, sind sie erledigt.«

In Liwa gab es eine Tag und Nacht geöffnete Tankstelle, in der Gastarbeiter und Fernfahrer auch einkaufen konnten. Der Inder hinter der Theke sah aus, als hätte er seit Wochen nicht mehr geschlafen. Yoav, der Araber, der keiner war, kaufte bei ihm genügend Proviant und Wasser für eine kleine Armee und dazu einige billige *Ghutras* und mehrere der lockeren Baumwollgewänder, wie sie Pakistani und Bangladeschi bevorzugten. Dem Inder erzählte er, seine Freunde und er wollten einige Tage in den Dünen verbringen, um Allah und der Natur näher zu sein. Der Tankwart empfahl ihm eine besonders inspirierende Felsformation nördlich von Liwa an der Grenze zu Saudi-Arabien. »Aber nehmen Sie sich in Acht«, sagte er warnend. »Dort wimmelt's von Schmugglern und al-Qaida-Leuten. Sehr gefährlich.« Yoav bedankte sich für diesen Hinweis. Dann bezahlte er, ohne zu feilschen, und ging wieder zu den Toyotas hinaus.

Wie der Inder vorgeschlagen hatte, fuhren sie nach Norden, aber sowie die Stadt hinter ihnen lag, drehten sie augenblicklich gen Süden um. Die rosig getönten Dünen waren so hoch wie die Hügel Judäas. Nach einstündiger Fahrt über den harten Sand der Ebenen machten sie in der Nähe der saudi-arabischen Grenze halt. Während es rasch hell wurde, versteckten sie die Land Cruiser unter Tarnnetzen und zogen die in Liwa gekauften Kleidungsstücke an. Yoav und die drei anderen Elitesoldaten sahen darin wie Araber aus, aber Michail hätte ein westlicher Forscher sein können, der auf der Suche nach irgendeiner sagenhaften Stadt ins Land gekommen war. Seine Expedition begann eine halbe Stunde später, als der grüne Lichtpunkt, der Gabriel Allon darstellte, vierundsechzig Kilometer westlich von ihnen endlich zum Stehen kam. Sie beluden sich mit so viel Wasser, Proviant und Waffen, wie sie tragen konnten. Dann kletterten sie über den Grenzzaun nach Saudi-Arabien und begannen loszumarschieren.

64

Im Leeren Viertel, Saudi-Arabien

Das Zelt war eingekeilt am Fuß einer riesigen hufeisenförmigen Düne errichtet worden. Es bestand nach beduini-
scher Tradition aus schwarzem Ziegenhaarfilz und war von
einem halben Dutzend verblichener Pick-ups und Geländewagen umgeben. Wenige Meter vom Zelteingang entfernt
kochten vier verschleierte Frauen mit Hennatätowierungen
an den Händen Kaffee, den sie mit Kardamom würzten.
Keine von ihnen schien auf den übel zugerichteten Mann
in einem blauen Overall zu achten, der in der kalten Mor-
genluft zitternd hinten aus einem GMC Denali ausstieg.

Am Fuß der Düne war es noch dunkel, aber ihr oberer
Rand war bereits rosig angehaucht, und die Sterne verblassten. Gabriel, der von al-Kamal vorwärts gestoßen wurde,
stolperte auf das schwarze Zelt zu. Er hatte pochende Kopfschmerzen, aber seine Gedanken waren klar. Sie waren auf
seine Lüge konzentriert, die er ganz langsam, Stück für
Stück, wie mit Honig gesüßte Kekse verabreichen würde.
Er würde sich ihnen gegenüber so aufführen, dass sie nicht
von ihm würden lassen können. So würde er Michail und
dem Sajeret-Team die benötigte Zeit verschaffen, damit sie
das Signal erreichten, das die Kapsel in seinen Eingeweiden
sendete. Schnell verdrängte er den Sender wieder aus seinen
Gedanken. Es gibt keinen Sender, ermahnte er sich. Es gab
nur Nadia al-Bakari, eine Frau mit untadeligem dschihadistischen Hintergrund, die er dazu erpresst hatte, seine Anweisungen auszuführen.

Am Zelteingang stand jetzt Malik, der seine schneeweiße *Kandura* gegen eine graue *Thobe* vertauscht hatte. Er war barfuß, trug aber eine rot-weiß karierte *Ghutra* auf dem Kopf. Er starrte Gabriel finster an, als überlege er schon, wo er den ersten Schlag platzieren sollte, und trat dann aber beiseite. Al-Kamal reagierte darauf, indem er Gabriel einen kräftigen Stoß zwischen die Schulterblätter versetzte, der ihn in das Zelt torkeln ließ.

Gabriels wenig würdevolle Ankunft schien die in dem Zelt versammelten Männer sehr zu belustigen. Es waren insgesamt acht, die mit untergeschlagenen Beinen sitzend einen Halbkreis bildeten und aus winzigen Tassen mit Kardamom gewürzten Kaffee tranken. Einige von ihnen trugen die traditionellen *Jambia*-Krummdolche jemenitischer Männer, einer saß über ein aufgeklapptes Notebook gebeugt da. Gabriel erkannte sein Gesicht ebenso wie seine Stimme, als er schließlich zu sprechen begann. Es war die Stimme eines Mannes, dem Allah eine verführerische Beredsamkeit geschenkt hatte. Es war Raschid al-Husseinis Stimme.

Auf den Wärmebildkameras der hoch über der Düne kreisenden Predator stellte sich die Versammlung in dem Beduinenzelt aus Ziegenhaar als eine Ansammlung von elf winzigen Lichtpunkten dar. In näherer Umgebung gab es weitere menschliche Wärmequellen. Vor dem Zelt hockten vier Gestalten um ein kleines Feuer. In den Dünen waren ringförmig Wachposten verteilt. Und ungefähr einen Kilometer südlich des Zelts waren zwei weitere Gestalten zu erkennen – eine unbeweglich auf dem Boden liegend, die andere mit untergeschlagenen Beinen sitzend. Als es langsam hell wurde, fragte Schamron Carter, ob es möglich sei, die beiden Gestalten durch ein normales Objektiv zu zeigen. Weitere fünf Minuten vergingen, bis das Licht dafür ausreichte, aber dann war das nach Langley übertragene Bild erstaunlich klar zu erkennen. Es zeigte eine schwarzhaarige Frau, die von einem bärtigen Mann bewacht wurde, der mit einem Sturmgewehr AK-47 bewaffnet war. Nicht weit von den beiden entfernt, auf der anderen Seite einer großen Düne, war ein rundes Loch ausgehoben worden. Ganz in seiner Nähe lag ein Haufen faustgroßer Steine.

Als das erste Entsetzen in Raschidistan etwas abgeklungen war, sagte Carter: »Michail und das Sajeret-Team können unmöglich rechtzeitig eintreffen. Und selbst wenn sie's könnten, würden sie entdeckt werden.«

»Ja, Adrian«, sagte Schamron. »Das ist mir klar.«

»Lassen Sie mich Prinz Nabil im Innenministerium anrufen.«

»Wieso wollen Sie damit Ihre Zeit vergeuden?«

»Vielleicht kann er etwas tun, um zu verhindern, dass sie beide umgebracht werden.«

»Vielleicht«, sagte Schamron. »Vielleicht steckt Nabil aber auch hinter dieser Sache.«

»Glauben Sie, dass Nabil sie an Raschid und Malik ausgeliefert hat?«

»Aus Nabils Sicht ist sie eine Ketzerin und Dissidentin. Wie könnte er sie besser loswerden, als sie den Bärtigen zu überlassen, um sie hinzurichten?«

Carter fluchte leise vor sich hin. Schamron betrachtete weiter das Bild aus der Wüste.

»Die Predator ist voll bewaffnet, stimmt's?«

»Mit Hellfire-Lenkwaffen«, bestätigte Carter.

»Haben Sie schon mal eine innerhalb Saudi-Arabiens eingesetzt?«

»Natürlich nicht!«

»Vermutlich müssten Sie dazu die Erlaubnis des Präsidenten einholen.«

»Sie vermuten richtig.«

»Dann rufen Sie ihn jetzt bitte an, Adrian.«

65

Im Leeren Viertel, Saudi-Arabien

Raschid begann mit einem Vortrag. Er war teils Poet, teils Prediger, teils Professor für den Dschihad. Er warnte, Israel werde bald das gleiche Schicksal wie das Regime des Pharaos erleiden. Er sagte, die *Scharia* werde sich in Europa ausbreiten, ob Europa das recht sei oder nicht. Er behauptete, das amerikanische Jahrhundert sei endgültig vorbei, *Alhamdulillah*. Das war einer der wenigen arabischen Ausdrücke, die er einstreute. Ansonsten sprach er flüssiges Umgangsenglisch. Gabriel kam sich vor, als müsste er sich von einem Kid des Elektrogroßmarkts Best Buy in salafistischen Prinzipien unterweisen lassen.

Der Prediger sprach nicht zu Gabriel, sondern zu einem auf einem Stativ aufgebauten Panasonic-Camcorder. Manchmal hob er den Zeigefinger, um die Wichtigkeit seiner Worte zu unterstreichen oder um auf seinen berühmten Gefangenen zu deuten, der in seiner Nähe sitzend ins Licht zweier Halogenscheinwerfer blinzelte. Gabriel malte sich aus, wie diese zwei heiß gelaufenen Lichtquellen von der über ihnen kreisenden Predator-Drohne erfasst werden. Er fühlte sich, als ob er in einem primitiven Fernsehstudio der Gotteskrieger säße, in dem Raschid den provozierenden Talkmaster gab. Malik, der Terrorplaner, ging langsam hinter der Kamera auf und ab. Das spiegelte ihr Verhältnis zueinander wider, dachte Gabriel. Raschid war das telegene Talent. Malik war der gewissenhafte Produzent, der sich um die lästigen Details kümmerte. Raschid inspirierte. Malik verstümmelte und mordete, alles im Namen Gottes.

Als Raschid endlich mit seinem einleitenden Monolog fertig war, wandte er sich dem Hauptprogrammpunkt dieses Morgens zu: dem Interview. Er begann damit, dass er Gabriel aufforderte, Namen und Wohnort zu nennen. Als Gabriel mit »Roland Devereaux, Quebec City, Kanada« antwortete, war Raschid sichtlich verärgert. Sein Ärger offenbarte eine gewisse Bockigkeit, die Gabriel vielleicht amüsant gefunden hätte, wäre er nicht von Männern mit *Jambia*-Krummdolchen umgeben gewesen. Raschids Ideen waren monströs, aber er als Person wirkte merkwürdig harmlos. Für den bedrohlichen Aspekt war Malik zuständig.

»Ihren *richtigen* Namen«, knurrte Raschid. »Sagen Sie mir, welchen Namen Sie bei der Geburt erhalten haben.«

»Meinen richtigen Namen wissen Sie.«

»Warum wollen Sie ihn uns nicht sagen?«, fragte Raschid. »Schämen Sie sich etwa Ihres Namens?«

»Nein«, sagte Gabriel. »Ich benutze ihn nur nicht allzu oft.«

»Sagen Sie ihn jetzt!«

Das tat Gabriel.

»Wo sind Sie geboren?«

»Im Jezreel-Tal in Israel.«

»Und wo sind Ihre Eltern geboren?«

»Deutschland.«

Raschid schien darin einen Beweis für ein großes historisches Verbrechen zu sehen. »Ihre Eltern waren Überlebende des sogenannten Holocausts?«, fragte er.

»Nein, sie waren Überlebende des *wirklichen* Holocausts.«

»Sind Sie Mitarbeiter des Geheimdiensts des Staates Israel?«

»Manchmal.«

»Sind Sie ein Auftragskiller?«

»Ich habe auf Befehl gemordet, ja.«

»Sie betrachten sich als einen Soldaten?«

»Ja.«

»Sie haben viele Palästinenser ermordet?«

»Ja, viele.«

»Sind Sie stolz auf ihre Arbeit?«

»Nein«, sagte Gabriel.

»Weshalb tun Sie sie dann?«

»Wegen Leuten wie Ihnen.«

»Unsere Sache ist gerecht.«

»Ihre Sache ist grotesk.«

Raschid wirkte plötzlich aus der Fassung gebracht. Sein Exklusivinterview verlief nicht nach Plan. Er lenkte es auf festeren Boden zurück.

»Wo waren Sie am Abend des 24. August 2006?«

»Ich war in Cannes«, antwortete Gabriel, ohne im Geringsten zu zögern.

»In Frankreich?«

»Ja, in Frankreich.«

»Und was haben Sie dort getan?«

»Ich habe ein Unternehmen überwacht.«

»Ein Unternehmen welcher Art?«

»Ein Mann sollte liquidiert werden.«

»Und wer war die Zielperson?«

»Abdul Aziz al-Bakari.«

»Wer hatte dieses Attentat befohlen?«

»Das weiß ich nicht.«

Raschid glaubte ihm offenbar nicht, wollte aber anscheinend keine kostbare Sendezeit mit alten Geschichten vergeuden. »Waren Sie an dem eigentlichen Mord aktiv beteiligt?«

»Ja.«

»Haben Sie Nadia al-Bakari an jenem Abend gesehen?«

»Ja, ich habe sie gesehen.«

»Wann sind Sie ihr wieder begegnet?«

»Letzten Dezember.«

»Wo?«

»In einem Château nördlich von Paris.«

»Was hat sich dort ereignet?«

Was sich dort ereignet habe, sagte Gabriel, sei ein komplexes Unternehmen mit dem Ziel gewesen, eine der reichsten Frauen der Welt dazu zu erpressen, für den israelischen und amerikanischen Geheimdienst zu arbeiten. Wie die CIA aus sicherer Quelle wusste, brauchte das Netzwerk, das Raschid aufbaute, dringend finanzielle Unterstützung. Die Agency wollte ihm Geld zur Verfügung stellen und dann verfolgen, wie es über Strohmänner und Tarnorganisationen zu den einzelnen Terrorzellen gelangte. Dabei gab es nur ein Problem: Das Geld musste von jemandem kommen, dem die Terroristen vertrauten. Die CIA fragte den Dienst, ob er eine Idee habe. Die Israelis schlugen Nadia al-Bakari vor. Ein Abgesandter des Diensts suchte Frau al-Bakari unter einem Vorwand in Paris auf und machte ihr klar, dass die AAB Holding vernichtet werde, wenn sie nicht mitmache.

»Wie sollte das Unternehmen vernichtet werden?«, fragte Raschid.

»Durch eine Kampagne mit sorgfältig platzierten Insiderinformationen für unsere Freunde in den Medien.«

»Natürlich Ihre jüdischen Freunde.«

»Ja, natürlich.«

»Wovon hätten diese Insiderinformationen gehandelt?«

»Dass AAB ein dschihadistisches Unternehmen sei ... genau wie unter ihrem Vater.«

»Weiter!«

Gabriel gehorchte. Für die Kamera spielte er den Widerstrebenden. Das war eine Lüge – genau wie all die anderen Lügen, die über seine geschwollenen Lippen kamen. Er sponn sie langsam und sehr detailliert aus. Raschid hörte ihm wie gebannt zu.

»Ihre Ausführungen sind interessant«, sagte Raschid zuletzt, »aber ich fürchte, dass sie dem widersprechen, was Frau al-Bakari uns erzählt hat. Sie sagt, dass sie Ihnen freiwillig geholfen hat.«

»Sie hatte Anweisung, das zu sagen.«

»Sie haben sie bedroht?«

»Ständig.«

»Wo ist das Geld für Ihr Unternehmen hergekommen?«

»Von Nadia al-Bakari.«

»Sie haben sie dazu gezwungen, ihr eigenes Geld zu verwenden?«

»Richtig.«

»Wieso haben Sie keine staatlichen Mittel eingesetzt?«

»Die Haushaltslage ist überall angespannt.«

»Sie konnten keinen reichen jüdischen Sponsor für das Unternehmen finden?«

»Es war zu heikel.«

Raschid musterte ihn verächtlich, dann winkte er ungläubig ab. »Frau al-Bakari war gestern in Dubai«, sagte er nach kurzer Pause. »Welchen Zweck hatte dieser Besuch?«

»Soviel ich weiß, war sie zu Verhandlungen wegen eines großen Immobilienprojekts dort.«

»Und der wahre Zweck, Allon?«

»Wir haben sie hingeschickt, um einen Ihrer wichtigsten Helfer identifizieren zu lassen.«

»Er sollte verhaftet werden?«

»Nein«, sagte Gabriel, »er sollte liquidiert werden.«

Der Prediger lächelte. Sein Gast hatte soeben etwas Wichtiges gestanden, das Raschid dazu benutzen konnte, weltweit Schlagzeilen zu machen.

»Mir kommt es so vor, als sei diese Episode typisch für den ganzen sogenannten Krieg gegen den Terror. Sie können uns nicht besiegen, Allon. Und mit jedem vergeblichen Versuch machen Sie uns stärker.«

»Nein, Sie werden nicht stärker«, widersprach Gabriel. »Ganz im Gegenteil. Die arabische Welt verändert sich. Ihre Zeit ist abgelaufen.«

Raschids Lächeln verschwand schlagartig. Er sprach jetzt wie ein strenger Lehrer, den ein begriffsstutziger Schüler frustriert. »Hören Sie, Allon, ein Mann wie Sie ist doch sicher nicht so naiv, dass er glaubt, dieser sogenannte Arabische Frühling werde im gesamten Nahen Osten westlich orientierte Demokratien entstehen lassen. Die Revolutionen mögen von Studenten und säkularen Kräften ausgegangen sein, aber unsere Brüder werden das letzte Wort haben. Die Zukunft gehört uns. Nur werden Sie diese Zukunft leider nicht miterleben. Aber bevor Sie diese Welt verlassen, bin ich verpflichtet, Ihnen eine letzte Frage zu stellen: Wollen Sie sich zum Islam bekehren und Muslim werden?«

»Nur wenn Sie dafür Nadia al-Bakari leben lassen.«

»Das ist leider nicht möglich. Ihr Verbrechen ist weit schlimmer als Ihres, Allon.«

»Dann bleibe ich Jude.«

»Wie Sie wollen.«

Raschid erhob sich. Malik schaltete die Kamera aus.

Das Leere Viertel lag in gleißend hellem Sonnenlicht, als die ersten Gestalten aus dem Zelt kamen. Es waren insgesamt zehn – fünf in Weiß, fünf in Schwarz. Sie verteilten sich rasch auf die Pick-ups und Geländewagen, die in hohem Tempo das Lager umrundeten, um die Wachposten aufzusammeln. Wenige Minuten später raste die kleine Kolonne nach Süden, in Richtung Jemen davon.

»Wie viel wollt ihr wetten, dass einer dieser Kerle Raschid ist?«, fragte Adrian Carter hilflos.

»Ein Grund mehr, eine Hellfire einzusetzen«, sagte Navot.

»Das genehmigt das Weiße Haus nicht. Nicht auf saudischem Boden. Und nicht, ohne genau zu wissen, wer dort unten ist.«

»Terroristen und ihre Helfer«, sagte Schamron. »Schießen Sie die Lenkwaffe ab.«

»Und wenn einer von ihnen Gabriel ist?«

»Das ist leider unmöglich«, sagte der Alte.

»Woher wollen Sie das wissen?«

Schamron deutete wortlos auf einen der Bildschirme.

»Wissen Sie bestimmt, dass er das ist?«, fragte Carter.

»Diesen Gang würde ich überall erkennen.«

66

Im Leeren Viertel, Saudi-Arabien

Der *Talib* schritt den Fuß der hufeisenförmigen Düne ab. In einer Hand trug er sein Sturmgewehr, während er mit der anderen Nadia al-Bakari an ihrer Handfessel hinter sich herzog. Als sie die Düne umrundet hatten, sah sie das in den Sand gegrabene runde Loch. Und die in seiner Nähe aufgestapelte Pyramide aus Steinen. Im grellen Sonnenlicht leuchteten sie weiß wie ausgebleichte Knochen. Nadia versuchte tapfer zu sein, wie Rena kurz vor ihrem Tod bestimmt tapfer gewesen war. Dann begann die Wüste, sich vor ihren Augen zu drehen, und sie brach zusammen.

»Das wird nicht so schlimm, wie Sie denken«, sagte der *Talib*, während er sie sanft hochzog. »Die ersten paar sind sehr schmerzhaft. Dann verlieren Sie *inschallah* das Bewusstsein und spüren gar nichts mehr.«

»Bitte«, sagte Nadia, »Sie müssen eine Möglichkeit finden, mir das zu ersparen.«

»Es ist Allahs Wille«, sagte der *Talib*. »Dagegen bin ich machtlos.«

»Es ist nicht Allahs Wille, Ali. Es ist der Wille verbrecherischer Männer.«

»Los, weiter«, sagte er nur. »Sie müssen weitergehen.«

»Würden Sie das Safia antun?«

»Weiter.«

»Würden Sie ihr das antun, Ali?«

»Würde sie gegen Allahs Gebote verstoßen, bliebe mir keine andere Wahl.«

»Und was wäre mit Hanan? Würden Sie Ihr eigenes Kind steinigen?«

Diesmal sagte der *Talib* nichts. Nach einigen Schritten begann er wieder, halblaut eine Koransure aufzusagen, aber mit Nadia sprach er kein Wort mehr.

Auf der anderen Seite der gewaltigen Düne stapfte nun Gabriel mit Malik al-Zubair neben sich barfuß durch den Wüstensand. Begleitet wurden sie von vier weiteren Männern. Drei von ihnen waren mit Malik in Dubai gewesen, der vierte Mann war Rafiq al-Kamal. Nadias ehemaliger Sicherheitschef trug den Säbel für Gabriels Enthauptung und die Kamera, mit der sie dokumentiert werden sollte. Malik und einer seiner Leute waren mit Sturmgewehren bewaffnet – mit alten AK-47 aus sowjetischer Produktion, die man selbst in den abgelegensten Dörfern des Jemen für ein paar Rial kaufen konnte. Während Gabriel unauffällig das silbrige Gewebeband um seine Handgelenke lockerte, versuchte er sich auszurechnen, wie gut seine Chancen waren, eine Waffe in die Hände zu bekommen. Vermutlich nicht sehr gut, aber erschossen zu werden, war bestimmt besser, als enthauptet zu werden. Falls er an diesem Morgen im Leeren Viertel sterben musste, wollte er zu seinen eigenen Bedingungen abtreten. Und er wollte, wenn möglich, Malik al-Zubair mitnehmen.

Als Gabriel den Schatten der Düne verließ, sah er Nadia erstmals wieder, seit sie in der Halle des Hotels Burj al Arab an ihm vorbeigegangen war. In ihr Leichentuch gehüllt schien sie vor Angst fast gelähmt zu sein. Ähnlich ging es offenbar ihrem Bewacher, einem jungen *Dschihadi* mit spärlichem Bartwuchs. Malik ging auf die beiden zu und stieß den Jungen zur Seite. Dann griff er in Nadias schwarzes Haar und zerrte sie in Gabriels Richtung. »Sehen Sie, was Sie getan haben?«, rief er laut, um ihre Schreie zu übertönen. »Das passiert, wenn Sie unsere Leute verführen, damit sie von ihrem Glauben abfallen.«

»Sie ist nicht von ihrem Glauben abgefallen, Malik. Lassen Sie sie frei.«

»Sie hat gegen uns gearbeitet. Sie muss bestraft werden. Und wegen Ihrer Sünden sollen Sie den ersten Stein werfen.«

»Das tue ich bestimmt nicht.« Gabriel suchte den Himmel ab. Eine letzte Täuschung. Eine letzte Lüge. »Und Sie werfen auch keinen, Malik.«

Malik al-Zubair lächelte mitleidig.

»Wir sind hier nicht in Pakistan oder im Jemen, Allon. Dies ist Saudi-Arabien. Und die Amerikaner würden niemals eine Hellfire auf das Gebiet ihrer wichtigen saudischen Verbündeten abschießen. Außerdem weiß niemand, wo Sie sind. Sie sind völlig allein.«

»Wissen Sie das bestimmt, Malik?«

Anscheinend nicht. Ohne Nadias Haar loszulassen, hob er das Gesicht zum Himmel. Das taten jetzt alle, auch al-Kamal. Er stand mit Säbel und Kamera einen viertel Meter links neben Gabriel.

»Horchen Sie aufmerksam«, sagte Gabriel. »Können Sie die Drohne hören? Sie kreist genau über uns. Sie beobachtet uns mit ihren Kameras. Lassen Sie Nadia frei, Malik. Sonst sterben wir alle in einem grellen Lichtblitz. Dann gehen Sie zu Ihrem Gott, und Nadia und ich gehen zu unserem.«

»Es gibt nur einen Gott, Allon. Es gibt nur Allah.«

»Hoffentlich haben Sie recht, Malik, denn Sie werden bald vor ihn treten. Wollen Sie als Märtyrer sterben? Oder ziehen Sie es vor, das Märtyrertum anderen zu überlassen?«

Malik stieß Nadia von sich weg, holte wild mit seiner Kalaschnikow aus und schlug nach Gabriels Kopf. Gabriel wich dem Schlag mühelos aus und rammte Malik sein Knie so in den Unterleib, dass der Terrorist mit einem Aufschrei zusammenbrach. Dann warf Gabriel sich mit ausgestreckten Armen und flach zusammengelegten Händen herum. Seine Handkanten trafen Rafiq al-Kamal unter dem Kinn und zerschmetterten ihm den Kehlkopf. Gabriel betrachtete Nadia und die knochenweiße Steinpyramide. Dann sah er zum Himmel auf, schwenkte wie ein Verrückter die Arme und kreischte: »Schießt endlich! Schießt endlich! Malik ist hier! Schießt doch endlich!«

Adrian Carter, der mit dem Weißen Haus telefoniert hatte, legte auf und vergrub sein Gesicht in den Händen. Uzi Navot sah einige Sekunden länger zu, dann schloss er die Augen. Nur Schamron weigerte sich, wegzusehen. Schließlich war dies alles seine Schuld. Da musste er wenigstens bis zuletzt zusehen.

Malik hatte sich auf ein Knie gestützt aufgerichtet und tastete blindlings nach seinem AK-47, das ihm aus den Händen gefallen war. Gabriel verfluchte weiter den erbarmungslosen Himmel. Er hörte das metallische *Ritsch-Ratsch*, mit dem das Sturmgewehr durchgeladen wurde, und sah, wie der Gewehrlauf hochgerissen wurde. Dann nahm er aus dem Augenwinkel heraus Nadias blendend weißes Leichentuch wie eine Geistererscheinung wahr, als sie auf ihn zugestürmt kam. Als sie an der Gewehrmündung vorbeiflog, erblühten auf ihrer Brust schlagartig und brutal zwei hellrote Rosen. Trotzdem war ihr Gesichtsausdruck seltsam heiter, als sie gegen Gabriel fiel. Malik zerrte sie weg und zielte mit der Kalaschnikow in Gabriels Gesicht, aber bevor er nochmals abdrücken konnte, explodierte seine linke Kopfhälfte in einem rosa Nebel. Danach fielen noch mehrere Schüsse, bis nur noch der junge *Dschihadi* aufrecht stand. Sein Kopf verdeckte die Sonne, als er auf Gabriel hinuntersah und dann betrübt Nadia anstarrte.

»Es war Allahs Wille, dass sie heute sterben sollte«, sagte er, »aber sie hat wenigstens nicht leiden müssen.«

»Nein«, sagte Gabriel, »sie musste nicht leiden.«

»Sind Sie getroffen?«, fragte der Junge.

»Einmal«, sagte Gabriel.

»Werden Sie abgeholt?«

»Irgendwann.«

»Können Sie durchhalten, bis Sie abgeholt werden?«

»Ich denke schon.«

»Ich muss Sie allein zurücklassen. Ich habe eine Frau. Wir erwarten ein Kind.«

»Junge oder Mädchen?«, fragte Gabriel, den allmählich die Kräfte verließen.

»Mädchen.«

»Wissen Sie schon, wie die Kleine heißen soll?«

»Hanan.«

»Seien Sie gut zu ihr«, sagte Gabriel. »Behandeln Sie sie immer mit Respekt.«

Der Junge ging davon, die Sonne brannte Gabriel ins Gesicht. Er hörte einen Motor anspringen, drehte den Kopf zur Seite und sah eine Staubfahne, die übers Sandmeer davonzog. Danach umgab ihn nur noch die leere Stille der Wüste. Er hob noch einmal die Arme zum Himmel, um den Kameras zu signalisieren, dass er noch lebte. Dann schloss er Nadia die Augen und weinte an ihrer Brust, während ihr Körper langsam erstarrte.

TEIL IV

Die Erweckung

67

PARIS – LANGLEY – RIAD

Über vierundzwanzig Stunden sollten verstreichen, bevor die AAB Holding endlich mitteilte, Nadia al-Bakari, ihre Vorstandsvorsitzende und Alleinaktionärin, werde vermisst und sei vermutlich entführt worden. Wie es in der Pressemitteilung des Unternehmens hieß, war sie zum Zeitpunkt ihres Verschwindens in Dubai auf der Fahrt von dem berühmten Hotel Burj al Arab zum Flughafen gewesen. Aus ihrer Limousine war zweimal telefoniert worden – beide Male vom Telefon des bewährten Chefs ihres Sicherheitsdiensts. Mit dem ersten Anruf hatte er den Leiter der Reisestelle bei AAB angewiesen, den Start von 23 Uhr auf 22.45 Uhr vorzuverlegen. Sieben Minuten später hatte er nochmals angerufen und mitgeteilt, Frau al-Bakari fühle sich nicht wohl und werde ins Hotel zurückkehren, um dort zu übernachten. Es sei jedoch ihr Wunsch, hatte er gesagt, dass ihre Mitarbeiter wie geplant nach Paris zurückkehrten. Verständlicherweise beurteilte die Polizei der Emirate diesen zweiten Anruf als höchst verdächtig, obwohl noch ermittelt werden musste, ob der Sicherheitschef ein Mitverschwörer oder nur ein weiteres Entführungsopfer gewesen war. Jedenfalls war er ebenso verschwunden wie der Chauffeur von Nadia al-Bakaris Limousine.

Erwartungsgemäß löste diese Mitteilung Schockwellen auf den ohnehin schon nervösen Finanzmärkten aus. In Europa, wo AAB auf vielen Gebieten engagiert war, brachen die Aktienkurse ein, und der Handel an der Wall Street eröffnete deutlich niedriger. Am schlimmsten waren die Auswirkungen für Dubai. Nachdem das Emirat unzählige Milliarden dafür ausgegeben hatte, sich als Oase der Stabilität inmitten einer turbulenten Region zu profilieren, erschien es jetzt als ein Ort, an dem nicht einmal schwer bewachte Milliardäre sicher waren. Der Herrscher beteuerte im Fernsehen, sein Stadtstaat sei sehr wohl sicher und die Geschäfte gingen wie gewohnt weiter. Aber Investoren in aller Welt bezweifelten das. Sie überfluteten dortige Unternehmen und Investmentfonds mit einer erbarmungslosen Welle von Verkaufsorders, nach der die City of Gold erneut kurz vor dem Bankrott stand.

Als weitere vierundzwanzig Stunden ohne Nachricht über Nadia al-Bakaris Schicksal verstrichen, blieb den Medien nichts anderes übrig, als wilde Spekulationen über den vermutlichen Grund für ihre Entführung anzustellen. Eine Theorie lautete, sie sei von russischen Gangstern ermordet worden, die bei Geschäften mit der AAB Holding Millionen verloren hatten. Eine andere besagte, sie habe mit ihrer öffentlichen Forderung nach besserer Behandlung von Gastarbeitern mächtige Interessen in Dubai gegen sich aufgebracht. Und eine dritte behauptete, die angebliche Entführung sei nur eine List gewesen, denn Nadia al-Bakari, eine der reichsten Frauen der Welt, habe aus allein ihr bekannten Gründen abtauchen wollen.

Leider wurde gerade die letzte Theorie von bestimmten Medien begierig aufgegriffen, sodass es bald eine Flut von Meldungen aus aller Welt gab, Nadia sei in diesem oder jenem Luxusresort gesehen worden. Die Krönung war ein Bericht darüber, sie lebe nun mit dem Sohn des reichsten Schweden auf einer einsamen Ostseeinsel zusammen.

Diese Meldung erschien an dem Tag, an dem das Königreich Saudi-Arabien schließlich mitteilte, Nadia al-Bakaris Leichnam sei im Leeren Viertel aufgefunden worden. Nach saudischer Darstellung hatten in ihrer Nähe mehrere tote Männer gelegen – darunter auch ihr Sicherheitschef. Die Männer waren wie Frau al-Bakari erschossen worden. Verdächtige gab es nach Auskunft der saudischen Behörden vorerst keine.

Wie die meisten amtlichen Verlautbarungen aus Saudi-Arabien erzählte auch diese Pressemitteilung nur einen Teil der Story. Beispielsweise erwähnte sie nicht, dass der saudische Geheimdienst die näheren Umstände der Ermordung Frau al-Bakaris längst in all ihren Details kannte. Sie ließ auch unerwähnt, dass eine saudische Militärpatrouille die tote Milliardärin und den einzigen Überlebenden nur wenige Stunden nach der Schießerei aufgefunden hatte. Der schwer verwundete Überlebende war zum jetzigen Zeitpunkt Gegenstand intensiver, aber streng geheimer Verhandlungen zwischen der Central Intelligence Agency und der ihr freundlich gesinnten Kreise im Haus Saud. Bei diesen Gesprächen hatte es bisher noch keinen Durchbruch gegeben. Für die saudi-arabische Regierung existierte dieser Mann gar nicht. Sie versprach, ihn suchen zu lassen, wollte aber keine großen Hoffnungen wecken. Im Leeren Viertel hätten Eindringlinge kaum Überlebenschancen. *Inschallah* werde man seine Leiche finden, wenn die Beduinen sie nicht schon ausgeraubt und verscharrt hatten.

Der winzige GPS-Sender in der Kapsel in Gabriels Körper erzählte eine ganz andere Geschichte. Es war die Story eines Mannes, der im Leeren Viertel lebend aufgefunden und mit dem Hubschrauber nach Riad in den weitläufigen Komplex der Mabatith, der Geheimpolizei des Innenministeriums, gebracht worden war. Nach fünftägigem Aufenthalt schien er mit erstaunlich geringer Geschwindigkeit quer durch Riad und in die Wüste östlich der Stadt gefahren zu werden. Einige sorgenvolle Stunden lang fürchtete das Team in

Raschidistan das Schlimmste – dass er hingerichtet und nach wahhabitischer Tradition in einem namenlosen Grab beigesetzt worden sei. Aber dann konnten CIA-Analysten erleichtert bestätigen, dass sein neuer Standort die zentrale Kläranlage von Riad sei. Das bedeutete, dass Gabriel den Sender gar nicht mehr im Körper trug. Es bedeutete jedoch auch, dass er vom Radar verschwunden und für Langley nicht mehr erreichbar war.

Das Geschoss hatte Gabriel zwei Rippen gebrochen und den rechten Lungenflügel verletzt. Die Saudis warteten, bis er sich notdürftig erholt hatte, bevor sie mit der Vernehmung begannen. Geführt wurde sie von einem großen, kantigen Mann mit dem Gesicht eines Falken. Seine gestärkte und frisch gebügelte olivgrüne Uniform hatte in Bezug auf Rangabzeichen wenig vorzuzeigen. Er nannte sich Chalid, hatte in England studiert und redete wie ein BBC-Nachrichtensprecher.

Er begann damit, dass er Gabriel nach seinem Namen fragte und wissen wollte, weshalb er im Leeren Viertel neben der Leiche einer erschossenen Saudi-Araberin aufgefunden worden war. Gabriel gab sich als Roland Devereaux aus Quebec City aus. Er behauptete, bei einem Geschäftsbesuch in Dubai sei er von islamischen Extremisten entführt, bewusstlos geschlagen und in die Wüste gefahren worden, um erschossen zu werden. Dort habe es zwischen den Terroristen Streit gegeben, der in eine Schießerei ausgeartet sei. Weshalb es Streit gegeben habe, könne er leider nicht sagen, weil er kein Arabisch spreche.

»Überhaupt nicht?«

»Ich kann einen Kaffee bestellen.«

»Wie trinken Sie ihn?«

»Mittelsüß.«

»Was hatten Sie geschäftlich in Dubai zu tun?«

»Ich arbeite bei einer internationalen Spedition.«

»Und die Frau, die in Ihren Armen gestorben ist?«

»Die hatte ich noch nie gesehen.«

»Haben Sie jemals ihren Namen erfahren?«

Gabriel schüttelte den Kopf, dann fragte er, ob seine Botschaft wisse, wo er sei.

»Welche Botschaft wäre das?«, fragte der Saudi.

»Natürlich die kanadische Botschaft.«

»Oh, natürlich«, sagte Chalid lächelnd. »Wie konnte ich das nur vergessen?«

»Haben Sie sie benachrichtigt?«

»Wir sind dabei.«

Der Offizier schrieb etwas in sein Notizbuch, dann verließ er den Raum. Gabriel bekam Handschellen angelegt und wurde in seine Zelle zurückgebracht. Danach sprach viele Tage lang niemand mehr mit ihm.

Als Gabriel das nächste Mal in den Vernehmungsraum geführt wurde, lag auf dem Tisch ein bedrohlich wirkender Aktenstapel. Chalid der Falke rauchte, worauf er bei ihrer ersten Begegnung verzichtet hatte. Diesmal stellte er keine Fragen. Stattdessen setzte er zu einem Monolog an, der Ähnlichkeit mit dem hatte, den Gabriel zu Füßen Raschid al-Husseinis hatte über sich ergehen lassen müssen. Diesmal ging es jedoch nicht um den unvermeidlichen Triumph des salafistischen Islams, sondern um die lange und umstrittene Karriere eines israelischen Geheimdienstoffiziers namens Gabriel Allon. Chalids Bericht war bemerkenswert genau. Besonderes Gewicht wurde auf Gabriels Rolle bei dem Attentat auf Abdul Aziz al-Bakari und die spätere Anwerbung von Zizis Tochter gelegt, die erfolgt war, um das von Raschid al-Husseini und Malik al-Zubair aufgebaute Terrornetzwerk zu unterwandern.

»Es war Nadia, die im Leeren Viertel in Ihren Armen

gestorben ist«, sagte der Saudi. »Malik war auch dort. Wir möchten, dass Sie uns erzählen, wie alles abgelaufen ist.«

»Tut mir leid, ich weiß nicht, wovon Sie reden.«

»Hören Sie, Ihr Videogeständnis läuft überall im Internet und im Fernsehen, Allon. Arbeiten Sie nicht mit uns zusammen, bleibt uns keine andere Wahl, als Sie vor Gericht zu stellen und öffentlich hinzurichten.«

»Wie großzügig von Ihnen.«

»Die Mühlen der saudischen Justiz mahlen nicht langsam, fürchte ich.«

»An Ihrer Stelle würde ich Seiner Hoheit raten, sich die Sache mit der öffentlichen Hinrichtung noch mal zu überlegen. Die könnte ihn seine Ölfelder kosten.«

»Die Ölfelder gehören dem saudi-arabischen Volk.«

»Oh, natürlich«, sagte Gabriel. »Wie konnte ich das nur vergessen?«

In den folgenden Nächten hallten in Gabriels Einzelzelle die Schreie gefolterter Männer wider. Weil er keinen Schlaf fand, holte er sich eine Infektion, die mit intravenös verabreichten Antibiotika bekämpft werden musste. Sein schlanker Körper verlor noch ein paar Pfund. Er magerte so ab, dass beim nächsten Verhör selbst der Falke besorgt wirkte.

»Vielleicht können wir eine Vereinbarung treffen«, schlug er vor.

»Was für eine Vereinbarung?«

»Sie beantworten meine Fragen, und ich sorge im weiteren Verlauf dafür, dass Sie Ihren Lieben mit fest auf den Schultern sitzendem Kopf zurückgegeben werden.«

»Weshalb sollte ich Ihnen trauen?«

»Weil ich im Augenblick der einzige Freund bin, den Sie haben, mein Lieber.«

Für Vernehmungen gilt eine Binsenwahrheit: Irgendwann redet jeder. Nicht nur Terroristen, sondern auch professionelle Geheimdienstagenten. Aber *wie* sie reden und was sie sagen, bestimmt darüber, ob sie ihren Kollegen nach ihrer Freilassung noch in die Augen sehen können. Darüber war Gabriel sich im Klaren. Und das wusste auch der Falke.

So veranstalteten sie die folgende Woche einen heiklen Tanz wechselseitiger Täuschungen. Chalid stellte viele sorgfältig formulierte Fragen, auf die Gabriel mit vielen Halbwahrheiten und glatten Lügen antwortete. Die Unternehmen, die er verriet, hatte es nie gegeben. Das galt auch für Informanten, sichere Häuser und abhörsichere Kommunikationsmethoden. Sie alle wurden in den langen Stunden erfunden, die Gabriel in seiner Zelle eingesperrt verbrachte. Es gab Dinge, die er angeblich nicht wusste, und andere, die er sich preiszugeben weigerte. Beispielsweise sagte Gabriel nichts, als Chalid ihn aufforderte, die Namen aller in Europa eingesetzten Geheimagenten anzugeben. Er weigerte sich auch, die Namen der Agenten zu nennen, die mit ihm gegen Raschid al-Husseini und Malik al-Zubair zusammengearbeitet hatten. Gabriels Unnachgiebigkeit schien den Falken nicht zu verärgern. Er schien ihn dafür umso mehr zu respektieren.

»Wieso sagen Sie mir nicht ein paar falsche Namen, mit denen ich zu meinen Vorgesetzten gehen kann?«, schlug Chalid vor.

»Weil Ihre Vorgesetzten mich gut genug kennen, um zu wissen, dass ich meine besten Freunde nie verraten würde«, sagte Gabriel. »Sie würden nie glauben, dass diese Namen echt sind.«

Für Vernehmungen gilt eine weitere Binsenweisheit: Sie verraten manchmal mehr über den Mann, der die Fragen stellt, als über den Befragten. Gabriel gelangte allmählich zu der Überzeugung, Chalid sei eher ein wahrer Profi als ein wahrer Gläubiger. Er war kein ganz unvernünftiger Mann. Er hatte ein Gewissen. Mit ihm konnte man verhandeln. Langsam, mit kleinen Schritten stellten sie eine Art Bindung her. Es war eine auf Lügen basierende Bindung – die einzige, die in der Welt der Geheimdienste möglich ist.

»Ihr Sohn ist damals in Wien durch eine Autobombe umgekommen?«, fragte Chalid eines Nachmittags plötzlich. Oder vielleicht war es spätnachts, Gabriel wusste nie ganz sicher, welche Tageszeit es war.

»Mein Sohn hat nichts mit dieser Sache zu tun.«

»Ihr Sohn hat alles damit zu tun«, sagte Chalid mit wissendem Lächeln. »Ihr Sohn hat Sie dazu gebracht, dem *Schahid* in den Covent Garden zu folgen. Und nur seinetwegen haben Sie sich von Schamron und den Amerikanern wieder ins Spiel locken lassen.«

»Sie haben gute Quellen«, sagte Gabriel.

Chalid akzeptierte das Kompliment mit einem Nicken. »Aber eines verstehe ich noch immer nicht«, sagte er dann. »Wie konnten Sie Nadia dazu überreden, mit Ihnen zusammenzuarbeiten?«

»Ich bin ein Profi, genau wie Sie.«

»Warum haben Sie nicht uns um Unterstützung gebeten?«

»Hätten Sie sie denn gewährt?«

»Natürlich nicht.«

Der Saudi blätterte in seinem Notizbuch und runzelte dabei leicht die Stirn, als überlege er, welche Richtung er dem Verhör geben sollte. Gabriel, selbst ein erfahrener Vernehmer, wusste natürlich, dass das alles nur eine Inszenierung war. Zuletzt fragte der Saudi eher beiläufig: »Ist es wahr, dass sie krank war?«

Diese Frage verblüffte Gabriel. Er sah keinen Grund, sie anders als ehrlich zu beantworten. »Ja«, sagte er nach kurzer Pause, »sie hatte nicht mehr lange zu leben.«

»Das hatten wir vor einiger Zeit gerüchteweise gehört«, sagte der Saudi, »aber wir konnten nie eine Bestätigung dafür bekommen.«

»Sie hat es vor allen, auch vor ihren engsten Mitarbeitern geheim gehalten. Nicht einmal ihre besten Freunde wussten davon.«

»Aber *Sie* wussten es?«

»Sie hat mich wegen des Unternehmens ins Vertrauen gezogen.«

»Und an was litt sie?«, fragte der Saudi. Er war mit aufgeschlagenem Notizbuch schreibbereit, als sei Nadias Krankheit ein kleines Detail, von dem ausgehend recherchiert werden müsse für den offiziellen Bericht.

»Ein interkranielles Aneurysma, eine angeborene Fehlbildung im Bereich der Hirnbasisarterien«, antwortete Gabriel ruhig. »Ihre Ärzte haben ihr gesagt, es sei inoperabel. Sie wusste, dass es nur eine Frage der Zeit war, wann eine tödliche Gehirnblutung auftreten würde. Sie hätte jeden Augenblick sterben können.«

»Deshalb hat sie draußen in der Wüste Selbstmord verübt, indem sie Kugeln aufgefangen hat, die für Sie bestimmt waren?«

»Nein«, sagte Gabriel. »Sie hat sich geopfert.« Er machte eine Pause, dann fügte er hinzu: »Für uns alle.«

Der Saudi sah wieder in sein Notizbuch. »Leider ist sie für unsere moderner eingestellten Frauen eine Art Märtyrerin geworden. Ihre philanthropischen Aktivitäten werden ausführlich diskutiert. Sie scheint eine Art Reformerin gewesen zu sein.«

»Haben Sie sie deshalb beseitigen lassen?«

Chalids Miene blieb ausdruckslos. »Frau al-Bakari ist von Raschid und Malik ermordet worden.«

»Richtig«, sagte Gabriel, »aber irgendjemand hat ihnen verraten, dass sie für uns gearbeitet hat.«

»Vielleicht hatten sie eine mit Ihrem Unternehmen vertraute Quelle.«

»Oder vielleicht hatten *Sie* eine«, widersprach Gabriel. »Vielleicht waren Raschid und Malik bloße Schachfiguren, die gut dazu benutzt werden konnten, eine ernste Gefahr für das Haus Saud zu beseitigen.«

»Das sind reine Vermutungen Ihrerseits.«

»Gewiss«, sagte Gabriel, »aber historisch schlüssige Annahmen. Immer wenn das Haus Saud sich bedroht fühlt, wendet es sich an die Bärtigen.«

»Die Bärtigen, wie Sie sie nennen, sind für uns eine größere Gefahr als für den Westen.«

»Wieso unterstützen Sie sie dann weiter? Seit dem 11. September ist über ein Jahrzehnt vergangen. Über ein *Jahrzehnt*«, wiederholte Gabriel, »und Saudi-Arabien finanziert nach wie vor Terroristen und sunnitische Extremisten. Dafür kann es nur eine Erklärung geben: Der Pakt mit dem Teufel ist erneuert worden. Das Haus Saud ist bereit, islamischen Terror zu übersehen, solange der heilige Zorn von den Ölfeldern weg nach außen gerichtet bleibt.«

»Wir sind nicht so blind, wie Sie glauben.«

»Ich habe durch eine auf saudischem Boden getroffene Vereinbarung eine sunnitische Terrorgruppe mit Dollarmillionen unterstützt.«

»Deswegen sitzen Sie jetzt hier.«

»Darf ich annehmen, dass Scheich bin Taijib dann auch irgendwo in diesem Gebäude einsitzt?«

Chalid lächelte unbehaglich, gab aber keine Antwort. Er stellte noch einige belanglose Fragen, dann war das Verhör beendet. Anschließend begleitete er Gabriel zu seiner Zelle zurück, was er noch nie getan hatte. Bevor er die Tür aufschloss, zögerte er. »Wie man hört, verfolgt der US-Präsident Ihren Fall mit größtem Interesse«, sagte er. »Daher vermute ich, dass Ihr Aufenthalt bei uns fast zu Ende ist.«

»Wann komme ich frei?«

»Mitternacht.«

»Wie spät ist's jetzt?«

Chalid der Falke grinste. »Fünf nach.«

Auf dem Feldbett in Gabriels Zelle lag frische Kleidung für ihn bereit. Chalid wartete draußen, bis er sich umgezogen hatte. Dann führte er Gabriel mehrere Treppen hinauf und auf einen Innenhof hinaus. Dort stand im Mondschein ein riesiger Geländewagen mit laufendem Motor. Das Fahrzeug war ebenso unverkennbar amerikanisch wie die vier Männer, die davor warteten. »In die Innentasche Ihres Sakkos habe ich zwei Dinge für Sie gesteckt«, sagte Chalid halblaut, als sie über den Hof gingen. »Zum einen die Kugel, die Nadias Körper durchschlagen und dann Sie selbst verletzt hat. Zum anderen eine Mitteilung für Adrian Carter. Betrachten Sie sie als eine Art Abschiedsgeschenk, das Ihnen helfen soll, sich an die hier verbrachte Zeit zu erinnern.«

»Was enthält sie?«

»Informationen, die ihm vielleicht nützen werden. Ich wäre Ihnen dankbar, wenn Sie meinen Namen dabei raushalten würden.«

»Taugen sie etwas?«

»Die Informationen? Da werden Sie mir einfach vertrauen müssen, fürchte ich.«

»Tut mir leid, aber dieses Wort kenne ich nicht.«

»Haben Sie denn gar nichts von ihr gelernt?« Chalid nickte zu dem Geländewagen hinüber. »An Ihrer Stelle würde ich schleunigst einsteigen. Sinneswandel sind bei Seiner Hoheit leider nicht selten.«

Gabriel schüttelte dem Saudi die Hand, dann überließ er sich den Amerikanern. Sie fuhren ihn in hohem Tempo zu einem Luftwaffenstützpunkt nördlich von Riad und brachten ihn eilig an Bord einer wartenden Gulfstream. Während des Fluges pumpte der mitfliegende Arzt der Agency Gabriels ausgezehrten Körper mit allen möglichen Flüssigkeiten voll und versorgte seine schlecht behandelte Schussverletzung. Dann ließ er Gabriel endlich schlafen. Er wurde von Albträumen über Nadias Tod gequält und schrak hoch, als die Maschine auf dem London City Airport aufsetzte. Als die Kabinentür sich öffnete, sah er Chiara und Schamron auf dem Vorfeld warten. Er vermutete, sie seien die beiden einzigen Menschen auf der Welt, die schlechter aussahen als er selbst.

68

Lizard-Halbinsel, Cornwall

Schamron richtete sich im Gästezimmer häuslich ein. Er erweckte den Eindruck, als wolle er auf Dauer bleiben. Der Albtraum im Leeren Viertel, erklärte er Chiara, habe ihm eine letzte Aufgabe beschert.

Der Alte ernannte sich zu Gabriels persönlichem Leibwächter, Arzt und Trauerberater. Er erteilte unaufgefordert Ratschläge und ertrug die Depressionen und Stimmungsschwankungen seines Patienten in stoischem Schweigen. Und er ließ Gabriel praktisch nicht aus den Augen. Er folgte ihm durch das Cottage, begleitete ihn auf Strandspaziergängen und kam sogar mit, wenn Gabriel zum Einkaufen ins Dorf ging. Den Ladenbesitzern erzählte Gabriel, Schamron sei sein Onkel aus Mailand. In der Öffentlichkeit sprach er nur Italienisch mit ihm, wovon Schamron kein Wort verstand.

Binnen Tagen nach Gabriels Rückkehr nach Cornwall wurde das Wetter regnerisch, was zur Stimmung aller passte. Chiara kochte üppige Mahlzeiten und beobachtete erleichtert, wie Gabriel etwas von dem Gewicht zurückgewann, das er in saudischer Haft verloren hatte. Sein emotionaler Zustand blieb jedoch unverändert. Er schlief wenig und schien außerstande zu sein, über die Ereignisse in der Wüste zu reden. Uzi Navot schickte einen Psychiater, um ihn untersuchen zu lassen. »Schuldgefühle«, sagte der Arzt, nachdem er eine Stunde allein mit Gabriel gesprochen hatte. »Schwere, tiefe, unaufhörliche Schuldgefühle. Er hat versprochen, sie zu beschützen, aber zuletzt hat er sie doch im Stich gelassen. Er mag Frauen nicht enttäuschen.«

»Was können wir tun?«, fragte Chiara.

»Geben Sie ihm Zeit und Spielraum«, sagte der Arzt. »Und verlangen Sie vorerst nicht zu viel von ihm.«

»Ich weiß nicht recht, ob Aris Nähe gut für ihn ist.«

»Dann viel Glück bei dem Versuch, ihn zu vertreiben«, sagte der Arzt. »Gabriel wird irgendwann wieder gesund, bei dem Alten ist das weniger wahrscheinlich. Lassen Sie ihn hier, so lange er will. Er wird wissen, wenn es Zeit ist zu gehen.«

Für Gabriel gab es keinen geregelten Tagesablauf. Weil er nachts keinen Schlaf fand, schlief er tagsüber, wenn sein Gewissen es erlaubte. Er war sichtlich bedrückt, er starrte in den Regen und aufs Meer hinaus, er machte Spaziergänge in der Bucht. Manchmal saß er auf der Veranda und zeichnete mit Kohlestift auf Papier. Alle diese Skizzen betrafen ihr letztes Unternehmen. Viele stellten Nadia dar. Chiara, die sich deswegen Sorgen machte, fotografierte die Skizzen heimlich und mailte die Bilder dem Psychiater, um sie von ihm begutachten zu lassen. »Er ist sein eigener bester Therapeut«, schrieb ihr der Arzt beruhigend zurück. »Lassen Sie ihm Zeit, allein damit klarzukommen.«

Nadia al-Bakari war ständig unter ihnen. Sie versuchten gar nicht erst, sie auszusperren. Selbst wenn sie's versucht hätten, die Ereignisse in der arabischen Welt hätten diese Bemühungen zerstört. Von Marokko bis zu den Emiraten flammten neue Unruhen auf. Diesmal schienen selbst die alten sunnitischen Monarchien verwundbar zu sein. Durch Nadias brutale Ermordung aufgestachelt gingen Zehntausende von arabischen Frauen auf die Straßen. Nadia war ihre Märtyrerin und Schutzheilige. Sie skandierten ihren Namen und hielten Tafeln mit ihrem Foto hoch. Und in krasser Verkennung von Nadias Zielen und Überzeugungen sagten manche von ihnen, auch sie wollten als Märtyrerinnen sterben.

Die Bewahrer der alten Ordnung versuchten, Nadia al-Bakari als israelische Spionin und Provokateurin zu diffamieren. Aber wegen Gabriels Geständnis, das im Internet und im panarabischen Fernsehen ständig wiederholt wurde, fanden diese Vorwürfe gegen Nadia wenig Glauben. Noch mehr zu einer Kultfigur wurde sie, als Zoe Reed von CNBC eine ganze Ausgabe ihrer zur besten Zeit ausgestrahlten Sendung dem postumen Einfluss Nadias auf den Arabischen Frühling widmete. In dieser Sendung schilderte Zoe erstmals mehrere private Treffen mit der saudischen Milliardärin, bei denen Nadia zugegeben hatte, reformwillige Organisationen in der arabischen und islamischen Welt heimlich mit vielen Millionen Dollar unterstützt zu haben. Außerdem klagte die Sendung die saudi-arabischen Geheimdienste an, mit Nadia al-Bakaris Mördern gemeinsame Sache gemacht zu haben – eine Beschuldigung, auf die das Haus Saud mit einem sofortigen Dementi und der üblichen Drohung reagierte, dem Westen den Ölhahn zuzudrehen. Aber sie wurden diesmal von keinem sonderlich ernst genommen. Wie alle Regime der arabischen Welt kämpfte das Königshaus nur mehr ums bloße Überleben.

Inzwischen war es Juni, und die Amerikaner forderten immer energischer eine Aufarbeitung des Unternehmens. Chiara legte streng begrenzte Zeiten für Gabriels Befragung fest: zwei Stunden vormittags, zwei Stunden am Spätnachmittag, insgesamt drei Tage. Die angeblichen amerikanischen Touristen wohnten in einer grässlichen kleinen Frühstückspension in Helston, die Gabriel selbst ausgesucht hatte. Die Besprechungen fanden an seinem Esstisch statt. Schamron saß dabei neben Gabriel wie ein Rechtsanwalt während einer Aussage seines Mandanten. Er setzte auch durch, dass kein Tonbandgerät mitlief.

Chiara hatte befürchtet, die Befragung werde Wunden aufreißen, die eben erst zu heilen begannen. Stattdessen erwies sie sich als genau die Art Therapie, die Gabriel so dringend brauchte. Alles wurde ganz sachlich abgewickelt. Die Amerikaner stellten ihre Fragen trocken wie Polizisten, die wegen eines Blechschadens ermitteln, und Gabriel antwortete auf gleiche Weise. Erst als die Befrager ihn aufforderten, Nadia al-Bakaris Tod zu schildern, brach ihm die Stimme. Als Schamron darum bat, das Thema zu wechseln, legte einer der Amerikaner Gabriel das Foto eines jungen Saudi-Arabers hin, der vor nicht allzu langer Zeit ein Wiedereingliederungsprogramm für Terroristen absolviert hatte.

»Erkennen Sie ihn wieder?«

»Ja«, sagte Gabriel. »Er ist der Mann, der Malik und die anderen erschossen hat.«

»Er heißt Ali al-Masri«, sagte ein anderer Amerikaner.

»Wo ist er jetzt?«

»Er lebt unauffällig in Dschidda. Hat sich offenbar von Scheich bin Taijib losgesagt und die dschihadistische Bewegung endgültig verlassen. Seine Frau hat gerade ein kleines Mädchen zur Welt gebracht.«

»Hanan«, sagte Gabriel. »Die Kleine heißt Hanan.«

Damit war die letzte Sitzung beendet. An diesem Abend hob Chiara ihr Fernsehverbot beim Abendessen auf, damit sie zusehen konnten, wie die arabische Welt aus den Fugen geriet. Die Regime in Syrien und Jordanien wankten, und es gab Berichte, die saudi-arabische Nationalgarde habe in Riad und Dschidda auf Demonstranten geschossen, wobei es Dutzende von Toten gegeben habe. Für diese Unruhen machte Prinz Nabil, der mächtige saudische Innenminister, das schiitische Regime im Iran und Gefolgsleute von Nadia al-Bakari verantwortlich. Seine Äußerungen hatten die unbeabsichtigte Wirkung, Nadias Ansehen bei den Demonstranten auf neue Höhen zu heben.

Am folgenden Morgen wurde Nadia al-Bakari postum zu einer Heldin der Kunstwelt, als das Museum of Modern Art in New York bekannt gab, es habe ihre bedeutende Kunstsammlung als Stiftung erhalten. Als Gegenleistung für die Sammlung, deren Wert auf mindestens fünf Milliarden Dollar geschätzt wurde, hatte das MoMA Nadias Nachlassverwaltern zugestanden, die erste Kuratorin bestimmen zu dürfen. Als diese das Podium betrat, um sich erstmals den Fragen der New Yorker Presse zu stellen, atmete die Kunstwelt hörbar erleichtert auf. Auch wenn nicht viel über Sarah Bancroft bekannt war, war sie doch wenigstens vom Fach.

Am Tag darauf rief sie Chiara an. Sie hatte von Adrian Carter gehört, Gabriels Genesung mache nur zögernd Fortschritte, und wollte daher etwas vorschlagen, das vielleicht nützlich sein konnte. Eine Auftragsarbeit. Chiara nahm den Auftrag an, ohne sich die Mühe zu machen, erst Gabriel zu fragen. Sie wollte nur die Maße und den Termin wissen. Die Maße waren groß. Der Termin war knapp. Gabriel würde nur zwei Monate Zeit haben. Aber das machte Chiara keine Sorge, ihr Mann hatte einmal einen Tizian in nur wenigen Tagen neu aufgezogen und restauriert. Dagegen waren zwei Monate eine Ewigkeit. Am folgenden Morgen begann Gabriel damit, dass er einen selbst gefertigten Keilrahmen mit weißer Leinwand bespannte. Dann setzte er Chiara an ein Ende des Sofas und arrangierte ihre Arme und Beine wie die einer hölzernen Gliederpuppe, bis sie genau dem Bild in seiner Erinnerung entsprachen. Eine Woche lang machte er nur Skizzen auf Papier. Erst als er mit ihnen zufrieden war, begann er zu malen.

Die Hochsommertage waren sehr lang. Das Porträt verlieh ihnen Struktur und Zweck. Gabriel arbeitete vormittags einige Stunden lang, machte am Mittag eine lange Pause, um zu essen und an den Strand zu gehen, und malte dann wieder bis zum Abendessen. Obwohl ihm das höchst unangenehm war, behielt Schamron ihn ständig im Auge. Auch Chiara beobachtete ihn – aber aus der Ferne. Genau wie sie gehofft hatte, bestätigte der Auftrag sich als Gabriels Rettung. Es gab Leute, die Trauerarbeit leisteten, indem sie mit einem Therapeuten sprachen, während andere sich gedrängt fühlten, darüber zu schreiben. Aber für Gabriel war Öl auf Leinwand schon immer ein heilender Balsam gewesen, genau wie es vor ihm schon bei seiner Mutter gewirkt hatte. An der Staffelei stehend hatte er alles im Griff. Fehler ließen sich mit wenigen Pinselstrichen korrigieren oder mit einer neuen Farbschicht überdecken. Niemand blutete. Keiner starb. Niemand suchte Rache. Es gab nur Schönheit und Wahrheit, wie er selbst sie sah.

Gabriel arbeitete ohne Vorzeichnung und mit einer Palette, welche die Farben widerspiegelte, wie er sie im Leeren Viertel gesehen hatte. Indem er die penible Handwerkskunst der Altmeister mit der Freiheit der Impressionisten verband, entwickelte er einen Stil, der klassisch und modern zugleich war. Er hängte ihr Perlen um den Hals und schmückte ihre Hände mit Gold und Brillanten. Vor ihren nackten Füßen lagen Orchideen. Mehrere Tage lang kämpfte er mit dem Hintergrund. Zuletzt entschied er sich dafür, sie aus einem Dunkel à la Caravaggio aufsteigen zu lassen. Oder versank sie in Wirklichkeit darin? Darüber würden die Proteste auf den Straßen der arabischen Welt entscheiden.

Trotz der anstrengenden Arbeit besserte Gabriels körperliche Verfassung sich merklich. Er nahm zu. Er schlief besser. Die Schmerzen von seiner Verwundung ließen nach. Bald fühlte er sich wieder stark genug, um auf die Klippen zurückzukehren. Er wanderte jeden Tag ein kleines Stück weiter, sodass Schamron nichts anderes übrig blieb, als ihn aus der Ferne zu beobachten. Die Laune des Alten trübte sich ein, während er zusehen musste, wie Gabriel ihm allmählich entglitt. Ihm war bewusst, dass es Zeit wurde, Cornwall zu verlassen. Er wusste nur nicht, wie er den Absprung finden sollte. Chiara versuchte unauffällig, irgendeine Krise zu arrangieren, die seine Rückkehr an den King Saul Boulevard erfordern würde. Als das nicht klappte, blieb ihr nichts anderes übrig, als sich Hilfe suchend an Gilah zu wenden, die Schamrons lange Abwesenheit jedoch zu genießen schien. Widerstrebend bestimmte sie, ihr Mann dürfe nur in Cornwall bleiben, bis das Porträt fertiggestellt sei. Dann müsse er heimkommen.

So beobachtete Schamron mit bösen Vorahnungen, wie Nadia al-Bakari langsam auf der Leinwand zum Leben erwachte. Als ihr Porträt sich der Fertigstellung näherte, arbeitete Gabriel fleißiger denn je. Trotzdem schien er sich innerlich dagegen zu sträuben, die Arbeit abzuschließen. Befallen von einer völlig untypischen Unschlüssigkeit, nahm er unzählige kleine Korrekturen in Form von winzigen Ergänzungen und Übermalungen vor. Schamron genoss insgeheim Gabriels offenkundige Unfähigkeit, das fertige Porträt aus den Händen zu geben. Jeder Tag, an dem Gabriel die Fertigstellung hinausschob, war ein weiterer Tag, den Schamron mit ihm verbringen konnte.

Irgendwann hörten die Nacharbeiten jedoch auf, und Gabriel begann, Frieden mit seinem Werk zu schließen. Nicht nur mit Nadia al-Bakari, sondern mit allem. Schamron sah, wie der Schatten des Todes allmählich von Gabriels Gesicht wich. Und als er Ende August an einem klaren Morgen das provisorische Atelier betrat, sah er dort eine Gestalt, die verblüffende Ähnlichkeit mit dem begabten jungen Mann hatte, den er im Herbst des Schreckensjahres 1972 aus der Kunst- und Designakademie Bezalel in Jerusalem entführt hatte. Nur Gabriels Haar hatte sich verändert.

Damals war es so schwarz wie Nadias gewesen. Jetzt war es an den Schläfen grau meliert – Aschespuren am Fürsten des Feuers.

Gabriel stand vor der Staffelei, umfasste mit einer Hand sein Kinn und hielt den Kopf leicht zur Seite geneigt. Nadia leuchtete im grellweißen Licht der starken Halogenlampen. Das Porträt zeigte eine unverschleierte Frau. Es war das Porträt einer Märtyrerin. Das Porträt einer Spionin.

Schamron beobachtete Gabriel mehrere Minuten lang schweigend. Schließlich fragte er: »Ist es fertig, mein Sohn?«

»Ja, Abba«, antwortete Gabriel nach kurzer Pause. »Ich denke, es ist fertig.«

Die Spediteure kamen am nächsten Morgen. Als Gabriel von seiner Wanderung über die Klippen zurückkam, war Schamron fort. So sei es besser, erklärte er Chiara, bevor er das Haus verließ. Das Letzte, was Gabriel jetzt brauchen könne, sei eine weitere emotionale Szene.

69

NEW YORK CITY

Es war Sarah Bancrofts Idee, die Eröffnungsgala für den Nadia-al-Bakari-Flügel am Jahrestag des 11. Septembers 2001 stattfinden zu lassen. Der Leiter der New Yorker Task Force gegen Terrorismus gab zu bedenken, angesichts der Unruhen im Nahen Osten sei es vielleicht klüger, ein weniger symbolisches Datum zu wählen, aber Sarah beharrte auf ihrer Entscheidung. Die Gala würde am Abend des 11. Septembers stattfinden. Und falls die Task Force sich außerstande sah, für ihre Sicherheit zu garantieren, kannte Sarah Leute, die das sehr wohl leisten konnten.

Die Demonstranten kamen früh zu der Party und blockierten die West Fifty-third Street zu Tausenden. Die meisten von ihnen waren Feministinnen und Menschenrechtsaktivisten, die Nadias Forderung nach umwälzenden Veränderungen im Nahen Osten unterstützten, aber aus Brooklyn und New Jersey waren auch ein paar wild dreinschauende Dschihadisten gekommen, die Nadia als Ketzerin anprangerten. Niemand schien Gabriel und Chiara zu beachten, als sie aus einem Escalade stiegen und im Museum verschwanden. Ein Wachmann begleitete sie in den Verwaltungstrakt hinauf, wo sie Sarah trafen, die gerade mit dem Reißverschluss ihres Abendkleids kämpfte. Überall lagen große Stapel der offiziellen MoMA-Monografie über die Nadia al-Bakari Collection. Das von Gabriel gemalte Porträt schmückte die Vorderseite des Umschlags.

»Du hast uns schwer unter Termindruck gesetzt«, sagte

Sarah, als sie ihn auf die Wange küsste. »Beinahe hätten wir einen Ersatzumschlag nehmen müssen.«

»Die abschließenden Details sind mir schwergefallen.« Gabriel sah sich in dem großen Büro um. »Nicht schlecht für eine ehemalige Kuratorin der Phillips Collection. Hoffentlich erfahren deine Kollegen nie von dem kleinen Forschungsurlaub, den du nach deinem Ausscheiden bei Isherwood Fine Arts in London gemacht hast.«

»Sie glauben, dass ich mich einige Jahre lang privat in Europa fortgebildet habe. Diese Lücke in meiner Biografie scheint meinen Reiz nur gesteigert zu haben.«

»Irgendetwas sagt mir, dass auch dein Liebesleben sich zum Besseren wenden wird.« Er begutachtete ihr Kleid. »Vor allem nach diesem Abend.«

»Das Kleid ist von Givenchy. Es war sündhaft teuer.«

»Es ist schön«, sagte Chiara, die Sarah mit dem Reißverschluss half, »und du bist's auch.«

»Komisch, wie anders die Welt aussieht, wenn man nicht in einem dunklen Raum in Langley sitzt und die Bewegungen von Terroristen verfolgt.«

»Vergiss nur nicht, dass sie dort draußen sind«, sagte Gabriel. »Oder dass einige von ihnen deinen Namen kennen.«

»Ich vermute mal, dass ich die am besten bewachte Museumskuratorin der Welt bin.«

»Wer ist dafür zuständig?«

»Weiterhin die Agency«, sagte Sarah, »mit Unterstützung der Task Force. Bei der bin ich im Augenblick nicht sonderlich gut angeschrieben, fürchte ich. Bei Adrian übrigens auch nicht. Er versucht, irgendeine Möglichkeit zu finden, mich auf seiner Gehaltsliste zu behalten.«

»Wie geht es ihm?«

»Viel besser, seit James McKenna das Weiße Haus verlassen hat.«

»Ist er weich gelandet?«

»Die Gerüchteküche will wissen, dass er Leiter des Friedensinstituts wird.«

»Bestimmt der ideale Job für ihn.« Gabriel griff nach einer Monografie und begutachtete den Umschlag.

»Möchtest du die Sammlung sehen, bevor die Gäste kommen?«

Er sah zu Chiara hinüber. »Geh nur«, sagte sie. »Ich warte hier.«

Sarah ging mit ihm nach unten zum Eingang des Nadia-al-Bakari-Flügels. Das Personal des Caterers arrangierte Tabletts mit Kanapees und fing schon an, Champagnerflaschen zu öffnen. Gabriel ging zu Nadias Porträt hinüber und las die biografischen Angaben auf der daneben angebrachten Plakette. Die Umstände ihres Todes waren bewusst schwammig formuliert. Ihr Vater wurde nur nebenbei erwähnt.

»Es ist noch nicht zu spät«, sagte Sarah.

»Wofür?«

»Das Porträt zu signieren.«

»Ich habe tatsächlich darüber nachgedacht.«

»Und?«

»Ich bin noch nicht bereit, ein normaler Mensch zu sein. Noch nicht.«

»Ich vermutlich auch nicht. Aber irgendwann ...« Sie brachte den Satz nicht zu Ende. »Komm«, sagte sie und führte ihn durch einen Bogen. »Alles andere muss man gesehen haben, um es zu glauben. Für einen Terroristen hatte unser alter Freund Zizi bemerkenswert viel Geschmack.«

Sie gingen allein durch Säle voller Gemälde – Sarah in ihrem Abendkleid, Gabriel in seinem Smoking. Bei anderer Gelegenheit hätte dies ein Rollenspiel in einem von Gabriels Unternehmen sein können. Nicht jedoch heute. Mit Nadias Hilfe hatte er Sarah – zumindest vorläufig – in die Welt zurückgebracht, aus der er sie geholt hatte.

»Das sind längst nicht alle«, sagte sie und deutete auf eine Wand mit Gemälden von Monet, Renoir, Degas und Sisley. »Wir besitzen noch viel mehr. Wir können jedoch nur ungefähr ein Viertel der Bilder zeigen, die Nadia uns geschenkt hat. Wir führen schon Verhandlungen, um Teile der Sammlung an Museen in aller Welt auszuleihen. Ich glaube, dass Nadia das gefallen hätte.«

Sie betraten einen kleineren Saal mit Gemälden von Egon Schiele. Sarah ging auf das Porträt eines jungen Mannes zu, der vage Ähnlichkeit mit Michail hatte. »Ich hatte dich gebeten, nicht mit ihm über mich zu reden«, sagte sie über die Schulter hinweg zu Gabriel. »Das hättest du wirklich nicht tun sollen.«

»Tut mir leid, aber ich habe keine Ahnung, wovon du redest.«

»Du bist einer der besten Lügner, die ich kenne, aber Menschen, die du magst, hast du noch nie belügen können. Vor allem Frauen nicht.«

»Warum hast du ihn heute Abend nicht eingeladen?«

»Und wie sollte ich ihn vorstellen?«, fragte Sarah. »Ich möchte Sie mit meinem Freund Michail Abramow bekannt machen. Michail ist Berufskiller im israelischen Geheimdienst. Er hat mitgeholfen, den Mann zu ermorden, der den Grundstock zu dieser Sammlung gelegt hat. Wir haben bei mehreren Unternehmen zusammengearbeitet. Für mich war das eine sehr interessante Zeit.« Sie sah nochmals zu Gabriel hinüber. »Siehst du, was ich meine?«

»Solche Probleme lassen sich lösen, Sarah, aber nur, wenn man willens ist, sich die Mühe zu machen.«

»Das bin ich weiterhin.«

»Weiß er das?«

»Er weiß es.« Sie wandte sich von dem Gemälde ab und berührte Gabriels Wange. »Wieso habe ich dieses schreckliche Gefühl, dass ich dich nie wiedersehen werde?«

»Schick mir ab und zu ein Gemälde zum Reinigen.«

»Ich kann mir dich nicht leisten.«

Sarah warf einen Blick auf ihre Uhr – die Armbanduhr, die Nadia getragen hatte, als sie entführt worden war. Sie ging noch immer drei Minuten vor.

»Ich muss meine Rede noch mal durchgehen, bevor die Gäste kommen«, sagte sie. »Möchtest du heute Abend auch ein paar Worte sprechen?«

»Lieber gehe ich in meine Zelle in Riad zurück.«

»Ich weiß noch immer nicht genau, was ich über sie sagen werde.«

»Sag die Wahrheit«, empfahl Gabriel ihr. »Nur nicht die ganze.«

Punkt neunzehn Uhr strömte die Kunstwelt in all ihrer Verrücktheit und Überdrehtheit in den Nadia-al-Bakari-Flügel des Museums of Modern Art. Gabriel und Chiara blieben nur wenige Minuten auf dem Cocktailempfang, bevor sie sich auf die Empore über dem Atrium zurückzogen, um sich von dort aus die Reden anzuhören. Sarah sprach als Letzte. Irgendwie gelang ihr genau die Gratwanderung auf der schmalen Linie zwischen den Tatsachen und einer erfundenen Geschichte. Ihre Rede war teils Laudatio, teils Aufruf, Nadias Kampf fortzusetzen. Sie habe der Welt mehr als nur ihre Gemäldesammlung geschenkt, sagte Sarah. Sie habe ihr Leben geopfert. Ihr Leichnam ruhe im Nedschd in einem namenlosen Grab, aber diese Ausstellung werde ihr Grabmal sein. Während die Kunstwelt diesen Gedanken bejubelte, vibrierte Gabriels Blackberry in der Innentasche seines Smokingjacketts. Er zog sich in eine stille Ecke zurück, um den Anruf entgegenzunehmen, und kehrte dann an Chiaras Seite zurück.

»Wer war das?«, fragte sie.

»Adrian.«

»Was wollte er?«
»Er will, dass wir nach Langley kommen.«
»Wann?«
»Sofort.«

70

Langley, Virginia

Raschid al-Husseini war Carters Verhängnis gewesen – Carters brillante Idee, die gründlich schiefgegangen war. Gabriel hatte die schlimmsten Folgen beseitigt. Chalid der Falke hatte Carter mit seinem von Gabriel überbrachten Abschiedsgeschenk ein Mittel geliefert, den Rest zu bereinigen.

Dieses Mittel war ein junger saudischer *Dschihadi* namens Jussuf. Langley und die NSA hörten seit einigen Monaten sein Telefon ab. In letzter Zeit gehörte Jussuf zu Raschids wichtigsten Kurieren. Raschid übergab ihm verschlüsselte Mitteilungen, die Jussuf dann Adressaten in aller Welt überbrachte. An diesem Abend erwartete Jussuf einen Anruf von einem Mann in Deutschland, den er für den Kopf einer neuen Zelle in Hamburg hielt. In Wirklichkeit gab es jedoch keine neue Zelle in Hamburg. Carter und das Team in Raschidistan hatten sie erfunden.

»Er sitzt auf dem Beifahrersitz dieses Daihatsus«, sagte Carter und nickte zu einem der Großbildschirme des Operationszentrums Raschidistan hinüber. »Im Augenblick sind sie im Jemen auf einer einsamen Straße im Rafadh-Tal unterwegs. Vor ungefähr einer Stunde haben sie zwei weitere Männer aufgenommen. Wir vermuten, dass einer von ihnen Raschid ist. In zehn Minuten ruft unser angeblicher Zellenleiter aus Hamburg an. Wir haben ihn angewiesen, Jussuf in ein möglichst langes Gespräch zu verwickeln. Haben wir Glück, sagt auch Raschid etwas, während telefoniert wird. Wie Sie wissen, ist Raschid ziemlich redselig. Damit hat er seine Führungsoffiziere bei der Agency zum Wahnsinn getrieben. Er kann seine verdammte Klappe einfach nicht halten.«

»Wer entscheidet, ob geschossen wird?«, fragte Gabriel.

»Die NSA informiert mich, sobald im Hintergrund weitere Stimmen zu hören sind – und ob es eine eindeutige Zuordnung gibt. Zeigt die Computeranalyse, dass Raschid mit im Auto sitzt, schießen wir es ab. Bleibt jedoch der geringste Zweifel, lassen wir es weiterfahren. Schließlich wollen wir Jussuf auf keinen Fall liquidieren, bevor er uns zu Raschid führen kann.«

»Ich möchte zuhören«, sagte Gabriel.

»Dazu sind Sie hier.«

Gabriel setzte sich einen Kopfhörer auf. Die zehn Minuten verstrichen langsam. Dann rief der Agent aus Hamburg an. Die beiden Männer begannen ein Gespräch auf Arabisch. Gabriel blendete das Gesagte jedoch aus. Die beiden waren unwichtig. Sie bildeten nur eine Tür zu einem Mann mit wunderbar verführerischer Beredsamkeit. *Sprich mit mir,* dachte Gabriel. *Erzähl mir etwas Wichtiges, auch wenn's nur eine deiner vielen Lügen ist.*

Jussuf und der angebliche Zellenleiter in Hamburg redeten noch immer miteinander, aber ihr Gespräch würde offenbar nicht mehr allzu lange weiterlaufen. Außer dem Rumpeln des Geländewagens auf der mit Schlaglöchern übersäten Straße hatte es bisher keinerlei Hintergrundgeräusche gegeben. Aber zuletzt hörte Gabriel, worauf er gewartet hatte: eine hingeworfene Bemerkung, nicht mehr. Er machte sich nicht die Mühe, sie in Gedanken zu übersetzen, er horchte nur auf Tonfall und Klangfarbe der Stimme. Einer Stimme, die er gut kannte. Es war die Stimme, die ihn im Leeren Viertel zum Tode verurteilt hatte.

Wollen Sie sich zum Islam bekehren und Muslim werden?

Gabriel wandte sich Adrian Carter zu, der nervös mit jemandem bei der NSA telefonierte. Gabriel hätte am liebsten gefragt, worauf sie noch warteten, aber er kannte die Antwort. Sie warteten darauf, dass die Computer bestätigten, was er bereits wusste – dass die Stimme im Hintergrund Raschid gehörte. Er beobachtete, wie der Geländewagen die Landstraße im Jemen entlangraste, und hörte zu, wie die beiden Dschihadisten, einer echt, der andere eine clevere Fälschung, ihr Gespräch beendeten. Dann knallte Carter in einem für ihn ganz untypischen Wutanfall den Telefonhörer auf die Gabel. »Sorry, dass ich Sie vergebens habe kommen lassen«, sagte er. »Vielleicht nächstes Mal.«

»Es wird kein nächstes Mal geben, Adrian.«

»Wieso nicht?«

»Weil hier und jetzt Schluss gemacht wird.«

Carter zögerte. »Lasse ich die Predator jetzt schießen«, sagte er, »sterben vier Menschen, darunter auch Jussuf.«

»In diesem Auto sitzen vier Terroristen«, sagte Gabriel. »Und einer von ihnen ist Raschid al-Husseini.«

»Wissen Sie das bestimmt?«

»Schießen Sie, Adrian.«

Carter griff nach dem Telefon, das ihn mit dem Predator-Kontrollzentrum verband, aber Gabriel legte ihm eine Hand auf den Arm.

»Was ist los?«, fragte Carter.

»Nichts«, sagte Gabriel. »Sie sollen nur noch einen Augenblick warten.«

Er starrte die Wanduhr an. Dreißig Sekunden später nickte er und sagte: »Jetzt!« Carter gab den Befehl weiter, und der Daihatsu verschwand in einem weißen Lichtblitz. Einige Angehörige des Raschidistan-Teams begannen zu applaudieren, aber Carter saß mit den Händen vor dem Gesicht da, ohne etwas zu sagen.

»Das habe ich schon hundertmal gemacht«, sagte er nach

längerer Pause, »aber mir wird jedes Mal wieder schlecht dabei.«

»Er hatte den Tod verdient – allein schon wegen Nadia.«

»Wieso fühle ich mich dann so schlecht?«

»Weil das Ende niemals sauber oder clever oder zukunftsorientiert ist, auch wenn man den Schießbefehl in einem Raum auf der anderen Seite der Welt erteilt.«

»Wieso haben Sie mich warten lassen?«

»Sehen Sie sich die Zeit im Jemen an.«

Die Lenkwaffe war um 10.03 Uhr Ortszeit detoniert – in der Minute, in der United Airlines Flight 93 auf einem Feld bei Shanksville, Pennsylvania, aufgeschlagen war, statt wie vermutlich beabsichtigt die Kuppel des Kapitols in Washington, D.C., zu treffen. Carter sagte nichts mehr. Seine rechte Hand zitterte.

Danach war nur noch eine letzte Frage offen. Letztendlich wurde sie geklärt durch eine simple geschäftliche Transaktion: fünf Millionen Dollar für einen Namen. Geliefert wurde er von Faisal Qahtani, Schamrons altem Informanten in der saudischen GID. Passenderweise wurden die fünf Millionen auf ein Konto bei der Filiale Zürich der TransArabian Bank überwiesen.

Sie stellten die Zielperson unter Beobachtung und debattierten wochenlang darüber, was mit ihr geschehen solle. Aus dem fernen Tiberias am See Genezareth kam Schamrons Anweisung, nur eine biblische Strafe sei angemessen. Aber Uzi Navot konnte sich gegen ihn durchsetzen, was seinen wachsenden Einfluss bewies. Gabriel hatte fast sein Leben dafür geopfert, das Verhältnis zu den Amerikanern wieder zu verbessern, und Navot dachte nicht daran, dieses Kapital durch ein unkluges Geheimunternehmen im Herzen der US-Hauptstadt zu verschleudern. Außerdem, sagte er, würde der King Saul Boulevard seinen eigenen Wert noch mehr steigern, wenn er den Amerikanern den Namen eines Verräters nannte.

Navot wartete bis zu seinem nächsten offiziellen Besuch in Washington, bevor er Adrian Carter den Namen zuflüsterte. Als Gegenleistung wollte er nur eine Bitte erfüllt haben, was Carter ihm sofort zugestand. Er sagte, das sei das Mindeste, was sie tun könnten.

FBI-Agenten übernahmen die Überwachung des Verdächtigen und machten sich daran, aufgezeichnete Telefongespräche, Kreditkartenunterlagen und PC-Festplatten auszuwerten. Schon bald hatten sie mehr als genug Belastungsmaterial zusammengetragen, um den nächsten Schritt zu tun. Sie entsandten ein Flugzeug nach Cornwall. Dann brachten sie am Pfahl eines braunen Holzschilds am Mac-Arthur Boulevard eine Kreidemarkierung an und warteten.

Die Kreidemarkierung hatte Kreuzform. Das machte Ellis Coyle neugierig, denn dies war das erste Mal, dass sie benutzt worden war. Sie bedeutete, dass sein Führungsoffizier dringend auf einem sofortigen Treff bestand. Der war riskant – jeder direkte Kontakt zwischen Spion und Agentenführer war potenziell gefährlich –, aber zugleich stellte er eine seltene Gelegenheit dar.

Coyle rieb die Markierung mit der Schuhspitze weg und betrat mit Lucy, die gehorsam bei Fuß blieb, den Battery Kemble Park. Heute blieb der Neufundländer angeleint, weil Coyle sich nicht traute, ihn von der Leine zu lassen. Erst vor Kurzem hatte eine verbitterte Witwe aus Spring Valley ihn zur Rede gestellt, weil er Lucys Hinterlassenschaft nicht aufgesammelt hatte. Sie hatte ihm mit einer Beschwerde bei der Parkverwaltung, vielleicht sogar einer Anzeige bei der Polizei gedroht. Das Letzte, was Coyle brauchen konnte, waren Scherereien mit der Polizei – nicht jetzt, nur wenige Wochen vor seinem Eintritt in den Ruhestand. Er gelobte

Besserung und begann heimlich zu planen, wie er den widerlichen kleinen Kläffer der Witwe vergiften würde.

Es war kurz nach einundzwanzig Uhr, und die Lichtung am Ende des Pfades lag in anbrechender Dunkelheit. Ein Blick zu den Picknicktischen hinüber zeigte Coyle die schwarze Silhouette eines Mannes, der dort allein saß. Er machte mit Lucy einen Rundgang um die Lichtung, überzeugte sich davon, dass sie nicht beobachtet wurden, und ging erst dann zu dem Mann hinüber. Erst aus zwei bis drei Metern Entfernung erkannte er, dass dies nicht sein gewohnter Führungsoffizier aus dem saudi-arabischen Geheimdienst war. Er hatte graue Schläfen und grüne Augen, die im Dunkeln zu leuchten schienen. Den Neufundländer musterte er mit einem Blick, der Coyle einen kalten Schauder über den Rücken jagte.

»Entschuldigung«, sagte Coyle. »Ich habe Sie mit jemand anderem verwechselt.«

Er wandte sich ab, um zu gehen. Der Mann sprach ihn von hinten an.

»Für wen haben Sie mich denn gehalten?«

Coyle drehte sich um. Der Mann mit den grünen Augen hatte sich nicht bewegt.

»Wer sind Sie?«, fragte Coyle.

»Ich bin der, den Sie wie auch zuvor schon Nadia al-Bakari für dreißig Silberlinge an den saudischen Geheimdienst verkauft haben. Hätte ich allein zu entscheiden, würde ich Sie dafür umlegen. Aber heute Abend haben Sie Glück, Ellis.«

»Was wollen Sie?«

»Ich will Ihren Gesichtsausdruck beobachten, während man Ihnen Handschellen anlegt.«

Coyle wich erschrocken einen Schritt zurück und sah sich ängstlich um. Der Mann an dem Tisch lächelte schwach.

»Ich habe mich gefragt, ob Sie Ihr Los so würdevoll akzeptieren würden wie Nadia ihres. Diese Frage ist jetzt beantwortet, denke ich.«

Coyle ließ Lucys Leine fallen und wollte flüchten, aber er wurde sofort von FBI-Agenten überwältigt. Gabriel blieb im Park, bis Coyle abtransportiert war, und ging dann zum MacArthur Boulevard hinunter. Am folgenden Tag spätnachmittags war er zurück in Cornwall.

71

Lizard-Halbinsel, Cornwall

Er war ein anderer Mensch, als er aus Amerika zurückkam, das konnten sie alle sehen. Die Wunden waren geheilt, der Bann war gebrochen, und an welchem Übel er auch gelitten hatte, es schien sich endlich verflüchtigt zu haben. Nachdem Vera Hobbs ihm an einem regnerischen Morgen vor der alten Feuersteinkirche begegnet war, bezeichnete sie ihn als vollständig restauriert und fertig zum Einrahmen. Aber wem hatte er die Restaurierung anvertraut? »Unser geheimnisvoller Freund aus der Bucht ist niemand, der sich anderen anvertraut«, erwiderte Dottie Cox. »Ich vermute mal, dass er sich auf eine Staffelei gestellt und die Arbeit eigenhändig ausgeführt hat. Deshalb ist sie so gut gelungen.«

Unterdessen war es wieder Spätherbst, und die Tage kurz: ein paar Stunden blässlicher Sonnenschein zwischen endlos langer Nacht. Sie sahen ihn vormittags, wenn er zum Einkaufen ins Dorf kam, und dann wieder nachmittags, wenn er allein über die Klippen wanderte. Von ernsthafter Arbeit war nichts zu sehen. Manchmal sahen sie ihn mit einem Skizzenbuch auf den Knien in seiner Veranda sitzen, aber die Staffelei in seinem Atelier blieb leer. Dottie fürchtete, er sei einer momentanen Antriebslosigkeit verfallen, aber Vera erklärte sich den Zustand anders. »Er ist erstmals im Leben glücklich«, sagte sie. »Jetzt fehlen seiner wunderbaren Frau und ihm nur noch ein paar Kinderchen.«

Eigenartigerweise schien es jetzt Mrs. Rossi zu sein, die ruhelos wirkte. Obwohl sie sich weiterhin freundlich und höflich verhielt, merkte man ihr an, dass sie den bevorstehenden Winter fürchtete. Sie beschäftigte sich damit, komplizierte Gerichte zu kochen, von denen die gesamte Bucht nach Rosmarin und Knoblauch und Tomaten duftete. Machte man an genau der richtigen Stelle halt, wenn im Haus die Fenster offen standen, konnte man sie mit ihrer sinnlichen Stimme italienische Lieder singen hören. Die Melodien waren unverkennbar traurig. Duncan Reynolds diagnostizierte einen Lagerkoller und schlug vor, die Frauen sollten sie zu einer Girls-only Night im Godolphin Arms einladen. Das versuchten sie. Die Einladung wurde dankend abgelehnt. Freundlich und höflich.

Falls dem Restaurator die missliche Lage seiner Frau bewusst war, ließ er sich das äußerlich nicht anmerken. Weil Dottie Cox fürchtete, das Paar steuere auf eine Krise zu, beschloss sie, mit ihm zu reden, wenn sie einmal allein mit ihm im Laden war. Eine Woche verging, bis sich schließlich die Gelegenheit dazu bot. Er kam zur gewohnten Zeit herein – gegen halb elf –, nahm sich einen Plastikkorb von dem Stapel am Eingang und machte sich lustlos daran, ihn mit Lebensmitteln zu füllen. Dottie beobachtete ihn nervös von ihrem Platz an der Kasse aus und übte in Gedanken, was sie ihm gleich sagen wollte. Aber als der Restaurator anfing, seine Einkäufe aufs Band zu legen, brachte sie doch nur ihr übliches »Morgen, mein Lieber« heraus.

Irgendetwas an Dotties Tonfall brachte den Restaurator dazu, sie kurz misstrauisch zu mustern. Dann fiel sein Blick auf die neben der Kasse gestapelten Zeitungen, und er runzelte die Stirn, während er einen verknitterten Zwanziger aus seiner Jeanstasche holte. »Augenblick«, sagte er plötzlich und griff nach einem Exemplar der *Times.* »Die auch.« Dottie steckte die Zeitung mit in die Tragetasche und sah Mr. Rossi nach, als er den Laden verließ. Dann beugte sie sich hinüber zu dem Stapel, um selber einen Blick auf die *Times* zu werfen. Der Aufmacher betraf den bevorstehenden Sturz des Regimes in Syrien, und gleich darunter stand ein Bericht über einen Tizian, den die National Gallery in London vor Kurzem anonym als Schenkung erhalten hatte. In Gunwalloe hätte niemand vermutet, zwischen diesen beiden Meldungen könnte ein Zusammenhang bestehen. Und das würde auch zukünftig niemand tun.

Während die National Gallery die anonyme Schenkung in einer schwammig formulierten Pressemitteilung würdigte, kursierte auf den Fluren der britischen Geheimdienste eine inoffizielle Version der Ereignisse, die in etwa folgendermaßen lautete: Mit Wissen und vollem Einverständnis des MI5 hatte der legendäre israelische Geheimagent Gabriel Allon höchst clever eine Versteigerung des ehrwürdigen Auktionshauses Christie's manipuliert, um Raschid al-Husseinis Terrornetzwerk mehrere Millionen Pfund zukommen zu lassen. Auf diese Weise war ein frisch entdecktes Werk Tizians in die Sammlung der saudi-arabischen Milliardärin Nadia al-Bakari gelangt. Aber nach ihrem Tod war es seinem rechtmäßigen Eigentümer, dem bekannten Londoner Kunsthändler Julian Isherwood, unauffällig zurückgegeben worden. Aus verständlichen Gründen spielte Isherwood anfangs mit dem Gedanken, das Gemälde zu behalten, überlegte sich die Sache aber rasch anders, als der besagte Allon ihm eine weit noblere Lösung vorschlug. Daraufhin nahm der Kunsthändler Kontakt mit einem alten Freund in der National Gallery auf – einem Experten für Alte Meister, der unwissentlich an dem ursprünglichen Täuschungsmanöver mitgewirkt hatte – und setzte so eine der bedeutendsten Schenkungen, die britische Museen in den letzten Jahren erhalten hatten, in Gang.

»Übrigens habe ich noch keinen einzigen Cent von der CIA bekommen, mein Lieber.«

»Ich auch nicht, Julian.«

»Sie bezahlen dich nicht für diese kleinen Aufträge, die du ständig für sie übernimmst?«

»Anscheinend halten sie meine Dienste für ums Gemeinwohl geleistete ehrenamtliche Tätigkeiten.«

»Ja, genau das sind sie wohl.«

Sie waren auf dem Küstenwanderweg unterwegs. Isherwood trug Tweed wie ein adliger Landbesitzer und dazu Gummistiefel. Er bewegte sich so klapprig, dass Gabriel wie immer dem Drang widerstehen musste, eine Hand auszustrecken und ihn zu stützen.

»Verdammt, wie lange willst du mich hier noch marschieren lassen?«

»Wir sind erst fünf Minuten unterwegs, Julian.«

»Was bedeutet, dass wir die Weglänge von der Galerie zur Bar im Green's, die ich zweimal täglich zurücklege, schon lange hinter uns gebracht haben.«

»Wie geht es Oliver?«

»Wie immer.«

»Benimmt er sich?«

»Natürlich nicht«, sagte Isherwood. »Aber er hat kein Sterbenswörtchen über seine Rolle in deinem kleinen Gaunerstück verloren.«

»In *unserem* kleinen Gaunerstück, Julian. Du hattest auch damit zu tun.«

»Ich war von Anfang an mit dabei«, antwortete Isherwood. »Für Oliver aber ist das alles neu und aufregend. Er hat weiß Gott seine Fehler, doch unter all der Aufgeblasenheit schlägt unter seiner rauen Schale das Herz eines Patrioten. Wegen Oliver brauchst du dir keine Sorgen zu machen. Bei ihm ist dein Geheimnis sicher.«

»Andernfalls bekommt er Besuch vom MI5.«

»Ich glaube, ich würde sogar dafür bezahlen, um das zu sehen.« Isherwood wurde langsamer. »Dort vorn gibt es nicht zufällig ein Pub? Ich spüre, dass ich allmählich einen Drink brauche.«

»Dafür ist später Zeit. Du brauchst Bewegung, Julian.«

»Wozu?«

»Damit du dich besser fühlst.«

»Ich fühle mich gut, mein Lieber.«

»Willst du deshalb, dass ich die Galerie übernehme?«

Isherwood blieb stehen und stemmte die Arme in die Hüften. »Nicht nächste Woche«, sagte er. »Nicht nächsten Monat. Nicht mal nächstes Jahr. Aber irgendwann.«

»Verkauf sie, Julian. Setz dich zur Ruhe. Genieß das Leben.«

»Wem verkaufen? Oliver? Roddy? Oder irgendeinem verdammten russischen Oligarchen, der ein bisschen Kultur machen will?« Isherwood schüttelte den Kopf. »Nein, in der Galerie steckt zu viel Herzblut, um sie einem Fremden zu überlassen. Ich möchte, dass sie in der Familie bleibt. Und da ich keine habe, bist nur du übrig.«

Gabriel äußerte sich nicht weiter dazu. Isherwood setzte sich widerstrebend weiter in Bewegung.

»Ich werde niemals vergessen, wie Schamron dich zum ersten Mal zu mir in die Galerie mitgebracht hat. Du warst so schweigsam, dass ich dich beinahe für stumm gehalten hätte. Deine Schläfen waren so grau wie meine heute. Schamron hatte eine Erklärung dafür ...«

»Spuren an einem Jungen, der Männerarbeit geleistet hat.«

Isherwood lächelte trübselig. »Als ich dich dann mit einem Pinsel in der Hand gesehen habe, habe ich Schamron dafür gehasst, was er dir angetan hat. Er hätte dich dein Studium an der Kunstakademie abschließen lassen sollen. Du wärst einer der besten Maler deiner Generation geworden. In diesem Augenblick rätselt ganz New York, wer das im Museum of Modern Art hängende Porträt von Nadia al-

Bakari gemalt hat. Ich wollte, die Welt erführe endlich die Wahrheit!«

Isherwood blieb erneut stehen, um die Wogen zu beobachten, die sich am Nordende der Bucht an den schwarzen Felsen brachen. »Komm zu mir in die Galerie«, sagte er. »Ich bringe dir alle Kniffe bei, auch wie man in zehn einfachen Schritten das letzte Hemd verlieren kann. Und wenn's Zeit wird, dass ich meine restliche Energie aufs Gärtnern konzentriere, kannst du den Laden längst selbstständig führen. Das wünsche ich mir, mein Lieber. Und noch wichtiger: Das wünscht sich deine Frau.«

»Das ist sehr großzügig von dir, Julian, aber ich kann dein Angebot nicht annehmen.«

»Warum nicht?«

»Weil irgendwann ein alter Feind einen Termin vereinbaren wird, um einen Bordone oder Luini zu besichtigen, und ich dann mit mehreren Kugeln im Kopf daliege. Und Chiara natürlich auch.«

»Deine Frau wird enttäuscht sein.«

»Lieber enttäuscht als tot.«

»Ich bin weiß Gott kein Experte für langjährige Beziehungen«, sagte Isherwood, »aber ich habe das Gefühl, dass deine Frau dringend einen Tapetenwechsel braucht.«

»Ja«, sagte Gabriel lächelnd, »das hat sie mir unmissverständlich klargemacht.«

»Kommt also nach London, wenigstens für den Winter. Dann hat Chiara die gewünschte Abwechslung, und ich spare mir ein Vermögen an Transportkosten. Ich habe ein Tafelbild von Piero di Cosimo, das dich dringend braucht. Und du weißt, ich zahle anständig.«

»Tatsächlich denke ich daran, einen Auftrag in Rom anzunehmen.«

»Wirklich?«, fragte Isherwood. »Öffentlich oder privat?«

»Privat«, antwortete Gabriel. »Der Eigentümer wohnt in

einem sehr großen Haus am Ende der Via della Conciliazione. Er bietet mir die Chance, eines meiner Lieblingsgemälde zu reinigen.«

»Welches?«

Gabriel sagte es ihm.

»Damit kann ich leider nicht konkurrieren«, sagte Isherwood. »Und was zahlt er dafür?«

»Peanuts«, sagte Gabriel, »aber das ist es mir wert. Vor allem auch um Chiaras willen.«

»Versuch bitte, dort nichts anzustellen. Als du letztes Mal in Rom warst...«

Isherwood verstummte abrupt. Gabriels Gesichtsausdruck besagte überdeutlich, dass er sich nicht länger mit vergangenen Dingen aufhalten wollte.

Der Wind hatte ein Loch in die Wolkenschleier gerissen, und die Sonne hing als weiße Scheibe dicht über dem Horizont. Sie blieben noch einige Minuten länger auf der Klippe, bis die Sonnenscheibe im Meer versunken war, und machten sich dann auf den Rückweg. Als sie das Cottage betraten, konnten sie Chiara singen hören. Sie trällerte einen dieser albernen italienischen Popsongs, die sie immer sang, wenn sie glücklich war.

ANMERKUNG DES VERFASSERS

Der Hintermann ist ein Roman. Die in diesem Werk vorkommenden Namen, Personen, Orte und Ereignisse sind das Produkt der Phantasie des Autors oder von ihm fiktionalisiert worden. Jede Ähnlichkeit mit lebenden oder verstorbenen Personen, Firmen, Unternehmen, Ereignissen oder Schauplätzen wäre rein zufällig.

Die in diesem Roman beschriebene *Madonna und Kind mit Maria Magdalena* existiert nicht. Gäbe es sie, würde sie erstaunliche Übereinstimmungen aufweisen mit einem ähnlichen Gemälde von Tiziano Vecellio, auch als Tizian bekannt, das im Eremitage-Museum in St. Petersburg hängt. Los Nummer 12, *Ocker und Rot auf Rot*, Öl auf Leinwand, von Mark Rothko ist ebenfalls nur erfunden, wohingegen *White Center (Gelb, Pink und Lavendel auf Rosa)*, ein ähnliches Gemälde, im Mai 2007 in New York für 72,84 Millionen Dollar versteigert wurde – ein Rekordpreis für diesen Künstler. Nach Presseberichten soll der Käufer der Herrscher von Katar gewesen sein.

Die Kunsthändler, Versteigerer und Berater, die im vorliegenden Roman, aber auch in anderen Büchern dieser Reihe auftreten, sind vom Autor erschaffen und sollten keineswegs als fiktive Schilderungen real existierender Personen gesehen werden. In London gibt es unter der Adresse 7-8 Mason's Yard tatsächlich eine bezaubernde Galerie, auch wenn ihr Besitzer, der unnachahmliche Patrick Matthiesen, mit Julian Isherwood nichts gemeinsam hat außer menschliche Wärme und brillanten Esprit. Die in dem Roman beschriebenen Verfahren, wie Gemälde neu aufgezogen und restauriert werden, sind so realistisch wie das Tempo, mit dem ein begabter Restaurator notfalls ein Gemälde präsentabel machen könnte. Ausdrücklich entschuldigen muss ich mich bei der Direktion von Christie's in London dafür, dass ich eine Altmeisterauktion zur Finanzierung eines Terrornetzwerk benutzt habe, doch um diese Operation nicht zu gefährden, musste sie strikt geheim gehalten werden, befürchte ich.

Wer sich mit dem globalen Krieg gegen Terror beschäftigt, wird zweifellos erkennen, dass ich mich bei der Ausgestaltung der Person Raschid al-Husseini habe stark inspirieren lassen vom Lebenslauf des in den USA geborenen al-Qaida-Predigers und -Anwerbers Anwar al-Awlaki – einschließlich seiner jemenitischen Abstammung, seiner beunruhigenden Kontakte zu zwei der 9/11-Entführer in San Diego und Northern Virginia und seines erkennbaren Wandels von Vernunft und Mäßigkeit hin zu Radikalismus und Terror. Auch der fiktive Malik al-Zubair trägt Züge realer Terrorplaner, nämlich die des Jahja Aijasch, dem als »der Ingenieur« bekannten meisterhaften Bombenbauer der Hamas, und Abu Musab al-Zarqawi, dem jordanischen Terroristen, der die al-Qaida im Irak geführt hat. Aijasch wurde im Januar 1997 durch einen in seinem Mobiltelefon versteckten Sprengsatz getötet. Al-Zarqawi, der auf dem blutigen Höhepunkt des irakischen Aufstands für den Tod von Hunderten von unschuldigen Irakern verantwortlich war, wurde im Jahr 2006 durch einen US-Luftangriff auf ein sicheres Haus nördlich von Bagdad liquidiert.

Den in diesem Roman beschriebenen Grenzübergang zwischen den Vereinigten Arabischen Emiraten und Saudi-Arabien gibt es nicht. Der wirkliche Übergang liegt viele Kilometer nördlich davon und ist in letzter Zeit wegen

Änderungen im saudischen Abfertigungsverfahren oft durch lange Fahrzeugschlangen blockiert. Der spektakuläre Aufstieg und Fall von Dubai ist wahrheitsgemäß dargestellt worden – bis hin zu der bedauerlich schlechten Behandlung seiner großen ausländischen Arbeiterschaft. Leider ist Dubai nicht das einzige Emirat, in dem Gastarbeiter gewohnheitsmäßig ausgebeutet und praktisch wie Leibeigene behandelt werden. Im März 2011 drohte dem Bau des Guggenheim Museums im benachbarten Abu Dhabi ein Boykott von über hundert prominenten Künstlern, die über die Arbeitsbedingungen auf der Baustelle empört waren. »Die mit Ziegeln und Mörtel arbeiten«, sagte der im Libanon geborene Medienkünstler Walid Raad in einer Verlautbarung, »verdienen die gleiche Art Respekt wie die, die mit Kameras und Pinseln arbeiten.«

Fincancial Intelligence oder FININT, die Verfolgung von Finanztransaktionen, ist seit vielen Jahren eine wichtige Waffe im Krieg gegen Terror. Das Amt für Terrorismus und Financial Intelligence im US-Finanzministerium sammelt und analysiert ebenso Transaktionsdaten wie die Terrorist Financing Operations Section des FBIs. Außerdem verfolgen die CIA sowie zahlreiche Privatfirmen aus dem riesigen Komplex, der für die Sicherheit Amerikas zuständig ist, routinemäßig die einzelnen Geldströme im Kreislauf der globalen dschihadistischen Bewegung.

Bedauerlicherweise kommt viel von diesem Geld auch ein Jahrzehnt nach dem 11. September 2001 noch von saudi-arabischen Bürgern und – in geringerem Umfang – von den sunnitischen Emiraten am Persischen Golf. In einer Geheimdepesche, die im Dezember 2010 an die Öffentlichkeit gelangte, schrieb Außenministerin Hillary Clinton: »Es erweist sich als ständige Herausforderung, amtliche saudische Stellen dazu zu bringen, der fortgesetzten Terrorfinanzierung aus Saudi-Arabien strategische Priorität zuzuweisen.« Zusammenfassend stellte Clintons Memo fest, dass »Spender in Saudi-Arabien die weltweit bedeutendste Geldquelle für sunnitische Terroristengruppen sind«.

Man sollte glauben, dass Saudi-Arabien, das Land, welches Osama bin Laden und fünfzehn der neunzehn Flugzeugentführer vom 11. September 2001 hervorgebracht hat, mehr tun würde, um das Einwerben von Geldern für Terroristen auf seinem Staatsgebiet zu unterbinden. Weitere diplomatische Depeschen zeigen jedoch, dass das Haus Saud nicht fähig oder nicht bereit war, die Geldströme zur al-Qaida und ihren Verbündeten zu unterbinden. Militante Gruppen betreiben in Saudi-Arabien ungehindert Wohltätigkeitsorganisationen, die nur Alibicharakter haben, oder werben während des Hadsch einfach bei Mekkapilgern um Geldspenden. Prinz Mohammad bin Najef, Chef der saudiarabischen Behörde für Terroristenbekämpfung, erklärte einem hohen amerikanischen Vertreter: »Wir tun unser Bestes«, um den Geldstrom zu Extremisten und Mördern zu stoppen. Aber, fügte er hinzu, »wenn das Geld [zu Terroristen] gehen will«, könnten die saudischen Behörden wenig dagegen tun.

Was eine Frage aufwirft: Hat das Haus Saud, das seine Macht einer vor zweihundert Jahren mit Muhammad Abdul Wahhab geschlossenen Übereinkunft verdankt, ernsthaft die Absicht, seine finanziellen Verbindungen zu einer sunnitischen extremistischen Bewegung jemals zu kappen, deren Gründung und Wachstum es gefördert hat? Ein spannungsgeladenes Treffen im Jahr 2007 könnte einen wichtigen Hinweis liefern. Wie aus unbestätigten veröffentlichten Depeschen hervorgeht, hat Frances Fragos Townsend, Sicherheitsberaterin von Präsident George W. Bush, saudische Regierungsvertreter um eine Erklärung dafür gebeten, weshalb der Botschafter des Königreichs auf den Philippinen Umgang mit Leuten hatte, die als Geldgeber der Terrorszene galten. Prinz Saud al-Faisal, der saudische Außenminister, tat Townsends Besorgnis ab, indem er behauptete, dem Botschafter sei »eher mangelndes Urteilsvermögen als bewusste Unterstützung von Terrorismus« vorzuwerfen. Gleich anschließend kritisierte er eine US-Bank, die »unangemessene und aggressive Fragen« zu Konten der saudi-arabischen Botschaft in Washington, D.C., gestellt habe.

Auch wenn die globale Terrorgefahr sich seit dem Morgen des 11. Septembers 2001 gewandelt hat, bleibt eines unverändert: Al-Qaida und ihre Verbündeten und Nachahmer planen aktiv, in Westeuropa und den Vereinigten Staaten massenhaft Menschen zu töten und zu verstümmeln. Dame Eliza Manningham-Buller, die ehemalige MI5-Direktorin, hat im Jahr 2006 vorausgesagt, der Kampf gegen den islamischen Terror werde »uns eine Generation lang beschäftigen«. Während andere Sicherheitsexperten vor einem »ewigen Krieg« gewarnt haben, der den Westen zwingen wird, über Jahrzehnte hinweg – wenn nicht sogar länger – aggressive Programme zur Terrorbekämpfung zu unterhalten. Die endgültige Dauer des globalen Kriegs gegen Terror dürfte von den tief greifenden Umwälzungen abhängen, von denen die arabische Welt gegenwärtig erschüttert wird. Viel wird davon abhängen, welche Seite letztlich den Sieg davonträgt. Behalten die Kräfte von Mäßigung und Modernität die Oberhand, ist es denkbar, dass die Gefährdung durch den Terrorismus allmählich abnimmt. Gelingt es radikalen islamischen Geistlichen und ihren Anhängern jedoch, in Staaten wie Ägypten, Jordanien und Syrien die Macht zu ergreifen, kann es leicht passieren, dass wir die turbulenten Anfangsjahre des einundzwanzigsten Jahrhunderts im Rückblick als die goldenen Jahre der Beziehungen zwischen dem Islam und dem Westen betrachten werden.

Danksagung

Wie die bisherigen Bücher der Gabriel-Allon-Reihe hätte auch dieses Buch nicht ohne die Hilfe von David Bull entstehen können, der wirklich zu den weltbesten Restauratoren gehört. David verwendet jedes Jahr viele Stunden seiner wertvollen Zeit dafür, mich in technischen Fragen in Bezug auf Gemälderestaurierung zu beraten und mein Manuskript auf sachliche Richtigkeit zu prüfen. Sein kunstgeschichtliches Wissen wird nur durch das Vergnügen in seiner Gesellschaft übertroffen, und seine Freundschaft hat unsere Familie in vielen großen und kleinen Dingen bereichert.

Zu Dank verpflichtet bin ich den brillanten Kunstberatern Gabriel Catone und Andrew Ruth, die mich im November 2010 zu der Abendversteigerung *Postwar and Contemporary* bei Christie's in New York mitnahmen und mir erklärten, mit welcher Taktik man vorgeht, um Gemälde zu ersteigern, die Dutzende von Millionen Dollar kosten. Ganz ehrlich gesagt fand ich die Welt der großen Kunstauktionen weit spannender als die Welt der Spione und Terroristen, und dieses Erlebnis hatte starke Auswirkungen auf den weiteren Fortgang meines Romans. Dass Gabriel Catone und Andrew Ruth mit dem fiktiven Nicholas Lovegrove nichts gemeinsam haben außer ihrer Kultiviertheit und unvergleichlichen Kenntnis des Kunstgeschäfts, versteht sich von selbst.

Mehrere israelische und amerikanische Geheimdienstoffiziere haben während der Arbeit zu diesem Buch Hintergrundgespräche mit mir geführt, und ich danke ihnen jetzt anonym, wie sie es sicher bevorzugen. Roger Cressey, von 1999 bis 2001 Direktor für transnationale Bedrohungen im National Security Council, war eine unschätzbar wertvolle Quelle in Bezug auf die Prinzipien der US-Terrorabwehr, und ein noch besserer Freund. Dazu noch eine Klarstellung: Er hat nichts mit der Firma Rogers & Cressey in der Londoner Cannon Street zu tun.

Mein lieber Freund, der ausgezeichnete Anästhesiologe Dr. Andrew Pate, hat mir erklärt, was es mit einem interkraniellen Aneurysma, einer angeborenen Fehlbildung im Bereich der Hirnbasisarterien, auf sich hat. Mein besonderer Dank gilt auch M., der den Schleier von bestimmten Verfahren zur Datensammlung gelüftet hat. Ich gebe nicht vor, alle technischen Aufklärungsmittel der amerikanischen, israelischen und britischen Geheimdienste zu kennen, aber ich habe versucht, so über sie zu schreiben, dass es der Story nutzt und die Leser nicht langweilt. Ich bin zuversichtlich, dass die wahren Fähigkeiten der US-Dienste alles bei Weitem übersteigen, was ich auf den Seiten von *Der Hintermann* geschildert habe.

Bei der Arbeit an diesem Manuskript habe ich Hunderte von Büchern, Zeitungs- und Zeitschriftartikel und Webseiten konsultiert, weit mehr als ich hier aufzählen kann, aber es wäre nachlässig, nicht das außerordentliche Wissen und die Berichterstattung von Steve Coll, Robert Lacey, James Bamford, Ron Suskind, Jane Mayer, Jim Krane, Dore Gold, Robert F. Worth, Scott Shane, Souad Mekhennet und Stephen F. Hayes zu erwähnen.

Weil ich in den Achtzigerjahren in der arabischen Welt gelebt habe, war mir von Beginn dieses Projekts an die lähmende Unterdrückung bekannt, unter der viel zu viele Frauen in dieser Region leiden. Jan Goodwins aufrüttelndes Werk *Price of Honor* war als Quelle ebenso wertvoll wie *Inside the Kingdom* von Carmen bin Laden. Die Schriftstellerin, Aktivistin und Kommentatorin Irshad Manji hat mich mit ihrem Elan und ihrer Vision inspiriert. Dr. Qanta A. Ahmeds aufschlussreicher Bericht über ihre Tätigkeit als Ärztin in Saudi-Arabien hat mir geholfen, besser zu verstehen, vor welchen Herausforderungen Akademikerinnen in einer der konservativsten Gesellschaften der Welt stehen. Der bedrückende Titel ihres Buchs, *In the Land of Invisible Women*, hat ebenso seinen Weg in die Gedanken meiner Heldin Nadia al-Bakari gefunden wie die Klarheit ihrer Vision. Wären Frauen wie sie im Nahen Osten am Ruder, wäre meiner Überzeugung nach die gesamte Welt ein viel besserer Ort.

Louis Toscano, meinem geschätzten Freund und persönlichen Lektor seit Ewigkeiten, verdanke ich unzählige Verbesserungen an meinem Manuskript, so auch meiner Zweitlektorin Kathy Crosby. Bob Barnett, Deneen Howell, Linda Rappaport und Michael Gendler verrichteten unbezahlbare Dienste mittels ihrer weisen Ratschläge im Verlauf eines sehr hektischen Jahres, ebenso Jim Bell, Bruce Cohen, Henry Winkler, Ron Meyer und Jeff Zucker. Meine Studienpartner – David Gregory, Jeffrey Goldberg, Steven Weisman, Martin Indyk, Franklin Foer, David Brooks und Erica Brown – haben dafür gesorgt, dass ich auf das wahrhaft Wichtige fokussiert blieb, auch wenn ich in Gedanken oft bei dem unfertigen Manuskript auf meinem Schreibtisch war. Der unvergleichliche Burt Bacharach inspirierte mich mit seinem Genie und seiner fortwährenden Leidenschaft für seine Arbeit. Jim Zorn schenkte mir Freundschaft und Zuversicht, als ich sie am nötigsten brauchte.

Herzlichen Dank auch an das hervorragende Team bei HarperCollins, vor allem an Jonathan Burnham, Jennifer Barth, Brian Murray, Cindy Achar, Anna Maria Allessi, Tina Andreadis, Leah Carlson-Stanisic, Leslie Cohen, Karen

Dziekonski, Archie Ferguson, Mark Ferguson, Olga Gardner Galvin, Brian Grogan, Doug Jones, David Koral, Angie Lee, Michael Morrison, Nicole Readon, Charlie Redmayne, Jason Sack, Kathy Schneider, Brenda Segel, Virginia Stanley, Leah Wasielewski und Josh Marwell, der den Plot von *Der Hintermann* mit einer einzigen Frage entscheidend beeinflusste.

Ich möchte darüber hinaus meine tiefste Liebe und Dankbarkeit für meine Kinder Nicholas und Lily ausdrücken. Sie haben mir nicht nur bei Recherchen und der Fertigstellung meines Mauskripts geholfen, sondern mir auch bedingungslose Liebe und Unterstützung geschenkt, als ich kämpfen musste, um den Abgabetermin einzuhalten. Zuletzt habe ich meiner Frau Jamie Grangel, einer brillanten Journalistin bei NBC News, zu danken. Sie hat nicht nur meine geschäftlichen Dinge gemanagt, unseren Haushalt geführt und zwei außergewöhnliche Kinder großgezogen, sondern auch noch die Zeit gefunden, jeden meiner Entwürfe professionell zu lektorieren. Ohne ihre Geduld, Liebe zum Detail und Nachsicht wäre *Der Hintermann* nie fertig geworden. Die Schuld, in der ich bei ihr stehe, ist so unermesslich wie meine Liebe.

GABRIEL ALLON

Ein Mann mit vielen Gesichtern und ein außergewöhnlicher Geheimagent – Daniel Silvas Held

Ein abgelegenes Küstendorf in Cornwall ist Ende der Neunzigerjahre sein selbstgewähltes Exil. Dort nennt man ihn »den Fremden«. Niemand kennt seine wirkliche Lebensgeschichte. Wer ist der seltsame Unbekannte, über dessen Namen man sich nicht einmal einig ist, jener dunkelhaarige Mann mit den graumelierten Schläfen und der langen, kantigen Nase, die wie aus Holz geschnitzt wirkt? Was haben diese grünen, unruhigen Augen schon alles gesehen?

Zurückgezogen als Kunstrestaurator lebt der ehemalige israelische Geheimagent Gabriel Allon ein beschauliches, beinahe unsichtbares Leben. Sein präzises Auge, sein fotografisches Gedächtnis und seine ruhige Hand prädestinieren ihn zu dieser Arbeit, der schon immer seine stille Leidenschaft galt. Dieser Passion konnte er bereits im Wiener Stephansdom nachgehen, als er noch für den Dienst arbeitete und zugleich jahrhundertealte Gemälde restaurierte – eine perfekte Tarnung.

Nachdem seine Frau Leah und sein Sohn Dani einst in Wien Opfer eines heimtückischen Anschlags wurden, ist er aus dem Dienst ausgetreten und hat sich geschworen, niemals in sein früheres Leben zurückzukehren. Jahre zuvor war er dazu ausgebildet worden, die Feinde des israelischen Volkes zu liquidieren, und er hatte seine Aufträge, die ihn um die ganze Welt führten, stets diskret und lautlos ausge-

Fäden im neuen Russland und dort in den Händen des obskuren Milliardärs und Waffenhändlers Iwan Charkow zusammenlaufen. Schnell ist Allon klar, dass es nicht nur gilt, das Geheimnis um diesen Mann zu lüften, sondern auch, die Welt vor dem Terror eines zweiten 11. September zu bewahren. Ein von ihm selbst brillant kopiertes Gemälde wird dabei zum erfolgreichen Lockmittel. Denn Gabriel Allon gelingt es nicht nur, es an Charkows kunstliebende Ehefrau zu verkaufen, er kann sie auch zur Zusammenarbeit bewegen. Damit beginnt ein rasantes Spiel um Leben und Tod, das Allon länger als geplant seine Flitterwochen unterbrechen lässt – und ihn ins glitzernde Zentrum der neuen russischen Macht mit ihrer abgrundtiefen Gier, der Korruption und alten Seilschaften führt (»Das Moskau-Komplott«).

Nur sechs Monate später muss Gabriel Allon jedoch feststellen, dass er einen entscheidenden Fehler begangen hat: Zwar hat er Iwan Charkow, einem der gefährlichsten Männer der Welt, das Handwerk gelegt, aber er hätte ihn niemals am Leben lassen dürfen! Gerade erst hat sich Allon in die umbrischen Hügel zurückgezogen, um für den Vatikan ein Kunstwerk aus dem siebzehnten Jahrhundert zu restaurieren, als ihn eine aufwühlende Nachricht aus London erreicht: Der Ex-FSB-Oberst Grigorij Bulganow, der Allon in Moskau das Leben gerettet hatte, ist spurlos verschwunden. Die Engländer gehen davon aus, dass Bulganow ein Doppelagent war, der sich freiwillig nach Russland abgesetzt hat, doch Allon weiß es besser ...

Als dann auch noch seine Frau Chiara entführt wird, hat Gabriel Allon keine Zweifel mehr, mit wem er es zu tun hat. Zusammen mit seinem Team begibt er sich auf die fieberhafte Suche nach der geliebten Frau und dem verschollenen Freund – eine Suche, die sie von London über Genf und Zürich bis in die verschneiten russischen Wälder führt, wo Allon schließlich in einer einsamen Datscha seinem größten

Feind, dem skrupellosen russischen Oligarchen und Waffenhändler Iwan Charkow, Auge in Auge gegenübersteht (»Der
Oligarch«).

Um endlich zur Ruhe zu kommen, hat sich Gabriel
Allon zusammen mit seiner Frau Chiara an die malerische
Küste Cornwalls zurückgezogen. Doch das beschauliche
Leben zu zweit ist nur von kurzer Dauer, denn bald schon
wird das Paar von einem alten Bekannten Allons aufgesucht,
dem exzentrischen Londoner Kunsthändler Julian Isherwood, der schockierende Nachrichten überbringt: In Glas-
tonbury wurde ein Restaurator brutal ermordet und aus seiner Werkstatt ein lange vermisstes Rembrandt-Gemälde
gestohlen.

Gabriel Allon lässt sich von Isherwood davon überzeugen, dass nur er diesen Kunstraub aufklären und das
wertvolle Porträt zurückbringen kann. Und so folgt er den
Spuren des Kunstwerks, die ihn über Amsterdam bis nach
Buenos Aires und zurück nach Europa an den Genfer See
führen, wo er schließlich von dem todbringenden Geheimnis erfährt, das mit dem Gemälde verknüpft ist. Und von den
skrupellosen Männern dahinter (»Die Rembrandt-Affäre«).

Gabriel Allon kehrt zu seiner Frau Chiara nach Cornwall
zurück, und während er für Isherwood einen vermeint-
lichen Tizian restauriert, werden die europäischen Hauptstädte von islamistischen Selbstmordattentätern in Atem gehalten. Bald erhält Gabriel Besuch von seinem früheren
Arbeitgeber, dem israelischen Geheimdienst: Er soll der
CIA helfen, die Hintermänner der Selbstmordattentate zu
finden. Gabriel baut dazu mit dem Geld der märchenhaft
reichen saudi-arabischen Kollaborateurin Nadia al-Bakari
(der Tochter von Abdul Aziz al-Bakari) ein angeblich islamistisches Netzwerk auf, das die Attentäter mit Geld versorgt, um Zugang zu den Terrorzellen zu erhalten – mit
Erfolg: Die Führer der Terroristen bitten Nadia bald zur Be-

sprechung des weiteren Vorgehens nach Dubai. Der israelische Geheimdienst vermutet, dass der von ihm gesuchte Malik al-Zubair Nadias Gesprächspartner sein wird, woraufhin der CIA den Israelis freie Hand lässt, Malik in einer Operation zu liquidieren. Gabriel wird Leiter des »Hit Teams« und muss zugleich ein wachsames Auge auf Nadia haben. Zunächst verläuft die Operation in Dubai nach Plan, doch Malik erweist sich als ebenbürtiger Gegner und Nadia wird durch die Terroristen entführt. Gabriel folgt ihrer Spur in die Wüste, wo es zu einem tödlichen Schusswechsel kommt. Der verwundete Gabriel findet sich kurz darauf in den Händen des saudi-arabischen Geheimdienstes wieder. Erst nach ausgiebigen Verhören wird er nach London ausgeflogen und kann nach Cornwall zurückkehren (»Der Hintermann«).

Regel Nummer eins im Vatikan: Nicht zu viele Fragen stellen.

Daniel Silva

Das Attentat

Thriller

Aus dem amerikanischen Englisch
von Wulf Bergner
Piper Taschenbuch, 432 Seiten
ISBN 978-3-492-30668-3

Gabriel Allon hat Zuflucht hinter den schweigsamen Mauern des Vatikans gefunden und beginnt gerade mit der Restauration eines alten Caravaggio, als der Privatsekretär des Papstes ihn in den Petersdom ruft: Unter der prächtigen Kuppel liegt eine tote Frau – und das Geheimnis, das sie mit in den Tod genommen hat, könnte die ganze Welt in einen Konflikt apokalyptischen Ausmaßes stürzen …

PIPER

führt. Durch seinen sicheren Umgang mit Waffen, seine scharfe Intelligenz und nicht zuletzt seine Mehrsprachigkeit – Allon spricht zahlreiche Sprachen fließend, darunter auch Deutsch, die Sprache seiner Mutter – war er für diese heikle Aufgabe wie geschaffen.

Doch Ari Schamron, der Chef des israelischen Geheimdienstes, braucht seinen besten Mann und überzeugt Gabriel Allon, wieder für den Dienst zu arbeiten. In Paris wurde der israelische Botschafter ermordet, und der Attentäter – ein palästinensischer Terrorist namens Tariq al-Harouni – plant die Liquidierung Yassir Arafats (»Der Auftraggeber«).

Es gibt aber noch einen viel entscheidenderen Grund, der Allon dazu veranlasst, seinen Beschluss zu überdenken: Mit al-Harouni hat er noch eine persönliche Rechnung zu begleichen, denn der gefährliche Fanatiker ist verantwortlich für den brutalen Anschlag auf seine Familie. So bleibt Gabriel Allon nichts anderes, als den Auftrag anzunehmen. Er reist nach Paris – und ist wieder im Spiel.

Auf einer wilden Verfolgungsjagd um den ganzen Globus liefern sich die beiden Todfeinde ein erbittertes Duell. Und auch als der Fall »al-Harouni« schließlich abgeschlossen ist, bleibt für Allon kaum eine Verschnaufpause. Er muss nach Zürich, wo sein nächster Auftrag auf ihn wartet und er auf ein düsteres Kapitel der Schweizer Vergangenheit stößt: auf den Schwarzhandel mit der Beutekunst der Nazis (»Der Engländer«).

Für den Züricher Millionär Auguste Rolfe soll Gabriel Allon ein äußerst wertvolles Gemälde restaurieren. Allerdings findet er bei seiner Ankunft in der Villa Rolfes nur noch die Leiche seines Auftraggebers vor. Wenig später muss er zudem feststellen, dass eine geheime Sammlung impressionistischer Meisterwerke aus dem Besitz des reichen Bankiers verschwunden ist. Während er die Spur des Kunstraubs verfolgt und dabei erneut unter hohem Einsatz sein Leben aufs Spiel setzt, entdeckt er das unmoralische Band, das einst zwischen der neutralen Schweiz und dem nationalsozialistischen Deutschland bestand.

Auch bei seinem nächsten Auftrag kommt Allon einem geheimen Pakt von erschreckenden Dimensionen auf die Spur: Mächtige Männer Roms hatten vor vielen Jahrzehnten ein skrupelloses Bündnis mit den Nationalsozialisten geschlossen. Um jeden Preis will eine vatikanische Geheimloge namens »Crux Vera« verhindern, dass die Welt von der schmutzigen Vergangenheit der Kirche erfährt (»Die Loge«).

Allmählich kommt das ganze Ausmaß dieses unheilvollen Abkommens ans Licht, denn der neugewählte Papst steht kurz davor, diese Verschwörung zu enttarnen. Dadurch begibt er sich in größte Lebensgefahr – und mit ihm Gabriel Allon, der Einzige, der das mörderische Komplott durchschaut, in dessen Fänge der Papst geraten ist. Doch Allon erhält unerwartete Unterstützung bei dieser schwierigen Mission: In Venedig lernt er die geheimnisvolle, schöne Chiara kennen, die wie er für den israelischen Geheimdienst arbeitet. Sie wird die neue Frau an seiner Seite.

Aber auch die dunklen Schatten der eigenen Vergangenheit lassen Gabriel Allon nicht los. Der folgende Auftrag führt ihn erneut nach Wien, in jene Stadt, in die er nach dem Attentat auf seine Frau und seinen Sohn nie wieder zurückkehren wollte, und konfrontiert ihn zudem mit einem erschütternden Dokument, das die Handschrift seiner Mutter trägt (»Der Zeuge«).

Mithilfe dieses Zeitzeugnisses gelingt es ihm, einen untergetauchten Kriegsverbrecher ausfindig zu machen, der an einem der größten Menschheitsverbrechen des 20. Jahrhunderts maßgeblich beteiligt war. Allerdings scheint es fast unmöglich, den Massenmörder zur Verantwortung zu ziehen, da nicht nur die CIA und der Vatikan eine restlose Aufklärung der Taten Erich Radeks verhindern wollen. Auch der österreichische Kanzlerkandidat versucht mit allen Mitteln, Radek zu schützen. Und so muss sich Gabriel Allon auf ein riskantes Unterfangen einlassen, um den Täter seiner gerechten Strafe zuzuführen.

Ein politischer Brandherd der Gegenwart fordert daraufhin Allons ganzen Einsatz. Nachdem Selbstmordattentäter in Rom die jüdische Botschaft in die Luft gesprengt und zahlreiche Menschen getötet haben, beginnt für ihn eine gefahrvolle Spurensuche, die ihn auf die Fährte eines Phantoms bringt: Chaled al-Chalifa, ein arabischer Top-Terrorist, an dessen Existenz selbst im israelischen Geheimdienst kaum jemand glaubt (»Der Schläfer«).

Doch das gebeutelte Rom kommt nicht zur Ruhe, und so findet sich Gabriel Allon schon kurze Zeit darauf im Vatikan wieder, um für die Sicherheit des katholischen Oberhauptes zu garantieren. Zu spät erkennt er, dass der Kirchenstaat von islamischen Terroristen infiltriert ist, und wird zum Zeugen des katastrophalsten Anschlags nach dem 11. September. Eine mächtige Detonation lässt den Petersplatz erbeben, weitere folgen. Gabriel Allon überlebt und setzt von nun an alles daran, die Drahtzieher dieses kaltblütigen Verbrechens aufzuspüren.

Nachforschungen des israelischen und amerikanischen Geheimdienstes fördern zwei saudi-arabische Namen zutage: Achmed bin Schafiq und Abdul Aziz al-Bakari. Allerdings scheint es beinahe unmöglich, diese beiden großen Fische, die von Politik und Wirtschaft gedeckt werden, zu fangen. Gabriel Allon braucht einen Köder und findet ihn in der jungen amerikanischen Geheimagentin Sarah Bancroft. Mithilfe eines unbekannten van Gogh schleust sich die Kunstexpertin in den Kreis um den Milliardär und Gemäldesammler al-Bakari ein, der sie schließlich sogar auf seine Privatjacht einlädt. Als Sarahs Tarnung jedoch aufzufliegen droht, hat Gabriel Allon ein Problem mehr am Hals.

Denn er hat geschworen, Sarahs Leben unter allen Umständen zu schützen ...(»Das Terrornetz«)

Sein nächster Auftrag führt Allon in eine ganz andere Ecke der Welt: In Amsterdam soll er dem Mord an einem niederländischen Terrorismus-Experten und Islamkritiker nachgehen – ein vermeintlicher Routine-Einsatz. Doch vor Ort kommt der israelische Geheimagent einer großangelegten terroristischen Verschwörung auf die Schliche, die eine brutale Entführung in London plant. Allon setzt alle Hebel in Bewegung, um das Opfer, Elizabeth Halton, die Tochter des amerikanischen Botschafters, zu warnen, aber er ist zu spät.

Die Spur der Kidnapper führt Gabriel Allon bis nach Deutschland und Dänemark. Immer näher kommt er den Terroristen, die ihr Netzwerk über gesamt West- und Mitteleuropa gespannt haben. Doch der Versuch, die entführte Frau zu befreien, bringt auch ihn in größte Gefahr. Denn längst kennen die gnadenlosen Männer sein Gesicht, sodass er selbst zum Gejagten wird und sein Schicksal besiegelt scheint (»Gotteskrieger«).

Nachdem Gabriel Allon nicht nur das Leben der jungen Frau gerettet, sondern auch die terroristische Vereinigung zerschlagen hat, kann er endlich auch sein privates Glück besiegeln: Er heiratet Chiara, die Frau, die schon viele Jahre als Geliebte an seiner Seite steht. Mitten in den Flitterwochen kontaktiert ihn jedoch Ari Schamron, der als ehemaliger Chef des israelischen Geheimdienstes noch immer die Geschäfte aus dem Hintergrund lenkt. Er will Gabriel Allon über einen Mittelsmann für die Aufklärung eines Mordes gewinnen: Im Wintersportort Courchevel ist Aleksandr Lubin, ein russischer Journalist, einem kaltblütigen professionellen Killer zum Opfer gefallen.

Was zunächst nach rascher Aufklärung aussieht, entpuppt sich bald als hochbrisantes internationales Komplott, dessen